T0285076

Efectos personales
De eso se trata

Juan Villoro

Efectos personales
De eso se trata

EDITORIAL ANAGRAMA
BARCELONA

Diseño de la cubierta: Sergi Puyol
Ilustración: © Miguel Márquez Romero

Primera edición de «Efectos personales»: 2001
Primera edición de «De eso se trata»: 2008

Diseño de la colección: Ggómez

© Juan Villoro, 2001, 2008

© EDITORIAL ANAGRAMA, S. A., 2024
    Pau Claris, 172
    08037 Barcelona

ISBN: 978-84-339-2406-3
Depósito legal: B. 1191-2024

Printed in Spain

Liberdúplex, S. L. U., ctra. BV 2249, km 7,4 - Polígono Torrentfondo
08791 Sant Llorenç d'Hortons

Efectos personales

PRÓLOGO

El lenguaje tiene una curiosa forma de esforzarse para lucir «irrefutable», o por lo menos «oficial». Cuando un paciente llega a una sala de emergencias o un detenido es presentado en la delegación de policía, las palabras habituales son sustituidas por otras que los diccionarios y la costumbre consideran más aptas para la ocasión. En ese límite entre la normalidad y el encierro, la enfermera o el oficial de guardia encaran al sujeto en apuros, y no le piden sus cosas o sus pertenencias, sino sus «efectos personales». Las expresiones legales suelen abrumar al lenguaje con solemnidad innecesaria. Sin embargo, me gusta que un silbato, un reloj, un cortaúñas y una cartera constituyan «efectos». No estamos, como podría pensar la sana literalidad, ante las consecuencias de la acción individual, sino ante objetos que adquieren valor especial por ser los que el sospechoso o el enfermo llevaba consigo, los talismanes que todavía lo unen al mundo donde hay cines y teléfonos y puertas que abrir.

El Diccionario de la Real Academia ofrece siete acepciones para la voz «efecto» (entre ellas la muy sugerente de «impresión hecha en el ánimo») hasta llegar a la que nos ocupa: «Bienes, muebles, enseres». Por su parte, el muy reciente *Diccionario del español actual*, dirigido por Manuel Seco, entrega ocho acepciones de «efecto» antes de decir: «Enseres u objetos». Estamos, sin sombra de duda, ante el último uso de una palabra, el que se reserva para circunstancias de apremio que deben ser normalizadas o siquiera sobrellevadas por el idioma.

9

En un artículo incluido en *Tremendas nimiedades*, Chesterton disertó sobre las cosas íntimas y extrañas halladas en sus bolsillos. Ese breve inventario describe su carácter con mayor nitidez que la introspección. Algo parecido ocurre con los «efectos personales». Últimos testimonios de quien hasta hace poco estaba sano o era libre, el llavero con el emblema de un equipo y el boleto que sirvió para tomar un tranvía se vuelven señas de identidad, entregan un mensaje adicional. «El hombre acorralado se vuelve elocuente», ha dicho George Steiner. En la hora del riesgo, las bagatelas son efectos. Al razonar sus pasiones, el ensayista suele sentir la tentación de ser «objetivo». De cualquier forma, sus argumentaciones sobre los demás acaban por definirlo y revelar la vulnerable subjetividad que no se concede ante el espejo, cuando el careo es franco y declarado. Los ensayos literarios se ocupan de voces ajenas, delegan las emociones y los méritos en el trabajo de los otros; sin embargo, incluso los más renuentes a adoptar el tono autobiográfico delatan un temperamento. Como los efectos personales, entregan el retrato íntimo y accidental de sus autores.

En *El mundo, el texto y el crítico*, Edward W. Said pide que el ensayo asuma el doble compromiso de atender a las condiciones internas del texto y al entorno histórico que contribuye a determinarlo. A través de ese equilibrio, Said busca rescatar a la literatura tanto del análisis del discurso ajeno al contexto como de las explicaciones extraliterarias que hacen de la obra un mero vehículo para la sociología, el psicoanálisis o los estudios culturales. Aunque su interlocutor natural –al menos el que más le preocupa– es el académico que ha dejado de leer novelas y transita por un reino de sombras donde solo se escriben críticas sobre críticas, su demanda de vincular «texto» y «mundo» no puede ser desdeñada por los ensayistas que provenimos de la ficción. *Efectos personales* quiere moverse entre ambos extremos, aunque en ocasiones el centro de gravedad se desplace hacia un plato de la balanza. «El fusilero de las estrellas» aspira a explicar *Tirano Banderas* a partir de sus innovaciones formales, la vida de Valle-Inclán y el escenario en que se cumple; en cambio, en el texto sobre Burroughs (quien me interesa más por sus repercusiones contraculturales que por sus logros estilísticos), el personaje cobra mayor relieve que la obra y por momentos está más cerca de la crónica que del estudio literario.

En contraste, el ensayo sobre *Pedro Páramo* no depende tanto de la historia o la biografía del novelista como del afán de escuchar voces (la de Rulfo, las de los comentaristas que le otorgan un contexto crítico y trazan la historia de su recepción). Hay, pues, énfasis cambiantes en estos *Efectos personales*. No podía ser de otro modo en el safari de un animal híbrido e inapresable, el «centauro de los géneros», como lo llamó Alfonso Reyes. La primera parte del libro se ocupa de la novela «mexicana», de Valle-Inclán y de algunos autores latinoamericanos del siglo XX. La tercera indaga otras literaturas. La segunda sección es un interludio dedicado a la mirada ajena: «Iguanas y dinosaurios» aborda los prejuicios y prenociones con que los productos de la imaginación latinoamericana son vistos en el extranjero, y «El traductor», los favores y los límites del traslado de literaturas.

Antes de pasar a los ensayos, quisiera recordar una escena sobre la perturbadora fuerza de las cosas nimias que definen a los hombres. En *Si esto es un hombre*, Primo Levi refiere la historia de un campo de concentración donde se comunica que, al día siguiente, los presos serán conducidos a las cámaras de gas. ¿A qué se dedican los prisioneros en su última noche? Pelean, se burlan unos de otros, conspiran, hacen el amor. Las mujeres descubren que aún les quedan tareas pendientes y pasan horas lavando camisas y calcetines. Al otro día, cuando el tren llega por los condenados, la ropa está perfectamente tendida.

Nada destruye los efectos personales.

Ciudad de México, 10 de julio de 2000

11

Primera parte

LECCIÓN DE ARENA
PEDRO PÁRAMO

> Era mi despedida de este mundo,
> la primera vez que me moría.
>
> EUGENIO MONTEJO

HISTORIA Y MITO

Las 159 páginas de *Pedro Páramo* son atravesadas por ánimas en pena, caballos desbocados, prófugos que regresan a su atroz punto de partida. Territorio donde los tiempos y las identidades se diluyen, la novela sigue el curso circular del mito; nada lineal (ninguna trama con sentido de la consecuencia) puede pasar en ella porque sus personajes han sido expulsados de la Historia; encarnan «un puro vagabundear de gente que murió sin perdón y que no lo conseguirá de ningún modo».

El dominio de Comala es refractario a lo que viene de fuera; quien pisa sus calles se somete a una temporalidad alterna, donde los minutos pasan como una niebla sin rumbo; los personajes, muertos a medias, carecen de otra posteridad que la queja, los rezos y murmullos con los que buscan salir de ese dañino portento, merecer el polvo que ahogue sus palabras, guardar silencio, morir al fin.

Juan Preciado llega al pueblo de Comala en busca de su padre, el cacique Pedro Páramo. Muy pronto, advierte que el sitio responde a otra lógica; en la página 13, avista a un primer espectro: «al cruzar una bocacalle vi una señora envuelta en su rebozo que desapareció como si no existiera».

Los fantasmas de la novela se han apoderado incluso de su contraportada. La edición del Fondo de Cultura Económica, en su Colección Popular, incluye una anónima sentencia entre comillas: «Un cuarto de siglo bastó para situar a *Pedro Páramo* como "la máxima expresión que ha logrado hasta ahora la novela mexicana"». ¿Quién pronuncia el elogio? ¿De dónde viene la cita? Aunque se esté de acuerdo con ella, sorprende que caiga sin razón ni porqué. El mundo rulfiano ha producido un curioso efecto secundario. Avalado por un espectro, el autor recibe un trato de figura legendaria, cuyos méritos son indiscutibles y, por lo tanto, no necesariamente demostrables.

A propósito de Borges, Beatriz Sarlo observa que la justificada universalización de su literatura ha borrado sus vínculos con la cultura vernácula. También Rulfo funda una «modernidad en las orillas», pero ha sido víctima de la lectura opuesta. Sus sorprendentes estructuras y su artificioso empleo del habla «natural» suelen ser vistos como resultados un tanto accidentales de una realidad extravagante. La fama de Borges lo desarraiga de sus fervores locales; la de Rulfo, lo asimila en exceso a una cultura que superó con creces. El autor de *Pedro Páramo* frecuentó las más diversas literaturas (en especial la escandinava y la brasileña), pero intervino poco como ensayista y no dejó un canon de sus gustos. Acaso esta reticencia provocó que a veces fuera visto como un creador intuitivo, casi al margen de sí mismo, rulfianamente afantasmado. El mito del Rulfo de «mágica inspiración» pasa por alto que estamos ante el más arriesgado y riguroso renovador formal de la narrativa mexicana. El entorno le sirve, no para rendir testimonio, sino para construir un símbolo.

Aun en sus relatos de corte más realista, depende de la subjetividad. Cada paisaje, cada *dato exterior*, está filtrado por la conciencia. La trama abunda en muertes y traslados, pero las acciones ocurren en un tiempo que nunca acaba de suceder, una zona que se encoge o dilata en la percepción de los testigos: «En esta tensión angustiosa entre la lentitud interior y la violencia externa está el secreto de la visión de la realidad mexicana en Rulfo», escribe Carlos Blanco Aguinaga en un ensayo de 1955, año de aparición de *Pedro Páramo*. De manera emblemática, uno de los muchos relatores a los que Rulfo presta su voz termina su descripción diciendo: «como si así fuera».

La mitificación de Rulfo, el énfasis en la obra lograda como de milagro, al margen de las arduas preocupaciones técnicas del novelista, ha impedido, entre otras cosas, que *Pedro Páramo* sea

16

entendida como un caso de literatura fantástica. En esta oficiosa lectura, el autor es separado de sus invenciones, se difumina como subproducto de una tradición tan rica que no requiere de explicación. Comala y sus muertos se imponen como un triunfo telúrico, deciden ser escritos.

Augusto Monterroso se interesó en los fantasmas rulfianos con el doble propósito de subrayar su condición ilusoria y de explicar por qué no suelen ser vistos como personajes fantásticos: «En su humildad, no tratan de asustarnos sino tan solo de que los ayudemos con alguna oración a encontrar el descanso eterno. Sobra decir que son fantasmas muy pobres, como el campo en que se mueven, muy católicos, resignados de antemano a que no les demos ni siquiera eso. En pocas palabras, lo que ocurre con los fantasmas de Rulfo es que son fantasmas de verdad. ¿Significa eso que les neguemos también este último derecho, el de pertenecer al glorioso mundo de la literatura fantástica?».

En el desierto todo ocurre por excepción; sus terregales solo producen historias cuando alguien se pierde por ahí. Es en esta región donde Rulfo ubica sus fantasmas. Las mansiones recargadas de utilería estimulan la imaginación gótica: el desván con baúles y telarañas, alumbrado por un candelabro de seis bujías, exige un espectro en su inventario. Por el contrario, Rulfo trabaja en una zona vacía; sus escenarios no pueden ser más disímbolos que los de Poe, Wells o Lovecraft (participa de la cruda desnudez de Hamsun o Chéjov); sin embargo, en esas tierras pobres crea un mundo desaforado donde las ánimas en pena no son recursos de contraste (el monstruo tonificante con que Lovecraft busca recuperar la atención de sus lectores) sino la única realidad posible. El proceso de extrañamiento, esencial a la invención fantástica, se cumple en el más común de los territorios. En una corriente proclive al artificio (la máquina del tiempo, la estatua que cobra vida, el robot inteligente) o a las singularidades fisiológicas (la pérdida de la sombra, la aparición de un doble, el sueño profético), *Pedro Páramo* se presenta como un drama de la escasez donde los aparecidos apenas se distinguen de las sombras. No hay efectos especiales: la gente cruza la calle como si no existiera.

En su construcción y, sobre todo, en su criterio de verosimilitud, la novela se aproxima a *El barón Bagge*, de Alexander Lernet-

Holenia. En ambos casos, el protagonista enfrenta seres reales cuya única peculiaridad consiste en haber muerto o, para ser más precisos, en haber muerto sin llegar al más allá. Mediada la trama, tanto el jinete del imperio austrohúngaro como Juan Preciado hacen un segundo descubrimiento: si están rodeados de espectros es porque también ellos pertenecen al limbo de quienes se alejan de la vida sin alcanzar la muerte.

Pedro Páramo no pretende ser una novela histórica; sin embargo, la idea de la Historia es un elemento decisivo en su elocuente laberinto. Los alrededores de Comala llevan los apropiados nombres de Los Confines o La Andrómeda; ahí, la Historia sigue su curso. Al pueblo llegan ecos del mundo inverosímil donde los acontecimientos son posibles. La revolución mexicana (1910-1920) y la primera guerra cristera (1926-1929) son los círculos externos de la trama. Con calculado oportunismo, Pedro Páramo apoya causas contradictorias que contribuyen a su fortuna personal. La Historia alcanza a Comala como las ondas de un sismo remoto; sus efectos son desastrosos; sus motivos, inescrutables. Los pormenores importan poco; las revueltas llegan como una sola confusión de pólvora; los villistas regresan convertidos en carrancistas y el cacique se aprovecha de todos ellos.

Pero el tema de Rulfo no son los acontecimientos sino su reverso, los hombres privados no solo de posibilidad de elegir, sino, de manera más profunda, de que algo les ocurra. Al margen del acontecer, los fantasmas rulfianos trazan su ruta circular. A propósito del tiempo sin tiempo de la novela, escribe Carlos Fuentes: «Recuerdo dos narraciones modernas que de manera ejemplar asumen esta actitud colectiva en virtud de la cual el mito no es inventado, sino vivido por todos: el cuento de William Faulkner "Una rosa para Emilia", y la novela de Juan Rulfo *Pedro Páramo*. En estos dos relatos, el mito es la encarnación colectiva del tiempo, herencia de todos que debe ser mantenida, patéticamente, por todos».

Ajenos al devenir, los personajes de Rulfo viven la hora reiterada del mito. Para que algo transcurriese, para que el pasado quedara «antes», tendrían que abandonar su exilio atemporal. Estamos, como sugiere Julio Ortega, ante «un tiempo que da la vuelta» donde los muertos en vida carecen de presente y solo disponen de un «pasado actual».

18

La discontinuidad narrativa no conduce a una historia que debe ser «armada» por el lector, sino a un plano en el que todo sucede desde siempre. Pocas acciones se cuentan dos veces; sin embargo, la circularidad se insinúa con fuerza: todo instante es repetición. Al referirse al desenlace de las aventuras, Fernando Savater escribe: «La muerte acaba, pero la vida sigue: nótese que no sabríamos decir "la muerte sigue". La fórmula que clausura los cuentos en alemán, nos recuerda Benjamin, es: "y si aún no han muerto, es que viven todavía"». En *Pedro Páramo* la muerte es una expresión de la continuidad. La miseria que aniquila a los habitantes de Comala, su despojo irreparable, depende de su imposibilidad de entrar al tiempo. La dimensión política de Pedro Páramo es específicamente literaria: la historia de quienes no pueden tener Historia.

LA MUERTE DESEADA

En el relato «El cazador Gracchus», de Franz Kafka, la muerte no es percibida como una amenaza sino como una liberación, la forma desesperada de abandonar una realidad dañina. En consecuencia, el castigo del protagonista consiste en no alcanzar nunca el exterminio. El cazador, que siega las vidas de sus presas con deportiva pericia, sufre una inversión radical de su oficio y es condenado a no acabarse de morir. También Rulfo concibe una infranqueable aduana al más allá, similar a la *festhaltende Strasse* de *El proceso*, la calle que retiene a sus transeúntes, donde «avanzar» y «salir» se vuelven términos inútiles. En *Pedro Páramo*, como en la reacia calle de Kafka, el movimiento no implica progresión. La única posibilidad de abandonar ese entorno sería la muerte, pero las víctimas requieren del perdón para llegar ahí. Rulfo otorga un grave peso moral al perenne deambular de sus espectros: «Están nuestros pecados de por medio»; la errancia entre la vida y la muerte es la penitencia por la caída; sin embargo, no hay el menor sentido de la justicia en esta condena: todos, por igual, han sido sentenciados, sin apelación posible. Lo único que puede salvar a las víctimas es que un vivo rece por ellas. En este libro de los muertos se reconoce la existencia de los vivos, pero ninguno «está en gracia de Dios».

Si Kafka explora el totalitarismo en los niveles más íntimos de la vida (los funcionarios que arrestan a un ciudadano en la cama), Rulfo se adentra en el totalitarismo de la religión y registra los numerosos remedios de la Iglesia católica como renovadas formas del sufrimiento.

En un ensayo precursor, José de la Colina señaló el papel emblemático de la pareja incestuosa que encuentra Juan Preciado. Los hermanos han estado en Comala «sempiternamente». Desnudos, lujuriosos, se entregan a su pasión pero son incapaces de procrear; su falta de fertilidad, como la del pueblo entero («todo se da, gracias a la Providencia; pero todo se da con acidez»), dimana de su impureza. Sin embargo, la religión sirve de poco para paliar las culpas. Incluso los profesionales de la fe están inermes. El padre Rentería no puede conciliar el sueño y repite los nombres de los santos como quien cuenta borregos, pero este reiterativo santoral ni siquiera concede el milagro de aburrir. Cuando el obispo encara a los hermanos incestuosos, lanza una punitiva consigna bíblica: «¡Apártense de este lugar!». El veredicto es inútil. Nadie puede ser expulsado de ese infierno. Si Dostoievski y Tolstói intentan una depuración del cristianismo, llegar a modos más genuinos de la experiencia religiosa, Rulfo construye un presidio intensamente católico; sus personajes creen con una autenticidad estremecedora, pero no les sirve de nada. El círculo no tiene salida y la esperanza se convierte en una variante cruel de la ironía. En palabras de Carlos Monsiváis: «Un eje del mundo rulfiano es la religiosidad. Pero la idea determinante no es el más allá sino el aquí para siempre». Las plegarias no atendidas son el raro combustible que mantiene a los personajes fijos, abandonados a su suerte, en un instante que sucede sin principio ni fin.

RUIDOS. VOCES. RUMORES

El tema del viaje es esencial a la imaginación rulfiana; muchas de sus tramas son pasajes de traslado (la peregrinación en «Talpa», la huida en «La noche que lo dejaron solo», la persecución en «El hombre», la extenuante caminata en «¿No oyes ladrar los perros?», el recorrido rumbo a «Luvina»). La primera persona que encuentra Juan Preciado es un ser movedizo, el arriero Abundio Martínez, alguien que comunica realidades distantes con su recua de mulas. Abundio Martínez abre y cierra el relato, es el centinela que le otorga circularidad.

El trámite del traslado prepara al lector para el asombro; sin embargo, el recurso decisivo para aceptar la realidad desplazada de Comala es otro: Juan Preciado no conoce a nadie en el pueblo, pero todos lo reconocen. En casas sin techo y patios barridos por la niebla escucha a los extraños que dicen frecuentarlo «desde que abrió los ojos». El desacuerdo entre la mirada del narrador y sus testigos, la desesperante *autenticidad ajena* (la vida atribuida al protagonista, fidedigna e irreconocible), es uno de los mayores logros de la novela. El drama del desconocimiento adquiere así una legalidad propia, la fuerza perturbadora de lo que solo puede ser cierto de ese modo.

El título provisional de la novela, *Los murmullos*, es inferior al telúrico de *Pedro Páramo*, el patriarca de la reproducción estéril, generador de todos los fantasmas. Sin embargo, *Los murmullos* alude en forma más clara a la técnica de la novela: aturdido por la galería de voces, Juan Preciado pierde su identidad. En la página 74, justo al centro de la trama, se convierte en otra alma en pena que susurra: «me mataron los murmullos». La historia iniciada por Juan Preciado prosigue en las voces colectivas; los muertos adquieren cabal autonomía y el narrador se disipa entre sus sombras. No es de extrañar que abunden las palabras sueltas, dichas por gente ilocalizable. En este tejido de frases independientes, un grito atraviesa la noche: «¡ay vida, no me mereces!» o alguien canta: «mi novia me dio un pañuelo / con orillas de llorar [...]». ¿Quién habla? «Ruidos. Voces. Rumores», responde el narrador.

Seguramente Carlos Blanco Aguinaga fue el primero en señalar que en el ámbito rulfiano «nadie escribe: alguien habla». Rulfo construye sus ficciones con voces de perturbadora autonomía, y procura que las palabras lleguen *sueltas*, como arrastradas por el viento, al margen de la voluntad de estilo del autor. Los cuentos de *El Llano en llamas* (1953) derivan su fuerza de lo que se revela de modo casi indeseado en los diálogos o en el fluir de la conciencia. Los personajes suelen ser arrepentidos en su última hora, hombres parcos a quienes la vida arrincona hasta hacerlos elo cuentes. Vencidos por una violencia atávica, sueltan frases que los comprometen. La acústica rulfiana es la de lo escuchado por accidente. Por un favor del aire, alguien oye una confesión en «la noche entorpecida y quieta», voces «casi vacías de ruido».

En un texto para la película *La fórmula secreta* (1965), Rulfo confirma el poder oral de su idioma: «ustedes dirán que es pura necedad la mía, que es un desatino lamentarse de la suerte y cuantimás de esta tierra pasmada donde nos olvidó el destino». Esta apropiación de la palabra hablada ha provocado que en ciertas ocasiones sea visto como el taquígrafo de una tradición. La primera edición de *El Llano en llamas* informa que el autor se sirve «de su experiencia personal, de las charlas familiares, de los relatos escuchados en boca de los hombres de su provincia». Con etnológico entusiasmo, se enfatiza su valor testimonial. La hazaña de Rulfo es muy superior. Lejos del costumbrismo, inventa un territorio, una manera simbólica de referirse a los pueblos «donde se han muerto hasta los perros y ya no hay ni quien le ladre al silencio».

Cuando Preciado «muere» y se convierte en otro heraldo sin cuerpo, la novela rompe su última atadura con el mundo exterior: Comala es ya un espacio separado de su entorno; lejos, muy lejos, quedan Los Confines. Estamos en un territorio escindido, un exacto mecanismo de autarquía narrativa, la obra coral que sepulta a Juan Preciado, el emisario que venía de fuera.

El habla de *Pedro Páramo* ha dado lugar a discutibles elogios antropológicos. Para ciertos amigos del folclor, los mayores méritos de la novela son documentales: Rulfo «captó» el lenguaje de los Altos de Jalisco y lo integró sin pérdida a su obra. Esta interpretación se funda en la idea de que un texto literario es significativo por lo que comunica *más allá* de la ficción. La lectura antropológica convierte al narrador en un hábil taquígrafo del lenguaje coloquial y en un misionero políticamente correcto que otorga voz a quienes no la tienen. En ambos niveles, la operación intelectual de Rulfo es mucho más compleja: reinventa el habla rural de México y crea una alegoría sobre la expulsión de la Historia. Su territorio se transforma en un orden simbólico, una cartografía más auténtica que su modelo.

Ningún campesino ha hablado como personaje de Rulfo, pero pocos diálogos parecen tan genuinos como los de *Pedro Páramo*.

Este espejismo de la naturalidad depende de numerosos recursos: el reciclaje de arcaísmos («si consintiera en mí»), la poesía dicha *por error* («tú que tienes los oídos muchachos»), las tautologías casi metafísicas («Esto prueba lo que te demuestra» o «Si yo escuchaba solamente el silencio, era porque aún no estaba acostumbrado al silencio»).

Los nombres de las plantas también revelan una caprichosa elección. Juan Rulfo no busca claveles ni margaritas; en su huerto crecen saponarias, capitanas, arrayanes, flores de Castilla, hojas de ruda, los paraísos que rozan la piel de Susana San Juan. En una región desértica, las flores brotan como exiguos dogmas de la belleza. Los pasajes líricos de la novela, que generalmente se refieren a Susana San Juan y a los recuerdos de juventud de la madre de Juan Preciado, dependen de un peculiar sentido de la escasez. Comala ha acostumbrado a los suyos a tal calor que los que se van al infierno regresan por su cobija. Solo en los recuerdos de las mujeres sopla un viento oloroso a limones. En este paraje yermo, agotado, basta el brote de una hoja o la mención del agua para lograr un efecto estremecedor. El lirismo de Rulfo cautiva por la pobreza de los términos comparados; en Comala, una boca se sacia si le dan «algo de algo». Del mismo modo en que el asombro del oasis depende del vasto desierto que lo rodea, en esta saga del polvo un abrojo o un tallo endeble son ya imágenes de la fertilidad, paisajes del deseo: «Ver subir y bajar el horizonte con el viento que mueve las espigas, el rizar de la tarde con una lluvia de triples rizos. El color de la tierra, el olor de la alfalfa y del pan. Un pueblo que huele a miel derramada [...]». De manera dramática, esta insólita evocación de una tierra pródiga solo existe como pasado. El presente es un magro recordatorio: «Aquí, como tú ves, no hay árboles. Los hubo en algún tiempo, porque si no ¿de dónde saldrían esas hojas?». Comala es un pueblo de residuos: almas sin cuerpos, hojas sin árboles, nombres sin rostros. Esto último resulta decisivo para enrarecer la atmósfera; en otra novela de la misma brevedad sería abrumador que tantos personajes secundarios tuvieran nombre propio. En cambio, el inmenso reparto de *Pedro Páramo*, los sonoros nombres que Rulfo encontraba en las lápidas de los panteones (Damiana Cisneros, Eduviges Dyada, Fulgor Sedano, Toribio Aldrete), contribuye a la sensación de asfixia: el pueblo sin nadie está sobrepoblado.

El estilo rulfiano depende, en buena medida, de su sistema de repeticiones. El narrador junta palabras como guijarros pobres. El procedimiento alcanza peculiar elocuencia en un pasaje sobre la entonación; los verbos y sustantivos se reiteran como una partitura minimalista: «Oía de vez en cuando el sonido de las palabras, y notaba la diferencia. Porque las palabras que había oído hasta entonces, hasta entonces lo supe, no tenían ningún sonido, no sonaban; se sentían; pero sin sonido, como las que se oyen durante los sueños». Las frases se muerden la cola y forman anillos de polvo: «jugaba con el aire dándole brillos a las hojas con que jugaba el aire» o «entonces ella no supo de ella».

En una trama de espectros, donde todo se disipa y difumina, la verosimilitud depende, en buena medida, de una percepción indirecta. Comala es un campo de efectos diferidos, resonancias, visiones nubladas.

Los sentidos más presentes en la novela son la vista y el oído; el olfato es una nostalgia; el tacto y el gusto carecen de oportunidad en un pueblo sin presente. La atmósfera fantasmática dimana de la vaguedad visual y auditiva. Nada se percibe en primera instancia; Juan Preciado ve el entorno filtrado por tinieblas, humo, un crepúsculo que se confunde con el alba, y escucha ecos, pasos, rumores. La imprecisión de la vista y el oído se funde en una expresión cardinal: «el eco de las sombras». El sonido y la imagen son la misma bruma.

Novela fronteriza, *Pedro Páramo* prefiere los claroscuros y lleva la indefinición al sexo: «yo soy también su padre, aunque por casualidad haya sido su madre». Antes de ser ahogado por los murmullos, Juan Preciado sostiene este diálogo:

–¿Dices que te llamas Doroteo?
–Da lo mismo. Aunque mi nombre sea Dorotea.

La ambigüedad de género refuerza la sensación de estar en un entorno descolocado. El sentido de lo fantástico depende de la noción de límite, y de sus sutiles transgresiones. *Pedro Páramo* se propone como un juego limítrofe, para ser leído desde los bordes, el mundo exterior al que no volverá nuestro emisario en la novela, Juan Preciado.

24

Esta cuidada estrategia de sonoridades desembocó en un gesto estético tan célebre como la propia obra rulfiana: el silencio. Al escribir sobre Rimbaud, Félix de Azúa observa que la trayectoria del poeta «está indisolublemente ligada a un acontecimiento que la determina de un modo absoluto: el silencio». Así como la poesía de Hölderlin tiene su prolongación lógica en la locura, la de Rimbaud presupone la renuncia definitiva a la palabra. Después de crear una perfecta alegoría de la pobreza y el despojo, Rulfo dio un paso acaso inconsciente y seguramente desgarrador, pero en clara concordancia con su estética: la saga del polvo y la esterilidad no podía tener mayor caja de resonancia que el silencio.

LOS DIOSES OBLIGADOS

¿Cómo salir de la repetida tortura de Comala? Para llegar al más allá, al reposo eterno, los personajes rezan por su suerte y, sobre todo, buscan que un vivo pida por ellos. La religión es una lucha desaforada y estéril en la que combaten los creyentes; el propio padre Rentería habla de los ruegos como de una contienda (la petición de un milagro compite, no solo contra la indiferencia divina, sino contra los rezos que se le oponen: la fe es una pugna de iniciativas y el pecado se sanciona de acuerdo con las presiones que se ejercen sobre el cielo). Este voluntarismo recuerda la idea del sacrificio de los pueblos prehispánicos: mediante las ofrendas, los dioses son obligados a cumplir.

Pero en Comala no hay otro poder que el del patriarca: «todos somos hijos de Pedro Páramo». La paradoja de esta paternidad sin freno es que conduce a la sequía. A medida que el cacique se apodera de más tierras y más mujeres, la región se transforma en un yermo.

Nada escapa a los actos del cacique, incluso el desierto representa un saldo de su voluntad. Pedro Páramo es el artífice del polvo; el «padre de todos» vive entre mujeres secas, que sueñan que dan a luz una cáscara. Tierra sembrada de fantasmas, Comala se ajusta a la definición que Pessoa hace del hombre y su inútil heredad: Páramo es un «cadáver aplazado que procrea». Sin embargo, no es un arquetipo del autócrata como Tirano Banderas, un esperpento sin fisuras que rumia sus odios con prolija teatralidad. Dos tragedias lo hacen vulnerable, la muerte de su hijo Miguel y la pérdida de la única mujer que amó.

Susana San Juan es el reverso de los demás personajes del libro; se opone a la lógica del lugar (sus ojos se atreven a negar lo que ven) y derrota a Pedro Páramo. Rulfo trabaja un tema predilecto de Faulkner: el poder vencido por la locura. En estas bodas de la violencia y el delirio, Páramo se obsesiona por la mujer que no entiende: «Si al menos hubiera sabido qué era aquello que la maltrataba por dentro, que la hacía revolcarse en el desvelo, como si la despedazaran hasta inutilizarla». Susana representa la proximidad del mar, la negación del desierto, el contacto con una mente indómita, revuelta, todo lo que no es Comala. Siempre ausente, húmeda y lejana, Susana es un horizonte inaccesible, la vida que debe estar en otra parte.

Desplazada por la fuerza, Susana enloquece y se sobrepone a la opresiva realidad de Comala desentendiéndose de ella. En su descalabro arrastra a Pedro Páramo. Ante la pérdida amorosa, el cacique demuestra que la negligencia puede ser peor que su tiranía. Se cruza de brazos y el pueblo se hunde. En la última escena, el libro narra la emblemática caída de Páramo, desmoronado «como un montón de piedras».

Los orígenes de *Pedro Páramo* ya pertenecen a la hagiografía y una escena canónica se repite entre los feligreses. En una mesa de ping-pong hecha por Juan José Arreola (con la famosa laca china que garantizaba el bote de diecisiete centímetros), Juan Rulfo desplegó las cuartillas que había escrito en desorden. Su idea original consistía en escribir una trama lineal y en las discusiones con Arreola decidió integrar un todo fragmentario, urdido con yuxtaposiciones y escenas contrastadas como los vidrios rotos de un caleidoscopio. Escenario donde mana un tiempo detenido, un pasado siempre actual, *Pedro Páramo* solo podía concebirse como un continuo de prosa interrumpida.

Arreola se ha referido a la noción de rendija como estructura dominante del mundo rulfiano; todo es entrevisto por visillos, grietas, huecos. Las voces y los tiempos narrativos se reparten en trozos cuya unidad virtual depende del lector. Incluso los blancos tienen una función expresiva, denotan la actividad de quien está fuera del texto y debe cargarlo de sentido. Quienes permanecemos al margen, aún vivos, miramos por los intersticios. La forma del libro es su moral estricta: desde la Historia espiamos a sus expulsados. En la última definición que intenta del hombre, Hamlet da con una fórmula que impide toda grandilocuencia: «este polvo quintaesencial». Los espectros de Juan Rulfo están hechos de la arena que el viento empuja en los desiertos. Pobres a un grado innombrable, se saben condenados: los que están fuera, al otro lado de la página, nunca harán lo suficiente.

MONTERROSO:
EL JARDÍN RAZONADO

Augusto Monterroso conoce tan a fondo los géneros canónicos que prefiere abordarlos como parodia. Desde su título, *Obras completas (y otros cuentos)*, el delgado volumen con el que debutó en 1959, es una lección de ironía: cada frase significa al menos dos cosas y cada texto rinde un irreverente homenaje a la historia de la literatura.

En el relato «El eclipse», un misionero concibe una estratagema para evitar que los mayas lo sacrifiquen. Sabe que habrá un eclipse total y anuncia: «puedo hacer que el sol se obscurezca en su altura». Los indios deliberan durante un rato; luego, sacan el corazón de fray Bartolomé. El misionero ignoraba que su «magia» era la ciencia de los astrónomos mayas. En la misma vena, Monterroso se ocupa de la *Sinfonía inconclusa* de Schubert y demuestra lo desastroso que sería encontrar las partes faltantes de la partitura que el público ha imaginado tan provechosamente durante muchos años. Toda obra *perfecta* depende de cierta imperfección que permita quejarse de que no sea «perfecta». Esta paradoja sobre los modos de percibir el arte se ahonda en «El dinosaurio», que discute la teoría del cuento en siete palabras: «Cuando despertó, el dinosaurio todavía estaba allí». El autor se limita a narrar el desenlace del relato; el planteamiento y el nudo de la argumentación pertenecen a la realidad virtual: el lector debe imaginar las condiciones en que el protagonista soñó la bestia que termina ingresando a su universo. De acuerdo con Italo Calvino, estamos ante uno de los máximos ejemplos de rapidez literaria; una sola frase condensa y remata la rica corriente de las historias donde se mezclan los planos de la vigilia y el sueño. De nuevo: la creación deriva de la crítica, de la insumisa relectura. Monterroso brinda solo el desenlace del cuento porque se sirve de una fórmula conocida; el mecanismo se ha usado tanto que unas palabras bastan para inferir la trama. No es extraño que el animal del cuento pertenezca a la lluviosa edad jurásica; estamos ante un tema que se reitera desde el Origen. ¿Significa esto que debamos olvidar su atractiva amenaza? En modo alguno. La parodia preserva la tradición que ridiculiza; ofrece un original camino de retorno para los temas sabidos de antemano.

En su segundo libro, Monterroso recuperó un género aún más antiguo. *La Oveja negra y demás fábulas* (1969) es una ilustrada reserva para una forma literaria en extinción. En la fábula quedan pocas tierras vírgenes; los animales de Esopo y La Fontaine adornan los pabellones de varias generaciones de celosos taxidermistas. En consecuencia, los padecimientos de esta selva llevan el sello de la hora: la Rana sufre crisis de identidad y teme que sus ancas sepan a pollo y el Rayo, animal de luz, se deprime cuando cae por segunda vez en el mismo sitio y ya no causa suficiente daño.

El bestiario arranca con dos bromas sobre la experiencia zoológica. En primer término, el autor agradece a las autoridades del Zoológico de Chapultepec por haberle permitido entrar en sus jaulas «para observar *in situ* determinados aspectos de la vida animal». Esta exageración es un alegre ataque a los que creen que la verosimilitud depende del conocimiento sensible y piensan que solo quien respira el aliento de la fiera tiene derecho a describirla. Al presumir su celo de fabulista enjaulado, Monterroso refrenda su gusto por la sátira y logra que sus palabras se interpreten al revés. La siguiente bandera con la que marca su territorio es el epígrafe de K'nyo Mobutu: «Los animales se parecen tanto al hombre que a veces es imposible distinguirlos de este». Solo al revisar el caprichoso «Índice onomástico y geográfico» que cierra el libro se advierte que Mobutu es un antropófago; por eso no distingue los fiambres animales de los humanos. Al respecto, conviene recordar una sentencia de *Movimiento perpetuo*: «El verdadero humorista pretende hacer pensar, y a veces hasta hacer reír». El chiste sobre el antropófago es un pretexto para la reflexión: hay que evitar que los animales literarios se parezcan *demasiado* a los hombres; la contigüidad excesiva puede llevar a una rancia pedagogía, donde cada graznido es «simbólico» y cada rebuzno «ejemplar». Monterroso señala los límites de su invención: quienes pastan o rugen en sus fábulas guardan un agudo, aunque siempre relativo, parentesco con quienes fuman o se ruborizan al otro lado de la página. El escritor irónico pide ser interpretado, pero también previene contra los absurdos de la sobreinterpretación. La fábula inicial de *La Oveja negra*, «El Conejo y el León», trata de un psicoanalista que visita la naturaleza y «entiende» que el Conejo se aleja del León por cortesía, para no asustarlo con su fuerza. Este error de lectura alerta contra las indagaciones fáciles: el lebrel con prisas le ladra al árbol equivocado.

Algunos años después del éxito de *La Oveja negra*, Monterroso se opuso a quienes deseaban no solo leer sus fábulas sino ser amaestrados por ellas: «Ninguna fábula es dañina excepto cuando alcanza a verse en ella alguna enseñanza» (*La palabra mágica*). Manual de escepticismo, su obra repudia las verdades absolutas, incluso las que pudieran establecerse en sus páginas, y recurre a tres lemas para vigilar las vastas filosofías y las opiniones de ocasión:

Descubrir el infinito y la eternidad es benéfico.
Preocuparse por el infinito y la eternidad es benéfico.
Creer en el infinito y la eternidad es dañino.

En otras palabras, los grandes asuntos merecen la perplejidad y la reflexión, pero no la fe ciega. La duda es el máximo auxiliar del hombre de ideas. Hay que desconfiar de lo que uno piensa y más aún de lo que uno escribe.

Casi una década después de *La Oveja negra*, el autor se presentó como novelista y este nuevo desafío extremó su habilidad paródica. *Lo demás es silencio* (1978) puede ser descrita como «novela reacia», en honor a la «estrofa reacia» de Alfonso Reyes. Tomado «en serio», el tema da para una dilatada *Bildungsroman*; sin embargo, el libro trata modestamente de Eduardo Torres, entrañable genio del lugar común, gloria municipal de San Blas, S. B. Si la vida del protagonista es una fallida educación sentimental, su biografía (siempre falta de sujeto) es una desmañada recopilación de citas y testimonios.

30

En el epígrafe, la frase final del monólogo de Hamlet («*the rest is silence*») se atribuye a una obra de estruendo (*La tempestad*); este error anticipa los dislates del falso erudito de San Blas. La novela ofrece el reverso de la literatura de ideas; con *Bouvard y Pécuchet* comparte el uso de pensamientos desgastados y la condición de obra necesariamente «inacabada». La estructura fragmentaria de *Lo demás es silencio* conforma su moral; el protagonista es un ameno desastre narrativo y da lugar a un libro que parece una carpeta revuelta. Obviamente, este «descuido» es tan calculado como la certera prosa de Monterroso (lo mismo puede decirse del humor de Eduardo Torres, que tiene la difícil cualidad de parecer involuntario: «los enanos tienen una especie de sexto sentido que les permite reconocerse a primera vista»). Ante un enemigo jurado de la pedantería y la solemnidad, resulta absurdo hablar de antinovela o de un anticipado posmodernismo. Digamos, sin fanfarrias de simposio, que *Lo demás es silencio* es el amorfo expediente donde la obra de Torres no llega a suceder.

Además de reciclar géneros establecidos (el cuento, la fábula, la novela), Monterroso ha dedicado al menos tres libros a confundirlos. *Movimiento perpetuo* (1972), *La palabra mágica* (1983) y *La letra e* (1987) alternan la traducción, el ensayo, la nota necrológica, la parábola, el cuestionario y numerosos modos híbridos de la invención narrativa. El primero de estos libros propone el arte combinatorio como única forma de recuperar el variado flujo de la vida: «La vida no es un ensayo, aunque pensemos muchas cosas; no es un cuento, aunque inventemos muchas cosas; no es un poema, aunque soñemos muchas cosas. El ensayo del cuento del poema de la vida es un movimiento perpetuo; eso es, un movimiento perpetuo». Como en las *Prosas apátridas*, de Julio Ramón Ribeyro, enfrentamos textos sin pasaporte. Si el hombre barroco se veía asaltado por el *horror vacui*, para Monterroso el hombre de fin de milenio sucumbe a un estéril *horror diversitatis* y se aferra a un orden primario, las «verdades que hay que sostener». *Movimiento perpetuo*, *La palabra mágica* y *La letra e* son, en un doble sentido, expediciones *divertidas*: el autor entretiene con la distracción de quien piensa en varias cosas a la vez. Su libertad formal hace que toda aproximación de conjunto parezca autoritaria; Monterroso reclama un lector que aprecie el magnífico desorden de la madeja y resista la tentación de tejer un aburrido chaleco.

Se dirá que *La letra e* es un diario, pero también ahí se insertan fábulas, cuentos potenciales y el más cómico poema de Eduardo Torres. En su novela *El secuestro*, Georges Perec exploró las posibilidades creativas de la ausencia; al renunciar al uso de la «e»,[1] la letra más común en francés, se topó con un obstáculo creativo que lo obligó a torcer la trama en direcciones insospechadas. Algo similar ocurre con el heterodoxo registro de los días monterrosianos: a falta de un género definido, todos los géneros se mezclan en favor de la introspección. En esta escala, el escritor se propuso descubrir lo que no alcanzaba a ver en el espejo: «Se puede ser más sincero con el público, con los demás, que con uno mismo». El libro es, entre otras cosas, una inesperada reflexión sobre la fama. Si en sus voluminosos *Diarios*, el consumado promotor del ego Andy Warhol omitió el análisis de la celebridad, en *La letra e*, el tímido Monterroso se ocupa de las pasiones –no siempre enaltecedoras– que impulsan toda empresa humana: «La gente admira mucho a don Quijote (no el libro, al personaje), pero olvida que todos sus sacrificios, sus desvelos, su defensa de la justicia, su amor incluso estaban encaminados a un solo fin: el aplauso, la fama».

A diferencia de Conrad, García Márquez o Faulkner, Monterroso no requiere de una topografía definida. Sus asuntos misceláneos se ubican en oficinas, una playa de «olvidadiza arena», el Nueva York de la Gran Depresión, los cuartos de las criadas, un departamento en París donde se aguarda la llegada de Franz Kafka o un hotel de paso en Santiago de Chile. Hay, sin embargo, temas que pasan con diferente énfasis de un relato a otro. Si en «Movimiento perpetuo» los celos son el inquietante complemento de un amor fiel, en «Bajo otros escombros» se convierten en una tortura digna del Curioso Impertinente: «De pronto sientes en la atmósfera algo raro, y sospechas. Los pañuelos que regalaste empiezan a ser importantes y siempre falta uno y nadie sabe dónde está; sencillamente nadie sabe en dónde está».

Aunque se interesa en un sinnúmero de cosas, la voz narrativa sigue de cerca el precepto de Quiroga: «Cuenta como si tu relato no tuviera interés más que para el pequeño ambiente de tus personajes,

---

1. En su traducción al castellano, la vocal ausente pasó a ser la «a».

de los que pudiste haber sido uno». En cada uno de sus mundos, Monterroso narra con la disciplinada serenidad de quien vive ahí desde siempre. A propósito de Borges, escribe que su literatura incluye el laberinto y el infinito, pero también las «trivialidades trágicas». Difícil encontrar mejor definición para las tramas de Monterroso que el sentido de lo trágico en lo trivial: nada es completamente irremediable pero quien sepa ver encontrará en las nimiedades un sufrimiento a su medida. En el cuento «Rosa tierno» un hombre entra en una heladería a matar la soledad; la vista de una mujer hermosa y el sabor dulce de un helado lo transportan a una imaginaria lejanía donde «alguien una vez más piensa con tristeza en él». Tomadas por separado, la escena de la heladería resulta inofensiva, y la evocación nostálgica, sentimental; la fuerza del relato proviene de su inesperada combinación: el drama se presenta en una mesa salpicada con los lunares de un helado derretido.

El fervor por los detalles ha llevado a Monterroso, trágico de los días festivos, a pensar que las moscas son castigadoras y oraculares, «las vengadoras de no sabemos qué», y a afirmar en *La letra e*: «es en lo obvio en lo que con mayor frecuencia encuentro sorpresas». Las fisuras, las bisagras a la otredad, se abren siempre en un entorno familiar. Monterroso repudia el artificio sobrenatural, el efecto estilístico, el arrebato psicológico. La paradoja de Paul Éluard explica bien su registro imaginativo: «Hay otros mundos, pero están en este».

Sin duda, el deseo de centrar los conflictos en la experiencia común tiene un mayor grado de dificultad en *La Oveja negra*, donde los protagonistas no son sus congéneres. ¿Qué animales interesan a sus redes? Para el escritor épico, el animal es ante todo una amenaza, un depredador audaz cuyo instinto incalculable semeja una forma superior de la inteligencia. El tigre o la ballena blanca son los rivales emblemáticos del narrador de aventuras. De sobra está decir que en *La Oveja negra* no hay bestias que deban ser perseguidas o que obliguen a huir. Las criaturas *están* allí, como las omnipresentes moscas de *Movimiento perpetuo* («Nadie ha visto nunca una mosca a primera vista. Toda mosca ha sido vista *siempre*»). Aunque lanza uno que otro zarpazo, el León domina su selva con un tedio burocrático. A riesgo de asumir un tono veterinario, podemos decir que el animal monterrosiano es una criatura saludable que carece de toda singularidad intrínseca, es lo contrario a la esquiva mariposa siberiana, los perros de paladar negrísimo o los caballos de carreras que preservan la única aristocracia de la sangre que queda en este mundo contagioso.

El habitante de las ciudades suele creer, como Max Jacob, que el campo es el «lugar donde los pollos se pasean crudos». ¿Cómo hacer, entonces, que la Naturaleza le resulte natural? Monterroso opta por un recurso decisivo para salvar el escollo: con estratégica distracción, otorga atributos humanos a los animales y aun a los objetos inanimados; la Mosca pone «las sienes en la almohada», el Espejo duerme «a pierna suelta», la Tortuga siente que le pisan los talones, la Rana comienza a «peinarse y a vestirse», para el Búho, reflexionar en los animales significa reflexionar en los problemas que hacen desgraciada a la Humanidad.

Monterroso distingue un rasgo unificador en su bestiario: nadie está satisfecho con su suerte. En el reñido juego de la selva, la Oveja pretende ir de cacería, la Mosca se dispone a volar como un Águila, la Cucaracha sueña que es Gregorio Samsa, el Camaleón usa vidrios de colores para adquirir falsas semejanzas y, con determinación políticamente correcta, las Plantas Carnívoras se vuelven vegetarianas y se devoran a sí mismas. Detrás de este afán de suplantaciones hay una utopía ecológica, el imposible equilibrio de todas las especies: «Si el León no hiciera lo que hace sino lo que hace el Caballo, y el Caballo no hiciera lo que hace sino lo que hace el León [...] todos vivirían en paz y la guerra volvería a ser como en los tiempos en que no había guerra». La irónica moraleja de esta ronda es que lo único que falta para que la Naturaleza sea perfecta es que todos nieguen su naturaleza.

La sátira exige segundas intenciones; en Monterroso, los párrafos lacónicos, de apariencia inofensiva, están cargados de doble sentido, desde el albur que explica el atractivo del Gallo de los Huevos de Oro hasta la parodia de las batallas napoleónicas, pasando por los lugares comunes de la erudición –la supuesta paciencia de Penélope, los ignorados siete sabios de la Antigüedad– y por los secretos que guardan los refranes más conocidos; en *La Oveja negra*, «Cría cuervos y te sacarán los ojos», «Meterse con Sansón a las patadas» o «Se quedó con la parte del león» transmiten mensajes distintos a los que aceptamos por rutina. Al narrar la historia «original» de las convenciones, el escritor subraya la precariedad de todo sistema de creencias.

Cada fábula del conjunto es desafiada por otra; Monterroso escribe relatos transversales, cuyo sentido se ahonda y refracta en otros textos. «La Oveja negra» alude al público de los mártires: en cuanto se sacrifica al excéntrico del rebaño, se tiene un motivo de culto. Si aquí el tema de fondo es la intolerancia, «El salvador recurrente» se ocupa de su reverso; los heterodoxos pueden sufrir un castigo superior al martirio: la comprensión excesiva. Como es de suponerse, también la literatura es materia prima de estas alternancias. El Cerdo, que medra en las inmundicias y no desea quedar bien con nadie, consuma las obras que no se atreve a escribir el Mono, siempre atento al qué dirán.

Las historias de Monterroso suelen ser una vasta discusión de la textualidad. «Para bien o para mal lo que en mayor medida me acontece son libros», escribe en *La letra e*. Sin embargo, en *La Oveja negra* no hay la menor ostentación del aparato literario. Si Borges se sirve de bibliotecas y volúmenes de hojas delgadísimas que prefiguran el infinito, el fabulista discute las angustias de la influencia, el bloqueo del escritor y la fecundidad balzaciana a partir de animales con un limitado registro de comportamientos. Una vez más, la sencillez solo es aparente. Los escenarios, como quería Eliot, no son descritos; se intuyen por lo que ahí sucede. La idea que mejor define estos territorios es la de jardín razonado, donde las hojas brotan al modo de una esmerada enciclopedia; el orden –del que el autor es devoto– pacta con la fertilidad en espacio corto; hay un curioso afán de totalidad en estas miniaturas, según revela «El Mono piensa en ese tema», que incluye a todos los tipos de escritores posibles.

Todo sitio, por placentero que sea, entraña imperfecciones: al llegar a un oasis perdemos el privilegio de los espejismos. Monterroso ha resumido, en una frase, la melancolía del paraíso: «Lo único malo de irse al Cielo es que allí el cielo no se ve» (el uso de la mayúscula resulta estratégico: con el Cielo absoluto se pierde el cielo común). Como en «La ciudad», de Cavafis, los lugares del deseo requieren de la distancia que permite anhelarlos; el arribo significa una pérdida. Por eso la literatura privilegia las travesías; mientras haya horizontes, habrá itinerarios, tramas que conduzcan de un sitio a otro. En Monterroso los fragores del trayecto no se cancelan al terminar la lectura; no hay punto de llegada porque sus mensajes son incesantes, sorpresivos, múltiples. Estamos en una rara versión del paraíso: el cielo que puede verse a sí mismo. El más reciente viaje de Monterroso es el de memorialista. En *Los buscadores de oro* se ocupa de su infancia y, sobre todo, de la forma en que descubrió su irrenunciable gusto por las letras. Cuando un urdidor de tramas policiacas termina una novela, ya se vislumbra la pólvora de la siguiente: los detectives duermen poco. En cambio, cada vez que Monterroso termina un libro da la impresión de que agotó el género. Una de sus escasas cuentas pendientes era la autobiografía. Aunque no es la primera vez que habla de sí mismo (en *La letra e* cuenta lo que no ha podido confesar cuando se desdobla en personaje literario y en *Movimiento perpetuo* se retrata de cuerpo entero: «Sin empinarme, mido fácilmente un metro sesenta. Desde pequeño fui pequeño»), *Los buscadores de oro* es el único libro que ha dedicado al ejercicio de la memoria.

Monterroso decidió repasar sus primeros años en clave reflexiva; relata pocas cosas y atempera sus emociones; si conmueve es, precisamente, por su descarnada sobriedad, por su falta de artificio. El retrato que hace de su padre es una muestra de esta elegancia sin adornos: «Era bueno. Era débil. Se mordía las uñas [...]. Usaba anteojos de aro metálico y su ojo derecho era un tanto estrábico. En un tiempo usó refinadas botas de alta botonadura con polainas de paño gris. Era sentimental respecto de los pobres y quería cambiar el mundo por uno más justiciero. Con todo esto era natural que bebiera en exceso. Constantemente se llevaba a la boca puños de bicarbonato [...]. Sus entusiasmos eran breves, como largas eran sus esperanzas, que le duraron toda la vida sin que ninguna se cumpliera».

Aunque habla de la tarde en que lo castigaron por decirle a un general que los cuchillos no se meten en la boca, el narrador rara vez se aparta del tema central: la revelación de que las palabras son símbolos mágicos. En *Los buscadores de oro* todo conduce a la literatura; las vocales, sus cambiantes sonidos, son como las formaciones de las nubes o el follaje que los árboles corrigen a diario.

Monterroso nunca ha querido tener *un* estilo; en cada libro ha reinventado sus recursos. De cualquier forma, el relato de su infancia es su operación más arriesgada y desconcertará a quien espere que en sus páginas comparezcan el sentido del humor o la recalcitrante Avispa. Tampoco se trata de memorias que denuncien un horror profundo, confiesen algo inaudito o incurran en chismes tan viles como interesantes. Ya en *La palabra mágica* había escrito: «Todo mundo arrastra los mismos datos municipales [...]. Vivir es común y corriente y monótono. Todos pensamos y sentimos lo mismo: solo la forma de contarlo diferencia a los buenos escritores de los malos». *Los buscadores de oro* lleva al extremo esta idea. La prosa es parca, castigada; no hay metáforas ni adjetivos contundentes; Monterroso no padece iluminaciones repentinas ni evoca el aroma turbador de los frutos perdidos; no recrea el pasado como fue sino como *sigue siendo*, la vida que ha pulido con tranquilo esfuerzo.

¿Qué hay alrededor de la exploración del oro? Arena, guijarros, fierros, picos torcidos, casi nada. Las hazañas se hacen con esas burdas herramientas. Más que una pedagogía, *Los buscadores de oro* es una ética, una exploración de las condiciones, siempre precarias, en que surge el hechizo del lenguaje.

En *Allá lejos y hace tiempo*, William Henry Hudson refiere el momento en que, al pasear por Chelsea, oyó un trino que extrañamente venía de Argentina. Se detuvo ante una jaula y preguntó por el pájaro cautivo. En efecto, su dueña lo había traído de Buenos Aires. Sin embargo, la conmovedora distancia que salvaba el pájaro no era la del espacio sino la del tiempo: cantaba desde la niñez de Hudson en Argentina. La única opción de recuperar ese momento era literaria. Ignoro si al caminar por las piedras disparejas del barrio de Chimalistac, Monterroso ha escuchado el «intemporal grito del pájaro» que según Borges conduce al tiempo de los mayores. Lo cierto es que, como Luis Cardoza y Aragón, en México encontró su Guatemala.

Los buscadores de oro ofrece una alegoría del destierro. Augusto Monterroso regresa al país que no ha visto en casi cuarenta años, y con ritmo sosegado, con rara paciencia, repite la más ardua tarea de Ulises: volver a casa.

ROSSI:
PENSAR DISTRAE

A principios de los noventa, en una abarrotada Aula Magna de la Facultad de Filosofía y Letras, Alejandro Rossi negó que los viajes y las memorias fueran estímulos de su escritura. Con candor académico, se había pedido a diversos autores que hablaran de su *ars poetica*. Fastidiado por las pretensiones del tema, Rossi se declaró incapaz de ceder al narcisismo del recuerdo, en busca de los papeles comprometedores de la tía solterona o del perdido diente de leche. Su opinión sobre los traslados fue aún más enfática: «¿de qué puede servirme conocer a un chino?». No creo haber sido el único que desvió la vista al fondo de la sala, donde el inevitable estudiante asiático oía la conferencia de pie, con gesto de confundida atención.

Los demás ponentes lucían incómodos: Rossi rompía la regla de proteger a toda mesa redonda mexicana de la discusión. Cuando las acusaciones de descortesía ya se olfateaban en el aire, Alejandro empezó a contradecirse. Con absoluto desparpajo, se remontó a su infancia y al primer motivo profesional de su escritura, las monedas con que su madre recompensaba sus composiciones; de ahí pasó a la sabrosa oralidad que descubrió en una terraza de Caracas, en las horas inciertas en que los adultos dormitaban y los niños oían cualquier historia con tal de no quedarse solos; en ese sitio emblemático, descubrió voces de mujeres y ancianos curtidos por la aventura, que pasaban de un tema a otro sin que el interés decayera (más decisiva que la anécdota era el rumor que la guiaba, la entonación, las pausas llenadas por el batir de un abanico, las aspas del ventilador, el ocasional zumbido de un mosquito).

Rossi descubrió el relato conversado en el español de Venezuela. Nacido en Florencia, en 1932, recibió el italiano como el idioma de su padre, del colegio y de la calle. Con su madre, una caraqueña «con muchas visas en el pasaporte», hablaba en castellano. El español fue, desde el principio, un idioma muy próximo pero levemente desfasado y secreto, aprendido en casa, sin manuales: una técnica entrañable y caprichosa. Cuando la inminencia de la guerra llevó a la familia a Buenos Aires, el dúctil instrumento se llenó de subjuntivos, verbos irregulares y, poco a poco, asumió las magias vernáculas del barrio.

Hay una escisión fundamental en quien dispone de dos lenguas primigenias, una extranjería que más que a la gramática atañe a la mirada. Desde su infancia, Rossi adquirió la insalvable y original condición del desplazado. Como escritor, ha vivido para preservar los asombros de quien cruza fronteras imprevistas.

Buenos Aires era un lugar paradigmático para contraer el vicio de la lectura. La revista infantil *Billiken*, las cuidadas traducciones de novedades europeas, las librerías abiertas con generosidad de centros nocturnos, propiciaron que Rossi midiera el paso de la infancia a la adolescencia por sus cambiantes aficiones literarias: de Mark Twain y el infinito Mississippi a la revista *Sur* y las conferencias (escucharlas era leerlas) de Jorge Luis Borges. Con la ayuda experta de su hermano Félix, Alejandro adquirió otras pasiones intelectuales: descifrar las claves teológicas del periodismo deportivo; asumir un inquebrantable sistema de creencias donde los dioses visten la camiseta con franja roja del River Plate.

Rossi llegó a México en 1951 para estudiar filosofía, y aquí se quedó desde entonces. Una vida también se define por las opciones que cancela; en cierta época, el fundador de la revista *Crítica* pudo haberse mudado a un campus anglosajón. Fue un temprano entusiasta de las *Investigaciones filosóficas* de Wittgenstein, estudió en Oxford, estuvo en el búngalo campestre de Heidegger y publicó, en 1969, un libro pionero de filosofía analítica en América Latina, *Lenguaje y significado*. Pero los años lo regresaron a un fervor previo a la filosofía. Octavio Paz lo invitó a escribir una columna en *Plural*, con tema libre. Fue un momento decisivo. De 1973 a 1977 Rossi escribió los textos misceláneos que integrarían *Manual del distraído*. En esas entregas mensuales adquirió irregateable carta de ciudadanía en la literatura. Descendiente del general Páez, ostentaba el pasaporte color borgoña de los venezolanos. Con descarado interés, algunos lectores empezamos a considerarlo un escritor mexicano. Sin embargo, las visas y los trámites lo irritan mucho; de manera emblemática, sus primeros textos literarios –mezcla de memorias, relatos y ensayos– fueron prosas apátridas, sin género definido ni ínfulas de entrar con honores de banda de guerra a alguna literatura nacional.

Dueño de una percepción excéntrica y un estilo literario inconfundible, preservó su calidad migratoria como un enredo esencial, digno de un agente doble de John le Carré. Nada más lógico que alguien que nació en Florencia, creció en Buenos Aires y vive en México, pasara aduanas como venezolano. A la manera de Johannes Urzidil, el escritor praguense que fue amigo de Kafka, Alejandro podía definirse como *hinternational*, alguien detrás de las naciones. Un buen día de 1994 decidió nacionalizarse mexicano. Quizá se hubiera ahorrado algunos sinsabores –el rencor xenófobo que pervive en nuestros burócratas de la cultura, la desconfianza de los nacionalistas que rinden culto al dios Tláloc, pero temen que traiga lluvias extranjeras– de haber optado desde antes por México y sus folclóricas aguas frescas, pero los trámites le producen un fastidio ontológico y no quiere encontrar los documentos perdidos en su desordenadísimo estudio. Durante décadas, Rossi dejó las cosas a la deriva, en una balsa a mitad del río, y sobrellevó el ambiguo afecto que concedemos a los transterrados.

Lo decisivo, en todo caso, fue la colectiva asimilación de sus patrias: la Italia del origen, que tantas veces justifica sus invenciones sofisticadas y sus arrebatos de carácter, la Venezuela que sirve de trasfondo (con sus muchachas fluviales y sus hamacas color de espiga) a los relatos de *La fábula de las regiones*, la Argentina que definió sus gustos literarios, el México tumultuoso que lo asedia y le exige y lo condecora y lo olvida y lo redescubre a cada rato. Es difícil entender su obra sin repasar esta movediza geografía. También él vuelve de continuo a los días quebrados que decidieron su trayectoria como si siguieran un azar inapelable (le gusta verse así: un producto de grandes casualidades, un corcho a la deriva, al margen de los imprecisos trabajos de la voluntad).

De todo esto habló en el Aula Magna donde empezó apartando de un manotazo la importancia de la memoria y los viajes. El ensayo maestro que da título a su libro más reciente, *Cartas credenciales*, también relata su cruzado itinerario. ¿Cómo explicar su gusto y su aparente rechazo del tema? ¿Un narrador veleidoso, que cambia de ideas sobre la marcha y descarta como defectos lo que después asume como virtudes? Nada de eso. La estrategia expositiva de Rossi es inseparable de las dudas, los matices, los retornos y las desviaciones; descree de la línea recta y prepara sus sorpresas de modo imperceptible, lejos del circo y sus efectos. Odia las certidumbres rápidas. Es lo contrario al profeta tremolante que sacude a la raza con sus negras visiones de los Grandes Temas. Sus relatos suelen ser contados por alguien que conversa desde un sillón exacto; presuponen a un escucha que en cualquier momento puede empezar a contar cerillos y cuya atención debe ser recobrada con una metáfora tonificante o, de ser preciso, un carraspeo épico. También sus ensayos y artículos, reunidos en *Cartas credenciales*, participan de este sentido de la oralidad; se dirigen al lector como si lo tuvieran a la vista. La explicación banal de este tono dialogado es que sus *Cartas credenciales* han sido escritas para leerse en público (ocupación que Alejandro detesta en la víspera y disfruta enormidades una vez transcurrida); sin embargo, hay algo más de fondo: el carácter siempre tentativo y provisional de la argumentación. A propósito de Jaime García Terrés, definió un temperamento que le queda como traje a la medida, el *talante liberal*: «La convicción de que un error intelectual no supone necesariamente un defecto moral. De esa premisa, si aceptada con plena lealtad, se desprende la verdadera tolerancia intelectual, tan distinta –por supuesto– a la aceptación cobarde o a la incapacidad crítica».

Rossi ha pulido sus recursos en la ética de la conversación. La energía, el talento y el tiempo que pone en juego al hablar despiertan en sus interlocutores la vanidad de ser testigos únicos de un dilatado prodigio. Ensaya comparaciones, corrige adjetivos, inventa apodos, pule un alfiler usado en otra charla. Habla sin agenda y se opone a todo plan. Nada le molesta tanto como el afán de darle un uso oportunista a la palabra. En «Diario de guerra» interroga al lector en los siguientes términos: «¿a usted no le entristece que nunca podamos decir algo absolutamente gratuito?». La batalla de Alejandro consiste, precisamente, en hablar porque sí, con la gratuidad del arte.

Max Beerbohm observó que el modo socrático es un ejercicio para uno, el contundente show de una estrella. Los grandes oradores hablan sin parar y reclaman un Platón o un Boswell que los entrevisten; son tenistas que solo ofrecen saques as. Goethe deja que Eckermann intervenga mientras él se repone con una buena taza de té. En la *Enciclopedia de la conversación*, publicada en Leipzig en 1867, no podía faltar un capítulo dedicado a la civilizada costumbre de hablar. Este curioso documento afirma que la conversación es un asunto entre iguales que no pretenden llegar a acuerdo alguno.

A diferencia de quienes confían demasiado en su saque, Alejandro disfruta el peloteo; es un gran conversador porque sabe oír; sus cambiantes curiosidades lo llevan a hacer preguntas de una precisión muchas veces incontestable sobre temas que unos días antes le importaban un carajo. Los *Diarios* de Andy Warhol lo llevaron a una apasionada pesquisa de datos sobre Lou Reed y Bianca Jagger; semanas antes se había dedicado a biografías de Wittgenstein, Colón, Borges y Menotti. La variedad de sus intereses garantiza que la conversación dure, y todo el mundo sabe que una buena conversación es larga cuando no tiene oportunidad de ser larguísima.

En el momento en que lo llamó a *Plural*, Octavio Paz no pensó en el filósofo sino en el conversador genial. Fue un fichaje de alta escuela: Rossi se convirtió por escrito en lo que ya era por hablado.

Tal vez el responsable de todo esto sea el padre Furlong, inolvidable jesuita irlandés, que le inculcó las nociones paralelas del pecado y la paranoia. Tal vez Alejandro reaccione en su literatura contra aquel «capitán del alma» que no requería de fundamentos para sus sospechas y llegaba sin vacilaciones a la condena irrefutable y flamígera. Tal vez por eso escribe en *Cartas credenciales*: «Celebro la ceguera que nos permite ignorar la imprevista noticia, celebro la agnosia que me abre paso hacia un posible hallazgo, celebro encontrarme, sin el menor presagio, frente a un rostro insuperable». La falta de certezas es el mejor requisito para el asombro.

En los cuentos de Rossi, la conversación produce un efecto clave, la distancia entre los sucesos y la voz que los comenta, el agudo espacio de la ironía. Bajo su mirada, a un tiempo mordaz y comprensiva, todo hecho ocurre al menos dos veces: en el abrumador dominio de lo real y en la percepción de un testigo. Narrar es comentar. Es aquí donde Rossi encuentra el cruce entre sus dos vocaciones, la literatura y la filosofía. Una epistemología del relato: presenciar los sucesos equivale a argumentarlos, en el doble sentido de interpretarlos y trabarlos en una historia. Sumidos en el torpor de una América Latina indecisa, apenas consolidada (*La fábula de las regiones*), o en la estrechez vocinglera de los cafés literarios (*Sueños de Occam*), los relatores descubren la trama a medida que la cuentan, avanzan como quien distingue bultos en un entorno vacilante, en busca de un viento benéfico que disipe la neblina. La relatividad de la experiencia, su misteriosa indefinición, es el acicate para seguir contando; la explicación global y absoluta queda fuera del relato, en un recodo ya intransitable del río.

En *La fábula de las regiones* la reflexión sobre la Historia adquiere un sesgo político. En un mundo precario, de cuartelazos, profetas instantáneos y suplantaciones sin fin, la Historia oficial no es sino una vaga mitología. Por el contrario, la confesión individual es genuina, resistente, pero fatalmente parcial. ¿Cómo integrar en un tapiz congruente los excesivos informes individuales? La patria grande, que atañe a todos, es descrita por testigos que escogen momentos señalados; la cabalgata desbocada, el hombre oportuno en un balcón, los ojos hechiceros en la madrugada producen un sinfín de interpretaciones. Si los libros de texto recogen la árida conjura de los historiadores, una retórica gastada con manoseos de bandera vieja, *La fábula de las regiones* recupera las verdades sueltas de los testigos, busca conocer destinos privados en su noche tensa. Cada relato es la explicación provisional de una saga inagotable, y el conjunto, la relación de un territorio demarcado por fronteras en permanente disputa.

El estilo literario de este autor que salta del ensayo al cuento y se detiene gustoso en la mezcla de ambos géneros, depende de una inteligencia de alta temperatura emocional. Una fibra neurótica recorre todos sus escritos. En «Diario de guerra» libra una sorda lucha con la realidad que lo circunda. El jardín del narrador recibe extraños proyectiles de la vida diaria, papeles, desperdicios, tornillos herrumbrosos que alguien lanza ahí como una prueba llana e implacable de la imperfección del mundo.

En este, como en todos sus textos, Rossi está harto: «interrumpir una siesta es un crimen, como quebrar un reloj de arena o desprender el dedo de una estatua». Algo, una afrenta indescifrable, le impide el reposo, pero él no quiere piedad, recoge los vidrios rotos del reloj y se apresta a un duro combate; los días de su diario son los de una iracunda resistencia.

Su desconfianza ante los códigos establecidos es continua y, más allá de la escritura, se expresa de modo perfecto en los restaurantes. Desde los catorce años, cuando jugaba con él ping-pong en casa de Juan José Arreola y en la YMCA, me acostumbré a un rasgo de su carácter: la superstición de que los meseros conspiran contra el género humano. Alejandro profesa una desconfianza de fondo por cualquier asalariado que le traiga un plato. Es probable que su sangre florentina tema el veneno fatal; lo cierto es que antes de probar el guiso le hace ver al presunto enemigo que ha descubierto la conjura.

La primera vez que lo vi ejercer estas sospechas fue a propósito de una leche malteada. Faltaba helado, sobraba leche, ¿acaso habían cambiado al chef? En aquella época primitiva yo no podía concebir una leche malteada imperfecta. Alejandro me desconcertó con su capacidad crítica, pero es otra la razón por la que recuerdo la escena. El conversador estaba en un ánimo entre memorioso y confesional y aquel día me contó que pensaba escribir un libro llamado *Villa Martelli y otros cuentos*. La Villa Martelli era un sitio de veraneo en Italia y el relato central trataba de un niño que pasaba las vacaciones enamorado de una niña y el último día, en vísperas de la despedida, descubría que ella no era tan orgullosa ni tan inaccesible como él había creído. La historia me cautivó porque era muy parecida a las que yo vivía en sitios menos viscontianos. Treinta años después, recuerdo las pausas cargadas de tensión en las que el relator revolvía su malteada defectuosa.

Rossi fue un fumador enérgico, que mordía los cigarros como si tuvieran vitaminas y dejaba en cada cenicero una instalación de colillas retorcidas. La vida le pareció un dilatado pretexto para fumar hasta que la enfermedad lo obligó a luchar contra este hábito central. En un principio, soportó el calvario con entereza; luego cedió a una rabia de fin de mundo. La muerte de amigos queridísimos y la degradación de la ciudad en la que vive no son grandes motivos para recuperar el ánimo. Pero Alejandro ha encontrado nuevos trucos para estar en forma, ya no como el atleta que jugó dobles con Juan José Arreola en el Torneo Nacional de Tenis de

Mesa, allá por 1972 (fue la pareja más ruidosa y despeinada), sino como el observador atento de una realidad que se va a pique y donde él rescata cosas preciadas del naufragio. Afín a Reyes y a Borges, comenta: «no hay tarea literaria pequeña». Escribir una solapa, un comentario relámpago, una necrológica justiciera es una moral de resistencia. Rossi ha pasado a la escritura continua, la música que suena bien donde la pongan y transforma una nota de pie de página en una pieza estética. Esto no descarta que algún día concluya su planeada novela policiaca (hace años que conserva bajo llave la frase final) o que prosiga la saga del severo Gorrondona, siempre rodeado de poetastros. Lo decisivo, en todo caso, es que ha vencido crisis suficientes para adquirir un estilo único y necesario. Acaso con el ánimo de que le llevemos la contraria, no hace un balance muy positivo de su suerte. Su signo zodiacal, Virgo, lo inclina al escepticismo: «me siento maltratado por los astros». Sin embargo, sus libros breves y duraderos han modificado más de un destino y concitan el entusiasmo de la crítica (baste mencionar los volúmenes *Aproximaciones a Alejandro Rossi*, editado por la UNAM y El Equilibrista, y *Alejandro Rossi ante la crítica*, edición de Monte Ávila al cuidado de Adolfo Castañón).

«Los grandes conversadores viven de los recuerdos y testimonios de otros. Siempre nos queda la duda de si lo fueron en verdad o si son la invención de sus admiradores», dijo en una entrevista para *La Jornada Semanal*. Rossi busca pretextos elegantes para que su existencia parezca un «espejismo de la buena voluntad» de los otros. Sin embargo, a su vida le sobran pasaportes para ser la de un fantasma. Una trama compleja y venturosa lo situó en el mejor de los lugares. Aquí. Entre nosotros.

EL PELIGRO OBEDIENTE
EL JUGUETE RABIOSO

En un pasaje de magnífico hartazgo, Juan Carlos Onetti confesó su impotencia para convencer a los demás de las virtudes de Roberto Arlt. Es difícil razonar el entusiasmo que provocan *El juguete rabioso*, *Los siete locos* o *Los lanzallamas* porque se trata de territorios rebeldes, influidos por una cultura muy poco convencional: las intuiciones del periodismo, los azares de la teosofía, el industrioso asombro de los aparatos. Arlt escribe con una gramática fantasiosa, hace que sus historias avancen en saltos argumentales, se apropia con franqueza de Dostoievski, y, sin embargo, su obra se impone con la fuerza indemostrable del milagro o del truco científico.

Onetti renunció a polemizar en favor de Arlt en un momento en que la literatura argentina se dividía, a la manera de la lucha libre, en técnicos contra rudos, cosmopolitas contra lunfardistas, derechistas contra izquierdistas, Borges contra Arlt. Hoy en día, estas oposiciones se han replegado, y a nadie extraña que cuentos como los de Ricardo Piglia se beneficien de ambas vertientes. Con todo, el autor de *El juguete rabioso* aún se resiste a entrar con los zapatos recién lustrados a las criptas de la tradición. Pocos novelistas hacen sonar tan pedantes a los críticos. En vida, Arlt se negaba a enviar sus libros a los diarios, convencido de que su singularidad sería descalificada como «desaliño» por los rutinarios jefes de redacción que concedían a cada novela el tiempo que cabe entre dos llamadas telefónicas.

No es casual que en México un grupo de rock, fundado por exiliados argentinos, haya bautizado su estruendo como El Juguete Rabioso. Arlt publicó la novela a los veintiséis años y sus cuatro capítulos tienen algo decididamente juvenil y primigenio. Para hacer justicia a un fanático de los inventos, quizá habría que hablar de patentes narrativas. Arlt es un goloso de la originalidad; para él, escribir significa escribir *de otro modo*. Sus adjetivos son los de un cocinero que solo se interesa en mezclas tramposas: un «secreto salado», una «idea fría», una «sabrosa violencia». Aunque sus personajes y sus arrabales poseen una fuerte dosis de realidad, las anécdotas son tan extremas y las metáforas tan refulgentes que todo sesgo documental se subordina a la invención. Incluso el lector mexicano o colombiano advierte en los diálogos populares de *El juguete rabioso* un pulido artificio; el lunfardo, el ritmo telegráfico, las voces sueltas dan una impresión de estupendo desorden, pero siguen un diseño, se articulan para llegar a la poesía por el camino «equivocado». En este idioma revuelto nada es gratuito; las palabras reflejan los padecimientos que recorren la novela. Para Arlt, la confusión emocional intensifica la experiencia: «la angustia abrirá a mis ojos grandes horizontes espirituales». Quien se atreve a sufrir en forma conveniente, se libera de las presiones del entorno. Una vez escindido de los otros, el héroe existencial pronuncia las frases de su diferencia: «así veo la vida, como un gran desierto amarillo». Los solitarios hablan raro; sus comparaciones inauditas no son alardes formales sino señas de que pasaron una prueba que los desgajó por dentro. La paradoja de este estilo literario es que prepara la singularidad como un accidente; aunque sean deliberados, los efectos quiebran el texto a la manera de un pintor que culmina su lienzo con tijeretazos.

Pocos escritores han dependido tanto de los ojos como Roberto Arlt. Su fascinación por la ciudad va de las vistas panorámicas de la cinematografía al gusto artesanal por los materiales de construcción, de las perspectivas de fondo para la mirada rápida al minucioso acercamiento a los ladrillos, los vidrios, los revoques, las maderas polvorientas.

Silvio Astier, narrador de *El juguete rabioso*, ve el mundo «como en la óptica fantástica de una fiebre»; los escenarios adquieren los colores contrastados del cómic o el experimento químico («sobre la sonrosada cresta de un muro, resplandecía en lo celeste un fúlgido tetragrama de plata»); con frecuencia, la geometría se transforma en una forma de la pasión (alguien padece «un rencor cóncavo»), y la página, en la pantalla de un iluminador expresionista («La alta claridad de los arcos voltaicos, cayendo sobre los árboles, proyectaba en el firmamento largas manchas temblorosas» o «Un rayo descubría un lejano cielo violeta desnivelado de campanarios y techados. El alto muro alquitranado recortaba siniestramente, con su catadura carcelaria, lienzos de horizonte»).

Entre los recursos favoritos de Arlt hay que destacar el de la imagen contundente relevada por un ruido que permite volver a la novela: «Una calle sin salida, con faroles pintados de verde en las esquinas, con pocas casas y largas tapias de ladrillo. En distantes bardales reposaba la celeste curva del cielo, y solo entristecía la calleja el monótono rumor de una sierra sinfín o el mugido de las vacas en el tambo». En otra calle el protagonista ve fuentes dormidas y estatuas de yeso averiadas; luego escucha un piano que lo hace cobrar conciencia de sus pasos. En un café, se extravía en la contemplación del paisaje hasta que el golpeteo de los tacos del billar lo devuelve a la realidad. La supremacía del ojo es mitigada por el oído; Arlt tiene, como su personaje don Gaetano, «el prurito del movimiento» y hambre de todo lo visual; sus imágenes son tan desaforadas que no pueden compensarse con otras imágenes; para recuperar el hilo de la narración, es preciso un contraste acústico: un silbato, un tenedor sobre un plato, un rumor pobre, capaz de recordar que, más allá de los relámpagos y sus sombras triangulares, la realidad fluye con monotonía.

El juguete rabioso narra la educación sentimental de Silvio Astier. La novela lo encuentra a los catorce años, dispuesto a la aventura. En un barrio de clase media baja, descubre las novelas de peripecias. La lectura secuestra su atención y lo sensibiliza para otros hurtos: la vida revela misterios sin fin cuando transcurre al margen de la ley. Con sus amigos de adolescencia, Silvio forma una cofradía de ladrones. En este primer episodio, el hampa es una variante exagerada de la infancia: los ladrones festejan sus fechorías bebiendo chocolate con vainilla y sesionan en el cuchitril de un titiritero fracasado, entre telarañas y muñecos rotos. El protagonista habla del «emocionante espectáculo de un corazón perforado por tres puñales»; el delito carece de vericuetos y complicaciones, es una manera entrañable de tener miedo. En las calles de Buenos Aires, Astier prolonga los asombros de sus lecturas; está en una *Isla del tesoro* donde los piratas son inexpertos y carecen de cuerpos marcados por descalabros. Hay algo deportivo e ingenuo en los jóvenes que persiguen el «dinero agilísimo del robo» y piensan con delicioso espanto en la *goma* del Departamento de Policía, el arma con que se tortura a los criminales sin dejarles huellas en el cuerpo.

Entre los ritos de paso que integran la educación de Astier, el sexo es un dolor intermitente. El deseo aparece como una ráfaga destructora, sin relación directa con la trama. El cuerpo es una oportunidad de herida, atrae por «la magnífica pequeñez de sus partes destrozables». También en la sensualidad Astier busca causar un daño que lastime su psicología. El límite de esta experiencia es el encuentro con un homosexual en una habitación de alquiler. La escena es una de las más logradas del libro. Un tipo destruido, sin otra singularidad que sus muchas vejaciones, aprovecha la cercanía para iniciar un cortejo. La situación crece a la medida del protagonista; sin embargo, al ver las piernas con medias de mujer, solo siente asco; de algún modo, está hecho para tragedias menores, más pausadas. Con aire triunfal, el rechazado canta: «Arroz con leche / me quiero casar».

En este pasaje de negra comicidad, Arlt provoca en el lector las contradictorias emociones que animan a su personaje: la mezcla de humillación y humor reclama una risa averiada, incómoda.

El deseo insatisfecho aparece en diversas zonas del libro, pero siempre como un aspecto secundario; la verdadera escuela moral de Astier es el crimen. Los cuatro episodios de la novela significan una exploración del mal como camino de trascendencia. Astier se convierte en delincuente como quien entra a un club; poco a poco, el juego cambia de signo hasta llegar a un desenlace ruin, que violenta al lector porque lo obliga a volverse en contra del protagonista.

En *Sexo y traición en Roberto Arlt*, Óscar Masotta se ha referido a las diversas versiones del mal que Astier enfrenta y provoca en la novela. Todo empieza con un artefacto, un cañón construido por el aprendiz de pillo:

–Este cañón puede matar, este cañón puede destruir –y la convicción de haber creado un peligro obediente y mortal me enajenaba de alegría.

El mal es en este caso un prodigio técnico, algo que explota a conveniencia y produce dicha, no porque mate, sino porque funciona.

Después de sus primeros robos, Astier comete una maldad superior. Trabaja en una librería y una noche tira una brasa en el cesto de papeles; se aleja del negocio y fantasea en las llamas y en el cuadro con que un pintor inmortalizará su incendio. Al día siguiente, descubre que la brasa se apagó sin causar destrozos y decide abandonar el empleo. Este acto es menos gratuito: Astier quiere ser un pirómano famoso y vengarse del patrón de la librería, que es un tigre para los negocios, pero también la víctima humillada, casi obscena, de una mujer con ojos de «crueldad verde».

Del crimen como aventura –la noche impune que permite asumir identidades de fábula–, pasamos al crimen como revancha. Ambos son delitos menores, comprensibles. En buena medida, por eso decepcionan a Astier. El protagonista busca escapar a su comunidad, causar un daño irreversible, semejante a un invento excepcional, algo que modifique para siempre su destino. De acuerdo con Masotta, sus crisis se deben a que «había creído alcanzar el mal cuando solo había logrado un mal de escasa significación».

¿Cuál es el siguiente peldaño de la escala? El afán incendiario de Astier regresa en forma cruel: arroja un fósforo encendido sobre un hombre que duerme en la calle; una maldad sin porqué, contra un pordiosero inerme. Sin embargo, tampoco ahora provoca mayor daño, entre otras cosas porque no le interesa el destino del pordiosero. En su peculiar camino de perfección, Astier necesita afectarse, sufrir un quiebre interno. Solo como traidor podrá llegar a esa peligrosa orilla. En el cuarto episodio, imita a Judas Iscariote y delata al Rengo, un ladrón que planeaba robar la casa del millonario Arsenio Vitri. El hecho decisivo es que Astier es amigo del Rengo y detesta a Vitri beneficiario de su vileza; la traición le duele, lo envilece: «Hay momentos en nuestra vida en que tenemos necesidad de ser canallas, de ensuciarnos hasta dentro, de hacer alguna infamia, yo qué sé... de destrozar para siempre la vida de un hombre... y después de hecho eso podremos volver a caminar tranquilos».

La atroz liberación de Astier conduce a una perversa normalidad, donde se camina sin apuros después de condenar al amigo. *El juguete rabioso* termina con un extraño elogio para el protagonista. Arsenio Vitri pasa del repudio a la admiración: el Judas que lo ayudó necesitaba hundirse para fortalecer sus ilusiones; ahora Astier desea viajar al sur, ver nubes, montañas, hielos enormes. Este romanticismo de la inquietud le hace decir a Vitri: «Su alegría es muy linda»; luego estrecha la mano del villano. Abrumado, el protagonista tropieza con una silla y abandona la novela.

Resulta difícil no simpatizar con Astier en los primeros tres episodios, y resulta casi imposible acompañarlo en su traición. *El juguete rabioso* no impone un castigo para el delator; al contrario, lo recompensa con la libertad. Astier irá a las heladas estepas de quienes se atreven a modificar su destino. Como Raskolnikov, es un héroe de la elección individual; sus decisiones pueden parecer equivocadas; sin embargo, desdeñarlas solo sirve para confirmar que se apartan de la norma. Esta es la tensión última de la novela: el lector se siente obligado a cambiar de bando, a «traicionar» al protagonista, a salir de la novela como él, con un tropiezo.

A los catorce años, Silvio Astier inventó su «pequeño monstruo», el cañón que pone a prueba a quien lo usa, un recipiente de estallidos, heroísmos, fulgores y daños posibles. *El juguete rabioso* es un artefacto de idéntica naturaleza, el peligro obediente que Roberto Arlt ha puesto en nuestras manos.

PITOL:
LOS ANTEOJOS PERDIDOS

Las últimas palabras de Fernando Pessoa tuvieron el mismo sentido pero un tono más atemperado que el rotundo «luz, más luz» de Goethe. En la frontera con la muerte, el poeta portugués solicitó con humildad: «dénme mis anteojos». La narrativa de Sergio Pitol se funda en el principio opuesto: no busca aclarar sino distorsionar lo que mira. Según relata en *El arte de la fuga* (1996), extravió los anteojos a su llegada a Venecia, la ciudad de sus antepasados. La teatralidad de los puentes y los canales venecianos cobró en la nublada vista de Pitol un carácter aún más espectral. Horas después, cuando ya resultaban inservibles, los lentes aparecieron en la maleta donde habían sido olvidados con toda conveniencia.

Pitol procura las líneas de sombra y atesora los malentendidos como un dramaturgo de la comedia del arte. En «El oscuro hermano gemelo», relato ensayístico incluido en *El arte de la fuga*, describe una cena donde las conversaciones más interesantes le llegan del lado izquierdo, es decir, por el oído con el que *no* escucha; gracias a su sentido de la suplantación, urde frases fantasiosas a partir de las voces que arriban del lado «erróneo» de la mesa. Esta capacidad de trascender el entorno lo aleja del realismo mimético y lo lleva a interesarse, no en lo que ocurre con parda conformidad, sino en lo que podría ocurrir. Su cuento «Mephisto-Walzer» es una puesta en escena de numerosas historias potenciales, y su novela *El tañido de una flauta* (1972), una exploración sobre los misteriosos recursos con que el arte transfigura el destino. *El desfile del amor* (1984), *Domar a la divina garza* (1988) y *La vida conyugal* (1991), novelas que reunió con el título común de *Tríptico del Carnaval*, condensan y afinan estos procedimientos. La trilogía debe su unidad de espíritu a una festiva escatología. Los personajes se sienten protegidos por sus disfraces sin advertir que las máscaras permiten una variante exagerada y perversa de la sinceridad. Los parlanchines que creen actuar a cubierto acaban condenados por sus palabras, ante la bajeza que deseaban evitar. El impulso paródico de Pitol se remonta a personajes como La Falsa Tortuga, pedante funcionaria del gobierno mexicano que hace el ridículo en el Festival de Cine de Venecia, en *El tañido de una flauta*, y aun a «Amelia Otero», cuento incluido en *No hay tal lugar* (1967), sobre las asfixiantes grandes damas de la provincia que viven para pulir su virtud realzando los horrores de los otros.

Por su estructura, las novelas del *Tríptico* ofrecen diversas tentativas. En *El desfile del amor*, el historiador Miguel del Solar indaga sucesos ocurridos en el año 1942, cuando la ciudad de México era una Babel de refugiados políticos, pero se estrella con las versiones discordantes de los testigos. Un mismo hecho de sangre es narrado con tal variedad de matices que conforma una saga de enredos. Captar esos episodios movedizos no es tarea del testimonio sino de la novela.

El desfile del amor es un tratado indirecto sobre la forma en que surge la verosimilitud literaria. Como Musil y Broch, Pitol sabe que el genuino protagonista de una novela moderna no es el héroe que encarna un destino ejemplar, sino el ruido complejo y disperso de la vida que lo rodea, la bruma que solo se percibe sin anteojos, las palabras sueltas que llegan a un oído débil y receptivo. El crimen que se niega a ser revelado como testimonio puede ser cabalmente reconstruido como ficción.

En cuanto a la trama, la estrategia de la novela, su lógica de avance, consiste en pasar de un enigma a otro: un dispositivo de historias sin término. Aunque posee tensión de thriller, *El desfile del amor* no podría tener un desenlace. Metáfora de México, retrata una sociedad donde la verdad es impronunciable y toda explicación pública, un simulacro.

Traductor de Chéjov y Pilniak, Pitol es un consumado eslavista que se entretiene modificando convenciones de la novela rusa. En el México de fin de siglo describe la portería de un edificio como la antesala de una prefectura vista por Gógol y a sus personajes con la rica adjetivación zoológica de Dostoievski: miradas de rata, bocas fruncidas como culo de gallina. *El desfile del amor* participa de estos trasplantes estilísticos pero sobre todo revierte una práctica fundamental de los novelistas rusos del XIX. En los grandes frescos de Tolstói cada personaje, por nimio que sea, revela un destino complejísimo. El mensajero que en el inmenso reparto de los personajes se limita a entregar una carta merece una presentación que incluye dos apellidos, un apodo, una esposa muerta de fiebre puerperal, una huérfana pelirroja, una viudez inconsolable y un caballo ceniciento al que besa todas las mañanas. Esta condensación biográfica sugiere el tonificante desorden con que la vida bulle más allá de la historia contada.

En *Aspectos de la novela*, E. M. Forster muestra su perplejidad ante la ausencia de personajes planos en la narrativa rusa. Con puntería de escenógrafo, Pitol tomó en préstamo recursos exteriores de sus maestros rusos, pero decidió contar *El desfile del amor* desde la óptica de un protagonista plano. Ignoramos los resortes interiores de Miguel del Solar, sus manías, sus sabores favoritos. No importa: opera como testigo opaco e insaciable de una trama que lo desborda; su función es la misma que Stendhal asigna a la novela: pasea como un espejo a lo largo de un camino. Escucha a los contradictorios testigos del suceso ocurrido en 1942, y sigue adelante, en busca de la voz definitiva que aniquile a las anteriores. El nudo narrativo se aprieta a medida que Del Solar tira de los distintos cabos sueltos; cada relator ofrece otro ángulo de ataque. Quizá el mayor mérito de Pitol radique en dotar a esta galería de maledicientes de voces propias, distintivas. En franca oposición al protagonista, los personajes entrevistados capítulo a capítulo son seres llenos de modismos, prejuicios, gestos.

Teatro de mentirosos que pretenden tener razón, *El desfile del amor* es una novela de apasionante actividad neurótica, urdida con historias que se detestan entre sí. La carga política del libro es evidente: indagar una época de México equivale a abrir expedientes incompatibles.

El reverso de esta situación es el incontenible desahogo de Dante C. de la Estrella en *Domar a la divina garza*. La segunda novela del *Tríptico* está organizada como monólogo teatral. Una familia pretende pasar una tarde armando un rompecabezas en Tepoztlán cuando recibe la indeseada visita de un charlatán. Empieza a llover y el intruso se siente con licencia para quedarse a contar su historia. Burócrata con aspiración a lo sublime, hombre de una cursilería solo mitigada por su mala leche, Dante C. de la Estrella es un impresentable con el que uno no quisiera compartir un elevador pero cuya vocación para el ridículo cautiva en la distancia paródica de la novela.

Si, como quería Leopardi, nada explica tanto a una cultura como la historia de su risa, *Domar a la divina garza* es la enciclopedia nacional donde los lugares comunes se vuelven bromas ácidas, el estupidario flaubertiano donde las aspiraciones de la mediocridad producen risibles estallidos. Hay muchas clases de humor y el de Pitol es vindicativo: transforma a los triunfadores de rutina en fantoches de gran guiñol. El procedimiento llega a sus últimas consecuencias en *La vida conyugal,* donde una pareja burguesa, atada al PRI hasta en su vida gástrica, basa su relación en la capacidad de sobrevivir a sus intentos de asesinarse. Pitol invierte el proceso narrativo de *Mi enemigo mortal,* la obra maestra de Willa Cather. Si la escritora norteamericana cuenta una trama sosegada que solo en la última página deviene historia de horror, nuestro gran parodista ofrece una sórdida mascarada que termina como el perfecto idilio de dos seres que se merecen uno al otro.

Pitol cree, sin cortapisas ni atenuantes, en la fuerza socrática del conocimiento. Como Gustaw Herling en su *Diario escrito de noche,* se retrata a través de sus pasiones culturales y con *El arte de la fuga* entrega una autobiografía de sus viajes y sus lecturas (términos que, por momentos, le resultan equivalentes). Esta obra mayor, capaz de otorgar coherencia retrospectiva a las narraciones previas de Pitol (la historia como soporte de las ideas encuentra ahí su forma idónea), incluye el trato con Andrzejewski y los iconoclastas que se reunían en el bar del Hotel Bristol de Varsovia; una experiencia hipnótica donde el autor recupera el momento más grave de su infancia; una mirada a la pintura de Max Beckmann; un viaje al Chiapas de los zapatistas; la reconstrucción novelesca del encendido temperamento de Vasconcelos; los diarios del autor en Barcelona y su inventario de adicciones destructivas, las madrugadas sin rumbo en las que no hay modo de deshacerse de un jipi de pelo color yodo ni del alcohol ni de la humillante suciedad que obliga a tirar la ropa antes de pensar en lavarla.

En *El arte de la fuga* el tiempo regresa con el rostro ambivalente de la ficción memoriosa, que indaga los posibles desarrollos del pasado. El tono está más cerca de la atención divagatoria de Antonio Tabucchi (el trayecto sin apuntes que lentamente «se convierte en un lugar de la memoria») que de la mirada siempre en foco, la serenidad en medio del desastre, de Ryszard Kapuściński. De entrada, Pitol se descalifica como testigo veraz de los sucesos. No es casual que pierda los anteojos en el más escenográfico de los escenarios. Otro viajero veneciano, Joseph Brodsky, escribe en *Marca de agua*: «esta es la ciudad del ojo; ahí las facultades restantes tocan el segundo violín, [...] el ojo adquiere una autonomía equivalente a la de una lágrima, pero en lugar de separarse del cuerpo se subordina a él por entero. Después de un tiempo –al tercer o cuarto día– el cuerpo empieza a percibirse como el simple portador de los ojos». En esta galería de portentos visuales, Pitol cruza puentes fantasmagóricos. La mala vista y la sordera a medias son impecables auxiliares de alguien interesado en zonas inciertas, filtradas por la imaginación o por un punto de vista excéntrico.

En su errancia por el tiempo y el espacio, Pitol interpreta la cultura con una atención abierta a otros estímulos; sus comentarios son interrumpidos por anécdotas, azares, molestias, distracciones, las necesarias «restas» de toda biografía. Los caprichos de la fortuna se convierten para él en una forma del conocimiento. Al discutir un libro, se deja influir por el entorno y por una imaginación ávida de reinventar lo real. *El arte de la fuga* es el sitio de extravío de un autor que aspira a ser narrado por sus textos. El tajante dilema que Thomas Mann pone en labios de Tonio Kröger (¿debe el artista sacrificar la vida activa para entregarse a la contemplación creadora?) encuentra en Sergio Pitol una original superación: el novelista encara el prolijo repertorio del mundo con curiosidad animal; poco a poco, las cosas empiezan a constelarse, a adquirir sentido unitario; esta *opción de argumento* altera la conducta del autor y le provoca reacciones insospechadas: al convertirse en materia narrable, la vida modifica a sus testigos, los incrusta en un relato que no les pertenece por entero.

El arte de la fuga dedica un capítulo a los sueños y otro a la hipnosis. El fugitivo prefiere hablar desde los bordes de la percepción, pero no busca la escritura automática ni el inmoderado flujo de la conciencia; su radical deriva sigue un curso estricto. Pitol escribe bajo el signo de Droctluft, el personaje de Borges que «venía de las selvas inextricables» y repudió la barbarie al contemplar la ciudad que debía destruir, «un conjunto que es múltiple sin desorden». Con una fe que no siempre requiere de evidencias, este sostenido defensor de la Ilustración se repone de los desastres de la Historia con los logros de la cultura. Su reiterada admiración por ciertos *raros* de la novela (Firbank, Gombrowicz, Pilniak, O'Brian, Compton-Burnett) se funda, precisamente, en el rigor dentro de la excentricidad. En *La casa de la tribu* escribe que Compton-Burnett dispone de «un mundo bien acotado [...] corrompido bajo el efecto de las más venenosas toxinas». La novela *Criados y doncellas* brinda el inquietante reverso de la novela de costumbres; Pitol celebra a los heterodoxos sólidamente asentados en una tradición, que contribuyen, por vía polémica, a preservar los valores que les sirven de insoslayable referencia.

En los textos híbridos del artista de la fuga, la potencia casi alucinatoria de las revelaciones estéticas se somete a la técnica y al designio armónico de la estructura. Como Virginia Woolf, Pitol indaga los procesos del inconsciente sin que sus frases se desabrochen los botones. Incluso en el territorio de los sueños practica el racionalismo; el intérprete de Beckmann y el admirador de Berenson se opone a que la pintura del Bosco sea llamada «onírica» en vez de «fantástica», pues no cree que nadie tenga sueños de ese tipo. En consecuencia, al contar sus propios sueños sigue el modelo de Kafka: los ingredientes de la acción son reales pero se acomodan en un orden enfermo. Poco importa que esta «escritura dormida» registre sueños verdaderos; las imágenes oníricas regresan como monedas perdidas a las que el tiempo y el estilo literario agregan otra denominación: relatos de lo posible, «sueños que no dormimos», como diría Orlando González Esteva.

Las invenciones de Pitol se fortalecen en los márgenes donde la realidad, cansada de su soberbia autoafirmación, se vuelve indecisa. Por eso se interesa tanto en las carencias y el deterioro físico de sus protagonistas. Para construir escenas a un tiempo enrarecidas y realistas, describe defectos físicos, cuerpos donde las cicatrices y las prótesis adquieren valor narrativo. Lejos de todo feísmo, busca las huellas de una trama en los seres que cubren una mano postiza con un guante impecable. Su mirada se vuelve aguda ante los cojos, las gordas inconmensurables, los mutilados, «el decano de todos los ancianos del mundo, el Néstor por antonomasia». *El arte de la fuga* explora los padecimientos como formas de la elocuencia, la originalidad sin freno de quienes llevan el cuerpo historiado por sus males.

En una carta a Goethe, Schiller celebra que el autor de *Las afinidades electivas* haya encontrado su Grecia en Alemania; el conocimiento de otras culturas lo llevó a sí mismo. Con mayor énfasis, Schiller encomia que, una vez en posesión de sus recursos, Goethe lograra «transformar, retrocediendo, los conceptos en intuiciones». El elogio merece una pausa reflexiva. Estamos ante una operación intelectual más compleja que el conocimiento: el camino de regreso del civilizado, el asombro adquirido a voluntad, *después* de saber las cosas. No es otra la meta de Pitol. En «Prueba de iniciación» relata en tercera persona el desprecio que sintió al ver su primer texto publicado. Desde entonces, trató de *traducirse*, de suplantarse a través de sus libros. Para acentuar la huida, escribió en hoteles: «Escribir en el mismo espacio donde uno vive, equivalió durante casi toda su vida a cometer un acto obsceno en un lugar sagrado. Pero eso es anecdótico. Lo que da por seguro es que esa inmersión en la inmundicia que caracterizó su confrontación, a fines de la adolescencia, con la palabra, impresa la suya, ha condicionado la forma más personal, más secreta, más ajena a la voluntad, de su escritura, y ha hecho de ese ejercicio un gozoso juego de escondrijos, una aproximación al arte de la fuga».

Al revisar su biografía, Pitol pregunta como Bruce Chatwin: *¿Qué hago yo aquí?* El escapista literario no encuentra mejor escondite que sus páginas: *El arte de la fuga* narra a su autor y le otorga un sentido que él desconocía. Obviamente, este extravío tiene mucho de artificio: el prestidigitador se finge engañado por sus trucos.

Sergio Pitol escribe en la nublada región de quien perdió adrede sus anteojos; pretende que su originalidad es atributo de su mala vista y cede a sus lectores el placer de descubrir en los simulacros y los espejismos una realidad más genuina que el mundo que le sirvió de estímulo. Sus mapas cambian mientras son leídos, trazando la duradera verdad del fugitivo.

EL FUSILERO DE LAS ESTRELLAS

TIRANO BANDERAS

LA RÁFAGA DE HUMO

Ningún escritor ha sido tan consecuente con sus barbas como don Ramón María del Valle-Inclán. Su semblante y sus destellos en las tertulias lo confirmaron como un original de tiempo completo, de pasiones atávicas o futuristas –juventud de aristócrata, vejez de revolucionario–, ajeno a las vulgaridades del presente. La espléndida biografía de Ramón Gómez de la Serna lo retrata como una greguería ambulante, surtidor de ingenios, «mago sin ganas», una leyenda muchas veces superior a su obra. Según Alfonso Reyes bastaba verlo para sentir deseos de dibujar su silueta: barbas de chivo profético, anteojos a lo Quevedo, manquedad cervantina.

En su papel de mitógrafo, Gómez de la Serna encuentra una misteriosa ecuación entre los pelos y la vida de su personaje: «hasta hubo una teoría absurda y destellante, según la cual, si se hubiese tajado de golpe y por sorpresa la barba de don Ramón, le hubiera brotado de golpe el brazo que le faltaba».

Si Gómez de la Serna se apropia con eléctrico entusiasmo de su protagonista, Benavente lo considera un tímido emboscado, que asume la teatralidad como un consuelo, a la manera de «quien canta para olvidar penas». Unamuno, por su parte, logra una biografía sintética del introvertido escénico: «Vivió, esto es, se hizo, en escena. Su vida más que sueño fue farándula. Él hizo de todo muy seriamente una gran farsa».

En una conversación con Guillermo Saavedra, el escritor argentino César Aira se refiere al mito literario que dominó nuestro fin de milenio, el del escritor gentleman, profesional, que no confunde los libros con su persona y desdeña el carisma como prolongación de la obra. Los raros que entusiasmaron a Darío, y los afiebrados excéntricos del tipo de Raymond Roussel o Ronald Firbank, pertenecen a la raza perdedora en la historia literaria. De acuerdo con Aira, esto priva a nuestra incierta modernidad de opciones creativas, circenses: «El gran maestro debería haber sido Gombrowicz; él siempre aparece como el payaso, el loco».

El mismo siglo que descree de lo nuevo empezó abismado en las vanguardias, la improvisación, los ruidosos experimentos. En esa madrugada de búsqueda, la lengua española ofreció un frecuente teatro del disparate; baste pensar en los fabulosos happenings con animales: Gómez de la Serna recita desde el lomo de un elefante, Moro pasea con su tortuga, Valle-Inclán se queja de que no le permitan subir al tranvía con dos leones.

En artes plásticas la figura del Gran Fantoche –la construcción de una personalidad deliberadamente engañosa– aún fue posible en Dalí o Warhol. En literatura hay que volver a la antigüedad de la «bohemia» para dar con quienes hicieron del descaro una estética y de la gestualidad una estrategia. Entre ellos, el campeón absoluto es Valle-Inclán.

Salvo nacer y morir (1866, 1936), todo lo hizo muchas veces y en forma peculiar: tuvo su primer sombrero de copa a los dieciséis y su primera barba a los diecisiete, escribía a gran velocidad en camas anchas, apenas comía (no es raro que en Montevideo dictara una conferencia sobre el ayuno); fue capaz de determinar el año en que se inventó la melancolía; soportaba los días porque tenían noche (declamaba de madrugada en la plaza de Oriente para despertar al rey); cuando iba al teatro se sentaba en su palco con autoridad de verdugo (en el estreno de *El hijo del diablo*, de Joaquín Montaner, dijo a un policía: «Arreste a los que aplauden»); sus lances al aire libre incluyeron locomotoras (detuvo un tren tendiéndose en la vía); personaje exclusivísimo, nunca sacó su cédula personal y asumió su primer cargo a los sesenta y ocho años: dirigir la Academia Española en Roma, donde disfrazó al jardinero de pájaro para que no lo distrajera en sus meditaciones.

El momento estelar de su vida fue la pérdida del brazo. Las versiones de la amputación podrían integrar un *Rashomón* de quirófano. Gómez de la Serna ofrece varias de su cosecha, algunas más creíbles que la auténtica: «dijo que lo amputasen pero sin clorofor-mizarle, y hasta hay quien dice que se cortó parte de la barba para ver bien la operación añadiendo con mayor exageración que hubo que rectificar y cortarle por más arriba, ¡presenciando también don Ramón el segundo corte operatorio fumándose un puro!»

Los diarios ambicionaban anécdotas sobre el genio de la barba de humo y esto originó una auténtica industria del apócrifo, las «chuletas de Valle-Inclán» que el agraviado soportaba con benevolencia. Muy consciente de su fama, escribió estos versos testamentarios:

> Le dejo al tabernero de la esquina
> para adornar su puerta mi laurel.
> Mis palmas al balcón de una vecina,
> a una máscara loca mi oropel.
> Para ti mi cadáver, reportero.

No es casual que el personaje que vivió para repercutir concibiera su autopsia como última oportunidad de ser noticia.

EL TRÓPICO, IDA Y VUELTA

Los viajes a Latinoamérica sacaron lustre a una biografía perfeccionada por el capricho: Valle-Inclán llegó a México «porque se escribe con *x*».

Con Albert Einstein y Bertrand Russell, don Ramón comparte la vejez carismática; resulta casi una extravagancia imaginarlo joven. En su primera estancia en México (abril de 1892-marzo de 1893) tenía veinticinco años, la etapa improbable en que carecía de rostro canónico; era un estudiante gallego, adicto a los románticos y al modernismo, que pagaba el viaje con el dinero que sus padres le dieron para recibirse de abogado. La fuga le reveló su genuina vocación: «México me abrió los ojos y me hizo poeta». Aquí inició su prolífica carrera de periodista; escribió sobre astilleros, el arte de las castañuelas, un encuentro con Zorrilla en el tranvía, el teatro madrileño (en sus estampas españolas es frecuente la palabra *saudade*).

También en México debutó como polemista; con anacrónica congruencia, quiso pasar de la discusión al duelo y visitó la redacción de un periódico para retar a un gacetillero que había ultrajado el honor español.

De ese primer viaje conservó anécdotas para las tertulias y temas que recicló en diversas obras (el poema «La tienda del herbolario», el personaje de Chole en su *Sonata de estío*). El joven Valle-Inclán inventó a su *alter ego*, el marqués de Bradomín, para visitar jardines con nenúfares y palacios de pálidas princesas; los recuerdos de México engalanan sus tenues alcobas con brillos de flores raras.

El segundo viaje ocurre veintiocho años después. Valle ha abandonado el princesismo, se declara admirador de la aurora bolchevique y cree en las posibilidades estéticas del caos (más que socialista es anarquista). Su retorno es el de un prócer. La colonia española trata con progresivo repudio al gallego que participa en las fiestas del centenario de la Independencia, elogia la revolución mexicana y pone en entredicho las propiedades de los extranjeros. En una curiosa mezcla de poesía, diatriba y marketing, los almacenes La Alfonsina difunden el soneto «La enamorada»:

¿Con qué sueña la bella enamorada,
fijos los ojos en la lejanía,
en el balcón romántico apoyada,
bajo su manto de melancolía?

¿Pensará en el poeta de rizada
melena, en la gallarda galanía
del caballero que quebró su espada
por no herir al galán a quien quería?

¿Pensará en la figura romanesca
de don Ramón del Valle-Inclán, en gresca
con los terratenientes? Colombina
no fija su pasión en estas cosas
sino en comprar las telas más hermosas
que acaban de llegar a «La Alfonsina».

La propaganda se publica en la revista *Castillos y Leones* en octubre de 1921; ese mismo mes el escritor recibe el apoyo del Partido Agrarista. Se ha convertido en una figura pública que departe con el presidente manco Álvaro Obregón. Daniel Cosío Villegas recupera el encuentro en sus *Memorias*: «Obregón lo recibió con gran afabilidad tendiéndole su mano única, y don Ramón hizo lo propio con la suya, solo que quitándose antes el sombrero. Don Ramón hizo un ligero parpadeo de disgusto al ver que el presidente conservaba puesto el suyo. Obregón lo advirtió como de rayo, y en seguida le explicó: "Aun los mancos tenemos técnicas distintas"».

Acaso por ser el tímido con disfraz que intuyó Benavente, o por compartir la épica compensatoria del pacífico Borges, don Ramón admiraba las mitologías guerreras; inventó un combate para enaltecer la manquedad de su marqués de Bradomín, y al ser detenido por alborotar durante el estreno de la zarzuela *La tempranica*, se declaró Mayor General de Caballería del Ejército Mexicano.

Seguramente el general Obregón lo impresionó como manco legítimo, es decir, de guerra, pero el caudillo sonorense quiso presentarse como autor y le regaló sus *Ocho mil kilómetros en campaña*, un título de una literalidad ajena al escritor gallego pero que podría definir sus largas marchas por las tertulias.

La biografía de Gómez de la Serna insiste en la solemne pobreza de su personaje; sin embargo, en el segundo viaje mexicano abundan los desplantes faraónicos; Valle es invitado de honor en corridas de toros, torneos de poesía y oratoria, la fiesta floral de la diosa Xochiquetzal, un banquete donde canta la soprano Fanny Anitúa. Toda escena es fastuosa: en compañía de Diego Rivera, el Dr. Atl y Pedro Henríquez Ureña, sube a un vagón especial a Guadalajara; llegan con retraso pero son recibidos por el entusiasta estruendo de la Banda de Gendarmería.

La estancia de 1921 le proporciona el material definitivo para *Tirano Banderas*, la novela que publicará cinco años después. Son muchos los ingredientes que toma de México; dictó una conferencia en el salón El Generalito, de la Escuela Nacional Preparatoria, y seguramente recordó el nombre al llamar a su protagonista «generalito Banderas»; el porfirismo le brindó a los «científicos», y el México posrevolucionario, la ambigua figura del Coronel Licenciado, a medio camino entre las armas y la burocracia; en la escena de la cárcel incluyó a Chucho el Roto; su trato con José Vasconcelos acaso le inspiró a Don Roque, «varón de muy variadas y desconcertantes lecturas, que por el sendero teosófico lindaban con la cábala, el ocultismo y la filosofía alejandrina [...]. Su predicación revolucionaria tenía una luz de sendero matinal y sagrado», y transformó al Dr. Atl en el Dr. Atle.

Para el autor de *Tirano Banderas* México es un país de colores subidos, la patria sin mesura donde el general Sóstenes Rocha bebe aguardiente con pólvora y los sepelios provocan carcajadas. En el horno americano todo fruto y toda conducta son extremos: los hombres que comen el dulce incendio del mamey están dispuestos al cuartelazo.

Obviamente hay mucho de exotismo en su visión de los trópicos; sin embargo, la obra entera de Valle-Inclán participa del artificio, el uso sistemático de la sinrazón, la deformación pánica de lo cotidiano. En cualquiera de sus episodios, el lenguaje valleinclaniano es juego, alarde, y su obra de conjunto, una estética sobre la imposibilidad del lenguaje llano.

Aunque con frecuencia se nutran de localismos, los territorios valleinclanianos (Galicia, el trópico, Madrid) están filtrados por el estilo, enriquecidos por veladuras que los separan tanto del retrato telúrico, naturalista, como del fervor botánico, el entusiasmo del Tercer Día, cuando el Dios bíblico creó las plantas, en que suelen incurrir las plumas del realismo mágico.

En Valle el color local es una operación poética; al pasar por un arrabal donde los gatos comen cabezas de sardinas, exclama: «¡Esta calle huele a bandera española!». La noche madrileña se desgaja en símbolo.

La pretensión de ser «fidedigno» resulta absurda para Valle; en su *Sonata de primavera* ubica una escena en Italia y como no conoce el país recrea un episodio de las *Memorias* de Casanova; el entorno es una ilusión literaria.

Hay mucho de España en *Tirano Banderas*, pero también algo de Tierra Caliente en la trilogía de la guerra carlista (*El resplandor de la hoguera* ofrece una insuperable imagen del calor; los perros «rabian de sed en los soles de agosto»).

Se ha escrito mucho sobre el tránsito de las *Sonatas* (1902-1905), dominadas por el impulso modernista, al esperpentismo de *Tirano Banderas* (1926), con una escala intermedia integrada por la trilogía de las *Comedias bárbaras* (1907-1923). El joven Valle-Inclán confía en la belleza intrínseca de las palabras y observa el mundo con la elegante frialdad del dandy. Los destinos interesantes le parecen atributo del linaje: «cuando más lejana es la ascendencia hay más espacio ganado al porvenir», escribe en *La lámpara maravillosa*. El pueblo –el «vulgo municipal y espeso», como lo llama Darío en un poema dedicado a Valle– se comporta con pasividad bovina. En *Flor de santidad* los desposeídos besan «la mano que todo aquello les ofrecía para que hubiese siempre caridad sobre la tierra». En las *Sonatas*, la oposición al presente comparte «la íntima tristeza reaccionaria» de López Velarde, pero le agrega un acento de radical extravagancia; más que un nostálgico, Valle-Inclán es un desfasado, un provocador hacia atrás.

Sus cambios estéticos no solo se explican por una inmersión en la España bárbara, las noches de arrabal y lupanar repudiadas en los años en que estuvo emprincesado; de acuerdo con José Fernández Montesinos, el esperpentismo no debe ser visto como una vuelta a la vida orillera y pobre, sino como una nueva evasión.

Valle narró mil veces su principal descubrimiento estético. En el Callejón del Gato de Madrid había dos espejos, uno cóncavo y otro convexo, que deformaban a los paseantes. Allí nació la idea de concebir personajes como reflejos casi informes; buscar, no la esencia de un sujeto, sino su condición especular. El protagonista de *Luces de bohemia*, Max Estrella, define el procedimiento: «El esperpentismo lo ha inventado Goya [...]. Los héroes clásicos reflejados en los espejos cóncavos dan el esperpento. El sentido trágico de la vida española solo puede darse en una estética sistemáticamente deformada». Se trata de una técnica opuesta a la psicología; el autor no se propone entrar a la mente de sus criaturas; indaga sus posibilidades de espectro, el fantasma que proyectan, la sombra doblada en la pared.

La introspección narrativa nunca estuvo entre las aficiones de Valle-Inclán: «hay autores que siguen a sus personajes como mendigos; otros, van a su espalda como comadres curiosas, y otros, como en el caso de Proust, se convierten en verdaderos parásitos [...]. Yo no».

Muchos años antes del esperpentismo don Ramón ya creaba personajes descoyuntados, como muñecos con mala cuerda. En *El resplandor de la hoguera* (1909) un combatiente cae como un «garabato grotesco» y otro tiene el «andar desconcertado de un autómata». Sin embargo, lo que en un principio fueron efectos visuales, un despliegue travieso como una estética de juguete roto, se transformó en los años veinte en principio rector.

También como dramaturgo preparó el camino hacia el esperpento; sus «autos para siluetas», pensados para salas caseras, revelan la importancia de trabajar en espacios íntimos con seres que son pura exterioridad. Con Heinrich von Kleist comparte el nombre de su teatro personal, «El cántaro roto», y la devoción por los muñecos escénicos. Curt Hohoff, biógrafo de Kleist, señala que el único texto confesional del renovador de la comedia alemana es el ensayo *Sobre el teatro de marionetas*. El hombre que se esfuerza por ajustarse a sus circunstancias suele ser ridículo; en cambio, para la figura inanimada toda deformación es natural: «Como usted sabe –le dice un fabricante de marionetas–, la afectación aparece cuando el alma y el movimiento tienen distintos puntos de equilibrio». En su levedad y en su renuncia a la autonomía, el muñeco con hilos se adapta al caos. Hohoff encuentra en esta tesis una confesión encubridora de la personalidad de Kleist. Lo significativo, en relación con Valle, es la supremacía expresiva de la figura guiada. El autor de *Tirano Banderas* se niega a ser el fisgón de sus caracteres; les otorga el rango fantasmático de reflejos torcidos.

Pocos autores han dejado tantos informes contradictorios sobre su estética. En las tertulias donde esgrimía la cucharilla como un florete, Valle se definía como militar de la escritura, el mariscal de campo que controla la artillería y los pertrechos del vivac. En cambio, en *La lámpara maravillosa*, el libro que más recomendaba a sus hijos, recurre a preceptos abstractos y aun herméticos («para el ojo que se abre en el gnóstico triángulo, todas las flechas que dispara Sagitario están quietas»), cree en la sagrada iluminación («amor es un círculo estético y teologal, y el arte una disciplina para transmigrar en la ciencia de las cosas y por sus caminos buscar a Dios») y defiende las palabras musicales, dichosamente liberadas de su sentido. A pesar de que sus cambiantes idearios lo pueden disfrazar de poeta heroico o disertador gaseoso, escribió obsesionado por la técnica y el rigor. Su infatuación de escritor-militar revela algo más que un capricho; sus obras están imantadas por dos polos: geometría y audacia. En ese campo excepcional surgen las maneras valleinclanianas, el plan matemático subvertido por la arriesgada ejecución. Para lograr el efecto deformante, nada mejor que partir de un modelo previo. A Valle le atraen las figuras ya narradas (el Quijote, don Juan, el señor feudal, la aldeana con el cántaro, el reivindicador carlista, el tirano, el poeta maldito); su faena consiste en llevarlas al Callejón del Gato para torcer su suerte en el espejo.

En su excepcional ensayo «Significación del esperpento, o Valle-Inclán, hijo pródigo del 98», Pedro Salinas afirma que los caracteres valleinclanianos parecen «previstos»; los conocíamos pero no en ese estado. Una anécdota de la biografía de Gómez de la Serna arroja luz sobre esta opinión de Salinas. En 1914 Valle fue invitado a Francia «para conocer las trincheras» pero se negó porque no se consideraba un testigo sino un enjuiciador con una idea ya formada: «si mi portera y yo vemos la misma cosa, mi portera no sabe lo que ha visto porque no tiene el concepto anterior».

Sus novelas y obras de teatro esperpénticas parten justamente del «concepto anterior», el canon que se rompe en la nueva versión como los vidrios de un caleidoscopio. En el caso de *Tirano Banderas* no faltan antecedentes, de los Césares de Suetonio al Marco Bruto de Quevedo.

La novela narra tres días en Santa Fe de Tierra Caliente, en los que se prepara la revolución popular que derrocará al tirano. El autor no pierde tiempo explicando la forma en que Banderas llegó al poder ni con qué artes se sostiene en él: su nombre es su definición. El lector conoce de sobra a esa ralea; lo decisivo es crear el esperpento, los gestos significativos. Una quijada rumia hojas de coca; aparece el imborrable dictador de la mueca verde.

LUCES DE TIERRA CALIENTE

Para el esperpentismo, incluso el desaliño es efecto calculado; en *Tirano Banderas. Novela de Tierra Caliente* el rigor de estilo y el sentido de la composición llegan a un momento superior. Entre sus muchas reflexiones valleinclanianas, Emma Susana Speratti Piñero ha estudiado la «Evolución de *Tirano Banderas*». Las diversas versiones de la novela, los obsesivos cambios de puntuación, el uso rítmico de las conjunciones, la fragmentación de los diálogos, muestran a un autor en pleno control de sus recursos, que se sirve del azar y el caos para elevar la temperatura en su cuidado invernadero.

Simultaneidad. Uno de los sellos distintivos de la novela es la velocidad de la acción, no solo por la ausencia de pasajes «de trámite», sino porque en los tres días de Tierra Caliente suceden muchas cosas al mismo tiempo. A la manera del «teatro para siluetas», las escenas se adelgazan y empalman en una estrechez dramática.

Si por sus temas se acerca a Goya, por su técnica Valle-Inclán es un discípulo del Greco; cuando Reyes lo interroga sobre su peculiar manejo del tiempo en *Cara de plata* y *Romance de lobos*, revela su correspondencia con la pintura: «el funambulismo de la acción tiene algo de tramoya de sueño, por donde las larvas pueden dialogar con los vivos. A este efecto contribuye lo que podríamos llamar angostura del tiempo. Un efecto parecido al del Greco por la angostura del espacio».

Los géneros cruzados. Ante un polígrafo es difícil resistir la tentación de comparar los diversos géneros que cultiva; en el caso de Valle lo singular es su capacidad para mezclarlos. Para decirlo con José Emilio Pacheco: «acaso fue el primer escritor de lengua española que comprendió que, para sobrevivir en el mundo moderno, la novela iba a regresar al suelo común de la poesía». Sus búsquedas formales nunca fueron tan fructíferas como cuando se apropió de la poesía en la prosa. Curiosamente, esta apropiación ocurre a contrapelo de otros novelistas de la modernidad que se apoyaron en la poesía como un camino profundo hacia la subjetividad, el flujo de la conciencia explorado por Dujardin, Schnitzler, Joyce o Svevo.

Italo Calvino ha señalado que la aceptación de una intimidad ajena fue un lento proceso cultural; se necesitaron siglos para transitar del manuscrito «hallado» y el autor apócrifo al yo indiscreto. En sus últimas obras, Calvino se propuso desandar esta vía con procesos autónomos, que lo liberaran de su conciencia y le dieran la progresiva condición de un autor fantasma.

La novela de la interioridad también se explica como una reacción a las transformaciones sufridas en otros campos de la cultura. En su ensayo «El punto de vista del narrador en la novela contemporánea», Theodor W. Adorno señala que la impronta del cine y el reportaje –los nuevos discursos de la objetividad– produjeron una respuesta narrativa equivalente a la de la pintura abstracta ante la fotografía: el rechazo del realismo, la búsqueda de recursos propios, inadaptables a otros medios. Si el cubismo y el expresionismo revelan lo que la fotografía no puede hacer, los territorios de Broch, Kafka, Musil, Faulkner, Proust y Beckett se explican en parte como una refundación de la autonomía literaria, la zona a la que solo llega la ficción.

Joyce señaló que su rebelión contra el realismo significaba también el rechazo del lenguaje discursivo; de ahí que buscara el otro extremo de la lengua, la escritura dormida del silencio y la poesía.

El poderío simbólico, alusivo, metafórico del lenguaje poético, casi siempre llegó en auxilio de una narrativa que recreaba estados de conciencia. En el esperpentismo, por el contrario, la poesía es un triunfo de la exterioridad. Enemigo tanto de las interioridades proustianas como de los tediosos inventarios del naturalismo, Valle-Inclán construye una hiperexterioridad: su lógica es la del reflejo o, para usar un término contemporáneo, la del espacio virtual.

Valle desata prodigios de la vista y sus favoritos son los que además hacen ruido: «las calles tenían un cromático dinamismo de pregones», «el tumbo del mar batía la muralla, y el oboe de las olas cantaba el triunfo de la muerte».

Su diálogo con la plástica lo lleva a la «visión cubista del Circo Harris» y a efectos ópticos que adelantan el pop art: «los muros de reductos y hornabaques destacaban su ruda geometría castrense, como buldogs trascendidos a expresión matemática». Con su tirano de la mueca verde y sus convulsos escenarios, el admirador de Goya y el Greco parece prever la pintura de Saura, Arroyo y Amat.

A contracorriente de la narrativa que se apoya en la poesía, el esperpentismo es una evasión externa. El otro género que influye en *Tirano Banderas* es el teatro. Pedro Salinas observó que Valle-Inclán superó la retórica de su tiempo con un estilo de economía y palpitación telegráficas, semejante a las acotaciones teatrales.

En la novela, los parlamentos (las voces «documentarias» que el dramaturgo buscaba en las calles de Madrid) alternan con párrafos de intensidad Morse, donde los escenarios se instalan de un plumazo y los personajes son criaturas escénicas: «Doña Rosita Pintado, caído el rebozo con dramática escuela [...]».

Uno de los momentos predilectos de Valle es el crepúsculo. Conviene revisar cómo afina su estilo. En 1892, en su artículo «Bajo los trópicos (recuerdo de México)», ofrece una descripción convencional:

> Al fin el cielo azul turquí se torna negro, de un negro solemne, donde las estrellas adquieren una limpidez profunda.

Siete años después publica la estampa «Tierra Caliente (impresión)». La noche se demora en caer para dar paso a un adornado lirismo:

> La luna enlutada como viuda ideal, dejaba caer la tenue sonrisa de su luz sobre la ruda y aulladora tribu.

En *Tirano Banderas* unas palabras bastan para que la composición de lugar tenga la eficacia del sitio único:

> El crepúsculo encendía, con las estrellas, los ojos de los jaguares.

La falsa oralidad. En sus numerosos diálogos y en su ensamblaje dramático, *Tirano* incluye su propia adaptación al teatro o al cine. En ocasiones una frase se repite para significar lo contrario: «el honrado gachupín» cae una y otra vez a la manera de «*since Brutus is a honorable man*», la gota corrosiva con que Shakespeare dramatiza las exequias de Julio César.

En ciertos pasajes el principio de realidad está más cerca de la ópera, o aun del cómic, que del teatro. Al repensar su experiencia como libretista de Stravinski, W. H. Auden afirmó: «en la ópera lo único verosímil es que alguien cante», todo lo demás está permitido. La novela de Tierra Caliente participa de la misma libertad; el dictador pronuncia onomatopeyas de cómic (el «chac-chac» del juego de la ranita), el licenciado Veguillas lanza un disparatado elogio-insulto («mi generalito es un viceversa magnético»), Míster Contum construye en *spanglish* («Estar mucho interesante oír los discursos. Así mañana estar bien enterado mí. Nadie lo contar mí. Oírlo de las orejas»).

En esta ronda de voces cruzadas, los coloquialismos latinoamericanos desempeñan un papel central; sin embargo, lo más significativo del lenguaje latinoamericano de Valle-Inclán es que nadie lo ha pronunciado. Ciertas expresiones operan como puntos negros del idioma, rarezas para *no* ser entendidas. Las palabras «macanas», «enchiladas», «mitote» o «alicates» aparecen sin que importe gran cosa lo que significan en Argentina o México. Se trata, como en el capítulo 68 de *Rayuela*, de negar el diccionario, retar al lenguaje, obligarlo a que su sonido cree nuevos significados. Valle se comporta como un compositor ante el ruido y el silencio, los necesarios contrastes de la música. Algunas imágenes se repiten como motivos de una sinfonía. La frase «Tirano Banderas, sumido en el hueco de la ventana, tenía siempre el prestigio de un pájaro nocharniego» resurge con variaciones; a veces, el tirano contribuye a su esperpento con un «ademán cuáquero», y su «prestigio de pájaro» se transforma en «momia amarilla», «rata fisgona», «corneja», «lechuzo».

La estructura en siete. La novela tiene la apretada estructura de otras obras que lindan con el kitsch, como la *Salomé* de Wilde o *Bodas de sangre*. La intensidad visual de estos poemas de decapitaciones y cuchilleros no podría dilatarse mucho más sin caer en el ridículo, y Valle-Inclán es un maestro de la angostura, de los dramones en espacio corto.

Tirano sigue un diseño geométrico, con una doble referencia al siete; las primeras y las últimas tres partes están compuestas por tres libros cada una; la cuarta parte, que corresponde al centro, es un espejo interior de la novela que se desdobla en siete libros. La fórmula es clara: 3-3-3-7-3-3-3.

En la parte central ocurre la epopeya, la historia de Zacarías el Cruzado, cuyo hijo es devorado por los cerdos y los buitres.

Zacarías es el gran vengador; si Banderas termina apuñalando a su hija, el Cruzado guarda los restos de su hijo en un saco como un amuleto contra la adversidad; el rebelde revierte las leyes de la herencia: los despojos de su hijo lo protegen y le brindan un futuro.

En la Biblia, el profeta Zacarías pronuncia una frase digna de Valle-Inclán: «Voy a hacer de Jerusalén una copa de vértigo». En Santa Fe de Tierra Caliente la venganza desemboca en una vistosa escena de western: Zacarías laza a Peredita y lo arrastra con su caballo entre una nube de polvo y palabras que entendemos por su sonido: «lostregan las herraduras y trompica el pelele».

Por último, la estructura de la novela responde al número de la fatalidad que la médium le asigna al dictador: su destino está en el siete. «Como siete puñales. ¡Chac! ¡Chac!», responde el generalito.

LA FLAMA Y SU RESPLANDOR

José Emilio Pacheco acotó los límites de la apuesta valleinclaniana: «Su gran capacidad formal lo salva y lo limita. Hoy lo vemos como un gran estilista, no un gran novelista». Pacheco escribía en 1966, con motivo del centenario del nacimiento de Valle-Inclán. Tal vez para el siglo XXI *Tirano Banderas* depare otros asombros. Más allá de los hallazgos formales, sus grotescos desfiguros suponen una moral, un «modo de escarmiento», como señaló Salinas. Los personajes distorsionados adquieren el derecho de la parodia: lo que dicen significa siempre otra cosa.

Bajtín se ocupó ampliamente de los excéntricos cuyo sentido narrativo es confundir, exagerar, imitar, lanzar disparates que desenmascaran los principios convencionales y los reducen al absurdo. Los enemigos jurados de la literalidad son el tonto, el bufón y el pícaro, figuras que carecen de contradicciones internas, cuya «función se reduce a exteriorizar (no precisamente su existencia sino el reflejo de una existencia ajena)». En *Tirano Banderas*, Valle-Inclán invierte las dosis de la picaresca: los estrafalarios no pertenecen a la minoría de contraste, llenan el ruedo donde dormitan dos o tres sensatos.

La ética valleinclaniana se desprende de la distorsión de su dominio narrativo (el espejo convexo donde lo real quedó fuera y debe ser inferido), y sus logros estéticos de otra violenta alteración; no es casual que el Bakunin de *Baza de espadas* proclame: «la destrucción es una pasión creadora», ni que en *Corte de amor* se afirme: «destruir es crear». El cuidadoso estratega pacta con el fanático del caos, de este choque surge el esperpento; el resultado recuerda la idea de Kundera de la «belleza por error», el placer que se obtiene con las escenas descarnadas, los paisajes degradados que parecerían resistirse a toda estética. El espejo de Valle cautiva al destruir, con el virtuosismo de un pintor de jardines que se niega a usar el verde.

Entre los magníficos descalabros que pintó Valle-Inclán, una escena de *El resplandor de la hoguera* resume sus pasiones. La monja María Isabel busca inmolarse en fuego: «la guerra comenzaba a parecerle una agonía larga y triste, una mueca epiléptica y dolorosa [...]. Deseaba llegar a la hoguera para quemarse y no sabía dónde estaba. Por todas partes advertía el resplandor, pero no hallaba en ninguna aquella hoguera de lenguas de oro, sagrada como el fuego de un sacrificio».

En Santa Fe de Tierra Caliente, Valle-Inclán mereció sus flamas. *Tirano Banderas* concluye con una escena donde el ejército se niega a reprimir al pueblo pero no desperdicia la oportunidad de disparar en plan poético. En una frase donde el «vosotros» español se funde con la expresión más mexicana, el tirano protesta: «¡A las estrellas tiráis, hijos de la chingada!».

Ignoraba que las tropas ya no lo obedecían a él sino al insurrecto de Tierra Caliente, Ramón María del Valle-Inclán, capaz de revelar la violenta utilidad de la poesía: fusilar estrellas.

GOYA Y FUENTES:
LOS TRABAJOS DEL SUEÑO

a Mercedes Monmany

En la página 151 de *Terra Nostra*, el miniaturista Julián, narcotizado por la belladona, intenta reproducir una visión de Elizabeth Tudor. «Hay sueños inducibles; hay sueños compartibles», dice fray Julián. Las imágenes se alteran a medida que el artista conversa con Isabel de Inglaterra. En los cuerpos surgidos de los pinceles, la mujer estéril y el fraile logran su imposible unión, su negra progenie.

Unas seiscientas páginas después, que de acuerdo con la refutación temporal de *Terra Nostra* duran un solo instante o unas cuantas eternidades, se restaura un cuadro de Julián. Fuentes escribe con visible delectación: «Radiografiaron la tela, pero los resultados fueron muy confusos. Abundaban en la pintura los colores menos permeables a los rayos X: el blanco de plomo, el bermellón y el amarillo de plomo. La lastra radiográfica apenas permitía distinguir las imágenes ocultas: como una sucesión de fantasmas superpuestos unos a otros, las figuras reflejaban varias veces sus propios espectros [...]. Limpiaron, con creciente excitación, el cuadro; pero también con gran cautela. Aplicaron a su superficie solventes, la dividieron en pequeñas zonas rectangulares, arrancaron con los bisturís los estucos, los hongos, las tenaces durezas y poco a poco cayó, desollada, la falsa piel del óleo, y poco a poco, no más de treinta centímetros diarios, aplicando con sumo cuidado los aceites, las gotas de amoniaco, el alcohol, la esencia de trementina, fue apareciendo ante los ojos asombrados del pequeño grupo de artistas la forma original del cuadro».

Con paciencia, el narrador extrae sombras, bultos confundidos por años neblinosos que empiezan a adquirir facciones, a merecer una mirada. Como en el relato «Viva mi fama», en este pasaje de *Terra Nostra* hay una apropiación carnicera del lienzo; un punzón baconiano abre la sanguínea superficie y descubre, entre caras que miran con una perplejidad de seis siglos, el rostro del narrador. El arte renueva sus enigmas ante esa piel descascarada. En sentido estricto, la voz narrativa desciende de la mujer que imaginó engendros al inicio de la novela; ahí encarna la visión que Isabel solicitó a su pintor drogado.

No es difícil pensar en Velázquez ante este juego de espejos (en *Las meninas* el pintor y el espectador son los protagonistas extremos del cuadro), pero aunque la forma velazquiana es evidente, el temperamento de *Terra Nostra*, su crispado nervio, proviene de otro pintor, Francisco de Goya.

En «Kafka y sus precursores» Borges señala que todo autor inventa su tradición. Como Buñuel o Gironella, Fuentes pertenece a una estirpe goyesca; solo gracias a Goya podemos vincular la película *El ángel exterminador*, la exposición *Esto es gallo* y la novela *Terra Nostra*.

¿Qué es lo que las arbitrariedades del azar y el gusto han fijado como lo «goyesco»? Francisco de Goya y Lucientes nació en 1746 y murió en 1828. La longevidad es asunto clave al analizar su pintura porque se trata de un genio tardío. Como señala Jorge Semprún, «de haber muerto a los cuarenta años, Goya no sería el que hoy conocemos. Solo sería un estimable pintor secundario de la época de Mengs y de Bayeu». El primer Goya es celebratorio; a la manera de Watteau, no discute lo que mira, no interroga, está conforme con su época; es el tenaz retratista de la corte, los juegos en los jardines, los coloridos parasoles, los toros en la plaza grande. Al igual que Piranesi, Goya fue discípulo de Tiepolo, y curiosamente ambos deben su fortuna a haber encontrado el reverso corrosivo del gran estilo veneciano.

Los biógrafos suelen insistir en el arribismo del joven Goya, el cazador de recomendaciones que introduce el «de» en su apellido como una cortesana invitación a olvidar su origen: las duras tierras de Aragón pertenecen a un pasado inmencionable. Goya pasea entre las pelucas madrileñas, ávido de pintar falsos cielos en los techos de palacio y de complacer a sus patronos. En opinión de Robert Hughes (*A toda crítica*), la tesis de que se burlaba de los borbones otorgándoles quijadas descomunales es absurda; «es posible que Carlos y María Luisa fueran más feos en la vida real y que los retratos de Goya significaran un auténtico acto de caridad». No hay forma de probar que el pintor agraviaba con corrosiva astucia o matizaba con calculada cortesía a sus modelos; lo único que sabemos es que ellos quedaron satisfechos.

La lenta maduración de la pintura goyesca registra diversos episodios. Goya empieza a frecuentar a los ilustrados españoles, lee con avidez a Voltaire y Rousseau; se alía al sector más liberal de España. En 1792 enferma de gravedad y queda sordo; en ese mismo año se ensombrece su vida sentimental y se entera de que en Francia la Era de las Luces ha sido relevada por el Terror. Justo cuando Goya afirma sus convicciones ilustradas, la realidad se empeña en darle contraejemplos: Marat muere en su bañera, Robespierre firma las sentencias del Comité de Salud Pública; en España, el ministro reformador Gaspar Melchor de Jovellanos es condenado al exilio y el pueblo masacrado por las tropas napoleónicas. De este eclipse de la razón surge el Goya más profundo y personal.

Si el Goya palaciego es complaciente, el ilustrado es lo opuesto al acomodaticio Jacques Louis David, el Talleyrand de la pintura que sobrevive al Terror y a Napoleón.

Aunque Diderot había pedido una estética del espanto, una pintura capaz de mezclar las ideas con las emociones, casi todos los pintores de la revolución regresaron a los cuadros simbólicos; el principio del gusto fue sustituido por el del significado y la libertad estilística por el proselitismo. En su libro sobre el arte en la Ilustración (*Im Zeichen der Aufklärung*), Klaus Herding sostiene que «en el terreno de las artes plásticas la Revolución significó un gran paso hacia atrás». El afán de comunicar un código preciso devolvió la pintura al clasicismo; del modo narrativo se pasó al modo iconográfico, a la heroica exaltación de los cánones griegos. Los pintores, con David a la cabeza, olvidaron la petición de Diderot: «Si empezamos a amar la verdad más que las bellas artes, quiera Dios que recemos por los iconoclastas». Con algunas excepciones (como *La muerte de Marat*) la pintura francesa de la época niega en su técnica los ideales que pretende exaltar.

Goya es un caso aparte. Los motines callejeros lo llevan a modificar su punto de vista. La sangre y las armas son motivos recurrentes de las artes plásticas; lo singular en Goya no es solo el realismo extremo con que registra el ajusticiamiento, la condición de herida y costra que adquiere la tela, sino el cambio de mirada. En el cuadro sobre el Tres de Mayo los soldados que matan al pueblo inerme carecen de rostro, la crueldad es difusa, obra de todos y cualquiera; ha perdido su nombre propio. Goya anticipa la idea central de Hannah Arendt; los verdugos anónimos encarnan la «trivialidad del mal»; en cambio, las víctimas tienen facciones precisas, abren las bocas y los ojos, nos interrogan, nos incomodan, saben, como Pavese, que cada hombre que cae «exige una razón». Este es, para Robert Hughes, el momento en que la pintura deja de celebrar batallas y transforma a los muertos en protagonistas. De los *Desastres de la guerra* al *Guernica* arde la misma lámpara: el artista retrata lo que no quiere ver.

El festivo pintor de la corte fue también el crítico de la guerra y el incontrolable imaginador de *Caprichos* y *Disparates*. Lo que conservamos como lo «goyesco» es la parte más personal y madura de su obra. Las fantasías que los pintores del Termidor veían como un gesto de evasión, poblaron con absoluta libertad las amargas láminas de Goya. Según la leyenda, hacia 1819, las telas de la época negra empiezan a tapizar las paredes de «la Quinta del Sordo». El pintor, desencantado con su siglo, deambula entre sus esperpentos.

En España, Goya logra la estética del espanto reclamada por Diderot; los sótanos del alma, sus indecibles pulsiones, salen a la superficie. La crítica de la razón iniciada por Kant encuentra en Goya a su primer dibujante. La modernidad de los *Caprichos*, los *Disparates* y la época negra se cifra en que, sin negar el racionalismo, convive con su envés perverso. El hombre goyesco combina la desaforada imaginación del *Sturm und Drang* y los *Pensamientos nocturnos* de Edward Young con la apuesta racional de los enciclopedistas. Los demonios y el ajedrez. Su misma técnica es expresión de esta paradoja: como en el verso de Milton, no estamos «ante la luz, sino ante la oscuridad visible».

Goya es un racionalista escindido, afantasmado. Su gran época final es la de un exceso: busca las zonas melladas donde la realidad se rebasa a sí misma y muestra su otredad. Esta es la región adonde lo siguen Luis Buñuel, Alberto Gironella y Carlos Fuentes.

Semprún escribe que lo más singular del genio de Goya es que haya estado «tan largamente retraído, tan a la espera de su propia evidencia». Algo similar puede decirse de la relación de Fuentes con el pintor. Como si ensayara bosquejos distintos o restaurara un lienzo siempre perfectible, Fuentes se aproximó lentamente a lo goyesco y pospuso el encuentro definitivo, el lance de bulto, para obras de madurez como el relato «Viva mi fama» o el capítulo «El siglo de Goya» de *El espejo enterrado*.

Con insaciable monotonía Carlos Fuentes ha sido visto como el afanoso indagador de la identidad mexicana; sin embargo, me parece que su obra es recorrida por una relación mucho más compleja, interesante y torturada con la cultura española. *Tiempo mexicano* contiene un espejo convexo que amplía y modifica algunas de sus ideas centrales, el capítulo «Tiempo is pánico». Ahí Fuentes habla de su «pánico mexicano del tiempo hispánico» y le atribuye al pintor Alberto Gironella lo mismo que podemos ver en él. Otra vez el teatro de miradas: el narrador usa de modelo al pintor que nos retrata.

Como de costumbre, Fuentes abre el texto con voz levantada: «El tiempo hispánico también es tiempo de México: omnipresente pero ocultado, vehículo original de la tradición occidental [...] preferimos negarlo o exaltarlo; aún no aprendemos a socializarlo».

En busca de una España compartible, próxima, Fuentes acude al autor de los *Caprichos*. «España es como la vio Goya: una eterna edad con desgracias liberada por ese escudero burlón que eructa su pregunta desvanecedora, exorcizante, instantánea: "¿Qué quiere ese fantasmón?"». Muchos años después, esta pregunta será el epígrafe de *Terra Nostra*.

Al retratar a Gironella, Fuentes, como el fraile Julián, deja un bosquejo detrás de la pintura, un pentimento que irá surgiendo con los años. La España que no nos atrevemos a nombrar y sin embargo nos define, aparecerá en su obra en su aspecto ultrajado, barroco: los *Caprichos* de Goya vistos con los anteojos de Quevedo. Al escrutar los misterios de Gironella, Fuentes prefigura su narrativa posterior; se inventa una tradición y una influencia.

En *Terra Nostra* el drama de la España de Felipe II es la pérdida de su otredad, de su complemento necesario, las culturas árabe y judía. El reclamo puede extenderse a la América independiente que niega su heredad hispana. José Lezama Lima dijo, famosamente, que el barroco americano no es un arte de contrarreforma sino de contraconquista. *Terra Nostra* se inscribe en ese proceso de recuperación. Goya y sus espectros lo acompañan en una vasta saga que no por causalidad remite de continuo a la pintura.

En «Viva mi fama», Fuentes resume al fin sus obsesiones goyescas. Los protagonistas directos del relato son Pedro Romero, el matador que más de cinco mil veces se expuso a toros que lo dejaron vergonzosamente vivo, y Elisia Rodríguez, a quien dicen La Privada porque se desmaya en cada orgasmo. Francisco de Goya hace las veces de narrador; retrata al torero y a la mujer y les atribuye sucesivos destinos en la tela. A la manera del Julián de *Terra Nostra*, comparte e induce sus sueños. El torero que debe sobrellevar los años del retiro recibe una segunda alternativa: sufrir una cornada en el cuadro. La prosa de Fuentes se mueve con una sensualidad desesperada, recorre cuerpos manchados, aceitosos, excesivos, que en su cósmico delirio desafían al sol y su impotente «verga de fuego». El retrato es, por fuerza, el final del cuento. Mientras Goya hunde sus pinceles y combina sus colores, los cuerpos trazan una danza lúbrica y mortal, una versión barroca, anterior y posterior al *Matador* de Almodóvar. Ignoro con qué fortuna Fuentes se adentra en el lenguaje coloquial de la España moderna. Me parece una superstición innecesaria pensar que hay un español «típico» o un mexicano «típico»; lo interesante, en todo caso, es el inusitado cruce de culturas, la violación de las fronteras.

Aura, Cumpleaños, Cambio de piel y *Una familia lejana* son piezas de temple goyesco, pactos entre el amor y la muerte, donde la realidad es devorada por la imaginación. Casi todas las obras de madurez de Fuentes comparten la fascinación por la mutación y la dualidad. La joven hermosa es también una vieja desdentada. Si Juan Rulfo hizo la novela maestra de los muertos mexicanos, Carlos Fuentes escribe de personas que se desdoblan en los muertos que serán. Un recurso habitual de la pintura ha sido el *memento mori*, la calavera o la clepsidra que recuerdan el paso del tiempo, los huesos y el polvo en los que acaba toda empresa humana. Los personajes de Fuentes no están muertos como los de Rulfo; coexisten con lo que serán al morir y al sobrevivirse: su propio cadáver, su propio fantasma. La obligada entrevista de Fuentes con

Paris Review concluye con una frase que podría titular un grabado de los *Caprichos*: «la muerte es nuestro gran Mecenas». Si algunos de sus personajes viven muertes épicas (Artemio Cruz en su dilatada agonía o Ambrose Bierce queriendo decidir su fin en la revolución mexicana en *Gringo viejo*), otros (las dos Helenas, la Muñeca Reina, Isabel y el fraile Julián, Constancia, Catarina Ferguson y los hermanos Vélez) conviven con una muerte implícita.

¿Qué sesgo específico adquiere la imaginación de Fuentes? Para Onetti o Cortázar las ideas discursivas son una derrota de la ficción: un autor no puede ser más inteligente que sus tramas. Fuentes, como Huxley o Mann, cree en la novela de ideas, pero hace que sus razonamientos convivan con el sinsentido; sus discusiones, muchas veces programáticas, pedagógicas (en *Terra Nostra*, *Gringo viejo* o *La muerte de Artemio Cruz* cada personaje es portador, no solo de una vida literaria, sino de un destino histórico), son entregadas a lo fantástico. La noción de umbral entre realidad y fantasía explica a medias el procedimiento. Fuentes no cita a sus invitados a la misma hora. En sus textos más logrados (*Aura*, *Terra Nostra*, ciertos cuentos de *Cantar de ciegos* y *Constancia*) la inteligencia precede a la imaginación; la estructura, la metódica alternancia de puntos de vista y voces narrativas, obedecen a una lógica rígida y sin embargo desembocan en la niebla, la irracionalidad, la danza de los espectros. Se trata de la operación contraria al exorcismo, lo cual apenas sería atendible si no estuviéramos ante un narrador que también cree en la novela de tesis, la ficción como zona civilizadora, universidad abierta, enciclopedia a contrapelo, cuadro de costumbres y manual de urbanidades (las instrucciones para cortarse las uñas de los pies en *Cambio de piel*, la discusión sobre la cortesía en *Una familia lejana*, el protocolo del desayuno político en *La cabeza de la hidra*, el cóctel ideal para bebedores con laringitis en «A la víbora de la mar»).

Una y otra vez el afán explicativo y totalizador, el gran trazo a lo Victor Hugo, lleva al espectáculo de la razón hechizada. El grabado de Goya que mejor ilustra esta duplicidad es *El sueño de la razón produce monstruos*.

En otras lenguas la actividad de soñar se distingue claramente de la de dormir (*träumen* y *schlafen* en alemán, *to dream* y *to sleep* en inglés). El español conserva la ambigüedad; un hombre que duerme es un hombre que sueña. ¿Qué quiso decir Goya en el grabado más discutido de los *Caprichos*? ¿Se trata de una defensa de la razón, que no puede dormir, suspender su vigilancia, sin que aparezcan los monstruos o, por el contrario, de un ataque a los excesos de la razón, que termina por provocar lo que desea reprimir? Eleanor Sayre, Robert Hughes y Pierre Gassier ven en Goya a un irrestricto defensor de la razón. El pintor previene contra los peligros que acechan a la razón *dormida* y recrea, de un modo macabro, el retrato que le hizo a Jovellanos: la Minerva que aparecía en la pintura del ministro reformista es sustituida por su animal tutelar, el búho, que en este caso escapa entre murciélagos: la sabiduría se fuga ante la razón aletargada; Europa regresa al oscurantismo, y solo el lince al pie del cuadro parece capaz de ver en la noche.

En su libro *Symbolist Art*, Edward Lucie-Smith señala que Goya aclaró el título en una prueba de grabado: «la fantasía abandonada por la razón produce monstruos; unido a ella, es la madre de las artes y el origen de sus maravillas».

Aunque minoritarias, no han faltado las hipótesis opuestas. René Dubos ha escrito una página elocuente sobre la segunda interpretación del grabado: «empecé por pensar que esta inscripción querría decir el *dormir* de la razón produce monstruos. Pues, ciertamente, los errores y supersticiones se imponen con facilidad cuando duerme la razón, y generan criaturas abominables. Sin embargo, es más probable que las palabras de Goya no se refieran al *dormir* sino al *soñar* desbocado de la razón –a los sueños de la razón–. Para Huxley el grabado en cuestión significa que "la razón puede embriagarse de sí misma, como ocurrió en la Revolución Francesa"». La opinión de Dubos es la de un científico que sabe del ecocidio, la amenaza nuclear, los desastres causados en nombre del progreso.

¿Cuál de las dos hipótesis acepta Carlos Fuentes? En *El espejo enterrado* se atiene a la versión canónica de los historiadores del arte: Goya protesta contra la destitución de Jovellanos; el protagonista del grabado duerme en el eclipse de las Luces: «las gárgolas y las lechuzas saquean su sueño del progreso ilustrado, y la razón, atrozmente, es vampirizada»; sin embargo, compensa esta certidumbre advirtiendo los peligros de tener una fe ciega en el racionalismo: «acaso la razón, cuando se olvida de sus propios límites y deja de comportarse críticamente en relación consigo misma y con su hija, el progreso, merece esta pesadilla. Acaso solo el sueño de los monstruos produce la razón». En el relato «Constancia» subraya esta creencia: «la razón que no duerme produce monstruos». Al preservar la duplicidad de la palabra «sueño», Fuentes contribuye no solo a mantener el grabado de Goya en su elocuente claroscuro, sino a explicar su propia obra.

Casi todas las novelas de Fuentes dependen de un complicado andamiaje de ideas; son máquinas de discutir el mundo y de discutirse a sí mismas; sin embargo, sus tramas celebran el triunfo de la irrealidad; los argumentos se desvanecen en favor de tiempos cruzados y sueños que son profecías invertidas, adivinaciones del origen. Uno de sus relatos más recientes, «Gente de razón», es un ejercicio de la racionalidad consumida por una atávica leyenda; dos arquitectos pasan de la precisa explicación de las transformaciones de la traza urbana a una mascarada en el subsuelo que encierra la otra historia de la ciudad de México, ilógica y atemporal.

Las ideas de Aldous Huxley corren el albur de parecer simples con los años: la originalidad del pasado es nuestro sentido común. Carlos Fuentes participa de otros riesgos; se mueve en la incierta y sin duda original frontera donde el discurso racional es explicado por los mitos y los sueños, donde la argumentación pierde sus reglas y la visión poética se instaura en las ruinas de la inteligencia. Novelas de tesis rozadas por la sinrazón.

La España que levantó la geométrica fortaleza de El Escorial perdió, entre otros rituales, el luto judío. Después de la muerte de un ser querido, la familia se encierra a orar durante siete días y cubre los espejos de la casa. El número siete alude a la creación; los espejos velados, a la necesidad de ver hacia dentro. Esta fue la introspección que le faltó a una España asustada de sí misma; al repudiar a los «extraños», amputó un trozo de su historia. ¿Es posible alterar este destino, adivinar hacia atrás; pintar, como el fraile Julián, un sueño inducido en cabeza ajena?

Goyesco y barroco, Fuentes alza una galería de espejos que restituye en parte la rota historia de dos mundos. Al igual que «sueño», la palabra «pánico» tiene un doble sentido. Carlos Fuentes se curó del miedo que confesaba en su lejano ensayo sobre Gironella solo a costa de entrar a su propia época negra, la ronda pánica donde desfilan los fantasmones, los baldados, los heridos de arma o de intención, los cojos, los exiliados, nuestras futuras muertes.

El sueño de la razón produce monstruos.

Las citas sobre Goya y la pintura de la época provienen de los siguientes libros:

Dubos, René, *Los sueños de la razón*, Fondo de Cultura Económica, Serie Breviarios, n.° 190, México, 1967.

Herding, Klaus, *Im Zeichen der Aufklärung*, Editorial Fisher, Frankfurt, 1989.

Hughes, Robert, «Goya», en *Nothing if not Critical*, Alfred A. Knopf, Nueva York, 1991. (Hay traducción española: *A toda crítica*, trad. de Alberto Coscarelli, Anagrama, Barcelona, 1992.)

Lucie-Smith, Edward, *Symbolist Art*, Thames and Hudson, Londres, 1972. (Hay traducción española: *El arte simbolista*, trad. de Vicente Villacampa, Debate, Madrid, 1991.)

Semprún, Jorge, «Francisco de Goya», en *Claves de razón práctica*, n.° 28, Madrid, diciembre de 1992.

Segunda parte

IGUANAS Y DINOSAURIOS:
AMÉRICA LATINA COMO UTOPÍA DEL ATRASO

A los cuatro años me encontré ante una disyuntiva que decidió mi vida. En el Colegio Alemán de la ciudad de México fui sometido a una prueba que no recuerdo pero que provocó que yo quedara en el Grupo A, es decir, en el de los alemanes. Durante nueve años solo llevé una materia en español: Lengua Nacional. En las clases de matemáticas había que resolver problemas de este tipo: «La abuela de Udo tiene en el sótano de su casa cinco frascos de manzanas que cultivó en su huerta. Con ellos piensa hacer *apfelstrudel*. Si para cada pastel se requiere una manzana y media y en cada frasco hay quince, ¿cuántos puede hacer la abuela de Udo?». Además de las imposibles matemáticas, me desvelaban otros enigmas: en México las casas no tienen sótano y las abuelas no cultivan manzanas ni preparan *apfelstrudel*. La escuela logró que el conocimiento me pareciera una insuperable forma de la dificultad. Como mi primer idioma leído y escrito fue el alemán, saber algo significaba saberlo en extranjero. Esta educación extravagante tuvo dos resultados: nada me gusta tanto como el español y detesto cualquier idea reductora de la identidad nacional.

El origen de mis padecimientos escolares se debió a una disposición del Colegio, acaso inducida por nuestra Secretaría de Educación Pública: evitar el racismo y la segregación en los salones.

Debuté en las aulas del saber en 1960, cuando la Segunda Guerra Mundial todavía alimentaba las principales películas de acción. El Colegio Alemán había sido cerrado durante la contienda por su filiación nacionalsocialista, y se hablaba de un mítico sótano en el que se guardaban archivos del Tercer Reich. Como tantas escuelas bilingües, la nuestra siempre había tenido un grupo foráneo. Después de la guerra, el miedo al pangermanismo y el deseo de guardar las apariencias provocaron que en cada aula alemana hubiera dos o tres mexicanos capaces de garantizar la mezcla de culturas. Durante nueve años, mis malas calificaciones fueron toleradas por los maestros porque, a fin de cuentas, yo representaba a la sufrida raza vernácula que desconocía, no solo el arte de transformar los sentimientos en *apfelstrudel*, sino las declinaciones del dativo y las frases con verbo al final. En ciertos días, los maestros me consultaban como si fuese un oráculo de las tradiciones populares: ¿tu abuela se frota mariguana en las piernas?, ¿es cierto que ustedes se ríen en los velorios?, ¿alguno de tus tíos saca su pistola en las fiestas y lanza tiros de alegría?, ¿por qué las sirvientas se van sin avisar, los policías piden limosna y los plomeros aciertan en el día pero no en el mes en que fueron llamados a una casa inundada? La vida tumultuosa, incomprensible y mexicana que rodeaba al Colegio llegaba en estas preguntas a los delegados folclóricos de cada salón. Con el tiempo, los temas aumentaron de complejidad: a los once años me sentí en la obligación no solo de explicar sino de defender los sacrificios humanos de los aztecas. Puesto que yo representaba la otredad, nada podía beneficiarme tanto como las rarezas. Mientras más picaran nuestros chiles, mejor sonarían mis informes. Los maestros gozaban con las truculencias de su país de adopción. Su demanda de exotismo me hizo describir una patria exagerada, donde mis primos desayunaban tequila con pólvora, mis tías se encajaban espinas de agave para castigar sus malos pensamientos y sangraban por la casa, como si posaran para Frida Kahlo, mi abuelo era fusilado en la revolución y por todo legado dejaba el ojo de vidrio con el que yo jugaba a las canicas.

«*Ach so!*», exclamaba el profesor al enterarse de que no había hecho la tarea porque pasé el día de muertos dedicado a comer una inmensa calavera de azúcar que llevaba mi nombre. Lo estrafalario siempre convencía.

Los años en los que cumplí con las expectativas de la escuela me convirtieron en un autor del realismo mágico. Sin embargo, cuando empecé a escribir relatos no pensé que tuviera obligación de ser típicamente mexicano. De nueva cuenta, fue la mirada europea lo que me recordó la existencia de los patriotismos literarios.

Los encuentros internacionales de escritores suelen ser una comedia de malentendidos culturales. En una ocasión participé en un congreso en Alemania y conocí a uno de los numerosos Helmuts que creen que América Latina es una oportunidad de ser gozosamente irresponsable. Lo primero que supimos de él fue que se había liberado de la condena europea de ser puntual. Nos hizo esperar una hora en el aeropuerto, a punto de desmayarnos por el *jet lag*. En los siguientes cuatro días, Helmut nos convidó a deshoras a un tequila japonés que venía en una botella en forma de pirámide y nos forzó a cantar «Cielito lindo» al final de cada reunión. De sobra está decir que hicimos el ridículo. A todas partes llegamos tarde, pero fuimos presentados por Helmut con un descaro desafiante, como si Europa nos debiera la invención del chocolate. Nuestro anfitrión estaba harto de los agravios sufridos por América Latina, esa selva insolada donde la cabeza solo se soporta gracias a las aspirinas que vienen de Alemania. Cuando le dijimos que teníamos la vaga impresión de haber sido demasiado informales, nos vio con estudiado gesto guevarista y recordó que no teníamos por qué rendirle cuentas al racionalismo colonial. El público esperaba magia de nosotros. Con la mejor intención del mundo, Helmut convirtió nuestra estancia en un infierno en el que nos comportamos como los desmedidos personajes que yo inventaba en el Colegio Alemán.

El exotismo existe para satisfacer la mirada ajena. Uno de los resultados más graves y más sutiles del eurocentrismo es que, en busca de lo «auténtico», privilegia lo pintoresco. No estamos ante los personajes de Kipling o Conrad donde lo blanco o lo occidental supera a lo aborigen, sino ante algo más complejo. En aras del respeto a la diversidad, ciertos discursos poscoloniales europeos incurren en un curioso fundamentalismo del folclor. Las novelas, las películas, los grabados y las instalaciones del Tercer Mundo se convierten en meros vehículos de identidad nacional. En esta perspectiva, los relatos de la otredad son significativos en tanto documentos: un argentino atrapado en un elevador o un boliviano deprimido en un Kentucky Fried Chicken solo merecen tener historia si, de manera directa o simbólica, se relacionan con el rico arsenal de «lo latinoamericano», es decir, con las prenociones de diseño europeo.

La «retórica de la culpa», como la llama Edward Said, ha provocado un peculiar viraje del eurocentrismo donde el respeto a lo otro pasa por nuevas y más complejas distorsiones. Viernes no se somete a Robinson sino que le vende chaquira y le enseña a meditar como un chamán. El aborigen no es un ser inferior, sino distinto. Sin embargo, está obligado a ser distinto en forma unívoca, como custodio y garante de la alteridad. No se espera que Viernes haga sumas y restas más precisas que las de Robinson, sino que lo adoctrine con saberes trascendentes, desconocidos, seductoramente prelógicos. El mito de Viernes sufre así una inversión antropológica: su superioridad se funda en la rareza.

Atraídos por lo singular, numerosos espíritus bienpensantes desdeñan la ruta ilustrada de Alexander von Humboldt y se niegan a tocar con la razón un territorio que prefieren incomprensible. En nombre de la diversidad, América Latina es vista como un vivero del color local. En cambio, en Latinoamérica importa poco que un dibujante sueco refleje su condición escandinava en cada trazo. Desde un principio, estamos acostumbrados al arte que viaja y se mezcla; la geografía de nuestra imaginación supone por lo menos dos orillas: la cultura del origen y las muchas cosas venidas de lejos.

Durante tres años trabajé en Berlín oriental como agregado cultural de mi país y en una ocasión recibí el encargo de organizar una muestra de serigrafías de Sebastián, quien se ha servido de la herencia de Josef Albers y la escuela Bauhaus. El director de la galería contempló los cuadros constructivistas con enorme escepticismo: «Me gustan, pero ¿qué tienen de mexicanos?», preguntó. En un arranque de desesperación, dije que los triángulos aludían al arco de las pirámides mayas; los rectángulos, a las grecas aztecas, y los colores, a las direcciones del cielo de la cosmogonía prehispánica. El curador cambió de opinión: Sebastián era un genio.

Pero no solo el eurocentrismo es responsable del folclor que sale de América Latina. Ante la demanda de un arte con legítimo pedigrí latino, ciertos artistas procuran ser propositivamente autóctonos. Gabriel García Márquez y Alejo Carpentier no concibieron estrategia alguna para encandilar a la crítica extranjera; sus obras son el resultado natural de sus apuestas literarias. *Cien años de soledad* y *Los pasos perdidos* representan momentos culminantes del idioma y poderosas reinvenciones de la realidad. Nada sería tan mezquino como regatearles méritos. Sin embargo, es innegable que a la sombra de estas ceibas de fábula han florecido «plumas *tutti fruti*» –para usar la expresión de Cabrera Infante– que desean repetir una fórmula de éxito, iluminar por números el desorbitado paisaje americano. La situación se presta para una farsa de las autenticidades cruzadas. En mi novela *Materia dispuesta* una compañía de teatro mexicana es invitada a una gira europea. Antes de la partida, el promotor hace una recomendación: para tener éxito en ultramar, deben lucir *más mexicanos*. Los actores caen en un vértigo de la identidad: ¿cómo pueden disfrazarse de sí mismos? El director contrata a unos percusionistas caribeños, que nada tienen de mexicanos pero que en Europa parecerán salvajemente oriundos, y los actores se someten a sesiones de bronceado para ser dignos representantes de la «raza de bronce». En un travestismo cultural, los actores de la novela integran una nueva tribu, de pieles infrarrojas, pigmentadas para no decepcionar a los extranjeros. Estamos ante la más absurda *autenticidad artificial*.

Cada público tiene derecho a sus pasiones y nada sería tan arbitrario como proponer una tiranía del buen gusto. En un mundo que ha inventado formas de satisfacción que van de los cantos gregorianos a los calzones comestibles, no resulta particularmente escabroso que los lectores europeos pidan de América Latina generales que vivan ciento sesenta y ocho años, jaguares con ojos de jade o ninfas que levitan en los manglares. Lo grave es que la visión de conjunto de América Latina se someta a estas prenociones: el realismo mágico como explicación de un mundo que no conoce otra lógica.

EL IMPERIO DEL TIEMPO

El contacto con América Latina no significa una amenaza directa para la ciudadela europea. Los peligros migratorios están en otras partes: los rusos que en el invierno de su descontento pueden esquiar de Moscú a Berlín, los árabes en busca de refugio y empleo, los chinos prósperos deseosos de conocer París y reservar medio millón de habitaciones. América Latina queda más lejos y llega en los cambiantes y coloridos envases de sus granos de café y sus discos de salsa. Esta lejanía hace que en el campo cultural satisfaga una curiosa necesidad del imaginario europeo: la utopía del atraso. Nada más sugerente en un mundo globalizado que una reservación donde se preservan costumbres remotas. Si los norteamericanos viajan a hoteles que les permiten sentir que Chichén Itzá es como Houston, pero con pirámides, los europeos suelen ser sibaritas de la autenticidad. Curiosamente, este apetito por lo original puede llevar a un hedonismo arqueológico, donde la miseria y la injusticia se convierten en formas del pintoresquismo. La selva común de las iguanas es vista como el fascinante hábitat de los dinosaurios, un Parque Jurásico que permite excursionar al pasado.

Tanto en las guías de viaje que recomiendan no beber el agua de nuestras tuberías como en las superproducciones de Hollywood donde «el mexicano» es alguien de bigote ejemplar que se ríe mucho cuando mata a su mejor amigo, México semeja un parque de atracciones fuera del tiempo, un hirviente *melting pot*, ya olvidado por las naciones que solo conocen las etnias y las razas por los anuncios de Benetton.

Uno de los negocios más seguros del momento sería la construcción de una Disneylandia del rezago latino donde los visitantes conocieran dictadores, guerrilleros, narcotraficantes, militantes del único partido que duró setenta y un años en el poder, mujeres que se infartan al hacer el amor y resucitan con el aroma del sándalo, toreros que comen vidrio, niños que duermen en alcantarillas, adivinas que entran en trance para descubrir las cuentas suizas del presidente.

Estamos ante un colonialismo de nuevo cuño, que no depende del dominio del espacio sino del tiempo. En el parque de atracciones latinoamericano, el pasado no es un componente histórico sino una determinación del presente. Anclados, fijos en su identidad, nuestros países surten de antiguallas a un continente que se reserva para sí los usos de la modernidad y del futuro.

Conviene insistir en que la exigencia de una cultura que despida la turbadora fragancia de la guayaba no se basa en el egoísmo europeo sino en una peculiar distorsión de los «otros», en la necesidad de incluir una barbarie controlada en su imaginario. En *El salvaje en el espejo*, Roger Bartra estudia la función que en la Europa medieval desempeñó el mito del salvaje, el homúnculo cubierto de pelos y dominado por bajos instintos que animaba las novelas de caballería, el repertorio de los trovadores, los gobelinos donde aparecían princesas amenazadas, y que, por riguroso contraste, refrendaba la superioridad del hombre civilizado. De acuerdo con Bartra, el descubrimiento de América tuvo un efecto disolvente en esta tradición. Ante los «salvajes reales», no se requería de una figura de leyenda que amarrara doncellas de los árboles. El europeo podía medirse contra los incas o los aztecas. Con todos los matices del caso, es en esta línea donde se inscribe la sobrevaloración cultural del atraso latinoamericano.

Durante nueve años salí de aprietos en el Colegio Alemán haciendo que las iguanas vulgares parecieran dinosaurios de feria. Mi infancia fue un país exótico por partida doble. Estaba preocupado por el *apfelstrudel* que solo comía en la imaginación y por el folclor que debía garantizar en clase. No fue una enseñanza modelo, pero me dejó la certeza de que la única patria verdadera se asume sin posar para la mirada ajena.

EL TRADUCTOR

a Susanne Lange

Conocer es, en buena medida, traducir. La condición siempre relativa de lo que sabemos obliga a entender poco a poco; las fases de la luna, la caída de una piedra y el vuelo de un halcón se ordenan en el archivo lento de la cultura. Y, sin embargo, entender algo literariamente significa darle otro uso al sentido común. La literatura, incluso en su variante naturalista, es siempre una superación de lo explícito, un deseo de que las palabras habituales, con las que compramos el pan y acatamos órdenes, digan sus verdades de otro modo. «El mundo es azul como una naranja», escribió Paul Éluard. Dos certezas científicas –el mundo es azul, el mundo es redondo como una naranja– se combinan y confunden en favor de otra verdad, la invención poética.

En el dominio literario nada es unívoco. A diferencia de los catálogos de aspiradoras o los discursos proselitistas, las novelas y los poemas se abren a diversas interpretaciones y su permanencia en el repertorio de la cultura depende de sus posibilidades de suscitar nuevas lecturas. «Un clásico es un libro que nunca termina de decir lo que tiene que decir», apunta Italo Calvino. La escritura resistente es una materia porosa; sus calculadas fisuras dejan que pase el aire, el ambiente, las renovadas indagaciones de la época.

En su tentativa por dotar de otro significado al lenguaje, la literatura vivifica el inventario cotidiano del idioma y se sirve de recursos que parecerían negarla, del silencio al sinsentido. En el texto, la «frescura», la «espontaneidad» o la recreación coloquial son artificios, en ocasiones más trabajados que los pasajes herméticos.

Octavio Paz señala en *El arco y la lira* que todas las artes aspiran al efecto poético, es decir, al momento en que el lenguaje supera su sentido original y se convierte en un prodigio desplazado, donde el placer estético es refractario a la argumentación. De golpe, una ráfaga de palabras se resiste a ser razonada. Ninguna interpretación métrica o retórica de un alejandrino de López Velarde («ojos inusitados de sulfato de cobre») o de un endecasílabo de Paz («horas de luz que pican ya los pájaros») puede descifrar lo que se dice más allá de la versificación. Saber que los ríos con sulfato de cobre tienen un color azul claro y brillante ayuda a comprender la metáfora de López Velarde, pero no la rara belleza que produce en la página. Hay, en el fondo de cada verso, algo que impide ser razonado. En la madrugada del poeta, los frutos son de tiempo y deben ser picados por los pájaros. Por ello, el contenido fundamental de su discurso no puede ser descrito ni siquiera en el código en que se emite. Lo inefable es su signo, azul como una naranja.

Si la literatura depende de las posibilidades múltiples del texto, de la zona donde las palabras derrotan su significado corriente, ¿es posible que el lenguaje literario pase sin pérdida a otro idioma?

No hay modelo técnico que conduzca a la traducción que Baudelaire hizo de Poe o a la que Elizondo hizo de Hopkins y sin embargo ese viaje es posible. Lograr una versión poética notable de un texto extranjero no es un vudú lingüístico que dependa de vagos exorcismos, pero tampoco es un traslado mecánico, capaz de programarse en computadora.

Cada oficio presenta misterios prácticos, y uno de los más peculiares del arte de traducir es la noción de soledad compartida. Ni gregario ni misántropo, el intercesor entre dos lenguas requiere de una voz ajena para ofrecer la suya. Separado de su entorno y de su habla, regresa a su época tonificado por aires remotos. De acuerdo con la conocida formulación de Pascal, la tragedia de un hombre comienza cuando no puede estar solo en su cuarto. La escritura es una resistencia a puerta cerrada, el desafío que alguien acepta para encontrarse consigo mismo. Al traducir, la situación cambia en cierto sentido. El traductor está y no está solo; es algo más que un lector y algo menos que un autor. «Cada libro es una imagen de la soledad», escribe Paul Auster; en el caso de la traducción, dicha soledad es tocada por una voz distante: el aislamiento del lector es invadido por el del autor. Este intercambio de soledades define el acto de trasvasar idiomas: «Aunque solo haya un hombre en el cuarto, en realidad hay dos. A. se imagina como una especie de fantasma de ese otro hombre, que simultáneamente está y no está ahí, y cuyo libro es y no es el mismo que él está traduciendo. Por eso, se dice a sí mismo, es posible estar y no estar solo en el mismo momento» (Paul Auster, *La invención de la soledad*).

El encierro con un espectro extranjero alerta los reflejos, obliga a una saludable paranoia: el idioma se mantiene en forma, perseguido por otro. La frecuentación y aun el acoso de una lengua extranjera agudiza la propia. En su discurso ante la Academia de Bellas Artes de Baviera, Elias Canetti explicó: «Recuerdo que en Inglaterra, durante la guerra, solía llenar páginas y páginas con palabras alemanas [...]. No se trata aquí, preciso es subrayarlo, del aprendizaje de una lengua extranjera en la propia casa, en una habitación, con un profesor, con el apoyo de todos aquellos que, en la ciudad donde vivimos y a cualquier hora del día, hablan como uno ha estado acostumbrado a hacerlo siempre. Se trata de quedar más bien a merced de la lengua extranjera en su propio ámbito, donde todos hacen causa común con ella y, en forma conjunta y con aire de pleno derecho, tranquilos e impertérritos, no cesan de lanzarnos sus palabras». El exilio inscribió a Canetti en una forzosa escuela de preservación lingüística: debía cuidar el alemán en un entorno en el que se había convertido en la lengua del adversario. Justo porque se trataba de un idioma degradado, envilecido por el nacionalsocialismo, era urgente custodiarlo. De acuerdo con Karl Kraus, el escritor debe devolver la virginidad a la palabra prostituida. Este fue el tenso oficio que Canetti desempeñó durante la guerra. Él, que compartía la política de los ingleses, debía dotar de nueva pureza y brillantez a las palabras con que Hitler se equivocaba a diario.

El reverso de esta situación fue descrito por Javier Marías al recibir en Alemania el Premio Nelly Sachs. En tiempos de paz, los clásicos tienen en el extranjero un derecho de suelo que jamás adquirirán en el suyo, el de adaptarse a los usos y los modismos de la época.

De acuerdo con el traductor de *Tristram Shandy*, una desgracia menor de la gran literatura es que no puede modernizarse en el idioma en que fue escrita. Aunque no entendamos de cabo a rabo a Cervantes, sería un despropósito renovar sus páginas. Para eso están las ediciones críticas, con profusas notas de pie de página. En cambio, los clásicos ajenos a nuestra tradición reciben cada tantos años un soplo refrescante. Así, disponemos de un Shakespeare del siglo XIX, otro de principios del XX, otro de fin de siglo, etcétera. Es dable suponer que los alemanes tendrán un *Quijote* futuro y los hispanohablantes un *Fausto* futuro. Las obras que atraviesan el tiempo pueden seguir cambiando de piel en otros idiomas.

La literatura obtiene curiosos logros al trasvasarse, a tal grado que ciertos efectos solo se logran con la tensión que proviene del desplazamiento desde una lengua ajena. En una de sus versiones del soneto «El desdichado», de Nerval, Octavio Paz escribe: «Yo soy el tenebroso —el viudo— el sin consuelo». La fuerza de este verso depende de su inusual remate («el sin consuelo» por *l'inconsolé*), hallazgo que surge de la versificación en el cruce de dos lenguas. Esta extranjería del estilo se presta especialmente para captar las emociones ambiguas, que pertenecen a un incodificable exilio interior. Por ello, la melancolía sin nombre de Gérard de Nerval se amparó en un título en español: «El desdichado». No sería difícil reunir una antología de textos encabezados por palabras extranjeras, descentradas, que aluden a una pesadumbre indecible en la lengua común: *Lisbon revisited*, de Fernando Pessoa, *Walking around*, de Pablo Neruda, *Ewigkeit*, de Jorge Luis Borges, *Anywhere out of the World*, de Charles Baudelaire (este título fue retomado no por un autor de lengua inglesa sino, como conviene al desasosiego que no puede decir su nombre, por el italiano Antonio Tabucchi). Aunque los alemanes cuentan con una palabra que causa jaquecas a los traductores, *weltschmerz* (el «dolor del mundo» que suele traducirse como «pensamiento melancólico» o culteranamente como «wertherismo»), Gregor von Rezzori escogió una voz rusa para comenzar sus *Memorias de un antisemita*: «*Skuchno* es una palabra rusa difícil de traducir; significa algo más que un intenso aburrimiento: un vacío espiritual, un anhelo que atrae como una marea imprecisa y vehemente». El hombre abatido no puede definirse.

En los diccionarios españoles faltan equivalentes para *saudade*, *spleen*, *skuchno* o *weltschmerz*, sin embargo ahí fue donde Nerval encontró «El desdichado» (y en español podría conservarse el extrañamiento regresando el título al francés).

En las alcobas de la literatura, la noción de fidelidad se parece bastante a la de los grandes libertinos: la obtención de un placer verídico justifica la transgresión de las normas.

La ciega obediencia está reñida con la traducción literaria. Las computadoras traducen con la sutileza de un procesador de alimentos y los agentes aduanales que siguen un manual lingüístico provocan miniaturas de teatro del absurdo como esta que Luis Humberto Crosthwaite registró en la frontera entre México y Estados Unidos:

–¿Qué trae de México?
–Nada.
–¿Qué trae de México?
–Nada.
–Tiene que contestar «sí» o «no».
–No.
–Está bien. Puede pasar.

Las pasiones del idioma exigen que se llegue a ellas por la ventana prohibida, según el método de Casanova. *The Turn of the Screw* significa, literalmente, «la vuelta del tornillo», un título de tlapalería, y en sentido figurado, «la coacción». José Bianco fue leal a Henry James al inventar una metáfora que cambió la historia del español: *Otra vuelta de tuerca*.

En el siglo XVIII, Lichtenberg reflexionó en la leal rebeldía de los traductores: «¿No es extraño que una traducción literal casi siempre sea mala, y sin embargo todo sea traducible?». Alejado de la piadosa servidumbre a su modelo, el traductor debe seguir la lógica de su idioma.

Cada lenguaje tiene una estructura tan definida que quien habla varias lenguas suele pensar en forma distinta en cada una de ellas. Por ello, Walter Benjamin aconseja que el traductor preste poca atención a las frases extranjeras y mucha a las palabras, a las partículas que deberán asumir las leyes de otro idioma.

Cuando W. H. Auden y Chester Kallman tradujeron *Los siete pecados capitales*, la pieza con música de Kurt Weill y texto de Bertolt Brecht, se enfrentaron a un texto complejo que debía entenderse cantado. El tono de farsa y cabaret podía perderse si los albures y la procacidad no tocaban en forma inmediata al público.

Auden y Kallman buscaron nuevas metáforas para conservar el sentido original. En la versión alemana, el trasero blanco de una mujer resulta «más valioso que una pequeña fábrica» y en la inglesa «vale lo doble que un pequeño motel de Texas».

Una buena traducción literaria vence la literalidad, y sin embargo algo se pierde en el camino. Al respecto, Jacques Derrida observa que un texto significativo, si bien es traducible, siempre depara zonas intraducibles. Con frecuencia, una voz original expulsa a su intercesor a los márgenes de la tipografía, esa Siberia «fuera» de la obra donde apunta con resignación: «juego de palabras intraducible».

De modo inverso, los autores del montón lingüístico suelen ser enriquecidos por sus traductores. Gracias a un zurcido eficaz, el lenguaje sin inventiva, lastrado por cacofonías, reiteraciones y lugares comunes se viste en otro país con un traje de domingo.

En este incesante paseo de un idioma a otro, ¿puede haber retóricas que funcionen con mayor fuerza, con más clara autonomía de vuelo? Borges observa que todo idioma obedece a cierto impulso maquinal, a una autoridad propia, determinada por los muchos hombres que antes dijeron lo mismo o casi lo mismo y guían en secreto a los usuarios del presente. En su *Libro de diálogos* con Osvaldo Ferrari, comenta: «He conocido [en Argentina] muchas señoras que eran fácilmente ingeniosas en inglés y fatalmente triviales en castellano [...]. Goethe decía que los literatos franceses no debían ser demasiado admirados porque, agregaba, "el idioma versifica para ellos"; él pensaba que el idioma francés era un idioma ingenioso. Yo creo que si una persona tiene una buena página en francés o en inglés eso no autoriza a ningún juicio sobre ella: son idiomas que están tan trabajados que ya casi funcionan solos. En cambio, si una persona logra una buena página en castellano, ha tenido que sortear tantas dificultades, tantas rimas forzosas, tantos "ento" que se juntan con "ente"; tantas palabras sin guión, que para escribir una buena página en castellano una persona tiene que tener, por lo menos, dotes literarias».

En forma implícita, traducir significa reflexionar sobre el poder cultural y el desarrollo histórico de las lenguas. Algunas, como sugiere Borges, no solo están más propagadas sino que poseen una estructura interna tan perfeccionada por la tradición que tienen mayor don de mando sobre sus actores.

Sin embargo, aunque sigue los impulsos y los códigos de la civilización que lo origina, el lenguaje no siempre depende de una retórica de la claridad: también lo que no se entiende comunica. En la ciudad del idioma no solo hay flechas útiles. Los trabalenguas, las cataratas verbales, los malentendidos significan tanto como las frases diáfanas. ¿Cómo traducir, entonces, lo que no se debe captar del todo? Los discursos irracionales, que reproducen la locura, la confusión o los estados ambiguos de la conciencia (la agonía en *La muerte de Virgilio*, las evocaciones sensoriales de *En busca del tiempo perdido*, la mente desbocada en *La señorita Elsa*), reclaman en otra cultura una ardua adaptación estilística y psicológica, con efectos que van de la puntuación al empleo de palabras que no son sinónimos (en alemán, el uso continuo de «alma» y «espíritu» en un contexto clínico, obliga a buscar equivalentes más sosegados en español, como «conciencia» y «mente», para que la interpretación psicológica no parezca un tratado de esoteria).

Toda lengua tiene peculiaridades imborrables, semejantes al sabor de los primeros frutos y a las voces dispersas de la infancia; no puede existir sin nociones de tiempo y territorio. El «color local» es una ilusión literaria imprescindible. Y no me refiero al pintoresquismo o al exotismo de bazar, sino al necesario contacto de un idioma con su época.

En buena medida, los sellos de la hora dependen de giros coloquiales, insultos, toponímicos, marcas, siglas, abreviaturas, tecnicismos que denotan un terreno particularísimo y hacen sentir al traductor doblemente extranjero. Acaso el recurso más local y restringido de la literatura sea la invectiva. Su eficacia depende de su absoluta comprensión: el mensaje debe ser vejatorio para la víctima; de lo contrario, el lenguaje más soez resulta inofensivo. Revisemos la forma en que Shakespeare describe un cuerpo grasoso: «Si ella vive hasta el juicio final, arderá una semana más que el resto del mundo». Dirigida a una sílfide o a una civilización amante de la gordura, esta elaborada prueba de mala leche carece de sentido.

En la copiosa bibliografía sobre la traducción no podía faltar un texto con avenidas intransitables. «La tarea del traductor», de Walter Benjamin, reflexión tan esquiva como su tema, alterna la luminosidad con el hermetismo. A su manera, el traductor de Proust al alemán dejó un *texto sagrado* sobre el arte de trasvasar idiomas. La *forma* del ensayo es su mensaje central. Benjamin pide un intérprete agudo, casi un cabalista. Su conclusión es un acertijo: «En cierta medida, los grandes escritos, y sobre todo los sagrados, contienen entre líneas su traducción virtual. La versión interlineal del texto sagrado es el modelo original o el ideal de toda traducción». Leer entre líneas puede ser visto como una habilidad próxima al ocultismo o como un llamado racional a discernir en el flujo de la sintaxis el espíritu del autor y de su tiempo.

Benjamin confía en superar la diversificación lingüística, no tanto porque cada palabra encuentre un equivalente, sino porque todas las lenguas aspiran a comunicar mensajes compartibles, incluyendo, por supuesto, el galimatías y el *nonsense*. Detrás de los dialectos, las imprecaciones, los balbuceos, las contraseñas abstrusas, hay una necesidad de crear sentido. Más allá de los malentendidos se vislumbra un «lenguaje puro», acaso inalcanzable, ejemplar: las palabras anteriores a Babel y sus peldaños. Esto hace que el cometido literario sea compartible en diversas lenguas, pero sobre todo, permite que la frecuentación de otro idioma fortalezca el propio. Quien traduce del inglés al alemán no debe germanizar el inglés sino anglificar el alemán.

En su ensayo «Palabras del extranjero», Theodor W. Adorno subraya la importancia de los idiomas ajenos para luchar contra el nacionalismo y el debilitamiento de la cultura. Su experiencia fue la opuesta a la de Canetti, quien preservaba el alemán rodeado de ingleses. Durante la dominación nazi, escribe Adorno, «las palabras extranjeras ruborizaban como un nombre amado en secreto»; por ello, eran el mejor sistema de alarma contra las mentiras de la lengua común que había caído en un delirio colectivo. En tiempos totalitarios, el idioma extranjero es el «portador de la disonancia». Custodiarlo equivale no solo a comprender, sino a resistir.

Sin la incómoda voz de los otros, no existiría la literatura. La agónica y fecunda tarea del traductor consiste en develar las oscuras palabras de otra lengua en favor de la suya. En 1675, Angelus Silesius logró resumir este viaje de lo desconocido hacia la severa interioridad:

Amigo, con esto es suficiente. Si acaso anhelas más lecturas
Conviértete tú mismo en personaje y también en escritura.

Tercera parte

EL GOZOSO APOCALIPSIS DE ARTHUR SCHNITZLER

Si para Borges la metafísica es una rama de la literatura fantástica, para los escritores de habla alemana la literatura suele ser una forma de la filosofía. Las novelas de Hermann Broch, Thomas Mann, Robert Musil y Elias Canetti son formidables ensayos. La realidad se vuelve asunto al incorporarse a una teoría del conocimiento. Para interpretar un suceso, por nimio que sea, el escritor alemán recurre a la razón filosófica. Günter Grass va al dentista y después de la primera inyección habla de Séneca, Goethe viaja a Italia y encuentra su ser en todos los campanarios, Walter Benjamin caza mariposas y cada captura le restituye una esquiva porción de su existencia.

Postulado cardinal de la *Bildungsroman*: escribir es conocer. «La novela debe ser el espejo de todas las otras visiones del mundo», declara Hermann Broch en *Los sonámbulos*, y en su ensayo *James Joyce y el presente* compromete a la literatura «con el carácter absoluto y esencial del conocimiento». Sin embargo, nada más equívoco que relegar la literatura alemana a un dominio puramente racional. En su diario paralelo al *Doktor Faustus*, Thomas Mann registra sus desvelos para librar a la novela del «frío intelectualismo». Este empeño no contradice la concepción de la novela como cuerpo totalizador y cognoscitivo. En efecto, la narrativa alemana debe ser vista como teatro de las ideas, pero más aún como teatro de los afectos. La inteligencia solo alcanza plenitud al comprometerse con la emoción. Fieles a la proposición de Spinoza, «el deseo que nace de la razón no puede tener exceso», los escritores de habla alemana han dotado a su literatura de un temple singular: la pasión razonada.

En este contexto, Arthur Schnitzler aparece como una excepción que roza la frivolidad. Sus escenarios son el café, el balneario, los bastidores teatrales; su tema central, obsesivo, casi hartante, el engaño amoroso. Como Jane Austen, Schnitzler se limita a «pulir un pequeño trozo de marfil»; como ella, no pretende oponerse a su época. Esto resulta especialmente significativo en la Viena de principios de siglo, escenario de las rebeldías intelectuales, donde Karl Kraus ejerció su derecho a la originalidad: «el censo de la población ha arrojado, en Viena, la cifra de 2.030.834 habitantes; es decir, 2.030.833 almas y yo»; Arnold Schönberg concibió la dodecafonía; Adolf Loos brindó un vestíbulo a la escuela Bauhaus; Ludwig Wittgenstein se propuso «enseñar a la mosca a escapar del frasco», y Sigmund Freud interpretó los sueños a precios regalados.

La Viena de Schnitzler, por el contrario, es la del Hotel Sacher y sus prodigiosos pasteles de chocolate, las carreras de caballos y los pícnics en las afueras de la ciudad. Pero su aceptación no está desprovista de ironía; se asoma al mundo como alguien que ve una hermosa causa perdida, un fracaso de lujo. La vida es imperfecta, y esto le divierte; cuando describe la traición en la que suele desembocar el amor, no se guía por un fin moralizante sino por el «escéptico determinismo» que Freud distinguió en sus obras.

En sus desteñidos apuntes autobiográficos, *Juventud en Viena*, Schnitzler se presenta como un habitante del mejor de los mundos posibles. La paradoja es que ese mundo es un desastre. Vivir es equivocarse, actuar un papel en una comedia de enredos, y por eso mismo vale la pena. Viena brilla en los candiles de los Habsburgo, en los bucles mozartianos, en los pasteles cubiertos de azúcar glass. Para Schnitzler, también brilla en los pies indiscretos que se tocan bajo las mesas de los cafés, en los amigos que bromean presentando a un tipo antipático con una muchacha sifilítica, en el amante que muere en un duelo y recibe como última caricia el roce de la hojarasca en la mejilla.

¿Quién es el desencaminado que en plena primavera cultural se dedica a coleccionar hojas secas? Arthur Schnitzler nació en Viena el 15 de mayo de 1862, en una familia de origen judío, y murió en 1931. La profesión de su padre le permitió un curioso acercamiento al mundo del espectáculo: era laringólogo y su clientela estaba integrada en gran parte por actores y cantantes en busca de remedios para sus valiosas gargantas irritadas. En 1880, a los dieciocho años, consigna en su diario que ha escrito veintitrés dramas y empezado otros trece. Sin embargo, decide estudiar medicina para complacer a su padre y «para pasear todo el día en coche y detenerse a voluntad en cualquier pastelería». En la Facultad de Medicina se vuelve un hipocondriaco ejemplar, que asume los síntomas de las enfermedades estudiadas. Se aficiona al baile, en especial a las rápidas polcas «que van mejor con mi diletantismo», y a tocar el piano a cuatro manos. Se enamora de un sinnúmero de *süsse Mädels*, el arquetipo femenino que atravesará sus obras: muchachas frescas, incultas, movidas por una candorosa audacia que las convierte en víctimas propiciatorias de los dandies. Sus amigos carecen de todo temor al qué dirán; si están de buenas, son snobs declarados; si están de malas, se hunden en una atractiva melancolía («¿puede haber algo más elegante a fin de cuentas que alguien condenado a muerte?»).

Para definir a un vienés de la época bastaba conocer su café favorito. Schnitzler decidió su destino al unirse a las tertulias del Café Griensteidl, donde Hermann Bahr, Gustav Klimt, Otto Wagner y Gustav Mahler integraban el grupo conocido como *Jung Wien* (Joven Viena). Hacia 1890 trabó amistad con el precoz Hugo von Hofmannsthal, quien a los dieciocho años prologaría *Anatol*, el primer libro de Schnitzler.

Curiosamente la *Jung Wien* respiraba el aire inerte de un imperio en disolución. ¡Bienvenidos al *Finis Austriae*! Del asombro de ser joven en una sociedad decrépita, surgiría una peculiar estética de la decadencia. En una conversación con Martin Buber, Schnitzler afirmó que sus personajes eran típicos de su tiempo en la medida en que encarnaban el fin inminente de su universo. Schnitzler y Hofmannsthal vivieron esos años crepusculares con una mezcla de fascinación y tristeza, seguros de habitar un mundo fugitivo que sin embargo podía brindarles un último destello, un resto de placer en la agonía.

Los escritores de la siguiente generación ya no serían gourmets de la catástrofe. Broch, Musil y Roth repudiarían sin miramientos el cadáver maquillado de adolescente en que se convirtió Viena, ese «laboratorio para el fin de los tiempos» (Karl Kraus). Incomparable dandy del deterioro, Schnitzler logró una corrosiva *commedia dell'arte* en torno a los dobleces de un imperio enfermo de extemporaneidad, donde las convenciones perdían su razón de ser y se reiteraban en forma insensata y maquinal.

A partir de 1895 sus obras se estrenaron regularmente en los prestigiosos escenarios del Burgtheater de Viena y el Deutsches Theater de Berlín. En 1900 se prohibió la puesta en escena de *La ronda*, sobre diez parejas que revelan la hipocresía de la sociedad austriaca. El autor pagó la edición de doscientos ejemplares con el sello de «prohibida su venta». Al año siguiente el ejército austrohúngaro le retiró el grado de médico militar por la publicación del relato «El teniente Gustl», sobre un oficial cobarde y lleno de prejuicios.

En 1911 *La tierra extensa* se estrenó simultáneamente en Berlín, Múnich, Breslau, Hamburgo, Praga, Leipzig, Hannover y Viena. En 1921, durante diecisiete días, *La ronda* se repuso en Viena; después de tumultuosas protestas, la policía prohibió las funciones «por razones de seguridad pública».

Una nota sobre el escándalo. *La ronda* fue durante años la pieza maldita de un autor que se atrevió a exponer el amor como una carrera de relevos donde la sífilis servía de estafeta. En *Amoríos*, su obra costumbrista más conocida, escrita en 1894, la victoria del amor puede ser vista como algo aislado: la *süsse Mädel* que muere engañada representa un caso no necesariamente repetible. En *La ronda* nadie está libre de culpa, el círculo fatal comienza y se cierra en la prostitución.

A semejanza de los personajes de Proust que saben que el buen gusto solo es absoluto si conlleva una pizca de escándalo o vulgaridad, Schnitzler supo lucir con elegancia el «estigma» de *La ronda*. Esto lo aparta de otros célebres alborotadores, como Henry Miller o Jean Genet; mientras él se entretiene lavando la ropa íntima de la sociedad, ellos la tiran a la basura.

¿Cuántos regalos de cumpleaños han pasado a la historia de la cultura? En 1922, con motivo de sus sesenta años, Schnitzler recibió una carta de un amigo al que no conocía personalmente. Aunque vivían en la misma ciudad nunca se habían buscado. ¿Por qué? Quizá animado por el intercambio de personajes típico de Schnitzler, Sigmund Freud se convirtió en paciente de sí mismo y encontró una causa «demasiado íntima» para no visitar a su amigo: «Me ha estado atormentando la pregunta de por qué en todos estos años no he intentado jamás establecer una relación personal entre nosotros [...]. Creo que lo he evitado por temor a encontrarme con una especie de doble». Por vía intuitiva, el escritor había llegado a los profundos caminos del inconsciente.

Lo que distingue la agudeza psicológica de Schnitzler es que nunca parece intencional, producto de un escritor de bata blanca. Siguiendo el consejo de Dostoievski, no «explica» la caída de las monedas; simplemente deja que suenen.

Cuando Schnitzler estrenó sus primeras obras de importancia (*Anatol*, en 1893, *Amoríos*, en 1895), Ernst Mach, pionero del empiriocriticismo, buscaba entender la totalidad de la experiencia a partir de las sensaciones. Para Mach, el camino a la mente es indirecto, depende de una red funcional, los datos positivos que arroja la conducta. De ahí que dijera: «el yo es insalvable».

Schnitzler, como Freud, avanzó en dirección contraria y registró la disparidad entre los impulsos y la conducta social. En 1900 utilizó el monólogo interior y la asociación libre de ideas en «El teniente Gustl». Un año antes, Dujardin había experimentado con el flujo de la conciencia y en 1922 Joyce exploraría *in extenso* el cerebro de la rubicunda irlandesa Molly Bloom. El escritor austriaco no puede reclamar la patente ni la aplicación más radical del *stream of consciousness* pero sin duda agregó un sesgo psicológico y moral a los pensamientos que representan «lo indecible».

En la novela breve *La señorita Elsa* (1924) la introspección psicológica es tan lograda que ya no parece un alarde técnico (al dominio del inconsciente se agrega el de la tipografía; virtuoso de las cursivas y los puntos suspensivos, Schnitzler entrelaza diálogos, pensamientos y acciones tal y como los percibe su protagonista).

También en el terreno médico hubo afinidades entre Freud y Schnitzler. En 1888 el escritor publicó un artículo contra los detractores de la cocaína (Freud, por su parte, escandalizó a algunos colegas al sugerir que una administración dosificada de cocaína podía ayudar al paciente sin causarle adicción). En su juventud, los dos médicos recurrieron a la hipnosis; tal vez seducido por la imagen de una soprano hipnotizada, Schnitzler escribió el ensayo «El tratamiento de la afonía funcional por medio de la hipnosis».

Como Freud, Schnitzler estaba convencido de que el hombre, de quedar en libertad absoluta, daría rienda suelta a instintos dignos de ilustrar un cuadro del Bosco. Gracias al principio de realidad, el mundo se convierte en un infierno atenuado. De cualquier forma, a pesar de los numerosos puntos de contacto con Freud, sería absurdo interpretar a Schnitzler solo en clave psicoanalítica. La frase acerca del «doble», que suele imprimirse en los programas de mano cuando se monta una obra de Schnitzler, fue ante todo un gesto de cortesía, un regalo de cumpleaños.

LA ATRACCIÓN VENECIANA

Los escritores de la generación de la *Jung Wien* abrieron un paréntesis de ligereza en la cultura alemana. Las obras completas de Schnitzler podrían llevar de epígrafe el aforismo de Hofmannsthal: «La profundidad está oculta. ¿Dónde? En la superficie».

El principio de levedad, que después tendría defensores como Auden o Calvino, significa para Schnitzler una ruptura con el culto a lo sublime tan frecuente en la poesía alemana. No sin riesgos, el autor de *La ronda* se amparó en la máxima de Hofmannsthal. En sus peores páginas, Schnitzler se pierde en la banalidad. *Juventud en Viena* es el retrato de un dandy que descree de las grandes pasiones y los argumentos trascendentes y adelgaza su vida hasta reducirla a una estadística de descargas eróticas. Por otra parte, en las raras ocasiones en que sus personajes teatrales filosofan, el resultado es tedioso. Schnitzler es, en esencia, un maestro del tono medio, un habilísimo constructor de tramas a partir de la triangulación amorosa, un impecable dramaturgo de los afectos: pocos lo igualan en poner en escena los gestos leves, rápidos, que siempre significan «otra cosa».

Para Broch o Musil el texto es un espacio de renovación técnica. Schnitzler fue más convencional pero se permitió un par de búsquedas: el flujo de la conciencia y el teatro dentro del teatro. En 1898 *La cacatúa verde* anticipa los *Seis personajes en busca de autor*, de Pirandello, e incluso *The Real Thing*, de Tom Stoppard (quien ha traducido a Schnitzler al inglés). En *La cacatúa verde* el espectador asume como «realidad» una escena montada para divertir a unos burgueses ávidos de emociones fuertes; poco a poco aparece una subtrama que muestra las tensiones que los actores viven tras bambalinas; por último, una tercera realidad, la de la revolución francesa, interrumpe la obra. En este juego de suplantaciones, la representación inicial semeja un trozo de vida y la verdad histórica un sangriento carnaval.

En el horizonte de la cultura austriaca, una ciudad se alza como paradigma de la vida que se confunde con el teatro: Venecia. En su asombrosa teatralidad, la Serenissima es siempre telón de fondo; doblar una calle es cambiar de escena. A propósito de la obsesión de superficie de los austriacos, Anna Giubertoni ha escrito: «Si la cultura alemana –con Wagner a la cabeza– cala el mito de la profundidad, [...] la austriaca, en cambio, hace que emerja la brillante ligereza de la superficie». De ahí la fascinación por Venecia, el sitio donde «la superficie ha perdido sus raíces» (Georg Simmel).

Un pasajero en incesante tránsito por las alcobas de Europa sirvió para poblar la imaginación austriaca de escenas venecianas: el hombre de las máscaras y los alias infinitos, Giacomo Casanova. Amigo de Mozart y de su mejor libretista, el también veneciano Lorenzo Da Ponte, Casanova es una presencia implícita en la ópera *Don Giovanni*. Su paso por la música y la literatura sería más duradero que sus conquistas. El 9 de octubre de 1833 se estrenó la opereta de Johann Strauss *Una noche en Venecia*, donde Casanova aparece como el duque D'Urbino. La obra es un inventario folclórico de la *dolce vita* veneciana. En 1898 Hugo von Hofmannsthal escribió una pieza de registro más complejo: *El aventurero y la cantante*. Ahí Casanova es el barón Weidenstamm. En esta comedia de enredos el conquistador impenitente se las arregla para engañar sin descalabros; es dueño de una malicia sin otras consecuencias que hacer la vida agradablemente complicada.

El «doble» de Freud abordó por primera vez el tema de Casanova en 1917, en la obra de teatro *Las hermanas o Casanova en Spa*. La pieza le sirvió para tratar uno de sus temas esenciales: la irrevocable injusticia con que el amor se presenta en la vejez. Casanova está en la plenitud de su edad y es mirado con envidia por un anciano holandés incapaz de conquistar a nadie. Un año más tarde, en la novela *El retorno de Casanova*, Schnitzler invierte los términos del conflicto: ahora es Casanova quien tiene cincuenta y tres años y envidia al joven Lorenzi; el hombre que escribió sus *Memorias* en francés para que sus aventuras tuvieran más público, ha perdido su identidad; para conquistar se hace pasar por otro; al final, llega enjuto y desdentado a una Venecia que no lo reconoce. El retorno equivale a un sueño profundo, sin imágenes, demasiado parecido a la muerte.

Venecia también fue el escenario del episodio más doloroso en la vida de Schnitzler. Luego de un año de matrimonio con el oficial italiano Arnoldo Cappelini, su hija Lili se pegó un tiro, pero el disparo no la mató de inmediato y agonizó durante días, asistida por Anna Mahler, hija del compositor. Cuando Schnitzler llegó a Venecia, Lili ya había muerto. Tenía diecinueve años. Después del suicidio de su hija, el creador de *La ronda* siguió aprovechando los dobleces de la vida, pero con un acento trágico que lo acercaba al destino de su Casanova. Una de sus últimas amantes lo describiría como «un pequeño hombre amarillo».

EL TEATRO DE LOS IMPULSOS

Schnitzler pone en práctica el axioma de Karl Kraus: «Quien calla una palabra es su dueño; quien la pronuncia, su esclavo». Sus personajes saben que el engaño es una técnica de supervivencia. Para el dandy que se pretende inconmovible, la sinceridad es una variante del fracaso; sin embargo, los elegantes hipócritas de Schnitzler suelen traicionarse; dominan la compleja etiqueta de la sociedad habsbúrgica, apuran las copas en la gran fiesta de despedida de la monarquía imperial y real, disfrutan la alegre decadencia de una Viena incapaz de reconocer su desmesura, pero acaban rompiendo la regla no escrita de ese teatro sin bastidores: pronuncian la palabra que los esclaviza.

No es extraño que Schnitzler se haya servido del inconsciente para descubrir lo que *no* deben decir sus protagonistas. Contra el clasicismo de Goethe, Schnitzler solo concibe el binomio «poesía y verdad» como el fin de la trama; cuando el personaje se delata, sobreviene la caída. En su breve ensayo «El carrusel de las pulsiones», Claudio Magris observa: «Schnitzler dispone de un sentido típicamente austriaco de la vida como teatro. El *pathos* barroco del *teatrum mundi*, donde la vida se representa como un interminable juego de apariencias que enmascaran la verdad y se desvanecen en la revelación del desengaño, se relaciona con la concepción freudiana del inconsciente como escenario y auditorio».

La disparidad entre el principio del placer y el principio de la realidad, entre los impulsos y la moral en curso, encuentra en el lenguaje de Schnitzler un mecanismo regulador: la mentira. En el relato «El padrino» (1932) un hombre atestigua la muerte de su amigo y protege sus emociones teatralizando el entorno: «el duelo se me ha quedado en la memoria como si fuera un juego de marionetas [...]. Tratamos el fatal desenlace de ese día no de una manera sentimental, sino más bien desde el punto de vista estético-deportivo». El lance a muerte se transforma en una representación; en esta realidad suspendida, el padrino del duelo sostiene un romance con la viuda de su amigo; mientras posponga la revelación de la muerte, mientras no intervenga la verdad, la pasión puede seguir. En el relato «Los muertos callan» (1897), Schnitzler utiliza el tema en forma más dramática. Una mujer sobrevive a un accidente de carretera, cree que su amante ha muerto y lo abandona en un descampado. Al regresar a casa se pregunta: «¿Y si él no estuviera muerto?»; la duda la perturba en tal forma que pronuncia en presencia de su marido: «Los muertos callan». Esta frase es el principio de su confesión.

En otras historias la falsedad tiene mejor desenlace; sin embargo, la mayoría de las veces los protagonistas son incapaces de sostener su repertorio de engaños. Uno de los relatos que mejor expresan la duplicidad del alma schnitzleriana es «Frau Beate y su hijo» (1912). Beate es la joven viuda de Ferdinand, un actor que nunca le fue fiel; a su manera, también ella amó a otros hombres, los muchos personajes encarnados por su marido: «A quien ella había amado no había sido a Ferdinand Heinhold, a quien había amado era a Hamlet, a Cyrano, al rey Ricardo y a este y aquel, héroes y bandidos, vencedores y condenados a muerte, benditos y marcados». Este elenco imaginario compensó los engaños del esposo. Al enviudar, Beate queda a cargo de Hugo, un hijo que parece su hermano menor o, a juzgar por las miradas que recibe en los cafés, su joven amante. El relato transcurre en uno de los escenarios favoritos de Schnitzler, el balneario. Si el romanticismo alemán se rodeó del bosque como espacio simbólico, la literatura austriaca de fin de siglo encontró en el balneario su Italia repentina, un paraje solar donde la sangre circula de otro modo. Lichtenberg supo resumir la peligrosa terapia de los lugares que cobran sentido en el verano: «*Margate*. Ahí sucede lo que en todos los balnearios: se recupera un poco la salud y se pierde el corazón».

En esta zona de extravío, Beate teme que su hijo ceda a la seducción de una baronesa veterana en lances amorosos. Hugo es su confidente y –signo típico de Schnitzler– la madre disfruta la sinceridad ajena que la convierte en el polo fuerte de la relación. Pero el relato avanza contra las previsiones de Beate: Fritz, un amigo de su hijo, comienza a cortejarla. Cuando finalmente se entrega a la pasión, es víctima de un pavor extremo; no le preocupa amar a un hombre que podría ser su hijo sino que los demás lo sepan. La confidente de Hugo teme ser narrada. Una vez más, solo hay cobijo en la simulación.

En el dominio de Schnitzler la verdad es más tiránica con las mujeres. Pocos autores han registrado tan en detalle la infinita coquetería masculina; egoístas, superficiales de cinco estrellas, los perfumados varones de Schnitzler salvan los escollos gracias a la charlatanería y suelen extender la posesión sexual al lenguaje: un encuentro amoroso solo adquiere plenitud al ser contado. La tragedia de Beate sobreviene cuando su hijo se entera del romance. De noche, la amante descubierta toma una barca en el lago; sabe que no conseguirá el perdón; solo aspira al silencio, a las aguas sin memoria que acabarán por cubrirle el rostro.

Schnitzler es incapaz de contar una historia ajena al erotismo. Aunque sus escenas de alcoba se detienen en un estratégico tercer botón, es un especialista en las consecuencias narrativas de la consumación del sexo. Quizá por eso irritaba tanto a Kafka. Las cartas a Felice son uno de los más complejos archivos de la posposición erótica: Kafka o el pretendiente perpetuo que se acerca al matrimonio como si cumpliera la paradoja de Aquiles y la tortuga. En su atribulada correspondencia con Felice hay una rabiosa crítica a Schnitzler. Ella quiere ir al teatro a ver *Professor Bernhardi* y él le responde en los siguientes términos: «Schnitzler no me gusta nada y apenas lo respeto; sin duda tiene talento, pero sus grandes piezas dramáticas y su gran prosa están, a mi modo de ver, plagadas de una oscilante masa de la más absoluta y repulsiva palabrería. Nunca será suficientemente denigrado». ¿Por qué tanto énfasis en denostar a un escritor carente de interés? Un poco más adelante, Kafka pregunta en tono revelador: «¿Cómo me desembarazaré rápidamente de este Schnitzler que quiere interponerse entre nosotros?». El campeón de la paranoia literaria encuentra un nuevo motivo de persecución, otra causa para evadir su compromiso con Felice, y le pasa la factura al dramaturgo vienés que «quiere» separarlos. Como Freud, Kafka advierte el determinismo erótico del autor de *La ronda*, y en un involuntario homenaje al psicoanálisis, convierte a Schnitzler en fiscal de su proceso con Felice.

Las críticas del implacable Karl Kraus fueron de otro orden. En un principio, admiró la fluidez de Schnitzler para mezclar los escenarios típicos de Viena con los pensamientos ocultos de sus habitantes, pero luego consideró que se repetía hasta la banalidad. Ciertamente, Schnitzler fue un autor monocorde, y no todas sus historias ofrecieron los inteligentes pliegues de «Frau Beate y su hijo», pero el registro de sus emociones tampoco fue tan simple. En palabras de Magris: «Schnitzler es el típico escritor que funde la compasión y el nihilismo en una visión desolada, un expediente clínico de la condición humana, donde también la política y la Historia parecen máscaras ilusorias del instinto y el destino». La teatralidad interior de los dandies fallidos de Arthur Schnitzler es, también y sobre todo, el retrato preciso de una época que danza hacia su destrucción.

SCHNITZLER Y KUBRICK

En 1999, *Ojos bien cerrados*, obra póstuma de Stanley Kubrick, logró un fenómeno inaudito en los cines mexicanos: silenció a un público que no puede ver un perro sin comentar: «Mira, un perro». Cuando vi la película, el auditorio estaba tan atento y silencioso que los teléfonos celulares que sonaban en la sala parecían venir de la pantalla. Mis dotes de crítico de cine son limitadas y no sé si Tom Cruise contestó tres o cuatro veces el teléfono. Lo cierto es que me sorprendió que no contestara el de mi vecina de asiento.

La peor forma de agraviar a Kubrick es compararlo consigo mismo. ¿Es posible que algo nuevo esté a la altura de *2001: Odisea del espacio, La naranja mecánica, Lolita, Espartaco* o *Dr. Strangelove*? La imaginación de Kubrick pertenece en tal forma a la iconografía popular que su último estreno desconcierta porque aún no lo hemos vuelto clásico. Dejemos a los vastos devoradores de palomitas la inevitable tarea de confirmar el genio de Kubrick y la proeza mental de aceptar que Tom Cruise no es un guardián de la bahía vestido de doctor sino un doctor con el sentido del rescate de un guardián de la bahía, y concentrémonos en *Relato soñado*, la *nouvelle* de Schnitzler en la que se basa *Eyes Wide Shut*. Según saben los lectores de Syd Fields, San Juan Evangelista del guionismo, el lenguaje cinematográfico posee una gramática tan propia que la adaptación de una obra literaria supone una traición creativa. Vladimir Nabokov escribió el guión de *Lolita* y se quedó estupefacto al ver lo que filmó Kubrick: algo magníficamente distinto.

Relato soñado se publicó en episodios en la revista *Die Dame*, entre 1925 y 1926, y concentra los más típicos recursos schnitzlerianos: la indeleble relación entre el amor y la muerte, la dificultad de ser fiel a las pasiones y al código de honor de la época, el papel estructurante de los celos en la hipócrita sociedad vienesa, los significativos y perturbadores trabajos del inconsciente. El protagonista lleva el imposible nombre de Fridolin (muy mejorado por el «Bill» al que Tom Cruise alquila su sonrisa). Al inicio de la trama es desafiado por unos estudiantes que pertenecen a una «fraternidad académica», una cofradía donde los duelos con sable son señal de honra. En la película, la escena se reduce a la bravata de unos jóvenes ebrios que insultan a Bill. Para Fridolin se trata de algo más grave: a sus treinta y cinco años se siente incapaz de ofrecer «satisfacción» en un duelo. En su descargo, recuerda los años lejanos en que se batió con la espada. Además, esa mañana recibió en plena cara la tos de un niño con difteria. ¿Existe algo más arriesgado que la profesión médica? Sin embargo, como el protagonista del cuento «Teniente Gustl», lo decisivo no es la cobardía de Fridolin sino lo que eso dispara en su inconsciente. Su mujer (Albertine) le cuenta que en las vacaciones que pasaron en Dinamarca sintió una poderosa atracción por un oficial. En ese mismo balneario, Fridolin se enamoró de una adolescente pero descubrió su pasión demasiado tarde, el último día de su estancia. Estas confesiones alteran sus mentes. Albertine se sueña en una ciudad donde participa en una orgía y su marido es crucificado (la ejecución le produce un gozo que la hace reír dormida). Por su parte, él participa en una aventura real de atmósfera onírica. Encuentra a un excondiscípulo que toca el piano para una sociedad secreta. La clave de acceso a sus conciertos no puede ser más simbólica: «Dinamarca». Con temor y fascinación, Fridolin asiste a una negra mascarada donde la sexualidad roza el crimen, y es descubierto como un intruso. Está a punto de ser sentenciado cuando una mujer se ofrece como víctima, a cambio de su libertad. A diferencia de la versión de Kubrick, el héroe de Schnitzler nunca averigua quién fue su bienhechora. Con la misma gratuidad con que su amada lo mata en sueños, una desconocida lo rescata en la vigilia. En sus encuentros con la hija de un paciente, una prostituta, una ninfeta en una tienda de disfraces, Fridolin no establece otro contacto que la perplejidad: como ante los estudiantes que lo desafían, no otorga satisfacción. Las mujeres lo retan a un placer impositivo e inaccesible. Esta tensa paradoja desata su drama: la represión de los impulsos autoriza sus exaltadas fantasías. Cuando sabe que no hizo nada dañino y comprueba «la nulidad de su aventura», regresa con su mujer. Su temporada en el infierno adquiere la confusa cualidad del sueño. En correspondencia, la pesadilla de Albertine se disipa bajo la luz de la realidad. Sin embargo, como observa Fridolin, «ningún sueño es enteramente un sueño». Los esposos se reúnen en esa zona de indefinición.

Eyes Wide Shut introduce a otros personajes (la prostituta que el médico salva y luego se convierte en su salvadora y el millonario que le explica lo ocurrido en la mascarada). El mundo interior de Schnitzler (lo que ya se sabe) se traduce en dramaturgia (lo que está por ocurrir). Fridolin y Albertine no quieren sentir lo que Bill y Alice no quieren ver. La Viena finisecular de Schnitzler desemboca en el Nueva York milenarista de Kubrick. Dos mundos se extinguen, heridos por un tiempo enfermo. En ambos, Fridolin y Bill dan espléndidas propinas.

LA TIERRA EXTENSA

El teatro costumbrista de Schnitzler se ha convertido en una de las atracciones típicamente vienesas, como los valses o la rueda de la fortuna del parque Prater. Pocos autores se han interesado tanto en registrar el color local de su ciudad. Con todo, su obra no admite reducciones folclóricas; caracterizarlo por *Amoríos* equivale a pensar que Brahms solo compuso las *Danzas húngaras*.

En un idioma donde las novelas son evidentes catedrales, Schnitzler decidió construir una frágil barda de ladrillos. Vale la pena recordar lo que Proust encuentra en la *Vista de la ciudad de Delft* de Vermeer: el cuadro representa una hilera de casas pero toda la fuerza de la imagen se debe a una pequeña pared donde cae el sol. Esa es la pared de Schnitzler.

El peso de sus cuentos y novelas deriva de un componente que no suele determinar la gran literatura alemana: la trama. Para Günter Grass la novela crece como una escultura: el mismo objeto visto desde todos los puntos de vista; Peter Handke discrimina en tal forma la acción dramática que escribe *Sprechstücke* (piezas para voces), más que actores pide locutores; Elias Canetti encuentra que el rasgo distintivo de Broch es la atmósfera, la *respiración narrativa*. La literatura alemana está condenada a ser un fracaso cinematográfico porque la trama difícilmente sintetiza el contenido de la obra. Las novelas de Graham Greene son al mismo tiempo guiones de película. En cambio, ni un prestidigitador como Harold Pinter lograría una satisfactoria adaptación a la pantalla de *La montaña mágica* o *El hombre sin atributos*.

En una literatura de corredores de fondo, Schnitzler fue un velocista, pero escogió bien su restringido territorio. Una frase sirve de hilo conductor a la obra de teatro *La tierra extensa*: «el alma es una tierra extensa». El autor creía en la inmensidad de las emociones pero también en los límites de su aplicación. El relato breve

«América» es una de sus más logradas tentativas de recrear la vastedad de lo pequeño. Un hombre desembarca en el nuevo continente y recuerda que muchos años atrás le decía «América» a una región «descubierta» tras la oreja de su amante. Esta es la auténtica «tierra extensa», una zona sensible, que se descubre al respirarla y entrega infinitas asociaciones; la causa última de la guerra de Troya y los desvelos de Sigmund Freud: la patria perdurable de Arthur Schnitzler.

LA PIEDAD DEL ASESINO
LOLITA

El 28 de mayo de 1940, Vladimir Nabokov desembarcó en Nueva York en compañía de su esposa Véra y su hijo Dimitri. En el muelle, descubrió que había perdido las llaves de la maleta (más tarde aparecerían en el abrigo de Véra, con el campanilleo de un milagro inútil). Los agentes aduanales decidieron llamar a un cerrajero. Tal vez esperaban encontrar uno de esos libros de lomo verde y contenido erótico, publicados en inglés por la editorial parisina Olympia, donde quince años más tarde aparecería *Lolita*. Sin embargo, cuando la cerradura cedió al fin, el equipaje de Nabokov reveló un atractivo muy distinto al de los objetos confiscables: unos guantes de box y una caja con mariposas disecadas.

A los cuarenta y un años, luego de una infancia opulenta en Rusia y un exilio acre y formativo en Berlín y París, el escritor llegó a Estados Unidos para su tercera encarnación, sin más pertenencias que sus insectos y sus guantes favoritos.

Nabokov tenía diecisiete años cuando su tío Ruka le heredó dos millones de dólares y diecinueve cuando los perdió para siempre. Al menos por escrito, aceptó con serena grandeza las décadas de escasez de las que solo lo rescataría la publicación de *Lolita*, en 1955. *Habla, memoria*, su autobiografía de infancia y adolescencia, es un altivo ejercicio que no admite quejas por los cambios de fortuna.

En un ambiente digno de los afrancesados salones de Tolstói, donde solo se hablaba ruso cuando Napoleón se hacía insoportable, el joven Volodia aprendió a leer en inglés y en francés y aplicó su originalidad a tres pasiones duraderas: el deporte (fútbol, tenis, ajedrez y box), la poesía (el amor no retribuido y la cambiante fábrica de la naturaleza le brindaron pretextos suficientes para producir un poema diario durante cerca de una década) y la caza sutil de mariposas. El dandy de San Petersburgo encaró la vida como una lujosa oportunidad de tener hobbies hasta que llegó la revolución y con ella el éxodo a Berlín. Para distinguirse de su padre, adoptó el seudónimo literario de V. Sirin. Las penurias berlinesas hicieron que el *flâneur* en permanente asueto se transformara en el fumador compulsivo que redactaba textos a destajo y solo requería de una promesa de pago para tratar a las musas como su líder sindical. Este tránsito coincide con la transformación del poeta en narrador. Muchos años después, le diría a un alumno en Estados Unidos: «Debes saturarte de poesía inglesa para escribir prosa inglesa». Uno de sus proyectos inconclusos fue el ensayo *La poesía de la prosa*, destinado a demostrar que la gran narrativa es poesía inadvertida, donde el ritmo opera sin hacerse evidente y los detalles «riman» en una red de misteriosas concordancias.

De acuerdo con Nabokov, la palabra «realidad» solo tiene sentido entre comillas. Percibirla equivale a tergiversarla. Por lo tanto, todo estilo literario debe reconocerse como un artificio, incluido, por supuesto, el que se pretende natural. Describir una escena significa, necesariamente, comentarla, extender un filtro irónico, distanciado, entre los sucesos «reales» y la mirada narrativa.

«La sátira es una lección; la parodia, un juego», comentó el autor de *Desesperación*, *La verdadera vida de Sebastian Knight*, *Pálido fuego* y otras novelas de identidades trucadas. Una marca de agua nabokoviana consiste en hacer escarnio de sus criaturas y de su propio punto de vista literario; con frecuencia, las percepciones del narrador son miopes, fantasiosas, exaltadas. En un giro burlesco adicional, el lector es tratado como si dispusiera de una mente despejada y serena, una inteligencia mesurada que sabrá ponderar y en cierta forma mitigar los arrebatos del monstruo sensible que cuenta la historia. Para el prestidigitador de San Petersburgo, la trama gana en fuerza y poder de convicción si incluye los apasionantes enredos que se pasan para narrarla. Con evidente ironía, el acucioso Nabokov se refiere en *Lolita* a «las exasperantes vaguedades del autor». Alérgico a la línea recta, dedica un cambiante acoso a sus temas, y aunque descarta esta técnica como los devaneos de un relator ansioso, nos somete a ella para demostrar que, en contra de la opinión del respetable señor Nabokov, sus narradores sucumben a fascinantes distracciones.

Como naturalista, Nabokov fue un clasificador, no un teórico. Este fervor por ordenar el mundo de las especies menores explica en parte su estilo literario. Sus complejas estructuras, donde lo real es captado por diversas miradas, dependen de una prosa certera: a las atmósferas enrarecidas se accede por vía de la exactitud. Cuando una revista le pidió que hablara de la inspiración literaria, Nabokov escogió escenas de la narrativa norteamericana donde ciertos datos menores crean una irregateable ilusión de verosimilitud. El autor tocado por la gracia no profiere visiones de chamán ni aspira a revelar Valores Eternos; es alguien que coloca en una repisa el objeto inolvidable. En *Lolita* las situaciones atrapan gracias a una significativa minucia: creemos en la expedición al saber que zarpa con «gorros de papel para Navidad» y en la silla eléctrica al enterarnos de que «está pintada de amarillo». Este sentido del detalle también se aplica a los gestos: ¿hay mejor descripción de un escape feliz que la de Humbert Humbert al volante, conduciendo el automóvil «con un dedo»?

Para Nabokov la ficción solo acepta una idea de progreso: adquirir «capas de vida cada vez más precisas». Al respecto, le gustaba citar la escena del parto de *Ana Karenina*, impensable en un novelista del XVIII. Esta conquista de la imaginación por vía de la exactitud depende de un pacto peculiar con el lector. La singularidad exige una atención inédita: «entre todos los personajes que crea un gran artista, los mejores son sus lectores» (*Lecciones de literatura rusa*).

«HABLO COMO UN IDIOTA»

En los años de Berlín y París, Nabokov-Sirin frecuentó poco a los aborígenes (esas «figuras de celofán» que pasaban junto a los emigrados rusos). De 1919 a 1940, su nombre adquirió un prestigio cada vez mayor en un círculo cada vez más restringido. La emigración rusa dejó de pensar en un retorno; cansada de habitar un país imaginario, se integró a las ciudades de Europa, y la Segunda Guerra Mundial acabó de dispersarla. Algunas de las mayores novelas del siglo –*La dádiva*, *La defensa*, *Desesperación*– fueron escritas para un puñado de lectores. No es casual que Nabokov enfatizara «la notable facultad creativa de los rusos, tan bellamente revelada por la propia inspiración de Gógol, de trabajar en el vacío. La imaginación solo es fértil cuando es fútil».

A los saldos de una historia que ya incluía la guerra civil en Rusia, el exilio, el asesinato de su padre, la desintegración de su familia (su madre se quedaría en Praga), se agregó en 1940 el delirio nazi. Gracias a una organización de apoyo a los perseguidos (Véra y Dimitri eran judíos), los Nabokov se pudieron embarcar en el *Chamberlain* rumbo a Nueva York, en la mejor habitación que tuvieron en años.

En Estados Unidos, Nabokov perdió los dientes, dejó de fumar sus cuarenta cigarros diarios, engordó hasta parecerse a un «doble de Hitchcock» y se sometió a las rutinas del profesor universitario, primero en Wellesley College y luego en Cornell.

Sin duda, Nabokov se sirvió de su extranjería para renovar el inglés. A su intrincada pericia lingüística se sumó el tono del visitante insólito. Incapaz de sentirse en casa en su idioma de adopción, redactó sus clases en detalle para superar las imprecisiones de la oralidad: «pienso como un genio, escribo como un autor distinguido y hablo como un idiota», diría en su libro de entrevistas *Opiniones contundentes*. Su pedagogía fue una brillante defensa de la arbitrariedad. En sus cursos, Dostoievski fracasaba en forma melodramática y Mann apenas se distinguía de un autor de textos de autoayuda. Convencido de que la ridiculización de los defectos es una ética (combatir el mal significa demostrar que es digno de burla), sus clases no rehuyeron la parodia ni el disparate.

Nabokov detestaba al doctor Freud y a los buscadores de Grandes Ideas tanto como a los vecinos con bronquitis en un cuarto de hotel. En su código personal, los lectores sagaces deben saber otras cosas: qué distribución tiene el departamento de la familia Samsa, de qué color son los ojos de Madame Bovary, cuánto cuesta el periódico en *Mansfield Park*. De tales minucias está hecha la ilusión de vida que provoca la literatura. Si Henry James prefiere el estilo tentativo, que no impone su autoridad y se aproxima con discreta parsimonia a sus objetos de interés (en una charla, este enemigo de lo explícito se refirió a un perro como «algo negro, algo canino»), Nabokov considera que cada objeto esquivo amerita un alfiler que lo detenga. Para probar que don Quijote salía a mano en sus lances, analizó sus triunfos y descalabros como un partido de tenis en cuatro sets. El análisis arrojó un marcador reñido: «6-3, 3-6, 6-4, 5-7».

La Universidad de Cornell se fundó en un sitio de nombre propiciatorio, Ithaca. Allí, los Nabokov encontraron un refugio movedizo. Nunca tuvieron propiedades; año con año se mudaban a la casa de un profesor en sabático. Para el novelista, vivir en un ambiente ajeno representaba una rica arqueología, una oportunidad de descifrar conductas a partir de enseres y adornos. En esos sitios de alquiler, y en sus largos recorridos de verano en pos de mariposas, con escalas en moteles sin número, conoció el país que retrataría en *Lolita*. Los discursos paranoicos o conspiratorios cautivaban la imaginación de Nabokov. En sus décadas norteamericanas procuró vivir como un desplazado perpetuo, que veía los sucesos desde una distancia inusual y los procesaba en favor de una sociedad secreta. Aunque colaboraba en el *New Yorker* y publicaba libros con regularidad, en Cornell muy pocos sabían que era novelista. Su obra circulaba con el silencio y el ocultamiento que procuran los agentes dobles.

En 1948 empezó a escribir *Lolita*. Algunos meses más tarde dudó de su material; tal vez inspirado por Gógol y su incertidumbre ante *Almas muertas*, quiso quemar el manuscrito. Siempre atenta a sus textos, Véra impidió el auto de fe. En 1953 Nabokov puso punto final a la historia de amor de una ninfa de doce años con un hombre de cuarenta y dos, pero no hubo forma de publicarla en Estados Unidos. La primera intención del novelista fue firmar con seudónimo, sin embargo el editor Roger Strauss lo convenció de usar su nombre: si la novela era llevada a juicio, el *nom de plume* sería visto como un reconocimiento tácito de su indecencia; en cambio, ampararla con un apellido de profesor universitario ayudaría a demostrar que el autor buscaba superar con recursos artísticos un tema repugnante. Nabokov siguió el consejo. En 1955 *Lolita* apareció bajo su nombre en París, en la editorial Olympia, que había publicado a Miller, Genet, Durrell, además de toneladas de basura porno.

Lolita llegó a la mayoría de los lectores precedida por el escándalo. Graham Greene afirmó que si la novela era un delito, estaba dispuesto a ir a la cárcel por ella; el pueblo de Lolita, Texas, discutió la posibilidad de cambiar su nombre por el de Jackson; Groucho Marx comentó que leería el libro seis años después, cuando Lolita cumpliera los permisivos dieciocho.

Quienes llegaron a la novela estimulados por el morbo, se decepcionaron al no encontrar en ella alardes anatómicos. Para Nabokov, el *Ulises* de Joyce tenía la falla menor de ser demasiado gráfico en sus asuntos de biología. En *Lolita* buscó una alta temperatura erótica sin recurrir a las obvias y monótonas «palabras de cuatro letras». El contacto físico depende del quebrado ánimo de los protagonistas y aun del paisaje, que simboliza, como en «La trama celeste» de Bioy Casares, una extensión pánica del amor: «Vi su rostro contra el cielo, extrañamente nítido, como si emitiera una tenue irradiación. Sus piernas, sus adorables piernas vivientes, no estaban muy juntas y cuando localicé lo que buscaba, sus rasgos infantiles adquirieron una expresión soñadora y atemorizada».

«ERA TAN INGENUO COMO SOLO PUEDE SERLO UN PERVERTIDO»

Lolita es un thriller al revés (desde el principio se conoce al asesino pero no a la víctima), un *baedeker* sentimental por los cuarenta y ocho Estados Unidos, una reflexión en torno al poder confesional de la literatura (las emociones de un ser deleznable), un alegato sobre las posibilidades estéticas del crimen («siempre se puede contar con un asesino para lograr una prosa atractiva»), una parodia sobre la parodia, pero sobre todo, *Lolita* construye un arquetipo. En su duodécima novela, Vladimir Nabokov trazó un personaje tan emblemático como Werther, don Juan, Hamlet, Fausto, Emma Bovary o Tirano Banderas. Ajeno a los temas ampulosos, creó un mito improbable: una niña caprichosa, de calcetines sucios, con una inolvidable cicatriz en el tobillo, dejada por un patinador; una «consumidora ideal», siempre dispuesta a mascar el chicle mejor publicitado, que al ver el zapato de una víctima en un accidente automovilístico comenta con frialdad mercantil: «Ese era exactamente el mocasín que quise describirle al empleado de aquella tienda»; una mezcla de madurez a destiempo e inocencia vulnerada; una vampiresa accidental, a punto de regresar a su condición de niña solitaria; una tenista veleidosa, que arriesga más en su segundo saque; una experta en bailar con un aro en la cintura; una conocedora de todo lo que les gusta y les duele a los mayores; una tirana del deseo incapaz de beneficiarse de sus poderes; la más irregular de las musas: «Lolita, luz de mi vida, fuego de mis entrañas [...]. En las mañanas era Lo, sencillamente Lo. Un metro cuarenta y ocho de estatura, con pies descalzos. Loly con pantalones; Dolly en la escuela; Dolores cuando firmaba. Pero en mis brazos siempre fue Lolita».

La novela es la autobiografía que Humbert Humbert escribió antes de morir para justificar (o al menos explicar) un crimen. El culpable busca un segundo juicio y se dirige a sus lectores como «damas y caballeros del jurado». A los cuarenta y dos años, Humbert es un neurótico de probada veteranía. En su relato, alterna la primera persona con la tercera y se convierte en personaje y aun en fantasma de sí mismo. La tercera persona le sirve como adecuada careta social («Humbert hacía todo lo posible por ser bueno») o como teatro de los puntos de vista («Humbert el Terrible deliberó con Humbert el pequeño»). El único interés continuo de este narrador escindido son las ilegales nínfulas, ciertas niñas de doce o trece años que enloquecen a los cazadores arriesgados y dóciles.

George Steiner ha contado en numerosas ocasiones su perplejidad ante la contradicción de que los torturadores nazis tuvieran un excelso gusto literario. *Lolita* es una poderosa demostración de que el arte puede pactar con la patología. Para reconocer a una nínfula se requieren idénticas dosis de sensibilidad y demencia. En el siglo de Auschwitz y el Gulag, Nabokov mostró un rasgo apenas comprensible del espanto: el vigor estético de un arte motivado por la bajeza. Una voz de eficacia impar puede lograr que sintamos una enorme empatía por un personaje abiertamente repudiado por su creador. Desde el punto de vista jurídico, *Lolita* es un crimen; desde el punto de vista literario, la más conmovedora historia de amor; el mismo testigo que condena al ciudadano Humbert, exonera al autobiógrafo. A contracorriente de Steiner, Nabokov revela la perturbadora falta de relación entre la moral y la capacidad de crear belleza. En su tiránica seducción, la novela demuestra que la crueldad y lo sublime pueden ser términos contiguos.

«Un paso en falso y habría tenido que explicar toda una vida de crimen», comenta el adorador de las nínfulas. Humbert se somete a un disciplinado escrutinio, está pendiente del menor detalle que pueda incriminarlo. Europeo de pedantería *cum laude*, maltrata a sus testigos («como ya habrá adivinado el lector astuto», dice ante situaciones indescifrables). Durante casi toda su vida, ha sido «un pusilánime respetuoso de la ley»; refrena su apetito inconveniente, se casa con una mujer común, se resigna «a acariciar su carne rancia», busca prostitutas adolescentes sin encontrar a una auténtica nínfula. En esta larga hibernación del deseo, es víctima de las rutinas matrimoniales, incluida la del adulterio. Su mujer lo deja por un taxista ruso. Afecto a las poses magnánimas, Humbert se niega a «golpearla como habría hecho cualquier hombre honrado». A partir de ese momento, el destino, «ese fantasma sincronizador», empieza a fraguar otra historia. Humbert recibe una herencia que lo obliga a ir a Estados Unidos. Reserva un cuarto amueblado en el pueblo de Ramsdale, y cuando llega ahí, la casa se ha incendiado. Le sugieren que vaya con Charlotte Haze, una joven viuda que vive con su hija. Humbert se horroriza ante la decoración (souvenirs mexicanos por todas partes) y el desorden de la ropa interior en el baño (su mirada hiperatenta detecta en la bañera un cabello en forma de signo de interrogación). La señora Haze parlotea sin freno, intercala palabras en un pésimo francés y «alza una ceja enigmática». Humbert piensa en huir. Entonces, Charlotte propone que salgan al jardín. Ahí está Lolita, recostada en el pasto, absorta ante un cómic, chupando una paleta. Humbert necesita descargar el entusiasmo que le produce la presencia de la ninfa; desvía la vista a las azucenas y exclama: «¡Son hermosas, hermosas, hermosas!».

En el país del pay de manzana, el suizo Humbert se siente por encima de sus circunstancias, esos tristes escenarios donde las mujeres se peinan con canelones de plástico y las licuadoras se someten al ruidoso *maelström* de las leches malteadas. Con fastidioso narcisismo, describe su atractivo físico; su intensa masculinidad –velluda y simiesca– cautiva a las mujeres. Nabokov tuvo la idea de escribir el libro al leer un reportaje sobre un mono que había dibujado su celda. Humbert es un elocuente antropoide en cautiverio.

Aunque podría seducir a «esa cosa lamentable y chata que es una mujer atractiva», ha seguido una vacilante estrella. En la infancia vivió un amor dolorosamente inconcluso: conoció a una niña perfecta en la Riviera francesa y estuvo a punto de penetrarla pero dos bañistas salieron del mar frente a ellos, como tritones policiacos. Ella murió de tifo meses después. Humbert busca mujeres que sustituyan a la niña perdida. En homenaje a la Annabel Lee de Poe, aquella musa fugitiva se llama Annabel Leigh. No es esta la única similitud con el autor de «La caída de la Casa Usher». Como Poe, el perseguidor de nínfulas perdió a su madre («muy fotogénica») a los tres años. En Nabokov, el anhelo o el recuerdo siempre duran más que los hechos. La madre de Humbert muere con implacable brevedad: «pícnic, relámpago». De acuerdo con Tom Stoppard, estamos ante la coma más elocuente de la lengua inglesa.

Poe se casó con una niña de trece años para estar cerca de su madre. En forma inversa, Humbert se casa con Charlotte Haze para estar cerca de su hija Dolores. Charlotte es una mujer cuyo mal gusto quizá sería llevadero de no estar disfrazado de elegancia. En su libro sobre Gógol, Nabokov dedica un capítulo al *poshlust*, palabra que alude a la falsa importancia o el falso atractivo de las cosas, al kitsch que no se atreve a decir su nombre: «El *poshlust*, vale la pena repetirlo, es especialmente potente y maligno cuando la farsa no es obvia». Charlotte posa como mujer de mundo, sonríe con aires de Hollywood y agita distraídamente su cigarro, pero la ceniza nunca da en el cenicero.

Humbert alquila el cuarto y mantiene su pasión como un fuego secreto. Una vez más la abusiva fatalidad se pone de su parte. Acepta los impositivos avances de Charlotte y se casa con ella para permanecer junto a la pequeña Lo. La peligrosa ninfa compara a su padrastro con un guapo zombie del cine, le lleva el desayuno a la cama, se come su tocino y se chupa los dedos con insoportable delicia. Después de la boda, Lolita es enviada a un campamento de verano y Charlotte empieza a buscar internados para que su hija no perturbe su nido de amor. El marido renegado cae en una severa depresión. Solo se casó con la imposible Charlotte para atesorar los arbitrarios cambios de ánimo de la nínfula. Fantasea en ingresar a la aliviada legión de los autoviudos, pero sabe que no está a la altura de semejante fechoría. De cualquier forma, el destino actúa en su nombre: Charlotte descubre el diario en el que Humbert detalla su amor por Lolita y corre a la calle. Afuera llueve, un perro cruza frente a un coche, el conductor trata de esquivarlo, derrapa en el pavimento y atropella a la fugitiva Charlotte Haze. De no ser por esta elaborada cadena de casualidades, Humbert no podría quedarse con su amada.

Cuando recoge a Lo en el campamento de verano, Humbert le dice que su madre está hospitalizada y propone hacer un viaje antes de regresar a Ramsdale. En el Hotel Los Cazadores Encantados prepara el lance final: lleva cuarenta somníferos que contempla como cuarenta glóbulos de felicidad. Humbert anhela con tal intensidad su encuentro amoroso que el lector intuye un fracaso. Justo entonces, Lolita toma la iniciativa: cuenta que perdió la virginidad en el campamento y propone «jugar» al sexo. En un giro insólito, el seductor es rebasado por su presa: Lolita cree que lo inicia en una perversión infantil. Así se cierra el círculo de azares. La «realidad» ha favorecido las peores intenciones del protagonista. Es cierto que Humbert aporta sus quebrados sentimientos y que al conocer a Dolores Haze evita tomar el primer Greyhound que podría devolverlo al mundo común de las mujeres con vista cansada, pero influye poco en el curso de los hechos. Incluso después de poseer a Lolita, el inerme Humbert ignora su situación legal. Siempre resuelta, ella lo saca de dudas: «la palabra es incesto».

La obra entera de Nabokov es una reflexión sobre la inapresable sustancia del tiempo. Mientras ocurren, las anécdotas preservan su misterio; solo a través de la memoria, cuando ya resulta imposible alterar sus ácidos designios, podemos otorgarles coherencia imaginaria. De acuerdo con Claudio Magris, escribir significa transformar la vida en pasado, o sea envejecer. Nabokov se concentra en las consecuencias morales de esta condición inevitable de la literatura: el caos que vivimos como un presente indescifrable, se ordena como un pasado agraviante; una vez transcurrida, la experiencia adquiere lógica y reclama cuentas. Narrarla implica concebir culpables.

En el prólogo a la novela, Nabokov hace que cierto Dr. John Day afirme: «Si nuestro ofuscado autobiógrafo hubiera consultado, en ese verano fatal de 1947, a un psicopatólogo competente, no habría ocurrido el desastre. Pero tampoco existiría este libro». El crimen rinde en la literatura. Un poco más adelante, Day se explaya: «¡con qué magia su violín armonioso conjura en nosotros una ternura, una compasión hacia Lolita que nos entrega a la fascinación del libro al tiempo que abominamos de su autor!». Nabokov recurre a uno de sus trucos favoritos: ridiculiza una idea que sin embargo desea transmitir. Enemigo de la novela de tesis, mitiga los efectos de su interpretación poniéndola en boca del absurdo Dr. Day, pero deja en claro que podemos sentir una profunda empatía con Humbert sin avalar sus actos o, para decirlo con Brian Boyd: «la elocuencia de Humbert Humbert supera a la evidencia de Nabokov».

El juicio del protagonista sobre sí mismo es más severo, a tal grado que se incrimina en exceso y huye como si ya hubiera sido condenado. Su vida con Lolita se convierte en «un paraíso lleno de ojos». Un paranoico escapa en compañía de una exhibicionista, ¿puede haber combinación más tensa? Nunca Humbert es tan suizo ni tan discreto como cuando viaja con la ruidosa y entrometida Dolores.

En su ensayo sobre Kafka, Nabokov sostiene que toda exploración de la belleza involucra a la piedad. La hermosura cautiva no solo por su perfección sino porque puede ser destruida. Tarde o temprano, el objeto del deseo desaparece. La pasión por Lolita es vulnerable en un doble sentido: no hay un santuario legal para la adoración de las nínfulas y en dos años será una adolescente cualquiera.

En su escape, Humbert no puede librarse de su ubicua némesis, el dramaturgo Claire Quilty. No es la primera ocasión en que Nabokov explora el tema del falso doble; su novela *Desesperación* trata de un hombre que cree encontrar una réplica de sí mismo y lentamente accede al espanto superior de descubrir que tiene un doble «psicológico», producto de sus febriles maquinaciones. De modo similar, el narrador de *Lolita* imagina que «otro Humbert» lo sigue con avidez hasta que el perseguidor adquiere personalidad propia y se transforma en un «proteo del camino» que puede estar al volante de cualquier Chevrolet. El doble se disipa en vigilantes anónimos.

La sombra de Quilty atraviesa la novela: es mencionado de paso en un catálogo de autores teatrales, Humbert consulta a un dentista que es tío del dramaturgo, conversa con él en el porche del Hotel Los Cazadores Encantados, en vísperas de su primera noche con Lolita. Además, la ninfa representa una de sus obras en la secundaria. No es extraño que el rival sea un autor dramático: Humbert sucumbe a los episodios de la vida y Quilty los inventa (esta supremacía lo lleva a Lolita). De modo emblemático, ella abandona a su padrastro el Día de la Independencia. Entonces Nabokov escribe una frase de una línea: «*Waterproof*». Más de doscientas páginas antes, Humbert estuvo a punto de enterarse de que Quilty era un libertino, pero otro personaje empezó a hablar de su reloj a prueba de agua (*waterproof*). Aunque la mayoría de los lectores disfruta la novela sin reparar en esta clave, conviene detenerse en ella; se trata de algo más que una oportunidad de que el crítico se gane su cena. Para Nabokov, el destino transcurre como una materia que creemos dominar y cruzamos a tientas; en su abundancia de sucesos, desorienta a sus usuarios. Al saber quién destronó a Humbert, el novelista recurre al truco maestro de hacernos sentir que, como el amante superado, debimos advertir la presencia de Quilty desde antes: lo «intrascendente» (una sencilla palabra de moda: «*waterproof*») es lo significativo. La verdad estaba ante nuestros ojos y no la vimos. Volver atrás significa reconocer nuestra torpeza ante la evidencia. La relectura se convierte en un desafío similar al de la composición literaria. En su tardía lucidez, Humbert comenta: «para él [el lector] y para mí es fácil descifrar *ahora* un destino pasado, pero un destino que se está construyendo no es, créanme, una de esas honestas historias de misterio donde lo único que hay que hacer es prestar atención a las claves. En una ocasión leí un cuento de detectives francés donde las claves incluso estaban en cursivas». La literatura es una fábrica de pasado que solo admite una coherencia posterior. Mientras sucede, la trama conserva un trasfondo inescrutable. Esto incluso se aplica a una novela consciente de estar siendo escrita. En *Lolita*, Humbert padece una ansiedad literal, literaria y aun tipográfica; se dirige al lector con apremio («no puedo existir si no me imaginas»), traduce sus emociones en caracteres de imprenta («mis pensamientos parecían inclinados en tipografía»), hace de la lectura un acto mortal (Charlotte es atropellada por leer su diario, obliga a Quilty a recitar en verso su sentencia de muerte), escucha con azoro de bibliófilo cómo Lolita disuelve sus estratagemas: «hablas como un libro, papá».

Después de sus noches de sexo y champán con Claire Quilty, la exnínfula se casa con un hombre de desoladora normalidad: pobre, imbécil, cariñoso, sin otra seña de carácter que sus defectos físicos. Lolita queda embarazada y decide recurrir a su padrastro. Humbert la visita y le ofrece huir, pero ella se niega; los cubiles en los que vive son preferibles al desorbitado amor de Humbert. Entre lágrimas, él le firma un cheque excesivo. Al estilo de las divas que idolatra en la pantalla, Dolores se refiere a Quilty con un doloroso *oneliner*: «Él me destrozó el corazón, tú solo me destruiste la vida».

Humbert mata a Quilty en una escena fársica: el asesino termina en la cama, sentado sobre su pistola, bañado en sangre, con una pantufla de su víctima en la mano. En el guión que escribió para Stanley Kubrick, Nabokov situó el asesinato al comienzo de la historia: la película indaga por qué mató a Quilty. En cambio, en la novela se ignora quién es la víctima y durante más de doscientas páginas el lector puede suponer que Humbert asesinó a Lolita para eternizar a la nínfula amenazada de crecimiento.

Al final del libro, Lolita muere en el parto y Humbert de un infarto. Lo único que queda: la confesión de un amante desaforado, un asesino amateur, un artista perfecto.

«Una espiral es un círculo espiritualizado», afirma Nabokov en *Habla, memoria* para explicar el sinuoso asedio a sus recuerdos. La confesión de Humbert sigue un centro elocuente: Lolita. Cuando la novela era ante todo un caso de escándalo, Lionel Trilling escribió en favor de su condición romántica: «en la ficción reciente ningún amante ha pensado de su amada con tanta ternura ni ninguna mujer ha sido evocada con tanto cariño, tanta gracia y delicadeza como Lolita». Conviene agregar que el romanticismo de Humbert no es el de los melodramas que cautivaban a la pequeña Dolores Haze, sino el de Hölderlin y Kleist, el del cazador que busca la evanescente belleza de la flor azul y al conseguirla está dispuesto a beber arsénico antes de que mengüe la intensidad de su hallazgo.

Si Lolita comienza como el manual de un egoísta que encara los problemas ajenos con «la higiene mental de la no interferencia», de un maniático que todo lo sobreinterpreta y nunca es tan irónico como cuando dice «exagero un poco», con la muerte de su amada, el narrador entiende al fin que la desgracia no es solo suya. La ausencia de Lolita empobrece el entorno de modo absoluto, irreversible. En la penúltima página de su relato, Humbert sube a una colina y oye unas voces infantiles: «Me quedé escuchando esa vibración musical desde mi suave pendiente, esos estallidos de gritos aislados, con una especie de tímido murmullo al fondo. Y entonces supe que lo más punzante no era la ausencia de Lolita a mi lado, sino la ausencia de su voz en ese concierto». ¿Cómo reparar esa pérdida? El párrafo final de la novela es la carta de creencia de Nabokov: «Pienso en bisontes y ángeles, en el secreto de los pigmentos perdurables, en los sonetos proféticos, en el refugio del arte. Y esta es la única inmortalidad que tú y yo podemos compartir, Lolita». Más allá de la «cortina de cipreses» de los cementerios, la literatura preserva a la ninfa de 1,48 de estatura que mastica chicle bomba.

Los genéticos de la literatura le atribuyen hermanas previas, como la protagonista de *El encantador*, la novela corta que Nabokov escribió en la segunda mitad de los años treinta y solo se publicó después de su muerte. También en *La dádiva* aparece un esbozo de la pequeña Circe, pero es descartado como «dostoievskiano», y en *Invitado a una decapitación*, Emma, una niña tierna y temible, parece disponer de una llave para liberar al prisionero Van Veen y de otra para infligirle un encierro más severo. En un sentido más amplio, el tema recorre casi toda la obra de Nabokov. De *Mashenka* (1926) a *Ada o el ardor* (1969), un arco continuo indaga las consecuencias indelebles del primer amor. *Lolita* condensa y lleva a su más arriesgado límite la relación con la inocencia cautivadora y mancillada.

Los mitos tienen un comienzo nebuloso y no es casual que la historia de Lolita empezara junto a un oleaje que ella no conocería. La extrovertida Charlotte informa que su hija fue concebida en Veracruz (de ahí que la casa esté llena de baratijas mexicanas y de ahí el nombre de la niña). En su febril errancia por Estados Unidos, Humbert se acerca a la frontera sur pero no se atreve a cruzar: México es una orilla pobre, ardiente y desconocida. De ahí surgió Lolita. Por lo demás, como comentó Humbert en su inútil expedición al Ártico, «las nínfulas no suceden en las regiones polares».

LOS FAVORES DEL ESPANTO
LA ISLA DEL TESORO

> Llamadme como queráis; llamadme
> Capitán, por ejemplo.
>
> R. L. STEVENSON

I. LA ISLA DESCUBIERTA

¿Qué sucede cuando los pasos del último visitante se apagan en el corredor de un museo? ¿Es posible que el arte permanezca intacto y se resista a cobrar su sigilosa venganza? Una vanidad al revés nos lleva a pensar que nuestra ausencia anima los rostros lívidos en los óleos; libres de la mirada hambrienta, del afán de orden y clasificación, las obras recuperan su suerte primordial.

Las lecturas de infancia son nuestro museo nocturno; confiamos en que, lejos de nosotros, conserven vida propia y, a la manera de *El cascanueces*, escenifiquen una juguetería salvaje. Por desgracia, la memoria trabaja como el tenaz curador de un museo; ordena, clasifica, manda a la bodega los recuerdos insumisos. El asombro primigenio se somete a las rutinas de toda colección. En «Tretas de la memoria», Chesterton observa que en vez de recuperar la emoción primaria de las lecturas de infancia, «recordamos nuestros recuerdos», opiniones que nos convierten en pedagogos de nuestro pasado.

El retorno a *La isla del tesoro* ofrece mucha tela para el lector veterano: un drama sobre la complejidad de las motivaciones humanas; una hipótesis sobre la ética como un punto movedizo, muchas veces ilocalizable; una reflexión sobre la profunda extrañeza de la realidad, ese barco de maderas crujientes, azotado por los vientos, cuya tripulación se vuelve creíble gracias a sus desmedidas, casi absurdas peculiaridades: a un pirata le falta una pierna, otro lleva un chaleco con botones de plata, otro más tiene el rostro color jamón.

Más allá de las sugerentes pasiones de la relectura adulta, ¿es posible recobrar el arrebato del primer naufragio en la isla? De niño, entré a la novela de Robert Louis Stevenson como a un horror puro y obstinado. Las palabras picaporte de este territorio son: «diabólico», «agrio», «terrible», «tembloroso». En mi caso, el contacto con el mal también se debió al ilustrador Junceda y sus plumas inventoras de sombras. Leí la edición de Seix Barral de 1948, en traducción de Gaziel, y no he logrado olvidar los dibujos del harapiento hombre salvaje ni del cojo que lanza su muleta y corre atrozmente con una pierna. Junceda vela paisajes con brumas de temible espesor, coloca una calavera en el primer rincón disponible, cruza la página 98 con la cola de una rata; en sus vibrantes trazos, un embutido parece un miembro amputado con indecible crueldad.

También el escenario en que leí la novela surtió su efecto. Como todas las vacaciones memorables, aquellas rozaron el desastre. A los siete años pasé el verano en Veracruz, en casa de mis primos, y me volví importante porque una tarde de marea crecida estuve a punto de ahogarme junto a la célebre red que contenía a los tiburones. Fui rescatado por unos lancheros cuando ya rezaba un padrenuestro, los ojos abiertos ante ese final verde y salino, con una resignación de la que ahora sería incapaz.

Durante unos días mi torpeza se revistió de los méritos del intrépido que solo se distingue del suicida porque el azar lo mantiene vivo. Sin embargo, una tarde, la más tímida y contundente de mis primas me hizo una revelación que me enrareció el mundo: había algo llamado «sentido del ridículo». Visto con cautela, de este lado del rescate y sus toallas protectoras, mi lance en el mar hondo resultaba vergonzoso. ¿Quién me creía yo para nadar hasta la red y zozobrar como un muñeco destripado? Por mi culpa, la diversión se suspendió en la playa entera; incluso el pastel de elote sazonado con granitos de arena les supo mal a los bañistas. Mi desafío al océano se transformó en una bravuconada reprobable, el berrinche de un niño que (mi prima era inclemente) no atrajo a un solo tiburón.

Dejé de ir a la playa y me refugié en la casa, junto a un refrigerador vetusto, que respiraba a la manera de un pirata. Ahí leí *La isla del tesoro*.

Una mañana de luz blanca visité el presidio colonial de San Juan de Ulúa. Los cepos y las mazmorras se me grabaron como las ilustraciones de Junceda. Pero sobre todo me cautivó la historia de Chucho el Roto, el ladrón que repartía su botín entre los pobres y que logró escapar de su primer encierro. Cuando cayó por segunda vez, recibió el trato que mantuvo viva su leyenda. Su celda final no era mayor que un armario, el preso no podía ponerse de pie, los grilletes le impedían limpiarse la humedad que escurría del techo y formaba estalactitas salitrosas. Mi mente saturada de cómics conocía variantes de la tortura y villanos de muchos planetas, pero no estaba preparada para la celda de Chucho el Roto. Lo más grave es que aquella cámara de vejación era producto de la ley; las paredes con manchas de líquenes informes pertenecían al orden de los «buenos»; la gente como mi plácido tío, que despachaba en el mostrador de un hotel, mi hermana de cinco años y mi prima de pocas y terribles palabras. También nosotros teníamos algo que ver con el espanto; acatar las normas significaba mantenerse a salvo y, de un modo complejo e inexplicable, avalar que otros purgaran sus sentencias en el más sórdido cautiverio.

Aquel verano conocí la proximidad de la muerte y el oprobio. Quisiera escribir que la lectura de Stevenson fue el correctivo de esos malestares. Mentiría con piadoso esnobismo. *La isla del tesoro* me espantó aún más que el mar crecido y el hueco de piedra donde se consumió Chucho el Roto. Para colmo, en mis tardes junto al refrigerador, descubrí que eso podía gustarme. Supuse que se trataba de un castigo, el camino de ruina y perversión de quienes braceaban hasta la orilla del peligro y luego esperaban la ayuda de los otros. Detestaba la justicia que condenó a Chucho el Roto y sin embargo anhelaba vivir entre los espectros de Stevenson. En mi confusión infantil, el placer adquiría un sesgo maligno; el primer libro que me atrapaba en serio tenía como reparto una caterva de facinerosos. Aspiraba a la levedad, salir a flote, pero me hundía en las cárceles de Stevenson. En otras palabras, *La isla del tesoro* me enfrentó por vez primera al dilema de elegir un defecto; la historia de tantos canallas trabajados por cicatrices me atraía en forma irresistible, y en un alarde de vanidad buscaba causas para merecerla. A los siete años quería ser correcto, enmendarme, recibir la mejor rebanada del pastel de manos de mi prima. ¿Cómo explicar, entonces, el pacto de sangre que me mantenía cautivo ante escenas que de un modo objetivo sabía horrendas? No encontré argumentos: acepté el asombro por la isla como una rareza sin porqué, seguramente negativa, similar a mi temprana inclinación por la mostaza.

Todo recuerdo es traidor y seguramente el que conservo de mi entrada al universo de Stevenson ha sido modificado por los caprichos de la memoria. Imposible recobrar ahora aquella felicidad que creía dañina. Ese tiempo tiene ya la condición esquiva e ilusoria de la inocencia que se desea recuperar a voluntad.

II. LA ISLA REVISITADA

La isla del tesoro es una compulsiva puesta en práctica de la estrategia que Poe ofrece en su «Filosofía de la composición»: la experiencia estética depende menos del valor intrínseco de un objeto que de la forma en que es mirado; podemos llegar a la belleza por la senda de sombras, con medios que parecerían negarla.

De acuerdo con Marcel Schwob, uno de los recursos más felices de Stevenson es la aproximación sencilla, casi diríamos elemental, a temas sobrenaturales, el contraste entre «lo ordinario de los medios y lo extraordinario de la cosa significada». Las imágenes de Stevenson participan de esta paradoja. El Dr. Jekyll ve su mano al despertar, una mano morena, cubierta de vellos, que en sí misma no merece mayor atención, solo que *no es su mano*. En las dunas del desierto hay una tienda de campaña en la que se mueven luces de linternas, algo no encaja en esos destellos errabundos: el pabellón está deshabitado. «No hay nada parecido a lo que nos ha creado Stevenson –escribe Schwob–. No podemos modelar a nadie a su imagen, porque es demasiado viva y demasiado singular, o está ligada a un traje, a un juego de luz, a un accesorio de teatro, podríamos decir.» La última observación es particularmente aguda: la obra entera de Stevenson está atravesada por la teatralidad; hay un artificio de puesta en escena en sus visiones. Lo que nos convence de su existencia es la forma directa en que son descritas; el ojo desmedido del autor es atemperado por una voz que asume lo siniestro o lo sobrenatural como destinos inevitables. Los personajes

137

observan con azoro los peculiares decorados que les depara su aventura (una puerta que gira hacia sombras ignotas, una cauda de peces plateados en un río, la isla donde el tesoro irradia sus misterios y amenazas); pero la voz narrativa es más sosegada, habla con el deleite ambiguo de los riesgos deseables; en su misma exactitud, la prosa celebra los horrores que descubre. Rara vez acude Stevenson a argucias psicológicas o a mediaciones entre lo real y lo fantástico como el sueño, el delirio o la percepción equívoca. Las cosas ocurren así, sin remisión posible, y deben ser inventariadas con la claridad y la presencia de ánimo de un tendero temerario.

En su extensa biografía de Stevenson, Frank McLynn destaca que a los seis años Robert Louis recibió el Teatro de Juguetes Skelt, una serie de sketches para ser leídos y actuados con la utilería apropiada. En «A Penny Plain and Twopence Colored», el escritor recuerda: «¿Qué soy? ¿Qué son la vida, el arte, las letras y el mundo sino aquello en lo que mi Skelt las convirtió?». Para Chesterton, Stevenson no se debía al imperialismo ni al socialismo ni a Escocia sino a Skelt. McLynn, un poco alérgico a los insistentes testimonios sobre la falta de madurez de su biografiado, da poca importancia a esta observación. Sin embargo, no es disparatado suponer que el juguete teatral influyó en la técnica de composición de obras como *La isla del tesoro* o *El extraño caso del Dr. Jekyll y Mr. Hyde*. La atención que reclaman del lector es eminentemente visual y obedecen a los caprichos de un escenógrafo llamativo.

En gran parte, los personajes de Stevenson cautivan por lo que no se dice de ellos, lo que queda tras bambalinas, entre los espectaculares y breves episodios que trazan su historia. Casi todos carecen de antecedentes detallados y no son muy amigos de la introspección; los conocemos escena por escena, en su sorpresivo presente. A propósito del vacío de información que refuerza la elocuencia de Stevenson, comenta Hugo Hiriart: «Se nos presenta a un grupo de tipos de inapelable ferocidad y luego se alude a alguien que los aterroriza a todos ellos juntos; nosotros imaginamos, inferimos la clase de monstruo que debió ser quien era capaz de infundir ese miedo a los atroces que ya conocemos y en nuestra fantasía la figura de Flint se hace descomunal y perfecta».

Para crear la tensión dramática esencial a sus narraciones, Stevenson se sirve con frecuencia de un personaje desplazado, un niño en el mundo de los mayores o un adulto que no encaja en su entorno. Algunos de sus protagonistas infantiles son huérfanos (David Balfour en *Secuestrado* y Richard Shelton en *La flecha negra*) o han sido separados de sus padres (Loudon Dodd en *The Wrecker* o Jim Hawkins en *La isla del tesoro*). Todos ellos se enfrentan, de un modo o de otro, a un rito de paso; sin embargo, como observa con inteligencia McLynn, superar las pruebas e ingresar al mundo adulto no siempre reporta una mejoría. Crecer conlleva pérdidas sin consuelo, carencias que solo admiten remedios imaginarios, como la literatura.

Stevenson siguió en vida un destino tan desencajado como el de sus mejores personajes. Su relación con la impositiva Fanny fue más la de un muchacho que se deja adoptar que la de un amante (prefería estar con su hijastro, Lloyd Osbourne); sus modales descompuestos y su involuntario aspecto de poeta bohemio o jipi antes de tiempo, lo alejaron de la sociedad inglesa (aunque mantuvo una estrechísima amistad con Henry James, un escritor que en nada se le parecía y cuyo elaborado sentido de la cortesía alentó incluso una buena relación con Fanny); sus viajes por los mares del Sur y su salud cada vez más quebrantada acabaron por exiliarlo de su isla natal («dudo mucho que podamos tener un encuentro de carne y hueso», le escribe con melancolía a Marcel Schwob). Enfermo, aquejado por deudas y frecuentes rachas de desesperación y malhumor, Stevenson vivió tan escindido de su entorno en Samoa como en las tabernas de Escocia. La única zona en la que ejerció control fueron sus historias desaforadas. De acuerdo con Bruce Chatwin, la mezcla de una mirada inocente y de una técnica precisa convierte a Stevenson en un autor «talentoso pero nunca de primera fila». En su ensayo «El camino a las islas», lo descarta como «precursor de los incontables niños de clase media que ensucian las playas del mundo o se consuelan con búsquedas anacrónicas y religiones desgastadas».

La prosa de Stevenson tiene, en efecto, una fuerte carga de juvenilismo y sus imágenes son artificiosas; sin embargo, su mayor fuerza deriva, justamente, de la improbable recuperación del asombro infantil. Chatwin acepta que Stevenson se supera al escribir para niños, pero añade con provecta suficiencia: «esto difícilmente convierte a alguien en un autor de primera fila». Al igual que Chatwin, Stevenson ve el viaje como una estética; a diferencia de él, lo vincula con un regreso en el tiempo. El sitio donde estas dos expediciones convergen en forma excepcional es, por supuesto, *La isla del tesoro*.

A los treinta y un años, Stevenson se sentó a escribir una historia para su hijastro Lloyd, con el título –absurdo, como el nombre provisional de todo clásico– de *El cocinero marino* (Robert Leighton, editor de la revista *Young Folks*, donde la novela se publicó por entregas, escogió entre los papeles del autor el insustituible título de *La isla del tesoro*).

Dos años antes, en 1879, el novelista había escrito una crónica de su travesía a los Estados Unidos, *El aprendiz de emigrante*. En esta bitácora revela un ojo agudo para retratar a la variopinta tripulación, pero desperdicia la mejor parte del trayecto tratando de demostrar que, aunque viaja en tercera, es un «caballero». El salto del convencional y fastidioso pasajero de 1879 al radical innovador de 1881 resulta notable. El primer acicate para llegar al buque espléndido donde todos serían de quinta, fue un dibujo hecho por el propio Stevenson: «Tenía bahías que me complacían como sonetos. Y entonces, con la inconsciencia de las predestinaciones, titulé mi trabajo *Isla del tesoro*. En tanto contemplaba la isla, los futuros personajes del libro comenzaron a hacer su aparición». La anécdota confirma la supremacía visual del novelista. *Bahías que me complacían como sonetos*, las palabras derivan de la cartografía.

Stevenson se dejó llevar por el dictado del dibujo; escribió quince capítulos en dos semanas, luego perdió el ritmo, fue a tratarse la tuberculosis a Davos (donde Thomas Mann ubicaría *La montaña mágica*) y retomó el libro con un brío que lo hizo concluir a razón de un capítulo diario. La mirada ávida de un niño y una isla en lápiz determinaron su impulso narrativo: «he principiado y terminado otros libros, pero no puedo recordar haberme sentado a escribir ninguno con mayor regocijo».

Jim Hawkins, el protagonista, es el único joven de la narración. La llegada de otro adolescente arruinaría la trama porque se trata de un testigo excepcional, incapaz de repartir su asombro. Jim madura con dos golpes del destino, la muerte del padre y el hallazgo de un mapa que lo pone en contacto con soldados de fortuna. Su aventura se cumple entre hombres que tienen dos motivos para romper el silencio, la maledicencia o la intriga. En la lógica del libro, despertar después de una pesadilla significa abrir los ojos a peligros superiores: cuchillos teñidos de sangre hasta la empuñadura, un cadáver cubierto con la bandera de Inglaterra, un esqueleto que sirve como señal de orientación, los pasos impares del cocinero cojo. El barco zarpa con veintiséis hombres rumbo a la isla; cuando finaliza la parte IV, solo once siguen vivos. El Capitán repasa la lista y opina que ninguna puñalada ha sido en vano: «¡A esto llamo yo hacer progresos con ayuda del cielo!». En la corriente de descomposición que rodea al barco, hasta las focas son «raros y viscosos monstruos –semejantes a babosas enormes que pululaban por la orilla y llenaban los aires con sus fieros rugidos».

A más de cien años de la muerte de Stevenson, sería difícil que una editorial publicara una nueva aventura para niños con una cuota de metales tan hábilmente encajados. En la era de la corrección política, la Psychological Corporation, que asesora a las principales escuelas y editoriales de los Estados Unidos, ha elaborado un índice de treinta y cuatro temas prohibidos para los lectores infantiles. Salvo el rock, las casas con alberca y la hecatombe nuclear, los demás están en *La isla del tesoro*. Ni siquiera las crueles y pestilentes maravillas de Roald Dahl se acercan a la tripulación donde Hands afirma que en tres décadas no ha visto que el bien traiga algo bueno. Por cierto que otro reparo de Chatwin es la falta de un código moral claro en Stevenson: el autor se compadece más del Dr. Jekyll, un hombre intrínsecamente bueno, que del desdichado Mr. Hyde, que es quien sufre los efectos de la maldad. Aunque resulta sugerente, el argumento soslaya un punto crucial: Jekyll *es* Hyde. La vileza y la maldad son componentes larvarios de todo personaje.

Autor pirata, Stevenson escribe una fábula sin las moralejas obvias que la convención considera edificantes: expulsa a las mujeres de la obra, menciona que John Long Silver se aleja de su esposa porque es negra, enseña a matar a un muchacho y vuelve simpático al líder de los criminales. En el puritanismo de fin de milenio, *La isla del tesoro* sigue en las librerías porque sus imágenes se han vuelto canónicas y resulta difícil verlas como provocaciones de una mente disruptiva. En esa extraña reserva, los piratas desayunan ron con tocino y abandonan baúles olorosos a tabaco y alquitrán.

Cuando narra en presente, Stevenson se sirve del morbo para superar el horror. El capítulo V abre con una sentencia que Borges no olvidó al rematar su relato «*There Are More Things*»: «La curiosidad pudo más que el miedo». En lo que toca a los espantos ya ocurridos, el autor advierte desde el comienzo que Flint no podía estar junto a alguien sin convertirlo en su víctima pero que su memoria provocaba un gusto peculiar: «Es cierto que los aldeanos le tenían miedo al estar en presencia suya; pero luego, al recordarlo, casi llegaban a amarle». Una vez superada, la tragedia cambia de signo, ejerce el encanto impar del horror diferido. El miedo cautiva si la acción se recrea desde un sitio lejano a la aventura, el cuarto de los que vuelven del mar. No en balde su epitafio en Samoa reza:

> Aquí yace, donde quiso yacer;
> de vuelta del mar está el marinero,
> de vuelta del monte está el cazador.

En la sexta y última parte de la novela, el lector está dispuesto a aceptar cualquier descalabro. Resulta muy difícil lograr otra sorpresa; justo entonces, Stevenson compone su escena maestra: el joven Jim y el pirata John Long Silver se ven obligados a unirse para encontrar el tesoro y regresar a Inglaterra. Pero la alianza va más allá del cálculo de intereses. El temible Silver, capaz de tirar marinos por la borda «para entretenimiento de los peces» y cuyos dientes rechinan «como una cerradura mohosa», se vuelve progresivamente atractivo. En la cena con que se festeja el hallazgo del tesoro aparece como un hombre entrañable y siniestro; esta ambigüedad deja sin brújula al lector; el festín de muertes termina con el retrato de un villano más interesante que el cumplido doctor Livesey (siempre dispuesto a revisar las lenguas de los piratas enfermos) y digno de mayor afecto. El auténtico rito de paso de Jim consiste en descubrir la contradictoria sustancia de las emociones. A propósito de Jekyll y Hyde, Chesterton afirma que el problema de la conciencia no representa una simplificada disputa entre el blanco y el negro sino entre «la celeridad ciega del mal y la omnisciencia casi aturdida del bien». En *La isla del tesoro* no solo se difuminan los extremos del conflicto; también su zona de encuentro. Los dilemas éticos atraviesan la novela como una niebla omnipresente.

Lección de exterminio, *La isla del tesoro* aniquila personajes hasta dejar a cinco sobrevivientes. Robert Louis Stevenson explica el desastre con el humor indómito de la literatura que triunfa con bandera negra: los hombres hicieron su trabajo y «el diablo y el ron se encargaron del resto».

CALVINO:
EL MAPA DE LA LLUVIA

Para Italo Calvino la guerra empezó a los dieciséis años, cuando aprendía a andar en bicicleta. Con esta declaración inicia el relato autobiográfico «Las noches de la UNPA»; el narrador es un adolescente «atrasado en muchas cosas» repentinamente secuestrado por la Historia. Los compañeros de la editorial Einaudi (donde trabajó de 1950 a 1961) recuerdan a Calvino como un tímido perfecto, ajeno a las experiencias mundanas, más afecto a evitar a los escritores fastidiosos que a procurar a los que admiraba. Y, sin embargo, este misántropo combatió en la Resistencia, militó en el Partido Comunista Italiano, redactó la página cultural del periódico *L'Unità* y fundó con Elio Vittorini la revista *Il Menabò di letteratura*.

El primer Calvino encarna la tensión de una mente especulativa sometida a las urgencias de la hora. Su principal operación intelectual fue un progresivo intento de destrabarse del nudo histórico que lo atrapó desde sus primeros años.

Italo Calvino nació en 1923 en Santiago de las Vegas, Cuba, bajo el signo de Libra. Enemigo de la sociabilidad extrema que suele asociarse con los nativos de la Balanza, encontró otro atributo en su estrella, el delicado equilibrio de la exactitud: «para los antiguos egipcios el símbolo de precisión era una pluma que servía de pesa en el platillo de la balanza donde se pesaban las almas» (*Seis propuestas para el próximo milenio*).

Si Borges señaló que el hecho fundamental de su infancia fue la biblioteca de su padre, Calvino descubrió el mundo como un edén de plantas clasificadas. Su padre era botánico en la Estación

144

de Floricultura Experimental de San Remo y pasó un tiempo en el célebre herbolario cubano de Santiago de las Vegas. Calvino fue llamado Italo en honor de la patria distante. Las plantas lo rodearon más a la manera de una enciclopedia que de una selva y sin duda contribuyeron a su afán de encontrar el alfabeto natural de las cosas. Muchos años después, al visitar Oaxaca, describiría el tronco del tule como un compendio del mundo («La forma del árbol», en *Colección de arena*). Aunque en su autobiografía inconclusa, *El camino de San Giovanni*, sostiene que escogió la ruta opuesta a la de su padre –avanzar hacia la febril vida de las ciudades–, desde el relato «Una tarde, Adán», de 1949, interpreta la naturaleza como un lenguaje organizado (un niño se sirve de plantas, flores y animales para comunicar sus mensajes). En otro relato temprano, «El bosque de los animales», los bombardeos provocan que los animales domésticos huyan rumbo a la maleza: los gatos, los chivos, las gallinas se desplazan como un lenguaje equívoco, conjugado al modo de los ciervos, los osos, las comadrejas. El niño que nació entre piñas y toronjas clasificables encaró la guerra como la bárbara logorrea que devastaba los discursos naturales.

Durante varios meses Calvino cursó estudios en la Facultad de Agronomía. Ahí supo que su interés por la botánica era similar al de Francis Ponge: «La expresión de los animales es oral, o por mímica de gestos que se borran unos a otros. La expresión de los vegetales es escrita. No hay medios de volverse atrás, imposibles los arrepentimientos: para corregirse, es preciso agregar» (*De parte de las cosas*). En el dominio vegetal todo está publicado; las frondas crecen como un proceso de escritura (en la página final de *El barón rampante*, los brotes de la caligrafía, las volutas de tinta y las hojas descartadas son idénticos al bosque donde el protagonista ha pasado como un caprichoso signo de puntuación).

Los relatos rurales de Calvino brindan un retorno ilustrado al ambiente de su padre, donde se medía el ecuador de los tomates. Seguramente, el camino a las ciudades y sus tribulaciones fue una decisión más compleja de lo que confiesa en su autobiografía. En la mayoría de sus tramas, la experiencia no es una elección sino una fatalidad; lo mismo puede decirse de las escalas que marcan su adolescencia y su primera juventud: el fascismo, la guerra, la militancia política, el periodismo. Durante la posguerra, un entorno

145

social complejo, sobrecargado, se cierne sobre el escritor que reúne sus relatos con títulos que enfatizan la dureza cotidiana: *Memorias difíciles, Vida difícil* y *Los amores difíciles*. Lo real es una oportunidad de acoso («estamos en el mundo para darnos lata», bromearía en una entrevista).

Aunque desde muy pronto ofrece indicios de una literatura conjetural, que reflexiona sobre sí misma y sobre otros libros (en su primera novela, un comandante se hace llamar Kim para sentir que avanza por una página de *El libro de la selva*), Calvino aparece como otro neorrealista de la posguerra italiana. El cine de Rossi, la lectura de Sartre y Gramsci, la admiración por Hemingway, el contacto con Pavese (en varios textos cita la frase de *Antes de que cante el gallo*: «cada caído se parece a quien sobrevive y le exige una razón»), inclinan al joven Calvino a la «voz anónima de la época». En el prólogo de 1964 a la novela *El sendero de los nidos de araña* insiste en las dificultades para separarse de su contexto: «haber salido de una experiencia –guerra, guerra civil– que no había perdonado a nadie establecía una inmediatez de comunicación entre el escritor y su público: nos encontrábamos cara a cara, cargados por igual de cosas que contar».

El sendero de los nidos de araña se publicó en 1947 y parece regirse por una de las máximas que Calvino subrayó en *El oficio de vivir*, de Pavese: «Escribir significa poner en palabras toda la vida que se respira en este mundo, comprimirla y amartillarla». Como Camus en *El extranjero* o Moravia en *Los indiferentes*, el primer Calvino trabaja con personajes escindidos, que establecen una relación negativa con su tiempo. En «Naturaleza e historia en la novela», ensayo de 1958, aboga por «el ojo relativo y crítico del hombre que ya no se considera el centro de su universo». Con todo, *El sendero de los nidos de araña* también anticipa recursos posteriores; el protagonista es un niño que quiere compartir el mundo de los mayores, la guerra representa para él una extensión perversa de sus juegos infantiles; trata de incorporarse a una brigada pero lo rechazan, se refugia en los senderos donde las arañas hacen sus nidos y observa la paciente estrategia de los insectos. Su hermana se prostituye con los alemanes que ocupan la ciudad y él roba la pistola de un soldado que visita su casa; al fin tiene un arma para vincularse a los guerrilleros pero nuevamente es recha-

146

zado y decide enterrar ese talismán de su futuro en el camino de las arañas, en espera del momento, que llegará al final del libro, en que su valor sea necesario.

Calvino elige a un niño para contar la guerra y con ello adopta la mirada oblicua del que entiende a medias lo que ve. El protagonista vive una infancia y una madurez a destiempo; este punto de vista excéntrico, desplazado, hace que una trama realista adquiera un sesgo insólito. Gore Vidal se ha referido a la realidad desenfocada de *El sendero de los nidos de araña*: «Tengo la sospecha de que Calvino está soñando todo esto, pues escribe como un hombre miope, libresco, que da un uso equivocado a sus lentes: los objetos cercanos son descritos con nitidez, pero lo que queda a media y larga distancia, los paisajes y la guerra, tiende a desvanecerse». También Vidal estuvo en la Segunda Guerra y debutó con la obligada recreación del combate (*Williwaw*). Después de sus desvelos para reproducir la metralla, se sorprende de que donde él recuperó la muerte y la descarga de los cañones, su colega viera arañas. Calvino se vuelve miniaturista en las batallas; los Grandes Acontecimientos despiertan su pasión por lo pequeño; sin llevarlo al gélido esteticismo que Ernst Jünger muestra en sus diarios de combate (*Radiaciones*), las conflagraciones extremas perfeccionan su mirada de entomólogo. Curiosamente, lo que sería percibido como una debilidad en un narrador neorrealista iba a reaparecer como la principal virtud de obras futuras. El punto de vista marginal, que limita a Pin en *El sendero de los nidos de araña*, liberaría a Cósimo en *El barón rampante*.

En 1949 Calvino vuelve al tema de una infancia en la guerra con el relato «Por último, el cuervo». En esta ocasión el muchacho es aceptado en un comando gracias a su insólita puntería. La trama brinda uno de los problemas de lógica más sugerentes de Calvino. El tirador acorrala a un soldado alemán tras un peñasco (el perseguido está a cubierto pero sabe que al asomarse ofrecerá un blanco fácil; el muchacho lo vigila y se entretiene acribillando ramas y matando pájaros que sobrevuelan el lugar). Una regla queda clara: todo lo que se mueve es presa de las balas. Sin embargo, cuando un cuervo planea en el cielo, el muchacho no dispara. El soldado siente que algo no funciona. ¿Cómo es posible que el tirador evite un blanco tan obvio? Prisionero de una lógica enemiga, abandona su escondite y señala al cuervo. El muchacho le dispara en su insignia de águila; el soldado cae y el cuervo se posa en su cadáver. La excepción acabó con la regla.

Un cuento chino plantea la misma inquietud de la secuencia que queda abierta. El Emperador Amarillo se entera de que uno de sus súbditos es feliz, reúne a su consejo de notables y pide una solución para destruir esa dicha que tiene la insufrible cualidad de ser ajena. El consejero más sabio ordena que arrojen noventa y nueve monedas en el jardín del hombre. La víctima las recoge y sospecha que falta una; el sistema decimal ha hecho del número cien un dogma y el hombre arruina sus días tratando de encontrar la «última moneda». Lo mismo ocurre con el soldado que no entiende la excepción en el tiro al blanco; en ambos casos la tortura deriva de una omisión: la bala ahorrada, la moneda faltante.

Después de criticar con benévola sensatez numerosos relatos de Calvino, Elio Vittorini elogió «Por último, el cuervo». Ahí estaba su verdadera voz. Otros cuentos de la época son menos eficaces y se confunden con «trozos de vida» cuyo valor documental derrota al literario. Para el crítico Renato Barilli, en el primer Calvino el raciocinio supera a la ejecución literaria: «el atrincheramiento en el "sentido común" reduce a la banalidad y a la vacuidad las por otra parte finas consideraciones analíticas».

Los tres cuentos que Calvino expurga de la segunda edición de *Por último, el cuervo* representan la admisión de un fracaso. «La sangre misma», «Esperando la muerte en un hotel» y «Angustia en el cuartel» son narraciones panfletarias. El nudo dramático de la novela *La elección de Sophie*, de William Styron, o del relato «Pola», de Hannah Krall (a cuál de los dos hijos salvar del Holocausto), plantea una disyuntiva entre pasiones equivalentes e irrenunciables; en cambio, «La sangre misma» obliga a elegir entre el afecto o la ideología (salvar a la madre o cumplir el ideal revolucionario); esta confrontación del llamado de la sangre contra el deber constituye el momento más melodramático de Italo Calvino, una rareza en un autor que, como Borges, escribió para demostrar que no hay mayor emoción que el entendimiento.

Calvino carece del nervio de Mishima, Onetti o Faulkner. Aunque hay enormes diferencias entre *El templo del pabellón dorado*, *La vida breve* y *El sonido y la furia*, en los tres casos el temperamento narrativo opera como un *continuo*: un desgarramiento de fondo sostiene la obra entera. Esta primacía de la voz comprometida con las emociones no siempre es un recurso llevadero. Cuando Norman Mailer se interesa en el antiguo Egipto, logra el innecesario prodigio de describir los sueños de un neurótico faraón de Brooklyn. Como fabulador, Mailer adolece de un exceso de carisma; su personalidad se impone sobre los acontecimientos como un líder que subyuga a sus seguidores. En la misma cuerda, afirma Martin Amis: «Mis personajes tiemblan cuando me acerco». Calvino representa el caso opuesto. Si algo lo caracteriza es la adopción de voces ajenas, la imaginación delegada para seguir destinos ajenos, distintos, casi ignorados.

Esta versatilidad requirió de un lento aprendizaje. En su etapa neorrealista, las atmósferas recuerdan la apesadumbrada *noia* de Moravia y los relatos comienzan con frases sin horizonte, que podrían pertenecer a otros escritores de la *hora cero* de Europa, como Böll, Camus o Greene: «En aquellos tiempos no teníamos ganas de nada» («La guerra», 1953) o «Era un periodo en el que no me importaba nada de nada» («La nube de smog», 1958).

En su ensayo «La espina dorsal», de 1955, Calvino escribe: «El verdadero tema de una novela debería ser una definición de nuestro tiempo, pero no de Nápoles o Florencia». De nuevo, el ensayista se anticipa al narrador y defiende una preceptiva que aún no puede cumplir en la ficción. La trilogía de relatos largos «La especulación inmobiliaria» (1957), «La nube de smog» (1958) y «La jornada de un escrutador» (1963) presenta a un relator que, desde sus títulos, resulta tributario de la realidad inmediata y aborda asuntos de la Italia industrial: la expansión capitalista, el ecocidio, el fraude electoral. El rasgo original de la trilogía es el ojo narrativo. «La jornada de un escrutador» hace de la mirada un ejercicio de crítica social. El nombre del protagonista es Amerigo Ormea; su filiación con el cartógrafo Vespucio es obvia, más sutil es lo que significa el apellido. El historiador de la óptica Ruggero Pierantoni ha señalado que en dialecto turinés «Ormea» alude a la imposibilidad de moverse; fijo en su silla de interventor, Amerigo Ormea traza un mapa, «una sordidez rica en signos y significados», el fraude que puede registrar pero no impedir.

Curiosamente, en la misma época Calvino se convierte en un consumado autor fantástico. Durante casi diez años, el escritor

149

que denuncia el deterioro social coexiste con el que inventa mundos paralelos.

El momento más claro de ingreso a lo fantástico ocurre en 1951, con la escritura de *El vizconde demediado*. Calvino es el primer sorprendido con el relato; no está muy seguro de su calidad, piensa que se trata de un divertimento, digno de una revista pero no de un libro. De nuevo Vittorini lo convence de que esa es su veta más auténtica.

Homenaje a Stevenson, *El vizconde demediado* brinda una fábula sobre el bien y el mal absolutos. El protagonista es partido en dos por una bala en las guerras austro-turcas; de un lado quedan sus atributos positivos, del otro los negativos. Desde Dante y Milton, los infiernos son más elocuentes que los paraísos. Calvino actualiza hacia el pasado *El extraño caso del Dr. Jekyll y Mr. Hyde* y acierta al concentrarse en la parte aviesa del vizconde Medardo Torralba; la aburrida mitad que considera al prójimo y acaricia corderos apenas aparece. Una vez más, el novelista que creció en un jardín botánico se sirve de la naturaleza como alfabeto; la parte infausta de Medardo se comunica con signos de depredador: «unos restos horribles ensuciaban la piedra: eran la mitad de un murciélago y la mitad de una medusa [...]. Quería decir: cita esta noche a la orilla del mar». Al final de la fábula, se produce la necesaria reconciliación de los extremos morales que constituyen a los hombres. Las siguientes obras del ciclo *Nuestros antepasados* ofrecen tramas y resortes psicológicos más complejos. En *El barón rampante* (1957) Calvino extrema una cuestión de lógica: un personaje se fija una regla alterna de conducta y la cumple hasta sus últimas consecuencias. El 15 de junio de 1767, el barón Cósimo Piovasco de Rondó repudia los caracoles que le ofrecen en la mesa familiar, decide subir a los árboles y no bajar nunca. Sin embargo, su andarse por las ramas no es una evasión; Cósimo no escoge la pulida torre de marfil sino las frondas que le permiten recorrer Europa sin tocar el suelo. En «La jornada de un escrutador» la observación refuerza la pasividad de Amerigo Ormea, quien adopta a medias la fórmula gramsciana (un «pesimismo de la inteligencia» carente del complementario «optimismo de la voluntad»); en *El barón rampante*, la mirada única del protagonista es otra forma de entrar a la realidad.

150

A mediados de los años cincuenta Franco Fortini, uno de los críticos más severos de Calvino, interviene en una polémica suscitada por *Metello*, de Pratolini, y resume sus convicciones en una frase que Calvino hace suya: «Toda literatura edificante es reaccionaria». En 1957, luego de la invasión de Hungría, Calvino rompe con el Partido Comunista. Su decepción de las ideas políticas en curso lo lleva a buscar un nuevo compromiso con su entorno. Su novela de ese año, *El barón rampante*, es una metáfora sobre la perspectiva independiente que debe asumir el escritor. Desde sus ramas, Cósimo lee a los ilustrados, se cartea con Diderot, conoce a Napoleón y, más afortunado que otra gente de la época, a un personaje salido de *La guerra y la paz*.

Juego de perspectivas que se desplazan, *El barón rampante* reflexiona sobre el punto de vista narrativo. Como tantos autores de la posguerra, Calvino solía contar desde una abatida primera persona: la intimidad desgarrada era el correlato de un paisaje en ruinas. En *El barón rampante*, la primera persona pasa a segundo plano; la historia es contada por el hermano menor del insólito protagonista. Se trata del mismo recurso del que Thomas Mann se sirve en *Doktor Faustus*: un personaje al que se admira en forma irrestricta resulta más verosímil al ser narrado por una voz subordinada; sería intolerable que un santo contara su bondad; corresponde a un discípulo perpetuar su leyenda dorada. En *Doktor Faustus*, Mann utiliza la voz en primera persona de Serenus Zeitblom para seguir la trayectoria del compositor Adrian Leverkühn. Esta técnica indirecta fue descrita por Marguerite Yourcenar en su ensayo «Humanismo y hermetismo en Thomas Mann»: «Mediante un procedimiento de repliegue, que entra habitualmente en las reglas del juego manniano, la arrebatada tragedia de Adrian Leverkühn nos es transmitida en términos de sentido común burgués y de insulso academicismo por el narrador que Mann interpone entre su héroe y nosotros». El doctor Zeitblom y el hermano menor de Cósimo hacen que las historias de la singularidad sean convincentes; están a la distancia correcta para entender a los protagonistas y en la inferioridad adecuada para justificar su admiración.

En el prólogo a *Nuestros antepasados*, Calvino escribe: «no me interesaba la psicología, la interioridad, la familia, el vestuario, la sociedad, la auténtica interrelación humana, sino lograr un código personal de reglas y renuncias activas que pudiera seguir hasta el fin». Lejos del historicismo, el novelista busca en el pasado un método generador de historias, debe traicionar lo real, restarle peso, apartarse de los imperativos de dos épocas (los años de Cósimo Piovasco y las convenciones literarias en la Italia de los cincuenta).

Calvino encara el célebre dilema de Thomas Mann en *Tonio Kröger*: elegir entre el arte o la vida. Sin embargo, lo que para Mann es un sacrificio (de ahí el papel heroico que atribuye al artista), para Calvino es una liberación. A partir de *Nuestros antepasados* acepta un camino de abstracción que le ofrece amplias posibilidades narrativas, la mirada peculiar del que sabe encontrar su árbol. No es casual que en las conferencias de Harvard que dejó inconclusas (los seis valores literarios que pensaba transmitir al próximo milenio) se encontrara la Levedad.

En *Colección de arena*, Calvino se refiere a los pintores que usaban un espejo para contemplar el paisaje en forma indirecta y describe su estética como un *pathos de la distancia*. Algunos de los mejores comentaristas de Calvino (Cases, Giogianola, Mangaldo) han usado esta expresión para resumir las tentativas de quien escogió el nombre de un observatorio astronómico (Palomar) para bautizar a su álter ego.

La obra entera de Calvino se ordena en torno a la mirada. Uno de sus últimos proyectos fueron cinco relatos sobre los sentidos. Los tres textos que completó (reunidos en *Bajo el sol jaguar*) abordan el gusto, el olfato y el oído. Aunque no escribió el cuento programático sobre la vista, ningún otro sentido fue tan importante para su narrativa. De «La aventura de un fotógrafo» (1953) a *Palomar* (1983) hay treinta años de visibilidad literaria. Calvino anhela la imparcial mirada del telescopio pero sabe que ciertas cosas solo se observan a ojo desnudo. De este intercambio de perspectivas, de la aproximación extrema y las brumas de la mirada débil, surge su peculiar comprensión de las cosas.

«Quien quiera ver bien la Tierra, debe mantenerse a la distancia necesaria», afirma Cósimo. Calvino procura apartarse de lo real en grado necesario; por ello afirma en «Desde lo opaco» (1971): «y si aún hoy me preguntan qué forma tiene el mundo, si lo preguntan al yo que habita en mi interior y conserva la primera impronta de las cosas, debo contestar que el mundo está dispuesto de muchos balcones asomados irregularmente a un único gran balcón». Terrazas que dan a otra terraza, un paraíso de la observación.

En 1974, Fellini le pidió un prólogo para sus guiones. «La autobiografía de un espectador» es uno de los textos más personales de Calvino. Más que del director de *Ocho y medio*, habla de su caprichosa fascinación por el cine. Ante los libros siempre sintió un compromiso técnico, la necesidad de descifrar sus mecanismos; en cambio, el cine le brindó la oportunidad de ser caprichoso, confesional. Al hablar de sus gustos cinematográficos, agregó claves para su escritura. De nueva cuenta, se define a partir de la mirada: «¿Qué había sido entonces el cine, en ese contexto, para mí? Yo diría: la distancia. Respondía a una necesidad de distancia, de dilatación de los límites de lo real». En la infancia, el cine le brindaba «dos horas en las que no vivía», un tiempo suspendido, secuestrado del entorno. Los ataques al arte como escapismo siempre asombraron a Calvino. A fin de cuentas, pocas cosas importan tanto como separarse de la degradación general. El cine tenía para él esa cualidad mágica de lo que está definitivamente aparte, el oscuro recinto donde las proezas viajan en el aire. Además, los cines de la época ofrecían funciones corridas y el espectador podía empezar la historia en cualquier parte: «ver el inicio de la película cuando ya se conocía el desenlace brindaba satisfacciones adicionales: descubrir, no la solución de los misterios y de los dramas, sino su génesis». El puzle de imágenes de los cines de barrio (donde los rollos llegaban a destiempo porque eran llevados en bicicleta desde otro cine) regresaría en *El castillo de los destinos cruzados*.

El *pathos de la distancia* ayuda a Calvino a hacer las paces con la vida difícil que convirtió en soldado a un ciclista de dieciséis años; su verdadero cometido no es alejarse de la Historia sino encontrar el sitio, el mirador para descifrarla.

La entrada a lo fantástico abre numerosas posibilidades y plantea otras exigencias. La primera es de orden técnico: para ser verosímil, la imaginación fantástica debe cumplir reglas más estrictas que las que determinan la fidedigna reconstrucción de lo real; la segunda es un problema epistemológico: *el mundo no quiere ser narrado*. Calvino comparte la convicción de Mallarmé («el mundo existe para convertirse en libro»), pero enfrenta una materia que se resiste a entregar su alfabeto. Cuando Palomar contempla un seno desnudo o los enciclopédicos quesos de París, no está ante un lenguaje «dado», sino ante un misterio, y el principal estorbo para resolverlo es su propia mente.

En los años sesenta y setenta, Calvino busca métodos para escapar a la tiranía del «yo» y acceder a una «autonomía de la forma». El surrealismo trató de eliminar la censura de la conciencia a través de la escritura automática; sin embargo, para el racionalista que se traslada a París y frecuenta a Barthes y a Greimas, las respuestas espontáneas, impulsivas, significan una vía bárbara, un retorno a la subjetividad inmoderada. La solución consiste en encontrar para la prosa una retórica exacta y restrictiva, equivalente a la de la poesía. Una vez fijadas las reglas métricas –los catorce versos del soneto, los endecasílabos blancos, los alejandrinos rimados–, el poeta dispone de un obstáculo creativo que lo lleva a resultados imprevistos (el rigor formal trabaja contra las intuiciones fáciles). A través de la semiótica, el *ars combinatoria*, la música de Luciano Berio, el cómic, el mito, la ciencia, la cibernética, los modelos matemáticos del grupo OuLiPo (el *Ouvroir de Littérature Potentielle*, donde participan Georges Perec y Raymond Queneau), Calvino se convierte en experto en genética literaria y busca sistemas para salir de sí mismo; en una entrevista con *Le Monde* admite: «más que escribir un libro, me interesan los procesos generadores de historias».

Los juegos de Calvino: en *Marcovaldo* utiliza recursos del cómic: un héroe inalterable llega a cada episodio con los mismos atributos y es refractario a la profundidad psicológica; en las *Cosmicómicas* reescribe la historia del universo como un Lucrecio que en vez de la pócima amatoria bebe el vino de la comedia; en *Cuentos populares italianos* recupera desde un idioma moderno leyendas extraviadas en los laberintos del tiempo y de los dialectos; en *El castillo de los destinos cruzados* un grupo de viajeros que han perdido la voz «hablan» señalando cartas del Tarot; en «El seguimiento» (*Tiempo cero*), el protagonista asume como modelo la interpretación paranoica para saber quién lo persigue; en *El motel de los destinos cruzados* planeaba repetir el proceso de *El castillo...* sustituyendo el Tarot por el lenguaje cuadriculado de los cómics. En cada caso, el narrador parte de una red de significados ya establecida y busca el mayor rango de expresividad sin violentar las reglas que se ha impuesto.

Giorgio Manganelli supo resumir esta adicción: el Calvino de madurez ha tomado «la droga de la sintaxis». A veces (como en *El castillo de los destinos cruzados*) el método supera al resultado; la idea de que las cartas cuenten historias que puedan leerse en diversas direcciones es más sugerente que las historias mismas. En otros libros, una fórmula tediosa lleva a una celebración del arte de narrar. Hipernovela, libro potencial que avanza sin dejar de ser comienzo, inicio de libros posibles. *Si una noche de invierno un viajero* (1979) representa un momento culminante. De modo singular, esta novela deriva de un esquema abstruso. En las no siempre transitables *Actes Sémiotiques* de Greimas, Calvino publicó las matrices matemáticas (elaboradas en el grupo OuLiPo) que le sirvieron para relacionar a los personajes y diseñar la estructura de la novela. El texto hace pensar en un escritor de bata blanca, que dispone de ecuaciones y valencias químicas para los afectos. También es un documento insólito sobre el proceso de creación literaria: la más lúdica de las obras de Calvino proviene de un estricto corsé mental. Las matrices que desataron la escritura de *Si una noche de invierno un viajero* revelan la tensión óptima de Calvino: la imaginación sometida al rigor y liberada por él. Esta paradoja explica su concepción del juego: «nada es más divertido que el juego pero nada es más serio que sus reglas».

Calvino orienta su estrategia a crear mecanismos productores de historias, sistemas que no dependan de sus veleidades estilísticas. No es casual que vea una evolución en la renuncia al «yo» narrativo. En buena medida, la novela avanzó como una conquista progresiva de la introspección. Un largo camino de pactos con los lectores permitió que la ficción modificara su criterio de veracidad. «¿Por qué debo creer a un personaje?» Esta pregunta elemental encontró diversas legalidades en la narrativa: de los anónimos, los apócrifos, los manuscritos «hallados», pasó a la tercera persona. Creer en la veracidad de una voz delegada supone un radical viraje cognoscitivo. A tal grado que solo el siglo XX aceptó en forma plena las convenciones de una primera persona concebida como conciencia pura (Dujardin, Schnitzler, Joyce, Svevo). Para Calvino, este intrincado proceso supone un lento aprendizaje para llegar a una forma de contar que no siempre estuvo en la mente de los hombres: la aceptación de una intimidad ajena, de un «yo» fabulado. El desafío del escritor contemporáneo consiste, no en revertir esta ruta, sino en salir de ella. El inconsciente ha producido una nueva retórica; si el novelista desea escapar a las culpas, los complejos, las prenociones, el ego que lo determina, debe actuar como autor fantasma de sí mismo. *Si una noche de invierno un viajero* es la suma de los novelistas que Calvino podría ser sin imitarse.

El último Calvino se ocupa, como monsieur Teste, de la vida de la mente, pero carece de autorreferencia; no retrata su mundo interior, lo pone al servicio de una ficción organizada. En sus peores momentos, asume los manierismos de alguien más interesado en el «análisis del discurso» y la «puesta en abismo» que en las posibilidades de los relatos. En ciertos pasajes de las *Cosmicómicas* (cuyo protagonista es un palindroma impronunciable, Qfwfq, y tiene la difusa identidad de una célula, un ion o un punto de energía) intenta una semiótica de su propio estilo literario; esta sobreinterpretación aparece como una debilidad literaria; insegura de sus efectos, la trama se somete a un seminario que busca profundizarla, hacerla «interesante».

Una obra de 1972 destaca como el cruce calviniano perfecto entre la razón y los afectos. Libro clave del siglo XX, *Las ciudades invisibles* modificó la forma de imaginar el espacio.

Calvino partió de una idea de su maestro Elio Vittorini. En *Las ciudades del mundo*, novela necesariamente inconclusa, Vittorini se propone describir cualquier metrópoli a partir de lo que ve en Sicilia: la mirada atenta descubre en el trazo de una pequeña aldea los fundamentos de Jerusalén.

El esquema de *Las ciudades invisibles* es sencillo: Marco Polo mata el aburrimiento del gran Kan hablándole de sus viajes. La mayoría de ellos son imaginarios. El emperador de los tártaros sabe que el viajero miente, pero lo deja seguir sus descripciones («no es la voz sino el oído lo que guía la historia»). De un modo misterioso, las ciudades nunca vistas resultan más reales que las dilatadas estepas donde corren los cenizos caballos del imperio. Polo desdeña lo pintoresco, el color local, las costumbres, y se concentra en la fuerza secreta que anima a una ciudad, su invisible motor. ¿Qué lógica de avance tienen los lugares del hombre, a qué mapa oculto responden? *Las ciudades invisibles* trazan esa geografía conjetural.

La influencia de Borges es bastante obvia en lo que se refiere a la imaginación arquitectónica, a las paradojas planteadas por curvas tan extensas que semejan una recta, espejos que reproducen el número de los hombres, laberintos y palacios sin término; sin embargo, otro autor cala más hondo en esta obra: entre 1968 y 1971 Calvino releyó y prologó las obras de Charles Fourier. «Si nadie reivindica a Saint-Simon es porque vivimos dentro de él, porque la "sociedad industrial", tecnocrática y productivista que él profetizó es la que ha triunfado»; en cambio, *El nuevo mundo amoroso* brinda una ciudad ideal, permanentemente aplazada. La seducción de Fourier pertenece más a la literatura fantástica que al ensayo, según ha advertido Émile Lehouk: «hay que admitir que si Fourier fuera más abstracto nos sorprendería menos; [sus descripciones son] arriesgadamente precisas y concretas». En Armonía, la ciudad profetizada por Fourier, las Pequeñas Hordas (niños disfrazados de húsares) cumplirán con provecho sus tendencias escatológicas dedicándose a la recolección de basura; los adultos trabajarán en turnos de dos horas, como equipos deportivos; los falansterios renovarán las viviendas y, por si fuera poco, el mar tendrá sabor a limonada. ¿Cuál es la ley maestra de este mundo? La respuesta de Calvino es otra forma de definir su estética de madurez: «El placer es un hecho de precisión».

Aunque admira el estilo de Fourier, Calvino confiesa que al cerrar sus libros tiene la impresión de que el autor deja de acompañarlo; esto se debe, en su opinión, a que las descripciones, por vivas que sean, carecen de profundidad, no han sido tocadas por la experiencia. Armonía asombra como un teorema elegante, pero es refractaria a los acontecimientos, al desgaste y las necesarias huellas del hombre: ahí nunca ha pasado nada. De esta reflexión deriva el mayor logro de *Las ciudades invisibles*. Aunque Marco Polo habla de sitios inventados, lo hace con la nostalgia de quien los ha perdido. A diferencia de otros utopistas, Calvino apunta al pasado, imagina un ideal sometido a la experiencia: sus ciudades no son soñadas sino recordadas; están cargadas de emociones y abandonos: el imposible y estremecedor sitio de la utopía usada y perdida.

No es casual que estos paisajes de la «memoria dolorosa», como los llamó Natalia Ginzburg, tengan nombres de mujeres. En Calvino, las mujeres ejercen una fascinación que también se somete al *pathos de la distancia*. Lia, la novia del escrutador Amerigo Ormea, habla por teléfono durante la jornada electoral y vincula a su amante con aconteceres mundanos de los que él desea evadirse. Lia es una molestia atractiva, cosmopolita, impulsiva, alegre, ruidosa. En «La aventura de un poeta», un artista deseoso de encontrar la quietud creativa va a la playa con una mujer que se quita el traje de baño y nada alegremente junto a una barca de pescadores. Para su sorpresa, de la tensión creada por esa vitalidad incompatible surge un poema; la escritura es el irritado reverso de un acontecer incómodo. En «La nube de smog», Claudia llama por teléfono a la modesta pensión donde vive el protagonista y le propone partir de prisa, tomar aviones, como si él fuese un hombre de acción y dispusiera de otros recursos materiales y psicológicos. En *El barón rampante*, Viola es parlanchina, entusiasta, voluble, mantiene a Cósimo en contacto con las cortes y los palacios. En distintos grados, estas mujeres benefician a los hombres de manera neurótica, inquietante, casi peligrosa.

Para Calvino, el drama amoroso recorre un mismo esquema: los hombres desean mujeres que en el fondo temen; las heroínas disponen de enorme sabiduría práctica, hacen que la vida sea más valiosa, y mucho más complicada. Fascinantes a la distancia, calcinan en la cercanía.

Las confesiones de cinéfilo escritas para Fellini incluyen un revelador *hit-parade* sobre las mujeres. De las muchas actrices de Hollywood, Calvino elige como arquetipo femenino a Myrna Loy, cuya «resolución y obstinación» desafían a sus galanes. Los personajes encarnados por Loy son impertinentes hasta la intimidación. Esta diva está en la distancia perfecta para el voyeur sensual, carece de la «agresividad carnal de Jean Harlow» y de la «pasión extenuante y lánguida de Greta Garbo». Sostenido performance de la voluntad, Myrna Loy conoce sus propósitos y llega a cualquier sitio como abanderada del destino. Como las muchas heroínas de Calvino, sabe lo que el hombre ignora y es capaz de inquietarlo por teléfono.

El tema del temor y la pasividad masculinas llega al último Calvino («El silbido del mirlo», en *Palomar*, o el relato que da título a *Bajo el sol jaguar*, donde la cocina mexicana y la degustación aparecen como un medio para interceder sensualmente entre una monja de sazones fuertes y un cura reticente). Ruggero Pierantoni comenta al respecto: «Todos los libros de Calvino están llenos de mujeres, o mejor, de trozos de mujeres que son analizados, digamos, como una devastada geografía, como un almacén saqueado por ladrones inexpertos».

Quien asume el *pathos de la distancia* sabe que no hay peor pesadilla que la cercanía. La citadísima página final de *Las ciudades invisibles* afirma que la única forma de refutar el infierno que existe entre nosotros consiste en «abrirle espacio» a lo que no es infierno, y en las *Cosmicómicas*, incluso el *big bang* se justifica como un irónico deseo de repudiar la proximidad: si todo está concentrado en un punto, ¿quién puede mover las manos para hacer tallarines?

El 19 de septiembre de 1985, mientras un terremoto devastaba la ciudad de México, Italo Calvino murió entre las piedras rojas de Siena. Un inventario mínimo de los temas que trató incluiría, además de los ya mencionados, los jardines zen, el electrón negativo, los dinosaurios, la relación entre las salsas picantes y los sacrificios humanos de los aztecas, el caballero andante como robot, la perfumería francesa, el punk, las estrategias del Conde de Montecristo para escapar de la prisión, la leyenda del dragón de las siete cabezas, la furia de Orlando y la incógnita de si las vacas tienen paradas como los tranvías.

En sus *Seis propuestas para el próximo milenio*, Calvino afirma: «La fantasía es un lugar en el que llueve». Ninguna frase mejor para definir su territorio. En principio, parece que se trata de una confesión moral y atmosférica: la mente tiene un clima borrascoso. Sin embargo, no es ese el cielo que cubre las ficciones de Calvino. Aun convencido de la iniquidad del mundo, de su central injusticia, inventó zonas sin turbulencia, paisajes sustraídos a la degradación general. ¿Por qué llueve entonces en la fantasía? El fabulador se refiere a un verso donde Dante percibe que las imágenes le caen del cielo: imaginar es recibir un precipitado; escribir, organizar la lluvia.

Las lluvias que se ven en la literatura son rigurosamente imaginarias. De ahí proviene su fuerza enrarecida. En los libros, las imágenes ocurren en ausencia. Estamos ante el único arte visual diferido, donde las letras captadas por el ojo llegan como paisajes al cerebro. Si la prosa o el verso trabajan con eficiencia, el lector no ve la tipografía Bodoni sino la tormenta descrita por el autor. Uno de los valores más caros a un narrador obsesionado por la óptica y la perspectiva es la Visibilidad, las imágenes que el lector construye en su mente con los signos de la escritura.

Mientras escribía *Seis propuestas para el próximo milenio*, uno de los libros tutelares de Calvino fue *Die Lesbarkeit der Welt* (*La legibilidad del mundo*) de Hans Blumenberg. Una frase del capítulo «Un libro sobre la naturaleza como libro de la naturaleza» podría resumir las tentativas de Calvino. Las redondas son de Blumenberg, las cursivas de Humboldt: «Los fenómenos geológicos en la corteza terrestre actúan en nuestra imaginación *como narraciones del mundo primitivo. Su forma es su historia*». De *El sendero de los nidos de araña* a *Palomar*, Calvino quiso leer la figura del mundo, el discurso en la publicación diaria de las plantas, el código eterno de las piedras, la invisible geometría del trato humano. Del *big bang* al inverificable futuro trazó vastas geografías, en las que llueve siempre.

BURROUGHS:
EL ESPÍRITU DE SAINT LOUIS

El 6 de septiembre de 1951, en la borrasca alcohólica de la que solo salía cuando estaba drogado, William Seward Burroughs aceptó el desafío de su esposa y probó su puntería a la manera de Guillermo Tell. Joan se colocó un vaso en la cabeza ante dos testigos familiarizados con los «juegos telepáticos» de la pareja. Los amigos sabían que la mayor proximidad entre Joan y Bill ocurría cuando él dibujaba en un rincón las imágenes que ella le transmitía desde el rincón opuesto. La abierta homosexualidad de Burroughs y la maratónica ingestión de drogas hacían que el contacto físico fuera la última causa para estar juntos. Quizá un aficionado a los divanes freudianos podría ver un reto sexual en la invitación a disparar. Lo cierto es que Burroughs, que admiraba a Jesse James en su doble faceta de pistolero y cocainómano, se situó a tres metros de su mujer mientras ella bromeaba: «No puedo mirar, no soporto la sangre».

Estamos ante el núcleo central de la apasionante reconstrucción de Jorge García-Robles, *La bala perdida. William S. Burroughs en México (1949-1952).* De acuerdo con García-Robles, al jalar el gatillo «la adicción por la escritura» penetró el cuerpo de Burroughs. Años después, cuando el asesinato accidental y compartido ya no podía tener consecuencias legales, el autor de *Nova Express* diría que el Espíritu Maligno se apoderó de él con el balazo: la aniquilación fue el pacto fáustico que lo llevó al arte. Oliver Harris, editor de la correspondencia de Burroughs, también considera que el incidente tuvo una carga iniciática, pero su interpretación es más tranquila: «El disparo fue un punto sin retorno. Antes de eso, la biografía de Burroughs se lee como un libro de saldos con cada nueva anotación en la columna de débitos. A partir de ese momento, su vida se lee como una novela; una novela que, por supuesto, muy pocos querrían escribir y que tal vez solo Burroughs podía vivir y sobrevivir».

Varias décadas después de su homicidio en la colonia Roma, de la ciudad de México, Burroughs conservaba su ambigua fascinación por las armas. Sus amigos más cercanos recibían el derecho a tirar al blanco en el jardín de su casa. Sin embargo, esto no significaba que el errático tirador hubiese domesticado al instrumento del mal. Por el contrario, recargar cartuchos lo acercaba de modo tentador a un poder dañino que debía mantener a raya. En su extraña novela corta *El fantasma accidental*, mezcla de fábula ecológica y ditirambo paranoico, publicada en 1991, a cuarenta años de la muerte de Joan, Burroughs se ocupa del Capitán Mission, pirata del siglo XVIII que fundó la comuna Libertatia en la roja isla de Madagascar y trató de salvar a los lémures de la depredación humana. Siglos de aislamiento lograron el milagro de preservar a los lémures. Estos parientes lejanos del hombre «tienen pulgar oponible pero no fabrican herramientas; no las precisan. No están tocados por el mal que inunda y llena al Homo bobiens cuando levanta un arma».

Los lémures reciben el apodo de «fantasmas». Espectros del hombre, representan el otro camino de la evolución, la preservación de un estadio anterior a la barbarie tribal, el equilibrio biológico que se separó de África para resguardar lo que solo pervive en las islas. De manera típica, Mission fracasa; la especie humana es incapaz de renunciar a la ley del fuego: «La belleza siempre está condenada. "Los que son malignos y están armados se acercan"».

La obra entera de Burroughs es una reflexión (mejor: una puesta en práctica) de la belleza condenada. Perseguido por la bala que disparó en México, ejerció una sostenida estética de la devastación y mantuvo una pistola cargada en el buró para administrar su trato con los demonios y recordar que todo empeño constructivo no es sino el exiguo intento de reparar o posponer la inevitable destrucción.

Como Malcolm Lowry y Graham Greene, a los treinta y siete años el futuro autor de *El almuerzo desnudo* encontró en México un infierno transitable. En un instante límite, el horror se mezcló con la posibilidad de trascenderlo; la muerte, con su virtual superación en la narrativa. Con cierta ironía, García-Robles afirma: «seguramente alguna naturaleza nahuálica eligió a William Seward Burroughs como vehículo para expresarle a los hombres sus mensajes chamánicos». Lo único que sabemos con certeza es que alcanzó un abismo a su medida en un país donde todo ocurría «sin justificación», y el tequila y los sobornos suavizaban la desagradable realidad.

Entre otras cosas, *La bala perdida* es un documento imprescindible sobre la corrupción mexicana. El propio Burroughs contribuye al volumen con «Mi personaje inolvidable», un texto sobre Bernabé Jurado, cuyos méritos en la ignominia alcanzan a redefinir palabras como «impunidad» y «abogángster». Después de la muerte de Joan, el licenciado Jurado sacó a Burroughs de la cárcel en solo trece días y lo llevó a la Cantina de La Ópera como una prueba ambulante de su talento para pasarse la ley por los huevos. García-Robles logra un retrato indeleble del hombre que defendió a su protagonista: «El abogado del diablo, hipertransa, avieso, rey del soborno y el chanchullo, amo de la maniobra y capoteo de leguleyos, abogado mexicano *in extremis* [...]. Se casó catorce veces [...]. Cuando un periodista lo calumniaba, lo buscaba, le mostraba la nota infamante y se meaba en ella. El estilo de Bernabé Jurado era múltiple y siempre chueco [...]. En un juicio le solicita al juez una prueba contra su cliente: un cheque sin fondos. Lo toma ¡y se lo come! Su cliente sale libre por falta de pruebas. Solo una vez Bernabé Jurado estuvo en la cárcel, un año antes de dejar el mundo. Murió en 1980, cuando en un arranque de celos mató a su esposa en un *penthouse* en las calles de Varsovia número tres, Zona Rosa. Luego él mismo se disparó en la sien una bala expansiva. Murió instantáneamente. Fue su última movida».

La bala perdida registra una paradoja extrema del intercambio entre México y Estados Unidos: un descastado de la cultura norteamericana, un outsider perseguido por ligas de la decencia y comandos antinarcóticos, encuentra un espacio de libertad en México, no porque la sociedad de la época fuera más tolerante, sino porque era suficientemente corrupta para que los doscientos dólares mensuales que Burroughs recibía de su familia compraran un destino favorable.

En sus cartas a Jack Kerouac y Allen Ginsberg, Burroughs revela un ingenuo entusiasmo inicial por México, el reino de fábula donde la droga es barata, los toros embisten con bravura en el ruedo, todo el mundo lleva su pistola al aire y le dispara a quien quiera detenerlo. Poco a poco, su visión se vuelve menos idílica, más comprometida y real; una carta a Jack Kerouac, de 1951, registra en tono casi épico los ambivalentes estímulos de su país de adopción: «México no es sencillo ni festivo ni bucólico. No se parece remotamente a una aldea franco-canadiense. Es un país oriental en el que se reflejan dos mil años de enfermedades y miseria y degradación y estupidez y esclavitud y brutalidad y terrorismo físico y psicológico. México es siniestro y tenebroso y caótico, con el caos propio de los sueños. A mí me encanta».

El arranque literario de Burroughs se forjó en su correspondencia con su amado Allen Ginsberg, a quien una vez le dijo: «mi novela son las cartas que te envío». El autor de *Yonqui* necesitaba dos clases de viajes para despegar: la lejanía con Estados Unidos y la inmersión psíquica provocada por la muerte de Joan, el drama de pólvora del que sería testigo perpetuo.

En México, Burroughs redactó su primera novela, *Yonqui. Confesiones de un drogadicto irredimible* (publicada en 1953), donde el testimonio supera en mucho a la inventiva literaria; *Queer*, concebida como un apéndice a *Yonqui* y publicada más de treinta años después, y la correspondencia que le serviría de base para *Las cartas de la ayahuasca* (1963).

Al reconstruir la contradictoria personalidad de Burroughs, García-Robles evita la función de legislador moral; no glorifica a su protagonista (el ángel terrible que necesitó el asesinato como borrador de sus novelas) ni abjura de él (el criminal digno de mejor encierro que encontró por casualidad un maletín repleto de experiencia). En *La bala perdida* no escribe un mitógrafo, sino alguien que procura reproducir un tiempo en su abigarrada vitalidad.

Burroughs suele ser presentado como el megadicto de Missouri, y México no ha sido ajeno a esta investidura: en 1971, la revista *Piedra Rodante*, bastión de la contracultura jipiteca, introdujo el célebre ensayo autobiográfico *Deposition* como la obra del «más grueso de los gruesos», algo que en ese tiempo anterior al cártel del Golfo y la narcopolítica podía significar, si no un elogio, al menos un récord pasmoso. En pleno auge de la psicodelia, Burroughs trató de desmitificar los paraísos químicos: «la adicción es tan psicológica como la malaria», dijo en su entrevista con *Paris Review*. Sus descripciones de personajes intoxicados rara vez son hedonistas (una frase de *Las cartas de la ayahuasca* podría ser su doloroso y aturdido leitmotiv: «busqué mis nembutales con dedos engarrotados [...]»). La ocasional e inaudita belleza en las visiones del cuerpo que se arrastra en busca de una toxina que lo libre del dolor, no tiene sentido presente; es un más allá, una zona posterior a la experiencia, la Siberia que Dostoievski evoca cuando al fin puede acercar sus pies a la chimenea. Una imagen de *El almuerzo desnudo* resume el gélido vacío de la droga: «Rumbo al interior: una vasta subdivisión, antenas de tele hacia un cielo sin sentido».

Aunque Burroughs insista en que la adicción es una enfermedad surgida del tedio, nunca faltan críticos dispuestos a verlo como un explorador trascendente. La biografía de Eric Mottram, *William Burroughs: El álgebra de la necesidad*, es uno de los numerosos ejemplos de esta beatificación; en la hagiografía de Mottram, el protagonista nunca «toma» drogas: «experimenta» con ellas.

Burroughs fue adicto hasta los cuarenta y cinco años. En Tánger, después de un año sin bañarse, vio que la basura de su cuarto llegaba al techo y sintió que las paredes de su estómago se pegaban por falta de alimento; en este punto sin retorno se valió de sus últimas energías para tomar un avión a Londres y someterse al tortuoso tratamiento que lo puso del otro lado del fuego.

Pero ¿quién es William Seward Burroughs; vale decir: quién es además del hiperatacado capaz de matar moscas con su aliento? El profeta del *beat* nació en 1914, en Saint Louis, Missouri, en el seno de una familia acomodada. Su abuelo inventó la máquina de sumar; de acuerdo con las expectativas de la estirpe, el nieto se graduó en Harvard en literatura inglesa. Burroughs llegó a Nueva York con su eterno abrigo Chesterfield y un sombrero que lo hacía ver como empleado bancario. Conoció a Ginsberg y a Kerouac, que eran menores y más ambiciosos. Burroughs no pensaba escribir; se limitaba a contribuir con su inteligencia a los alardes de los otros. Herbert Hunck, escritor y *chichifo* de Times Square, le reveló la palabra *beat*, que entre muchas cosas significaba: «exhausto, en el fondo del mundo, capaz de mirar hacia arriba o hacia afuera, insomne, con los ojos abiertos, perceptivo, repudiado por la sociedad, dispuesto a valerse por sí mismo, con sabiduría callejera». Jack Kerouac adoptó la contraseña para bautizar al grupo de amigos como la «generación *beat*».

Durante casi cincuenta años, la biografía de Burroughs se escribe como una larga errancia; vivió en México, Sudamérica y Tánger en total anonimato. Mientras la novela de Kerouac *En el camino* y el poema de Ginsberg «Aullido» suscitaban salvas de admiración y desprecio, el autor de *Yonqui* dominaba un universo del tamaño de la pipa donde fumaba insectos alucinógenos. Lejos del estruendo *beat*, escribió tres novelas con técnicas distintas: *Yonqui*, un relato lineal, informativo, en primera persona; *El almuerzo desnudo*, una ficción fragmentaria, en tercera persona, donde la realidad llega como fogonazos entre las sobredosis, y *Las cartas de la ayahuasca*, novela epistolar donde narra la búsqueda de una droga ceremonial en Sudamérica. Si Edmund White, biógrafo de Jean Genet, opina que Jean Cocteau jamás escribió una mala línea y jamás un gran libro, de Burroughs puede decirse que ha escrito inspiradísimas frases sueltas que en 1959 cristalizaron en una solitaria obra maestra: *El almuerzo desnudo*.

De acuerdo con Ginsberg, «la disposición estructural definitiva de *El almuerzo desnudo* fue puramente casual». El título de la novela fue una idea de Kerouac (Burroughs confiesa que solo lo entendió después de su cura de desintoxicación, cuando advirtió que en su texto lo real se mostraba a la desnuda proximidad de un tenedor). *El almuerzo desnudo* es un devastador carnaval del deseo, un exaltado expediente de los placeres intravenosos y rectales, un desfile de monstruos donde el espectador es despreciado e incluido como testigo necesario, una farsa recorrida por un humor corrosivo (la innegable comicidad de Burroughs es una de las virtudes que suelen ser soslayadas por quienes buscan en él a un gurú), pero, sobre todo, la novela es una catarsis personal y una refundación del lenguaje semejante a *Diario de un ladrón*, de Jean Genet, o *Trópico de Capricornio*, de Henry Miller.

En una ocasión, Burroughs le comentó a Ginsberg que los autores vivos que más le interesaban eran Beckett y Genet. Como Genet, el decano de los *beats* encontró un camino liberador en la escritura y se enfrentó a las paradojas de la aceptación: una vez convertido en causa célebre, elogiado por Marshall McLuhan, Mary McCarthy y Norman Mailer, culturalmente «absuelto», desconfió del arte que lo había encumbrado. Sin ser tan drástico como Genet (incapaz de escribir novelas fuera de la cárcel o sin la amenaza de ser detenido), Burroughs se alejó del tipo de escritura que lo transformó en la instantánea leyenda de una generación.

Aunque se declaró proustiano por oposición a la austeridad de su admirado Samuel Beckett, a partir de los años sesenta, más que en la creación de tramas y personajes se interesó en técnicas de montaje narrativo. Sus procesos de *cut-up* (cortar pasajes de distintos autores para yuxtaponerlos) y *fold-in* (doblar un texto para entresacar otro discurso) buscan resultados ajenos al temperamento, los prejuicios y las pasiones del autor. A diferencia del dadaísmo o la escritura automática, que pretenden liberar a la imaginación del papel censor de la conciencia, el método de Burroughs no apela a la subjetividad: la función del escritor consiste en llevar una bitácora en la que en forma aleatoria inserta recortes de periódico, anuncios de modas, fotografías, dibujos, párrafos de otros autores. El sentido último de este procedimiento es descubrir, por vía del azar, el relato oculto de la realidad. Para Paul Bowles, quien frecuentó a Burroughs en sus días de Tánger, esta técnica tiene que ver más con la plomería que con la escritura. Oliver Harris, en cambio, encuentra una causa psicológica para el *cut-up*: un intento de encontrar metodología en la locura.

Las técnicas de Burroughs son, ante todo, variantes narrativas del collage pictórico, pero también prefiguran el uso de las computadoras, el hipertexto, las posibilidades de mezclar la cultura del alfabeto con la cultura de la imagen. No en balde, McLuhan afirmó que el autor de *Nova Express* llevaba a la prosa los recursos básicos de la era eléctrica.

Iconoclasta en el más literal de los sentidos, Burroughs creó libros que dependían tanto de la tijera como de las imágenes y la máquina de escribir. La palabra se convirtió para él en una maldición (el «virus» descrito en *Ciudades de la noche roja*) y sus fábulas, cada vez más próximas a la ciencia ficción, profetizaron un venturoso futuro no verbal. Ajeno a la psicología de los personajes, Burroughs vio en los procesos mixtos de la narrativa una forma de refinar sus teorías de la percepción. Su pragmático acercamiento a

167

la Mecánica Popular de la mente –su interés en las recetas eficaces para normar la conducta– lo llevó a interesarse en la dianética y a considerar que las imágenes del grupo *Time-Life-Fortune* conformaban un código de dominación semejante a los códices mayas.

En sus tiempos de adicción, el positivista William Burroughs repudió el peyote y los hongos. La expansión de la conciencia y los ritos de paso estaban fuera de sus coordenadas. En una carta a Ginsberg escribió: «el misticismo es solo una palabra; en todos los niveles de la experiencia solo me interesan los *datos*». Ajeno al sentido ritual que otros confieren a la droga, el nieto del inventor de la máquina de sumar hizo los cálculos diferenciales del delirio. No es casual que le apasionaran las cartografías, los inventarios, los manuales, las técnicas de la publicidad, ni que alguna vez considerara que Nelson Rockefeller y Paul Getty eran fascinantes sujetos narrativos. Los sistemas de control y, sobre todo, las ilusiones y las promesas que los hacen creíbles, tienen mucho en común con la adicción. Probablemente, la novela de Burroughs que mejor exprese este sentido alucinatorio del poder sea *Nova Express*, donde la «realidad» es una película biológica que proviene de un ominoso cuarto de revelado.

Burroughs carece de la compasión, la culpabilidad y la capacidad celebratoria de Kerouac o Ginsberg. Es más cerebral, más analítico, el *beat* que surgió del frío. Este perfil fue captado mejor que nadie por su hijo. William Burroughs Jr. heredó la vocación por la escritura y las plurales adicciones de su padre, pero su resistencia fue menor y murió joven, dejando dos novelas promisorias, *Speed* (1970) y *Kentucky Ham* (1973). En su segundo libro, Billy recordó el viaje que hizo a Tánger a los catorce años. Aunque la trama se presta para la tragedia, es narrada con la vulnerable ironía de un J. D. Salinger. Al llegar al norte de África, el joven Billy lleva a cuestas la muerte de su madre, haberse separado para siempre de su hermana y la lejanía del padre. En plena adolescencia quiere recuperar su origen –Tánger es, ante todo, la casa de su padre–, pero el viaje le depara otros encuentros: el acoso sexual de un par de ancianos amigos de su padre y la iniciación en las drogas. Con humor casi inverosímil, relata su temporada en el infierno marca William S. Burroughs, donde ningún castigo supera al de la indiferencia. Cuando el escritor se entera de las alucinaciones que su hijo tiene durante una sobredosis, dice con rigor de entomólogo: «son muy exactas», y continúa escribiendo a máquina.

Burroughs fue una de las figuras menos edificantes del siglo XX. Torturador de gatos, misógino, antisemita de ocasión, procurador de drogas para su esposa y su hijo, vivió para violar toda tabla de la ley y cumplir con su Espíritu Maligno. Su carisma intelectual dimana no tanto de sus textos como de su biografía y del excepcional grupo de amigos que lo rodeó. Para la contracultura, es una leyenda muy superior a su obra. Archidecano de la pachequez, genera la fascinación que Shakespeare encontró en los fantasmas: viene del país del que no hay regreso. Su habilidad para crear metáforas y apodos psicóticos lo convirtió en padrino ideal de la cultura de masas: los grupos Steely Dan y The Soft Machine le deben sus nombres; el cineasta Ridley Scott encontró en él la expresión ideal para bautizar al cazador de replicantes: *Blade Runner*; Laurie Anderson lo cita en su disco *Home of the Brave*; fue cortejado por el grupo Violent Femmes y el mártir del grunge Kurt Cobain; el crítico Lester Bangs descubrió en *El almuerzo desnudo* la forma para nombrar a una corriente extrema del rock: heavy metal, y Gus van Sant le otorgó el papel de gurú de los barbitúricos en su película *Drugstore Cowboy*. Al respecto, escribe Luis Chitarroni: «no creo que Burroughs vaya a ser recordado por la elaboración de sus personajes, la mayoría de los cuales adolece de realidad definitiva, sino por la pertinencia de sus acuñaciones, por el dominio inseguro y exacto de un idioma de pocas palabras, por su contribución a la mitología más extraordinaria de la segunda mitad del siglo –el rock–, o, mejor dicho, por la influencia decisiva que la sospecha de su imaginación ha ejercido en la cultura que, recién nacida, no se atrevía a decir su nombre ni se reconocía como tal».

Autor de culto, dandy en una era del exceso y el desaliño, profeta de tecnologías por venir, Burroughs surge de la literatura y establece una relación polémica con ella. Su visión dispersa lo llevó a otras zonas (o interzonas) del arte, a la pintura narrativa y a los lenguajes multimedia, donde la escritura (y en ocasiones solo las letras) sirven de complemento. En cuanto a sus logros estrictamente literarios, conviene recordar la contundente opinión de Martin Amis: «Casi todo lo de Burroughs es basura; basura morosa, obsesiva: puedes extirparla sin que disminuya su estatus de escritor.

Pero las partes buenas son buenas. Leerlo es como contemplar durante una semana un cielo impasible; cada tantas horas, se ve un pájaro; si tienes suerte, un aeroplano remontará la altura, pero las cosas permanecen monótonas, carentes de sentido. Entonces, de improviso (y no por mucho tiempo, y no por una razón coherente, y casi siempre en *El almuerzo desnudo*), algo sucede: de pronto, las nubes se dilatan como en la guerra y el aire se llena de portentos».

Tal vez lo que mejor identifique a Burroughs sea un avión que rinde homenaje a su ciudad natal: *El Espíritu de Saint Louis*, con el que Lindbergh atravesó el Atlántico. Sus libros son un viaje turbulento, descuidado, veloz, movido por el heroísmo elemental de la supervivencia. Burroughs no vio la *Tierra de hombres* del piloto Saint-Exupéry; no encontró la piedad ni los actos que redimen a la raza. Fue un acelerado aparato psíquico, una mente en combustión, destinada a imaginar, como el día fatal en que aceptó el reto de la mujer que lo quería, las posibilidades que la vida tiene de convertirse en una explosión de fulgor, y caos, y sangre.

BERNHARD:
EL EXILIO PÓSTUMO

> Como siempre, la verdad es que
> ahora exageraba.
>
> *El malogrado*

Thomas Bernhard murió el domingo 12 de febrero de 1989, a las siete de la mañana. Su testamento fue un acto punitivo: mientras estén vigentes sus derechos de autor, ningún libro suyo se podrá publicar y ninguna de sus pieza teatrales se podrá representar en Austria. De acuerdo con el biógrafo Hans Höller, cuando Bernhard se presentó ante el notario, dos días antes de morir, describió su última voluntad como una «emigración póstuma».

Bernhard nació el 9 de febrero de 1931, en un hospital para madres solteras de Holanda. Su biografía se lee como una perfecta tragedia centroeuropea: no conoció a su padre, padeció en la infancia los horrores de la Segunda Guerra Mundial, las minuciosas torturas de internados nazis y católicos, trabajó de verdulero para sobrevivir en los años duros de la posguerra, perdió a su madre y a su querido abuelo a los diecisiete años y estuvo enfermo de las vías respiratorias la mayor parte de su vida. No se necesita gran agudeza psicológica para entender los motivos de su rabiosa escritura. Lo sorprendente es la concentrada focalización de su venganza; Bernhard no quiso llevar a su tribunal a un reparto numeroso de villanos; responsabilizó de todas sus afrentas al Estado austriaco. Con fanática y persecutoria creatividad, concibió un enemigo único, capaz de concentrar las más diversas abyecciones. «Austria» es el sello de la sordidez, la marca registrada que justifica y da valor a su desprecio. En este sostenido ejercicio de odio, los atributos cívicos del Estado se generalizan hasta hacerlos idénticos a la molesta tos de los vecinos. Todo dimana de la infausta burocracia y su torcida idea de nación.

Antes de renovar la prosa alemana, Bernhard probó su suerte como poeta. En 1959 escribió *En las alturas*, texto que sería publicado después de su muerte y que combina recursos del verso y la narrativa (la *prosa vertical* que emplearía más tarde en sus obras de teatro, sin otra puntuación que el ritmo del habla). La primera frase de esta obra es: «patria, absurdo». Veintisiete años después, en su última novela, *Extinción*, Austria aún le parece un sinsentido. Para entonces, Bernhard es un consumado y autoasumido «artista de la exageración»; multiplica en sus ficciones lo que los críticos le reprochaban en textos previos: «solo la exageración hace las cosas evidentes». Por si alguien dudara de su gusto por las ideas desaforadas, Bernhard hace que el protagonista de *Extinción* atribuya todas las desgracias de la humanidad a los cazadores, considere inmoral la fotografía, que inventa una felicidad inexistente, y retrate a su padre en un medallón del escarnio: «Si mi padre hubiera podido elegir entre la compañía de Kant y la de un cerdo cebado premiado en Ried, en la región de Inn, un famoso mercado de ganado, le había dicho a Gambetti, se hubiera decidido al instante por este último». A tres años de su muerte, Bernhard es un novelista rigurosamente vigilado por la crítica y se permite la broma final de darle la razón a sus adversarios: «Cuando los observo [a los católicos y nacionalsocialistas] no puedo tener los sentimientos que les corresponden sino solo los más injustos, me dije, probablemente padezco también de una repulsión enfermiza hacia Wolfsegg, soy injusto con ellos, soy brutalmente injusto con ellos y con todo lo que se refiere a ellos en mi forma de observar, los detesto sencillamente, cuando los observo me dan náuseas». El narrador se descalifica por odiar a los nazis y a la iglesia con tal insistencia que convierte su *mea culpa* en un insulto superior contra la Austria conservadora.

Bernhard sublimó sus afecciones pulmonares en tres clásicos de la literatura patológica (*El aliento*, *El frío* y *El sobrino de Wittgenstein*). Por motivos de salud tuvo que vivir en el campo (un destierro bucólico para alguien con predilección por las grandes ciudades), y pasó largas temporadas en países mediterráneos. Amante de los hoteles imperiales, fetichista de los zapatos italianos, admirador de la lengua castellana que nunca llegó a dominar, pudo haber llevado un cómodo exilio en un sitio bajo el sol. ¿Por qué no abandonó la repudiada Austria? En su novela *Tala* revisa las trayectorias de los artistas austriacos y sentencia: «todos los que se fueron al extranjero han llegado a ser algo». En 1986, año en que Kurt Waldheim se benefició de su pasado antisemita para ganar las elecciones austriacas, en París, el Centro Georges Pompidou organizó la exposición *Vienne 1880-1938. L'apocalypse joyeuse*, que parecía concebida para darle la razón a la convicción de Bernhard de que sus compatriotas solo se expresan cabalmente en el extranjero. Aquella extensa revisión del psicoanálisis, la dodecafonía, la filosofía del lenguaje, la pintura expresionista, el sionismo de Herzl, el austromarxismo y la narrativa de Broch y Musil desembocaba en un cuarto donde se oía *El Danubio azul* y un juego de diapositivas informaba que casi todos los protagonistas de ese renacimiento centroeuropeo habían muerto en el exilio. El «apocalipsis gozoso» ocurrió a contrapelo de la sociedad austriaca y tuvo que encontrar refugio en el extranjero. No en balde, Robert Musil se refirió a su patria como Kakania. Thomas Bernhard pertenece a esta estirpe de rebeldes; sin embargo, no tuvo que abandonar el país que a fin de cuentas lo encumbró. Además, necesitaba el contacto, y aun el estímulo, de ese odiado entorno, oír la respiración del enemigo, padecer el territorio que provocaba su escritura, hacer de él su objeto de contraste, la materia que se le resistía en cada libro, su inagotable fuente de irritación. Este es el andamiaje mental, la construcción teórica que favorece sus libros. En lo que toca a la vida diaria, el biógrafo minucioso sabe que Bernhard no se la pasaba tan mal en Austria. Si estaba en alguna de sus casas de campo, se vestía con pantalones cortos de cuero y chaquetas con botones de cuerno de ciervo, según la etiqueta folclórica de los campesinos acomodados. Por poseer bosques y campos de cultivo, pertenecía a una asociación de agricultores y departía sin problemas con la gente más convencional y prejuiciosa de su país. Si estaba en Viena, se hospedaba en las casas de sus amigos aristócratas y se comportaba como un dandy de gélida elegancia. En un ambiente cultural poco afecto a la multiplicidad o la ambigüedad de los roles sociales, Bernhard desconcertó como el radical de la plaza pública cuya vida privada transcurría en un ámbito conservador.

La dificultad de etiquetar a Bernhard aumenta si se revisan las copiosas ideas que disparó con el entusiasmo de quien se encarga de los fuegos de artificio de una feria macabra. Enemigo del nacionalsocialismo y la Iglesia católica («podría imaginarme una taza de café sobre el trono pontifical en San Pedro y al Papa sobre una mesita de café; así se podría beber del Papa y recibir una audiencia de la taza de café»), también estalló contra la socialdemocracia austriaca que convirtió el socialismo en un pretexto burocrático para vivir en el capitalismo. Bernhard mostró su simpatía por los polacos, la nación más acosada de Europa central, y por los judíos, pero arremetió con sarcasmo contra las mujeres y los inválidos. Azuzado por la entrevistadora de televisión Krista Fleischmann, declara: «Solo se hace un favor a las mujeres al decirles que tienen sentimientos pero no inteligencia [...]. ¿Ha visto alguna vez a un ama de casa que haya pilotado un transatlántico a través del océano? [...]. Las mujeres son distraídas y se asustan enseguida [...]. La voz de la mujer, si no está borracha, resulta casi siempre demasiado alta para el gran drama». Sin embargo, en sus novelas, el misógino de cinco estrellas presenta a las mujeres como víctimas de la crueldad masculina. *La Calera* retrata a un hombre que tortura a una paralítica durante años leyéndole a Kropotkin, y luego la asesina; en *El malogrado*, la hermana del virtuoso Wertheimer consagra su vida a pararse junto al piano como «pasadora de hojas»; en *Sí*, un megalómano constructor de centrales eléctricas orilla a su compañera al suicidio; en la obra de teatro *El perfeccionista* (*Der Weltverbesser*) un cultísimo hombre abyecto humilla a su criada con su sabiduría. Aunque le divierte arremeter contra los tópicos del feminismo, Bernhard abarca en su alarmada visión del género humano a todos los que atraviesan su horizonte. Una frase de *El malogrado* resume esta misantropía de amplio espectro: «en teoría comprendemos a las personas, pero en la práctica no las soportamos».

En cuanto a los lisiados, les atribuye un poder infinito porque se sienten con licencia moral para hacer escabrosas fechorías. Aunque en *El origen* describe sus conmovedoras relaciones con discapacitados, en su ficción exploró la paradójica tiranía de quienes reclaman derechos compensatorios (aunque son mucho más exacerbadas, sus opiniones se acercan a los pasajes que Canetti dedica a los mutilados en *Masa y poder*). *Los comebarato* cuenta la historia de un hombre que se «libera» de la tiranía del cuerpo cuando pierde una pierna, ¡al fin puede consagrarse a pensar el día entero, con potencia inaudita, al margen de toda restricción! La desoladora paradoja estriba en que este pensador de tiempo completo es incapaz de escribir una línea; sus reflexiones son tan «perfectas», se bastan tanto a sí mismas, que no pueden ser escritas. Bernhard transforma a un campeón del pensamiento en un discapacitado mental; del sarcasmo pasa a una atención cercana a la piedad. Si ante los charlatanes y los poderosos es implacable, ante las mujeres y los lisiados muestra un excéntrico interés; en principio, le parecen incomprensibles y despreciables, dueños de la arbitrariedad que otorga el arrebato histérico o el anhelo de compensación del mutilado y del paralítico; sin embargo, sus tramas acaban por revelar que se trata de sojuzgados. La descolocada y altanera voz que surge de una debilidad física (condición muy semejante a la de Bernhard, dicho sea de paso) desemboca en un destino trágico, en el que no resulta difícil compadecer a estos monstruos equivocados, capaces de desperdiciar en su hora grande la fuerza inaudita que habían logrado extraer de sus menguadas facultades.

La figura pública de Bernhard se volvió aún más contradictoria con sus continuas cartas a los periódicos, que podían ir del insulto a un editor a la apasionada defensa de un tranvía amenazado. Resulta ocioso buscar la imagen «verdadera» de un artista de carnaval que solo se asoma a los espejos cóncavos. El propio Bernhard se extravió en la personalidad que proyectaba en los demás. Cuando Elias Canetti criticó a los nihilistas deseosos de recibir el aplauso de un mundo que a fin de cuentas detestaban, se sintió poderosamente aludido y escribió una carta dictada por la paranoia en la que arremetía contra las obras de Canetti posteriores a *Auto de fe*.

La relación de Bernhard con la verdad solo podía ser creativa, vale decir, distorsionadora. En *El sótano*, escribe: «Creo que la verdad solo es conocida por el afectado; en cuanto desea comunicarla, se convierte automáticamente en mentiroso. Todo lo comunicado solo puede ser falsificación y distorsión».

La pentalogía memoriosa de Bernhard (*El origen*, *El sótano*, *El aliento*, *El frío* y *Un niño*) no es ajena a las contradicciones, las desmesuras que intensifican la descripción, la falsificación de cifras y fechas para ajustarse a números cabalísticos como el tres o el siete. El psicoanalista francés Louis Huguet revisó archivos con la

175

mórbida exactitud de un detective de diván y confirmó las muchas transfiguraciones de Thomas Bernhard. Los deslumbrantes cinco tomos autobiográficos son el acto de invención de quien se reconstruye y salva a través de la palabra: lo «real» es un borroso y ridículo punto de partida que solo adquiere sentido a través de la especulación literaria.

De manera sintomática, el memorialista inicia el relato de su vida, no con su primera infancia, que aparecerá hasta el quinto libro, sino con una brutal tirada contra Salzburgo, donde creció al volver de Holanda con su madre. *El origen*, la causa eficiente de su descalabro, está en el paisaje de su niñez: «Todo en esta ciudad se opone a lo creativo, y cada vez más y con mayor intensidad se sostiene justo lo contrario, la hipocresía es su fundamento, y su mayor pasión es la falta de espiritualidad, apenas despunta, la fantasía es devastada. Salzburgo es una fachada pérfida». La ciudad de belleza alucinante le parece «un cementerio de las fantasías y los deseos», que invita a suicidarse desde la punta del Mönchsberg.

La imagen de Austria como país bucólico ha encontrado imágenes tan inolvidables como las tomas iniciales en *The Sound of Music* (*Sonrisas y lágrimas*), donde Julie Andrews corre y canta con entusiasmo psicótico por un paisaje de fotogénico verdor. Bernhard se opuso al filisteísmo de una patria que usó el nombre de Mozart para vender perdigones de chocolate, apoyó a Hitler en sigilo y luego se fingió su víctima. *El origen* es la historia de una infancia bajo las tiranías igualmente nefastas del nazismo y la Iglesia católica, de los diecinueve ataques aéreos que, por un momento, hicieron que la ciudad se humanizara y pareciera habitable, hasta que los cadáveres cubiertos de sábanas y las manos amputadas en los cuerpos de los niños, como si fuesen de muñecos, demostraron a Bernhard que los bombardeos no eran el remedio que buscaba. La auténtica dinamita estaría en su literatura.

Ajeno a lo fantástico, el autor de *El origen* ficcionaliza por medio de la interpretación neurótica de lo cotidiano. El tren de sus ideas sigue una lógica severa y perversa, construyendo un impecable equívoco. Como dramaturgo, llega a situaciones altamente grotescas y hace de la posposición un recurso épico; su teatro suele depender de un compás de espera; es el camino de sinrazones que conduce a un acto «normal» (una fiesta, un entierro, una premiación), a la realidad que aguarda más allá de la obra y que, al cabo de dos horas de diálogo, se convierte en un destino para locos.

En pago a su desconcertante escritura, Bernhard recibió galardones y reproches en idénticas dosis. Se hizo acreedor de todos los premios literarios significativos de habla alemana (salvo el premio estatal de la literatura austriaca) y se convirtió en blanco predilecto de los conservadores, los nacionalistas y la izquierda radical. En una ocasión, un poeta fue agredido por una pandilla que lo confundió con Peter Handke. «¡Qué bueno que no me confundieron con Thomas Bernhard!», comentó después de la golpiza.

Bernhard necesitaba de Austria, «el museo de la muerte», como una Siberia de la mente donde se inventaba una condena y un exilio. Maestro del tono fársico, fue el primero en admitir su tendencia al disparate y en proclamar, con la seductora retórica de quien desea que se interprete eso pero también lo contrario, que su voz carecía de confiabilidad.

Sea como fuere, la Historia se ha empeñado en que algunas de sus enormidades se vuelvan ciertas. En 1988, unos meses antes de su muerte, estrenó la obra de teatro *Plaza de los héroes*, con motivo de los cien años del Burgtheater. Ese año también se cumplía medio siglo del *Anschluss*, la anexión de Austria por parte de la Alemania nazi. La obra presenta a una familia judía que en 1988 debe emigrar a causa del antisemitismo. Bernhard escribe como si estuviera en 1938. En su opinión, nada ha cambiado. El escándalo, que el dramaturgo cultivó como un subgénero literario, no se hizo esperar: Bernhard fue acusado de irresponsabilidad histórica. Dos años antes, Kurt Waldheim había asumido el cargo de jefe de Estado después de que los archivos de las Naciones Unidas revelaron su pasado nazi. Ante el repudio internacional, Waldheim cambió su lema de campaña a «nosotros elegimos a quien queremos». El alarde nacionalista contribuyó a su contundente victoria. Bernhard escribe su última obra de teatro en este clima. En el año 2000, el temible ascenso de Jörg Haider hace que *Plaza de los héroes* sea leída, no como un delirio paranoico, sino casi como un reportaje profético.

Aunque la realidad suele hacer contorsiones inesperadas para imitarlo, Bernhard funda su estética en la aniquilación de los valores entendidos. Toda figura histórica que se incorpore a su ficción se somete a sus caprichos: en *El malogrado*, Glenn Gould muere en forma operística, mientras interpreta las *Variaciones Goldberg*; en *Extinción*, Ingeborg Bachmann es una mujer de un talento tan inaudito que no puede regresar a Austria por la salvaje envidia que le tienen todas sus colegas; en *El sobrino de Wittgenstein*, el célebre filósofo es muy inferior al sobrino que, según corresponde al drama, muere sin escribir la obra maestra que concibió en su mente.

Para la amarga fortuna de Bernhard, hay pruebas judiciales de que en ocasiones sus ditirambos fueron vistos como sólidos testimonios. Su novela *Tala* narra una cena en casa de unos farsantes de la cultura, un compositor alcoholizado y millonario que en los años cincuenta fue un mecenas de las vanguardias y en los ochenta vive de la incierta gloria de ser un Anton Webern de segunda. El invitado de honor a la cena es un famoso actor del Burgtheater que en un principio satisface a los demás comensales con anécdotas estudiadas y al final estalla contra la hipocresía de la sociedad vienesa. El matrimonio de Maja y Gerhard Lampersberg se vio reflejado en la pareja de esnobs que fungen de anfitriones y demandó al autor por difamación. Aunque los presuntos agravios derivan de impresiones subjetivas, y por lo tanto incomprobables, un juez ordenó que *Tala* fuera retirada de las librerías. Quien sepa que Bernhard vivió durante largas temporadas en casa de los Lampersberg, escribió textos para que Gerhard los musicalizara y treinta años después se ensañó con defectos al fin y al cabo bastante comunes, puede calificar al novelista de ruin (cargo que él admite sin trabas en la novela), pero llama a escándalo que un libro pueda prohibirse por opiniones sobre la conducta íntima de personajes ficticios. Naturalmente, el novelista aprovechó para lanzar una guerrilla de prensa y no faltaron las voces que lo defendieron en nombre de la libertad de expresión.

A pesar de que en ocasiones fue entendido «en exceso», Bernhard asume el lenguaje como una forma de la imposibilidad: las palabras comunican a duras penas. En su prosa, cada descripción es reiterada tres o cuatro veces, con mínimas variantes, en espera de que el lector se abra paso en ese idiotismo que es la escritura. La obra entera de Bernhard es una reflexión sobre la incapacidad comunicativa del idioma. Como escribe en alemán, localiza deficiencias específicas en la lengua que le sirve de instrumento: «El pensamiento alemán, como el habla alemana, se paraliza muy rápidamente bajo el peso humanamente indigno del idioma, que reprime todo lo pensado antes de que se exprese siquiera» (*Extinción*). De haber escrito en otra lengua, el supremo imperfeccionista habría encontrado otros defectos para servirse de ellos.

En las densas páginas en prosa, que no conocen los remansos del diálogo ni del punto y aparte, las frases hechas suelen oponerse a su significado habitual. Cuando Bernhard escribe «el así llamado maestro», no lo hace porque se refiera a un falso maestro, sino para subrayar el absurdo de que determinada persona sea, en efecto, un maestro. En ocasiones, una muletilla comunica un horror extremo al ser interpretada literalmente: «mi madre había quedado *más o menos* decapitada». La aparente incorrección se vuelve exacta con el peritaje del forense: lo único que une la cabeza al tronco de la madre es un delgado pellejo. En otros pasajes, el rutinario «más o menos» es tan innecesario que se vuelve irónico: el anfitrión de *Tala* está «más o menos totalmente borracho». Para superar el asco que le provocan las frases obvias, Bernhard las «adorna» con otras aún más inútiles: «mis padres eran, *como suele decirse*, jóvenes».

De este idioma de balbuceos, despreciado en forma evidente por su autor, surge una prodigiosa arquitectura musical. La desconfianza ante una lengua que se resiste a la elocuencia genera el excelso maltrato de Thomas Bernhard. Aunque fue un dramaturgo con un oído absoluto para las variantes más sutiles de los modismos austriacos, en su narrativa no cedió al diálogo. Su discurso continuo depende de una fórmula gramatical intraducible al español. Bernhard es el gran poeta de la *indirekte rede* o conversación indirecta. El alemán dispone de una conjugación que permite citar sin comillas ni referencias del tipo «dijo», «agregó» o «refirió». El usuario de la conversación indirecta dispone de un coro en el que intervienen otras voces además de la propia. Tal es el sello distintivo de Bernhard; su discurso refiere lo que una persona dice a través de otra. *Maestros antiguos* extrema el dispositivo: el narrador entra a la sala de un museo a la que un musicólogo va cada dos días a ver *El hombre de la barba blanca*, de Tintoretto. El relato es la densa urdimbre donde se cruzan los pensamientos del protagonista con lo que el guardián de la sala dice que dijo el visitante. Circuito de declaraciones que se insertan unas dentro de otras, la conversación indirecta brinda a Bernhard el más dúctil de sus recursos.

En cuanto a la trama, Bernhard se consideraba un «destrozador de historias» (*Geschichtenzersörer*). Poco es lo que pasa en sus novelas. Los personajes rara vez modifican su conducta; refractarios a la experiencia, brindan estados de ánimo radicales y estables. Nadie se redime, nadie se desploma de repente. La narrativa es, para Bernhard, la intensificación de una atmósfera derivada de un mínimo núcleo argumental: *Tala* cuenta la historia de un error (el protagonista acepta una invitación a una cena pomposa y se arrepiente de haber ido); *Corrección* es la extensa indagación de una mente genial (un sosia de Wittgenstein proyecta un cono misterioso y lo corrige sin cesar); *Extinción* describe la dilatada caída de una familia a partir de un accidente en el que mueren varios de sus miembros. El novelista condena o absuelve a sus personajes de antemano y los manda a cumplir su inevitable destino. El veredicto antecede a la conducta: el observador *implacable* no puede ser alterado por lo que mira. Ni siquiera en la posteridad hay redención: «la muerte de un hombre no lo convierte al fin y al cabo en otro, no le da mejor carácter» (*Extinción*).

Aunque la vida lo embistió con fuerza suficiente para convertirlo en caso clínico, el odio literario de Bernhard no solo proviene del padre ausente, las enfermedades y la guerra; se trata, en lo fundamental, de una conquista estética, de una voz construida a voluntad. Sin embargo, y para asombro de sus lectores actuales, no siempre cultivó la irritación. En 1953, escribió crónicas edulcoradas sobre Salzburgo y poco después compuso poemas de cristiana beatitud. Desde el punto de vista estilístico, el joven Bernhard no está a la altura de su rabia. Fue con su primera novela, *Helada* (1963), publicada cuando tenía treinta y dos años, que adquirió su sello distintivo. En este proceso de aprendizaje sin duda se sirvió de su trabajo como cronista de nota roja y relator de tribunales, y muy especialmente, de su lectura de la prensa. Como Karl Kraus, fue un voraz lector de los periódicos que detestaba. El lenguaje envilecido significó para él una escuela de resistencia. Si Kraus abordaba el idioma como a una puta a la que debía redimir, Bernhard no pretendió depurar una lengua execrable sino servirse de sus defectos para llegar a una insólita belleza. Kraus es un artista de la precisión; Bernhard, procura que el lenguaje muestre toda su incapacidad y lleve a una estética tan desesperada como la danza de un parapléjico o el cuarteto para cuerdas de un sordomudo.

Aunque dispuso de la extensa biblioteca de su abuelo, vivió rodeado de escasos libros y son muy pocos los autores que cita en forma monomaniaca y a los que sus protagonistas tributan pareja admiración (Novalis, Pascal, Montaigne, Voltaire, Shakespeare). La principal interlocución de Bernhard con otros textos fue la nauseabunda lectura de los periódicos. Ahí encontró lo poco que vale un idioma, el pensamiento como la más banal de las deyecciones, y transformó esa hojarasca en una sinfonía descomunal.

En este camino a la literatura como ultraje, fue decisivo Johannes Freumbichler, abuelo materno de Bernhard, el gran héroe positivo de una vida de pasiones tan extremas como simples. Buena parte de las novelas de Bernhard tratan de fracasos creativos y Freumbichler es el fracasado por excelencia. Escribió decenas de novelas, en total soledad y pobreza, sin conocer jamás el éxito. A las cinco de la mañana se envolvía en una manta de caballo y escribía con insólito denuedo una obra inmensa destinada a no ser leída. Salvo uno de sus libros, *Philomena Ellenhub*, los muchos escritos de Freumbichler cayeron en el olvido. De niño, Bernhard dormía en el pasillo, junto al estudio del abuelo. En la madrugada oía el rasgueo de esa pluma incesante e infructuosa.

El autor de *El malogrado* suele ver a las figuras intelectuales, no a través de sus obras, sino de los temperamentos que emblematizan. Si Glenn Gould es el genio que destruye a sus colegas con su perfección y Ludwig Wittgenstein el arquetipo del filósofo renunciante, su abuelo es el mártir de la creatividad. Freumbichler pierde en todo: quiso que su hija fuera bailarina y la vida transformó a Herta en cocinera.

El abuelo siempre apoyó a Bernhard y vio en él la posibilidad de un triunfo vicario. No vivió para conocer la celebridad del nieto, pero lo dotó del impulso para una venganza histórica. Bernhard escribiría contra la cultura que repudió a su abuelo y se burlaría de cada una de las asociaciones que le entregaran un premio. Aunque nunca exaltó los méritos literarios del autor de *Philomena Ellenhub*, el abuelo le proporcionó el héroe vejado que requería para escribir con saña revanchista. En *El sótano* elogia a este hombre que forjó su destino. Uno de los rasgos más extraños y conmovedores del odiador Thomas Bernhard es que siente una indudable ternura por una figura despótica. Su admirado abuelo fue un fanático que subyugó a los suyos en aras de su obra: «Todos tuvimos que padecer a menudo al tirano absoluto que había en él».

Freumbichler alimentó el deseo de desquite del nieto e hizo de su escritura una lucha encarnizada. De modo más sutil, lo puso en contacto con uno de sus temas predilectos: el descalabro intelectual. Ningún otro autor ha reflexionado tanto sobre las infinitas posibilidades de destruir el talento artístico. Los héroes de Bernhard son virtuosos de la capitulación intelectual, que posponen indefinidamente o derrochan su talento. *Sí* describe la patológica obra final de un célebre ingeniero, una casa con horrible aspecto de central eléctrica; *La Calera* trata de un experto en el oído que se encierra en una vieja mina de cal a perfeccionar sus estudios auditivos hasta que deja de oír y mata a su esposa; *Corrección* es la parábola de un hombre que aniquila su obra por exceso de mejoría; la obra de teatro *La fuerza de la costumbre* presenta a un quinteto incapaz de tocar *La trucha*, de Schubert; otro drama, *Las apariencias engañan*, brinda el duelo entre un actor y un cabaretista para ver quién cayó de manera más estrepitosa; en *Los comebarato*, Koller concibe un libro, en tal detalle, que no llega a escribirlo; *El imitador de voces* entrega un corolario «histórico» a todos estos inutilizados y sugiere que en su lecho de muerte Goethe no expresó su sed insaciable de conocimientos con el célebre *mehr Licht* (más luz), sino que renunció a todo con un lapidario *mehr nicht* (no más).

La prolija obra de Bernhard se alimenta de casos de impotencia creativa. No es casual que haya visto sus libros como un programa «cómico-filosófico», una comedia de las ideas fallidas. Una de sus poses más famosas fue la de considerar la *Crítica de la razón pura* como una obra humorística. Al margen de sus provocaciones y jugueteos contra lo establecido, Bernhard tiene una desconfianza de fondo ante el ejercicio de la mente («la persona que piensa camina siempre sola hacia tinieblas cada vez mayores») y encuentra una salida en la reveladora lucidez de la locura. Aunque en *La Calera* alerta contra el poder del discurso obsesivo («mediante una argumentación sincera y fanática de la precisión se convencerá en definitiva a la persona más recalcitrante de la cosa más recalcitrante»), su estilo opera justamente de ese modo; empleando «la razón como instrumento quirúrgico», Bernhard amputa los juicios comunes. El abuelo ególatra, autoritario, que arrastra en su ruina a toda la familia, se convierte en el ángel guardián del pequeño Thomas. Su trabajo en una tienda de víveres (*El sótano*) se engrandece como la terapia que lo salvó del envilecimiento de la escuela. A partir de un núcleo de verdad, el autor fuerza los argumentos hasta llegar a un delirio convincente. La ficción se transforma en una calle donde las causas y las motivaciones avanzan en sentido contrario al habitual. Su libro de relatos mínimos *El imitador de voces* se articula con esta lógica al revés: un perro defiende a una mujer del asedio de los hombres hasta que ella lo mata y se libera de su guardián; la mejor prueba de ascenso social estriba en que los proletarios comiencen a suicidarse. Esta inversión de valores (la locura como lucidez, la incapacidad física como bendición intelectual) determina *Los comebarato*, la hilarante historia de un grupo que define su vida porque almuerza en la misma mesa de un restaurante económico (cuando el protagonista es admitido en la sociedad, se define como «el quinto comebarato» como si fuera el quinto Beatle). Se trata, dice el autor, de un «proceder posiblemente enloquecido, pero probablemente agudizador del pensamiento».

Bernhard fustigó sin tregua al país donde mantuvo su dirección permanente. Sin embargo, su reductora visión de la realidad provocó que en ocasiones fuera leído como un conformista. De acuerdo con Heiner Müller, Bernhard actuaba como un funcionario más del Estado austriaco: «Escribe como si estuviera empleado por el Estado para escribir contra Austria [...]. Lo que el Estado necesita es el escándalo. Un escándalo así cumple una importantísima función de válvula de escape». Con tinta más cargada, el cabaretista Werner Schneyder acusó a Bernhard de crear un clima de venganza propicio para el surgimiento de Jörg Haider y su racismo de baja intensidad.

Se diría que hay un lento desplazamiento en la percepción de Bernhard. Sus «ideas» pierden peso en favor de sus invenciones y sus chistes. Recientemente, Alfred Pfabigan escribió que los nuevos comentaristas ponen el acento en la habilidad autoparódica de Bernhard. Del moralista desaforado se transita al cruel comediante.

Sin duda, la lectura de Bernhard es más variada que su obra. El autor de *Helada* fue un obsesivo artista de la reiteración. Además de repetir una y otra vez descripciones en un idioma que le parece torpe, sus libros varían poco y registran los mismos temas (el suicidio, el asesinato, la gelidez de las emociones, la impotencia creativa, el odio a Austria). En opinión de Bernhard, solo los mediocres buscan variaciones; el genio se repite. Estamos ante otro truco de un estratega deseoso de que los críticos admiren incluso las virtudes de sus defectos. Bernhard puede, en efecto, ser un narrador asfixiante y un dramaturgo caricaturesco; insiste en los mismos recursos como si probara el umbral de hartazgo del lector. ¿Qué dosis resistimos de la indudable droga llamada Thomas Bernhard? El diagnóstico opera en forma diversa para cada organismo. En lo personal, me deslumbra y agota el maratonista (*Extinción*, *La Calera*, *Maestros antiguos*) y admiro sin freno al corredor de distancias medias (los cinco tomos de la autobiografía, *Sí*, *Los comebarato*, *El sobrino de Wittgenstein*, *El malogrado*). En este universo hay, al menos, una excepción donde el autor fabula en espacio restringido, *El imitador de voces*, conjunto de parábolas sobre las mil y una formas de llegar al asesinato y al suicidio. Las noticias que Bernhard no podía dejar de leer en los diarios se convierten en historias ejemplares sobre la bajísima condición humana.

Uno de los rasgos más contradictorios y sugerentes de este esteta del repudio: su idioma es un ejercicio de sensualidad. Naturalmente, no va en pos del otro sino de sí mismo; un erotismo literario que descarta las escenas eróticas. El autor de *Trastorno* comentó en entrevistas que pasó los años del despertar erótico en un hospital y luego ya no tuvo fuerzas para establecer relaciones. Aquejado por la tuberculosis, la pleuresía y diversas afecciones cardíacas, concentró sus energías en el titánico esfuerzo de respirar: «A mí los brazos no me sirven realmente para abrazar, sino para escribir y atarme los zapatos». De acuerdo con su traductor y biógrafo Miguel Sáenz, solo hay un beso en la copiosa producción de Bernhard, en el libro *En las alturas*, publicado después de su muerte. Se trata, de manera elocuente, de un beso en la nuca, rasgo esencial de un solitario que se acostumbró a ver a la gente «de espaldas».

Quizá la mejor trama amorosa que compuso Bernhard fue *Sí*, que relata la destrucción de la Persa, una mujer que acepta decirle «sí» a la nada y al suicidio. El narrador es un hombre enfermo de aislamiento, que vive en el bosque y encuentra en la Persa una compañera para recorrer en silencio sendas bajo la lluvia. Después de las largas caminatas, comparten unas horas en una posada, sin decir palabra. La posadera observa con recelo estas mudas reuniones. Es la única señal de que puede suceder algo entre la pareja. Con paciencia oriental, la Persa se subordina a la mecánica tiranía de su marido suizo; sin embargo, su tenue presencia, casi equivalente a la de una sombra, salva a un tercero, el narrador. Saldo de un calvario y una aniquilación, *Sí* traza, a su manera, una historia de amor.

Bernhard compensó su desprecio al terruño con la posesión y restauración de numerosas casas de campo. El tiempo que no consagraba a la escritura lo dedicaba a remozar vigas y fachadas. Aunque admiraba la pureza intelectual de la casa que Wittgenstein diseñó para su hermana, su papel como constructor fue más bien el de un museógrafo de espacios deshabitados. Rara vez algún huésped se hospedaba en una de sus muchas recámaras. Para el solitario Bernhard, la restauración parecía ser una forma de seguir en contacto con la realidad, un pretexto para apartarse de las fabulaciones hacia el mundo donde hay costales de cemento. En un artículo revelador, Peter Handke llamó la atención sobre el hecho de que los escenarios de Bernhard estén filtrados por la conciencia. Más que del decorado o del color local, su mundo exterior depende del estado de ánimo de quien mira. A propósito del sentido de la localidad, le dijo a Krista Fleischmann: «Una historia romana debería desarrollarse en sí y de por sí en Roma, y una española en España. Pero yo no escribo historias». Aunque algo acaba por acontecer en sus novelas, es claro que Bernhard no está determinado por la acción. Solo le interesan los sucesos mentales o, en todo caso, la repercusión de los hechos en la conciencia de los testigos. Esto decide su trato con el entorno: «Siempre he tenido la impresión, cuando escribo, de que estoy en un lugar que todo el mundo sabe dónde está, y me ahorro el resto». Bernhard practica un exilio estilístico: el paisaje solo deja constancia si produce un estado de ánimo. Los datos externos le sirven para desatar síntomas interiores; la utilería y la escenografía entran en su horizonte cuando pueden activar una manía, una disfunción psicológica, un fanatismo de la conciencia. Un objeto merece ser descrito si compromete a un personaje: el mitón de espantoso estambre verde que una paralítica teje durante años en *La Calera*, el cuadro de Tintoretto visitado cada dos días por el protagonista de *Maestros antiguos*. Lo mismo ocurre con los lugares que definen una personalidad (el cuarto para pensar en *Corrección*, la mina de cal para estudiar el oído en *La Calera*, la tienda de víveres donde el prófugo de la escuela entra en contacto con la realidad en *El sótano*). Ninguno de estos sitios se describe con profusión ni adquiere contundencia visual. Para Bernhard, «el más filosófico de los sentidos es el oído» y aprovecha su caudal de palabras para crear formas de la conciencia: «un libro debe ser un choque, un choque que no puede verse por fuera». Leer es accidentarse adentro.

El ideal místico de Bernhard consiste en acceder a la imposible identidad de la acción y el pensamiento. En *El malogrado*, Glenn Gould lamenta estar siempre «entre Bach y el Steinway»: «En el fondo queremos ser el piano, dijo, no un ser humano». El héroe bernhardiano aspira a sacrificarse como instrumento, a fundirse en el mundo como lenguaje sonoro, la música que los moribundos llevan en la cabeza cuando ya no recuerdan las palabras, tonos que pueden ser percibidos pero no razonados. En el cuento breve «Bailarín famoso», incluido en *El imitador de voces*, un virtuoso se lesiona cuando comete el error de *pensar* una combinación de pasos. El drama de la inteligencia deriva de la incapacidad de diluirse en el objeto de su reflexión. Este límite determina a los genios fracasados que pueblan las novelas de Bernhard. También de ahí proviene su extraño sentido de la piedad y de la ética: «siempre he sufrido por esa capacidad de ser injusto», dice el narrador que ha levantado inventario de la indiscriminada destreza humana para hacer daño. El mal está en el origen y aumenta con el tiempo; la experiencia es un adiestramiento en el oprobio. Sin embargo, todo verdugo sufre, victimado por su propia injusticia. Incapaces de entender a los demás, acabamos por ser los destinatarios últimos de nuestra furia.

En la viñeta «Genio», Bernhard cuenta la historia de un hombre que logra una obra impar pero la destruye para no ser reconocido después de su muerte. Su legado es una castigadora privación para los otros. Bernhard no concibió su posteridad como una desaparición sino como una fuga, el exilio del país que odió con literaria perfección. En el cuarto tomo de sus memorias, *El frío*, imagina la forma en que su padre se fue de Austria: «Prendió fuego a la casa de sus padres [...]. Se dice que había calculado cómo tenía que preparar el incendio a fin de poder ver ese incendio precisamente en su punto culminante, es decir, en el minuto en que el tren en marcha lo alejara de su patria». También Bernhard deja un incendio por herencia, antes de hundirse en una patria sin pasaporte.

Bernhard no conoció a su padre pero se le parecía tanto que su madre lo detestaba: «Cuando ella me veía, veía a mi padre, su amante, que la dejó plantada. Veía en mí con demasiada claridad a quien la destruyó, el mismo rostro» (*Un niño*). El memorialista disculpa a su madre; a fin de cuentas, él se interpuso en su felicidad, era el vivo recordatorio de su tragedia. Cuando ella lo golpea, trata de entenderla: «me corregía, pero no me educaba». En octubre de 1948, a los diecisiete años, cae enfermo de tuberculosis y entra al pabellón de los moribundos. Ahí ve por última vez a su adorado abuelo y ahí lee en un periódico que Herta Fabjan ha muerto, a los cuarenta y seis años. Se trata de su madre. Bernhard nunca sanó del todo, estuvo condenado, como su Glenn Gould, a sobrellevar la enfermedad pulmonar como un segundo arte. Las memorias·hacen del dolor un campo de conocimiento y de la literatura un colosal ejercicio de venganza. En medio de la aniquilación, Bernhard hace suyo el espanto, lo atesora, lo protege, renueva con él una cultura y un idioma.

Cuando Jorge Semprún volvió al campo de concentración de Buchenwald, en el que pasó su primera juventud, descubrió con pavorosa exactitud que había vuelto a casa. Las mazmorras del exterminio pertenecían de modo entrañable a su pasado. Thomas Bernhard entrega la misma lección. Nada es tan íntimo como el horror, incluido el del idioma en el que escribe. Con esa degradada materia, emprendió su gigantesca saga de la comicidad y la diatriba. Su última puesta en escena fue su testamento: «Hago hincapié en que no quiero tener que ver con el Estado austriaco [...]. Toda mi herencia literaria, incluidas cartas y notas, no puede ser publicada en Austria».

El gran falsificador murió el domingo 12 de febrero de 1989; sin embargo, de acuerdo con sus instrucciones, su hermanastro

Peter Fabjan informó a la prensa el lunes 13 de febrero, un día después del fallecimiento, que el escritor se encontraba grave. El 15 desmintió esta información y el 16 anunció la muerte, ocurrida el día 12. El viernes 17 se dio a conocer el testamento. La emigración póstuma de la obra había comenzado. Los restos mortales quedaban en la odiada Austria. Aunque hoy su nombre se lee en una lápida del cementerio de Grinzing, Thomas Bernhard quiso ser enterrado bajo una piedra sin otro adorno que una cruz.

Bibliografía secundaria sobre Bernhard

Dittmar, Jens (comp.), *Thomas Bernhard Werkgeschichte*, Suhrkamp, Frankfurt, 1990.

Höller, Hans, *Thomas Bernhard*, RoRoRo, Hamburgo, 1993.

Janke, Pia e Ilija Dürhammer (comps.), *Der «Heimatdichter» Thomas Bernhard*, Verlag Holzhausen, Viena, 1999.

Pfabigan, Alfred, *Thomas Bernhard. Ein Österreichisches Weltexperiment*, Zsolnay, Viena, 1999.

Sáenz, Miguel, *Thomas Bernhard. Una biografía*, Siruela, Madrid, 1996.

De eso se trata
Ensayos literarios

PRÓLOGO

Todo libro requiere de un aislamiento particular para ser escrito. Maurice Blanchot se refirió a «la soledad de la obra» para abordar el doble extrañamiento de quien concibe un texto. El autor se sustrae del entorno y al mismo tiempo pierde el acceso novedoso a lo que escribe, no puede regresar a sus páginas como un lector sorprendido: es uno con su obra.

Tal vez por ello, conjetura Blanchot, los autores más literarios, los que apuestan con mayor fuerza a construir una realidad alterna, suelen llevar un diario para reponerse de la despersonalización inherente a su otra escritura, los poemas o las ficciones en los que se funden con su materia. El diario permite una relación diferente con el flujo de los días, una soledad deliberada y controlable. En sus páginas, el escritor se pone en tela de juicio y así confirma su existencia. En su condición de diarista puede releerse con asombro: ese cambiante registro no muestra lo que es, sino aquello en lo que se está convirtiendo.

Para quien escribe ficción, pasar al ensayo representa una forma menos solitaria de la lectura. Cuando un novelista explica su propia obra, suele ejercer una variante de la fabulación, en ocasiones más creativa que sus novelas. Ensayar sobre los otros ofrece una confrontación más indirecta pero más sincera: «Denle una máscara a un hombre y dirá la verdad», comentó Oscar Wilde. En este estriptis al revés, las revelaciones llegan por lo que uno se pone encima.

Este libro reúne ensayos de un autor de ficciones. No son las piezas de un erudito o un académico, pero he procurado que la información (el contexto, las biografías, los vínculos literarios) arroje luz sobre las obras comentadas. El ensayo es un género útil. Quien lo practica no es el motivo central de la expedición. No es la pirámide más allá del desierto, ni la puesta de sol, ni el guiso exótico, ni el torrencial guía del museo. Es el que está al lado y comparte los descubrimientos. Cuando subimos a la torre excepcional o vemos el anhelado cuadro flamenco, decimos o escuchamos algo que no cambia la historia del arte pero justifica la emoción del hecho estético. El ensayista acompaña y señala con el índice: «mira». No hay fotografía capaz de captar la extraña consonancia entre la mano que indica un detalle y la mirada brillante de quien no lo había advertido. Un invisible resplandor une al que muestra y al que entiende. El ensayo depende de ese gesto.

Al viajar conviene conocer atajos y no perder tiempo con los mapas. El ensayista debe conocer el trayecto, ahorrar la molestia de pedir esas indicaciones que nunca entendemos, y llevar mandarinas por si acaso. Pone en juego su gusto y su entusiasmo, razona sus fervores, pero resulta más significativo por lo que permite ver que por sus certezas.

Un viajero solo conoce el peso del viaje cuando se quita los zapatos. El ensayo literario sirve por igual a lectores con pie plano que a caminantes consumados, al que ignora casi todo de los temas tratados y al que conoce más que el autor. Consciente de que hay lectores extremos, el ensayista alterna la hospitalidad hacia el recién llegado con rarezas para el viajero frecuente: un trayecto agradable en el que de pronto aparece la araña azul.

W. H. Auden, maestro del ensayo de tono intermedio, equidistante del asombro iniciático y la erudición, sostiene que la crítica negativa siempre informa más del que escribe que del tema en turno: «no puedes reseñar un libro malo sin lucirte». El desafío esencial del ensayista consiste en argumentar virtudes. Nabokov sabía que no hay juicio estético más preciso que sentir un escalofrío en el espinazo. El ensayo asume en forma intrépida el reto de razonar escalofríos.

El texto más antiguo de este libro, «Lichtenberg en las islas del Nuevo Mundo», fue escrito en 1992, con motivo del quinto centenario del viaje de Colón, que la corrección política imperante bautizó como «encuentro de dos mundos». La Sociedad Lichtenberg me invitó a Ober-Ramstadt a hablar de la adelantada visión que el físico y escritor tenía del mundo americano. Hace quince años, el poblado donde nació el autor de los *Aforismos* carecía de instalaciones culturales, de modo que nos reunimos en un granero. Fui invitado por Wolfgang Promies, curador de las obras completas de Lichtenberg y uno de los primeros traductores al alemán de Julio Cortázar. Novelista, profesor generoso y lleno de enjundia, amante del fútbol y la cultura pop, Promies usaba una peluca al estilo Ringo Starr y comprobaba en sus textos sobre Lichtenberg que el rigor puede ser enormemente divertido. Como conferencista no era muy teatral; especulaba sobre un tema como si no se dirigiera a la galería y tratara de convencerse a sí mismo. Una expresión alemana resume su estilo retórico: *in sich selbst sprechen* (hablar hacia sí mismo). Ese tono tentativo, ajeno a las imposiciones, es el del buen ensayista.

Las piezas reunidas en este libro siguen las cambiantes corazonadas de quien lee por gusto. Sin embargo, la ruta no podía cumplirse sin complicidades. Buena parte de los ensayos fueron sugeridos por editores interesados en que argumentara mis pasiones de lector. Al final del libro, una «Noticia bibliográfica» da cuenta del origen de los textos y las personas que los hicieron posibles.

En mi anterior libro de ensayos, *Efectos personales*, me concentré en autores del siglo XX. Esta vez el arco de intereses –o su dispersión– es más amplio: va del Renacimiento a autores latinoamericanos esenciales en mi formación (Onetti, Borges, Bioy Casares), con una escala en el siglo XVIII, época de enorme atracción para alguien que fue niño en los años sesenta del siglo XX, cuando la Ilustración se volvió eléctrica y cambió las pelucas por las melenas.

«Itinerarios extraterritoriales» y «La víctima salvada: *El entenado* de Juan José Saer» pueden ser vistos como una prolongación de «Iguanas y dinosaurios: América Latina como utopía del atraso», incluido en *Efectos personales*.

En «El rey duerme: crónica hacia *Hamlet*», me detengo en la excepcional traducción de Tomás Segovia, de la que proviene el título de este libro. Después de años dedicados a la poesía y la traducción, Segovia se preparó para llegar al momento célebre en que el indeciso príncipe danés dice: «Ser o no ser». Otras traducciones ofrecían una solución forzada para las siguientes palabras del monólogo: «He ahí el dilema» o «Esa es la cuestión». Segovia encontró una variante de perturbadora sencillez, como si el original hubiera sido escrito en nuestra lengua: «De eso se trata».

Ensayar es una forma de ejercer la traducción, un intento de volver próximo lo ajeno, buscar que autores de épocas y territorios distantes dispongan de una lengua y una moneda común. Sería excesivo decir que en este libro los convidados llegan a casa. Están en tránsito, en una pensión provisional, pero a suficiente cercanía para advertirles detalles.

Un viaje tiene sentido por la emoción cómplice que cristaliza cuando alguien comenta lo que ve. Ensayar: leer en compañía.

De eso se trata.

JUAN VILLORO
Ciudad de México, abril de 2008

I. Shakespeare, Cervantes

EL REY DUERME
CRÓNICA HACIA *HAMLET*

A fines de 1993 concluí en la UNAM un curso sobre «la idea de la Historia en la novela mexicana», dedicado a explorar las tensiones que la narrativa establece con los hechos. El siguiente semestre daría el mismo curso en la Universidad de Yale. Una engañosa euforia dominaba México en diciembre de 1993. El tratado de libre comercio con Estados Unidos y Canadá entraría en vigor el 1 de enero. Para muchos, así se anunciaba el ingreso al anhelado «primer mundo». Mi viaje a Yale tenía que ver con esa circunstancia: el presidente de la universidad se sorprendió de que no hubiera una cátedra sobre un país que influía cada vez más en la vida cotidiana de Estados Unidos y sugirió que se impartieran dos semestres de literatura mexicana. Margo Glantz se hizo cargo del primero y yo del segundo. ¿Terminaba la época de los «espaldas mojadas» que trabajaban ilegalmente en los campos de algodón para pasar a los «cerebros mojados» que disertarían en las universidades? Estábamos ante otro espejismo de la relación entre México y Estados Unidos. La realidad era distinta: mientras las botellas de champaña se enfriaban en Palacio Nacional para celebrar el tratado de libre comercio, los indios chiapanecos aguardaban que terminara la misa de gallo del 31 de diciembre para iniciar su rebelión.

Antes de que eso sucediera, me despedí de mis alumnos en la Facultad de Filosofía y Letras. Caminaba por el campus rumbo a mi coche cuando fui alcanzado por una alumna. Sobrevino uno de esos encuentros entre quienes solo se han visto en un salón de clases y carecen de toda familiaridad. Ella quería decirme algo que no me dijo, y comentó que acababa de entrar a terapia. Me sentí incómodo y halagado: todo maestro sacrifica la claridad expositiva a cambio de lograr la confusión emocional de sus alumnos. Para mostrar que no había sido indiferente al curso, la chica me regaló un cuaderno de tapas ranuradas, color vino, con hojas amarillas, lo cual sugería que venía de Estados Unidos, donde los borradores se escriben en papel estridente.

Conservé el cuaderno como un talismán de las relaciones no siempre explicables entre maestro y alumno. Al llegar a Yale supe que Harold Bloom impartiría un seminario sobre «la originalidad en Shakespeare». Durante un semestre asistí al salón 203 y usé el cuaderno para anotar las contundentes opiniones de Bloom con una letra mucho más pequeña y diáfana que la habitual en mí, como si el dramático profesor lograra el efecto pedagógico de producir actas de amanuense.

Bloom llegaba al salón media hora antes de que se iniciara la clase. Los alumnos inscritos se sentaban en torno a una mesa de roble, de unos veinte asientos. Los oyentes nos sentábamos en un círculo externo, las espaldas apoyadas en la pared de madera. El profesor parecía dedicar el tiempo de espera a despeinarse. Su pelo blanco tenía el desorden de quien acaba de pasar por una tormenta de nieve.

Nueva Inglaterra atravesaba uno de sus peores inviernos. Con voz jadeante, Bloom comentó en la primera sesión que odiaba «negociar» su camino entre la nieve; se sentía en peligro de caer de espaldas sin poderse levantar, al modo de Humpty Dumpty. Su cuerpo rubicundo era, en efecto, el de un huevo académico, y su voz, la de alguien inmensamente cansado. Estaba lejos de ser un proyecto anciano, pero tenía los tics del sabio venerable. Al estilo del doctor Johnson, le decía «child» a cada uno de sus alumnos, y asumía el aire de un profeta que predica en soledad. Detestaba la inflación teórica que se apartaba de los detallados artificios verbales y la personalidad de los personajes para buscar virtudes políticas o estructuralistas:

–Si quieren un Shakespeare francés, este no es el curso. Por otra parte, si ya estudiaron conmigo y no les puse buena nota, les recomiendo que se vayan. ¿Para qué repetir el encuentro con el monstruo?

A pesar de la advertencia, las treinta personas que estábamos en el salón en la primera clase llegamos al final con pocas bajas.

Según su declaración de intenciones, Bloom no pretendía monopolizar el magisterio sino discutir en clave socrática. No se trataba de una cátedra sino de un seminario. Sin embargo, compartíamos un acuerdo tácito: lo interesante era oírlo a él. Bloom hablaba con el fervor de quien encabeza una cruzada. Estábamos ahí para defender el misterioso núcleo de Occidente y oponernos al rapto de los franceses, devoradores de ranas dispuestos a llevar al poeta a la gaseosa esfera de la sobreinterpretación. Lo que ocurría en el salón 203 no era un seminario sino un exaltado acto de bardolatría. El curso partía del siguiente presupuesto: Shakespeare configuró, como ningún otro, la noción que tenemos del individuo; por lo tanto, nada resulta tan difícil como desentrañar su originalidad, desandar el camino de la cultura hasta la hora incierta en que esas palabras surgieron por primera vez, desconcertantes y duraderas.

El enfoque derivaba del planteamiento agonista expuesto por Bloom en *La angustia de las influencias*: en su lucha por una voz propia, todo autor se opone a la tradición; de este modo la prolonga en forma crítica e «influye» en sus antecesores (la *Divina Comedia* permite una lectura dantesca de Virgilio).

¿En qué medida un mundo shakespeareano puede entender la singularidad de su creador? El desafío roza la teología. Después de indagar al posible autor de la Biblia en *El libro de J*, Bloom leía a Shakespeare como autor de textos casi sagrados.

Su tendencia –a veces homérica, a veces meramente deportiva– a ver la literatura como una liga donde todos luchan entre sí y siempre gana Shakespeare, representa un insólito caso de pasión literaria. En enero de 1994, Bloom escribía *Shakespeare. La invención de lo humano*. El seminario le servía de laboratorio para estudiar, muy en su estilo, a los protagonistas literarios como personas capaces de decidir su destino al margen de su autor. Después de revisar los versos, la puntuación, los ecos de otros escritores y la estructura de la trama, Bloom llevaba a los personajes a su rincón favorito, la sala de interrogación de los sospechosos comunes:

–Hay quienes me critican por tratar a Yago o Julieta como personas. Para mí tienen más realidad que la gente que conozco.

De acuerdo con Bloom, Shakespeare decidió el comportamiento del individuo, incluso el de quienes no lo han leído; de ahí el vasto título de *La invención de lo humano*. Un ejemplo: la expresión «to fall in love» se consolida gracias a *Romeo y Julieta*. La obra fija un uso idiomático y permite entender el amor como caída, la zona de fragilidad donde alguien, voluntariamente debilitado, *desciende* hacia el otro. Bloom, que detestaba la reducción psicoanalítica de entender a Shakespeare según Freud, aprobaba la lectura del mundo según Shakespeare.

El seminario dependía de la teatralidad. Nunca vimos al maestro leer un fragmento de las tragedias. Las citas llegaban de memoria. Bloom cerraba los ojos, agitaba la cabeza como si las palabras convocadas fueran un dolor y recitaba largas tiradas con voz tonante. No concedía distintas entonaciones a los personajes: la urdimbre de palabras formaba un continuo. Al final, el recitador lucía extenuado, recién salido de un trance.

A veces, sus apasionadas intervenciones desembocaban en una pregunta a los alumnos. Nunca se trataba de algo que ameritara estudios. Le interesaba vincular el texto con la vida privada de sus testigos, mostrar que Shakespeare era capaz de leer su intimidad:

—¿Qué sintieron después de su primer fracaso amoroso? ¿Sabían ya que estaban condenados a volverse a enamorar?

Estas preguntas, dignas de un psicólogo que habla en la radio, convertían al clásico en árbitro de los problemas de los jóvenes sentados a la mesa. Ninguno de ellos podía competir en erudición con Bloom, pero todos tenían sentimientos que oponer al texto. En esta zona de terapia, el profeta volvía a hablar pestes de Freud y de lo mucho que le había robado a Shakespeare.

Las intervenciones provocaban dos situaciones típicas. La primera y más frecuente: un alumno que parecía haberse desvelado durante tres días para preparar la clase hacía un comentario y recibía esta respuesta de afectuosa melancolía: «Ay, hijo, me temo que estás brillantemente equivocado». La segunda: una hermosa alumna decía alguna alegre banalidad. «Pero qué sagaz de tu parte» (*how shrewd of you*), opinaba el maestro. Shakespeare había inventado lo humano y en ese momento nadie lo representaba mejor que Bloom. El eros pedagógico se apoderaba con parcialidad de las discusiones.

La respuesta más extraña al espectacular protagonismo de Bloom eran los alumnos con gorra de beisbolista dormidos sobre la mesa. Bloom continuaba, imperturbable, acaso recordando un tema favorito de Shakespeare: la desgracia que cae sobre un rey dormido. Ajeno al curso, el inocente beisbolista labraba en sueños su desgracia.

UN HALLAZGO

En ese invierno plagado de tormentas cometí el error de intentar una actividad que debería estar prohibida para culturas sin un dios de la nieve: aproveché las vacaciones de medio semestre para esquiar y fracturarme el tobillo. Volví al curso de Bloom en muletas.

Mientras tanto, mi país se sumió en una tragedia shakespeareana. Luis Donaldo Colosio, candidato del PRI a la presidencia, fue asesinado. El sistema político instaurado desde 1929 se tambaleaba en un drama de intrigas, venganzas, lealtades inciertas.

Mi vida en Yale se revistió de una condición espectral. Subía en muletas al *handicap bus* y me dirigía a la universidad a hablar sobre la Historia interrogada por la ficción y a oír las interpretaciones de Bloom sobre la dramaturgia del poder y el asesinato. La cubierta color vino de mi cuaderno parecía aludir a los excesos que tanto disfrutaba el Shakespeare de *Tito Andrónico* y a las noticias que llegaban de mi país.

Vi en Nueva York una notable puesta en escena de *Tierra de nadie*, de Harold Pinter, donde se me grabó la frase «el tema es el invierno». Una mañana, el *New York Times* publicó en su portada una foto de Manhattan con una leyenda alusiva a la canción que Sinatra volvió famosa: «La ciudad que nunca duerme está congelada».

En aquellos días de nieve y zozobra, el curso de Bloom llegó a *Hamlet*. Anoté en mi cuaderno observaciones que me parecieron esenciales (dictadas por la espontaneidad, el profesor no siempre las incorporó en *La invención de lo humano*). Sin embargo, al regresar a México me olvidé de las anotaciones y durante trece años no tuve noticia de ellas.

Una mañana mi madre me habló para pedirme que fuera a su casa por papeles que le estorbaban. Ella asimila los saldos de la accidentada vida de sus hijos con resignación de bazar y solo exige que nos llevemos algo cuando una contingencia obliga a abrir un hueco. Así fue como recuperé el cuaderno color vino. Abrirlo fue escuchar el torrencial énfasis de Bloom. Acababa de leer *La invención de lo humano* y me pareció que las notas servían de apostillas a esa obra capital:

«Samuel Johnson dijo que, a pesar de su acabada perfección, *Julio César* lo dejaba algo frío. En cierta forma esto se debe a la debilidad del protagonista. Shakespeare titula a su obra *Julio César* más por convención –por acatar la norma de señalar al personaje de mayor rango– que por el papel que desempeña en el reparto. Bruto resulta más interesante. Es un estoico. El estoicismo tiene la fuerza de una religión secular que busca separar la razón de la pasión. Es un claro antecedente de Hamlet. A diferencia de Bruto, Marco Antonio es una figura pasional, epicúrea. Sus afectos son sinceros pero los explota en forma retórica. Desde un punto de vista práctico y aun poético, está en desventaja ante Bruto, pues habla siempre desde la emoción. Con todo, es el personaje que más conmueve.»

«En la escena del asesinato, Shakespeare se aparta de lo escrito por Plutarco: Bruto no hiere a César en los genitales y pide a los testigos que se unten la sangre de César, un gesto casi sacramental, que aparta a Bruto del estoicismo.»

«Bruto no siente la menor culpa. Se considera por encima de todos, incluso de sus enemigos; por ello dejaba frío al doctor Johnson. La tragedia de Bruto ocurre a expensas de su propio personaje, incapaz de arrepentirse, incapaz de sentir: propone matar sin carnicería, el asesinato es para él un recurso técnico necesario. En su discurso fúnebre llora porque dice que César lo amaba a él, lo cual revela un notable egocentrismo. En cambio, Marco Antonio pondera a César por su legado en una admirable estrofa compuesta con monosílabos: "But here I am to speak what I do know". Bruto no es modificado por la obra, a diferencia del mercurial Hamlet. Y no solo eso: toda su actitud es una oposición al cambio. No quiere que César cambie, no quiere que Roma cambie. Se juzga perfecto en su deseo de inmovilidad. Nos sorprendería mucho que sonriera.»

«En términos contemporáneos, la obra es una reflexión sobre la eficacia de los afectos. La trama le pertenece a Bruto, pero el discurso de Marco Antonio gana la partida de los afectos.»

«Uno de los aspectos más fascinantes de Bruto es que sus grandes momentos literarios mejoran al ser sacados de contexto. La gente se queja de que repitan sus frases fuera del ámbito en que fueron dichas, ¡pero la cita no es otra cosa que la supresión del contexto!»

«Tradicionalmente, la crítica ha considerado al personaje de Hamlet una prolongación de Bruto, algo bastante asombroso, dadas las inmensas cualidades intelectuales de Hamlet. La objetiva astucia de Bruto es mucho menos compleja que el nihilismo de Hamlet.»

«Para el príncipe danés, los propósitos son un fruto que madura por sí mismo; la acción exterior influye poco en ellos. Cuando el fruto cae, sigue siendo propósito, no se transforma en acción. No podemos cumplir nuestro cometido hasta el fin sin enloquecer. Nietzsche deriva de esta reflexión.»

«El Renacimiento asume al hombre como una personalidad determinada por el destino. Para Hamlet, el carácter es independiente de la voluntad. Wittgenstein veía esta oposición como una reflexión sobre el lenguaje; en realidad, es una reflexión sobre el conocimiento.»

En *La invención de lo humano*, Hamlet es descrito en estos términos: «Una conciencia tan ambivalente y dividida como puede soportarla un drama coherente». Al respecto, conviene recordar la opinión de Polonio: la locura de Hamlet tiene método. Shakespeare escribió la tragedia hacia 1601 o 1602, cuando tenía treinta y ocho años. Se inspiró en el *Amleth* de Belleforest, que trata de un mago, no de un filósofo. Posiblemente también se dejó influir por un drama previo que se ha perdido y que Bloom considera una obra de juventud del propio Shakespeare. James Joyce asoció a Hamlet con Hamnet, el hijo de Shakespeare muerto a los once años, en 1596. La obra revierte la tragedia filial: el hijo sufre la inesperada muerte del padre.

Como Fausto y Lutero, Hamlet estudió en la Universidad de Wittenberg, centro del saber abierto a las tentaciones del diablo. En su novela *Doktor Faustus*, Thomas Mann combina las vacilaciones de Hamlet con el pacto fáustico: el dilema entre el bien y el mal es una lucha entre la reflexión y la acción. El diablo es el instinto.

El comentarista de *Hamlet* corre el riesgo de comportarse como un descarriado alumno de Wittenberg que confunde la interpretación con el ciego impulso de comunicarla, el juicio con la acción. Este texto deriva del deseo de transmitir los apuntes de Bloom, complementarios de su libro, y del inesperado encuentro con una nueva versión del clásico.

En 2002, la editorial Norma publicó la traducción de *Hamlet* de Tomás Segovia, en la serie «Shakespeare por escritores», coordinada por Marcelo Cohen. Aunque decenas de traducciones lo facultaban para verter a Shakespeare al español, Segovia quiso prepararse con las 862 páginas de *La invención de lo humano*. Ese dilatado boxeo de sombra lo llevó a un combate decisivo.

Segovia ha sido un poeta, ensayista y traductor muy admirado por mi generación. La noticia de su *Hamlet* alcanzó pronto el prestigio del rumor. Gonzalo Celorio aumentó mi curiosidad al comentar un detalle de la traducción:

–¿Sabes qué solución encontró para el famoso monólogo? En vez de repetir las expresiones habituales («he ahí el dilema» o «esa es la cuestión», que suenan forzadas), Tomás tradujo: «De eso se trata».

La frase llegó como una revelación. Shakespeare en el lenguaje de Berceo o, de manera más significativa, en el de nosotros mismos. Me propuse conseguir la edición de Norma, pero tuve mala suerte y fui víctima de mi sistema de supersticiones. Desde que empecé a leer por gusto, considero que los libros se ocultan a los indignos y se presentan en forma inusual ante quienes los merecen. Esta creencia me ha ayudado a sobrellevar las magras librerías mexicanas.

Aproveché una visita a la Feria del Libro de Bogotá para ir al stand de Norma. *Hamlet* no estaba ahí ni en ninguna de las librerías a las que fui en la ciudad. Al año siguiente repetí la operación en los mismos sitios, con idénticos resultados. Le pedí a amigos bogotanos que me consiguieran un ejemplar, pero no pudieron hacerlo. Desesperado, acudí al propio Tomás Segovia, quien me dijo: «Ese libro no se consigue. Solo tengo el mío». Aunque la piratería se justificaba en ese caso, no me atreví a pedirle su ejemplar para fotocopiarlo. De acuerdo con mi código esotérico, pensé que ese libro no era para mí.

Una mañana de 2005 caminaba por Cartagena de Indias cuando di con una librería. Antes de entrar sentí el pálpito de lo improbable. Por estar lejos de los circuitos habituales, era posible que, en caso de haber llegado ahí, *Hamlet* siguiera en un estante. Así fue.

Pude leer al fin una versión cuyos logros resulta difícil sobrepasar, pues pone en juego los más ricos recursos del español para mostrar lo que Shakespeare podría haber escrito en nuestro idioma. Al mismo tiempo, como propone Benjamin en su ensayo sobre la traducción, permite que se advierta la presencia de una lengua previa y la forma en que influye –alertándola y desafiándola– en la lengua de llegada. El acto de transfiguración se basa en lo que Segovia llama «métrica sumergida», la respiración habitual del lenguaje. Los pies de verso de Shakespeare adquieren en la traducción la ligereza, afín a nuestro oído, de los de Fray Luis de León o Ramón López Velarde. Detrás de ese recurso está la «astucia musical» de Petrarca, largamente asimilada por los poetas de lengua castellana: el endecasílabo seguido de un heptasílabo que suena como un endecasílabo a medias o trunco. Segovia se apoya en este fluido sistema para encontrar una acentuación equivalente entre el inglés de Shakespeare y su español sin forzar el sentido de los versos. El resultado es prodigioso:

> Ser o no ser, de eso se trata:
> Si para nuestro espíritu es más noble sufrir
> Las pedradas y dardos de la atroz Fortuna
> O levantarse en armas contra un mar de aflicciones
> Y oponiéndose a ellas darles fin.
> Morir para dormir; no más; ¿y con dormirnos
> Decir que damos fin a la congoja
> Y a los mil choques naturales
> De que la carne es heredera?
> Es la consumación
> Que habría que anhelar devotamente:
> Morir para dormir. Dormir, soñar acaso;
> Sí, ahí está el tropiezo: que en ese sueño de la muerte
> Qué sueños puedan visitarnos
> Cuando ya hayamos desechado

El tráfago mortal,
Tiene que darnos que pensar.
Esta es la reflexión que hace
Que la calamidad tenga tan larga vida:
Pues, ¿quién soportaría los azotes
Y escarnios de los tiempos, el daño del tirano,
El desprecio del fatuo, las angustias
Del amor despechado, las largas de la Ley,
La insolencia de aquel que posee el poder
Y las pullas que el mérito paciente
Recibe del indigno, cuando él mismo podría
Dirimir ese pleito con un simple punzón?
¿Quién querría cargar con fardos,
Rezongar y sudar en una vida fatigosa,
Si no es porque algo teme tras la muerte?
Esa región no descubierta
De cuyos límites ningún viajero
Retorna nunca, desconcierta
Nuestro albedrío, y nos inclina
A soportar los males que tenemos
Antes que abalanzarnos a otros que no sabemos.
De esta manera la conciencia
Hace de todos nosotros cobardes,
Y así el matiz nativo de la resolución
Se opaca con el pálido reflejo del pensar,
Y empresas de gran miga y mucho momento
Por tal motivo tuercen sus caudales
Y dejan de llamarse acciones.

Cuesta trabajo pensar que los versos fueron concebidos en una lengua distante. Por otra parte, sin el texto en inglés no se habrían obtenido esos resultados.

Segovia incluye expresiones habituales para la generación de españoles que llegaron a México con la guerra civil («las *largas* de la Ley», «empresas de gran *miga*»); en este sentido, su versión no es indiferente al idioma de su momento, pero se sitúa en la zona intermedia donde la traducción rinde sus mejores frutos: ni esclava de un mimetismo arcaico ni deseosa de seguir los dictados del presente. El resultado es la ilusión de un idioma: las palabras que le convienen a un clásico que no existió en nuestra lengua.

Al traducir de nuevo una obra de la que existen numerosas versiones previas, Segovia enfrenta las prenociones del lector. La sentencia «el perro tendrá su hora», que dio lugar al título original de *Para esta noche*, de Onetti, es vertida como «irá a lo suyo el perro». La solución, en modo alguno incorrecta, sorprende a quienes aguardaban la frase conocida. Lo mismo ocurre con «algo podrido hay en el reino de Dinamarca», alejandrino con que Segovia sustituye el habitual «algo huele a podrido en Dinamarca». En este caso, la métrica decide la variante. Segovia parece haber querido alterar otras expresiones que ya son lugares comunes de la cultura. En su traducción de *La invención de lo humano*, las últimas palabras de *Hamlet* son «el resto es silencio». En su versión de la pieza dramática, regresa a las habituales «lo demás es silencio», que en nuestra tradición dio título al libro de Augusto Monterroso. Las variantes de Segovia están animadas por el deseo de ajustarse a la versificación que se ha impuesto y al sentido natural de la lengua. Su cambio decisivo deriva de pasar de una célebre frase forzada, *traducida* («he ahí el dilema»), a la lógica interna del idioma: «de eso se trata».

Como expresó Benjamin, la traducción roza el misterio. Acaso el mayor hallazgo de un traductor consista en crear la sensación de que es el idioma y no un caprichoso artífice quien encuentra las soluciones. La voz que recibe el texto sumerge su tono personal y arroja un resplandor lejano, similar al que tiñe el horizonte cuando el sol ya se ha alejado. Esa modesta luz sugiere que el idioma brilla por su cuenta.

Más allá de los hallazgos de adjetivación («vencido júbilo», «pervertida prisa»), la traducción de Segovia cifra su suerte en los momentos en que la nítida superficie de la lengua permite ver la hondura del pensamiento: «Es una costumbre que se honra más / Rompiéndola que respetándola», «La mano poco usada tiene la sensibilidad más delicada», «El poder de la belleza transformará a la honestidad, de lo que es, en una alcahueta, antes que la fuerza de la honestidad pueda transformar a la belleza a semejanza suya». Pocas cosas afectan tanto como una pésima noticia comunicada con buen ritmo. Habla el Espectro:

Has de saber que la serpiente
Que en efecto mordió la vida de tu padre
Hoy lleva su corona.

El *Hamlet* traducido por Tomás Segovia es, por ahora, una obra maestra casi secreta. No se ha puesto en escena ni cuenta con los lectores que debería tener.

Revisar la traducción me llevó en forma extraña al alzamiento zapatista. Cinco días después de que Marcos y los suyos se levantaran en armas, salí rumbo a la Universidad de Yale. Como he dicho, mi estancia estuvo marcada por las vacilantes noticias que llegaban de México.

Un año después, en marzo de 1995, me hice cargo de «La Jornada Semanal», suplemento cultural del periódico *La Jornada*. El director anterior, Roger Bartra, le había ofrecido una columna a Tomás Segovia. Naturalmente, me pareció imprescindible que siguiera con nosotros. Segovia sostenía una correspondencia imaginaria con un alter ego (Matías Vegoso) en la que discurría sobre ética, política, el lugar del intelectual en la sociedad contemporánea. Uno de sus lectores más asiduos era el propio Marcos.

Pasados unos meses, la columna se sumió en una fase de incertidumbre. Tomás vivía entonces en un pequeño pueblo de España y mandaba sus colaboraciones por correo o a través de mensajeros que no siempre cumplían su cometido. Esto nos llevaba a publicar la columna en desorden y en ocasiones a prescindir de ella. Como se trataba de cartas cruzadas entre dos corresponsales, se producían lagunas de sentido. Dada su lejanía, propuse a Segovia que escribiera una columna sobre métrica. Alejandro Rossi me había aconsejado al respecto: «Nadie sabe más de eso que Tomás, y los jóvenes necesitan conocer el valor de la métrica, no solo por razones formales, sino como una forma de razonamiento e incluso de ética». Mi propuesta no le gustó nada al poeta. Él quería hablar de temas significativos para la hora mexicana.

Ante su traducción experimenté los múltiples cruces de realidades de una obra cuyo sentido se mantiene abierto. En su *Hamlet*, Segovia revela la eficacia de la métrica para que una lección política llegue sin trabas a nosotros. El dilema entre la voluntad y la conciencia, los mecanismos de la usurpación y la venganza, la economía de las lealtades y la sombra de la traición encuentran acabado desarrollo en esta espléndida rendición de Shakespeare.

EL SUEÑO DE UNA SOMBRA

Cuando Billy Wilder vio por primera vez *Hamlet*, exclamó: «¡Esta obra está llena de citas!». El conocimiento del drama es anterior a su lectura. Se diría que el edificio de la interpretación está completo. Coloquemos, pese a todo, otro ladrillo en la pared.

Hamlet habita un mundo donde el honor violado reclama venganza por cuchillo. Sin embargo, al enterarse del asesinato de su padre, se paraliza. No solo se opone a la impulsividad irreflexiva; desconfía del sentido mismo de los actos. Caso extremo de introspección, hace pensar en el verso de José Gorostiza en *Muerte sin fin*: «Inteligencia, soledad en llamas». Su amigo y confidente Horacio no puede romper el aislamiento en el que se consume a fuerza de pensar. Hamlet debe decidir todo por sí mismo, no tiene otro tribunal que su conciencia; su duda representa de manera simultánea el poderío y la tragedia de la razón, enemiga de la voluntad resolutiva.

Al no aceptar otro recurso que su propio rigor, Hamlet no puede echar mano de excusas religiosas o ideológicas. Al respecto, comenta Auden: «Hamlet carece de fe en Dios y en sí mismo. Consecuentemente, tiene que definir su existencia en términos de otros; por ejemplo, yo soy el hombre cuya madre se casó con el tío que asesinó a su padre. Quisiera convertirse en lo que es el héroe trágico griego, una criatura de situación. De ahí su incapacidad de actuar, porque solo puede "actuar", es decir, jugar con las posibilidades». Nada más apropiado que esta exploratoria aproximación a las acciones se exprese en una obra de teatro.

El espectro del rey clama venganza desde el más allá. La obra gira en torno a ese propósito. Sin embargo, la obligación de vengar al padre conforme a las exigencias de su rango se ve impedida por la conciencia.

Hamlet cree al fantasma, pero la verdad tiene un valor paralizante: saber no garantiza una reacción. Hamlet busca que el propio villano se delate. Para ello se sirve de una obra de teatro. El hijo convocado a la acción por un fantasma se transforma en dramaturgo:

La comedia es el medio que me trazo
Para tender al alma del monarca un lazo.

Un apunte del seminario de Bloom: «Shakespeare es bastante peculiar en su trato con los fantasmas. En *Hamlet*, la primera aparición es vista por todos, pero más tarde el fantasma solo es visto por el protagonista». ¿Hay lógica en esto?

El 5 de junio de 1767, Lessing escribe en su bitácora como encargado de la dramaturgia del teatro de Hamburgo que ya no es posible confiar en el efecto de los espíritus en escena. Hasta unos años antes se podía hacer creer al auditorio que el rostro demacrado que comparecía en las tablas no era el de un actor sino el de un auténtico aparecido. El público del Siglo de las Luces es más racional y el dramaturgo se ve desafiado a servirse del fantasma no como un «efecto especial», sino como un personaje incorpóreo que resulte verosímil. De acuerdo con Lessing, la fórmula para lograrlo ya había sido trazada en *Hamlet*.

En un principio, el fantasma del rey es visto por todos porque necesita que los guardias avisen a Hamlet que se encontraron con su padre (no habla con ellos, su único mensaje es su apariencia). Después, necesita estar a solas con su hijo, confiarle una misión secreta, heredar su destino, delegar la obra en un autor. No es casual que Shakespeare decidiera representar el papel del fantasma en *Hamlet*. El impulso de la dramaturgia y la designación del protagonista como autor sustituto provienen de esa figura: como en la sentencia de Píndaro, los hombres serán el sueño de una sombra.

Una nota del cuaderno se refiere a la misión teatral del fantasma: «El rey no aparece ante su hijo con las ropas con las que fue enterrado, sino vestido de guerrero». Se trata, como quería Lessing, de un espíritu *puesto en escena*; no debe ser juzgado por su aspecto sino por sus parlamentos. De manera fulminante, Bloom comenta en *La invención de lo humano*: «Todo en la obra depende de la respuesta de Hamlet al Espectro».

Philip Fisher, de la Universidad de Harvard, ha vuelto a *Hamlet* desde el tribunal de las pasiones. Su ensayo «Thinking About Killing: *Hamlet* and the Paths Among the Passions», incluido por Susan Sontag en su recopilación de los mejores ensayos publicados en Estados Unidos en 1992, es una aguda exploración del papel cultural de los afectos en la pieza de Shakespeare.

Fisher concede una importancia decisiva al hecho de que el rey haya sido asesinado con veneno: «El mundo del veneno opera en secreto y con hipocresía, [algo] antitético al gran drama público de la venganza». Se trata de un crimen perfecto, que confirma la ruin mente del asesino. Al mismo tiempo, este abuso excesivo otorga licencia moral a la víctima para regresar como fantasma y denunciar los hechos.

El rey le pide a su hijo que jure venganza por su espada; sin embargo, las muertes dependerán menos de las armas que de los parlamentos: Hamlet reproduce las circunstancias del crimen de su padre en una obra de teatro para ver la reacción del usurpador. También él coloca veneno en el oído, pero el suyo está hecho de palabras.

De acuerdo con Fisher, Hamlet se comporta con indiferencia ante la matanza que ocasiona porque su ánimo es atravesado por un dolor superior. Actúa como Aquiles después de la muerte de Patroclo: un agravio fundacional justifica su fría crueldad posterior. Así, Hamlet sería shakespeareano en el arranque y el desenlace de la obra, y homérico en las muertes intermedias. Esta lectura permite estudiar la forma en que el duelo por la muerte del padre se transforma en una venganza desprovista de culpa: el hijo actúa como no tuvo derecho a hacerlo el padre.

Fisher ilumina la intrincada red de sentimientos que determina la obra, pero deja fuera el enigma de la razón, decisivo en la configuración de Hamlet. A mi modo de ver, las disquisiciones del protagonista son un obstáculo tanto para pasar al acontecer como para sentir afectos. Pessoa resumió en un verso el sentimiento debilitado por la lucidez: «Lo que en mí siente está pensando». La inteligencia mitiga la emoción al razonarla. A diferencia de Aquiles, Hamlet no busca trascender un dolor por medio de la acción; busca superar su perplejidad ante lo que no supo interpretar a tiempo. ¿Cómo aceptar que no sospechara lo ocurrido? No es solo la justicia lo que está en juego, sino la capacidad de entendimiento. El dolor proviene de los límites de la conciencia.

Para el trágico príncipe de Dinamarca, la concepción de Gramsci del temple revolucionario («optimismo de la voluntad, pesimismo de la inteligencia») se cumple solo en su segundo aspecto. En este sentido, tampoco se sentiría cómodo con otra formulación gramsciana: «La verdad es siempre revolucionaria». El conocimiento no garantiza acción. Hamlet busca situaciones exteriores que conduzcan a la venganza. Su método es manipulación de circunstancias: dramaturgia. Se finge loco y cuando le preguntan qué lee contesta con mansa literalidad: «Palabras, palabras, palabras». Ese inofensivo instrumento será su daga envenenada.

La conducta de Hamlet en modo alguno es admirable. De manera impulsiva acuchilla a Polonio cuando descubre que alguien se oculta tras una cortina. En su único acto como dignatario, crea una estratagema para que mueran Rosencranz y Guilderstern. Su alejamiento de Ofelia propicia que ella enloquezca y se suicide. Estas muertes son para él borradores de la versión definitiva, la muerte del tío. Cuando esta ocurre, Hamlet no solo venga a su padre sino a sí mismo, pues también él ha sido envenenado. Su atribulada mente adquiere, al fin, derecho de reparación.

El padre aparece como fantasma porque fue asesinado mientras dormía. La muerte, país del que no hay retorno, no concede esa visa a todos sus inquilinos.

En el último acto, Hamlet actúa como si ya hubiera muerto y todo en él fuese mecánico. La caída de su alma precede a la de su cuerpo y permite una conducta ya irreflexiva.

Fisher insiste en el abuso adicional sufrido por el rey: murió sin saber que moría. Su tragedia es la del desconocimiento; la de su hijo, primer nihilista de la cultura, es la del conocimiento.

DEL CUADERNO

«La estructura de *Hamlet* es la de la típica tragedia de venganza del periodo isabelino. Lo singular, en este caso, es que el protagonista es la persona menos indicada para llevar a cabo la venganza. Ni siquiera se comporta con una dignidad particular. Ningún personaje masculino creado por Shakespeare actúa como el indiferente Hamlet ante Ofelia.»

«En los Evangelios la figura carismática es portadora de un don. "*Caris*" significa "gracia", "regalo". La máxima influencia de Shakespeare es la Biblia de Ginebra. Max Weber llevó el término a la sociología para referirse a la "dominación carismática". Tanto en la religión como en la arena pública, se trata de figuras con un aura sobrehumana, una virtud trascendente o secular. Hamlet es la figura más carismática de Shakespeare, pero su carisma es intelectual, un don de la conciencia.»

«En una obra que depende tanto del protagonista, Horacio resulta decisivo como figura de contraste. Su presencia es un enigma, pues no tiene rango en la corte de Elsinore ni cumple funciones precisas en la trama. Tampoco se sabe por qué conoció a Hamlet en Wittenberg. Hamlet lo elogia de un modo declamatorio como si estuviera ante un estoico (de ahí el nombre romano y las alusiones a Julio César), pero Horacio no hace gran cosa por merecer los elogios. En cierta forma, el amigo sirve para acentuar la condición deliberadamente teatral de una obra donde se reflexiona sobre los comediantes, la manera en que actúan en Londres, la "guerra de los teatros" (protagonizada por Jonson y Shakespeare). El príncipe se dirige a su amigo como si fuera el público. Esto explica que su papel sea a un tiempo decisivo y poco funcional en términos argumentales. Cuando trata de suicidarse (deseo que comparte el espectador de la tragedia), Hamlet le pide que se salve para contar la historia: el autor dialoga con su público.»

En *El canon occidental*, Bloom se asignó el don carismático de decidir la posteridad de la literatura. Al centro del canon ubicó a Shakespeare. Este desmesurado *hit parade* de la palabra reactivó la circulación de la literatura, pero trajo escasas novedades de interpretación. El gesto ampuloso de juzgar la totalidad de lo escrito fue más significativo que los juicios mismos. Acaso influido por el tono y el éxito mediático del libro anterior, *La invención de lo humano* reflexiona sobre la importancia que Shakespeare confería al público y contrapone a sus más populares criaturas, Hamlet y Falstaff (con el que Bloom se identifica): «El advenimiento de

Falstaff (bajo su nombre original, Oldcastle) en 1598 fue asistido por dos ediciones en cuarto, con reimpresiones en 1599, 1604, 1608, 1613 y 1622, y dos ediciones en cuarto más siguieron al primer folio, en 1623 y 1639. Hamlet, único rival de Falstaff en popularidad contemporánea, sostuvo dos ediciones en cuarto en los dos años siguientes a su estreno en el escenario. La cuestión es que Shakespeare sabía que *tenía* lectores tempranos, menos numerosos de lejos que su público escénico, pero algo más que solo unos pocos escogidos».

El pasaje está destinado a mostrar que Shakespeare se concebía como un autor con lectores y no solo como un *entertainer*. Sin embargo, es posible hallar en él una subtrama: Bloom insiste en la importancia capital de Falstaff, que desde un principio garantizó que Shakespeare tuviera lectores. No es estrafalario suponer que en su declarada intención de asumirse como un Falstaff contemporáneo Bloom se siente responsable de preservar el público de Shakespeare y considera que Falstaff «sorprendió a Shakespeare y escapó del papel que se había planeado originalmente para él; el dramaturgo encontró ahí a su otro yo». Con su tendencia a ver el personaje como persona, advierte: «Rechazar a Falstaff es rechazar a Shakespeare». Identificado a fondo con la libertad intelectual que Falstaff representa, Bloom acude a otra voz para celebrar a «su» personaje, la de Anthony Burgess: «El espíritu falstaffiano es un gran sostén de la civilización [...]. Hay poco de la sustancia de Falstaff en el mundo de ahora, y, a medida que el poder del Estado se ensanche, lo que queda será liquidado». Bloom se considera, como Falstaff, garante de la civilización. Esta apropiación carismática determina el atractivo y a veces disparatado tono proselitista del libro y su afán de construir una alegoría sobre el núcleo cultural de Occidente y la manera de preservarlo.

En sus clases, el profeta no se dirigía al público en general sino al texto mismo, ante unos treinta testigos dominados por la perplejidad, la admiración o el sueño. Algunas notas de su ensayo para convertirse en Falstaff:

«*Hamlet* transcurre a lo largo de cinco semanas. Al principio, Hamlet es estudiante y al final tiene treinta años. Para enfatizar la teatralidad, Shakespeare se deleitaba en anacronismos que desesperaban a Ben Jonson.»

«En los funerales de Julio César, Bruto llora porque la víctima lo amaba a él. En *Hamlet*, es el rey quien le dice a su hijo "puesto que me quieres, véngame", pero él no expresa afecto por su hijo. En Shakespeare el amor rara vez es reversible.»

«Hamlet no habla de manera estable. De pronto se refiere a Dios como "this fellow". Normalmente, Shakespeare se atiene al rango de su personaje: el rey y el mendigo hablan según su condición. Hamlet utiliza un discurso privado, único. No solo parece capaz de escribir la obra que contemplamos sino el repertorio posterior de Shakespeare.»

«El príncipe se conoce a sí mismo a medida que diserta, pero no obtiene hallazgos definitivos. Sus cinco soliloquios plantean que en el centro de la introspección no hay nada; el alma es circundada por un hueco.»

«La disyuntiva entre ser o no ser no se refiere tan solo a la vida o la muerte sino a las vacilaciones del pensamiento. "Mortality is a coil", la condición humana es una cuerda que ata y desata. Lo que frena la voluntad no es la actividad mental, sino la actividad mental bien encaminada. En este sentido, la parálisis de Hamlet no es una forma de la cobardía, sino una posposición inteligente, en espera de que la acción sea ya imparable, ocurra al margen de la voluntad individual y resulte congruente decir: "La presteza lo es todo". Más que ante una tragedia de la sangre, estamos ante una tragedia de la verdad. El protagonista no se limita a buscarla: se convierte en ella. En el acto V, al regresar del mar, parece curado de su melancolía, extrañamente adulto. Sale de su turbulencia (lo que hoy llamaríamos "trauma") y se somete al dictado de la acción. Ha perdido el vínculo privado con su padre (de quien se distancia comparándolo con César y Alejandro); en consecuencia, la venganza puede ser impersonal, una figura del destino.»

«El drama del príncipe consiste en estar atrapado en la temporalidad. Así como el mismo César se convierte en polvo que solo puede dar lugar al lodo con el que se hacen los muros que se oponen al viento, así la actividad humana no es otra cosa que un *memento mori*, el tránsito memorioso de una muerte a otra. A lo largo de su producción, Shakespeare se refiere con insistencia a los "fools of time"; no se refiere a los tontos, sino a las víctimas del tiempo.»

«De algún modo, Hamlet cruza la frontera entre la vida y la

muerte antes de fallecer. A lo largo del acto V se comporta como si ya no estuviera en escena, con seguridad póstuma. El barco que lo trae de vuelta parece ser el de Caronte. Sabe que va a morir y muestra un enorme desapego emocional; sus afectos ya solo pueden ser retrospectivos. En este último tramo no pronuncia ningún monólogo; ha dejado de ponerse en tela de juicio para ser uno con la fatalidad.»

«Shakespeare teatraliza la supervivencia de su protagonista. Todo el acto V está concebido como un "más allá". Una vez que pronuncia las palabras "estoy muerto" el personaje aún vive treinta líneas. En ese lapso dice que si tuviera tiempo confesaría su secreto. *Tiene* tiempo pero no lo hace. Seguramente esto se debe a que el secreto es la muerte, el país del que ningún viajero vuelve y que debe seguir siendo desconocido. Sus últimas palabras son el fin del dramaturgo: "Lo demás es silencio". La ausencia de soliloquios en el quinto acto es una preparación para este acallamiento.»

«De *Hamlet* a *Lear*, Shakespeare trabaja la figura del héroe villano y explora la mente en su exuberancia negativa. Hamlet tiene un contencioso justificado con Claudio, pero es mucho más salvaje y violento que su enemigo.»

«El príncipe muere con lucidez después de haber precipitado a muchos a la desgracia. Su caída y su silencio producen un extraño sentimiento de liberación y alivio. Su funeral sabe a victoria.»

Bloom agitó la cabeza después de esta frase: «La posteridad del "dulce príncipe" se presta más a la emoción que al análisis».

EL OTRO CUADERNO

En su último cuento, «La memoria de Shakespeare», Borges postula la posibilidad de que los recuerdos de un hombre sobrevivan en la mente de otro. En este caso, el protagonista recibe un regalo excesivo, equivalente a ser custodio del océano: albergar la memoria de Shakespeare. Sin embargo, al entrar en contacto con la mente que escribió *La tempestad*, advierte que sus imágenes son comunes y aun insignificantes. Escribir como Shakespeare es una desmesura, *ser* Shakespeare es banal. El delirio de Lear, las intrigas de Yago, la pasión de Julieta, el ingenio de Falstaff y las cavilaciones de Hamlet surgieron de circunstancias tan ordinarias como las de cualquiera. La obra sobrenatural se asienta en terreno precario. Lejos de rebajar el arte, esta paradoja lo encumbra. Es lo que Hamlet expresa ante la calavera del bufón Yorik. El hombre no es sino «polvo quintaesencial».

Ya en el poema «Cosas» Borges había abordado el tema. En su descripción del universo incluye a Shakespeare, pero no se refiere al sonido y la furia de sus dramas, sino a su modesto destino de hombre: «El polvo indescifrable que fue Shakespeare». La frase brinda un eco al monólogo ante la calavera de Yorik y a los versos que Borges admiró en Emily Dickinson: «This quiet dust / Was gentlemen and ladies» («Este callado polvo / Fue damas y caballeros»).

El protagonista de «La memoria de Shakespeare» es habitado por dos tipos de recuerdos, los suyos y los del autor que mora en su interior: «Tengo, aún, dos memorias. La mía personal y la de aquel Shakespeare que parcialmente soy. Mejor dicho, dos memorias me tienen. Hay una zona en que se confunden. Hay una cara de mujer que no sé a qué siglo atribuir». El pasaje transmite el grado de realidad que puede provocar la lectura.

Shakespeare no escribió su nombre con todas las letras que ahora le asignamos, no determinó la puntuación de sus obras ni su extensión definitiva. Tenía conciencia del público y del oficio, y en sus obras reflexionó sin tregua sobre la gloria y sus falsificaciones, pero no pareció concederles excesiva importancia a los parlamentos que compuso con celeridad. En caso de haberse juzgado al modo de Goethe, como un espíritu excepcional, tal vez habría sido más cuidadoso en las situaciones que tomó prestadas y menos liberal en sus cronologías y trasposiciones históricas. En el diario de Bioy Casares sobre Borges, Shakespeare es tratado como un amateur irresponsable. Como todo lo que atañe a un autor de su estatura, el insulto puede ser visto como un elogio peculiar. Shakespeare escribió al margen de su posible estatua, sin vigilarse, movido por el placer y la urgencia, con la misma libertad con que Cervantes abandonó su pretensión de ser un dramaturgo de eminencia para divertirse con el *Quijote*.

Borges percibe una ética de la creación al entregarse con gratuidad a la escritura, al margen del siglo y de espaldas a la ignorada posteridad. Un hombre común deja que el idioma fluya. La normalidad del punto de partida exalta el resultado: los cristales surgen de la arena.

Durante los primeros cuatro meses de 1994, los personajes de Shakespeare tuvieron una consistencia más real para mí que las personas que frecuentaba en una tierra extraña.

La última entrada de mi cuaderno de apuntes dice: «La diferencia básica entre Shakespeare y el mundo clásico debe ser buscada en la Biblia. La idea de que todo o nada puede estar dentro de nosotros es una idea bíblica. Abraham desafía a Dios y le pide que no mate a tanta gente en Sodoma. Se comporta ante él como si tuviera un poder equivalente. Sabe que no es nada y asume la mayor grandeza. Ahí está, en germen, la invención del individuo. Esto no existe en el mundo grecolatino, determinado por los dioses. Para Shakespeare el hombre es el polvo y el universo».

Resulta difícil encontrar a un expositor de voz tan levantada como Bloom. En ocasiones, su impulso de Zeus lo volvía autoparódico. De cualquier forma, aunque sus erupciones fuesen exageradas, revelaban que el fuego seguía activo.

El seminario concluyó en la primavera. Después de los rigores del frío, las plantas que parecían aniquiladas recuperaron su terreno. Yo aún llevaba muletas. Caminaba con esfuerzo entre los jardines, cuando me detuvo una alumna. Dijo cosas vagas y amables sobre el curso que había llevado conmigo, y me regaló un cuaderno.

Como el rey Hamlet, el cuaderno durmió una larga siesta. Volvió a mis manos justo cuando encontré el cuaderno de apuntes. Uno había servido a las leyes del oído. El segundo, como el célebre fantasma, reclamaba otras palabras.

EL *QUIJOTE*, UNA LECTURA FRONTERIZA

La suerte de una literatura depende de la forma en que es leída. Sujetos a las consideraciones de la época, los libros modifican su contenido sin cambiar de forma. El exagerado Pierre Menard escribe otro *Quijote* con idénticas palabras.

Italo Calvino encontró una sencilla definición de clásico: un libro que no cesa y «nunca termina de decir lo que tiene que decir». Sin embargo, habría que precisar, con Borges, que la sostenida irradiación de esas páginas depende de manera fundamental de sus testigos. El tema, por supuesto, proviene del *Quijote* y constituye su núcleo inventivo, la estrella polar de su universo. Cervantes concibe la aventura de un lector radical, incapaz de distinguir la realidad de la fabulación. La lectura patenta el carácter con el que comparecerá en un escenario que es, precisamente, la construcción de un libro.

En el primer tramo de la novela, el forajido Ginés de Pasamonte alardea de que se escriba un libro sobre sus peripecias. «Y ¿está acabado?», le pregunta el Caballero de la Triste Figura. «¿Cómo puede estar acabado, si aún no está acabada mi vida?», responde Ginés. Cervantes muestra a un personaje cuya vida se escribe a medida que sucede, y amplía el juego de espejos: don Quijote discute lo que ya se escribió de él y actúa para seguir siendo escrito.

Nada sabemos de la infancia o la juventud del protagonista. Llega a nosotros como las figuras míticas, con sus atributos finales. Poco importa lo que le pasó antes porque no era así. Emerge transfigurado por su inmersión en la lectura: no distingue dónde terminan los libros y dónde comienzan las áridas tierras de la Mancha.

Una noción de traslado esencial a la imaginación de Cervantes se refiere a la recepción del texto. Los mensajes dependen menos de su configuración que de la forma en que son recibidos. El arte moderno se funda en este desplazamiento en la valoración de la obra. La belleza y sus efectos no son atributos inmanentes de las cosas (como quería el ideal pitagórico); dependen de una apropiación creativa de lo real. En sí mismo, el tema puede ser un objeto desastrado, equívoco y aun repelente. El fulgor negro del arte español (del *Lazarillo* a Goya y al esperpentismo) no se explica sin este esencial viraje en la percepción estética.

Don Quijote ve el mundo como lo ha leído y así subraya que la literatura se determina por su acto final, la interpretación. Por supuesto, está loco de atar y su locura es el motor de la historia; sin embargo, en el centro de ese ciclón de disparates anida un remanso de cordura. La novela despliega toda clase de peripecias provocadas por alucinaciones y por un falso sentido de la consecuencia, pero también las «discretas razones» a las que solo se llega por vía extrema o largo rodeo. La sensatez a contrapelo del Quijote le permite argumentar con buen juicio sobre lo que ha malinterpretado. ¿Hay mejor ejemplo del valor múltiple del texto, la sobreinterpretación, los *misreadings*, la lectura paranoica y la teoría de la recepción que las maneras en que el perturbado caballero combina el rigor y el delirio para leer el mundo?

Desde el prólogo, Cervantes se define como presentador de materiales ajenos. Solo en parte se hace responsable de la obra: se define como su padrastro, notable concepción de la autoría. En la cultura popular, el padrastro suele encarnar los defectos de la autoridad sin sus virtudes compensatorias. Una figura limítrofe, a medio camino entre el deber y el afecto. Así es el autor del *Quijote*; se ha esforzado para conseguir las páginas que pueden leerse en el libro, pero no le corresponden los méritos de la invención. Estamos, pues, ante una obra que guarda autonomía respecto al escritor bajo cuyo nombre se ampara. No se trata del recurso del «manuscrito hallado» ni del anónimo sino de algo más raro, un resultado en parte ajeno y en parte propio, un hijastro.

Cervantes se propone como lector inaugural de la obra: ensambla lo que encuentra. Pero no es indiferente a los hallazgos; también es el primer comentarista del relato. En el párrafo inicial informa que el personaje ya ha sido narrado, incluso con discrepancia («hay alguna diferencia en los autores que deste caso escriben»); un sustrato legendario llega a nosotros de nueva cuenta. En el capítulo IX sobreviene un giro: la versión presente del texto ha sido traducida del árabe; su autor es Cide Hamete Benengeli. Así se establece otra mediación. El «autor» (Cervantes) recopila, arma y, puesto que no sabe árabe, consigue traductores para la obra.

Esto aumenta la deliberada impureza del texto. La historia proviene de un traslado de idiomas. Cervantes, que luchó en Lepanto y cayó preso en Argel, hace que el original provenga de una cultura enemiga. Traducirlo implica cruzar a medias una frontera; es mucho lo que se pierde en el camino. A propósito de las traducciones, comenta don Quijote: «Me parece que el traducir de una lengua en otra, como no sea de las reinas de las lenguas, griega y latina, es como quien mira los tapices flamencos por el revés, que aunque se ven las figuras, son llenas de hilos que las escurecen». Cervantes escoge una lengua extranjera y plebeya para contar desde el reverso del tapiz. Corresponde a la lectura transformar el «largo y espacioso campo» de la novela en un dibujo nítido.

El *Quijote* trata, ante todo, de cómo se escribe un libro. La trama se estructura a medida que se lee; si unas páginas se pierden (como en el célebre episodio que deja al vizcaíno con la espada suspendida en el aire), habrá que encontrarlas para que la lectura continúe. En la segunda parte, cuando la primera ya goza de reputación editorial y circula la versión pirata de Avellaneda, los personajes comentan su pasado como un libro y enfrentan el porvenir como un capítulo inédito. Vida y texto son para ellos idénticos.

Francisco Rico, que ha fijado los criterios modernos decisivos de aproximación a la obra, comenta que en la segunda parte don Quijote y Sancho encuentran un mundo que ya es quijotesco: otros personajes conocen su reputación y la ponen a prueba. En diez años (de la aparición del primer volumen al segundo) la aventura ha ganado celebridad. Don Quijote es él más su leyenda. «En 1605 se le presenta como "famoso" sin serlo; en 1615 lo era como pocos», escribe Rico en el prólogo a la edición del *Quijote* que preparó para la Junta de Comunidades de Castilla-La Mancha. Los episodios de Clavileño y la Ínsula Barataria demuestran la disposición de personajes nada quijotescos a urdir una celada típicamente quijotesca.

Que el mundo se parezca tanto a sus fantasías desconcierta al protagonista: «Frente a las firmezas de otros tiempos, ha comenzado a no saber», apunta Rico. Don Quijote se confunde por el triunfo de su estilo y la excesiva aceptación de sus intérpretes.

Puesto que, de acuerdo con el juego de suplantaciones, se desconoce el original de la obra, toda lectura es tentativa. Esta vía indirecta al relato depende de una lengua que mezcla lo culto y lo popular, la retórica y la oralidad, el romance y los libros de pordiosería, y que admite la posibilidad de ser errónea.

Cervantes opera desde la inseguridad de quien no es un autor único y definitivo; se sirve de un idioma que sabe débil. Esto le permite absorber con mayor libertad voces ajenas, pues no depende de un código asentado. A propósito de Kafka, Deleuze y Guattari hablaron de lengua *menor* para su elección del alemán en la comunidad judía de Praga, en vez del checo o del yidis, idiomas que llegaban a él con una carga cultural más rígida y definida. Cervantes escribe en la lengua del imperio y en su siglo de esplendor, pero simula perseguir una historia perdida, escrita en una lengua ajena. Los árabes, recuerda en su calidad de intermediario, son muy mentirosos: ninguna reticencia es poca con quienes son «tan nuestros enemigos». La noción de frontera y contrabando resulta decisiva en la concepción de Cide Hamete Benengeli, enfrentado contra el castellano. Si Vargas Llosa escribió una «carta de batalla» para la gesta de *Tirant lo Blanc*, el *Quijote* reclama en su migrante andadura un «permiso de residencia» para la novedad de su estilo, disfrazado de extranjería.

Jean Canavaggio, biógrafo de Cervantes, pondera el rico repertorio cultural que la vida movediza le deparó a su objeto de estudio. De joven, respiró el Renacimiento en Italia, se enroló durante cuatro años en la milicia, cayó preso en Argel por cinco años, regresó a la península ibérica para llevar una errabunda existencia de recaudador de impuestos, volvió a ser apresado, esta vez en Sevilla, donde se concentraba la picaresca más variopinta del Siglo de Oro.

Los comentarios de Cervantes sobre otras culturas son de una tolerancia inusual en su época. Conviene recordar que el primer Índice de la Inquisición fue promulgado en 1547, año del nacimiento de Cervantes. La historia del idioma vive entonces su mayor expansión creativa y su etapa más restrictiva. Si algo se puede decir de la personalidad del novelista, que contagia a buena parte de sus personajes, es que encaró la fatalidad con idénticas dosis de resignación, interés y humor crítico. Este talante se aplica también a las culturas desconocidas y lo singulariza en un tiempo poco amigo de la otredad. Cervantes leyó en italiano, luchó cuerpo a cuerpo con los turcos, trabó íntimas amistades en Argel, conoció a toda clase de soldados, prisioneros, pobres diablos endeudados. Después de una pausa de veinte años, regresó a las letras con una obra que recogía imprevistas influencias: un presunto libro árabe, parodia del género de la caballería, donde comparecían el poema, la procacidad carcelaria e historias que nada tenían que ver con eso.

Como suele ocurrir en el celoso ámbito de las letras, quien mejor entendió la fuerza renovadora de este relato mestizo fue un competidor. En una carta escrita *antes* de la publicación del *Quijote*, Lope de Vega previene acerca de su perniciosa aparición. La época lo recibió como un espectáculo de ingenios y Cervantes murió con la certeza de haber entretenido a sus lectores. Como ha explicado Rico, durante siglos el *Quijote* fue un divertimento en español y un clásico en inglés, francés y alemán. Solo hasta el siglo XVIII también ganó el rango de pieza definitiva en español. Es posible que la tardanza en aceptar la profundidad del libro se debiera en parte a que pactaba con otras culturas y tradiciones; desde su origen tenía algo «extranjero», bastardo: renovaba lo propio con recursos ajenos y aun «enemigos». Al encomiar la «escritura desatada», Cervantes fundaba la novela moderna como tierra de indocumentados.

LA INVENCIÓN DEL CONTEXTO

Llama la atención el pasaje seleccionado por Borges para demostrar que el *Quijote* calcado letra a letra por Pierre Menard es el mismo y es otro del escrito por Cervantes. En el capítulo VIII, la acción se interrumpe porque se pierde el manuscrito y el vizcaíno queda con la espada en alto frente a don Quijote. En el siguiente episodio, Cervantes explica en primera persona los esfuerzos que se tomó para hallar las páginas faltantes y aclara que siempre le ha gustado leer, «aunque sean los papeles rotos de las calles». Cuando encuentra el pasaje que falta, reflexiona acerca de su veracidad y la impresión que de él tendrá el lector. ¿Cómo calibrar lo que proviene de un mentiroso que trabaja en árabe? Es justo en ese punto donde Borges inserta a un tercer «autor», el francés Pierre Menard. El copista transcribe: «La verdad, cuya madre es la historia, émula del tiempo, depósito de las acciones, testigo de lo pasado, ejemplo y aviso de lo presente, advertencia de lo porvenir». Borges ahonda la ironía cervantina de hablar en nombre de una verdad que no se puede cumplir. Cervantes y Borges responden al mismo impulso: lo que define la lógica del texto es la manera en que lo leemos. Los extranjeros Cide Hamete Benengeli y Pierre Menard reciben carta de naturalización por el contexto en que son leídos.

En otra referencia al ilocalizable autor del *Quijote*, Cervantes lo define como «sabio arábigo y manchego», el origen se torna mixto: un forastero aclimatado en Iberia. Su identidad híbrida ampara el relato que tanto se beneficia con las mezclas.

Pero Cide no es el único autor del texto; actualiza relatos precedentes. José Balza ha llamado la atención sobre un hecho recurrente en el *Quijote*; la referencia a cuando la obra no estaba escrita. «Aunque hasta ese momento la humanidad desconozca obras de ficción como el propio *Quijote*», escribe Balza en *Este mar narrativo*, «el hecho de que haya habido otros narradores, otros autores capaces de crear un libro como él, establece antecedentes imaginarios para que este sea posible. Los anónimos autores del *Quijote* forjan entonces, para Cervantes, los estratos antiguos de la novela: en ellos se concreta la certeza de una geología novelesca». El libro que leemos presupone una estirpe previa, precursores sin rastro que sobreviven en la voz de un continuador. Harold Bloom se refirió a la angustia de las influencias para describir el modo en que un escritor lidia con una tradición opresiva y elige los antecedentes que lo determinan. La novela de Cervantes está atravesada por una ilusión de la precedencia, el «licor de los mitos», como escribe Balza. No podía ser de otro modo en un personaje que nace como tal con la lectura.

El protagonista de Cervantes quiere ejercer la caballería cuando ha desaparecido del mundo e incluso de las novelas. Por eso su indumentaria es un disfraz. Don Quijote utiliza la habilidad manual que antes empleaba en la confección de jaulas y palillos de dientes para fabricarse armas de cartón. Así, se lanza al camino como tosco remedo de sus modelos, un personaje de carnaval que representa su rol con grotesca exageración. Su identidad se construye con honesta falsía: es deliberadamente artificial.

De acuerdo con Marthe Robert, el acto más radical del Quijote es la imitación: se disfraza para asumir un código preestablecido. Sin embargo, este deseo de mímesis no encaja con el medio en que se mueve: quiere ser lo que no puede ser. Como Pierre Menard, el Caballero de la Triste Figura es original no por la conducta que se asigna —calcada de otra—, sino por el contexto. La copia es reinventada por la forma en que la miran.

LEER LO QUE PODRÍA SER

El *Quijote* propone un decisivo criterio de verosimilitud. Su autor se sitúa fuera de la obra, como mero intercesor, y no confunde la realidad con la invención. En otras palabras: no lee su libro como lo haría don Quijote. La revelación de la identidad de Cide Hamete Benengeli va acompañada de esta descripción: estamos ante una «gravísima, altisonante, dulce e imaginada historia». De los cuatro atributos que definen lo que leemos, el de clausura denota su condición imaginaria. En la segunda parte, el protagonista desciende a la Cueva de Montesinos y atestigua portentos «cuya imposibilidad y grandeza hace que se tenga esta aventura por apócrifa». Máquina desaforada, el *Quijote* descalifica lo que cuenta, y aun así lo cuenta. El placer del texto deriva, en buena medida, de este ejercicio de disolvencias.

Aire en el aire, la fabulación reclama una legalidad alterna a la del mundo de los hechos. Como ha mostrado Juan José Saer, la ficción no es lo contrario de la verdad; construye una segunda realidad, la de la invención convincente: «Al dar un salto hacia lo inverificable, la ficción multiplica al infinito las posibilidades de tratamiento. No vuelve la espalda a una supuesta realidad objetiva: muy por el contrario, se sumerge en su turbulencia, desdeñando de antemano la actitud ingenua que consiste en saber cómo esa realidad está hecha. No es una claudicación ante tal o cual ética de la verdad, sino la búsqueda de una un poco menos rudimentaria» (*El concepto de ficción*). Tal es el presupuesto que Cervantes sostiene a lo largo del libro: una historia imaginada que solo don Quijote, en su locura, toma en sentido literal. Cervantes aparta la novela moderna de la verificación realista y hace de la ironía su principio de juicio. Si nos reímos de los dislates es porque podemos distinguir lo real de las figuraciones del caballero andante, pero sobre todo porque podemos atribuirles una lógica. La bacía de un barbero difiere de un yelmo de guerra, pero una disparatada similitud *puede* unirlos. Don Quijote carece de la distancia irónica que permite vincular distorsionando. Estamos, pues, ante dos niveles de lectura: la literal, practicada por el protagonista, y la que pone en tela de juicio lo que mira, que Cervantes pide a su lector.

Los repetidos descalabros no alteran la opinión del caballero: «Yo sé quién soy», exclama, cuando un campesino trata de devolverlo a la realidad. A propósito de esta escena Sergio Fernández comenta en su *Miscelánea de mártires*: «Es en este momento cuando del rechazo, o sea de la adversidad, curiosísimamente le nace a don Quijote la convicción del ser, antes afirmado en el amor: "Yo sé quién soy", le dice, frase contundente porque está plagada de ironía ya que quien la expresa es un hombre inmerso en la ensoñación. ¿Será entonces que solo en el hechizo un hombre puede decir que sabe lo que es?». La sinrazón del Quijote se funda en creer, sin fisuras, que sabe quién es en un mundo donde todo es mudable y la sensatez aconseja no estar seguro de nada. Lección de escepticismo, el *Quijote* hace que el juicio pase por el tamiz de la incertidumbre: todo podría ser de otro modo. En este sentido, contraviene expresiones tan españolas como «las cosas como son» o «que te lo digo yo». Nada es nunca de manera definitiva y la verdad no deriva de la autoridad que el testigo se confiere a sí mismo.

Don Quijote lee en clave medieval: busca gigantes, efectos sobrenaturales que no requieren de otra causa que su propia aparición. Una y otra vez, paga un elevado precio por no distinguir persona y personaje, el hecho de la pose; es uno con su lectura y esto lo vuelve gracioso para el lector moderno inventado por Cervantes: el que acepta una historia imaginada, donde lo único creíble es el principio mismo de la invención, el procedimiento, la máquina narrativa.

De acuerdo con Borges, las situaciones en las que Hamlet ve una obra teatral y don Quijote lee el *Quijote* revelan que «si los caracteres de una ficción pueden ser lectores o espectadores, nosotros, sus lectores o espectadores, podemos ser ficticios». La fuerza de esta postulación fantástica deriva de la inquietud que suele acompañar el acto de leer: de pronto, el universo convocado por las letras adquiere mayor dosis de realidad que la circunstancia en que ejercemos la lectura. Esta repentina suplantación en la conciencia es similar a la del sueño o los falsos recuerdos que damos por reales. El lector del *Quijote* sabe que no puede creer en las páginas como lo haría Alonso Quijano; al mismo tiempo, la continua puesta en duda de lo que atestigua lo lleva a dudar de sí mismo. La construcción del sujeto escindido que determina la novela del siglo XX proviene de Cervantes no tanto por los personajes que pueblan su obra sino por el personaje que pide que la lea. Al iniciar sus cursos de literatura, Nabokov comentaba que el máximo personaje que puede concebir un autor es otro tipo de lector. Don Quijote sale a La Mancha para inventar a sus lectores.

En su novela *El árbol de Sausure*, Héctor Libertella llama la atención sobre un accidente semiótico: la palabra «yo», decisiva para todo relato, reúne en español dos conjunciones opuestas (y/o), la unión y la disyuntiva, lo que articula y lo que disgrega. El fragmentado «yo» contemporáneo es fiel a ese oráculo gramatical, el tejido de adhesiones y disonancias con que leemos el *Quijote*.

POLOS OPUESTOS

Desde el punto de vista de la historia de la lectura, la novela de Cervantes se funda en un gesto extemporáneo. La tradición de la caballería andante ya ha desaparecido y don Quijote se ve obligado a buscar las armas de sus bisabuelos. Sus claves de referencia, el *Amadís de Gaula* o *Tirant lo Blanc*, son obras del pasado. A cada nuevo encuentro debe explicar lo que su extravagante indumentaria representa (tantas veces lo hace que, de pronto, al repetir que su descanso es pelear, dice «etcétera»). La caballería no es un valor entendido en los campos que recorre. En un giro típico de su carácter, Sancho piensa que los extraños no los comprenden por ignorancia, madre de todas las perplejidades. Cuando una moza no sabe lo que significa ser «caballero aventurero» la considera demasiado nueva en el mundo (en realidad, debería ser viejísima para discernir a un caballero andante a golpe de vista).

Para Ricardo Piglia, la novela de Cervantes es la puesta en escena de un lector extremo: «Hay un anacronismo esencial en don Quijote que define su modo de leer. Y a la vez surge de la distorsión de esa lectura. Es el que llega tarde, el último caballero andante. "En la carrera de la filosofía gana el que puede correr más despacio. O aquel que llega último a la meta", escribió Wittgenstein. El último lector responde implícitamente a ese programa».

El tema de perpetuar o destruir una forma de leer aparece en el capítulo VI a propósito de la conveniencia de salvar libros o quemarlos, y es retomado en pasajes paródicos donde Cervantes demuestra cómo se leería esa página escrita con la retórica, ya gastada por el tiempo, que apostaba a imágenes codificadas, donde el sol extendía su rubia cabellera. En forma propositiva, Cervantes escribe *fuera* de la costumbre; su protagonista perpetúa un género a cuyas reglas él no se sujeta como autor. Al referirse a *Tirant lo Blanc*, hace que el cura encomie la cuota de realidad de la que carecen otras novelas de caballerías: «Aquí comen los caballeros, y duermen y mueren en sus camas, y hacen testamento antes de su muerte». Don Quijote es devorado por la ficción pero actúa en un entorno donde aspira las emanaciones corporales de su escudero. Muy pronto descubre que las dosis de realidad de *Tirant lo Blanc* no bastan para narrar esa *imaginada* historia. El primer signo de discrepancia entre lo que ha leído en las novelas de caballerías y la sociedad que lo circunda tiene que ver, de manera significativa, con el dinero. En el capítulo III, un ventero le pide que pague y él informa que va «sin blanca», como todos los de su linaje. El ventero advierte que su interlocutor solo entiende razones literarias y le informa que en los relatos de caballerías no mencionaban el dinero por simple pudor, pero que se trataba de un trato implícito. A partir de ese momento, la economía de la novela pasa de la Edad Media al Renacimiento: el dinero hará circular más acciones que los gigantes. Don Quijote paga, franqueando con su peaje el cruce de lo fantástico a lo real.

Cervantes establece una peculiar tensión entre los portentos ópticos que su protagonista atestigua y las muy reales pedradas que recibe. El viaje de ida y vuelta entre fabulación y realidad depende de los diálogos entre el caballero andante y su escudero. En el capítulo IX se informa que Sancho no sabe leer; la oposición de criterios no puede ser más radical. Don Quijote asume el mundo como novela ante un testigo iletrado. Dos tradiciones se enfrentan en los diálogos que van del caballo al burro: la literaria y la oral, el sentido figurado y la comunicación pragmática. «El Quijote es único y Sancho es todos los demás», observa Rodrigo Fresán. Esta diferencia marca dos estilos, el irrepetible del caballero andante y el saber común del escudero. La novela es la zona donde ambos discursos se cruzan y contaminan: don Quijote alcanza la sensatez argumental en situaciones creadas por su delirio y Sancho se finge loco por instinto de supervivencia. La inversión kafkiana, proseguida por Borges, de que es Sancho quien crea a don Quijote, tiene su origen en la propia novela de Cervantes. El escudero bautiza a su amo como Caballero de la Triste Figura y así define su condición melancólica. Don Quijote acepta la iniciativa de su subordinado, pero la atempera considerando que no se le ha ocurrido a él: el sabio árabe que compone la obra le puso esa idea «en la lengua y en el pensamiento». Si Sancho «narra» al Caballero es porque ya está escrito de antemano. Kafka suprime la última vuelta de tuerca y preserva la autoría de Sancho.

Lo decisivo en este teatro de atribuciones son las líneas de fuerza entre dos campos opuestos, su necesidad de choque. La dinámica requiere de otra demarcación invisible, el «justo medio» entre el Quijote y Sancho, entre la ensoñación y la rusticidad, una línea intangible y necesaria, una frontera intermedia, donde la fantasía y el sentido común se benefician recíprocamente.

¿Qué sería de la novela sin sus polos opuestos? Cuando don Quijote se harta de ser juzgado y prohíbe a Sancho que hable mientras avanzan por la Sierra Morena, la trama se hace imposible. El escudero guarda un silencio rabioso, convencido de que las cosas que no se dicen se pudren en el estómago. El caballero levanta el castigo, resignado a que su acompañante lo valore como un espejo oponente, es decir, resignado a que lo narre.

Las historias contadas por Sancho tienen la impericia de quien ignora la síntesis y procura que la trama sea igual a la vida. Su amo le llama la atención de que todo lo dice dos veces y él da una prueba patafísica del verismo como asiento de la narración. Refiere que un pastor cruzó trescientas cabras por el río Guadiana y le pide a su escucha que esté atento al número de cabras que van cruzando; cuando don Quijote pierde la cuenta, Sancho pierde el hilo del relato.

Novela-biblioteca, el *Quijote* incluye narraciones ajenas y traspasa con libertad sus límites territoriales. Las novelas intercaladas suelen irritar o entusiasmar a los lectores extremos del libro. En todo caso, la idea de interrupción es esencial al acto de leer y no podía estar ausente de la desmesurada vida del lector don Quijote.

¿Es posible hablar de un lector perfecto de la novela? A propósito del *Finnegans Wake*, escribe Piglia: «Joyce llega más lejos que nadie en la ilusión de escribir con una lengua propia [...]. El escritor pone al lector en el lugar del narrador. Un lector inspirado que sabe más que el narrador y que es capaz de descifrar todos los sentidos, un lector perfecto». Cervantes no concibe una lengua privada, pero crea una forma nueva: es el primer lector de una historia que cancela una tradición y funda otra, un lector temperamental e improvisado, algo ya imposible en un mundo cervantino. La posteridad ha perfeccionado la manera de leer de la que Cervantes fue el primer aprendiz.

Seguramente, el autor se asombraría de las lecturas que permiten la vigencia de su obra. Don Quijote tiene cincuenta años, edad que se puede padecer sin excesivo daño en la actualidad. Sin embargo, la fuerza de representación del libro y de la iconografía que lo ha acompañado durante cuatro siglos remite a lo que significaba cumplir cincuenta años en el Siglo de Oro. Al leer el libro imaginamos las desmesuras de un anciano. El Caballero de la Triste Figura sabe por Sancho que un diente vale más que un diamante y él ha perdido demasiados para ser ajeno a su deterioro. En lo que toca a su indeleble aspecto físico, don Quijote es leído como lo fue en su día; en cambio, ciertas escenas se han expandido con una fuerza virtual que las hace ocupar mucho mayor espacio en el repertorio de la cultura del que tienen en el texto. Es el caso del embate a los molinos de viento. Una página y media de la obra se han convertido en su símbolo absoluto y más extendido, como si las aspas de los molinos centrifugaran una energía de representación.

De acuerdo con Hemingway, la literatura norteamericana comienza cuando Mark Twain escribe: «Es hora de irnos a aquellas tierras». Una invitación al viaje. Se trata, sin duda, de un gesto cervantino: salir al mundo en busca de experiencia, estructurar la trama a partir de los desplazamientos.

Hemingway podría haber encontrado en Twain otros sesgos cervantinos (*Huckleberry Finn* alude al antecedente de *Tom Sawyer* –un libro como reflejo de otro– y narra a partir de dos protagonistas contrastados), pero eligió un gesto vinculado a la errancia. «Es hora de irnos a aquellas tierras»: la frase atañe al espacio pero también al tiempo, al imperioso instante de partir. Para situar a su personaje en su primera salida, Cervantes escribe: «Una mañana, antes del día», la hora fronteriza en que ya comenzó una fecha pero la luz aún no la acompaña. Cruzar es la consigna.

De manera sintomática, don Quijote se sirve de una metáfora espacial para que Sancho entienda el carácter de sus aventuras: no son de ínsulas sino de encrucijadas. Aunque se refiere a la pretensión del escudero de hacerse con una ínsula en recompensa a sus fatigas, el protagonista contrasta dos morales respecto al territorio: la posesión aislada, la isla, o la zona de encuentro y cruce, la frontera.

La tensión entre los anhelos sedentarios de Sancho y el impulso errante de su amo se pone de manifiesto cada vez que escogen lugar para dormir. El escudero desea los muros protectores de una venta; don Quijote, en cambio, privilegia la intemperie; dormir a cielo descubierto le parece un «acto posesivo» que facilita «la prueba de su caballería», una apropiación pionera de la tierra de nadie. La imagen canónica de la narrativa del *far west*, el vaquero que duerme junto a la fogata usando como almohada su silla de montar, se desprende de este gesto de caballería.

Las fronteras son formas provisionales de definir la identidad; se es de un sitio en oposición a otro. En un sentido político, la frontera es una advertencia, una línea del peligro. Solo hay algo más arriesgado que cruzarla en forma ilícita: mantenerse en esa zona de indefinición, ser la indocumentada presa de la patrulla fronteriza. En el plano psicológico, esa es la condición de los *bor-*

derliners. El síntoma difícilmente se aplica a don Quijote. Su mente no deja de transgredir límites; pasa del delirio a la sensatez en forma contundente: es un migrante sin tregua, no alguien que vive en borroso estado fronterizo.

Pocos recursos resultan tan efectivos para desestabilizar una norma como el sentido del humor. No es casual que en los aeropuertos estadounidenses un letrero anuncie que están prohibidos los chistes, ni que el *Quijote* se sirva de la comicidad para saltar de la realidad a la invención. En una aduana, el escritor viajero B. Traven repitió la aseveración del caballero andante: «¿Para qué necesito pasaporte? Yo sé quién soy». Pero la frontera es la línea donde la identidad vale menos que su representación.

Otros célebres usuarios del humor como recurso de contrabando, los hermanos Marx, situaron uno de sus gags en una frontera. Al desembarcar en Nueva York, Groucho presenta el pasaporte de Maurice Chevalier. «Usted no se parece a Maurice Chevalier», le dice el guardia. Groucho canta para mostrar su parecido.

DE ROCINANTE AL IMPALA: CABALLEROS Y DETECTIVES

En un ensayo sobre lo quijotesco como virus, escribe Rodrigo Fresán: «El *Quijote* es una línea flaca pero fuerte, un límite definitorio y definitivo, una frontera que una vez cruzada no ofrece pasaje ni paisaje de vuelta: de un lado queda la gloriosa tradición de la literatura de caballerías y hazaña pura, del otro surgen los efectos de esa literatura –de esas ficciones– sobre los territorios de la realidad. Y el Quijote y lo quijotesco –implacables– se las arreglan para funcionar como funcionan las vacunas: atacan al virus con el virus (recordar que finalmente don Quijote es vencido por una escenificación terapéutica de su propia locura: el bachiller Sansón Carrasco disfrazado como el Caballero de la Blanca Luna, quien antes fue el Caballero de los Espejos), pero, en lugar de neutralizarlo, lo potencian convirtiéndolo en otra cosa, en algo novedoso por entonces, en algo que sigue siendo original». Fresán encuentra el nacimiento de un género en el argumento que atrapa al protagonista con su propio delirio. La novela nace con el sello de la metaficción; desde su origen, se lee a sí misma.

Cuando a Barry Gifford le preguntaron acerca de la evidente influencia de *En el camino*, de Jack Kerouac, en su obra *Corazón salvaje*, respondió que todas las *road novels* provenían del *Quijote*. Cervantes funda por partida doble la novela moderna y el subgénero de la novela nómada que llega hasta *Los detectives salvajes*, de Roberto Bolaño, donde Ulises Lima y Arturo Belano, aprendices de poetas, viajan en sentido inverso a don Quijote: no buscan que la vida compruebe lo que leyeron en los libros; viven para investigar la materia que puede ser literatura. A bordo de un Impala, recorren el norte de México rumbo a la zona de indefinición, lo híbrido, la frontera texmex. Como ocurre con las cabalgaduras del *Quijote*, el desvencijado coche de los poetas potencia las incertidumbres de la trama. *Thelma & Louise*, la película de Ridley Scott, representa una versión exacerbada del tema, con una pareja de mujeres por protagonistas: la errancia se transforma en fuga y el último cruce es un salto al abismo, única opción de no volver a la restrictiva realidad.

Don Quijote es un lector metido a hombre de acción. Su doble papel se expresa con nitidez en el discurso sobre las armas y las letras, donde Cervantes se despoja con holgura de su juego de suplantaciones y habla por sí mismo en boca de don Quijote. El escritor soldado lamenta la triste recompensa que reciben quienes ponen su vida en prenda y lo difícil que resulta probar la valentía personal en una era que cuenta con «endemoniados instrumentos de artillería». El lance solitario del caballero que obra por convicción propia es ya imposible.

Varios siglos después, el detective establece en la cultura popular una sugerente mediación entre las conjeturas sobre la realidad y la acción. A propósito de Poe escribe Piglia: «En Dupin, en la figura nueva del detective privado, aparece condensada y ficcionalizada la historia del paso del hombre de letras al intelectual comprometido. En muchos sentidos, el detective permite plantear un debate sobre el letrado y está ligado a la clásica discusión entre autonomía y compromiso. Para decirlo mejor, el detective plantea la tensión y el pasaje entre el hombre de letras y el hombre de acción». Cervantes sabe que el guerrero individual puede poco ante la «maldita máquina» de la pólvora; al postularse como «profesor de las armas» en esa época infausta, don Quijote realza los peligros que corre y asume el deber de razonarlos. El discurso tiene por fin último mostrar los mayores riesgos y las exiguas recompensas que aquejan al «mílite guerrero»; sin embargo, es pronunciado por un lector absoluto, que vive la vida como un libro. El detective aparece como una figura donde cristalizan el afán de leer el mundo (las huellas dactilares en la escena del crimen) y el deseo de enfrentar los desafíos de la acción; por eso para Piglia este investigador armado es una variante popular del intelectual comprometido. Los detectives salvajes de Roberto Bolaño prosiguen esta serie. Poetas interesados en indagar la vida para transformarla, representan una variante intuitiva y lúdica del intelectual comprometido. La insistencia de Bolaño en la valentía como principio ético y estético encuentra en el discurso sobre las armas y las letras su causa remota.

LA FRONTERA MELANCÓLICA

Para don Quijote la valentía es una escala de percepción: Sancho no ve lo mismo que él porque tiene miedo y eso turba sus sentidos. En cambio, en su intrepidez, él ve de más aunque no siempre lo advierta. Ante un rebaño de ovejas concibe un batallón integrado por gente de muy diversas procedencias: «Aquí están los que beben las felices aguas del famoso Xanto [...]; los que beben las corrientes cristalinas del olivífero Betis; los que tersan y pulen sus rostros con el licor del siempre rico y dorado Tajo; los que gozan de las aguas del divino Genil; los que pisan los tartesios campos, de pastos abundantes; los que se alegran en los elíseos jerezanos prados». La descripción de la otredad conformada por la patrulla fronteriza incluye paisajes: ríos, campos, zonas de cruce. Animado por la valentía y el deseo de unir imaginación y acontecimientos, don Quijote sobreinterpreta un rebaño como una mezcla de culturas. Los desaguisados –las palizas que lo regresan a sí mismo– revelan otro rasgo de su carácter, la melancolía, diagnosticada por Sancho desde el comienzo del libro. No se trata de una mera tristeza, sino de una condición sensible que debilita el cuerpo al tiempo que despierta otras facultades.

Roger Bartra ha estudiado en detalle el peso cultural de la melancolía, de la Edad Media a *La náusea*, de Jean-Paul Sartre, cuyo primer título fue *Melancholia*. En la tradición española, un antecedente esencial en el estudio del tema es el *Libro de la melancolía*, publicado en 1585 por Andrés Velásquez, médico de Arcos de la Frontera. De acuerdo con Bartra, el lugar de nacimiento de Velásquez prefigura su interés por el humor melancólico: «Me parece que una de las claves que nos permite vislumbrar la gran importancia del problema abordado por Andrés Velásquez en su libro la podemos hallar en el nombre mismo de la ciudad donde fue escrito. La melancolía era un mal de frontera, una enfermedad de la transición y del trastocamiento. Una enfermedad de pueblos desplazados, de migrantes, asociada a la vida frágil de la gente que ha sufrido conversiones forzadas y ha enfrentado la amenaza de grandes reformas y mutaciones de los principios religiosos y morales que los orientaban» (*Melancolía y cultura*). El *Quijote* pone en escena la gran enfermedad del desplazamiento. Nada más lógico que un personaje que confunde la realidad y el deseo, escrito por un árabe transterrado a la Mancha y que entra en los libros por el ensamblaje de un padre postizo, tenga como estrella el negro sol de la melancolía. Para Bartra, la melancolía quijotesca es ambivalente: provoca la locura del protagonista, pero también le confiere su extraña lucidez contra la norma: «El *Quijote* está inmerso en una nueva textura intelectual que reivindica el carácter positivo aunque riesgoso del humor negro». También en su psicología el protagonista asume una estrategia del disfraz. Émulo de Amadís, copia su melancolía y alcanza así una tristeza artificial: «La dificultad de explicar la melancolía de don Quijote proviene de que está inscrita en un simulacro».

No hay duda de que el protagonista de Cervantes ha enloquecido por las lecturas; sin embargo, dentro de su delirio es capaz de representar teatralmente la locura para aproximarse a sus modelos ficticios; es en esta melancolía fingida donde el personaje se divierte más y reflexiona con repentina sensatez. En el capítulo XLIV de la segunda parte, ya adiestrado en el repertorio de sus reacciones, el Caballero de la Triste Figura manipula su melancolía ante una duquesa para adoptar una conducta a un tiempo seductora y casta: se hace el interesante al sugerir que su tristeza tiene un origen difícil de expresar; por otra parte, esta pesadumbre le da un pretexto para no ser atendido por las doncellas dispuestas a desnudarlo. La melancolía es aquí impostura, estratagema.

Para Bartra, el engaño que practica don Quijote se inscribe en los juegos cortesanos de la época y revela el alcance más profundo de su malestar, la forma en que «la melancolía artificial puede curar la melancolía real». Remedio para melancólicos, el *Quijote* participa de la simulación como ejemplo y terapia. El protagonista experimenta el mal en las dos zonas que determinan la novela, la realidad y la fantasía; en ocasiones su melancolía es genuina, en otras fingida. Nunca don Quijote es tan libre como cuando sabe que es falso ni tan cuerdo como cuando en forma deliberada se representa a sí mismo. La realidad –el contexto–, que no entiende de representaciones, espanta sus humos escénicos para devolverlo al entorno donde solo es un loco.

Fresán se ha preguntado por qué los manicomios de las comedias están llenos de Napoleones pero no de Quijotes. ¿No sería emblemático tener en esa galería al loco por antonomasia? El autor de *Jardines de Kensington* da con una sugerente respuesta: «Para creerse Quijote hay que *ser* Quijote. Y hay que estar siempre afuera y nunca entre los desquiciados. En este sentido –y a la hora de la patología manicomial– un Quijote encerrado no tiene sentido alguno. No tiene razón de ser». Criatura virtual, el Quijote carece de sentido si vuelve en sí, del mismo modo en que carece de sentido si todos comparten sus locuras o si comparece en un manicomio como loco «legítimo». Su energía depende de no realizarse del todo; es lo que existe como posibilidad, ambigüedad, frontera, realidad intangible.

A pesar de sus continuas derrotas y de su muerte, que ratifica el poderoso veneno de las novelas de caballerías, don Quijote eleva el humor melancólico a una variante de la sensatez a contrapelo, la feraz «tristeza del mundo» que encontraría otros mensajeros en Goethe, Nietzsche, Benjamin y Sartre.

Simulacro de simulacros, don Quijote muere para que no vuelva a ser imitado y deja por testamento la segunda y definitiva parte del libro. Cide Hamete Benengeli, que solo ha existido para esta obra, se expresa al final a través de la pluma que está a punto de colgar para siempre: «para mí sola nació don Quijote, y yo para él; él supo obrar, y yo escribir». Miguel de Cervantes es quien pone las comillas. El padrastro hace lo suyo.

Cervantes narra desde los linderos del texto; sugiere que se lea con atención determinado pasaje, anuncia que otro se explicará más tarde, matiza la fuerza de los portentos. El narrador que se discute a sí mismo depende de la noción de umbral, de límite transgredido para estructurar su narración. Sancho pierde el hilo de su historia porque las cabras no terminan de cruzar el río Guadiana. Cruzar lo es todo. Hora de irnos a esas tierras.

Ningún final más cervantino que este: «y alzando los ojos vio lo que se dirá en el siguiente capítulo». El protagonista observa lo que será narrado; el libro se construye al ser leído. Cervantes abre una pausa entre dos capítulos, el XXI y el XXII. Don Quijote alza la vista: al otro lado, su historia continúa. Al cruce de esa frontera, a su traslado cumplido, debemos una curiosa actividad: la literatura moderna.

II. Ilustrados con paisaje

LAS MIL FUGAS DE CASANOVA

a Sergio Pitol

A los setenta y dos años Casanova vive en el castillo de Dux, Bohemia, en soledad punitiva. Por segunda ocasión ha sido exiliado de la Serenísima República de Venecia, carece de fortuna y amigos cercanos, y se ve obligado a aceptar el apoyo del conde Waldstein, quien le da un puesto simbólico de bibliotecario. En las escasas ocasiones en que el dueño del castillo visita sus propiedades y manda encender los candelabros para una cena, el huésped veneciano ofrece una estampa de lujosa decrepitud. Sus medias de seda con ligas de colores, sus chalecos de terciopelo, sus puños de encaje y su sombrero emplumado fueron elegantes en una época perdida: para 1797 se han vuelto vistosamente ridículos. En algún momento de la noche el conde pide a su invitado que pague su estancia narrando su lejano escape de la Cárcel de los Plomos. En un francés trabajado por italianismos, el aventurero cuenta una historia que los comensales escuchan con una mezcla de atención y piedad. Giacomo Casanova, autoproclamado Caballero de Seingalt, se ha convertido en una pieza digna de un gabinete de curiosidades, semejante al ciervo de seis cuernos, el autómata de cuerda o la Torre de Babel esculpida en una nuez. Tolerado con fatiga por la aristocracia local y repudiado sin miramientos por una servidumbre que coloca su caricatura en el retrete y le sirve los macarrones fríos, el veneciano intenta una última fuga. Durante trece horas diarias, que se le van «como trece minutos», escribe su vida.

Museo de gestos, adorador de mujeres bellísimas que yacen bajo tierra, sobreviviente de una era que ya semeja un espejismo,

241

el anciano Casanova despierta el contradictorio interés del libertino en cautiverio.

La fortuna de sus páginas fue tan intrincada como su biografía. En el lecho de muerte entregó el manuscrito a su sobrino Carlo Angiolini, quien vivía en Dresde. El 13 de diciembre de 1820, más de veinte años después, el libro fue ofrecido a la editorial Brockhaus. Ludwig Tieck hizo un dictamen entusiasta y los editores publicaron una versión en alemán del original escrito en francés (Casanova, quien fue alumno de Crébillon en París, eligió este idioma por tener «un espíritu más tolerante que el italiano»). En 1822 comentó Heinrich Heine: «No hay una línea en este libro que identifique con mis sentimientos y ninguna que haya leído sin placer». La fama de las *Memorias* llegó a Francia y muy pronto hubo versiones piratas traducidas del alemán. Entonces Brockhaus tomó una decisión que desvelaría a los casanovistas durante casi ciento cincuenta años: comisionó al escrupuloso profesor Jean Laforgue para que preparara una versión publicable del original en francés. Laforgue corrigió errores gramaticales y pulió el estilo, pero también suprimió pasajes y agregó matices de su cosecha. La reputación de Casanova quedó en manos de un erudito que, en buena medida, era su reverso.

El 27 de marzo de 1928 el excepcional cronista Kurt Tucholsky publicó un artículo en la revista *Weltbühne* con su habitual seudónimo de Peter Panter. Con tensión policiaca, describió la caja fuerte donde la editorial Brockhaus guardaba las páginas manuscritas de Casanova, muy distintas a las supervisadas por Laforgue. Las auténticas *Memorias* seguían inéditas. No fue sino hasta 1960 cuando se inició la publicación del original en doce tomos.

Para justificar su imaginario título de nobleza, Casanova dijo: «El alfabeto es propiedad de todo mundo; se trata de algo innegable. Yo tomé ocho letras y las combiné de tal modo que formaran el nombre de Seingalt». El patricio que hurtó su linaje al alfabeto tuvo la voz cautiva hasta 1960. Aun así, el poderío de su historia se transmitió a los lectores y lo convirtió en arquetipo del libertino ilustrado. La consolidación del mito también se debió a quienes lo usaron como personaje en sus obras. El 9 de octubre de 1833 se estrenó en Viena *Una noche en Venecia*, de Johann Strauss, en la que Casanova aparecía como el duque d'Urbino. Así se inició el

rico repertorio del casanovismo austriaco, al que Hugo von Hofmannsthal contribuyó con *El aventurero y la cantante* y *El regreso
de Cristina*, y Arthur Schnitzler con *Casanova en Spa* y *El retorno de
Casanova*. Transformado en bestia circense por Federico Fellini,
descrito por Stefan Zweig como un ladrón excelso que se embolsó
un prestigio literario que no le correspondía, inspirador de poemas en dialecto veneciano de Andrea Zanzotto, celebrado con histérico entusiasmo por Miklós Szentkuthy («para quienes creen
que han muerto los dioses solo tengo una respuesta: ¡Venecia!») y
ungido como «filósofo de la acción» y «uno de los más grandes escritores del siglo XVIII» por Philippe Sollers, Casanova es el cons-
picuo protagonista de una cultura que no ha necesitado leer sus
Memorias para saber de él. En 1973 Bruce Springsteen cantó en el
disco que puso su nombre en la música de rock:

> Nací triste y curtido pero exploté como una supernova.
> Caminé como Brando rumbo al sol
> y luego bailé, justo como un Casanova.

Icono de la seducción, Casanova rivaliza con don Juan y no es
casual que se le atribuya haber participado en el libreto de *Don
Giovanni*. La prueba decisiva para su vinculación con Mozart es la
siguiente: entre sus papeles se encontraron versiones alternas del
aria donde Leporello enumera los triunfos galantes de su amo. Por
otra parte, fue corresponsal y gran amigo del libretista Lorenzo da
Ponte, quien tenía entonces tres óperas en puertas y necesitaba
que alguien lo ayudara a cumplir sus extenuantes plazos de versificación. Además, el Caballero de Seingalt estuvo en Praga la noche
en que se estrenó *Don Giovanni*. Estos datos bastan para que la
presencia de Casanova en la ópera sea, si no la de un colaborador
directo, al menos la de un espíritu afín que se asomará por siempre entre sus bastidores.

Lo decisivo, sin embargo, es que la posteridad de Casanova se
cifró en la escritura. Aun en sus variantes más resumidas y expur-
gadas, las *Memorias* son un ruidoso tratado de infracciones y costumbres. En gran parte, esta vitalidad se debe a una paradoja del
oficio: Casanova solo fue escritor por desesperación; si hubiera podido continuar su tren de descalabros, no se habría molestado en

escribir. «El hombre acorralado se vuelve elocuente», afirma George Steiner. Como otros célebres cautivos, el inquilino de Dux encontró en la palabra una vía de escape y buscó liberarse sin justificarse: «Jamás me veréis aires de arrepentido».

CAMPEÓN DE LA OPORTUNIDAD

A diferencia de San Agustín o Rousseau, Casanova no se confiesa en busca de expiación. El embaucador que vivió para la mirada ajena habla como si nadie pudiera juzgarlo. Seguramente, de haber intuido su fama póstuma, su sinceridad habría menguado. El aventurero cortejó la celebridad como ninguno, pero sus *Memorias* tenían un destino incierto. Fueron escritas en un francés atrevidamente macarrónico, entre gente que hablaba el checo y el alemán, y ofrecían pocas posibilidades de seducir a los editores y superar la censura. Estamos ante el último lance de un tahúr que se juega su resto a la carta que menos usó en vida, la franqueza. Por primera vez está animado por la gratuidad: «Escribo para matar el fastidio y celebro complacerme en esta ocupación. Si desatino, ¿qué importa? Me basta estar convencido de que me divierto». Ajeno a los gustos del porvenir, carece de otro sentido del proselitismo que mostrarse como es. Su primer párrafo es ya una carta de creencia: «Empiezo por declarar a mi lector que en todo lo bueno o malo que he hecho en el curso de mi vida estoy seguro de haberme enaltecido o rebajado, y en consecuencia debo considerarme libre». El memorialista se brinda sin humos de beatificación. Al respecto, apunta Fernando Savater: «Quien no crea en su propia libertad no puede perder el tiempo escribiendo memorias, porque nadie se cuenta a sí mismo su propia vida como un proceso mecánico ni debe engañar a los demás relatándola como un cúmulo de fatalidades. Para comenzar a narrar su vida, Casanova *debe* creerse libre; en un sentido muy semejante, Sartre señaló que estamos condenados a la libertad; sin libertad, no hay género autobiográfico [...]. Este es un respetable argumento literario en favor del libre albedrío».

El protagonista de las *Memorias* usa su libertad en aras del presente. Es un campeón de la oportunidad y la ocasión propicia;

244

no se deja tentar por la nostalgia o el anhelo; el pasado y el futuro le interesan poco. Su inteligencia es una astucia que tiene prisa.

Durante cerca de veinte años está exiliado de Venecia pero no extraña su ciudad; al contrario, se siente orgulloso de llevar consigo su espíritu carnavalesco. Venecia viaja con él como un cuadro ambulante (más parecido a la vida tumultuosa de las escenas de Guardi que a los ordenados y solitarios paisajes de Canaletto). Quien se entrega a la soberanía del aquí y el ahora solo puede rememorar sus días como una sucesión de presentes.

Traductor de la *Ilíada*, libretista de ocasión, capaz de discutir con Voltaire sobre Ariosto, Casanova hace del diletantismo un recurso utilitario que amplía los derroteros de sus aventuras. Su versatilidad para inventarse destinos no tiene parangón. En el transcurso de unos meses está a punto de volverse musulmán, comanda un navío militar, se convierte en empresario teatral y pretende ser médico y cabalista. En cada giro de esta variada fortuna es indiferente a lo que deja de hacer. Su biografía no se mide por cancelaciones ni oportunidades perdidas. Más allá de sus argucias para sortear obstáculos, resulta difícil encontrar en él un sentido de la preferencia. Incluso en el sexo actúa como si no hubiese alternativas; una mujer le gusta más que otra sin que explique su parcialidad. Con idéntica urgencia cambia de cuerpos y vocaciones: es abogado, alquimista, sacerdote, inventor de una lotería para Luis XV, espía, médium y profeta de extrañas religiones. A los veinticinco años se une a la masonería animado por motivos más bien frívolos; le parece una actividad ideal para que «todo viajero joven» encuentre a «sus pares en el gran mundo». Aunque posee libros de ocultismo (la Inquisición veneciana le decomisa *La clavícula de Salomón*), solo cree en ellos mientras le ayudan a engañar al prójimo. En uno de sus más singulares ritos, copula con la anciana Séramis para que ella transmigre al cuerpo de una joven, sin creer por un momento en el enredo. Dueño de una intensa teatralidad, representa cualquier papel que encandile al público. Postulado cardinal del casanovismo: los testigos creen ciegamente en los desplantes de un embaucador escéptico.

Casanova no es el único de los advenedizos que recorren un continente para animar las cortes que languidecen en tiempos de paz y versificar mientras hurgan en los bolsillos señoriales. En *Les aventuriers des Lumières*, Alexandre Stroev levanta un censo de los numerosos hombres de fortuna que combinaron el temple ilustrado con un intenso, y no siempre dañino, sentido de la estafa. De San Petersburgo a Madrid, de Londres a Nápoles, la Europa del XVIII fue una dilatada oportunidad de hablar con ingenio. Más que en la escritura, el estilo de Casanova se forjó en los salones donde la fama se establecía o dilapidaba en duelos verbales. Las *Memorias* se benefician de esta oratoria, pero también se distinguen de las muchas «enciclopedias de la conversación» de la época. El Caballero de Seingalt se sirve por escrito de trucos que lo hubieran expulsado de las cortes: es sabrosamente parcial, indiscreto, impropio, mala leche. «Cuando mis *Memorias* vean la luz, yo habré dejado de verla», escribe en su encierro de Dux. El viejo libertino se sabe fuera de su siglo; carece de testigos y no busca la congruencia; cambia de parecer sin motivo aparente, critica su conducta y luego olvida con desparpajo sus reproches. Si Diderot es un voyeur de la virtud («amo la filosofía que exalta a la humanidad»), Casanova es un sibarita de las contradicciones humanas: diagnostica los bajos instintos con el calculado interés de usufructuarlos. A diferencia de Diderot o D'Alembert, considera que sus congéneres son incorregibles; no dedica sus días a edificarlos sino a inventar maneras de disfrutar entre sus vilezas.

Cuando conoce a Voltaire, le recomienda: «Amad a la humanidad, pero amadla como es». De poco sirve embellecer al hombre; hay que quererlo *por sus defectos*. Además, el entendimiento se vuelve pernicioso al repartirse: «Un pueblo sin superstición sería filósofo, y los filósofos no quieren obedecer». El conocimiento solo debe llegar a quienes lo merecen, como una clave secreta que beneficia a una astuta cofradía. Con frecuencia, Casanova disfraza su egoísmo de una exaltación de la personalidad; se pretende miembro de una «intensa minoría plural», para usar la expresión de Sollers, una casta superior que le permite cometer abusos en nombre de la individualización, tan cara al siglo XVIII.

Fiel a sus convicciones, el Caballero de Seingalt fue terriblemente arbitrario en sus juicios sobre Voltaire. Su amigo Haller le había dicho que, en contra de las leyes de la física, el autor de *Cándido* era más grande de lejos que de cerca. Sin embargo, cuando Casanova lo conoce afirma que es el máximo momento de su vida. Luego sobrevienen las discusiones que integran los capítulos de mayor densidad intelectual de las *Memorias* y, por último, el pleito por una bagatela: Voltaire critica la traducción que Casanova hace de su *Escocesa* y olvida contestar una carta. Eso basta para que el veneciano despotrique contra él durante décadas. Al final de su vida, acepta su error: «La posteridad me colocará en el número de los Zoilos que la impotencia desencadenó contra este gran genio». El pasaje es emblemático: el memorialista no pretende tener razón. Una de sus palabras claves es «combinaciones» (en riguroso plural); la urdimbre de los días está hecha de una sustancia azarosa, que rara vez se modifica a voluntad. Los aciertos y los equívocos no merecen mayores fanfarrias ni lamentos porque solo en parte dependen de nosotros. El apostador no subordina la libertad a la conciencia, incluso sus últimas palabras son un truco de baraja: «He vivido como un filósofo y muero como un cristiano». En el contexto del XVIII, «filósofo» equivale a «descreído», «libre», «escéptico». La *Enciclopedia* de Diderot y D'Alembert define el oficio como el de quien «desenmaraña las cosas en la medida de lo posible, las prevé y se somete conscientemente a ellas: es, por así decir, un reloj que en ocasiones se da cuerda a sí mismo». Casanova sostiene que usó su tiempo con liberalidad «filosófica» (una forma bastante suave de referirse a sus descalabros y a la forma en que se dio cuerda a sí mismo), pero se arrepiente y cae «como un cristiano». Seductor hasta el final, busca un pasaporte para el más allá y muere en una última pose, la de virtuoso repentino.

Nunca abjuró de la fe católica por la sencilla razón de que jamás rechazó la membresía de un club que pudiera beneficiarlo. Más que un librepensador a la manera de Voltaire, fue un oportunista ilustrado, capaz de fingirse filósofo o sacerdote con idéntico cinismo.

Casi todos sus empeños intelectuales estuvieron dominados por la necesidad: escribió un poema para obtener una tabaquera de oro; aprovechó cuarenta y dos días de cárcel en España para refutar la *Historia del gobierno de Venecia*, de Amelot de la Houssaye, y congraciarse con la Inquisición que lo condenó; tradujo a Voltaire para adularlo (y fracasó). Antes de su retiro en Dux, la escritura le parecía un recurso para salir de aprietos, similar al dominio del violín que le permitió saldar algunas deudas tocando en el teatro San Samuel de Venecia.

UNA CURIOSIDAD MÁS O MENOS FUERTE

El primer recuerdo de Casanova es bastante tardío. A los ocho años, una hechicera lo curó de una hemorragia en la nariz. En el *Compendio de mi vida*, encontrado en Dux junto con las *Memorias*, afirma que hasta ese día fue imbécil. La bruja le devolvió la cordura y la memoria, y desapareció en una góndola. Este es el arranque del singular destino de Giacomo.

Muy poco sabemos de su infancia borrada. Con todo, algo puede inferirse: los años primeros estuvieron marcados por una madre ausente. Zanetta, actriz de comedias italianas, dejó a sus hijos en Venecia y partió a una gira interminable. Cuando se instaló en Dresde, no llamó a su familia. Para tener noticias de ella había que ir al teatro, en busca de algún actor itinerante que la hubiera visto bajo los candiles de París o Roma.

Es curioso que alguien tan dispuesto a acudir a la fantasía para adornar una memoria de por sí excepcional dejara su primera infancia en blanco. En esa zona vedada se decidió la suerte de Casanova, siervo de dos afanes compensatorios: llenar de sucesos una vida con un comienzo irrecuperable y apropiarse de un gran reparto de mujeres, un casting gigantesco en el que quizá, alguna vez, se asomaría la mujer perdida desde el origen.

En concordancia con su recuerdo disparador, las *Memorias* fluyen como una imparable sangría. No hay dudas ni disyuntivas, todo ocurre con impulsiva deliberación. En cierta forma, el aventurero no decide sus conquistas, se entrega a ellas como a un destino irrevocable; enemigo de la interioridad, dedica poco tiempo a razonar sus decisiones y cambia a una mujer cuyos pechos parecen esculpidos por Praxíteles por otra cuyos pechos parecen esculpidos por Praxíteles.

Incapaz de conservar sus intereses, huye del matrimonio. Su única vocación duradera es la alternancia de cuerpos y ciudades. Sus placeres son amplios, y su estómago, una prueba de carácter: «Me han gustado los platos exquisitos: el pastel de macarrones, la olla podrida española, el pegajoso bacalao de Terranova, las aves de caza en su estado de máximo olor y los quesos que muestran su grado de madurez con pequeños seres visibles» (en la depurada versión de Laforgue, estos seres se vuelven invisibles). En cuanto a las mujeres, declara en el original: «Mientras más fuerte era su transpiración, más me gustaban» (la versión con antitranspirante de Laforgue es: «siempre me olieron bien las que me gustaron»). El poderío turbador de los sentidos otorga a las *Memorias* (aun en sus variantes mutiladas) su temperatura excepcional. Casanova solo conoce el *coup de foudre*; todos sus amores ocurren a primera vista porque es un esclavo de la mirada rápida. Los pies le parecen tan decisivos como el remate de un poema y nadie lo supera en describir dedos apenas avistados, pero muy rara vez imagina un cuerpo. En un pasaje de excepción, ama sin mirar al objeto de su deseo. Una esclava griega está encerrada en un cuarto contiguo y Casanova la toca a través de un pequeño hueco en la pared. La mujer se presenta, por primera y única vez en su vida, como un cuerpo intuido, una oportunidad de caricias fragmentarias. En sus demás lances, el memorialista de Dux narra con una visibilidad de *close-up*. El amor le resulta un hecho eminentemente escénico. Voyeur de las proximidades propias y ajenas, no escatima ningún dato que incumba a la fisiología: el lance duró siete horas, él tuvo tres orgasmos, ella catorce. No se distrae ni busca metáforas para sus sensaciones; las singularidades dignas de mención son tangibles y orgánicas: descubre una gota de sangre en su semen; una amante le pide que le exprima un limón en la vagina para demostrar, al no sentir escozor alguno, que está sana. La mujer significa «una oportunidad de comprobar la disparidad de nuestros cuerpos», y el amor, «una curiosidad más o menos fuerte». Esta estrategia del deseo no abre espacio a la mente y sus vacilaciones. La cultura, la moral y la psicología están lejos de su arena atlética.

De *El arte de amar*, de Ovidio, al capítulo 68 de *Rayuela*, que describe una relación sexual con palabras que no existen en el diccionario, la literatura erótica ha dependido en gran parte de convertir la imaginación en una zona erógena. En ocasiones, es la imposibilidad del amor, su condición virtual y aplazada, lo que anima la escritura. En *Del amor*, Stendhal explora las reacciones que nunca siente Casanova. «El término clave del análisis stendhaliano», escribe Michael Wood, «es "cristalización", imagen que casi se ha hecho sinónimo de su libro, "cierta fiebre de la imaginación"». El enfermo de amor es la contrafigura del libertino. Para Stendhal, lector atento de las *Memorias*, la mente ofrece un remedio definitivo al sufrimiento pasional: «Una cosa imaginada es siempre una cosa existente». La idealización termina por convertirse en su propio objeto sensual. Al consumarse, el deseo pierde fuerza; por eso el amante heroico debe preservar sus nervios: «El hombre que tiembla no se aburre».

Casanova detesta que lo rechacen y persigue a las mujeres con apetito estomacal. Como buen sibarita, al hartarse de su dieta, busca un cambio: mujeres feas. Sin embargo, tampoco en este caso ahonda en la psicología. Cuando se acuesta con una jorobada es parco en sus emociones; su atención se va en describir las acrobáticas dificultades para penetrarla. En el catálogo de conquistas no asoman los celos, el despecho, el ultraje, el amor no correspondido. El libertino es un cazador en la acción y un taxidermista en el reposo. Sus escasos brotes de angustia se deben a una tensión de método: la estrategia de asalto no siempre funciona.

Si la visita a Voltaire marcó el día más feliz de su vida, la visita a Rousseau no le reportó otra cosa que tedio. Casanova explica su decepción por el temperamento gris, la austeridad de vida y los desabridos guisos del filósofo. Naturalmente, es incapaz de advertir que el mayor contraste entre ambos es su visión del placer. En su quieta alcoba, Rousseau concebía pasiones que Casanova solo podía sentir al tocar un cuerpo (en su caso, la imaginación debía cancelarse para no interferir con los sentidos). No es extraño que fuese incapaz de interesarse en las etéreas fantasías de Rousseau y solo reparara en la monacal pobreza de su entorno.

OPINAR CON LA MIRADA

Las *Memorias* rara vez incluyen cavilaciones de largo aliento; ahí dominan apuros instantáneos: esquivar una cuchillada o encandilar a una cantante. El espíritu de la época se presenta como una economía de los sentidos. En este mundo dramático, que depende de un caprichoso reparto de penes y vaginas, la mujer es víctima de los agravios físicos y morales del hombre, pero tiene una compensación: su placer sexual es mayor. Llegamos a un punto decisivo para entender la desmedida vanidad del memorialista. El narcisimo de Casanova no depende tanto de su colección de mujeres como del placer que les otorga. Con frecuencia, sus tratos sexuales son abiertamente mercantiles (prostituye a una niña de trece años, compra una esclava en Rusia, arroja propinas de seis luises a las camareras con las que se acuesta); sin embargo, en cada lance logra –si hemos de creerle– el gozo de sus parejas: «Cuatro quintas partes de mi placer siempre dependieron del placer que otorgaba».

El sanguíneo veneciano solo se interesa en mujeres con apetito y se apasiona al ver las voraces dentelladas de una muchacha en la cena. A diferencia de don Juan, no es visitado por la culpa ni conoce la tragedia. A juzgar por sus actas, jamás dañó a mujer alguna. Ante el espejo, se ve como un taumaturgo del sexo que despierta desconocidas delicias y conduce a sus amantes a un destino superior. No disponemos del menor testimonio de las doscientas mujeres nombradas en sus páginas. Los alardes de este amigo de la desmesura sirven ante todo para medir su noción del éxito. En su extenso ensayo sobre Casanova, Stefan Zweig confiesa su envidia ante la sobrecargada existencia de este «poeta de la vida». Sin embargo, Casanova se ufana menos de su estadística amatoria (ridiculizada en el aria de Leporello) que del placer que brinda. Cada peripecia desemboca en un final sin agravios emocionales. Si ama a dos amigas, ellas se muestran felices de compartirlo. Cuando sospecha que se está acostando con su hija, frena el ritmo de su prosa hasta que vuelve a ser el mismo: «Nunca he podido entender cómo un padre puede amar tiernamente a su encantadora hija sin haberse acostado al menos una vez con ella»; luego busca a la madre y organiza un satisfactorio *ménage à trois*. Cristina, una muchacha rústica, aprende a escribir para ser digna de su amor y él decide beneficiarla con su rechazo: «Resolví hacer la felicidad de Cristina sin unirla a mi persona. Había pensado en casarme con ella, pero después del goce la balanza se había inclinado tanto a mi lado que mi amor propio se encontró más fuerte que mi amor. Se me ocurrió la idea de buscar para Cristina un marido que, bajo todos los conceptos, reuniese mejores condiciones que yo». ¿Cómo reacciona ella al conocer al pretendiente reclutado por Casanova? Del modo más inverosímil: «Doy gracias por el acierto que habéis tenido». Los lectores de Laclos o Beaumarchais no soportarían que sus escenas de alcoba se resolvieran con la misma facilidad. El memorialista de Dux interrumpe sus historias en cuanto dejan de ser un presente dichoso con la misma desaprensión con que abandona un hijo en la Casa de Maternidad. El drama posterior, el sombrío territorio de las consecuencias, no tiene cabida en el texto. Ya estamos en otro palacio, ante otra belleza de buen diente.

A pesar de su mirada vesánica y su conducta desorbitada, el libertino escribe con pulida inocencia. No tiene nada que ocultar y revive con excepcional intensidad sus deleites instantáneos. Hedonista de amplio espectro, disfruta olores y texturas que no a todos dan placer. En el informe secreto de la Inquisición que lo llevó a la Cárcel de los Plomos (y que él no llegó a conocer), aparece este comentario: «Cuando se conoce a Casanova se ve en él unido, en una misma persona, al más terrible impío, embustero, impúdico y sensual». Las *Memorias* no rebaten estos cargos con argumentos sino con una vibrante puesta en escena. En las mirillas donde observa y es observado, en los canapés donde se tiende a contemplar a otros en la cama, en las estampas que siempre lleva consigo y en su gusto por mandar retratar desnudas a sus amantes, Casanova hace algo más que prefigurar el cine porno: opina con la mirada. Convencido de que lo que entra por los ojos decide la conducta, despliega una representación donde el decorado y la utilería, el fasto visual, tienen un papel significante: ver es aceptar.

En este sentido, es refractario a la idea de transgresión que recorre buena parte de la literatura erótica. Ajeno al pecado y a cualquier saldo psicológico del acto sexual, se postula como un héroe liberador: infringe las costumbres en favor de sus parejas. De acuerdo con Bataille, la experiencia interior del erotismo es «primitivamente religiosa» y tiene por principal estímulo la transgresión. No se necesita vestir los hábitos talares para saber que el deseo obliga a cruzar un límite imprevisto. La sola presencia del otro es una oportunidad de ruptura y extravío: «Haz, te lo ruego, que yo sea tu culpa», escribe Ovidio en las *Heroidas*. Tampoco es casual que en inglés y en francés se hable de *caer* en amor; despojado de sí, el amante se *pierde* en el amado. El veneciano no registra este teclado de suposiciones. Si el enfermo amoroso de Stendhal es su opuesto platónico, su contrafigura libertina es el marqués de Sade, entregado a la voluptuosidad del crimen: mientras más insostenible sea la tortura, mayor será su goce. Sade pide ser execrado; no escribe para convencer sino para desafiar; si lo admiramos, lo traicionamos. Casanova no aspira al éxtasis solitario del verdugo ni se solaza en el horror. Desea el placer ajeno con temple compulsivo y, en todo caso, se ve como un mártir de la repetición, *debe* satisfacer conforme a su leyenda. En su largo exilio se burla de una época que lo hace huir de un castillo a otro; es el más competente de los piratas sociales, pero jamás considera que perjudica a alguien con su fisiología. Como toda pasión se debilita al pensarla, es un conquistador irreflexivo. Sus titánicas *Memorias* son una Historia Natural.

LOS BENEFICIOS DEL ENGAÑO

Casanova no se arrepiente de sus lances de amor (categoría que en cierto modo desconoce) como tampoco se arrepiente de sus innumerables estafas. En su peculiar visión de las cosas, el embuste tiene un efecto curativo. De acuerdo con Zweig, castiga «la estupidez humana como si cumpliera una misión divina. El engaño no es para Casanova solamente un arte, es también un deber de índole moral». El aventurero detesta a los ladrones porque no brindan oportunidades de defensa. En cambio, él debe seducir a sus víctimas y promover en ellas el deseo de ser embaucadas. Además, sale del juego tal como entró. Después de ganar una fortuna con la lotería que diseñó para el rey de Francia y con los favores de sus mecenas, termina en la ruina. Triunfó con tretas pero derrochó en favor de los otros: «Era dinero destinado a locuras y lo usé para las mías». La pobreza final es una «puesta en blanco» de su trayectoria.

Estafador ilustrado, requiere de un ingenioso sello que lo legitime. Este es un dato crucial para entender su peculiar ética del engaño. Desde antes de cumplir los treinta años encontró la patente de corso, la marca de fuego que licenciaría sus embustes, y se sintió con derecho a que la vida le ofreciera una reparación. Su condición excepcional se forjó en los quince meses y cinco días que pasó en la Cárcel de los Plomos. El encierro en una situación apenas superior a la de los presos que pasaban décadas en cepos a los que entraba el agua de los canales, le otorgó un espléndido tema de conversación en los salones y, sobre todo, la prueba de dolor y sufrimiento que justificaría sus abusos posteriores.

El episodio de los Plomos es la parte maestra de las *Memorias*. Como en las tramas de Kafka, el acusado conoce su condena pero no su delito. Es arrojado a una celda y solo piensa en escapar: afloja ladrillos con vinagre, prepara una cena de macarrones para distraer a su carcelero, chantajea a los otros presos para que no lo denuncien. Después de varios intentos fallidos, logra evadirse y desde el techo del presidio contempla Venecia, el irreal esplendor que debe abandonar. Durante cerca de veinte años será un exiliado y solo regresará como traidor, al servicio del mismo tribunal que lo condenó. En el emblemático techo de los Plomos, intuye su suerte descomunal y se convence de que entre los muros de la cárcel dejó el pago de sus futuros descalabros: es ya, por derecho propio, el Caballero de Seingalt. A partir de ese rito de paso, merece todo lo que le suceda.

Casanova fue encarcelado con una impunidad que en su tiempo era vista como una singular forma de protección. En su ensayo «El honor y el secreto», Arlette Farge comenta que el proceso clandestino pasaba por un favor hacia la víctima. Para «alejar las marcas de una justicia degradante», se tendía un velo de silencio. Como es de suponer, este pacto de discreción abría paso a toda clase de injusticias (los rumores, los chismes y las calumnias podían convertirse en «pruebas» de la ley), pero gozaba de enorme popularidad: el silencio salvaba la reputación. Después de la Revolución, los legisladores franceses tuvieron que luchar con denuedo para abolir la *lettre de cachet*, la carta secreta que acusaba a una persona. Al respecto, escribió Guillotin: «Nada es tan difícil como destruir una necedad que se ha aferrado al imponente pretexto del honor».

A contrapelo de quienes deseaban un juicio discreto, Casanova se convirtió en propagandista de su drama. En un siglo de procesos clandestinos, confió en el poder persuasivo de su historia. No rechazó las acusaciones porque las desconocía; le bastó retratarse de cuerpo entero, seguro de que toda vida contemplada en suficiente cercanía resulta aceptable: la intimidad suspende el juicio.

Ajeno a los avatares de la introspección, hizo del cuerpo su principal testigo de cargo: «He pasado la mayor parte de mi vida tratando de enfermarme, y una vez que lo he logrado, tratando de curarme». Su primer recuerdo, el de la hemorragia a los ocho años, es un parte médico; sale de los Plomos con hemorroides que lo aquejarán por el resto de sus días; narra, como si levantara un pendón de triunfo, que un día durmió veintitrés horas seguidas; con inesperada desesperación comenta que a los treinta y ocho años contrajo la enfermedad venérea que marcaría el declinar de su estrella. Nada le parece más triste que «un hipocondriaco inglés»: él busca enfermarse de verdad y disfruta que un médico de aldea le diga con interesado afecto: «¿Puedo esperar que permanezca aquí unos días para renovar la fuente de mi fortuna?» (en su visita anterior, Casanova había contagiado a tantas mujeres que el médico se volvió rico). Las *Memorias* son el expediente de un cuerpo que por momentos conocemos mejor que el nuestro. No es extraño que hayan surgido de una receta médica. En 1789, el doctor irlandés O'Reilly revisa al viejo libertino en Dux y le aconseja escribir la historia de su vida para purgar sus negras ideas. Aunque el libro se detiene cuando el protagonista llega a los cincuenta años y no describe el largo ocaso de su salud, es claro que de esas dolencias surgió la necesidad de una cura memoriosa.

Para Zweig, el gran robo de Casanova fue la conquista de la posteridad. Sin disponer de talento literario, entró de contrabando en la Biblioteca de la Fama. La tesis es, por supuesto, insostenible. A pesar de su gramática inventiva, sus repeticiones sin freno, su incapacidad de situarse en el papel de los otros y su limitada creencia de que no hay nada más profundo que la piel, las *Memorias* declaran la guerra al tedio y tranzan el vibrante fresco de un siglo de excepción. El azar y la apuesta, la celebridad y el descalabro, la enfermedad y el sexo, los favores del engaño y el aprecio de la falible condición humana, son algunos de sus temas recurrentes. Súbdito de los impulsos y fanático de la exterioridad, el memorialista arma su vida como un mecanismo de la acción. Sus historias son su única moral: recuperar en detalle su vida impropia es una forma de ser *en él*. Casanova siempre escapa y siempre revela la vileza de sus trucos. Con esta bofetada se despide de su siglo: el prevaricador se la pasó estupendamente.

La felicidad suele ser refractaria al análisis (tiene un contenido filosófico «vacío», como afirma Savater) y no produce buenas tramas (Tolstói comienza *Ana Karenina* informando que las familias dichosas no tienen historia). El gran alarde de Casanova consiste en ofrecer una epopeya de sus gustos. Disfruta contra la norma, pero sobre todo inventa un *estilo* de felicidad. Desdentado, a punto de caer en el olvido, escribe un compendio sobre la supremacía del placer: en cualquier situación, el gozo supera al sufrimiento. Basta asomarse a una ciudad en la noche y ver una ventana encendida para encontrar una forma de la felicidad. «Si yo, que soy ruin, puedo sentir esto, ¿qué no podrás sentir tú?»: así podría condensarse el desafío que lanza a sus lectores. En 1798, Giacomo Casanova, el miserable, murió en Dux. Para modificar esta arbitraria circunstancia dejó 3.700 folios manuscritos. Su ventana está encendida.

LICHTENBERG EN LAS ISLAS DEL NUEVO MUNDO

a la memoria de Wolfgang Promies

El hombre imagina muchas cosas, pero sobre todo islas. En *Las mil y una noches* hay un archipiélago donde los anillos son carnívoros y se alimentan de dedos. Swift propuso novedosas geografías (para atracar en Laputa hay que usar poleas: la isla flota en el aire). El abate François Loyer concibió la Isla Frívola, donde se crían caballos frágiles e inútiles que se aplastan con el peso más leve (para cultivar los campos, basta que las mujeres silben). En el Quinto Libro de Rabelais emerge la Isla de Odes; ahí las calles están vivas y se desplazan según sus estados de ánimo. También Lichtenberg sintió la tentación insular; más próximo a Swift que a los escritores de aventuras, planeó una novela sobre Zezu, la isla superculta donde los profesores «enseñan sentido común» y los estudiantes «viven abatidos».

En opinión de Marthe Robert (traductora de Lichtenberg al francés), la novela moderna empieza en una isla sin nombre. Robert no le regatea méritos a Rabelais o Cervantes, pero encuentra en Daniel Defoe una novedad de otro orden: *Robinson Crusoe* expresa de manera ejemplar la condición del hombre escindido de su comunidad. El protagonista naufraga en un lugar de examen: la isla desierta le brinda la oportunidad de educarse a sí mismo. La única maldición de su paraíso es el silencio; para conservar la cordura, lleva un diario. Al igual que la isla, las páginas se convierten en territorio de supervivencia. Un recurso distintivo del arte moderno es su capacidad de ponerse en tela de juicio, de criticar su propio lenguaje. Defoe contribuye al género con una novela que se piensa a sí misma: el náufrago escribe un libro sobre el náufrago que escribe un libro sobre...

Lichtenberg fue un gran entusiasta de Defoe. En 1776 apuntó que daría toda la *Mesíada* de Klopstock a cambio de un pequeño fragmento de *Robinson Crusoe*. Su obra fundamental, solo conocida después de su muerte, es un ejercicio de soledad que se aproxima al diario que Crusoe lleva después de su naufragio. A semejanza de los tenderos ingleses que llevaban un *waste-book* para cotejar sus haberes y deberes, Lichtenberg llevó sus *Sudelbücher*, los «libros de saldos» de su vida intelectual. De 1765 a 1796 anotó sus reflexiones con el rigor y la franqueza de quien no escribe para ser leído. No es de extrañar que Robinson le parezca un paradigma de la genuina vida intelectual. En la entrada F-715 apunta: «Así como algunos mecánicos geniales trabajan en forma extraordinaria con pocas herramientas, así algunos hombres aprovechan sus pocas lecturas para ampliar sus experiencias en tal forma que superan a cualquiera de los llamados "eruditos". (Justificar los paralelos.) Véase Robinson».

En los albores de la Revolución francesa, Lichtenberg tuvo como alumno a otro admirador de Robinson: Alexander von Humboldt. Un dato revelador en la vida del barón viajero es que su primer tutor fue Joachim Heinrich Campe, quien tradujo al alemán y adaptó para los lectores infantiles *Robinson Crusoe*. El gusto por la expedición de sus pupilos le debe bastante a ese ilustre naufragio. Los hermanos Alexander y Wilhelm veneraban a su tutor. En una ocasión, su padre trató de sustituir a Campe por un maestro más estricto, Sigismund Koblanck. Por primera vez el mayor prusiano Alexander Georg von Humboldt, tesorero de Federico II, supo lo que era la furia de sus niños. Campe tuvo que ser restituido.

A los cuarenta y un años, en sus *Cuadros de la naturaleza*, Humboldt reconoce la influencia de su tutor: «Lo que primero nos cautiva como impresiones infantiles y azares de la vida va tomando un curso serio y con frecuencia se convierte en tema de futuras empresas».

Robinson Crusoe es una aventura para filósofos y para niños: el adulto puede identificarse con el Montaigne silvestre que se «ensaya a sí mismo» y el niño con el personaje feliz que se educa sin escuelas. Humboldt leyó a un Defoe simplificado por Campe y releyó a un Defoe enriquecido por la Ilustración.

Aunque solo estuvo en Gotinga de 1789 a 1790, Humboldt definió su vocación en las aulas de la Universidad Georgia Augusta. A diferencia del rígido Berlín, Gotinga era un pulmón que recibía aire nuevo. Lichtenberg (quien por cierto conoció al «célebre Campe») impartía el seminario «Luz, fuego y electricidad», pero su principal lección consistía en inculcar un estilo propio de pensamiento. El 3 de octubre de 1790, Humboldt le escribía a su antiguo maestro: «La vida y la muerte, la conservación y la disolución de las partes orgánicas, resultan indiferentes en la vida individual y vegetal. Comoquiera que sea, uno disfruta y se alegra de que no se extinga una vida como la suya, felizmente consagrada a la expansión de la verdad y el conocimiento filosófico. Si es posible agradecer la amistad y el afecto, he de decir que estoy en deuda con usted. Y no pienso solo en la suma de conocimientos positivos que extraje de sus conferencias, sino sobre todo en la dirección general que mis ideas adquirieron bajo su tutela. La verdad es valiosa en sí misma, pero más valiosa es la habilidad de encontrarla».

Si se descuentan sus viajes a Inglaterra y sus ocasionales desplazamientos por Alemania, Lichtenberg fue un sedentario con la mente en otro sitio. En un tono agridulce confesó que, más que en este mundo, vivía en sus posibles desarrollos.

Su interés por los viajes y los descubrimientos no es ajeno a la época. El *ars peregrinandi* es el aspecto portátil de la Ilustración; desplazarse significa conocer. De acuerdo con Pat Rogers, prologuista de Daniel Defoe, Sterne, Smollett y Johnson «lograron ver en el viaje físico un emblema del descubrimiento mental y moral». Las expediciones se vuelven inconcebibles sin científicos a bordo (James Cook lleva a tres doctores en su tripulación: el naturalista Banks, el botánico Solander y el astrónomo Green). Lichtenberg siguió los avatares de los viajeros con una pasión de tripulante imaginario (la entrada D-440 de sus «libros de saldos» adquiere un tono de bitácora de navegación: pasa lista a los dieciséis capitanes que han circunnavegado el mundo). En Londres conoció a Omai, el tahitiano que James Cook llevó a Europa, y celebró estrechar una mano que venía del otro lado de la Tierra. Sin embargo, su interés por los mares del Sur rebasó el exotismo; la expedición le apasionó en tal forma que acabó escribiendo un libro sobre el tema.

Lichtenberg fue habitante de su tiempo también en la medida en que compartió prejuicios comunes en la Gotinga del XVIII (baste recordar su recelo hacia los berlineses, las mujeres, los judíos y los católicos); sin embargo, recibió las noticias de tierras lejanas con un interés y un rigor que lo acercan a la antropología moderna: tanto en sus experimentos con pararrayos como en sus reflexiones sobre islas distantes, se guió por la convicción de que el estudioso altera siempre su objeto de estudio.

Aun en sueños se acogió a esta norma vigilante. Una de sus visiones oníricas es una nítida parábola sobre el conocimiento: un anciano que habla en la voz impositiva de las deidades le entrega un objeto y pide que lo estudie «químicamente». Lichtenberg trabaja con entusiasmo hasta advertir que su experimento destruye el material. El anciano regresa con una noticia alarmante: le había confiado el mundo entero; las cordilleras, los océanos, las naciones se han vuelto polvo entre sus dedos. El sueño revela los límites del proceso cognitivo: el hombre no puede dejar intacto lo que estudia. Como Kant, Lichtenberg considera que «el mundo no está ahí para conocerlo, sino para educarnos en él», pero buscar la lección de la naturaleza equivale a modificarla: no podemos borrar nuestras huellas.

La certeza de que conocer es alterar también rige su reflexión sobre otras culturas. Estudiar al «salvaje» es, ante todo, estudiar la repercusión que en él provoca el europeo. Un fulminante aforismo resume esta dialéctica: «El americano que descubrió a Colón, hizo un descubrimiento atroz».

La entrada a lo nuevo es una transgresión, una ruptura. El estudio del Otro resulta inconcebible sin una crítica de lo propio; en este sentido, anticipa la historicidad propuesta por Gadamer: «Un auténtico pensamiento histórico tiene forzosamente que pensar su propia historicidad. Solo entonces no irá a la caza y captura del fantasma de un objeto histórico de investigación, sino que aprenderá a reconocer en el objeto la alteridad de lo propio y, con ella, lo Uno y lo Otro».

¿Contribuyen los miles de aforismos de Lichtenberg a resolver de manera específica la oposición entre bárbaros y civilizados?

Los «libros de saldos» tienen que ver con las islas también en su aspecto formal: un archipiélago de ideas cruza los años y niega la tierra firme de las teorías y los sistemas filosóficos. Las constantes, las correspondencias internas, son más un atributo de la lectura que del texto. La naturaleza necesariamente fragmentaria de los «saldos» reclama un interlocutor activo, una corriente que vincule las islas.

LA ISLA BORROSA: MIRAR LO NUEVO

En 1775 Lichtenberg propone una distinción entre *Entdeckung* y *découverte*: Colón hizo el descubrimiento físico de América (*Entdeckung*) y Vespucio le dio un nuevo nombre a algo viejo (*découverte*). Distingue, pues, entre encontrar y nombrar. Durante siglos Europa no supo definir lo que veía al otro lado del Atlántico. Este desafío recuerda lo que Italo Calvino escribió a propósito de las primeras pinturas europeas con temas americanos: «Descubrir el Nuevo Mundo fue una empresa difícil, como hemos aprendido todos. Pero, una vez descubierto, más difícil aún era verlo, entender que fuese nuevo».

Se necesitaron largas travesías para agregar matices a la concepción del Otro y su paisaje. En su primer viaje, Colón se sorprende de la desnudez de los aborígenes. En el segundo, atestigua otra costumbre: el canibalismo. En consecuencia, los pintores europeos imaginan seres desnudos y barbados y luego seres lampiños capaces de comer al prójimo. En 1505, a trece años del desembarco de Colón, el Nuevo Mundo sigue siendo un horizonte de leyenda. Calvino comenta que ese año el primer americano de la pintura europea aparece con un extravagante disfraz de Rey Mago.

Las noticias americanas no siempre disiparon los juicios aprioristicos. En la famosa disputa que precedió a la promulgación de las Leyes Nuevas de Indias (1542), el jurista Juan Ginés de Sepúlveda interpretó los informes de los misioneros a la luz de la teoría aristotélica de la servidumbre natural: «Los indios son de su natura gente servil y bárbara y por ende obligada a los de ingenios más elegantes, como son los españoles». Fray Bartolomé de Las Casas, en cambio, señaló que los indios eran demasiado débiles para la esclavitud. Su actitud, plena de compasión, no está exenta de prejuicios: el obispo de Chiapas busca proteger a los naturales del Nuevo Mundo recalcando su inferioridad. Si para Sepúlveda el indio apenas se destaca del mono, para Las Casas es un ser quebradizo, dotado de un entendimiento que lo inclina a una mansa sumisión.

El paisaje americano tampoco fue entendido ni descrito cabalmente. Al ver la ciudad de Tenochtitlan atravesada por canales, los conquistadores que habían hecho la guerra de Italia hablaron de una «nueva Venecia»; costaba trabajo entender que veían otra cosa. El antropólogo Serge Gruzinski ha dedicado un libro notable, *La guerra de las imágenes*, a la cruzada visual que hizo que Europa construyera en América un espejo convexo de sí misma.

Obviamente, no todos los ojos vieron lo mismo. Entre las crónicas de los conquistadores y las de los misioneros hay un significativo cambio de perspectiva. Las *Cartas de relación* de Hernán Cortés y la *Historia verdadera de la conquista de Nueva España* de Bernal Díaz del Castillo deben parte de su atractivo al aliento épico: la Conquista es una hazaña que escapa a las definiciones; al no hallar adjetivos para la novedad, la pluma realza los trabajos de la espada.

Los frailes ven de otra manera: sin recusar su fe, critican la aventura en el Nuevo Mundo. De Las Casas a Lévi-Strauss, el estudio del Otro supone el cuestionamiento de lo propio. Al avanzar, Occidente destruye algo que ignora: «la crítica del progreso se llama etnología», apunta Octavio Paz en *Claude Lévi-Strauss o el nuevo festín de Esopo*. En América, la etnología se inicia con una paradoja: los evangelizadores buscan «salvar» la cultura que han contribuido a devastar. Caso típico de esta mente escindida es fray Diego de Landa, obispo de Maní, quien destruyó los códices mayas en un auto de fe y luego trató de reparar el daño en su *Relación de las cosas de Yucatán*. Ante las llamas, fray Diego fue un hombre de fe; ante las cenizas, un hombre de razón.

Para el mundo americano la llegada del Otro significó la fundación de una nueva era o, más exactamente, la fundación de la Historia. El pensamiento prehispánico se cumple en un orden mítico, ajeno a la historicidad; desde siempre el devenir está amenazado y hay que salvarlo con el sacrificio: en la rueda del cosmos, las fechas «renacen» por medio de rituales. De acuerdo con Paz, la conquista de México fue posible, en gran medida, porque los aztecas vieron en ella «un grandioso rito final».

Lichtenberg menciona en sus apuntes a los aztecas, que creían que el tiempo terminaría con su calendario. En realidad, la cronología azteca se detiene en la Conquista. América debe a Europa el arduo descubrimiento de su historicidad: el hombre que había buscado ser uno con la naturaleza es expulsado del ciclo mítico; de la sucesión sin principio ni fin pasa a los arbitrarios designios humanos.

Si en América la Conquista trajo otro tiempo, el de la Historia, en Europa se diluyó en un río de sucesos que tardaría mucho en desviar su curso. Las noticias parciales y contradictorias que se recibían de las Indias permitieron que las lagunas de conocimiento fuesen llenadas por la imaginación. Desde la búsqueda de Eldorado hasta el realismo mágico del siglo XX, América ha sido la necesaria utopía de Europa, el pretexto para que un monarca alemán escriba un libreto de ópera sobre Moctezuma o para que un virrey español trace la retícula perfecta de la Ciudad Ideal. En su anotación G-6, Lichtenberg advierte que los europeos se prometen tantas cosas de América que «se podría decir que sus deseos, al menos los recónditos [...], manifiestan una *desviación occidental*, semejante a la de las agujas imantadas».

En los siglos XVI y XVII América no es solo un botín económico sino también imaginario. Mitos, leyendas, aves fabulosas y frutas imposibles abarrotan el gabinete de rarezas de Europa. La aceptación de América como reserva de lo estrafalario pasa por el rechazo de lo que en ella hay de semejante (en un bazar lo único molesto son los objetos «normales»). Con raras excepciones, como la de Montaigne, la inteligencia europea dejó de pensar en el Otro como problema.

La Ilustración vuelve a leer a los primeros cronistas de Indias y a encontrar en ellos una crítica del progreso. La obra de Las Casas es frecuentada, entre otros, por Voltaire, Walpole, Herder y el gran viajero Forster (con quien Lichtenberg editó la *Revista de Ciencias y Literatura* de Gotinga). Tres siglos separan el acto de avistar tierra americana del acto de comprender su novedad, vale decir, su diferencia. En *Los «salvajes» y los «civilizados». El encuen-*

tro de Europa y Ultramar, Urs Bitterli comenta que en el XVIII «el hombre arcaico que había sido una curiosidad aparte y al margen del diálogo intelectual salió de su aislamiento y, de un modo tan alentador como inquietante, empezó a destruir la seguridad de la idea que el europeo tenía de sí mismo: esto queda de manifiesto con solo reparar en la llamativa frecuencia con que de súbito son mencionados hechos etnológicos en las obras históricas, filosóficas y antropológicas de Montaigne, Voltaire, Hume o Herder».

En el siglo XVIII América empieza a transformarse en el espejo donde Europa diluye sus fantasmas. El antropólogo Roger Bartra ha hablado del «efecto disolvente» que América tuvo en la cultura europea. De Grecia al Renacimiento, Europa cultivó el mito del hombre salvaje, el ser fantástico que representaba su otredad. En poesías, cantares, esculturas, tapices y grabados el salvaje aparecía cubierto de pelo y dispuesto a dejarse llevar por el instinto. Sus impulsos realzaban la educación del civilizado: el caballero andante rescata a la doncella de las ardientes y torvas manos del hombre silvestre. «Se podría decir que mientras Europa colonizaba a los salvajes americanos, estos a su vez colonizaron al mito europeo del salvaje y contribuyeron a su transformación», escribe Bartra en *El salvaje en el espejo*.

La historia de Europa es, en buena medida, la historia de su necesidad de medirse en el Otro, ya sea el salvaje con el que combaten Orlando el Furioso o don Quijote, o ese ser no menos fantástico, el indio americano. El salvaje tiene una vasta parentela: sus antepasados son centauros, ménades, bacantes y cíclopes; sus descendientes, naturales de las Indias.

Lichtenberg vivió en el siglo en que el conocimiento de los otros empezó a tener el saludable «efecto disolvente» al que se refiere Bartra. Conviene recordar que Gotinga jugó un papel clave en este viraje cognitivo. Ahí fue donde Johann Friedrich Blumenbach renovó la antropología física y donde se editó la prolija antología de viajes que le sirvió a Kant para sus clases de geografía en 1757.

Los «libros de saldos» dan prueba del espíritu inquieto de su autor. La religión, la guillotina, los corsés, los sueños, las tormentas, los pararrayos, el vino, la moda, los batallones de asalto, el lenguaje, la pedantería de los colegas, el sexo, el tabaco, los insectos, las visiones de Jakob Böhme y las teorías de Newton son algunos de sus asuntos. Lichtenberg pasa de los chismes locales a los habitantes de un país imaginario «donde a las papas se les dice compatriotas». No es de extrañar que en esta miscelánea de datos y fábulas aparezca el Nuevo Mundo. Las más de las veces se trata de anotaciones curiosas sobre una tribu que se comunica con nudos, el indio canadiense que dijo que lo que más le gustaba de París eran las carnicerías o la isla remota donde las palabras «sol» y «vagina» son casi idénticas. Sin embargo, el conjunto de estas «rarezas» le sirve para uno de sus ejercicios intelectuales predilectos: el cambio de perspectivas.

Lichtenberg imagina la forma en que los americanos descubrieron a los europeos. Un penetrante olor denunció la proximidad del enemigo: «Los salvajes americanos pudieron oler a los españoles desde muy lejos» (la expresión «salvaje» cobra toda su ironía al contrastarla con el «civilizado» que esparce su peste a la distancia). Si Lichtenberg lleva la cuenta de las islas exploradas en el noroeste americano, se interesa en un antiguo imperio bantú del África meridional y desglosa el vocabulario de los indios de Guyana, es porque desea conocerse a sí mismo en otras circunstancias. Contra la norma y la estadística, asume la mirada sorprendida del cangrejo ante los exóticos que caminan hacia adelante.

Infatigable enemigo del nacionalismo, Lichtenberg se burló de los poetas que elogiaban con gentilicios, como si ser una muchacha alemana fuese mejor que ser una tahitiana. Sin otra compañía que una vela encendida, se distraía de sus clases de física pensando en aztecas y guyanos. Las civilizaciones alejadas en el tiempo y el espacio le brindaban nuevas armas contra su época. Véase, si no, su manera de contrastar la cultura «bárbara» con la «civilizada»: «Los habitantes de las Islas Marianas eran tan ignorantes que no conocían el fuego antes del desembarco de Magallanes y al ver la primera flama pensaron que se trataba de un animal que devoraba. Y sin embargo sabían expresarse muy bien en canciones amorosas». ¿Qué es preferible, el fuego del «civilizado» o el canto del «bárbaro»?

La ironía como estilo literario debe su fortuna a la renovación de los puntos de comparación. La anotación F-534 borra las fronteras entre civilización y barbarie; Europa aún no ha triunfado sobre sí misma: «Eso lo hacen los bárbaros en Tanna y los domesticados en Saxenhausen».

Uno de los más valiosos saldos de los «libros» consiste en reconocer la alteridad: una carnicería puede ser más hermosa que el Pont Neuf. La entrada J-1090 informa que los salvajes de Senegal tienen dioses que los portugueses llamaron *fetissos* (fetiches); sin embargo, los aborígenes no se enteraron de su idolatría: el fetichismo es un invento de la mirada externa.

La primera lección de la otredad es que sucede en un espacio donde resulta habitual. La comparación, por supuesto, es reversible:

El sacerdote: Vosotros, neozelandeses, sois antropófagos.
El neozelandés: Vosotros, frailes, sois teófagos.

Donde comer al prójimo es la norma, comer a Dios es una transgresión. En otras palabras, cada cultura asume una apariencia distinta: «Un sabio chino no puede verse como un persa o un alemán».

Siguiendo de cerca a Kant, Lichtenberg recuerda con insistencia que el hombre es incapaz de escapar a su propia piel: pensar es pensarse; lo desconocido nos acerca a lo que somos. Lichtenberg presumía de haber ido a Inglaterra para perfeccionar su alemán. Lo ajeno pone de relieve las debilidades de lo propio: los ritos de iniciación en Guyana le parecen dignos de más merecimientos que los exámenes para ser magistrado en Alemania. En el mismo tono comparativo afirma que los habitantes de Nueva Guinea tienen un explosivo muy parecido a la pólvora pero son demasiado pacíficos para usarlo al estilo europeo.

En los «libros de saldos», el interés por las demás culturas avanza en variadas direcciones. Con frecuencia, Lichtenberg se detiene en campos semánticos; las ortografías difíciles le despiertan una particular fascinación: las palabras de los tahitianos o de los quimos de Madagascar deben ser tratadas como objetos de conocimiento. «Heródoto se disculpa por tener que citar nombres bárbaros, ¿no es esto horrible?» La atención que dedica a los signos prefigura la máxima de Derrida: «donde hay una huella hay un lenguaje». Para Lichtenberg una mancha de tinta es ya un idioma; sin embargo, una vez más su entusiasmo es atemperado por la reserva intelectual: si bien todo puede ser leído, nada garantiza que sea leído correctamente.

Aunque fue un atento lector de las *Confesiones* y del *Emilio* (donde, por cierto, las aventuras de Crusoe contribuyen a la educación del protagonista), Lichtenberg carecía del entusiasmo rousseauniano en el «buen salvaje». Las civilizaciones apartadas son distintas, pero resulta absurdo preguntarse sin son mejores; idealizar la otra orilla del océano lleva a nuevos malentendidos: «ninguna invención es más fácil para el hombre que la de un paraíso».

La misma mesura se refleja en su estudio del «sitio más fascinante sobre la Tierra: el rostro humano». Su prolongada campaña contra el determinismo fisonómico de Lavater es un intento de demostrar que el hombre es moldeado por la cultura y no por la genética. A contrapelo de la mayor parte de los pensadores del XVIII, descree de una correspondencia entre lo Bueno y lo Bello. Para Herder, la figura humana es un símbolo del alma. El tema recorre una vasta bibliografía. Al inicio del drama de Lessing *Emilia Galotti*, el príncipe Gonzaga contempla dos retratos: la belleza natural de Emilia y la belleza algo afectada de la condesa Orsina. Cuando las dos mujeres entran en escena se comportan de acuerdo con lo que sus retratos prometían; el carácter se desprende de la fisonomía. En cambio, a Lichtenberg le parecen insulsos los rostros «equilibrados», «armónicos», y advierte que los defectos físicos casi siempre anuncian opiniones originales: «He notado que las personas cuyos rostros tienen una falta de simetría con frecuencia poseen las mentes más agudas». Sin embargo, tampoco estamos ante un sibarita de la fealdad que ve inteligencia en los esperpentos. Al contrario: un rostro rara vez dice algo en sí mismo; necesita una consecuencia, una conducta que lo defina. Cerca del Swift de *Una modesta proposición*, Lichtenberg opina que si los actos pudieran inferirse de las facciones, los futuros criminales deberían ser asesinados en la cuna, en una suerte de auto de fe fisonómico.

De este rechazo al determinismo se deriva la concepción racial de Lichtenberg. Nada es más ridículo que juzgar las razas a partir de la fisonomía europea, pues el carácter depende del medio. En la entrada F-585 comenta que Selkirk, el náufrago que inspiró *Robinson Crusoe*, estuvo a punto de olvidar su idioma en soledad, y así como un europeo se extravía al perder su cultura, con la información adecuada un africano puede concebir la teoría de Copérnico. Cada hombre es un ser equidistante del ángel y el mono.

No todos los ilustrados tuvieron un criterio tan amplio. Mientras Voltaire se pregunta si el negro desciende del mono o el mono del negro, Lichtenberg sostiene que Newton hubiera podido ser un negro europeo, no porque sea un rasgo de superioridad nacer en el viejo continente, sino porque solo ahí se daban las condiciones culturales para concebir la teoría de la gravitación universal.

Enemigo de las explicaciones absolutas, Lichtenberg dejó una obra abierta. Su escritura fragmentaria puede ser vista como señal de indolencia (él mismo bromeó de continuo sobre su incapacidad de terminar proyectos) pero también como una ética: nunca hay *una* solución.

Aunque sus textos son refractarios a la idea de «sistema», sin duda ofrecen un consistente estilo de pensamiento. Lichtenberg no busca una teoría general sobre el Otro, pero durante treinta años lleva a cabo un cambio de perspectivas que le permite conocer lo ajeno para criticarse mejor: hay otro lugar donde somos exóticos.

LA ISLA ILUSTRADA: PENSAR LO NUEVO

En los «libros de saldos» hay dos tipos de Nuevo Mundo: el real y el ficticio. Además de reflexionar en las regiones más apartadas del globo, Lichtenberg dejó apuntes para algunas novelas; su búsqueda de islas también pasa por la ficción, como lo demuestran las notas para *La isla de Zezu*.

De la *Odisea* a «La isla a mediodía», de Julio Cortázar, los narradores han encontrado muchas formas de arrojar a sus personajes en playas insólitas. El náufrago que encandiló las mentes de Campe, Lichtenberg y Humboldt proviene de un caso real, el de Alexander Selkirk, quien durante cuatro años y cuatro meses (1704-1709) estuvo en una isla desierta del archipiélago Juan Fernández. Woodes Rogers lo rescató y escribió su historia en *A Cruising Voyage Round the World* (Rogers no podía faltar entre los dieciséis eminentes capitanes citados por Lichtenberg en su entrada D-440). También Richard Steele escribió sobre Selkirk en el periódico *The Englishman*.

Defoe redefinió el género de la ficción a partir de un hecho verídico, y sus principales logros narrativos dependen, justamente, de su capacidad para desmarcarse de los reportes de Rogers y Steele. El ostracismo de Robinson dura casi toda una vida; sin embargo, la carga dramática no se debe a la duración sino a que el naufragio es vivido por el protagonista como un castigo: zarpó contra la voluntad de sus padres y, de acuerdo con las costumbres de la marinería, alteró su nombre al subir a bordo; su viaje era un cambio de identidad, una negación voluntaria del origen. El marino que no se atreve a cometer un parricidio deja que el tiempo obre por él: solo regresará a la otra isla, Inglaterra, cuando todos sus familiares hayan muerto.

El naufragio de Robinson adquiere el sello de un bautismo; es, al mismo tiempo, una condena por la transgresión y una oportunidad de empezar de cero. Marthe Robert ha advertido una curiosa inversión bíblica: Robinson es expulsado al paraíso.

Industrioso héroe del XVIII, Robinson convierte su entorno en una isla administrada, un jardín de la ética protestante (Lichtenberg admira su dedicación para pulir un madero durante dieciocho días: el trabajo se convierte en una moral). Para matar la soledad y no perder el registro del tiempo, lleva un diario donde combina los inventarios del comerciante con la reflexión privada, semejante al de Lichtenberg. El diario también representa una oportunidad de sentirse cerca de los suyos, de intuir el mundo donde alguien puede leerlo. El náufrago no deja de pensar en los demás. Hasta su arreglo físico presupone otra mirada. Paul Valéry comentó el hecho curioso de que Robinson adornara su sombrero con una pluma, como si alguien pudiera verlo. Poco a poco Defoe prepara el terreno para la llegada del Otro, el momento decisivo para colocar la huella en la arena.

El gran hallazgo del libro es la aparición de Viernes. Sin embargo, el extraño llega en calidad de súbdito. De acuerdo con los postulados de la novela, el arribo de un europeo derrotaría a Robinson: el esforzado monarca de sí mismo tendría que compartir su territorio. Gracias a Viernes, la isla se transforma en una colonia. Luego de autoeducarse, Robinson adquiere un discípulo. Solo en raras ocasiones muestra un asombrado respeto por los inescrutables pensamientos religiosos de su siervo. El indio es una hoja en blanco, una isla cultivable.

A pesar de sus muchos logros, Robinson añora Inglaterra. Cuando finalmente retorna (se casa con una mujer sin nombre, edad ni rasgos definidos) le ocurre lo mismo que a Selkirk: sueña con la pequeña isla que dejó lejos, su paraíso perdido. En *Novela de los orígenes y orígenes de la novela*, Marthe Robert resumió la contradictoria fascinación del naufragio: «La isla desierta participa de la doblez del deseo que la hizo surgir en los confines del mundo conocido. Hasta el final sigue siendo un paraíso ambiguo, el mundo innominado en el cual el individuo, perdido de sí mismo, conoce sucesivamente la felicidad original y el aislamiento [...]. Desde el comienzo Robinson queda aprisionado por la paradoja del naufragio que sanciona, al mismo tiempo, su gloria y su fracaso».

Al ofrecer un edén de la ingeniería –la naturaleza ordenada por la mente– y concebir al Otro como la tabula rasa necesaria para medir los logros del civilizado, Defoe crea un icono del progreso. De Daniel Defoe a Michel Tournier, la aventura de la autoeducación ha adquirido rango mítico: como don Juan o Fausto, Robinson ha inspirado múltiples versiones. Entre sus varias encarnaciones ya fue a las nieves, asumió la nacionalidad suiza, procreó una vasta estirpe y se enamoró de Viernes.

Ningún paisaje provoca tanta autonomía de comportamientos como una isla. ¿Qué clase de fábula ideó Lichtenberg? A diferencia de los numerosos seguidores de Defoe, no concibió una isla desierta: Zezu está superpoblada y todos los aborígenes son eruditos. Su novela potencial se acerca mucho a lo que George Steiner llama «sociedad secundaria», la periferia cultural en la que, en vez de crear obras, se escriben reseñas sobre reseñas. *La isla de Zezu* estaba llamada a ser una corrosiva crítica de la vida intelectual alemana. Si Defoe imaginó a un héroe que encarnara el espíritu positivo del XVIII, Lichtenberg se concentró en el aspecto negativo: la Ilustración empieza como épica y termina como sátira.

Impecable parábola de la Academia, Zezu es una antiutopía donde no habita el buen salvaje ni el salvaje administrado, sino el salvaje culto: «las muchas lecturas nos han traído una barbarie ilustrada».

Para Lichtenberg el mundo natural es la verdadera escuela del hombre. Esto no supone un rechazo de la literatura –es un entusiasta de Shakespeare, Ovidio, Horacio, Swift, Defoe, Johnson y muchos otros– sino de los libros inútiles, escritos como un débil eco de opiniones ajenas. Ningún acto cotidiano debe ser más individual que el pensamiento: «Es cierto que no puedo hacerme mis zapatos, pero, señores, no permito que me escriban mi filosofía». El hombre debe tener con su mente el mismo contacto individual que tiene con su rostro al afeitarse.

La Ilustración fracturó códigos establecidos pero también impuso nuevas modas culturales. Los «libros de saldos» son uno de los primeros sistemas de alarma del racionalismo: ni siquiera en la mente puede tenerse una confianza ciega. Toda teoría, por convincente que parezca, está sujeta a prueba: «Si pensamos en la naturaleza como maestra y en los pobres hombres como alumnos, se llega a una curiosa idea del género humano. Estamos en un colegio, disponemos de los principios necesarios para entender y sin embargo atendemos más al chismorreo de nuestros condiscípulos que a la lección de la maestra; copiamos lo que el compañero escribe a nuestro lado, robamos algo que tal vez otro escuchó imprecisamente, multiplicamos nuestros errores ortográficos e intelectuales».

Lichtenberg concibe un mundo bullicioso, pletórico de actividades inútiles: Zezu es una Gotinga excesiva, una ciudad letrada donde hay muñecos que se comportan como personas (algunos de ellos tienen grados académicos) y donde el gobierno promueve las sátiras (a condición de que traten de personas muertas antes del Diluvio).

En la isla supersabia la justicia se imparte de acuerdo con espesos sofismas: el puesto de Poeta de la Corte se decide por sorteo (si el ganador no sabe versificar es torturado); en cambio, cuando un hombre se transforma en buey, los jueces se preguntan si es posible castigar al buey.

Al reflexionar sobre la Conquista de América, Lichtenberg dice que los españoles viajaron al Nuevo Mundo sin sus críticos literarios para no propagar una epidemia que ataca a los órganos reproductores del alma.

El pensamiento no siempre es un bien en sí mismo: «¿Hay que preguntarse qué es más difícil: pensar o no pensar? El hombre piensa por instinto. ¡Y quién no sabe lo difícil que es reprimir un instinto!».

En ocasiones, pensar demasiado nos aleja de la verdad: hay genios tan minuciosos que siempre ven un grano de arena antes que una casa. *La isla de Zezu* es el intento de poner en escena los peligros de la cultura, un teatro de «cabezas originales» –más dispuestas a opinar que a entender–, cuyo único rasgo natural es la pedantería.

Lichtenberg compartió con Diderot el fervor educativo, dedicó su vida a la enseñanza, el estudio y la divulgación de las ideas (sus empresas editoriales lo convierten en un adelantado del periodismo cultural moderno); sin embargo, consideraba que los libros, como el fuego, solo benefician a la distancia adecuada. Las lecturas precoces o irreflexivas pueden torcer un temperamento. En *La legibilidad del mundo* Hans Blumenberg estima que Lichtenberg «es, junto con Kant, el único ilustrado alemán que no se limitó a disfrutar y valorar los logros de la Ilustración, sino que trató, de antemano, de comprender su fracaso».

Los «libros de saldos» proponen una lectura del mundo como libro inédito, libre de prejuicios, pisar la arena anterior a la primera huella: «En vez de hacer que un personaje lea a Homero, preferiría mostrarle el libro en el que leyó el propio Homero».

El mundo es un discurso pero nuestra lectura puede ser imperfecta. A propósito de Lichtenberg, Blumenberg habla de «una especie de compromiso, producto de la resignación copernicana: se acepta la legibilidad universal del mundo, pero se aclara que no disponemos del mejor punto de vista para hacer uso de ella». Educarse en la permanente novedad de la naturaleza significa entender que apenas somos capaces de arrojar una mirada imprecisa. Descubrir los límites del entendimiento ya es una forma de extenderlos.

En la noche del 4 al 5 de julio de 1799 un antiguo discípulo de Defoe, Campe y Lichtenberg contempló por primera vez la Cruz del Sur. En una carta a Goethe, Humboldt había escrito: «la naturaleza debe ser sentida». ¿Cómo expresó sus emociones ante las estrellas del mundo sudamericano? El barón recitó los versos de Dante sobre el retorno al cielo conocido. Al fin estaba ante el anhelado espectáculo de otro firmamento y sin embargo celebraba su cielo de siempre: «Al viajero nada le recuerda de manera tan asombrosa la extraordinaria lejanía de su patria como la contemplación de un nuevo cielo».

El viaje de Humboldt, mezcla de emoción y búsqueda científica, recuerda un curioso experimento de su maestro: la «colección de tormentas». Lichtenberg pidió a sus conocidos que le relataran tempestades; con ello no avanzó mucho en el conocimiento de la meteorología pero sí en el de sus amigos. En sus copiosos experimentos, tuvo en cuenta el factor subjetivo. Esta comprensión del precario punto de vista de los hombres lo ayudó a no cegarse ante los avances científicos. Para la mayoría de los ilustrados, la ilimitada fe en la razón se fundaba en los logros de la ciencia moderna. El laboratorio de Lichtenberg, por el contrario, fue un recinto donde los conocimientos positivos no llevaban a certezas universales. Su reticencia a celebrar en forma indiscriminada a la razón es doblemente excepcional, pues surge en el campo que brinda los más sólidos argumentos al racionalismo: la ciencia. La modernidad del pensamiento lichtenbergiano se basa en reconocer su historicidad, sus límites de aplicación, la forma en que se producen sus ideas.

¿Qué importancia profunda tiene América en los «libros de saldos»? En el más célebre de sus aforismos, Lichtenberg compara los libros con un espejo: las ideas desconocidas son una forma de probarnos; lo nuevo es una oportunidad de espejo. A medio camino entre el desembarco de Colón y nuestro tiempo, practica una antropología radical: América es un desafío para que Europa se conozca en la diferencia.

Cuando Robinson encuentra la huella en la arena trata de calmarse pensando que proviene de su pie y que por casualidad el mar no la ha borrado. Lichtenberg, por el contrario, sabe que el estremecimiento no proviene de lo ajeno: en la isla sin nombre es posible descubrir muchas cosas, pero ninguna huella es más inquietante que la propia.

LAS ATADURAS DE LA LIBERTAD
GOETHE Y *LAS AFINIDADES ELECTIVAS*

a José María Pérez Gay

«No estoy para centenarios», escribió Ortega y Gasset cuando un periódico le pidió un ensayo con motivo de los cien años de la muerte de Goethe. No es difícil compartir la irritación del filósofo español; hay algo antipático en elogiar al hombre que administró en vida su posteridad y anticipó las mil verdades contradictorias que se dirían sobre él en los congresos del futuro. Su apellido es ya una marca registrada que nombra una infinidad de colegios y una dirección de internet para usuarios ávidos de frases célebres: Goethe.com.

Incluso como amante, el autor de *Las afinidades electivas* cortejó la inmortalidad. A los cincuenta años conoció a Bettina Brentano, una joven culta y temeraria. Después de un intenso amorío, el poeta interrumpió la relación. Bettina lo buscó durante trece años y solo obtuvo respuesta cuando dibujó un boceto para un monumento a su amado: Goethe aparecía empuñando una lira junto a una Psique de cabellos revueltos. Con más entusiasmo que destreza plástica, Bettina certificaba su gloria. El genio aceptó este gesto de rendición.

Seguro de su destino impar, Goethe se ocupó de personajes prestigiados por la historia o la leyenda: César, Egmont, Mahoma, Prometeo. Su mirada se detuvo en los poetas de la acción, recortados contra las desordenadas multitudes. Los procesos sociales no encontraron cabal acomodo en su dramaturgia (en siete ocasiones trató en vano de abordar la Revolución Francesa). De sus numerosos encuentros, aquilató en especial su breve trato con Napoleón. Se encontraron en Erfurt, en 1808, mientras el estratega almorzaba. Sin dejar de masticar, el vencedor de Austerlitz pronunció una frase célebre: «¡He aquí a un hombre!». Dirigida a un genio, la definición elemental de cualquier soldado raso se convirtió en paradigma y sistema de medida: Goethe representaba *lo humano*.

Pero el coleccionista de celebridades también sucumbió a los desvelos del amor y sus heridas íntimas. En las *Elegías romanas* revela su método para componer poesía de circunstancias: versifica con los dedos en la deliciosa espalda de su amante. La verdad sea dicha, resulta difícil imaginar los ratos de frustración y acorralamiento de un seductor tan suficiente, capaz de llamar a su autobiografía *Poesía y verdad*. El hombre lírico de las *Baladas* estuvo lejos de empuñar la pistola fatal como su sufrido Werther o de morir a dúo con su amada como su contemporáneo Von Kleist. Goethe conoció el copioso repertorio de las emociones sin ser vencido por ninguna de ellas. Pietro Citati ha levantado inventario de las cuitas que aquejaron al poeta. Llama la atención que sean tantas, pero sobre todo que se superen tan aprisa. Una excursión, un experimento químico, una nueva traducción latina bastan para sublimar desastres cotidianos.

Admirador de quienes lograban remontarse por encima de sus circunstancias, Goethe observó con serenidad el convulso espectáculo del mundo. La posposición de su matrimonio con Christiane fue motivo de muchas cartas y muchas reflexiones, pero no lo sometió al tortuoso proceso de Kafka ante sus novias. Con tranquila aquiescencia, aceptó unirse a una mujer buena y simple y solidaria. Acto seguido, continuó sus amoríos con jovencitas que lo gratificaron y preocuparon en dosis ideales para garantizar la puntual progresión de su poesía amorosa.

Al igual que Goethe, Thomas Mann escribe sobre lo demoniaco y las tentaciones extremas de la sensualidad; localiza las pulsiones corrosivas no para ceder a su influjo, sino para ponerles cerco y dominarlas por vía del intelecto. En su ensayo «Goethe como representante de la edad burguesa» reproduce la célebre pregunta del *Diván de Oriente y Occidente*: «¿Se vive verdaderamente cuando otros viven?». ¿Basta ser testigo de los hechos para experimentarlos? ¿Debe el artista mirar a distancia el flujo de los acontecimientos o sumirse en ellos a plenitud? Estas interrogantes rigen la obra entera de Mann; resolverlas implica un heroísmo de la renuncia: solo al apartarse de la vida, el artista puede conmover a sus lectores y preservar la mirada oblicua de quien discierne los sucesos sin compromiso alguno.

Goethe pertenece a la última generación que vio el entorno como un todo cognoscible. El hombre del XVIII podía comprender el funcionamiento de sus aparatos domésticos y estar al tanto del último descubrimiento astronómico. En esta totalidad lógica, Goethe estudia los afectos con la misma curiosidad que le despierta la botánica y su renovada enciclopedia de follajes. Para Hans Blumenberg, la trayectoria intelectual goethiana depende de un cambio de énfasis: parte de la naturaleza concebida como libro para desembocar en el libro concebido como naturaleza. En 1790 el deletreador del cosmos escribe:

«Epigramas, no sean tan cínicos.»
¿Por qué no? Nosotros solo somos los títulos:
el mundo posee los capítulos del libro.

Si en esa etapa descifra el entorno como un texto, en las siguientes cuatro décadas se dedica a crear su propia naturaleza. Con su obra casi concluida, recibe un sorprendido elogio de su amigo Friedrich Zelter: «*Wilhelm Meister* no es una novela, es el mundo». Esta frase, que tantas veces se aplicaría en el futuro a Proust, Joyce, Musil o Broch, señala un singular viraje en la concepción de la narrativa.

Para llegar a la novela estructurada como biosfera, Goethe se sirvió de su peculiar trato con la ciencia. Más cerca de la especulación que de la exactitud (Blumenberg recuerda su significativo repudio de los instrumentos de medición, el microscopio, el telescopio, el prisma y el álgebra), buscó discursos orgánicos, una morfología totalizadora que lo acercó al Dios de Spinoza, idéntico a la naturaleza, y a la noción kantiana de que comprender el catálogo del mundo significa comprenderse.

A pesar de las muchas horas dedicadas a clasificar minerales, los mejores resultados científicos de Goethe ocurrieron en su literatura. Los académicos de bata blanca no se dejaron impresionar con el tránsfuga del *Sturm und Drang* afecto a medir maxilares. El preciso Lichtenberg le comentó que su *Teoría de los colores* era una elegante práctica de la inutilidad. Sin embargo, los escritores lo acusaron de cientificismo. Schiller, que lo conocía mejor que nadie y leyó en manuscrito *Wilhelm Meister*, le escribió a Körner en 1787: «[Goethe] profesa un desprecio orgulloso de toda especulación, con un apego a la naturaleza llevado hasta la afectación y una resignación a sus cinco sentidos». En su calidad de amigo íntimo, Schiller exagera; conoce demasiado bien a Goethe, está harto de sus manías y carece de distancia para aquilatar los alardes positivistas del hombre de letras que publica una elemental *Metamorfosis de las plantas* (destinada a influir más en la estructura de sus narraciones de madurez que en la ciencia de la época) y dice que Jacobi ha sido castigado por la metafísica en la misma medida en que él ha sido bendecido por la física. Seguramente, los alardes cientificistas de Goethe habrían menguado si los demás poetas hubiesen compartido sus pasiones por la química y la botánica. Quien escribe a contrapelo carga las tintas para convencer a los reacios e irritar a los cercanos.

Johann Wolfgang von Goethe nació en Frankfurt, en 1749. A los veinticinco años produjo un avasallante *best seller*, *Los sufrimientos del joven Werther*, que inauguró una nueva costumbre para morir de amor, solo comparable con el «bovarismo» del siglo XIX. A partir de ese éxito, y hasta su muerte a los ochenta y tres años, el favorito de los dioses renovó todos los géneros literarios. Hay, al menos, tres fases en su desarrollo: la militancia en el *Sturm und Drang* (el *Werther*, la obra de teatro *Götz de Berlichingen, el de la mano de hierro*), el clasicismo de la Trilogía Italiana (*Ifigenia, Egmont, Torquato Tasso*) y la etapa de madurez, cifra y superación de sus tentativas anteriores: *Fausto II*, las memorias de *Poesía y verdad*, las novelas de aprendizaje protagonizadas por Wilhelm Meister y *Las afinidades electivas*. Ciertos temas lo ocuparon casi de por vida; en septiembre y octubre de 1775 escribió nueve escenas del *Fausto*; en 1831, un año antes de su muerte, concluyó *Fausto II*. El pacto de la inteligencia con el mal fue el más sostenido de sus intereses.

La continuidad y la ruptura avivaron los fuegos del poeta y en ocasiones produjeron extraños puntos de colisión. La obra de teatro *Torquato Tasso*, escrita durante la Revolución francesa, proclama la necesidad de una nueva estética sin recusar las normas clásicas.

Iconoclasta en la propuesta y ortodoxa en la ejecución, respeta los cánones que propone romper. El protagonista se estrella con una sociedad anquilosada, y el dramaturgo corre la misma suerte: «El último drama italiano de Goethe articula así, sin romper formalmente las normas clásicas, un concepto por completo enemigo de lo clásico», escribe Benedikt Jessing.

Los héroes del primer Goethe cumplen en forma negativa su destino: la Historia es el impedimento que justifica y engrandece sus caídas. *Götz de Berlichingen* (1773) retrata a un *self-made man* del siglo XVI que se opone a sus despóticas circunstancias y muere con la palabra «libertad» en los labios. De modo elocuente, su mujer comenta: «El mundo es una cárcel».

La literatura del siglo XX nos acostumbró a héroes con apodos de dramática singularidad: el Extranjero, el Perseguidor, el Conformista, el Inmoralista. Una era pródiga en destinos escindidos no se asombra ante las conciencias individuales que viven contra la tradición. Cuesta trabajo recuperar la sorpresa de los contemporáneos de Goethe ante los inauditos Götz, Werther o Fausto, que solo se rendían cuentas a sí mismos, sordos a los poderes divinos o terrenos.

¿Cómo singularizar la experiencia en un ámbito donde las normas sociales y religiosas definen la conducta? Goethe defendió a ultranza la libertad individual pero alertó sobre sus excesos. Una tensión define su mente: la razón no se basta a sí misma y debe incluir en su radio de intereses a las adversas sinrazones. En este empeño, el diablo aparece como inesperado auxiliar de la sabiduría. Si Lessing disfrazó a Mefisto de Aristóteles en uno de sus dramas y Kant señaló que el pecado original era el conocimiento, Goethe ofreció otros frutos prohibidos a la razón. La inteligencia no puede rehuir lo inefable, lo que se intuye pero no se argumenta. Con todo, los principales peligros para el pensamiento no surgen de este contacto sino de su propia potencia, de la incapacidad de poner un cerco sensato a las ideas. Por ello en el «Prólogo en el cielo», de *Fausto*, la desaforada búsqueda de conocimientos suscita una curiosa alianza entre Dios y el diablo. El Creador explica: «El hombre se extravía siempre que, no satisfecho de lo que tiene, busca su felicidad fuera de los límites de lo posible». Dialéctica de la Ilustración: la lucha por la libertad individual es inseparable de la tragedia del pensamiento intoxicado de sí mismo.

Durante la mayor parte de su vida, Goethe fue el más notorio de los seis mil habitantes de Weimar. Sus cargos públicos lo llevaron a intrigas cortesanas capaces de avivar sus páginas, pero no de distraerlo en exceso. En su rabiosa carta-ensayo de 1932, Ortega y Gasset pide un «Goethe para náufragos» y responsabiliza a Weimar de la aldeana vanidad del poeta. Con el terror inmobiliario de quien pudiera mudarse ahí, comenta que Weimar está a unos minutos de la gran universidad de Jena, pero jamás se dejó influir por ella. En su gruta provinciana, el poeta pudo decir que vivía «como una ostra mágica sobre la que transitan ondas extrañas»; aquellas ondas eran las obras de la Ilustración de las que se apropió con desparpajo de heredero universal. En ese plácido entorno, Goethe citó al diablo y dio un novedoso giro al Fausto de la leyenda: el choque del pensamiento con la pasión, encarnada en Margarita. «Si el corazón pensara, dejaría de latir», escribe Pessoa. Las emociones se disipan al razonarse. Fausto ama a Margarita, pero sobre todo ama lo que siente por ella. A diferencia del poeta lusitano, para quien no hay más tristeza que la de la sensación *pensada*, Fausto se extravía en las razones de su emoción, identifica el placer con el conocimiento y descubre recónditas verdades interiores. Asustada ante esta inteligencia sin freno, la amada pregunta: «¿Crees en Dios?». En la encrucijada fáustica la inocente curiosidad de Margarita carece de respuesta. Desde entonces Alemania es el sitio donde los pilotos sin tren de aterrizaje, los futbolistas que ignoran sus posibilidades para el siguiente domingo y los empedernidos apostadores de la lotería repiten una fórmula para aludir a su destino inescrutable: «Es la pregunta de Margarita».

Al comienzo de *Poesía y verdad* Goethe confiesa su inclinación a lo suprasensible, lo irracional, lo azaroso; en una palabra, lo *demoniaco*. «Busqué ponerme a salvo de ese ser terrible», escribe el hombre que cifró su destino en un encuentro con el diablo. Paul Valéry explica esta fatalidad: «No ha existido ningún mortal que haya aunado, con tanta felicidad, las voluptuosidades que *crean* y las voluptuosidades que *sobrepasan y consumen*».

En las biografías y los discursos de los doctorados honoris causa que se otorgan en su nombre, el genio conquista la posteridad sin despeinarse. Goethe no suele ser visto como un irregular o un rebelde. Murió convertido en una cultura y domina con verticalidad las letras alemanas. A propósito de Kant, le escribió a Schiller: «Lo que me gusta de este viejo es que siente la necesidad de reiterar continuamente sus principios, sin cambiar de postura, pase lo que pase. El hombre joven y práctico tiene razón al no hacer caso de sus adversarios, pero el hombre viejo y teórico no debe dejar pasar a nadie una palabra torpe». El caudillo cultural pule su estatua sin remilgos. Esta identidad entre obra y trayectoria personal convence a Ortega y Gasset, su fastidiado admirador: «Goethe se preocupa de su vida sencillamente porque la vida es preocupación de sí misma». Entendido de este modo, su egotismo es un eficaz sistema de conocimiento. Si Werther confunde al mundo con su espejo y sufre cada alteración del querido valle que lo circunda, su autor invierte el procedimiento y se vale de su introspección para conocer el exterior. «El orgullo de ser un logro tan brillante, de ser un maestro en todo tipo de cosas maravillosas, este orgullo creciente se depura y se eleva a un grado metafísico que lo hace equivalente a una modestia infinita», escribe Valéry.

Goethe se estudia por necesidad, transforma el narcisismo en heroísmo de la mirada, apunta sus reacciones, atesora facturas, archiva cada borrador, es su campo de acontecimientos, la naturaleza que reclama métodos. Déspota y siervo del entendimiento, indaga un territorio que lo determina; a través de él, el orden natural se vuelve reflexivo. Por ello puede decirle a Eckermann: «No he sido yo quien me he hecho».

Los ciento cuarenta y tres tomos de sus obras completas, reunidos en la Sophienausgabe, equivalen a una ruidosa civilización. Cada una de sus sentencias puede ser compensada o refutada por otra. Cosmopolita y provinciano, libertario y conservador, altivo y humilde, arrebatado y pudibundo, lírico y positivista, clásico y transgresor, Goethe entrega un compendio donde todo parece dicho, cuestionado y reivindicado. Algunos comentaristas modernos, hartos de pulir el bronce, colocan una botella vacía en la mano de la estatua y así confirman que, pese a todo, el poeta es insoslayable. En casos extremos, como el de Harold Bloom en *El canon occidental,* la desesperación ante un genio tan satisfecho de sí mismo conduce al arte residual de la invectiva: «*Fausto* es el más grotesco e inadmisible de todos los grandes poemas dramáticos de Occidente».

Obviamente, este estruendo contribuye a avivar el festejo como un fuego de artificio. La obra de Goethe suscita toda clase de enormidades, incluida la admiración paralizante a la que se plegó Franz Kafka. Un domingo de lluvia escribió en sus *Diarios*: «Estoy sentado en el dormitorio y dispongo de silencio, pero en lugar de decidirme a escribir, actividad en la que anteayer, por ejemplo, hubiese querido volcarme con todo lo que soy, me he quedado ahora largo rato mirando fijamente mis dedos. Creo que esta semana he estado totalmente influido por Goethe, creo que acabo de agotar el vigor de dicho influjo y que por ello me he vuelto inútil». El autor de *El proceso* convierte la lectura de un titán en un tema kafkiano: el vigor de ese lenguaje es tal que estimula hasta el enmudecimiento.

APOLOGÍA ENVENENADA

Goethe escribió *Las afinidades electivas* a los sesenta años. Wieland, Zelter, Madame de Staël, Wilhelm von Humboldt y otros sagaces lectores de principios del XIX no ocultaron su perplejidad ante la obra, mezcla de alegoría y *Zeitroman*. Desde entonces abundan las explicaciones extraliterarias para esta historia ejemplar, originalmente destinada a formar parte del ciclo educativo de Wilhelm Meister.

Goethe publicó el libro después de casarse con Christiane. Muy pronto, este arreglo por conveniencia se vio sacudido por los intermitentes amoríos del poeta con mujeres jóvenes. Los paralelismos con la novela son evidentes. *Las afinidades* retrata la racional vida en pareja de Eduard y Charlotte. Ella es mayor que él y satisface sus caprichos con maternal solicitud. Viven en una mansión solariega rodeada de jardines, más al modo de la nobleza feudal que de la naciente burguesía. La trama comienza con la posibilidad de que la joven Ottilie, sobrina de Charlotte, vaya a pasar una temporada con ellos. Poco después surge otro prospecto de huésped, el Capitán. Cada miembro de la pareja adquiere así su visitante: la bella Ottilie alegrará las jornadas de Eduard y el Capitán otorgará sentido práctico a las ideas de Charlotte para reformar la vivienda y los jardines. Goethe comentó que Eduard le parecía el más egoísta y antipático de los cuatro. Ottilie representa para él un capricho sensual; en cambio, Charlotte convierte su amistoso trato con el Capitán en una forma superior de llevar la casa. Estimulados por los visitantes, Eduard y Charlotte conciben un hijo que, de modo perturbador, adquiere los rasgos de los amados ausentes. En la noche de las transfiguraciones, los esposos se aman por primera vez con franqueza, como si fuesen otros: «A la tenue luz de la lamparilla la inclinación íntima y la fantasía impusieron sus derechos sobre la realidad. Eduard tenía solo a Ottilie entre sus brazos; el Capitán se cernía, acercándose o alejándose, ante el alma de Charlotte. De este modo se entrelazaban maravillosa y deliciosamente con deleite lo ausente y lo presente».

El matrimonio acepta este momentáneo triunfo de la fantasía; los extraños orbitan la pareja e influyen en ella, pero la convención parece a salvo de los impulsos. Siempre más sensata que su marido, Charlotte rechaza el cortejo del Capitán: «Solamente podré perdonarlo y perdonarme si tenemos el valor de cambiar nuestra situación, pues de nosotros no depende cambiar nuestros sentimientos». Por el contrario, Eduard y Ottile son incapaces de modificar sus circunstancias. Demasiado tarde, comprenden que solo sobreviven quienes encuentran una forma de vivir a pesar de sus pasiones. Michel Tournier resume el desenlace con ironía: «El Capitán modificará la vida exterior de sus amigos; Ottilie, su vida interior. En resumidas cuentas: tres muertes por lo menos». El niño, producto del amor delegado, muere en un accidente; Eduard va a la guerra en busca de un patriótico suicidio, y la melancólica Ottilie deja de comer (los demás habitantes de la casa se preguntan qué sucedía con la comida que le enviaban a su cuarto; con desarmante simplicidad, Nanny, la sirvienta, admite que ella se la comía «porque ¡estaba tan rica!»).

Las afinidades retrata y desafía el clima moral de la época. El exreligioso Mittler (cuyo nombre significa «mediador») llega a la novela para promover el matrimonio con un sólido récord en su haber: mientras ejerció su ministerio, no hubo ningún divorcio en la comarca. Este celo conyugal tiene su contrapeso en una pareja de aristócratas que concibe el matrimonio como un partido de tenis a tres sets: la unión debe replantearse cada cinco años y solo será definitiva cuando se acepte por tercera vez.

Precursora de Kate Moss y las hermosas sílfides del siglo XXI que combinan la anorexia con las adicciones, la joven Ottilie no vive en el presente; sus tiempos son el pasado visto con nostalgia o el inalcanzable porvenir. En la escuela de monjas aprende «como alguien que quiere educar; no como alumna, sino como futura maestra». Sus acciones ocurren en un vacío entre la ya superada adolescencia y la aún lejana madurez. Intuitiva, de una sensibilidad que la convierte en candidata a médium o clienta de un hipnotista, se sobresalta al pasar por una sección del jardín donde hay un yacimiento mineral y requiere de mediaciones para su franqueza (como Hans Castorp en *La montaña mágica*, se comunica mejor en francés). En sentido estricto, la visitante es más un alcaloide que una psicología: su afantasmado estar ahí altera a Eduard, y su muerte por inanición es un sacrificio difuso, sin destinatario exacto (la gente del pueblo le atribuye los sufrimientos de una santa y espera que haga milagros desde el más allá).

La tragedia de Ottilie es el último saldo de la infidelidad de Eduard. Sin embargo, *Las afinidades* entrega una moraleja más intrincada que la condena del adulterio. Al respecto, escribe Walter Benjamin: «Considerada desde la fatalidad, toda elección es "ciega" y conduce a la desgracia». Las verdades individuales pueden causar la ruina colectiva; el libre albedrío cambia de signo al vincularse con los demás.

El origen de esta trama de combinaciones significantes fue un tratado científico. En 1782 apareció la traducción al alemán de *Las afinidades electivas*, del químico sueco Tobern Bergmann. Goethe llevó el método a la geometría del amor: «El destino nos concede nuestros deseos, pero a su manera, para poder darnos algo que está por encima de ellos». Importa poco lo que Charlotte, Eduard, Ottilie y el Capitán hagan por separado; lo decisivo es su articulación como cuarteto o su alternancia en parejas.

Como *Tristán e Isolda*, *Las afinidades* depende de un proceso químico, pero los personajes no necesitan beber un filtro amoroso: las relaciones sociales cumplen esa intoxicante función. Para convencer a Charlotte de recibir a su sobrina, Eduard explica: «Consideremos dicha fórmula como una parábola de la que sacaremos una enseñanza de uso inmediato. Tú, Charlotte, representas la A y yo tu B, pues en realidad dependo enteramente de ti y te sigo como la B a la A. La C es evidentemente el Capitán, que, por esta vez, me aleja, en cierto modo, de ti. Es, pues, justo que, si tú no quieres desplazarte hacia lo incierto, se te proporcione una D, y esta sería sin duda alguna la amable damisela Ottilie, a cuya llegada no debes resistirte por más tiempo». Goethe busca el límite, corrosivo y fascinante, donde las decisiones individuales se desvían o revierten por la influencia de los otros.

Dos años antes de morir, en 1830, en una conversación con el poeta y pintor Friedrich Müller, Goethe hizo una peculiar defensa de la vida en común: «Eso que la cultura ha ganado contra la naturaleza no debe abandonarse. No hay que renunciar a ello, cueste lo que cueste. La noción de santidad del matrimonio es una de las conquistas culturales del cristianismo y posee un valor inestimable, aunque el matrimonio vaya de hecho en contra de la naturaleza». *Las afinidades* demuestra la naturalidad del adulterio; sin embargo, el trágico desenlace alerta sobre los peligros de oponerse a los artificios sociales. Estamos ante una «apología envenenada», como la llamó Benjamin: una convención insoportable (el matrimonio) resulta preferible a la transgresión y, al mismo tiempo, solo se sostiene con la posibilidad de dicha transgresión.

Goethe admiraba la *Crítica del juicio* de Kant por motivos formales no ajenos a la sutil arquitectura de *Las afinidades*: «Vi reunidas aquí mis aficiones más dispares, tratados por igual los productos del arte y la naturaleza, mutuamente iluminados los juicios estéticos y los teleológicos [...]. Alegrábame ver la estrecha afinidad existente entre el arte poético y la creencia comparada de la naturaleza, puesto que uno y otro aparecían sometidos a la misma capacidad de juicio». Arte y naturaleza, tal es el binomio que rige el sistema de correspondencias de la novela de Goethe. El amor de Eduard aparece como un síntoma complementario de las dolencias de Ottilie. Con hipocondriaco candor, le dice a Charlotte: «Tu sobrina es muy amable al tener una ligera jaqueca en la sien izquierda; yo suelo tenerla en la derecha. Si alguna vez la padecemos juntos y estamos el uno frente al otro apoyados, yo en el codo derecho y ella en el izquierdo, y reclinada la cabeza sobre la mano, en dirección opuesta, resultará una pareja de excelentes imágenes contrapuestas».

Escrita en el siglo XIX, la novela es fiel a la concepción dieciochesca del jardín. La trama crece como una naturaleza razonada, un compromiso entre los caprichos del hombre y las posibilidades del ambiente. Los brotes silvestres se vuelven signo (ornamento) al apartarse de su curso habitual. Algo similar ocurre con los personajes: sus emociones siguen un diseño que los trasciende y parece al margen de sus impulsos individuales. Al tocar el piano, Ottilie se adapta con gracia a las torpezas de Eduard en la flauta («de tal modo había hecho suyos sus defectos [...]. El mismo compositor se hubiera alegrado de ver su obra desfigurada con tanto cariño»). Más contenido, el Capitán se delata por sus aparatos: cuando se interesa en Charlotte, olvida darle cuerda a su cronómetro. En este inventario de claves prácticas para la pasión, Eduard descubre que Ottilie lo quiere porque imita su caligrafía y que le está predestinada porque nació el día en que él plantó uno de sus árboles favoritos.

Reflexión sobre el azar, *Las afinidades* no deja nada al azar. Una copa es arrojada al piso y no se rompe de milagro. Eduard repara en las iniciales esmeriladas en el cristal: E-O (se trata de su nombre completo, Eduard Otto) y lo toma como un presagio favorable para su relación con Ottilie. Cerca del desenlace, entiende su error: «Deseo ponerme como signo en lugar de la copa para ver qué falló».

Al igual que Eduard ante sus iniciales, los personajes no siempre comprenden el mensaje de las cosas. La fuerza alegórica de la historia queda clara desde el capítulo IV, en que se discute a los personajes como elementos químicos, pero las acciones posteriores no dependen de la reiteración mecánica de este principio. Goethe entrega la trama al vivificante desorden de la fortuna. Poco a poco, la utilería y el decorado se cargan de un sentido que los protagonistas pasan por alto y que pone a prueba la suspicacia del lector. En este minucioso tapiz, cada objeto se transforma en un oráculo: el primer ladrillo para la renovación de la casa es bendecido por un albañil de la masonería, el jardín cambia conforme a los ánimos de los protagonistas, el molino sugiere un contacto con lo subterráneo y lo inefable, los frescos de la capilla parecen retratos de Ottilie y prefiguran su culto póstumo, el momento en que la gente de la región la tome por una santa.

La elocuencia de los detalles trasciende a los protagonistas y revela una moral crepuscular: el lenguaje de las cosas solo se comprende como ruina. Los vidrios rotos, la hojarasca marchita, las cartas devueltas demuestran lo que fue de modo irreparable, o lo que no pudo ser, «las lágrimas por tantas cosas omitidas». Los enseres intactos, anteriores a la experiencia, no pueden ser entendidos; una vez averiados, son una oportunidad de que la razón relea lo que no supo captar la emoción.

En su fase de borrador, la novela llevó el subtítulo de «Los renunciantes». Más que disipar enigmas, este lema los intensifica. ¿A qué renuncian los héroes de la novela? Para respetar el matrimonio, ese arbitrario orden que los hombres se han dado a sí mismos (la segunda naturaleza que solo existe contra natura), es necesario suprimir, si no las pasiones mismas, al menos las circunstancias en que puedan florecer. Pero el drama de la elección no se detiene ahí.

La moral de una época no es estable y a veces preserva costumbres de un mundo que ya ha caducado. Cuando el Arquitecto pretende renovar la capilla, en realidad restaura un tiempo extinguido: «La iglesia seguía creciendo día a día hacia el pasado; por las pinturas y demás ornamentos uno podía preguntarse si realmente se vivía en tiempos nuevos, y si no era un sueño permanecer entre usos, costumbres y modos de pensar por completo diferentes». Bajo esta luz, la convención resulta extemporánea. ¿Vale la pena acatar un orden agónico? Novela de la renuncia pero no de la ciega obediencia, *Las afinidades* deja un amplio margen al libre albedrío. En sus *Diarios*, Goethe cede con frecuencia al placer de contradecir sus opiniones previas y comenta que la obra trata de «un corazón que teme ser feliz». La inteligencia llama a la renuncia, pero la dicha está en la transgresión. Gabinete de espejos encontrados, *Las afinidades electivas* no agota sus mensajes.

Goethe murió con una bombástica exigencia de luminosidad en los labios, pero no descartó el camino de las sombras, el destino demoniaco que persiguió y mantuvo a distancia. Como en uno de sus más célebres poemas, alcanzó las cimas en las que imperaba la calma para luego asomarse al abismo y ceder al vértigo.

En un relato interrumpido por su muerte, Italo Svevo describe a un hombre de cierta edad que antes de acostarse se pregunta qué ocurriría si el diablo se presentara a proponerle el consabido pacto. El cansancio lo inclina a entregar su alma, pero no sabe qué pedir a cambio. No desea volver a la juventud, terreno de la insensatez y los impulsos sin rumbo; tampoco desea la eternidad porque la vida es dolorosa y agotadora y monótona. Por lo demás, teme a la muerte. El hombre sonríe ante el irónico vacío en el que ha desembocado su vida. En ese momento su mujer despierta y le dice: «Dichoso de ti que todavía tienes ganas de reír a esta hora». La frase sella el drama de modo maestro: la sonrisa del hombre sin alternativas no significa afrenta ni resignación; es el gesto de quien encara la gran broma del mundo, el punto sin retorno donde la esperanza es ya imposible. A propósito de este cuento escribe Claudio Magris: «El dolor más intenso no es la infelicidad, sino la incapacidad de tender a la felicidad». Italo Svevo registra el crepúsculo del deseo.

Con los años, el pensamiento descubre los favores de la capitulación: repasar se vuelve más seguro que descubrir. Goethe no cedió a este conformismo de la inteligencia. Su curiosidad es una forma superior de la rebeldía; no deriva de la frontal oposición a lo establecido sino de la premiosa exigencia de novedades: el mundo vale por lo que aún no entrega.

A golpe de homenajes, el consejero áulico de Weimar fastidia como el oportunista de las emociones que sedujo a todas las épocas para llegar en verso a la posteridad. Sus bustos desperdigados por Europa parecen desacreditar la idea de que tuvo días quebrados y trances vulnerables. El lamento de Ortega y Gasset quedará insatisfecho: el poeta no llegará a nosotros arrojado por el oleaje, las ropas despedazadas, los laureles convertidos en algas pegajosas. Baste saber, como riguroso y definitivo efecto de contraste ante su fama detenida en bronce, que su instante eterno fue el de la insatisfacción. Johann Wolfgang von Goethe encarna la contrafigura del personaje sin anhelos de Italo Svevo. Concibió el más célebre encuentro con lo demoniaco y transformó la escena en la convulsa razón de sus prodigios. Vivió para temer al diablo, pero siempre tuvo algo que pedirle.

LO QUE HAY EN UN NOMBRE
EL *EMILIO* DE ROUSSEAU

En el verano de 1762 Jean-Jacques Rousseau emprendió una tarea detestable: la fuga acelerada. Si Casanova sentía un placer casi erótico ante el escape, Rousseau no encontró mayor deleite que el bosque sin más cambios que los signos del follaje. Enemigo de la prisa y la precipitación, trató de ponerse a salvo de las exigencias de la época. Pero en 1762 el siglo le dio violento alcance.

El Parlamento había librado una orden de arresto en su contra, disponiendo que el *Emilio* fuese desgarrado y quemado en el patio de Palacio, al pie de la Gran Escalera, por el ejecutor de la Alta Justicia. París tenía una habitación reservada para Rousseau: una celda en la Conserjería.

Emilio o De la educación salió a la venta el 24 de mayo de 1762. Dos días después, Bachaumont escribe en su diario: «El libro de Rousseau ocasiona un escándalo cada vez mayor. Sables e incendiarios se unen contra el autor, y sus amigos le han avisado que está en peligro». En su entrada del 3 de junio agrega: «La policía secuestra el *Emilio* de Rousseau. El asunto no quedará ahí».

En efecto, una semana más tarde, Jean-Jacques se precipita sin rumbo definido por los caminos de Europa. Apenas iniciado el trayecto, se cruza con un carruaje en el que viajan cuatro hombres de negro. Él lo interpreta como una irónica casualidad: sus perseguidores han confundido su calesa con la de algún aristócrata de la región. Sigue adelante, agobiado por toda clase de molestias. A los cincuenta años va vestido con el extraño guardarropa armenio que se mandó hacer para disimular su gordura reciente, el cuerpo que cada vez le parece más próximo al de una mujer, pero sobre todo para ocultar las sondas que le permiten orinar.

Conocemos mejor los padecimientos de los hombres del XVIII que los nuestros; en parte por la valiente atención que dedicaban a su organismo y en parte porque se trataba de afecciones entonces incurables, destinadas a convertirse en formas de la costumbre y aun del temperamento. Sabemos tanto de la vejiga que nunca se vaciaba del todo de Rousseau como de los cálculos renales de Montaigne. Durante mucho tiempo, el autor de *El contrato social* se sintió en peligro de muerte por esta dolencia; algunas de sus páginas más audaces y muchas de sus salidas de tono seguramente surgieron de quien siente que habla en un momento final e irreversible.

Huir con una sonda en el cuerpo no es poca cosa, y tal vez Rousseau hubiera optado por el mal menor de la prisión, como en los tiempos en que anheló acompañar a Diderot en la cárcel de Vincennes, de no ser porque escapar representaba en este caso salvar una idea, impedir que los censores privaran a Europa de la imaginativa educación a contrapelo contenida en el *Emilio*.

Lo más singular de este episodio es que podría haberse evitado si el autor se hubiera acogido a la práctica, habitual en la época, de publicar una obra polémica como un anónimo. Descartes no firmó *El discurso del método*, ni Montesquieu *El espíritu de las leyes*, ni Voltaire el *Diccionario filosófico portátil*, ni Hume el *Tratado de la naturaleza humana*. El propio Rousseau había dejado algunas obras tempranas en el anonimato. Cuando saltó a la fama, en 1751, al ganar el concurso de la Academia de Ciencias de Dijon, lo hizo con un texto firmado por «Un ciudadano de Ginebra». Sin embargo, con el tiempo, la noción de autoría se convirtió en una clave de su ética intelectual.

Pocos escritores han tenido una relación tan convulsa con su vocación. Rousseau dijo que siguió ese camino por accidente. De no haber ganado el concurso de Dijon, cuando ya rondaba los cuarenta años, se habría dedicado a oficios que le parecían más meritorios, como la botánica o la música. De hecho, sus principales ingresos provinieron de su trabajo como copista de partituras (según su propio cálculo, en siete años copió 11.185 páginas). Su arco de escritura abarcó pocos años, unos quince. Con todo, por más que se quejara de la soberbia de los filósofos y subrayara el carácter provisional de su empeño, escribió en un estado febril, con evidente satisfacción, incluso al quejarse de ese vicio.

Al respecto, Jean Starobinski comenta en *El ojo vivo*: «Rousseau no deja de proclamar que su vocación inicial no era escribir ni pensar. Si se ha alejado de su única meta es por una desviación accidental, impuesta desde fuera: el reposo, la tranquilidad. Esa es al menos la visión que propone de él mismo en sus últimos escritos, en los que se esfuerza por exorcizar la maldición que ha acarreado su carrera de escritor. Reflexionar, escribir, ha sido para él una flexión, una ruptura fatal en su línea de vida. Se dedica entonces a convencer a la posteridad: sus libros han empezado casi siempre con una pura intuición, cariñosa y apasionada, y si se ha dejado arrastrar a desarrollarla discursivamente, ha sido por una incomprensible debilidad».

Maestro de la contradicción fecunda, Rousseau discute consigo mismo, posponiendo sus acuerdos. Con frecuencia refuta sus tesis con el solo hecho de escribirlas. Lector ávido, novelista, libretista de ópera, poeta ocasional, renovador del ensayo, inventor de la autobiografía moderna, arremete una y otra vez contra la función corruptora de los libros y considera el pensamiento una amenaza de la especie. Al mismo tiempo, juzga que, una vez inoculado el virus de la argumentación, el hombre solo se podrá liberar del mal por esa misma vía: pensando su camino hacia un nuevo estado natural.

Rousseau se opone a la pedantería, las modas, el prestigio del enredo, el ingenio inútil y el falso cosmopolitismo de quienes «se interesan más en los tártaros que en sus vecinos». Sin embargo, de modo más complejo y profundo, también advierte las limitaciones a las que lleva la actividad de pensar. Baste recordar uno de los más célebres pasajes del *Discurso sobre el origen de la desigualdad entre los hombres*: «Si [la naturaleza] nos ha destinado a estar sanos, casi me atrevo a asegurar que el estado de reflexión es un estado contra natura y que el hombre que medita es un animal depravado».

Hay algo más que un gusto por la paradoja en denostar el pensamiento desde la reflexión. Se trata de explorar sus límites y valorar en qué medida las ideas opuestas pueden operar dentro de un mismo sistema: «nada es menos parecido a mí que yo mismo», escribe en este teatro de escisiones.

Rousseau registra su vida al modo de una «cámara oscura», tratando de no ser mejorado por luz alguna, en espera de que las flaquezas entreguen algún tipo de virtud, y se hunde en las ideas como en una adicción que solo se cura con dosis de sí misma. Esta homeopatía del pensamiento cree en el poder edificante de los vicios una vez que se expresan con aleccionadora elocuencia: «Hay reflexiones sobre nuestras faltas que valen más que el no haberlas cometido».

Si el hombre era uno con la naturaleza en una arcadia primitiva y se vio reducido a ciudadano por la civilización, el camino liberador no consiste en buscar el edén perdido con radicalidad naturalista, sino en convertirse en un salvaje contemporáneo, un sujeto diferenciado del entorno: un hombre natural que no es ajeno a su historia. Tal es la audaz preceptiva del *Emilio*.

En pleno Siglo de las Luces, Rousseau previene contra la arrogancia del pensamiento, la especialización del saber, la erudición como forma de la dificultad. En este sentido, pocos oficios le parecen más perniciosos que el de filósofo, esotérico profesional de las ideas. Con todo, su obra está atravesada por una diestra discusión de los precursores del género, comenzando por Platón, cuya *República* sirve de mapa fundador del *Emilio*. Si el arte preserva su tradición al violentarla y negar la noción de forma duradera, los ensayos de Rousseau se postulan como una búsqueda de la verdad que no pasa por escuelas, cánones ni corrientes aceptadas de antemano. También en la teología, el cristiano Rousseau adopta una religiosidad sin iglesia.

Interesado en pensar por cuenta propia, busca ideas mientras contempla la superficie de un estanque o acaricia un gato. Autor desfasado, literalmente excéntrico, solo puede traficar con novedades. Diderot había dicho de manera emblemática cuando Rousseau lo visitó en la cárcel: «tomaréis el partido que nadie tome».

Para un escritor que persigue singularidades, el estilo literario representa una ética. La forma adelanta el contenido. Rousseau no desea escribir un Libro de los libros ni satisfacer el gusto ajeno: se analiza para llegar a conclusiones de las que no está seguro del todo y que muchas veces refuta al interior de su obra.

El uso de la primera persona resulta estratégico para establecer las condiciones en que piensa. Como Descartes al comienzo de *El discurso del método*, ofrece una composición de lugar y narra la vida de una mente. Como San Agustín, practica en sus propias *Confesiones* una revisión desnuda e incriminatoria del pasado y se ampara en la certeza moral de que el error se debilita al ser denunciado. Como Montaigne, se ensaya a sí mismo, es su propio teatro de operaciones. Pero esta primera persona memoriosa y confesional también roza la ficción. Rousseau es ante todo ensayista, pero no lo sería de esa manera si no hubiese frecuentado otros géneros.

EL ALUMNO DE SÍ MISMO

Emilio es un personaje imaginario, un huérfano que debe ser educado por su autor y que con el correr de los años tendrá una compañera, Sofía. Algunos pasajes del libro están construidos como diálogos teatrales. En esta híbrida composición, se imbrican anécdotas de amigos y conocidos, ejemplos de episodios históricos, citas de clásicos grecolatinos, testimonios de lo que el autor ha visto, abstracciones filosóficas, consideraciones legales, episodios que sirven de retablo ejemplar a las ideas. «La claridad es la cortesía del filósofo», afirmaría Ortega y Gasset en una época en que la filosofía se replegaba de la discusión general y parecía acorazada por subjuntivos kantianos. Rousseau escribe en el siglo de esplendor en que la filosofía aún determina los libros de autoayuda y superación personal. El *Emilio* discute temas de guardería, alimentación, aprendizaje de idiomas, erotismo, autoridad, religión, justicia y calidad del vino sin que la diáfana exposición adelgace la novedad radical de lo que ahí se dice.

En los tiempos que corren el pensador que establece contacto con los no especialistas suele ser un divulgador hábil cuyo territorio es el artículo de opinión o el libro que actualiza obras de mayor calado y en cierta forma ahorra su lectura. Las recetas para cambiar el destino dependen ahora de los cráneos rapados de los gurús, los taumaturgos, los chamanes de la autoayuda new age. Las ventas de esos prontuarios del alma revelan que satisfacen la eterna necesidad de recibir instrucciones para la vida indescifrable.

Numerosas ideas de la Ilustración son lugares comunes de la modernidad, entre otras cosas por la nitidez con que fueron co-

292

municadas. Rousseau se declara inconforme con el edificio social entero y lo dice en un tono que se comprende del ático a la portería. No es casual que dos días después de publicado el *Emilio* fuera ya un escándalo.

De acuerdo con Starobinski, al decir que el hombre que piensa es un ser depravado, Rousseau no implica que sea deleznable, sino que no es recto ni justo. Por eso, al educar a Emilio evita que la inteligencia adquiera fuerza rutinaria; por ejemplo, no permite que aprenda algo de memoria; no hay mayor virtud que someter todo a análisis, comenzando por las ideas que se nos ocurren. Solo a través de este exigente camino, libre de prejuicios e imposiciones externas, el individuo puede lograr que la argumentación le resulte natural.

En junio de 1762 Rousseau hace una escala en su fuga. Está en Dijon, la ciudad que lo catapultó a la fama once años antes. En una década ha visto más de lo que esperaba.

Hijo de un relojero ginebrino y huérfano de madre, recibió una educación desordenada, que siempre vio como una limitante. Su contacto con la religión no fue más estable: nació protestante, se hizo católico, volvió a ser protestante. Contó con la amistad de Grimm, Diderot, Voltaire y Hume, y se peleó con todos ellos por motivos muchas veces confusos. «Hijo de la nada», se dejó tentar por el esplendor de París y sus salones sofisticados; luego, repudió el vacuo ingenio cortesano que nunca llegó a dominar. Probó suerte en la música e inventó un sistema de notación, pero fue desacreditado por el célebre Rameau. Tuvo amoríos convulsos, tan excitantes como desdichados, y contó con el sostenido apoyo de dos mujeres más próximas a la madre ausente que a una amante, la señora de Warens (a la que siempre llamaría «mamita») y Thérèse, madre de sus cinco hijos. En una década, Rousseau agota su existencia mundana. Su biógrafo Jean Guéhenno escribe: «Amaba la gloria, la deseaba apasionadamente y solo la despreció una vez conquistada».

Hasta los cuarenta años, Rousseau apenas impresiona a quienes lo frecuentan. Nunca tendrá una personalidad arrebatadora y deberá su reputación a los libros. El concurso de Dijon, sus textos para la *Enciclopedia* y su novela *La nueva Eloísa* cimentan su éxito. Sin embargo, departe con torpeza con sus lectores. Carece del humor y el apetito social de Voltaire, la capacidad de seducción de Casanova, el generoso interés por los demás de Diderot, la fortuna y la fineza del príncipe de Ligne. Es siempre un recién llegado, ajeno a los códigos corteses, que repara demasiado en su desafortunada dentadura y por lo tanto prefiere no reír. En cierta forma, resulta ventajoso que sea corto de vista porque teme las miradas de los otros (de niño, le atemorizaba que los demás clientes lo vieran comprar un pastelillo y pensaran que era goloso). Tímido y torpe, fracasa en la dramaturgia de las fiestas.

Rousseau preconiza la soledad después de sentirse incómodo en París. Las relaciones sociales no son lo suyo como tampoco lo es el placer cumplido. Se siente culpable por la muerte de su madre a consecuencia de su nacimiento y se las arregla para estropearse cualquier brote de hedonismo con obsesión por la caída.

Entre los muchos oficios que desempeña en su juventud, se cuenta el de secretario de un diplomático en Venecia. En la ciudad de la teatralidad y el carnaval, encuentra a una cortesana de belleza desafiante. Muy en su estilo, no puede creer que un cuerpo así pueda ser comprado; entonces le busca defectos y solo se detiene cuando advierte que un pecho es más pequeño que el otro. Fiel a su código de sinceridad suicida, le dice lo que piensa a la prostituta; ella se incorpora y exclama en forma inolvidable: «deja a las mujeres y dedícate a las matemáticas».

Rousseau se complica los placeres sencillos y se ve obligado a dar un largo rodeo para obtenerlos. El recuerdo de las cosas le produce mayor felicidad que las cosas mismas. Sabe que la vía mental hacia la dicha ocurre contra natura, pero una vez en esa senda debe llegar al fin del camino: «Mi regla de entregarme al sentimiento más que a la razón está confirmada por la razón misma», escribe en la *Profesión de fe del vicario saboyano*. Para él, la pasión llega razonada, y no es casual que en las *Confesiones* vea el amor como un asunto de perspectiva: la ausencia potencia el deseo y difumina las complicaciones. Rousseau se aleja de la amada «para amarla más».

Incapaz de tolerar la hoguera de las vanidades de los letrados, se refugia en el campo para pensar a solas y escuchar los consejos del viento. Esta misantropía tiene un carácter reactivo: ocurre después de una década en París, y en sus reflexiones el exiliado se dirige sin cesar a quienes ha dejado ahí. Rousseau es un ermitaño de segunda mano, luego de ser sociable: «soy cien veces más feliz en mi soledad», comenta, y Tzvetan Todorov lo rebate en *Frágil felicidad*: «Si fuera cierto, ¿para qué repetirlo tantas veces? La repetición del mensaje, lejos de autentificarlo, lo hace dudoso: cada nuevo caso de la frase revela que la anterior no decía por completo la verdad».

La celebración de la soledad aparece en cartas y libros destinados a ser leídos por los demás. Si, como escribiría Sartre en *A puerta cerrada*, «el infierno son los otros», Rousseau los necesita como destinatarios, para enviarles cartas por debajo de la puerta.

La construcción del ideal solitario es tan compleja como la autoridad que Rousseau asigna al pensamiento. Más que un misántropo es un excéntrico, en el sentido literal del término. Necesita estar fuera del núcleo de los sucesos no para negarlos sino para dirigirse a ellos con la perspectiva de la periferia. Pensador de extrarradio, opera desde los bordes. Cuando la fuerza de sus palabras lo conduce de regreso al centro, no opta por el recurso favorito de Voltaire de golpear y esconder la mano: se muestra entero. En este sentido, ofrece el más alto ejemplo de coherencia intelectual de su época. Nadie cuestiona sus ideas tanto como él mismo, pero una vez publicadas acepta correr la suerte de lo que ha pensado.

Sí, Rousseau, el prófugo, está en Dijon. Su libro será quemado y su nombre es un signo del peligro. No puede borrarlo de la portada en la que temerariamente lo incluyó, pero aún puede negarse a sí mismo. En el albergue de la ciudad donde inició su carrera, le piden sus datos personales y le tienden un libro de registro. Fatigado por el camino, siente un mareo que casi le impide escribir. La sonda le produce ardor. Además se siente solo; ha perdido aliados decisivos como Diderot o Voltaire. Débil, vestido como armenio, recuerda a su gata Doyanne, que tuvo que dejar en la casona del Ermitage, su boscoso refugio, y al querido perro que murió poco antes. Lamenta el sentimentalismo a que lo orilla la vejez: se conmueve en exceso por cosas muy sencillas. La mano le tiembla y dos veces suelta la pluma.

¿Cómo se llama? ¿Vale la pena decirlo? Reconocer el nombre equivale a denunciarse. El perseguido traza una jota, olvida escribir la siguiente, pero el apellido sale íntegro: «Rousseau». Las responsabilidades de la autoría moderna se sellan en ese momento.

Lo que después será rutina y vanidad es entonces desafío. «¿Qué hay en un nombre?», se pregunta Shakespeare. «Una libertad contra la norma», podría responder el escritor que vincula su destino al de su obra.

Después de cuidar la edición de las obras completas de Rousseau en inglés, Christopher Kelly dedicó un libro a la importancia de ese gesto: *Rousseau as Author*. Ahí señala que el autor del *Emilio* «transformó la autoría en una identidad pública y convirtió la disposición a arriesgarse a ser castigado por lo que se publica en parte crucial de esa identidad». Kelly estudia la tendencia de los autores del XVIII a escribir desde el anonimato e incluso a sugerir que sus obras se deben a otros. El pleito con Hume se debió, entre otras cosas, al hecho de que el amigo inglés publicara sin autorización una carta privada de Rousseau.

El mismo hombre que al llegar a París bajó la temperatura de sus textos para congraciarse con un mundo que luego le parecería de insufrible frivolidad, acepta, como luego lo subrayará Foucault, que la autoría tiene menos que ver con la gloria que con la oportunidad de ser censurado. Firmar es someterse a juicio, admitir la posibilidad de castigo.

Rousseau debe elegir entre ser hombre o súbdito. En Dijon admite la paradoja de la libertad intelectual que puede conducir a la cárcel. La pluma traza su destino: si lo detienen, detendrán a un hombre.

UNA CONFESIÓN CIFRADA

¿Qué fuego intelectual desató el incendio? En el *Emilio*, el cristiano Rousseau no le habla de Dios a su pupilo hasta que cumple quince años. Cuando lo hace, lo insta a creer al margen de la Iglesia. En cuanto a los rangos sociales, no hay uno que merezca su existencia: «A los ojos de un pensador desaparecen todas las distinciones civiles».

Enemigo de la educación como método generalizable, preconiza una enseñanza individual para forjar una conciencia única. Esto hubiera bastado para escandalizar a la época. Un giro más audaz fue ver al hombre como discípulo del niño: «Solo en estado primitivo se encuentra el equilibrio del deseo y la potencia, y no es infeliz el hombre». Este estado primitivo se refiere al origen de la especie, pero también al de toda biografía; el niño es bueno y solo se corrompe al contacto con los otros.

Rousseau recuerda que la etimología de «infancia» viene de no tener voz, lo cual equivale a no tener derechos. La educación ha sido vista como el camino hacia la vida adulta; por lo tanto, el niño es juzgado como un adulto en potencia, todavía incompleto, cargado de futuro pero no de realización. Hay que desandar esta senda para volver a una pureza de la conciencia: el niño ya está formado; es su propia meta. Para Michel Tournier, este viraje en la percepción de la niñez anticipa obras como *El libro de la selva* y *Tarzán de los monos*. Estamos, a no dudarlo, ante la invención cultural de la infancia.

La repercusión de esta idea será enorme y justificará la tonadilla que el pequeño Gavroche canta en *Los miserables*, ante las barricadas de la Revolución: «La culpa es de Rousseau». En efecto, Rousseau será responsable de buena parte de las ideas libertarias de 1789, pero sobre todo de la importancia de que un niño las diga.

Uno de los pocos libros que Rousseau rescata en beneficio de su pupilo es *Robinson Crusoe*. La elección parece lógica. El maestro desea que Emilio vea el mundo al modo de una isla en la que se conduce como pionero con los escasos rudimentos rescatados de un naufragio. En otra instancia, el autor comenta que si un filósofo fuera arrojado a una playa desconocida, entendería que los sofismas sirven menos que la exploración de la naturaleza.

El método de Rousseau atañe a todas las variantes del «hágalo usted mismo». El temario del *Emilio*, idéntico a la vida, hace que la obra transite por los más variados registros de la experiencia y el conocimiento. En ninguno de ellos Rousseau pretende ser especialista; busca la verdad sensata, no la erudición que deslumbre. Con frecuencia, se muestra como un sujeto contradictorio, exaltado, irritable, intransigente: una mente en acción. Sin llegar a los devaneos del «flujo de la conciencia» o de quien piensa en voz alta, el educador se pone a prueba a medida que ofrece sus razones. El pensamiento es una efervescencia de la que solo se puede librar pensando más.

Libro centrífugo, el *Emilio* influyó en zonas del saber tan variadas como la gastronomía vegetariana, la pedagogía, la crítica de las fábulas literarias, la dialéctica de la Ilustración, el erotismo, la desigualdad sexual, la crítica del gusto, la cultura del ocio, la maternidad, la lactancia y la existencia de Dios. Como los variados vidrios de un caleidoscopio, sus ideas han compuesto imágenes capaces de encandilar mentes muy diversas. Es posible hallar su impronta en los textos pedagógicos de Jean Piaget y Bruno Bettelheim, el nuevo mundo amoroso de Fourier, el socialismo de Lasalle y Saint-Simon, la educación activa, la ecología, la Escuela de Frankfurt, las comunas hippies, las ludotecas, la psicomagia de Alejandro Jodorowsky, las legislaciones modernas, los boy scouts y la teología de la liberación.

Desde el punto de vista narrativo, la obra depara un asombro esencial: la pasión de un estilo. Rousseau se muestra compasivo, piadoso, melancólico, incongruente, harto e intemperado. Si en las *Confesiones* busca retratarse de cuerpo entero, sin escatimar defectos, en el *Emilio* busca educar con una franqueza que no rehúye la provocación ni la paradoja: «aborrezco los libros», exclama el educador que ha leído bibliotecas enteras. Aunque el sentimiento sea honesto, la frase es refutada por la siguiente, en la que se cita a Hermes. Lo decisivo en esta *paideia* es la forma en que el maestro discute consigo mismo.

Para entender lo mucho que el libro afectaba a su autor, hay que remontarse a su propia educación: solitaria, caótica, insuficiente. Nacido en el pueblo llano, huérfano de madre, con un padre que compensaba su meticuloso trabajo de relojero con el desorden de su vida, todo lo descubrió por accidente. En la madurez, fue solitario por un principio de resistencia, al fracasar en los salones y sus mullidos sofás.

Lastrado siempre por la culpa, se inclinó a lo que Starobinski llama una «teología de la caída». Su nacimiento fue el precio que su madre pagó con su propia vida. El deseo satisfecho siempre le pareció inmerecido. No es casual que a los doce años, en sus primeros escarceos amorosos, disfrutara al ser azotado por la señorita Lambercier, ni que estropeara sus encuentros con amantes y cortesanas con consideraciones sobre la belleza que no debía ser mancillada por él. Jean-Jacques amaba mejor a la distancia, y la lejanía decisiva en lo que respecta a sus afectos fue la de los cinco hijos que tuvo con Thérèse y que entregó al orfanato de la Inclusa.

Las páginas del *Emilio* incluyen agudas observaciones sobre niños que no fueron los suyos. Si la literatura suele surgir para superar una pérdida, el *Emilio* es un caso límite de paternidad sustituta. «Tenía que parecer un "padre desnaturalizado" para escribir el *Emilio*. Así son las paradojas de la historia», escribe su biógrafo Jean Guéhenno, y agrega, entregado a la convulsa fascinación de su personaje: «todo genio es un monstruo».

Rousseau no dejó de inculparse por abandonar a sus hijos. El 20 de abril de 1751, una década antes de escribir el *Emilio*, se desahoga al respecto en una carta a la señora de Francueil; aparentemente, por esas fechas acababa de nacer su tercer hijo, aunque los datos son borrosos: «Conocéis mi situación», escribe el padre atribulado, «gano con bastante esfuerzo el pan de cada día; ¿cómo podría alimentar además a una familia? Y si me viese obligado a recurrir al oficio de autor, ¿cómo me dejarían, en mi desván, las preocupaciones domésticas y los sobresaltos de los niños la tranquilidad de espíritu necesaria para hacer un trabajo lucrativo?». Como tantas veces, Rousseau muestra varias caras del problema; defiende su decisión argumentando que es lo mejor para los hijos a los que no puede mantener; al mismo tiempo, revela que su presencia en la casa sería un estorbo para su obra. Más adelante, añade: «Presa de una enfermedad dolorosa y mortal no puedo esperar una larga vida». Como todo enfermo crónico o todo hipocondriaco, en verdad creía en la gravedad de su mal, pero el tiempo lo desengañó: Rousseau tenía enfrente sus quince años más fecundos. «Si al menos mi estado fuese legítimo», se queja en otro pasaje de la carta, y luego explica que no desea casarse. Contradictorio hasta el final, se considera víctima de su decisión: los hijos serán felices en su rústica educación y él se privará del placer de verlos.

El abandono de los hijos, que solían ser vistos como resultados del cuerpo y no de las intenciones, no es extraño para la época; es extraño para Rousseau, que refuta su época. Otro rasgo peculiar de la carta, su detalle detectivesco, es que no se sabe si fue enviada y está escrita en clave. Al respecto, informa Guéhenno: «Cuando la escribió, hizo lo más extraño, una de esas cosas que desafían el análisis, pero que nos colocan de pronto ante el abismo de la vida interior. Creó un código y la copió en lenguaje cifrado. Así se ha conservado entre sus papeles. ¿Se necesitaban más pruebas del trastorno en que se hallaba?». El misántropo quería que la carta fuera compartida. Por eso, su código fue un artilugio pueril: el 1 representa la A, el 2 la B, y así sucesivamente. Pocos episodios revelan tan claramente el niño que Rousseau no dejó de ser. Argumentar es para él un camino de regreso rumbo a esa perdida edad primera. Starobinski comenta al respecto: «Si uno es expulsado del paraíso infantil y del reposo instintivo, lo único que queda por hacer es recorrer todo el trayecto de la reflexión, para volver al final a la felicidad perdida». En el *Emilio* el autor se desdobla: es el hijo que no fue educado y el padre que no educó. Al entender al niño como un individuo con un destino ya cumplido, busca las claves de su razonamiento para ser uno con él. La infancia, edad sin voz, encuentra a un educador que desea ser adiestrado por su alumno.

Rousseau imagina su libro como isla desierta, una oportunidad de naufragio. Se piensa salvaje, desanda el camino de la especie para volver a las ciudades como hombre natural. Su tiempo no fue hospitalario con esta expedición.

La posteridad lo admitió de mejor manera. Aunque estamos lejos de habitar una utopía diseñada por Rousseau, su influjo es poderoso. Pensemos, tan solo, en la habitación de un niño en la noche, los juguetes desperdigados por el piso, algún libro abierto sobre la cama, un peluche que tiene el privilegio de dormir sobre la almohada, piezas rotas que tal vez provienen de juguetes o son basuras —cartones, envases, plásticos— reconvertidas en juguetes. Un dibujo en la pared informa de una naturaleza donde los árboles son azules y los perros más grandes que un caballo. Ignoramos lo que el niño sueña rodeado de ese prolijo desorden, en la alcoba donde todo pide ser futuro, pero algo se anuncia ahí con poderosa inminencia; de manera más significativa, algo ya se ha cumplido: «dejemos madurar la infancia en los niños», apunta Rousseau.

Un arduo proceso llevó a la aceptación de ese espacio, un cuarto con una legalidad propia, donde es normal pisar un elefante de hule que produce un chillido. No es un logro menor de la cultura que dispongamos de un nombre para quien desarregló de manera tan fecunda esa habitación. La culpa es de Rousseau.

III. Escrituras secretas, identidades públicas

EL DIARIO COMO FORMA NARRATIVA

> El arte de despreciar el arte. El arte
> de estar solo.
>
> PAVESE

> No volveré a abandonar este diario.
> Debo mantenerme aferrado a él, porque
> no puedo aferrarme a otra cosa.
>
> KAFKA

Hubo un tiempo en que los autores morían sin biografía, o sin más vida aparente que algunos rumores, muchas veces destinados a negar su identidad o a sugerir que el verdadero responsable de las obras era un obispo con ambiciones púrpuras, un duque deseoso de cambiar la pluma por la espada, algún barbero y cirujano de gran tijera, gente incapaz de rebajarse a firmar sus brillantes engendros.

El tercer milenio repudia estas indefiniciones y el yo se somete al más minucioso escrutinio. La televisión nos pone en diario contacto con personas dispuestas a que sus secreciones tengan vida pública. La negra utopía de Orwell, el tiránico Gran Hermano que vigilaba la sociedad como un ojo omnipresente, es la feliz pesadilla de una época que quiere conocer los detalles íntimos no solo de gente destacada por sus goles, sus películas o sus maratones amatorios, sino de seres anónimos dispuestos al descaro. De golpe, la sociedad del espectáculo se paraliza ante las gemelas de las que no sabíamos nada pero se vuelven golosamente necesarias al descubrir que Vanessa le donó un riñón a su idéntica Valeria y esta le pagó no solo acostándose con los dos amantes que Vanessa mantenía en parejo estado de gracia y expectación, sino quitándole la sirvienta y la niñera. Bienvenidos a la era de la fisiología rentable: un destino se acredita por la variación de los coitos, las cirugías o los derrames de bilis. La televisión dejó de ser el sitio revelador donde el invitado contempla su propia nuca en un monitor para convertirse en el sitio revelador donde practica el psicodrama. No es casual que una de las novelas más significativas de nuestro tiempo, *Corazón tan blanco*, de Javier Marías, comience con la frase: «No he querido saber, pero he sabido». Es demasiado lo que sabemos sin desearlo.

El afán de invadir vidas ajenas no se limita a los programas destinados a indagar la cantidad de pañales desechables que Elvis Presley usaba en sus incontinentes años finales; ya habita los edificios neogóticos de Yale y Harvard. La academia afila sus lápices para desnudar héroes que se veían mejor vestidos; profesores cum laude escriben biografías guiadas por el axioma de que odiar el objeto de estudio es asunto de salud pública. Andrew Morton afirma con esquiva elegancia que la vida de Philip Larkin «no estuvo muy diversificada por los sucesos». Acto seguido, le dedica 570 páginas. Lo más animado que Larkin hizo en vida fue engordar; sin embargo, el biógrafo vindicativo necesita medio millar de páginas para demostrar la clase de pésima persona que puede ser un gran poeta.

En su novela *Mao II*, Don DeLillo retrata a un escritor que rehúye toda forma de publicidad, un recluso en la estirpe de Salinger o Pynchon, al que nadie puede ver y mucho menos fotografiar. La trama se ocupa de la destrucción de esa intimidad. Una fotógrafa logra acceder al búnker creativo. El escritor le revela que su vida consiste, básicamente, en perder pelo sobre el teclado. Lo interesante está en sus libros. La fotógrafa lo escucha, lo admira, toma un curso de inteligencia un tanto pomposa, y quiere algo más. No le bastan los pelos muertos en el teclado. Desea el rostro, las manos, los gestos, los impulsos que no llegan al papel. Se diría que es imposible escribir una obra sin crear un misterio acerca de su procedencia.

De acuerdo con Foucault, los libros comenzaron a firmarse por una moción de censura, para facilitar la tarea de detectar al culpable de las ideas. Hoy en día resulta difícil concebir a un personaje de gran guiñol que responda ante los medios con la intempestiva y artificiosa genialidad de Valle-Inclán. La figura del fantoche elocuente ha sido banalizada por la televisión y aún no es resucitada por el artista de performances. Los medios masivos exponen al autor bajo una luz que no necesariamente depende de él. Conviene recordar que Salman Rushdie fue víctima simultánea del integrismo y la televisión. Los talibanes de Pakistán lo acusaron de apostasía y el ayatolá Jomeini se enteró de la protesta por los medios. Luego ordenó la fetua sin leer el libro. En *Tumba de la ficción*, Christian Salmon estudia los cercos que se tienden a la imaginación contemporánea y la dificultad social de aceptar las invenciones (entre otras cosas porque representan un modo alterno de decir verdades).

Con diversos grados de peligrosidad, el novelista debe responder por sus criaturas ante los periodistas, el ayatolá o el jefe de una junta militar. Profesionales del yo, los escritores están obligados a explicarse a sí mismos no a partir de sus libros, sino de las recónditas intenciones que los llevaron a escribirlos. La definición de la obra (su estética retrospectiva) es un subgénero muchas veces más leído que la obra misma y el principal alimento de las hormigas clasificadoras.

Las ondas expansivas del yo son tan extensas que informan de asuntos rarísimos. De golpe, estamos al tanto de las inyecciones de colágeno en la boca de una actriz. Lo peculiar es que la fuente de esta sabiduría se disuelve: mensajes sin origen, estímulos que cambian como el clima y contra los que resulta imposible luchar. ¿Qué retórico taxista nos informó de todo eso? La sociedad de la información determina el inconsciente como la basura genética determina el genoma humano. «Moriré el día en que deje de interesarme por alguien que habla de sí mismo», anotó Elias Canetti en una época en que la confesión era un atrevimiento, una singularidad del carácter, no una moda financiada por la televisión y otros acaudalados vertederos.

Para protegerse de la exposición mediática, los escritores suelen promover de manera progresivamente enfática los valores de la soledad. El apartamiento ha ganado enorme prestigio cultural. «Detesto ver gente», declara el poeta con malencarado orgullo. Los reporteros describen la forma en que el león se niega a contestar el teléfono, evita el trato con extraños, deja de tener amigos. El arquetipo del eremita ilustrado es la respuesta del mundo culto a una sociedad invasora. Se trata, a no dudarlo, de una figura honesta pero algo tediosa. El mártir de la soledad tiene prohibido ir a fiestas, perder su *Angst* ante un escote, servirse dos veces del ragú. La imaginación alegre se considera superficial; a tal grado que, entre las provechosas provocaciones que César Aira incluye en su memoria *Cumpleaños*, pocas rivalizan con la de asegurar que su estado anímico normal es la euforia.

De cualquier forma, nadie puede estar seguro de la sinceridad del escritor; los ávidos biógrafos del futuro tal vez descubran que el misántropo profesional era gregario y vivía en pecado de buen humor.

Un gesto más radical que escribir de espaldas a los otros consiste en renunciar al oficio como culminación de una estética. *Bartleby y compañía*, de Enrique Vila-Matas, se ocupa de esta elocuente cancelación de la palabra. Vila-Matas despliega una galería de letrados que se volvieron cartujos repentinos y ofrece el retrato de una época en la que los singulares son aquellos que se omiten, borran sus huellas, logran que el silencio sea la estruendosa caja de resonancia de sus palabras. En la merienda de los papagayos, los mudos son reyes misteriosos.

Con todo, el silencio no siempre potencia una obra. Hace falta cierto acuerdo entre la imposibilidad de decir y la necesidad de callar. En ocasiones, la renuncia a la palabra no es un gesto estético sino una fuga desesperada. Pavese pagó el precio de sus últimas sentencias: «Basta de palabras. Un gesto. No escribiré más». Al terminar la frase se ocupó de su suicidio ejemplar.

El diario preserva una vida secreta, poniéndola a salvo de testigos que pudieran alterarla, y apela a una lectura posterior, cuando se vence el extraño contrato que la privacidad contrae con la vida. Al respecto escribe Alan Pauls: «Siempre que se encuentra un diario íntimo (porque un diario nunca aparece: se lo encuentra, se tropieza o se cae sobre él, incluso cuando se lo ha buscado antes con desesperación) hay, junto a sus páginas, muchas veces manchándolas, un cadáver».

JOSEP PLA: MATERIA DE VIDA

¿De qué estrategias puede servirse un escritor para ahondar en sí mismo sin caer en la promocional exaltación del yo ni renunciar a su voz como mártir del oficio? El género más próximo a la ilusión de sinceridad es el diario. Las cartas dependen de la mirada ajena: se escriben en función de un corresponsal; cuando se conoce bien al destinatario, la escritura depende de valores entendidos: el chisme que el otro espera con intenso morbo, la exageración que le da risa, el golpe bajo que lo agravia. Las autobiografías tampoco permiten que el escritor se descubra de repente y se atisbe, como buscaba Musil en sus diarios, con el opaco resplandor de quien pasa con una vela ante un espejo y ve sus facciones renovadas, enrarecidas. Los libros de memorias construyen un personaje más o menos lógico; nadie narra su vida entera desde la sorpresa, el malentendido, la confusión o la perplejidad. En ocasiones, incluso se requiere de una atmósfera ficticia para que las confesiones resulten más sinceras. Oscar Wilde volvió a tener razón al comentar lo que sucede con un hombre al que se le pone una máscara: dice la verdad. Marcel Proust, Francis Scott Fitzgerald, Malcolm Lowry, Philip Roth y Fernando Vallejo han aprovechado la novela como una rica variante de la autobiografía: la eficacia de sus alegatos íntimos deriva de la aparente fabulación. Por el contrario, William S. Burroughs y Henry Miller escriben con una pretensión de franqueza no siempre creída por el lector. En un arte donde la palabra «realidad» solo puede escribirse entre comillas, según sugirió Nabokov, importa la verosimilitud, no la autenticidad.

Los diarios conducen al horizonte privado de un autor, pero solo en un sentido formal. Desde el punto de vista literario, el valor documental es relativo; lo decisivo es que el narrador se coloque en una orilla apartada del entorno, la tradición, las formas dadas. Por eso, para Pavese la soledad representa una forma de despreciar el arte. No se trata, necesariamente, de suspender el trato con los otros, sino de encontrar un apartado lugar de la escritura, un aislamiento en el texto. El diarista busca las ideas que solo llegan al margen de la costumbre. Robert Musil: «La voluptuosidad de estar solo conmigo mismo, absolutamente solo [...]. ¡Algo que, por una vez, no tiene nada de afectación. Uno se acompaña a sí mismo. ¿Los diarios? Un signo de los tiempos. Se publican tantos diarios. Es la forma más cómoda, la más indisciplinada [...]. No es arte. No debe serlo».

Ante este anhelo de soledad, ¿qué decir de diarios maravillosamente mundanos, como los de André Gide? Su complejo tapiz de la comedia humana, que abarca de 1889 a 1939, tuvo que ser cierto para ser narrado. Sin embargo, rehúye la introspección y apenas se aparta de los placeres de la crónica o la microhistoria, a tal grado que el autor convierte su forma de vida en estrategia narrativa: «Podría decirse lo siguiente, que me parece una suerte de sinceridad inversa en el artista. No debe narrar su vida como la vivió sino vivirla como va a narrarla. En otras palabras: de manera que el relato de sí que constituye su vida sea idéntico al retrato ideal que desea. Dicho aún más sencillamente: que sea tal como quiere ser». La estética de Gide depende de la cotidianidad que inventan sus acciones. El diario como forma de conocimiento pone en juego otros resortes.

Narrar conforme al calendario puede organizar lo real en una historia. La escritura continua de Josep Pla pasaba sin pérdida ni sobresaltos de la crónica de un breve viaje en autobús al registro de años de viento en el Mediterráneo. Testigo íntimo de la exterioridad, Pla recoge un relato certero, oculto en la marea del tiempo. *El cuaderno gris* es la novela maestra que un minero de los días extrae de su entorno. En un sentido técnico estamos ante un diario. Pla recupera los sucesos de 1918 y 1919; sin embargo, corrige el texto años después, cuenta su juventud con los adverbios –el temperamento– que definen su estilo definitivo. Admirador de Proust (un autor entonces minoritario), propone una «confusión inextricable e inmensa» de vida y escritura. Sus recuerdos, como los de Proust, siguen una ruta en espiral, laberíntica, pues en buena medida son ajenos: el narrador describe a alguien que recuerda el recuerdo de otro. Caja de voces cruzadas, la monumental obra de Pla contrasta ante todo dos ámbitos: el entorno rústico de Palafrugell y el estruendo burgués de Barcelona. En su autofiguración, Pla es sobre todo un meteorólogo; las atmósferas (arquitectónicas, intelectuales, morales) definen a las personas del mismo modo en que las temperaturas hacen que todos estornuden al arrancar el libro. Los lugares de la escritura, el Ampurdán y la capital catalana, determinan el curso de la prosa. También la temporalidad es un condicionante externo. En el periodo 1918-1919 Pla concluye sus estudios de abogacía, que no le han gustado nada, renuncia a ser un narrador «elegante», busca un nuevo estilo en el diarismo –la prosa de los días– y decide partir a Francia. En forma admirable, este periodo de aprendizaje será retocado en la madurez por el narrador. No estamos ante el libro junto al cadáver, las páginas interrumpidas que tantas veces conforman un diario, sino ante un volumen trabajado como obra independiente.

De manera asombrosa, dado el género en que trabaja, Pla repudia la indagación personal. Su crónica depende en tal forma de la exterioridad que se pregunta: «¿Es posible la expresión de la intimidad? Quiero decir la expresión clara, coherente, inteligible, de la intimidad. La intimidad pura, bien discernida, debe ser la de la espontaneidad pura, o sea una secreción visceral e inconexa. Si uno dispusiera de un lenguaje y de un léxico eficaces para expresar esta secreción, no habría problemas». Para Pla, la escritura íntima, en sentido estricto, es la secuencia salvaje del hombre que se piensa a sí mismo. Un vertedero de ideas, asociaciones, palabras sueltas. Esto lleva al problema de la inteligibilidad: ¿puede alguien comprender lo que otro registra en inconsciente desorden? Dujardin, Schnitzler, Joyce y Broch buscaron una poética del flujo de la conciencia. No es el caso de Pla. Maestro de la mirada externa, afirma: «La intimidad es inexpresable por falta de instrumentos de expresión [...], su proyección exterior es prácticamente informulable». *El cuaderno gris* repudia la prosa incontrolada, de neurótica introspección, a la que han aspirado diaristas del temple de Musil. Su conquista apunta en dirección opuesta: una novela sin ficción, hecha de tiempo. En este sentido, su fervor proustiano se cumple en la evocación natural de las cosas, en los rasgos de carácter que implican una psicología que es trazada como gesto elocuente, sin que sea necesario llegar a su interior.

En este empeño la lengua es un instrumento de precisión. Nada parece tan espontáneo como los cuidados adjetivos de Josep Pla, colocados entre las frases hechas con una puntería que los hacen parecer accidentales, como encontrados bajo la servilleta de cualquier tertulia. Hay una notoria voluntad de estilo en esta «naturalidad». *El cuaderno gris* es atravesado por señoritas «inconcretas», gallos «desorbitados, indecentes», un polemista de tono «pasablemente siniestro». En su factura, el texto es un alegato implícito contra la literalidad y los inestables favores del discurso oral. Lejos de los reportajes que supo practicar, Pla pule lo real, lo desordena, lo modifica, inventa una ilusión de vida y la mezcla con aforismos, apuntes de lectura, opiniones propias y ajenas, retratos, dudas, fabulaciones. Una escena mínima, doméstica, adquiere una veracidad legendaria al entrar en el flujo amplio de lo que pasó en otro tiempo o no pasará nunca. El pescador al que el mar le parece horrible despierta en Pla la seca perplejidad de un clásico latino. En esta nivelación de realidades, resulta decisivo lo meramente conjetural. Pocas veces el autor es tan íntimo como cuando se transfigura en otra persona; aspira, por ejemplo, a la rubicunda moral de los obesos: «Si estuviese gordo, me dedicaría, probablemente, a los pequeños, insignificantes, placeres de comer y beber e iría cada anochecer al café a dormir un rato y, entre cabeceo y cabeceo, hablaría, si viniese a mano, con mis amigos. Diría cosas delicadas e inciertas, cosas medio hilvanadas, apenas sugeridas; tendría un trato ligero e imperceptible [...]. Si alguno formulase contra mí alguna impertinencia, ni me levantaría de la silla, porque no hay nada más incómodo para un gordo que levantarse de la silla, o sillas, que ocupa sobre la tierra [...]. Un hombre gordo consiste en un ser que arrastra, él personalmente, una gran cantidad de sentido del ridículo ineluctable, inescamoteable, definitivo, que soporta y arrastra la vida. En este sentido, un hombre gordo está en condiciones excepcionales para ser muy buena persona, para tener la vanidad mínima, para ver el mundo como un espectáculo fatalmente injusto, extraño a toda idea de exactitud y de perfectibilidad imposible».

En este maravilloso falso autorretrato, la puntuación imita la acompasada respiración del gordo. Comparado con el de Pla, casi cualquier otro diario parece una reunión de papeles en absoluto desaliño. Al mismo tiempo, cada efecto de estilo conserva la condición atmosférica esencial al conjunto. La crónica comienza con gente que tiene gripe; los adjetivos llegan con la naturalidad de los golpes de viento.

En *Acto de presencia*, Sylvia Molloy observa que los memorialistas decimonónicos suelen despreciar la *petite histoire*. Convencidos de que su circunstancia vale por su valor documental, aspiran a tener historia pública y por ello desdeñan la privada. Pla, por el contrario, está más cerca de Walter Benjamin, para quien «la verdadera imagen del pasado es fugaz». Trabaja en fragmentos, por no decir en centellas. Objetivados, nunca abstractos ni difusos, sus recuerdos son reliquias de luz. *El cuaderno gris* reconstruye la forma mínima –infraordinaria, diría Perec– en que los datos diarios confiesan sus misterios: «Solamente hay una cosa que no me gusta en este paisaje próspero y enternecedor: el amarillo de los tranvías. El amarillo es el color de los locos». El pasaje ilustra la técnica del traslado en Josep

Pla. Su pasión matérica por el entorno lo lleva a ver lo infinitamente pequeño, las cosas «tal como son», pero al narrarlo, al *traducirlo* en literatura, lo entrega a otra lógica, donde el amarillo es el color de la locura. No ficcionaliza el escenario ni la época (Cataluña, 1918-1919) sino las razones, el paso del ojo a la conciencia.

Resulta ocioso delimitar el género preciso de *El cuaderno gris*, obra necesariamente *abierta*: cumple los requisitos del diario, pero los desborda en tal forma que resulta extravagante verla exclusivamente como un diario. Contar los días es, en este caso, un recurso similar al de Tanizaki en su novela *Diario de un viejo loco*: se trata de un pretexto, no de un problema. Volcado hacia el mundo que modifica en escritura, Pla no se enjuicia ni se desconoce en la intimidad.

El tema más frecuente del diarista suele ser la enfermedad. Incluso en esta zona Pla se *generaliza*, se narra a partir de lo que padecen los demás: su mala dentadura es producto no de su descuido, sino de la época; no se trata de un asunto íntimo sino epidémico. Asimilado a ese destino común, afirma que seguirá masticando «brillantemente», a diferencia, por ejemplo, de Thomas Mann, derrotado en su diario por su mala digestión (dolencia especialmente simbólica, si se toma en cuenta que el texto, como han sugerido Valéry y Foucault, es un sistema digestivo que transforma lo que ingiere).

Siguiendo esta última metáfora, se puede decir que el diarista Pla tiene un estómago de hierro; carece de los cólicos de quienes pierden el control ante ese desafío. Obra capital del siglo XX, *El cuaderno gris* se sirve del diario como punto de partida. ¿Qué clase de voz encuentran quienes hacen del diario un asunto de destino?

EL YO COMO RODEO

Los diarios más radicales ponen en juego un desconcertante sentido de la soledad. En esa zona residual, la literatura se resiste a asumir la condición de género y aun de arte. El diario que solo se justifica como tal no *parece* una crónica ni una novela. Su único canon: escribir a lo largo de los días. El asunto tratado puede ser real o imaginario, personal o ajeno. Una bitácora de sueños, una parca lista de actividades o un desahogo de delirios son formas válidas del diario. Ni siquiera se necesita presuponer un lector. En los «libros de saldos» en que anotaba las sumas y las restas de su conciencia, Lichtenberg solía escribir párrafos enredados y agregar entre corchetes: «Yo me entiendo». La escritura privada existe para ser comprendida por quien la emite. Nada más.

¿Es posible valorar la riqueza literaria en un género sin normas definidas? ¿Cómo comprender su especificidad y evitar ese elogio de segunda división: «parece una novela»? La indeleble fascinación que suscita *El cuaderno gris* depende poco de que sea un diario. ¿Cuándo sí importa esta forma sin forma?

Antes de arriesgar hipótesis conviene aclarar que el diario como literatura normalmente atañe a quienes han dominado otros géneros. El heroísmo de Ana Frank o del submarinista en la oscuridad glacial del *Kursk* es el de quien rinde un último y temerario testimonio. Se trata, en estos casos, de escritores por emergencia, similares a los antropólogos que llenan páginas en beneficio de quienes no han visto cosas tan raras, o a los astronautas del porvenir, que harán viajes suficientemente largos para tomar apuntes.

También algunos diarios de grandes escritores dependen de la entereza de no cerrar los ojos. Es el caso de las *Radiaciones* de Ernst Jünger. Cazador de insectos en la Segunda Guerra Mundial, el creador de *Heliópolis* y otras utopías describe el espanto con fría objetividad. El 29 de mayo de 1941 comanda un batallón de fusilamiento y apunta: «Quisiera desviar los ojos, pero me obligo a mirar aquel sitio y capto el instante en que, con la descarga, aparecen cinco agujeros en el cartón como si sobre él cayesen gotas de rocío. El hombre alcanzado por las balas sigue en pie contra el árbol; en sus facciones se refleja una sorpresa inmensa». El testigo obligado mantiene una mirada impasible. La muerte son cinco balas en un cartón. No solo por compartir la noche de los asesinos Jünger procede de ese modo; cree en la potencia reveladora del texto más allá de la voluntad de su autor, pule un lente de aumento, un cristal de laboratorio, empañado por la niebla y la pólvora. Sus espléndidas dotes de observación reflejan la costumbre de la guerra como un antropólogo refleja ritos que desconoce. Coleccionista de fósiles y cometas, Jünger suprime su subjetividad para practicar una entomología del hombre, la ciencia fícticia que lo acredita como un observador desapasionado e impar.

En cambio, quienes buscan oportunidades en la marea de la Historia suelen ser parcos relatores. El diario del Che en Bolivia es el de un expedicionario sin brújula, tan detallado y consciente de los objetos y los enseres de su tropa como el capitán Cook en los mares del Sur. A diferencia del novelista que de pronto opta por la escritura secundaria, el redactor de un diario histórico está ante una noción total de la experiencia: transmite lo único que puede decir. Curiosamente, la escritura absoluta es para él una forma de la reticencia. Lo que dice está sobredeterminado por lo que calla, evade, mitiga o distorsiona. De acuerdo con Isaiah Berlin, la lección literaria de los hechos históricos estriba en que sus protagonistas no solo hacen cosas históricas. Las novelas de Waterloo, Okinawa o Sarajevo dependen de los chismes, el humo de las cocinas, las risas, las monedas sueltas, las señas de la vida que prosigue, tumultuosa, durante la contienda. En cambio, la razón política evade los destinos contradictorios y privilegia los datos crudos, incontrovertibles por escuetos: sus palabras prueban que eso existió, la arenisca de la que surgen los monumentos.

Cuando vivía en Berlín Oriental, conocí al legendario político mexicano Antonio Carrillo Flores, entonces embajador en Moscú. Corría el rumor de que don Antonio había perdido la oportunidad de ser presidente por la prudencia, la vasta cultura y la honestidad que lo presentaban como un hombre demasiado débil para el PRI, partido al que de cualquier forma sirvió con lealtad. Don Antonio fue secretario de Hacienda y de Relaciones Exteriores, director de Nacional Financiera, diputado, embajador en Washington y en Moscú, todo lo que se puede ser sin llegar a presidente. Trabamos una amistad que se fundaba en su pasión por invertir el modo socrático y aprender de los jóvenes, condición en la que agrupaba a casi toda la humanidad. Yo tenía entonces veinticuatro años y él debía andar por los ochenta. Me preguntaba por gente de sesenta años como si fuera de mi generación. En nuestros recorridos por el Museo de Pérgamo o ante interminables guisos de ciervo, me contó que llevaba un apretado diario de su vida como político.

Años después, yo trabajaba en la agencia Notimex con Alejandro Rossi y le propuse publicar fragmentos de aquel diario que para mí tenía visos de leyenda. Conocedor refinadísimo de las pequeñas claves que determinan las intrigas latinoamericanas, Alejandro se entusiasmó con la idea. Visitamos al político retirado en su casona de la colonia Nápoles. Nos recibió un hombre afable, olvidadizo, un tanto sorprendido de que su pasado pudiera interesarnos. Nos llevó a su biblioteca, arquetipo de la del político mexicano ilustrado: estantes de caoba, libros encuadernados en tonos vinosos, memorabilia de su selecto paso por las oficinas (alguna medalla, la carta enmarcada de un presidente, una moneda de oro de un país lejano). En una repisa, encontramos los volúmenes deseados. Le pedimos el correspondiente a la devaluación que se vio obligado a ordenar en su paso por Hacienda y que rompió una dilatada estabilidad del peso mexicano. Regresamos a nuestra precaria oficina en la agencia de noticias seguros de tener un botín periodístico. La decepción no pudo ser mayor. El más articulado de los políticos mexicanos también era uno de los más hábiles. El peor día de su vida pública merecía una escueta entrada en la que mencionaba de paso su tristeza y se consolaba escuchando a Beethoven. Era todo. Los diarios registraban su vida como una elocuente colección de silencios.

En la orilla opuesta de quien borra huellas privadas para apuntalar su gestión cívica se encuentra quien lleva un diario porque no concibe otra manera de expresarse. Durante ocho años y medio el comerciante inglés Samuel Pepys fue un insólito testigo de sí mismo y del siglo XVII. Dejó de escribir cuando su vista se debilitó, pues hubiera perdido la franqueza al dictarle a un secretario. De acuerdo con Stevenson, el candoroso Pepys fascina no solo por su irrefrenable apetito por la vida, sino porque confiesa sus errores y debilidades como si nadie pudiera leerlo. Pocas veces el intrincado tejido de un hombre aparece en forma tan plena. Pepys es un escritor culto que no se pretende artista; se retrata sin saber cómo quedará su semblante. Su testimonio fue publicado ciento sesenta años después de su muerte y perdura por una refrescante prosa que, sin llegar al autoescarnio, ignora todo sentido de la respetabilidad. Pepys es el dispar cronista de su conciencia. El 31 de diciembre de 1665 termina el año de la peste que se volvería inolvidable en la crónica de Daniel Defoe; Londres está sumido en la ruina y la miseria; mientras tanto, el jovial Samuel Pepys escribe: «Nunca he vivido con más alegría (y, además, nunca he ganado tanto) como en estos tiempos de plaga». No habla un cínico; habla un testigo humanamente irresponsable.

Cuando un escritor emprende un diario practica un género distinto al de Pepys. Rara vez puede ser tan franco, pues no deja de intuir al otro en sus palabras. En su caso, la prosa privada tiene siempre algo de impostura. ¿Qué razones lo impulsan a llevar ese cuaderno secundario? El catálogo es infinito: retratar una época (André Gide), registrar una vida paralela (John Cheever), soportar padecimientos (Katherine Mansfield), mantener una cantera para obras futuras (Sergio Pitol). En estos ejemplos, la escritura íntima está en función de algo que la excede; es documento, desahogo, terapia, borrador. ¿En qué medida el diario puede decir solo en tanto diario? ¿Qué literatura propone al margen de toda normatividad, desde los bordes?

ÁBRASE EN CASO DE URGENCIA

En sus diarios, Thomas Mann confirma que es el último custodio de la Ilustración y detalla los ímprobos esfuerzos que le permitieron consumar una obra descomunal; pero hay algo más: el verdadero engrandecimiento está en sus caídas. El hombre que diseca su grandeza rompe de pronto la marcial disciplina que se ha impuesto, estudia su cuerpo, lastrado de males, olores, indigestiones, el saco enfermo que desea las inalcanzables manos de un muchacho. El dilema de Tonio Kröger (el artista que renuncia a la vida para recrearla a la distancia) se reproduce de manera apasionante: Mann escribe contra su deseo, pero lo atesora en privado, permite que el secreto envenene su vida y la desvele, paga con una pluma desesperada, ardiente, el peaje de las novelas que, de principio a fin, representan una aventura del orden. No deja de verse a sí mismo como una figura egregia, pero se atreve a perjudicarla con sus dolencias y sus deseos inconfesados. Mann no puede estar seguro de la forma en que serán recibidas las debilidades del titán. Hoy sabemos que esos defectos lo dignifican. Hay algo tranquilizador en enterarse de que el ejecutor de repetidas proezas padeció tanto del estómago.

Más común es el caso opuesto. Sobran autorretratos donde el dramaturgo de hígado inseguro aparece como la altiva y resignada víctima de su esposa, sus muchos hijos, sus editores caníbales. Otros posponen en forma estratégica la difusión de sus miserias. Si se va a hablar mal de ellos, al menos que sea dentro de mucho tiempo. Así, disponen que sus diarios se editen veinte o cincuenta años después de su muerte para que esas palabras que suponen «obscenas, increíbles, precisas» (como las que Beatriz Viterbo escribe en «El Aleph» de Borges) aumenten su fama póstuma (así sea en los boletines que los investigadores leales dedican a los novelistas olvidados).

¿Qué necesidad estética explica que el autor vuelva sobre sí mismo para explicitar lo que ya sugirió su obra restante? Si la ficción permite ser en los otros, ¿por qué pasar al camerino donde la estrella revela que la obra se hizo con poco dinero, mala calefacción y mucha inquina? El egotismo consustancial a la escritura corre el albur de volverse redundante en las páginas del diario. La vida de Escipión el Africano es singular; no lo es tanto que el protagonista se vea a sí mismo como Escipión el Africano. Si esto resulta válido para un destino impar, ¿qué puede decirse de los inmóviles que pierden pelo ante el teclado?

Los diaristas suelen ocuparse de un tema que casi rivaliza con el de la enfermedad: la razón misma de escribir un diario. De acuerdo con Julio Ramón Ribeyro, la literatura compensa el fracaso de no poder vivir, y el diario, el fracaso de no poder escribir: «Todo diario íntimo surge de un agudo sentimiento de culpa. Parece que en él quisiéramos depositar muchas cosas que nos atormentan y cuyo peso se aligera por el solo hecho de confiarlas a un cuaderno. Es una forma de confesión apartada del rito católico, hecha para personas incrédulas. Un coloquio humillante con ese implacable director espiritual que llevan dentro de sí todos los hombres afectos a este tipo de confidencias [...]. En todo diario íntimo hay un problema capital planteado que jamás se resuelve y cuya no solución es precisamente la existencia del diario. El resolverlo trae consigo su liquidación». Para Ribeyro, el diario no representa un género pleno; ni siquiera triunfa como sustitución de la «otra» escritura: es una coartada para apartarse de la forma. Misteriosamente, esa es su forma.

A pesar de las muchas malas razones que pueden llevar a escribir ante un espejo, hay grandes, insustituibles, diarios literarios. Cioran, profeta del nihilismo, perdurará, entre otras cosas, por la más vitalista de sus formulaciones: no se escribe porque se tenga algo que decir sino porque se tienen deseos de escribir. Estos deseos sin meta ni origen definidos encuentran sentido a posteriori en la lectura. No se trata de un ardid chamánico sino de algo más humilde y sorprendente. En el contacto con su materia, el diarista dice menos y más de lo que preveía, cambia el rumbo y la determinación de sus ideas. Escribir obliga a entrar y salir continuamente de una región donde lo propio empieza a ser ajeno, donde el escritor se trasciende en otro y se traduce en texto. Gombrowicz, Kafka, Musil o Herling han llevado cuadernos que solo en parte revisan la volátil sustancia de sus días y comunican de manera radical algo que solo puede ser dicho por ese medio.

Ribeyro encontró en la expresión «prosas apátridas» la mejor definición de los textos que migran de un género a otro sin encontrar casa en ninguno de ellos: ensayos que son memorias que son ficciones, o ni siquiera eso: una sustancia literaria en estado bruto, que irradia una luz difusa, incapaz de reconocer sus límites. Al comienzo de sus diarios, Robert Musil anuncia que escribirá en estado de alerta, durante el sueño de los otros y de su vida habitual: un animal de presa con hábitos nocturnos. El diario solo puede ocurrir cuando se adormecen los reflejos y despierta una sensibilidad distinta. Atento a este contracalendario, el polaco Gustaw Herling pasó la mayor parte de su vida entregado a su *Diario escrito de noche*. Herling recupera sus pensamientos y emociones como quien entiende un tapiz por su reverso, sin someterlos a la forma precisa del ensayo o el relato memorioso, aunque por momentos siga esos derroteros.

El diario ofrece la libertad condicionada de la falta de exigencias. Por eso es tan difícil de ejercer. Según saben los retóricos y los miembros del grupo OuLiPo, las restricciones firmes estimulan la creación de atajos y vías alternas. La rima y la métrica conducen a resultados insólitos; la inspiración trabaja mejor cuando las musas están sindicadas y obedecen reglas. El diarista, por el contrario, enfrenta un vértigo sin límites.

Kafka expresa el dilema con la angustia paranoica que preside sus páginas: en su lucha contra el mundo, el hombre debe ponerse de parte del mundo. A primera vista la frase invita a una capitulación ante la fatalidad y los mecanismos de una sociedad totalitaria. Sin embargo, el diarista puede encontrar en ella una ética. Kafka sabe que la verdad del solitario está fuera de él; su desafío consiste en pensarse en el mundo desde un mirador excéntrico. «A partir de determinado punto ya no hay regreso. Es preciso alcanzar este punto», escribe en uno de sus aforismos. Para el diarista literario, la zona de no retorno es una frontera de niebla donde el yo, aislado y libre de ataduras, se experimenta como algo externo, que solo en parte depende de él. Alan Pauls ha señalado que, por más descarnado que sea el diarista, rara vez escapa al cargo de evasión: su ostracismo suele ser visto como una forma de protegerse del mundo. Por eso propone otra fórmula para entender este peculiar apartamiento: «No un solitario sino su más artero enemigo: un célibe. El célibe es la gran figura conceptual y política que Kafka opone, al mismo tiempo, al que se "evade" del mundo y al que lo abraza, al aséptico y al comprometido». Se trata, pues, de una soledad incómoda, que no abjura de los otros, sino que los mantiene en tensión.

Este estilo de pensamiento no es vasallo de los sucesos. En un sentido profundo, Musil, Kafka o Gombrowicz privilegian lo que no sucede, lo que es mera posibilidad o inminencia, la vida de la mente, como anhelaba Valéry.

«Una ventaja de escribir un diario», sostiene Kafka, «consiste en que así uno se entera con tranquilizadora claridad de las transformaciones que sufre constantemente; transformaciones que uno en general admite, sospecha y cree, pero que inconscientemente niega siempre.» El diarista no busca saber quién es sino en quién se está convirtiendo. Muchas veces el hallazgo es retrospectivo; al releer su diario, el autor advierte el cambio que ocurrió en secreto cuando la superficie de la vida trataba de convencerlo de algo distinto.

En ninguna otra circunstancia un narrador cuestiona tanto el sentido de su actividad como en un diario. Fracaso asumido (Ribeyro), condena nocturna (Musil, Herling), catálogo de inmadurez (Gombrowicz), aprendizaje de la indigestión (Mann), cuchillo que escarba el corazón (Kafka), el gran diario es un experimento terminal, lo que se dice a falta de todas las otras posibilidades textuales, un saldo incontrolable y delator. Musil: «En la parte reflexiva del arte hay un elemento de disipación [...]. En el pensamiento exacto, como el trabajo tiene un fin particular, ese conjunto se limita a lo demostrable, distingue lo probable de lo seguro, etcétera; en una palabra, como su objeto impone exigencias metódicas, el conjunto se ordena, se delimita y se articula. Aquí falta ese tipo de elección. Y se produce la elección que imponen las imágenes, el estilo, el tono general». El diarista refleja un estilo de pensamiento común al resto de sus obras pero inasimilable a ellas. Ni siquiera un libro formalmente infinito, inacabable, como *El hombre sin atributos*, pudo contener las esquirlas mentales del diario de Musil. Podría argumentarse que los mejores diaristas son, necesariamente, autores de otra clase de obras maestras: depositan en el cuaderno privado un excéntrico excedente que no existiría sin sus novelas, cuentos o poemas. Forma voluntariamente «fallida», el diario toma prestada la legitimidad que el autor recibe por otros libros, aunque a la postre, como en el caso de Pavese, su diario ocupe una resistente centralidad. Con algo de ironía, Ricardo Piglia sostiene que escribe novelas para justificar la publicación de un diario póstumo. Sin adquirir estatuto previo de autor, la edición del diario (y acaso su escritura misma) sería imposible.

En su inagotable ensayo «El narrador», Walter Benjamin se refirió a la dificultad de tener experiencias en la modernidad, donde el destino es seguro y monótono. En *Infancia e historia*, Giorgio Agamben prolonga esta preocupación: «La experiencia es incompatible con la certeza, y una experiencia que se vuelve calculable y cierta pierde de inmediato su autoridad». La sociedad del Wal-Mart, El Corte Inglés y el alto rating ha traído una homologación de lo cotidiano. La psicología, las aflicciones y las formas de relación están tan catalogadas como un almacén. Narrar la vida común significa abordar conductas previsibles. ¿Cómo encontrar la singularidad sin salir del ordenado acervo de lo diario? La respuesta de Witold Gombrowicz consiste en aquilatar la inexperiencia. Asesino de la «hora actual», guarda sus días como si se desconociera («no soy yo lo que está pasando conmigo»), desordena lo que creía saber, guiado por la única conducta que garantiza aprendizaje: la inmadurez. «¿Quién decidió que se debe escribir solo cuando se tiene algo que decir? El arte consiste precisamente en no escribir lo que se tiene que escribir, sino algo completamente imprevisto», anota en su *Diario argentino*. Así, la destrucción del arte a la que apela el diarista puede dar lugar a otra estética, no codificada.

En un pasaje asombroso, Julio Ramón Ribeyro entrega claves de este procedimiento. Asiste a una kermés en Perú y descubre a su madre atareada en uno de los puestos: «Al principio no la reconocí: pero era mi madre detrás del mostrador, sudorosa, arrebatada como siempre, pero esta vez su fatiga, lejos de envejecerla, le daba una radiante lozanía. Su rostro me hizo recordar al de sus fotografías de juventud: un rostro alegre, gracioso, invitador, ante el cual cedían los clientes y se enrolaban en la lotería, y hasta una voz distinta, que se dirigía a todos y cada uno, invitándolos dichosamente a tomar parte en el juego. Yo, oculto entre la multitud, estuve observando ese rostro, sin atreverme a acercarme, porque estaba seguro de que si me divisaba caería sobre él toda la sombra que era capaz de contagiarle mi presencia. Y por eso me fui, avergonzado, remordido, porque tal vez ese, y solamente ese, era el verdadero rostro de mi madre».

Ribeyro contempla algo mil veces visto, pero por vez primera lo hace como si él no formara parte de la escena ni de su propia vida. Atisba un rostro libre de la sombra del testigo. En su tenso aislamiento, el solitario, el célibe, desea hablar de los demás sin alterarlos con su presencia. De manera más intrépida, repite esta operación consigo mismo. También ante el espejo desea captarse sin la sombra que impone su presencia. Paradoja extrema del diario íntimo: registrar la vida que llevamos sin nosotros.

ESCRIBIR EL TIEMPO

Quizá este tipo de escritura esté sometida a una historicidad. Al igual que la conversación o la correspondencia, el diario requiere de una valoración social de la esfera privada. En una época de difusión mediática de las intimidades, el yo ha dejado de ser un núcleo excéntrico, y más aún: la soledad como apuesta imaginativa se complica en un ámbito donde la sobreinformación y la progresiva mímesis del comportamiento codifican las reacciones incluso antes de que broten en el inconsciente.

¿Es posible disponer de una memoria salvaje, no domesticada por el uso? En su ensayo «Desempaco mi biblioteca», Benjamin aborda el tema del coleccionismo, actividad con resortes similares a la escritura de diarios: «Cada pasión colinda con el caos; la del coleccionismo colinda con la memoria». Así como los niños tratan de renovar la existencia recortando cosas, pintando los objetos y las paredes, desprendiendo partes de aparatos para ensamblarlas de otro modo, así el coleccionista renueva su mundo insertando lo fugitivo en el presente. Si el cuento y la novela custodian un pasado —algo que sucedió—, el diario se postula, en primera instancia, como presente puro. Sin embargo, lo que se escribe hoy tiene sentido, como afirmaba Kafka, para saber en qué se transforma el autor, en qué se está convirtiendo. Al día siguiente, otra entrada anulará su imperiosa contemporaneidad. En el gesto mismo de anotar una fecha está implícito el devenir en que eso existirá como pasado. De pronto, un hombre asume el compromiso cultural de estar a solas y se arriesga a convocar ese tiempo incierto, en el que la memoria no atesora, sino se pone a prueba, en tránsito, en un instante quebradizo: el pasado que será.

VIDA PRIVADA DE LA TRADICIÓN
BORGES POR BIOY CASARES

a Alan Pauls

Eliot comentó que al escribir sobre Shakespeare solo podemos aspirar a equivocarnos de nueva manera. Algo parecido ocurre con Borges. El diario en el que Bioy Casares registra medio siglo de amistad con el maestro llega como el rayo verde en un paisaje marino: un deslumbramiento impreciso que invita a equivocarnos otra vez.

«Borges come en casa»: la frase resume los encuentros entre el autor de *Ficciones* y su testigo impar, quince años menor que él. Tres o cuatro noches por semana cenan juntos, a veces en compañía de Peyrou, casi siempre solos o ante la sombra marginal de Silvina Ocampo, mujer de Bioy. Borges se interesa mucho más en todo que su amigo; habla pestes de los comunistas, los peronistas, los españoles (llega a concebir el chiste de que encontró a un «español antropomorfo»), arremete contra las vanguardias y toda forma de la novedad (del arte abstracto a la música de Piazzolla), y distingue las rigurosas y austeras minucias en que descansa la literatura: la acentuación, la lógica del argumento, la indeleble fuerza del adjetivo. Después de cenar, Borges y Bioy trabajan. Una amistad fundada en el oficio. Borges está perdiendo la vista y necesita una mirada externa; Bioy es un tímido consumado y solo en ese trato puede demorar el diálogo.

Con frecuencia, el anfitrión sucumbe al cansancio y dormita ante el interlocutor que pasa de un tema a otro para alargar la reunión. Finalmente, Bioy lleva a Borges a su casa y conduce como un sonámbulo. De regreso, se desploma en su cama con la ilusión de que el encuentro se repita. La rutina, estimulante y agotadora, organiza dos vidas del todo distintas. Los saldos de esa relación integran las 1.600 páginas del diario titulado con rotunda sencillez *Borges*.

Conocíamos de sobra los cruces públicos de los destinos del mundano Bioy, arquetípico donjuán que juega al tenis, y el hombre de las bibliotecas que camina por Buenos Aires como por sus lecturas. Durante décadas, Borges y Bioy escriben prólogos, preparan antologías, son jurados de certámenes, traducen, conciben el alias de Bustos Domecq, escritor autoparódico y esquizoide que no es ninguno de los dos o es demasiado cada uno de ellos. Con la excepción de Lennon y McCartney o Laurel y Hardy, es difícil pensar en asociaciones artísticas más fecundas en el siglo XX e imposible dar con otra más duradera.

Antes de la aparición del diario, los estudios borgeanos parecían al fin dominados por cierta sensación de clausura, la tranquilidad de que la obra, inagotable en la interpretación, tenía páginas finitas.

Borges observó que la fama simplifica la contradictoria personalidad que le sirve de sustento. Esta prevención no impidió que él mismo se resignara a su leyenda, aun a riesgo de adquirir el folclor del ciego profético que recitaba rústicas sagas en anglosajón, fatigaba (el verbo es uno de sus sellos) las más diversas literaturas, recuperaba esquivos talismanes (el laberinto, el tigre, el espejo, el cuchillo, el libro cuyas páginas no cesan de ocurrir). Un Borges siempre profundo, algo caricaturesco. Al propio Bioy le irrita el Borges viejo, autorreferente, que se ufana de su ceguera con un título de falsa valentía (*Elogio de la sombra*), cede al untuoso afecto de los admiradores, viaja sin tregua para recibir galardones y, sobre todo, habla y habla sin escuchar a nadie. El 1 de septiembre de 1969 el redactor está harto de figurar como escudero del titán: «¿Para qué Bioy, si está Borges, *the real thing*?». Aunque estos exabruptos se acentúan con el paso de los años, la principal lealtad de Bioy —tributaria del afecto o del oído para lo que dice el otro— consiste en ubicar a Borges en un plano siempre superior. Incluso cuando se sirve de las autorizadas opiniones del amigo para atacar a otros, Bioy comunica sin pérdida la complejidad de un pensamiento que lo excede. Si bien está animado por un propósito enteramente distinto, el caso es similar al de Paul Theroux en *La sombra de Naipaul*. Una tarde de desgracia, el escritor norteamericano descubrió todos los libros que le había dedicado a su gran

amigo V. S. Naipaul en una librería de viejo. Se sintió traiciona-
do, revisó varias décadas de amistad y escribió un libro para des-
enmascarar al egoísta que se había aprovechado de él. Theroux es
tan buen cronista que, aun odiando a Naipaul, no puede dejar de
transmitir con exactitud lo que dice. La paradoja es que el villano
de la trama resulta mucho más interesante que el autor victimado.

Bioy en modo alguno pretende atacar a Borges. Si en ocasiones se siente a la sombra del clásico, lo hace con más resignación
que encono. Sin embargo, para algunos lectores, el diario prueba que
nunca pudo asimilar la superioridad de Borges. Por eso describe
la forma en que el amigo ciego orina en el piso, niega en privado lo
que sostiene en público, se muestra calculador y egoísta, arremete
contra los conocidos y solo salva a algunos favoritos de Bioy,
como la novelista Vlady Kociancich o el director de cine Hugo
Santiago Muchnik. De acuerdo con esta interpretación del Bioy
«infiel», la obra sería una venganza para rebasar al maestro con sus
propias frases. Más allá de estos inexplorables resortes psicológicos, la obra confirma otra clase de lealtad. Al igual que Theroux,
Bioy transmite con devoción por el idioma; el espontáneo y a veces impulsivo discurso de Borges está animado por un fuego y un
ingenio que el autor del texto solo puede obtener como testigo. Al
margen de los designios morales o inmorales de Bioy y de sus posibles mezclas en una «admirativa perfidia», el protagonista de sus
páginas no deja de deslumbrar. Sería bastante extraño que alguien
repudiara la obra de Borges por las indiscreciones reveladas en el
diario. En todo caso, el encono se dirigiría hacia su indiscreto confidente. Es el riesgo, calculado o temerario, que Bioy asume en estas sorprendentes páginas.

Después de cuarenta años de trato, le molesta que su interlocutor avance hacia el solipsismo, no porque deje de interesarse en
lo que dice, sino por el distanciamiento y el desafecto que eso significa. Las grandes horas de la amistad son las que pasan al margen de la época y los otros, leyendo y concibiendo con idéntico
placer disparates y obras maestras.

Un signo saludable del diario es que dificulta la beatificación
borgeana: dos irresponsables hablan mal de todo el mundo con espléndido sentido del humor. Alejandro Rossi ha sugerido que el
diario debería llevar el subtítulo de «Sálvese quien pueda».

324

Algunas gotas del arsénico borgeano. Sobre su cuñado Guillermo de Torre: «Pobre: nació tonto y tuvo la mala suerte de descubrir muy pronto el dadaísmo». Sobre Victoria Ocampo: «Me trajo una vez un poema de no sé quién para *Sur* y me preguntó: "¿Qué tal es?" Yo le dije: "Y a usted, ¿qué le parece?" "Yo no entiendo los poemas en español", me contestó. Bioy: Tampoco en otros idiomas. Borges: Es claro, debí decirle: "¿Por qué esa modestia? ¿Por qué esa limitación? Su incomprensión es enciclopédica"». Sobre Eduardo Mallea: «Tiene una notable capacidad para elegir buenos títulos. Es una lástima que se obstine en añadirles libros».

Llama la atención la chismosa inmersión de Borges en la vida literaria de la época, los pleitos con glorias municipales, las intrigas menores, las continuas disquisiciones para firmar desplegados, su manera de prodigarse en clases, conferencias, discursos en banquetes. El diario normaliza a su protagonista casi hasta el agravio y lo muestra de golpe como un chiflado que advierte que está «en pelotas» en la playa.

Borges se burla sin miramientos de las señoras de falsa cultura y los absurdos colegas que cortejan la posteridad, pero también de sus amigos cercanos y sus novias. Con todo, el diario parece menos animado por delatar a un hipócrita que por configurar un temperamento en la intimidad de sus contradicciones. Obra ajena a todo afán de autoayuda o superación personal, *Borges* niega la corrección en sentido moral (lo edificante) y la ejerce en sentido técnico (lo mejorable). Aunque merezca cargos de incongruencia, insensatez y capricho, el Borges del diario refleja una condición esencial de la literatura: toda voz que aspira a ser distinta lucha con las demás, de las que secretamente depende y que le sirven de blanco y modelo. Esta idea agonista de la cultura, tan cara a Harold Bloom y al Borges de «Kafka y sus precursores», permite construir una filiación («hay que pedir un buen pasado», dice Borges en el diario) que permitirá, con el tiempo, ver la impronta del presente en la tradición, leer una parábola china en clave kafkiana.

Las opiniones sobre los fracasos de Goethe, las limitaciones de Shakespeare –¡ese amateur!– y las caídas de Homero serían eminentes pedanterías en un ensayo. Después de leer unas páginas de *La cartuja de Parma*, Borges comenta: «Si sospecharan que cometimos un crimen, si dijéramos que estuvimos leyendo a Stendhal y nos pidieran que contáramos lo leído, nos meterían presos».

Las continuas salidas de tono pertenecen al boxeo de sombra imprescindible para conformar un criterio independiente, ejercicio a fin de cuentas inofensivo: «Todas esas polémicas literarias son como efusiones de sangre en el teatro: después nadie muere», comenta Borges, que no pretende ser definitivo cuando le dice «animal» a un clásico, sino ponerlo a prueba o, mejor dicho, poner a prueba sus propias intuiciones, y cambiar de opinión si es preciso (entre otros equívocos, revisa una y otra vez su idea de juventud de que Quevedo era mejor que Cervantes).

Borges juzga que los criterios de la posteridad son improvisados, discutibles, difíciles de comprender: ¿por qué sus admirados Chesterton, Kipling y Stevenson tienen menos prestigio que los ampulosos Proust y Joyce? La tradición se encuentra abierta y en disputa, de ahí que sea necesario discutirla.

Por otra parte, abundan los juicios brillantes sobre la literatura: «Negar la causalidad es más difícil que negar la realidad»; «Como estos apuntes no estaban escritos para ser publicados no son barrocos ni humorísticos. Tienen una falta de forma que les da la sinceridad»; «En el olvido coinciden la venganza y el perdón»; «Nuestra situación es rara: escribimos en un idioma que nos desagrada; nuestro estilo resulta de omisiones; evitamos palabras que nos asquean. Después algún español advierte con asombro nuestra pobreza de vocabulario. Solo para el escritor que no se halla en casa en el idioma, como Conrad, el estilo es un instrumento»; «Por qué darse trabajo para ser ambiguo y confuso, cuando siempre se es».

Los numerosos textos de Borges para revistas, sus prólogos, antologías y traducciones pertenecen a una estrategia para configurar el gusto y respaldar la propia obra con el linaje del que se desprende. Los arrebatos contra autores que la costumbre recomienda en forma impositiva muestran su recelo ante las ideas recibidas pero sobre todo ponen a prueba sus reflejos. En una entrada de 1963, Borges ridiculiza al «aborrecedor general», que se opone a todo de manera indistinta. Él es, por el contrario, un aborrecedor de alta escuela, muy especializado. Resulta difícil encontrar un libro que celebre tanto la literatura en su conjunto y al mismo tiempo se acerque con tal particularidad a las obras maestras como zonas de desastre: todo podría ser mejor. Escribir es corregir.

Sí, Borges y Bioy descubren los defectos de los demás. Lo singular es que rara vez ocultan los propios. A lo largo del diario, la figura de la madre de Borges se alza como una preciada voz de la sensatez en un entorno casi irreal, protagonizado por su eminente hijo.

Entre otras cosas, el diario es un almanaque de sueños. Naturalmente, las historias que refieren los protagonistas están filtradas por el oficio literario: su mundo onírico llega *ya editado*. Con frecuencia, los amigos ven en estas escenas una invaluable cantera para sus relatos, pero son derrotados por el robusto sentido común de la madre. A punto de cumplir sesenta y ocho años, Borges le refiere un sueño a Bioy y añade: «Cuando le conté este sueño a Madre –por un rato me hago la ilusión de que son valiosísimos– se puso furiosa. Me dijo que mientras ella duerme tranquila, yo estoy soñando disparates. Que ni dormido dejo de inventar cosas raras. Mejor que el sueño me pareció la reacción de Madre. Muestra su carácter».

En algún pasaje Bianco dice que el verdadero loco de la literatura argentina no es Arlt ni Macedonio, sino el desesperado Borges, que para tranquilizarse busca un dentista cualquiera en una calle y se hace sacar una muela que no le molestaba (al respecto le dice la madre: «Vos estás cada día más loco. Primero el anglosajón; ahora el dentista»).

UN CONTRATO EN LA SOMBRA

Bioy observa que Borges aprovecha la ceguera para caer dentro de sí mismo con libertad y en cierta forma la revierte en su favor. De manera equivalente, los amigos se rodean de un aire extravagante –son locos voluntarios– para fantasear al margen de toda corrección. A propósito de las arbitrariedades de juicio y las incorrecciones políticas, comenta Edgardo Cozarinsky: «La misoginia más agresiva, el racismo (limitado a la raza negra), el más rancio sentimiento de superioridad argentina sobre los demás países del continente aparecen aquí con una franqueza propia de otros siglos, antes de que la mala conciencia contemporánea aprendiese a encubrirlos». A esta lista de oprobios habría que agregar el recelo ante la democracia, la consideración de que todo arte

327

indígena ajeno al criterio occidental está regido por la fealdad, el irrestricto respaldo a los militares como únicos garantes de la patria. Los mexicanos no podemos pasar por alto la aviesa entrada del 22 de octubre de 1968: «Después de comer, llamo a Borges para hablar de la contestación a un telegrama de Helena [sic] Garro, que pide telegrafiemos nuestra solidaridad a Díaz Ordaz, ministro de gobernación mexicano [sic], por los últimos sucesos. Explica Helena que los comunistas tirotearon al pueblo y al ejército y ahora se presentan como víctimas».

En los fragmentos del diario que Bioy publicó hace unos años (*Descanso de caminantes*) la sinceridad trabajaba en su contra. Un señorito frívolo, más atento a su *robe de chambre* que a un golpe de Estado. Esta persona mejora poco en *Borges*, donde llega a decir, como un don Juan de opereta: «Nada más concreto, más burgués, más limitado, que una mujer». Sin embargo, ahora los dislates y las deficiencias de carácter contribuyen a un método de indagación de la vida y la literatura; son el franco y precario correlato humano de quienes leen el mundo como una comedia crítica y autocrítica. El resultado es un libro único, irrepetible, desafiante.

La referencia obvia de este segundo diario es *Vida del doctor Samuel Johnson* de Boswell. Borges comenta de manera reveladora: «Boswell resolvió el problema de mostrar manías, rasgos absurdos y hasta desagradables de Johnson y, al mismo tiempo, persuadirnos de que era un hombre admirable y hasta querible». En consecuencia, Bioy escribe desde las deficiencias del admirado amigo. El discurso privado enfrenta un reto similar al que suelen producir las relaciones afectivas: querer a alguien no a pesar de sus defectos, sino por ellos.

De modo reticente, Bioy narra a través de otro. ¿Hasta qué punto matiza o altera las opiniones de Borges? Imposible saberlo. Para el lector, los diálogos llegan con una verosimilitud apoyada con firmeza en el carácter.

Bioy visitó México en el verano de 1991 y sostuvo un diálogo público con José de la Colina. El autor de *La lucha con la pantera* tuvo la intuición sagaz de preguntarle acerca de la relación entre Johnson y Boswell. Bioy refirió entonces una paradoja: Johnson le parecía un autor más importante, pero prefería leer a Boswell. Poco amigo de complicar los argumentos, dejó en el aire la oposición entre la reputación de un texto y el placer de leerlo. ¿Qué aspiración resulta más alta: ser un necesario «material de consulta» o una legible forma de la felicidad? El reconocimiento de la superioridad de Johnson encubre una tensión: leerlo de manera indirecta –a través de Boswell– representa una operación intelectual de segundo orden que sin embargo apasiona más. En su retrato del doctor Johnson, Julian Green llega a una conclusión parecida a la de Bioy; exagera la importancia del retratista al tiempo que disminuye la de su modelo: «Resulta pues bastante impresionante que un hombre que parecía haber nacido sobre todo para decir cosas molestas sobreviva en la memoria de sus compatriotas a despecho de lo que debiera –según las apariencias– condenarlo al olvido. Desde luego que su gloria está bien establecida. Se hablará de Samuel Johnson siempre que se siga hablando del siglo XVIII inglés. Pero ¿a quién debe esta gloria? Lo más notable del asunto es esto: al libro de otro».

Green simplifica la relación entre Johnson y Boswell para lograr el agradable efecto del pasaje anterior. Pasa por alto el hecho de que, aun y cuando se juzgara que sus escritos fueran prescindibles, la *Vida del doctor* es, ante todo, un compendio de lo que opina Johnson, de modo que la autoría se divide al modo de las conversaciones de Eckermann con Goethe: quien firma el texto es quien pregunta.

Bioy no llegó al extremo de declarar que Johnson debía su supervivencia a Boswell pero en su diálogo con De la Colina insinuó la utopía del cronista de temple boswelliano: escribir la mejor obra del autor retratado. Esa desmesura suele producir un efecto secundario: la mejor obra del cronista.

Quizá lo más extraño del dietario *Borges* sea algo muy simple: la forma en que fue escrito. Resulta difícil suponer que Bioy lo haya compuesto en total privacidad. Cada una de las entradas remite a lecturas intrincadas, abundan las citas, las discusiones puntuales sobre otros autores. Para escribir ese vértigo como recuerdo, se necesitaría la capacidad retentiva de Funes. Una opción menos sobrenatural es que el diario se escribiera mientras los amigos conversaban, con pausas para cotejar lecturas, transcribir juegos de palabras, bromas en las que había que rimar y colocar cursivas.

El registro de los días representa en este caso una obsesiva pesquisa de detalles literarios: la experiencia como aparato de notas.

Esto supone en mayor o menor medida un trabajo cómplice. Bioy no parece anotar en soledad, o al menos no lo hace sin la anuencia de su amigo, que llega a decirle: «En cuanto lo supe, solo pensé en comunicártela, para evitar que esa noticia preciosa cayera en el olvido». La frase revela el veloz gusto por el chisme, pero también el deseo de que quede testimonio. En su calidad de señores porteños, Bioy y Borges cumplen con pudor un pacto tácito, al que resultaría grosero referirse: uno habla para que el otro escriba, no necesariamente a sus espaldas. Al mismo tiempo, al tratarse de una estrategia no declarada, disponen de mayor espacio de libertad y juego. Carecen de compromiso, de noción de «fidelidad» ante lo dicho; hablan en el tono intermedio de lo que puede ser transmitido pero también puede ser silenciado, las palabras que existen como posibilidad y ensayo, al margen de géneros y formas definidas, equidistantes de la confesión y el olvido.

Borges dice con cuidada despreocupación: «¿Tendría [Johnson] curiosidad de ver lo que Boswell estaba haciendo, de ver cómo lo mostraba en el libro? Tal vez no. En todo caso no creo que Johnson haya corregido nada: darse el trabajo de corregir ese libro no se parece a Johnson (por haraganería, por generosidad de alma, por indiferencia). Es claro que Boswell sí habrá corregido; habrá mejorado y estilizado los dichos y los episodios. Hizo bien». Al respecto comenta Bioy: «Yo me preguntaba mientras tanto si él sospecharía de la existencia de este libro; si tendría curiosidad de leerlo; si lo corregiría; si la circunstancia de que últimamente escribía tan poco se debería no solo a la deficiencia de vista y a la haraganería, sino también al conocimiento de este libro». El pasaje sugiere que Borges acepta y acaso desea la progresión del diario (parece menos ajeno a ese propósito de lo que sospecha Bioy, o de lo que quiere hacer creer); al mismo tiempo, no parece dispuesto a leer las copiosas páginas y mucho menos a corregirlas.

En este teatro de suposiciones también existe la posibilidad de que los autores se hayan puesto de acuerdo en la forma que adquiría el libro e incluyen los pasajes anteriores para hacerlo más interesante, fingiendo que uno ignora lo que escribe el otro. En buena medida, el atractivo de un diario deriva de la intromisión, de irrumpir en la intimidad de los protagonistas para escuchar de manera gozosamente ilícita. ¿Hasta dónde es esto un efecto calculado? Para no llevar la especulación a un nivel conspiratorio, conviene aceptar un modo de escritura. Me inclino por el pacto tácito, en el que Borges habla ante la posibilidad de que eso derive en libro, pero sin la certeza de que así sea. Bioy se subordina a la voz que acaso traiciona en secreto, aunque nunca lo suficiente para escribir al margen de ella. De manera extraordinaria, se trata de una obra ajena para ambos.

Aislado y de algún modo protegido por su ceguera, Borges habla sin saber a ciencia cierta si sus palabras son anotadas ni reparar mayor cosa en los afanes de su testigo para dar con las vastas fuentes bibliográficas (la espléndida edición crítica de Daniel Martino complementa el trabajo a un grado casi alarmante). Si la mayoría de los diarios reflejan una escritura nocturna –la soledad robada al día hábil–, *Borges* depende de un contrato en la sombra: ninguno de los dos autores está del todo presente en el momento de la escritura.

FANTASMAS QUE SE ALTERNAN

La poética borgeana depende en forma decisiva de convertir la voz que escribe en comentarista de un presunto autor previo. Aunque no siempre se sirve del recurso de delegar en otro el origen de una historia, se trata de uno de sus sellos fundamentales.

En *El factor Borges*, Alan Pauls analiza el paso del ensayista al autor de ficciones en un texto inaugural, «Pierre Menard», que en forma extrema define la noción que Borges tendrá de la autoría. El cuento demuestra que toda obra depende del contexto en que es leída (el *Quijote* «escrito» por Menard es, palabra por palabra, idéntico al de Cervantes; sin embargo, dice otras cosas porque debe ser leído como una obra contemporánea). Así, Borges se burla del arte conceptual (Menard resulta profundamente ridículo) que se desentiende de la ejecución de una obra para privilegiar la idea que la anima, y al mismo tiempo inaugura una estética que depende de una teoría de la herencia y la recepción: la perspectiva define lo que se mira. Actuar como Pierre Menard (ser un espejo indiferenciado de una obra anterior) es un gesto vanguardista estúpido (de ahí la comicidad del cuento); sin embargo, alterar un poco esta condición (ser un falso copista, un apócrifo deliberado, alguien que distorsiona lo que cita) es ser original al modo borgeano.

Menard está enfermo de literalidad en una época enferma de sobreinterpretación; estas dos taras producen un resultado asombroso. Borges, que se oponía a Joyce y se refería a su paso por las vanguardias como su «error ultraísta», se sirve de recursos parecidos a los de Duchamp para situarse en el polo opuesto y burlarse de ellos. En el diario comenta: «Si después de muchos siglos un texto sigue asombrando por extravagante, esto significa que el autor no supo imponer su manera, que fracasó». Lejos de las vanguardias y sus efímeras estridencias, busca la renovación del modo clásico. No es casual que en «Pierre Menard» elija el *Quijote* como modelo, pues es fiel a la noción que Cervantes tiene de la autoría: no se postula como creador sino como *padrastro* de un manuscrito recibido en custodia.

Borges asume la ficción como un arte derivado: concibe en primera instancia al copista Menard y desplaza el procedimiento –lo hace menos literal– para pasar a los comentaristas caprichosos, los traductores parciales, los distorsionadores de textos ajenos. Su apuesta definitiva consiste en escribir después que otro; es quien corrige, añade, altera: la «segunda mano» que toca el manuscrito.

Esta estrategia exige antecedentes; deriva de la lectura o de algo que se escuchó o se supo lejanamente. Una cita, una leyenda, un hecho histórico, una idea filosófica, un rumor, una cosmogonía, una enciclopedia ya extraviada acreditan la historia. A veces, los datos que apoyan la invención son precisos, eruditos, insoslayables; otras veces se trata de meras especulaciones. Lo decisivo, en todo caso, es que una voz previa justifica la escritura. Borges urde dos tramas: el relato propiamente dicho y su causa remota, trabajada por la cultura. El cuento prolonga algo que ya fue vivido, comentado, malentendido e incluso olvidado. Así establece una curiosa identidad entre lo real y lo ficticio; el plano de la invención se inscribe en la costumbre, las representaciones asimiladas por la experiencia, la tradición. La historia, por fantástica que sea, hace eco a la que otros creyeron. Un estatuto de verdad respalda al narrador. La fabulación no es un dispositivo que surge de la nada, sino la interpretación –necesaria, inescapable– de algo que tuvo una manera de ser cierto y quedó inconcluso.

Borges actúa como el lector inspirado de un texto ilocalizable, conjetural. La invención más desaforada se pacifica, adquiere lógica, se vuelve necesaria al aparecer como la continuación de un expediente previo. La segunda mano es siempre sensata: se limita a comentar. Así, la tensión entre lo real y lo ficticio se disipa en forma inadvertida.

En *El factor Borges*, Pauls escribe con elocuencia: «Borges define una verdadera ética de la subordinación», y poco después agrega: «La experiencia del bilingüismo despeja en Borges el camino para la formación de una nueva especie de parásitos: traductores infieles, lectores estrábicos, comentaristas que se distraen, prologuistas digresivos, anotadores olvidadizos, antólogos arrogantes». Aunque se asemejan a Menard, estos repetidores modifican: al traducir, copiar o comentar de manera arbitraria, fabulan, escriben. Acaso el rasgo más fino de la imaginación borgeana sea la creación del motivo necesario: el resto, el saldo roto y apenas descifrable de una cultura o una mente anteriores que propone un enigma y reclama solución. La verosimilitud del relato depende de ese pretexto original que se juzga incontrovertible, asimilado a la tradición. Narrar significa comentar esa evidencia remota, poner los pasos en huellas ajenas.

En el vasto expediente de contar siempre por segunda vez faltaba el género vicario por excelencia: el diario, que narra en clave privada lo ya sucedido. En la fórmula compartida por Bioy y Borges, lo peculiar es que ambos son autores subordinados, ambos son la «segunda mano» que modifica una voz o una escritura previa.

¿Hasta dónde puede un escritor valorar sus textos? Tal vez la única forma de suponer la calidad de una página sea descubrirla, de pronto, como ajena. Esta despersonalización prueba la independencia del texto, su propia legalidad, y pulveriza la pretensión de ser original: lo que está bien es de otro. La literatura de Borges depende de falsas atribuciones y espejos que se desplazan. La inventiva no es otra cosa que la rebeldía de una voz parasitaria que por ingenio, azar o incluso incompetencia altera una obra «ajena» sin dejar de depender de ella.

Ciertos autores (Shakespeare, Cervantes, Dante o, más cerca de nosotros, Joyce, Kafka, Borges) pueden ser asociados no solo con sus libros sino con maneras de leer lo real. En tales casos, los personajes y las tramas se condensan en una estrategia para mirar, un paradigma de interpretación. Fuera de la obra, la imaginación del autor adquiere una fuerza peculiar. De pronto, no sabemos si interpretamos a través de Kafka o somos kafkianos sin saberlo.

El paradigma borgeano se ha convertido en una forma habitual de leer el entorno. De ahí la dificultad de advertir lo que su mirada tiene de riesgo y desafío. El diario de Bioy regresa al momento, casi inconcebible, en que todo pudo ser distinto, la zona privada en la que se decidieron juicios que serían clásicos. Muchos de ellos surgen del barro común de la maledicencia, el arrebato pasional, el disparate. En cierta forma, el diario pone en escena el predicamento del protagonista de «La memoria de Shakespeare». Un hombre común recibe los recuerdos de un autor incomparable. Curiosamente, se trata de imágenes bastante normales, incluso nimias. Esto en modo alguno rebaja a Shakespeare; saber que sus raros artificios surgieron de una percepción habitual representa un misterio superior. Bioy propone un desconcierto parecido; registra una voz admirable y plagada de defectos, con derecho a las arbitrariedades del discurso íntimo.

«Borges come en casa»: la frase se repite como una clave. Un libro escrito por dos autores fantasma, desde el sitio donde la obra es apenas tentativa, todavía irreal. ¿Quién guía el diálogo, el que habla o el que escucha, el que pregunta o el que responde? En su coloquio de sombras, Borges y Bioy Casares entregan la trama íntima, la mitología privada, una verdad que pide ser apócrifa, el antecedente necesario para la segunda voz de su escritura.

> Lo que vi era más real que la
> realidad, más indefinido y más puro.
>
> RICARDO PIGLIA

En una planicie que alguna vez perteneció a México, Walt Disney edificó su peculiar resumen del mundo, una ciudadela de plástico con habitantes disfrazados de ratones de fieltro. En Disneylandia todo luce honestamente artificial. Sin respetar otra lógica que el capricho, el sitio ofrece su propia versión de los canales de Venecia, la conquista del Oeste y las futuras epopeyas del espacio exterior. Ahí la realidad está de vacaciones: la Torre Eiffel es de mazapán y los cocodrilos bostezan con motor eléctrico.

Los parques temáticos exploran las posibilidades fantásticas de un entorno conocido. América Latina suele ser vista desde Europa y Estados Unidos como una reserva fascinante por su atraso, por lo que preserva de un mundo adánico, convulso, experimental, un laboratorio de las desmesuras. Ahí lo raro puede ser descrito como pintoresco y se resiste en apariencia a las explicaciones racionales. Las formas de representación de ese entorno lucen más auténticas si están determinadas por la magia o la intuición, por procedimientos casi rituales donde el artista opera como temerario chamán. La verdad sea dicha, también a los latinoamericanos se nos dificulta entender, o siquiera describir, los diversos mundos que llamamos América Latina.

Si se combinaran los esfuerzos del arquitecto Frank Gehry, los operadores de Disney World y un colegio de antropólogos, podría construirse un parque temático que resumiera los tópicos «latinoamericanos», con el efecto seguro de que la realidad sería lo que quedara afuera, un horizonte replegado, de una indefinida pureza.

Las maneras de nombrar y ordenar lo latinoamericano seme-jan un caleidoscopio donde los cristales rotos cambian de color tanto como los camaleones observados. El cruce de miradas va de lo desenfocado a lo alucinatorio. Es lógico que así sea. No hay mi-radas puras ni realidades intactas.

Por lo demás, la discusión en contra de las interpretaciones pin-toresquistas empieza a generar otras modas. Ante las insistentes rei-vindicaciones en nombre de lo multicultural nos arriesgamos a sucumbir a una ideología de la diferencia, donde la otredad se asi-mile sin juicio alguno y el infamante burka de las mujeres afganas adquiera prestigio de «traje regional». La puesta en duda de los dis-cursos coloniales evita el paternalismo y la explicación desde fuera de los sucesos, pero también puede paralizar el juicio ante las cos-tumbres ajenas. ¿Cómo aquilatar lo otro sin aplicar criterios fatal-mente exógenos ni caer en una indiscriminada aceptación de lo desconocido, o aun de lo aberrante, como algo sencillamente «dis-tinto»? El análisis de lo ajeno se ha desplazado en los últimos treinta años de la sobreinterpretación hacia una posible sobrecomprensión. En estos territorios sin demarcaciones los listos pretenden, como cierto personaje de Fontanarrosa, traficar con fronteras.

Dos experiencias simultáneas y en apariencia contradictorias de-terminan nuestra hora: el impulso dominante de lo global y el regre-so obsesivo a la tradición. Días de mercados virtuales y fogatas que arden por los primeros dioses. Las dicotomías de «civilización y bar-barie» o «dominación y subordinación» vuelven a salir de los archi-vos. Difícil trazar un plano de esta realidad que se desplaza a distintas velocidades y más bien amerita un holograma. La nueva dominación colonial no responde a una bandera definida sino a consorcios y tec-nologías multinacionales; mientras tanto, las reivindicaciones verná-culas buscan referentes cada vez más restringidos. El imperio de McDonald's coexiste con etnias que depuran sus mitologías. En este contexto conviene revisar la idea que Occidente ha tenido del salvaje americano y los discursos poscoloniales que lo han transformado en buen salvaje, portador de una incuestionable diferencia.

El activo safari en pos de las esencias latinoamericanas ha ma-tado demasiadas veces una bestia equivocada. En *El salvaje en el espejo* y *El salvaje artificial*, Roger Bartra indaga la forma en que Occidente construyó el mito del bárbaro y el significado que el Nuevo Mundo dio a este empeño. A través de fábulas, pinturas, cantares y tapices Europa creó un bicho lascivo, apropiadamente cubierto de pelo, que solo recibía consejos de sus impulsos primarios y permitía exaltar la sensata superioridad del habitante de la ciudad feudal. «El llamado proceso de civilización», escribe Bartra en *El salvaje en el espejo*, «no es, en los hechos históricos, la transición de un comportamiento salvaje hacia una conducta civilizada. La idea misma del contraste entre un estado natural salvaje y una configuración cultural civilizada es parte de un conjunto de mitos que sirve de soporte a la identidad del occidente civilizado.» El caballero andante consolida su fama al rescatar a la princesa del cavernario que la había atado a un ciprés.

Como la realidad suele estar más escasa de vándalos de lo que podría pensarse, muchos bárbaros ejemplares han sido obra de la imaginería artística. Los hombres de cachiporra rara vez existieron fuera de los libros. Con el desembarco en América, los europeos ya no requirieron de personajes de leyenda para medir sus méritos. Los indígenas servían a tal efecto: «Se podría decir que mientras Europa colonizaba a los salvajes americanos, estos a su vez colonizaron al mito europeo del salvaje y contribuyeron a su transformación [...]. El mito del salvaje encontró un lugar en el núcleo mismo de las nuevas formas de pensamiento humanista, para las cuales era indispensable alguna forma de plasmar la *otredad*», comenta Bartra. De los códices encontrados en el siglo XVI a los hipertextos del XXI, América Latina ha ofrecido mensajes que, de un modo o de otro, han sido leídos como tesoros de una realidad desbordada, que mantiene intacta su espontaneidad, una arcadia del sexto día, donde Dios ya está cansado pero aún no acaba su tarea.

Las formas de representación de ese entorno se han discutido como testimonios de una exaltada inspiración. Si la realidad es venturosamente inexplicable, sus testigos solo pueden captarla por medio de la magia. Las lluvias y las genealogías sin término de García Márquez, los dilatados lamentos en la guitarra eléctrica de Carlos Santana o la sangre que decora los óleos de Frida Kahlo se han «explicado» más de una vez a partir de las sociedades y las costumbres que supuestamente los definen. De manera aún más significativa, suelen ser vistos como resultado natural de una realidad desaforada: obras que dependen más de su convulso contexto que de los desafíos técnicos enfrentados por sus autores. Esta visión no es privativa de la mirada extranjera; el esencialismo suele ser una estrategia defensiva de las culturas temerosas del contacto con los otros. Recuerdo una conferencia a la que asistí hacia 1973 o 1974, en la que Salvador Elizondo escandalizó al precario público del Museo de San Carlos por decir que su escritura tenía más relación con Ezra Pound y James Joyce que con la cultura maya.

Como en los casos del tequila o el coñac, se busca en nuestro arte una «denominación de origen» tan significativa que sobredetermina a su creador, limitado a ser una especie de médium, una criatura hipersensible que entra en contacto con su realidad por medios que escapan al designio racional. Nada más reductor que el falso afán de «ampliar» la significación de un escritor al considerarlo «representativo», «típico» de un territorio, y al ignorar, como ha sugerido Piglia, que las tradiciones no dependen del espacio sino del tiempo y en consecuencia reciben estímulos de diversos lugares. En México, la obra de Juan Rulfo se ha leído como un triunfo telúrico, un texto que le debe más a la riqueza vernácula que a la original inventiva del autor. En Argentina, por el contrario, se ha desatendido, como explica Beatriz Sarlo, la honda raigambre local del cosmopolita Jorge Luis Borges. El asunto no tiene que ver con el pasaporte del intérprete sino con la lectura que practica. Lo cierto es que numerosas obras de la imaginación latinoamericana han sido vistas como espejos casi involuntarios de una realidad extravagante: lo que reflejan es tan poderoso y sugerente que *decide* por ellos. Quizá la tercera escala en la expedición de Bartra debería ocuparse de estos *misreadings* bajo el título de *El salvaje ilustrado*.

El esplendor multiculti empieza a desplazar a los críticos ávidos de color local. Lo autóctono se debilita ante lo híbrido, lo cual hace suponer que los nuevos estudiosos privilegiarán las bestias mixtas.

En su afán por recuperar culturas soslayadas, ciertos discursos poscoloniales tuvieron un peculiar efecto secundario: la creación de un folclor purista, que descartaba las combinaciones como muestras espurias. En la academia norteamericana abundan los cursos donde las novelas sirven de meros vehículos para entender el caudillismo, el machismo y otras «esencias» latinoamericanas. El necesario empeño de reparar la discriminación sufrida por las culturas vernáculas desembocó así en un exotismo de segunda naturaleza, donde una novela vale por su grado de identificación con las tradiciones que *debe* representar. En esta operación intelectual, la inventiva es atributo de la alteridad.

Parece ser que en el futuro inmediato los riesgos apuntarán en otra dirección. De la reivindicación localista a los cambiantes sincretismos, del boom al búmeran: la crisis de las identidades anuncia que se privilegiará el mestizaje de los significados, tarea sin duda útil pero que de volverse dominante olvidará a los burros de siempre para concentrarse en exclusiva en los burros posmodernos, pintados de cebra en Tijuana para que los turistas se retraten junto a ellos.

El siglo XXI comenzó con la moda de poner en tela de juicio la noción de identidad. El tema permite saltar de una paradoja a otra. En *Mito, identidad y rito*, Mariángela Rodríguez estudia la forma en que la noción de pertenencia viaja de México a Estados Unidos. Para los chicanos, lo «auténtico» está en una etapa anterior al presente corrompido por la cultura criolla. El México contemporáneo no les ofrece una alternativa con fuerza suficiente para contrarrestar la cultura de masas de Estados Unidos. Así las cosas, los chicanos buscan «reindianizarse», establecer un contacto con el pasado que México subyugó y en cierta forma canceló. Ser «mexicano» en Los Ángeles tiene que ver con Quetzalcóatl. Curiosamente, ser «mexicano» en México tiene que ver con Pepsicóatl, la deidad sincrética de la que Carlos Fuentes habla en su libro *Tiempo mexicano*. La palabra «identidad» ya solo denota una máscara, una mezcla, un gesto, un proceder transitorio. Para reflejar estas transfiguraciones, Guillermo Gómez-Peña, autor de performances mexicano afincado en Estados Unidos, afirma: «Me estoy desmexicanizando para mexicomprenderme».

En *Culturas híbridas* Néstor García Canclini explora la áspera frontera de la que se desprenden las nuevas formas culturales. De acuerdo con el antropólogo, lo híbrido se distingue de lo sincrético, lo criollo y lo mestizo en que no se trata de un hecho consumado y codificado sino de un proceso, una fusión en movimiento, con resultados aún imprevistos. Las culturas híbridas no se han asentado en la tradición; son su zona de cambio.

La aceptación de los contagios culturales promete discursos inconcebibles en tiempos de avidez por el pintoresquismo y el realismo mágico, y no sería raro que pasáramos a la nueva moda de lo híbrido, donde lo «representativo» y lo «genuino» cederían su sitio a lo combinado y donde el rey de la selva sería el ornitorrinco. En *El Mexterminator*, Gómez-Peña ha logrado una brillante descripción de nuevos estereotipos interculturales: «En la imaginación popular mexicana, los Estados Unidos han cambiado de sexo. El viejo gringo imperialista de los sesenta, mitad corporate man y mitad mercenario, se esfumó con el fin de la guerra fría. En los noventa, gringolandia ya es mujer: la Clepto-Mexican Gringa es una ninfómana cultural que encarna tanto el deseo de tantos mexicanos como los suyos propios. Odia a su país y adopta como mascotas a países tercermundistas: llega a México (solitaria y siempre al borde del *nervous breakdown*) y en menos de una semana experimenta una transformación total de identidad. Se vuelve hiper-Mexican *ipso facto*. Anda en huaraches y rebozo, usa "sombrerou", she loves mariachis and tequila, y seduce mestizos calenturientos a diestra y siniestra. Sus múltiples personalidades cambian de acuerdo con las circunstancias. Hoy es curadora de arte moderno; mañana será periodista salta-bardas, luego antropóloga, actriz, maestra de inglés o conchera. Su fuerza radica en el erotismo primigenio instalado en la otredad racial. Los mexicanos, siempre serviles a la otredad cultural y amantes de lo extranjero, le abrimos las puertas de nuestra casa, nuestra recámara y nuestros sentimientos». La mezcla de lo local y lo global también lleva al turismo transcultural descrito por Gómez-Peña.

En una franja ajena a estos extremos prospera el arte más singular de América Latina, que establece vasos comunicantes con tradiciones vernáculas desde una perspectiva oblicua, *exiliada* de la realidad a la que pertenece.

Toda literatura, como observó Musil, depende de su condición extraterritorial. La extranjería es la condición normal del narrador. En su extensa saga migratoria, *Los detectives salvajes*, Roberto Bolaño recoge voces que buscan un inasequible centro de gravedad. La primera sección lleva el subtítulo de «Mexicanos perdidos en México». La frase captura de manera indeleble el irreal y genuino sentido de pertenencia del tránsfuga contemporáneo. La patria es un sitio de extravío, un horizonte escapadizo, siempre extraño, que solo entrega una promesa: mañana será distinto.

Todo trasplante cultural permite un viaje de vuelta: la contra-aventura del colonizado. A continuación, tres viajeros llevan el centro a la periferia.

Elvis en la aduana

La cultura de masas preserva a sus héroes en el panteón de la mitología. Aún en vida, los ídolos del rock, el deporte o el cine ingresan a un Salón de la Fama, antesala secular del culto que se les rendirá una vez muertos.

Luis Humberto Crosthwaite nació en Tijuana, en 1962, y creció rodeado de iconos norteamericanos. Su cuento «*Where have you gone, Juan Escutia?*» trata de un niño para quien la vida tiene sentido porque existe el estadio de béisbol de los Padres de San Diego (el título se desprende de una estrofa beisbolera de Simon & Garfunkel: «Where have you gone, Joe Di Maggio?»). En temporada, y de preferencia en Serie Mundial, el niño tijuanense cruzaba a Estados Unidos para apoyar a ese equipo que consideraba propio. La máxima jugada del béisbol es el *home-run*, el regreso a casa cuando un bateador manda la pelota al otro lado de la barda, algo sumamente atractivo para un habitante de la frontera.

Los Padres de San Diego protagonizan los sueños del personaje hasta que en clase de historia se entera de que México perdió la guerra de 1847 contra Estados Unidos, y con ella la mitad de su territorio. En la desesperada defensa de la patria murieron seis cadetes del Colegio Militar, conocidos ahora como Niños Héroes y conmemorados en la ciudad de México en seis columnas de mármol con suficientes guirnaldas para parecer espárragos gigantes. Aunque los datos históricos no avalan su heroísmo, los cadetes son inseparables de la mitología popular. Según la leyenda, el más dramático de ellos, Juan Escutia, se enrolló en la bandera nacional al saberse herido de muerte y se lanzó a un abismo en el Bosque de Chapultepec.

«*Where have you gone, Juan Escutia?*» narra el estupor de un joven fanático mexicano del béisbol que al enterarse de la muerte de los Niños Héroes ante el ejército norteamericano se siente traidor por apoyar a los Padres de San Diego. El título en dos idiomas es un anuncio del conflicto. ¿Puede un descendiente de los vencidos cifrar sus emociones en el porcentaje de bateo de un equipo gringo? Que los Padres lleven un nombre en español acentúa el predominio de los invasores: la frontera actual existe porque se perdió la guerra. Bien mirado, esto es un motivo de alegría para los tijuanenses y una eterna fuente de culpabilidad. En la geografía anterior, el lugar era un poblacho entre páramos sin gloria. La derrota, y la subsecuente pérdida de Texas, California y el resto, situó a Tijuana en un cruce estratégico, justo al lado de Estados Unidos. En una crónica de *Instrucciones para cruzar la frontera*, Crosthwaite se refiere a Antonio López de Santa Anna, el presidente que alentó y perdió la guerra con Estados Unidos, como el mayor agente inmobiliario que ha tenido Tijuana. Solo porque la frontera bajó hasta ahí, el terreno vale.

Las narraciones de Crosthwaite reflejan un aspecto decisivo de la condición fronteriza: lo propio solo existe al medirse ante lo ajeno. Con franco desenfado, inscribe a sus personajes en una academia de spanglish y los hace hablar una festiva combinación de dos idiomas. A veces, como le ocurría a Brecht en el exilio, también los hace callar en dos idiomas.

El cuento más emblemático de las preocupaciones de Crosthwaite, tan definitorio de su estética como una Virgen de Guadalupe tatuada en el antebrazo de un prisionero chicano, es «Marcela y el rey», protagonizado por el más célebre de los fantasmas norteamericanos, Elvis Presley, y una ignorada cantante de rock, ligera de cuerpo y pesada de alma, la inolvidable Marcela.

De acuerdo con la mitografía de masas, Elvis perfecciona sus actos desde el más allá. La creciente admiración de sus fans garantiza que, como Gardel, cada vez cante mejor. Marcela, por el contrario, canta muy bien pero nadie lo sabe. Un buen día, el Rey se aparece en Tijuana y entra al tugurio donde la mexicana se desgañita al compás de una guitarra eléctrica. Por primera vez en muchas encarnaciones, el Rey se convierte en público y olvida aquella frase que lo malquistó con el país vecino: «Preferiría hacer el amor con una negra que con una mexicana». En la versión de Crosthwaite, Elvis no es racista o no sabe que lo fue. Los fantasmas son olvidadizos.

Inmutable, siempre idéntico a los carteles que proclaman su reinado, Elvis anhela todo lo que esa mujer tiene de real. El escenario pobre, oloroso a humo y orines, y la ciudad precaria y bulliciosa que los rodea se convierten para el tránsfuga de ultratumba en una patria posible. Para Marcela, Elvis solo es el Rey, ni más ni menos.

El romance entre la chava anónima y el hombre célebre desemboca en una encrucijada: ¿qué pasaría si cruzaran la frontera? Como buen fantasma, Elvis no lleva pasaporte; infatuado por el amor y lo que ha visto en Tijuana, decide regresar a su tierra como indocumentado. La figura de leyenda cruza el Río Bravo hasta ser alcanzada por los helicópteros de la patrulla fronteriza; en pleno éxtasis migratorio, sufre una confusión cultural: se siente en Las Vegas, alumbrada por reflectores que caen del cielo. En este escenario de su invención, continúa hacia el norte, ajeno a la persecución y al sobrepeso de quien ha comido demasiados helados y hamburguesas.

Al final, el Rey del Rock and Roll, ya anónimo, es ultimado por los disparos de la Migra, y recuerda las crucecitas, tan parecidas a las de los cementerios, que en los mapas y los dibujos infantiles representan las fronteras.

Crosthwaite convierte a un icono pop en objeto de contrabando. Un eminente fantasma padece el destino de los desconocidos que se limitan a ser reales: los chicanos, los «mojados», la *raza*.

Simplificado por su fama, el Rey solo puede vivificarse asumiendo un destino impropio. Marcela es la otredad que anhela. Curiosamente, ella carece de atributos típicos; está lejos de ser la Odalisca Latina que Hollywood ha buscado de Dolores del Río a Salma Hayek, pasando por Penélope Cruz. Marcela canta rock: moderna, contradictoria, descarada. De algún modo, es una versión espontánea y anterior del propio Elvis. La lección última de la frontera: lo ajeno puede ser perturbadoramente similar. La caída de Elvis es, en cierta forma, un triunfo: en esa polvosa orilla, abdica de su inmortalidad, y existe por vez primera, desacralizado y vulnerable.

Humboldt, disecador de cocodrilos

La irónica desestabilización de códigos de Crosthwaite no es ajena a los procedimientos del novelista y dramaturgo venezolano Ibsen Martínez (Caracas, 1951). En su obra de teatro *Humboldt & Bonpland, taxidermistas*, Martínez se ocupa de una de las más conocidas aventuras de la Ilustración europea, el viaje de Alexander von Humboldt por las selvas del Nuevo Mundo. El barón berlinés aparece como un perezoso en permanente pleito con el calor y los mosquitos, harto de sus obligaciones científicas y de que Bonpland se las recuerde a cada rato. En las inmediaciones del Orinoco, Alex quiere dormir, beber vino, escribir cartas llenas de imaginativos chismes.

El naturalista desconfía de sus mediciones pero debe satisfacer la curiosidad de sus mecenas. De poco le serviría regresar con informes parcos; los salones de París y la Sociedad Geográfica de Londres aguardan caimanes de fábula y pájaros con ojos de jade. En el primer tramo de la obra, Humboldt afirma: «Es el Nuevo Mundo. La gente querrá escuchar paradojas, hechos inconsistentes con la teoría [...]. No puedo hablar de amazonas ni de sirenas [...], pero sí puedo, ¿cómo decirlo?, de una que otra imperfección del instrumental [...]. Después de todo, ¿qué somos?: cazadores de inconsistencias [...], buscadores de irregularidades».

Lección de incertidumbre, el viaje se presta para saciar las expectativas europeas respecto a América Latina. Sus reportes no pueden incluir minotauros pero sí sugerir un entorno que roce lo sobrenatural, dichosamente incomprensible. El método científico se convierte así en una variante del realismo mágico.

Formado como matemático, Ibsen Martínez conoce la historia de la ciencia tanto como la composición dramática. Su sátira no descarta los complejos mecanismos de observación de los que se sirvió Humboldt. Ajeno a los efectos de vodevil, no busca los errores o las mediciones fallidas de la razón europea. Su ironía se desprende de una paradoja: aquella colección de herbarios, retortas y telescopios llevada a lomo de mula a los confines del mundo denotaba un afán de conocer con la mayor precisión posible, pero también un anhelo secreto de que lo conocido fuera singularísimo, de encontrar la mosca blanca y el helecho turquesa. América Latina estaba ahí para ser exagerada.

En cierta forma, el cansancio de Humboldt implica una autocrítica. Convencido de que no es sino un cazador de irregularidades, bosteza y se adapta al entorno: la realidad le parece horrenda y normal. Educado por el sopor y las arañas, deja de esperar milagros y se resigna a fingirlos por escrito. Esta normalización de la experiencia significa la derrota del explorador.

¿Cómo volver a Europa sin un gabinete de rarezas? El ejercicio de reparación es la crónica fantástica de un viaje normal. Cada vez más sensato y aburrido, el barón no busca el polvo de víbora capaz de estimular la potencia sexual ni un té de hierbas para entender a Kant en clave tropical; renuncia a los portentos, pero, prusiano al fin, levanta inventario de su errancia y apurado por sus compromisos, infla el relato de su expedición. Ya en Europa, reflexiona con Bonpland sobre lo absurdo de su empresa: «Pasa que se nos pasó la mano y nos jodimos, viejito. No se puede andar por ahí, galanamente, recogiendo mimosas y nombrando cocodrilos. Sobre todo para quienes ignoran que el caimán del Orinoco no es estrictamente hablando un cocodrilo [...]. El [río] Casiquiare es una irregularidad. Y el único... ¿cómo frasearlo?... el único valor de cambio de esa irregularidad se realiza aquí, en Europa, en universidades y academias».

En la suerte que le depara Martínez, Humboldt transforma una realidad desordenada –a un tiempo común y compleja– en un espectáculo para la mirada ajena. La experiencia del exotismo pasa por un sutil microscopio: las rarezas no provienen de las observaciones sino de su interpretación. Al final, Humboldt y Bonpland se encuentran en aprietos y deben rematar su último botín, los animales disecados que trajeron del Nuevo Mundo.

Los exploradores de la selva virgen acaban como taxidermistas. La metáfora es perfecta: los inconfesados deseos de la razón transforman los cocodrilos en dragones en miniatura, estofados de aserrín para los coleccionistas extranjeros. Ver es traducir; la esclarecida mirada de Humboldt depende de su ciencia pero también de las circunstancias que le incumben. La simpatía de Martínez por su personaje es absoluta: la pereza de Humboldt representa un modo de la Ilustración; el hombre que cierra los ojos en la selva guarda mayor armonía con el entorno que quien desea catalogarla como un herbario de fábula. El dormitar de la razón evita monstruos.

Rugendas retratado por un rayo

César Aira (Coronel Pringles, 1949) ha inventado curiosas antropologías, de los indios cuyo sistema de creencias depende de una prenda femenina (*El vestido rosa*) a la importancia de los animales patagónicos en el inconsciente colectivo de los argentinos (*La liebre*). Entre la prolífica producción de Aira, me detengo en un título que tiene el tranquilo aire descriptivo de un naturalista de la Ilustración: *Un episodio en la vida del pintor viajero*. El personaje central es el paisajista de Augsburgo Johan Moritz Rugendas. Como Ibsen Martínez, César Aira se ocupa de un ilustrado del XIX que busca retratar los portentos de América Latina: «Lo cierto es que se encontraba en medio de una naturaleza estimulante por lo novedosa [...]. Pájaros sin protocolos ni postergaciones lanzaban cantos extranjeros en las mañanas, gallinetas y ratas hirsutas se desbandaban a su paso, fornidos pumas amarillos los acechaban desde las cornisas rupestres». Rugendas encuentra un Jardín del Edén pintado por el Bosco, donde lo natural es siempre supranatural. El método que cien años después se llamaría surrealista es entonces la fisionómica de la naturaleza. El pintor registra con lápices febriles una realidad donde todo lo excede. A diferencia del Humboldt de Martínez, encuentra bichos a la altura de su curiosidad. Aira lo sigue de cerca: el retratista tiene un testigo no menos preciso.

Rugendas contempla las carretas enormes y lentísimas que tardan varias generaciones en ir de una aldea a otra; la vida parece medirse en eras geológicas hasta que una tarde de borrasca el artista es alcanzado por un rayo. Su carne se electriza y tuerce y deforma. El pintor cae del caballo, en plena combustión. Después de muchos cuidados, sobrevive. Las miradas de quienes lo visitan denuncian que el semblante del extranjero ha cambiado de un modo atroz. El pintor de excentricidades naturales encuentra la mayor de todas en el espejo. Obsesivo, casi fanático, continúa pintando. El accidente lo tonifica en forma inquietante. Si, como señala Lichtenberg, padecer un defecto físico ayuda a tener una opinión propia, Rugendas se convierte en un surtidor de ideas auténticas. Su singularidad tenía un precio de fuego; los exabruptos que buscaba en el paisaje ahora conforman su anatomía.

Para sí mismo, un monstruo solo puede ser natural; su desbordada constitución es su sistema de referencias. Después del accidente, Rugendas cambia de método de trabajo. Curtido por el relámpago, se somete a un mestizaje natural, se integra a su desmedido entorno, es uno con lo que mira. El gran momento de su pintura ocurre cuando los indios organizan un «malón», un huracán humano, una carrera sin rumbo, enloquecida y tumultuosa. Durante el malón, Rugendas capta la realidad como solo puede hacerlo alguien inmerso en ella. La trampa de esta condición es que resulta incomunicable: «La verdadera tristeza del trópico es intransferible». El asombro vivido desde dentro no puede ser descrito. Tal es la primitiva y duradera lección de los indios: no hay forma de pasarlos a una obra de arte, de «compensarlos» por medio de una abstracción; solo existen como la ráfaga humana del malón. En una metáfora arriesgada para una llanura agreste, Aira escribe: «Los indios estaban saliendo de los armarios, como secretos malguardados». El mundo telúrico queda al alcance de Rugendas, sin mediaciones ni secretos, pero él ya no puede cobrar distancia para comunicar el misterio. La técnica del monstruo está más cerca del rito que del arte: el pintor desfigurado no retrata; *es*, idéntico a su obra.

Transfigurado por su objeto, Rugendas pasa al otro lado de la contemplación antropológica: ve desde dentro y esta autenticidad le impide traducirse para los legos.

Si el Humboldt de Martínez entrega sus investigaciones positivas a las veleidades de la época, el Rugendas de Aira comprueba que el conocimiento solo se transmite desde la perspectiva propicia, desde cierta extranjería. El cansancio de la razón aproximativa y el febril éxtasis del pintor asimilado a su tema son los límites, los puntos sin retorno, de estas errancias del conocimiento.

Crosthwaite, Martínez y Aira no buscan sustituir un parque temático por otro; sus historias de equivocaciones culturales son el punto de partida de una estética. Lo que fracasó como explicación de una realidad ajena abre una fecunda ruta de exploración personal.

Al modo de Humboldt en el Orinoco, el cronista de los viajes poscoloniales decide descansar en esta línea. Mientras tanto, en la permanente novedad del cielo, vuelan pájaros sin protocolos.

LA VÍCTIMA SALVADA
EL ENTENADO DE JUAN JOSÉ SAER

En 1967 Juan José Saer publica un libro de cuentos cuyo título representa un programa estético: *Unidad de lugar*. Como Faulkner, Proust, Onetti o Balzac, pertenece a la estirpe de novelistas que escriben un solo libro interrumpido, donde resulta necesario aguardar la reaparición de un personaje, leer esa saga en clave sucesiva, tranquilizar los variados episodios con la certeza de que pertenecen a una *serie*. Lo que articula esta estrategia de la reincidencia es el territorio: todo sucede en un sitio común.

En el caso de Saer, el Lugar es la provincia de Santa Fe. Aunque ubique un relato o comience una novela en una ciudad europea, su imaginación depende de una región precisa, el entorno rural junto a un río inmenso que interrumpe la tierra. Las nociones de «vastedad» y «límite» son esenciales a lo que ahí acontece. Un vértigo acotado: tal es la demarcación del escenario.

Saer describe con deleite la maleza y las coloraciones de la luz, pero trabaja el paisaje más en un sentido moral que geográfico. Resulta sintomático que no ofrezca los nombres de los muchos árboles que pueblan sus escenarios y en cambio describa con exactitud el efecto simbólico que produce la espesura, el follaje como un dogma de la densidad. En la narrativa de Saer, las plantas integran un sistema, determinan el ánimo tanto como las nubes movedizas y los crepúsculos rosáceos. Pero la experiencia central de ese sitio es la extensión. Circundados de vacío, los personajes se saben al fin de las cosas. En *La ocasión* el territorio es visto como un desafío intelectual; el protagonista, A. Bianco, enfrenta la desmedida intemperie como «el lugar más adecuado para dedicarse al pensamiento».

A contrapelo del costumbrismo o el realismo mágico, Saer no busca lo tópico ni el arquetipo extremo. Para él, la naturaleza es un lugar de prueba, una planicie que exige una puesta en blanco, la renuncia a las ideas preconcebidas. La pampa y el río de aguas barrosas provocan en sus expedicionarios una inquietud propia de un viaje a las estrellas, no porque se trate de parajes completamente desconocidos, sino porque generan una condición ingrávida, la desconcertante sensación de estar al final o al comienzo de algo, ante una materia demasiado fuerte, donde el grito es una hueca forma del viento.

En el «espacio Saer» el campo no adquiere el menor registro pintoresco. Su realidad entraña un desafío lógico: una extensión para pensar. A propósito de *La ocasión*, Graciela Montaldo comenta que el protagonista no ve el entorno rural como una molestia que debe ser sometida por el colonizador: «El extranjero, que una vez fue una celebridad en los centros intelectuales europeos, lo percibe como un enigma. No es la barbarie para él; es ese lugar intangible en el que la materia y el pensamiento desarrollan, ante sus ojos, una batalla diaria» (*De pronto, el campo*).

La «zona», como Saer llama a ese espacio, es una encrucijada donde lo natural inquieta la mente. La curiosidad que anima a sus personajes no es la del naturalista: no se someten al «impulso Humboldt» de clasificar lo inédito. Ya colonizada, esa tierra tiene otro modo de sorprender; provoca novedades en quienes ahí se adentran. Los personajes son redefinidos por la lejanía y por la frecuente tensión entre los conceptos de «límite» y «vastedad». Lo natural como problema, como desafío de introspección. La expresión «situarse en el mapa» adquiere peculiar fuerza en las novelas y los cuentos de Saer. El paisaje estimula la conciencia.

Saer optó por el realismo en un momento en que buena parte de la literatura argentina privilegiaba lo fantástico. Sus tramas se dejan influir por la Historia y no son ajenas a la dicotomía «civilización y barbarie». Sin embargo, la desmesura de su territorio se refiere menos al «atraso» o al «despojo» que a una radical oportunidad de conocimiento. Vacío: hora cero, página en blanco.

En los años sesenta y setenta del siglo XX, mientras otros describían los paraísos artificiales de la droga, Saer situaba sus tramas en escenarios que producían alteraciones en la percepción no menos fuertes. Desde las prosas reunidas en *Argumentos* hasta la novela de madurez *Las nubes*, sus travesías exploran un territorio que despierta, según el caso, las ideas, la sinrazón o el delirio. En *Las nubes* un psicólogo educado en el París de la Ilustración viaja a Santa Fe, se hace cargo de un hospital de enfermos mentales y regresa a Buenos Aires en una caravana donde los cuerdos comienzan a confundirse con los locos. En un momento del recorrido la temperatura cambia en forma arbitraria. Durante ese «verano indebido» se produce un incendio del que se salvan de milagro. El viaje adquiere un tono alucinante: «Salvados del fuego porque sí, ya no teníamos mucho que perder. Consumiéndonos, las llamas hubiesen consumido también nuestro delirio, que era lo único verdaderamente propio que nos distinguía en esa tierra chata y muda. Y puesto que, indiferentes, casi desdeñosas, habían pasado de largo sin siquiera detenerse para aniquilarnos, nuestro delirio, intacto, podía recomenzar a forjar el mundo a su imagen». La única identidad constitutiva que se sobrepone al fuego es la demencia.

Aunque ubique a sus personajes en distintas épocas y trabaje en variados registros formales, Saer busca filiaciones al interior de su obra, construye una genealogía que no depende de lazos de parentesco (las familias tumultuosas de Faulkner o García Márquez) sino de la manera en que es imaginada: una tradición de la conciencia. En *Diálogo*, libro de conversaciones con Ricardo Piglia, comenta que no le importa matar a uno de sus personajes porque puede reincorporarlo sin mayor problema en otro texto. Cada uno de sus libros tiene un estatuto autónomo; sin embargo, el conjunto obedece a una estrategia de los antecedentes y los posibles desarrollos; una trama que no ocurre en forma lineal, pospone sus efectos, otorga coherencia retrospectiva a las intuiciones y las conjeturas de momentos anteriores.

En 1983, la «unidad de lugar» a la que aspira la obra de Saer alcanzó un peculiar momento de condensación: *El entenado* articuló con mayor fuerza lo que el autor había escrito antes y lo que escribiría después. Se trata de un libro fundacional, no en un sentido programático –situaciones que serán desarrolladas a partir de él–, sino de conocimiento: los principios que permiten un tipo de escritura.

Saer aborda el tema de la Conquista en el territorio que le es familiar, y se sirve de un hecho real, ocurrido en 1515. La expedición de la que forma parte el protagonista es derrotada y transformada en la merienda de los vencedores. El narrador en primera persona se somete al asombro superior de ser salvado. Por alguna razón, sus captores permiten que sobreviva. Durante diez años vive en estado de perplejidad, sin entender del todo lo que ve, hasta que regresa a la vida de las ciudades y, ya anciano, escribe su historia.

Una vez más, Saer revela su peculiar concepción del realismo. No le interesa la historicidad (la descripción de las ballestas españolas o los tatuajes vernáculos), sino ubicarse con precisión en esa circunstancia para explorar sus significados.

¿Cómo entender lo ajeno? El entenado es un huésped que se queda largo tiempo en la casa sin pertenecer del todo a la familia. Al salvar a su víctima, los indios le permiten estar con ellos pero no buscan que se asimile; al contrario, dejan que todo transcurra a su arbitrio y sea él quien busque la forma de comprenderlos. Varias fases marcan este aprendizaje. Al principio todo es desconcierto; luego el protagonista arriesga razones borrosas; finalmente cree entender, al margen de cualquier criterio de verificación. ¿Qué principios sigue la pedagogía de sus anfitriones? Al no interactuar con él ni enseñarle nada de manera propositiva, permiten que los conozca desde los márgenes, fuera de esa circunstancia.

Otra moral y otro sentido del hedonismo rigen a esa gente: «No querían reconocer su propio goce. No les gustaba que algo, demoliendo sus fortificaciones, les gustara». Como en toda antropología, las peculiaridades ajenas arrojan luz sobre lo propio. ¿No tiene el deseo entre nosotros un poder debilitador? Quien siente es vulnerable, por eso el dandy apuesta por la frialdad de lo inconmovible y el libertino concentra su atención en la parte objetiva de sus lances: la técnica de asalto y el plan de escape.

Una y otra vez *El entenado* vuelve al problema de conocer lo radicalmente distinto. En el ensayo «En el origen de la cultura argentina: Europa y el desierto. Búsqueda del fundamento», Beatriz Sarlo relaciona el espacio en el que ocurre la literatura argentina con un desafío de conocimiento: ¿cómo incorporar ahí al Otro?, ¿es posible dialogar con quien se desconoce? A propósito de esto apunta: «La palabra "desierto", más allá de una denominación geográfica o sociopolítica, tiene una particular densidad cultural para quien la enuncia, o más bien, implica un despojamiento de cultura respecto del espacio y los hombres a que se refiere. Donde hay desierto, no hay cultura, el Otro que lo habita es visto precisamente como Otro absoluto, hundido en una diferencia intransitable».

El entenado busca desandar los pasos hacia el momento en que se generó esa diferencia. Ya en el relato «El intérprete» Saer había abordado una situación similar. Un hombre que habla el idioma de los indios y el de los conquistadores debe mediar en un juicio: «Cuando los carniceros juzgaron a Ataliba, yo fui el intérprete. Las palabras pasaban por mí como pasa la voz de Dios por el sacerdote antes de llegar al pueblo. Yo fui la línea de blancura, inestable, agitada, que separó los dos ejércitos formidables, como la franja de espuma que separa la arena amarilla del mar; y mi cuerpo el telar afiebrado donde se tejió el destino de una muchedumbre con la aguja doble de mi lengua. ¿Entendí lo mismo que me dijeron? ¿Devolví lo mismo que recibí?». Aunque habla los dos idiomas, el intérprete no está seguro de ser un mediador hábil. Escrito desde la inseguridad, el relato arroja una luz distante sobre la condición del autor latinoamericano que intercede entre dos ámbitos y no puede evitar la sospecha de servirse de un segundo idioma respecto a las cosas del lugar, de depender de una lengua que *traduce*, siempre tentativa, cuya fuerza deriva, paradójicamente, de las exigencias a las que se somete al reconocer su fragilidad y buscar equivalencias hacia un imposible idioma «original».

A diferencia del intérprete, el entenado no solo siente inseguridad sino impotencia ante el idioma vernáculo. Es demasiado lo que ignora: «Esa vida me dejó —y el idioma que hablaban los indios no era ajeno a esa sensación— un sabor a planeta, a ganado humano, a mundo no infinito sino inacabado, a vida indiferenciada y confusa, a materia ciega y sin plan, a firmamento mudo: como otros dicen a ceniza». Los indios permiten que vea sus costumbres sin adiestrarlo: es el Otro; debe encontrar su propia vía de acceso a la costumbre.

Uno de los recursos que Saer admira en Faulkner es la capacidad de contar desde la incomprensión: alguien narra sin entender. Si la trama se aclara es gracias a relatos alternos. En el caso de *El entenado* ese recurso resulta imposible. No hay vecinos ni intermediarios que hablen de esa realidad.

En el momento crítico en que los españoles interrumpen su cautiverio, el protagonista comprende, luego de años de silencioso aprendizaje, la ruptura de códigos que significa la Conquista: «Cuando, desde el río, los soldados, con sus armas de fuego, avanzaban, no era la muerte lo que traían, sino lo innominado [...]. Dispersos, los indios ya no podían estar del lado nítido del mundo [...]. Es, sin duda alguna, mil veces preferible que sea uno y no el mundo lo que vacila». El huésped forzoso, el entenado, vive la singularidad del tiempo; los indios viven la derrota del tiempo.

Después de la Conquista resulta casi imposible conocer el mundo indígena en sus propios términos. La subjetividad que miró primero ese entorno se repliega ante el entendimiento contemporáneo, entre otras cosas porque en la concepción cosmogónica de la realidad la Conquista no liquida una etapa de la Historia sino la realidad misma. ¿Es posible reconstruir una percepción que se disipa al establecer contacto con ella, restituir una identidad que para existir dependía de su aislamiento? Saer se arriesga a atisbar esa imprecisa región.

Muchas veces el relator se pregunta por qué es salvado por los antropófagos. Luego cede a otra perplejidad: si los indios desean tener un mediador con otra realidad, ¿por qué no le enseñan su cultura? Es algo más que un extraño, algo menos que un asimilado.

Poco a poco comprende la singular antropología de la que es objeto: «Lo exterior era su principal problema. No lograban, como hubiesen querido, verse desde afuera». El Otro es el ojo externo que requieren; por eso no lo educan, por eso preservan su diferencia. Se trata, quizá, de una concepción mágica del entendimiento. Los aborígenes nunca sabrán lo que descifró el español, ni leerán el relato que los mira de lejos; sin embargo, la certeza de que eso es posible los tranquiliza como un refulgente talismán. En otra mente su historia puede tener lógica. Visto desde el interior, el universo de los indios es frágil (cada cosa amenaza con disolverse y debe ser forzada a permanecer a través de un incesante sistema de supersticiones); visto desde fuera, en la zona adversa de lo resistente, puede, tal vez, durar.

El narrador se abre camino con esfuerzo en el idioma del lugar, como si avanzara por una ciénaga, y comprende el pavor que ahí despierta lo ajeno: «Lo externo, con su sola presencia, les quitaba realidad». La veracidad del mundo tenía que afirmarse a diario con los muchos rituales que exige la incertidumbre.

El entenado es un recordatorio de lo que está fuera. ¿No debería entonces ser aniquilado? Con lento asombro descubre que si algo lo salvó fue su alteridad: los indios lo desconocían a tal grado que no se les ocurrió que él pudiera ignorar su idioma ni requiriera de indicaciones; lo sabían externo y ajeno como es externo y ajeno un espejo: «De mí esperaban que duplicara, como el agua, la imagen que se daban de sí mismos, que repitiera sus gestos y palabras, que los representara en su ausencia y que fuese capaz, cuando me devolvieran a mis semejantes, de hacer como el espía o el adelantado que, por haber sido testigo de algo que el resto de la tribu todavía no había visto, pudiese volver sobre sus pasos para contárselo en detalle a todos. Amenazados por todo eso que nos rige desde lo oscuro, manteniéndonos en el aire abierto hasta que un buen día, con un gesto súbito y caprichoso, nos devuelve a lo indistinto, querían que de su pasaje por ese espejismo material quedase un testigo y un sobreviviente que fuese, ante el mundo, su narrador».

El testigo obligado procura a los indios el consuelo de la versión ajena. Si ese entorno se derrumba, solo sobrevivirá lo distinto, la mirada del huésped. La novela ofrece el trasvase de una cosmogonía (contar el mundo) en una singularidad (contar un mundo): del mito a la literatura.

En la última escala de esta antropología, el narrador descubre el sentido profundo que la aventura tuvo para él. Recuperar la vida de sus adversarios es su principal necesidad, lo que da sentido a sus días: «Conmigo, los indios no se equivocaron; yo no tengo, aparte de ese centelleo confuso, ninguna otra cosa que contar».

Resulta difícil leer *El entenado* sin tomar en cuenta la condición «extraterritorial» que para George Steiner define la literatura moderna. El hombre escindido de su entorno cuenta desde una perspectiva desplazada, ajena a la norma. Los dispositivos que permiten descolocar el punto de vista son tan variados como los mapas de la narrativa del siglo XX: Musil practica un exilio interior sin moverse de Viena; Joyce crea una tensión con Dublín a la distancia; Nabokov recupera un entorno perdido por la fuerza y luego conquista su país de adopción en otra lengua.

Descendiente de inmigrantes, Saer vivió en París desde 1968 hasta su muerte, en 2005, y sin embargo su devoción por la región de Santa Fe no fue menos intensa que la del poeta Juan L. Ortiz por la provincia de Entre Ríos. Si se descuentan un par de viajes y una estancia en Buenos Aires en 1915, Ortiz vivió casi noventa años ante el río Paraná. En *El concepto de ficción* y *En el río sin orillas* este poeta esencial para Saer es retratado como alguien que convierte el aislamiento en una moral: edita y distribuye sus libros, carece de contacto con la república de las letras. No es infrecuente el caso del ermitaño literario; lo productivo, en Ortiz, es que su forma de vida conduce a una autonomía de la voz, un tono único.

El alejamiento de Saer fue más mundano pero no menos definitivo. Es posible conjeturar que Santa Fe (la zona imaginada) lo protegió de las tentaciones superficiales de la moda; al mismo tiempo, vivir lejos le permitió experimentar lo propio como una oportunidad de prueba, un desarraigo, un bien precario. El célebre comienzo de *La mayor* alude a un entorno previo, con el que aún hay contacto pero cuyos beneficios parecen haberse perdido: «Otros, ellos, antes, podían». Además de desplegar el sistema de comas que caracteriza la respiración narrativa de Saer, la frase trae un misterio ajeno al tiempo presente: ¿qué podían los otros, los de antes? El novelista se refiere a la forma de narrar y a la costumbre. *Antes* se podía decir: «la marquesa salió a las cinco», y espiar sus anticuados hábitos. La narrativa moderna indaga desde fuera, al margen de lo ya explicado. Saer escribe en esa zona, *después*, cuando la tradición parece haberse vaciado. Cuando sus novelas se ocupan de otras épocas, no buscan un regreso a lo ya documentado (de ahí la imposibilidad de considerarlas «históricas»), sino explorar el flujo del tiempo: un presente imaginado de lejos.

Algo más sobre la rítmica composición de Saer: la puntuación –el récord de comas que seguramente tiene– obliga a recordar que sus narradores mastican mientras escriben. No se llevan a la boca viandas complejas sino alimentos menudos que se pueden morder con ritmo preciso y ayudan a llevar el compás con la mano que a veces toca el plato, a veces los labios. Los narradores de Saer son impensables sin las aceitunas (*El entenado*), las cerezas (*Las nubes*) o la carne fría y el pan: «Amasijados, mezclados, pasan, de a pedacitos, por la garganta. El vino negro los disuelve y los empuja hacia atrás, hacia el fondo. Han de estar, en la oscuridad, uno detrás de otro, bajando. Han de irse depositando, en el fondo, donde la maquinaria ha comenzado, ya, a trabajar» (*La mayor*). El fraseo depende de una cadencia, la del hombre que mastica entre pausas. «Originalidad: cuestión de estómago», escribió Valéry para referirse a la saludable asimilación de lo ajeno. Cronista de la antropofagia, Saer hace que sus narradores coman las aceitunas que permiten escanciar la prosa, guardar silencio, pulir los huesos.

La primera parte de *El entenado* está escrita desde el azoro. El último tramo trata de lo que el protagonista entendió al revisar su vida. En este sentido, la historia avanza para comprender lo que pasó al principio. Sin embargo, no se trata de una novela de tesis ni de un relato que pida auxilio al ensayo. No hay una explicación unívoca. El narrador fue salvado para que contara los sucesos como solo podía hacerlo alguien que estuviera al margen de ellos. En esta condición limítrofe, entiende el cometido esencial de su experiencia. Sin ese cautiverio, sin los días raros que tuvieron el sabor de la ceniza, su destino hubiera sido mucho más pobre. Más que explicar a posteriori lo que ocurrió durante la década en la que vio tantas cosas incomprensibles, descubre con perplejidad la importancia que todo eso tuvo para él, la invaluable lección de ser el Otro.

El desafío de referir los hechos no termina ahí: para que el relato signifique en el mundo al que ha vuelto el narrador, debe adquirir nuevo sentido, volverse compartible. Un pasaje de *El río sin orillas* redondea esta reflexión: «El fin del arte no es representar lo Otro, sino lo Mismo»; debe buscar «el Logos común», hacer universal lo singular, hallar equivalencias. En *El entenado*, el Otro escribe para ser el Mismo.

Un tema decisivo en la novela es la decisión que lleva a narrarla. No se trata de un impulso incontenible –la necesidad de recuperar el tiempo de extrañeza una vez en libertad–, sino de un lento proceso de asimilación. En Europa, el protagonista se integra a un mundo que desea asumir como propio, pero su vida en las ciudades no consigue borrar lo que conoció en el río lejano:

«Así es como después de sesenta años esos indios ocupan, invencibles, mi memoria». El conquistador se somete a la despaciosa e irresistible justicia de sus adversarios, el enigma de ser una víctima omitida. Salvado por desconocidos, preservado para preservarlos, es el primer intérprete de una tierra exagerada, hecha de mezclas y migraciones, incompleta y vacilante, sin otra identidad que una voz de adopción, la palabra del entenado.

IV. Chéjov

LA HABITACIÓN ILUMINADA

Al modo de los iconos de la Iglesia ortodoxa rusa, la imagen de Antón Chéjov preside el cuento contemporáneo. Los practicantes del género suelen tener una foto suya cerca del escritorio de los desafíos. Ya sea recostado en una escalera con un perro en brazos, viendo a la cámara con espejuelos en la etapa de Yalta o antes de llevar barba en sus años de estudiante de medicina (los rasgos tártaros más notorios), irradia una serena fotogenia. Sus retratos parecen entrañar una moral. Arte de la reticencia, el cuento no tuvo un profeta enardecido. Chéjov mira a través del tiempo como si recordara la transgresión sutil que buscó en sus historias: «Una vida que ninguna circular prohibía, pero que no estaba permitida del todo».

Conviene iniciar la revisión de sus cuentos con otra fotografía. María Vasílevna, protagonista de «En el carro», conserva una imagen de su madre muerta, tan gastada que ya solo se distinguen el pelo y las cejas. Ese desteñido talismán es su más valiosa pertenencia. Al final de la travesía que ocupa la mayor parte de la trama, ve la llegada de un tren. El ventanal de la estación reverbera; todo se inunda de un resplandor hiriente. En el andén de primera clase, María entrevé la silueta de su madre y recupera la «habitación luminosa y bien caldeada» en la que transcurrió su infancia. El tiempo perdido regresa en forma torrencial, como si la vieja fotografía volviera a revelarse. La trama —hasta ese momento la historia de un vacío— adquiere poderosa ilusión de vida. Una foto desdibujada y un tren en movimiento desatan una compleja red de sentidos. Antón Chéjov cuenta un cuento.

Al menos en otra ocasión el autor se sirvió de la frase «una habitación luminosa y bien caldeada» para ubicar el sitio del que surgen las historias. En «Iván Matveich» un hombre de letras aguarda la visita de su infructuoso secretario. Harto de sus retrasos, decide despedirlo. Cuando el joven finalmente llega, el letrado ve con desprecio sus ropas grasientas, la forma en que toma el té sin aguardar a que se enfríe, la voracidad con que come galletas y mete otras en los bolsillos. El protagonista emprende su dictado, seguro de que será el último. El secretario lo interrumpe para hablar de lo que ha visto en el campo; es un notable observador de la naturaleza, pero el sabio tiene otras cosas en mente. El relato continúa hasta el momento en que el visitante debe irse. Una corriente invisible atenaza a los personajes. El secretario ve el entorno, luminoso y bien caldeado, en el que podría seguir contando anécdotas. El letrado lo insta a quedarse. ¿Qué ocurrió? Una revelación no pronunciada, la inminencia de una historia. Seguirán ahí mientras tengan algo que decirse. La poética entera de Chéjov encaja en esta situación. No es casual que uno de sus discípulos, Ernest Hemingway, titulara una de sus más logradas piezas breves «Un sitio limpio, bien iluminado». Detrás de un cristal empañado por el vaho, la escarcha, las huellas de una mano frágil y una nerviosa telaraña, arde una flama nítida, el lugar de la ficción.

A diferencia de la novela, género en perpetua polémica con su tradición, que se renueva transgrediendo sus normas, el cuento ha buscado, de Edgar Allan Poe a Ricardo Piglia, maneras de reinventarse dentro de un canon estricto. Los usuarios de esta severidad suelen escribir teorías, tesis o decálogos del perfecto cuentista. Se puede ser novelista sin una pedagogía de la novela; en cambio, de manera implícita o explícita, los grandes del cuento han dejado constancia de su proceso de aprendizaje.

En un oficio que se ejerce con ánimo de compartir lecciones, el maestro absoluto ha sido Chéjov. Sus consejos —extraídos de cartas, cuadernos de notas, recuerdos de terceros o simples rumores— se repiten en los talleres literarios como las acatistas de la Iglesia ortodoxa rusa: «Hay que empezar el cuento en la segunda página»; «Si una pistola aparece en el primer acto de una obra de teatro, debe dispararse en el tercero»; «No digas que uno de tus personajes está triste: sácalo a la calle y haz que vea un charco en el que se refleje la luna».

Un aprendizaje chejoviano básico, del que Hemingway extrajo sus mejores recursos: el diálogo en apariencia banal. Dos personas comparten nimiedades que poco a poco revelan su vida interior. Las conversaciones –muchas veces armadas en forma de disputa– delatan lo que los personajes no se atrevían a decir y ni siquiera suponían que llevaban dentro.

El cuento chejoviano depende de una zona implícita, aludida pero no expresada. Una masa de silencio sostiene la urdimbre del relato. Hemingway ilustró esta forma de composición con la metáfora del iceberg (el soporte del relato está bajo el agua, no se ve pero se advierte). Piglia recuperó el tema con la tesis de que todo cuento cuenta dos historias, una evidente y otra sumergida, insinuada, que otorga sentido profundo a la superficie del relato.

Otro insoslayable heredero de Chéjov, Raymond Carver, copió una frase suya en una tarjeta: «[...] y de repente todo se le aclaró». Hay algo casi religioso en transcribir una cita tan sencilla, que podría ir impresa en una caja de cereal. Carver explica su valor de esta manera: «Estas palabras me parecen llenas de expectativas y posibilidades. Me encanta su llana claridad y el asomo de revelación implícito en ellas. Por otro lado, encierran algo de misterio. ¿Qué es lo que no había estado claro? ¿Por qué justo ahora logra dilucidarse? ¿Qué fue lo que sucedió? Y sobre todo: ¿y luego, qué? Este tipo de repentinos despertares generan consecuencias». Seguramente la frase no habría llamado la atención del autor de *Catedral* si no procediera de alguien que escribió casi quinientos cuentos para mostrar lo que hay detrás de las palabras «[...] y de repente todo se le aclaró». Carver atesora la cita como un salvoconducto para avanzar por terreno peligroso. Si Chéjov, el primer maestro, dijo eso, la epifanía es posible: la habitación puede iluminarse. Uno de los mejores relatos de Carver, «Tres rosas amarillas», trata, precisamente, de la muerte de Chéjov en el balneario de Badenweiller. La vida del escritor se ha apagado; en la mesa queda una botella de champaña a medio beber; el silencio abruma la habitación; de pronto, animado por el gas, el corcho sale disparado. La vida continúa, con precisión chejoviana.

Carver escribió el cuento a partir de las dos narraciones que Olga Knipper, viuda del escritor, hizo del episodio en Badenweiller. En *Leyendo a Chéjov*, Janet Malcolm sugiere que en su condición mimética de actriz Olga imitaba el estilo literario de su marido. Lo cierto es que su crónica de la agonía aporta los elocuentes detalles chejovianos que Carver requería para su relato.

LA LECTURA CÓMPLICE

Aunque escribió algunos clásicos del género, como «El monje negro», es poco lo que el cuento fantástico le debe a Chéjov. En cambio, el cuento realista le debe prácticamente todo. Un inventario exprés de sus discípulos norteamericanos: Sherwood Anderson, Hemingway, Salinger, Malamud, Cheever, Carver, Joy Williams, Richard Ford, David Leavitt.

En una entrevista de 1957, William Faulkner comentó: «[En la novela] puedes ser más descuidado, incluir más basura y ser perdonado. Un cuento se acerca a la poesía, donde casi cada palabra debe ser exacta. En la novela puedes ser descuidado, en el cuento no. Me refiero a los buenos cuentos, como los que escribió Chéjov». Cerca de cuarenta años después, John Cheever, quien mereció el apodo de «el Chéjov de los suburbios», comentó que en los cuentos chejovianos en apariencia no sucede nada. No hay asesinatos ni se escapa de Siberia en submarino nuclear. Sin embargo, la pregunta que en su opinión debe plantearse respecto al cuento no es «¿pasa algo?» sino «¿es interesante?». A partir de esa premisa, Chéjov nunca defrauda.

La influencia del modo chejoviano de escribir solo es superada por el modo chejoviano de leer. Los cortes que Salinger y Carver hicieron en sus manuscritos por sugerencia de sus editores demuestran lo que un cuentista gana al ser leído a la manera de Chéjov.

Esto lleva a un asombro esencial: en ocasiones, el propio Chéjov podría ser más chejoviano. Sus principios estéticos han calado tan hondo que tranquiliza comprobar que no siempre los puso en práctica. El cuento «Luces» abunda en digresiones y «Pesadilla» desemboca en esta explicación didáctica: «Así empezó y acabó el esfuerzo sincero que hacía por mostrarse útil uno de esos muchos hombres bienintencionados, pero demasiado satisfechos e irreflexivos». Por Chéjov sabemos que el juicio de los personajes debe depender del lector y que no hay mayor artificio que presentar a un hombre como «sincero». Qué diferencia con el Chéjov que deprime a un personaje haciendo que escuche «el ruido insoportable de unos rieles que alguien transportaba por la noche».

Admirador de Pushkin, Tolstói y Turguéniev, Chéjov lamentaba el desaliño en la prosa de Dostoievski, las exageraciones emocionales a las que sucumbían sus personajes y su tendencia a soltar parrafadas edificantes. De acuerdo con Nabokov, Chéjov dotó a la prosa rusa de una pureza equivalente a la de Pushkin en la poesía; no fue un estilista enfático como Turguéniev («que cruzaba sus piernas fijándose en el color de sus calcetines») ni aspiró al ingenio del virtuoso; decantó la prosa a través de supresiones y de reconocer el tono unitario de la lengua, los matices de cielo invernal en los que hablan sus personajes.

En «La dama del perrito» un hombre sostiene un affaire con una mujer que lo ama más de lo que él la ama. El pretexto para acercarse a ella es el perro que la acompaña durante unas vacaciones (él lo menciona con falso interés para iniciar el cortejo). Al final del relato, el protagonista repara con melancolía en que nunca supo el nombre del perro. Esta ignorancia cala en su ánimo y le revela su egoísmo. ¿Hay mejor demostración del poder expresivo de lo que se ignora?

En ocasiones, el recuerdo de un cuento de Chéjov es más chejoviano que el original. Hace poco leí en un ensayo de Vicente Leñero el atractivo resumen que hizo del cuento «Ganas de dormir»: la historia de una niñera agotada que aprieta en sus brazos a un bebé que no cesa de llorar hasta asfixiarlo para conciliar el sueño. Esta manera extrema de «consolar» al niño no es sino el desesperado consuelo de sí misma. En realidad, el desenlace de Chéjov es menos sugerente: la niñera cobra conciencia de que el niño es su enemigo, se dirige a su cuna, lo estrangula, se tiende en el piso y al fin duerme. Comparado con el sugerente resumen, que convierte la angustia de la niñera y la necesidad de cuidar y callar al bebé en hechos simultáneos, el final auténtico parece burdo, melodramático, poco chejoviano.

«El tiempo también pinta», decía Goya para referirse a la pátina que contribuiría al futuro aspecto de sus cuadros. En el caso de Chéjov, el tiempo continúa depurando sus relatos.

Antón Pávlovich Chéjov nació en la pequeña ciudad de Taganrog, en 1860. Su abuelo fue siervo y compró su libertad por tres mil quinientos rublos. Su padre se arruinó como tendero y buscó suerte en Moscú. De los dieciséis a los dieciocho años, Chéjov permaneció por su cuenta en Taganrog; luego siguió a su familia a Moscú, donde estudió medicina. A los veintitrés años escribió el cuento «En la barbería», donde el dueño del local se complace en ver a sus clientes reflejados en un espejo que los distorsiona. Aunque sus primeras viñetas tuvieron un tono humorístico, se sintió cautivado desde muy pronto por «la belleza sutil, apenas perceptible, del dolor humano». Escribió sin tregua para los periódicos, y a partir de 1888, para las revistas literarias. Su trabajo como médico no interrumpió su infatigable producción narrativa. A los veintinueve años supo que padecía tisis y que su vida sería breve. Al año siguiente emprendió un extenuante viaje a la colonia penitenciaria de Sajalín para escribir un extenso reportaje. En el resumen que hizo de su biografía para el editor de la revista *Siever*, escribió: «En 1891 hice una gira por Europa, donde bebí vino espléndido y comí ostras [...]. Descubrí los secretos del amor a los trece años. Mantengo excelentes relaciones con mis amigos, tanto médicos como escritores. Estoy soltero [...]. No obstante, todo esto no vale nada. Escriba lo que le parezca. Si no hay hechos, sustitúyalos por un comentario lírico».

Sus compañeros de viaje comentan que en Roma costaba trabajo interesarlo en las ruinas; solo se fijaba en las personas y en sus ropas. Aunque conocía bien Moscú, rara vez escribió de temas urbanos. Sus vivencias de infancia y adolescencia en Taganrog, su trabajo de médico rural y sus temporadas de convalecencia en Yalta le permitieron conocer a los campesinos, los cocheros, los cazadores furtivos, los oficiales desplazados, las niñas descalzas y las señoritas de provincia que pueblan sus relatos. Aunque a veces sus protagonistas se juntan para combatir el frío en torno a un humeante samovar, sus cuentos presuponen un paisaje extenso, amenazante, inconquistable. En su opinión, el «alma rusa» dependía de la inaudita soledad de la estepa. Fue amigo de Tolstói, quien le dijo: «Tus obras de teatro son aún peores que las de Shakespeare», pero admiraba sus maneras suaves y su andar «de muchacha». Poco antes de morir, Chéjov dedicó una hora a escoger el pantalón que se pondría para recibir al autor de *Guerra y paz*. Como sus cuentos, su vida amorosa se escribió en episodidos breves; sostuvo amoríos intermitentes, en general con mujeres casadas. En 1885 le escribió a un amigo: «Deme una mujer que, como la luna, no aparezca todos los días en mi cielo». Tres años después contrajo matrimonio con la actriz Olga Knipper. Aunque ella cumplía con el requisito de estar más presente en los escenarios que en la casa, Iván Bunin juzgó que el enlace de su amigo era «un suicidio peor que Sajalín». El matrimonio ocurrió básicamente por correspondencia. Enfermo de los pulmones, Chéjov residía la mayor parte del año en Yalta mientras su esposa actuaba en Moscú. Peter Brook leyó el epistolario de la pareja en clave chejoviana y lo llevó a escena, mostrando la fuerza dramática de los papeles secundarios del escritor y su mimética esposa. Chéjov murió en Badenweiller, a los cuarenta y cuatro años. En las últimas anotaciones de su diario se queja de lo mal que se visten las alemanas. Su cadáver fue trasladado a Rusia en ferrocarril. Alguien que no lo había leído pero que ya pertenecía a una posteridad donde los datos nimios y las coincidencias encontrarían la forma de volverse chejovianos, confundió los bultos en el vagón de carga y colocó en su ataúd un letrero que decía: «Ostras frescas».

Chéjov creía en el trabajo con un fervor casi sagrado y en la bondad como una técnica. Al rememorar su amistad con él, Bunin se sosprende de que ni su madre ni su hermana recordaran haberlo visto llorar nunca. Lejos del sentimentalismo, Chéjov practicó la filantropía como una tarea objetiva de la que no se ufanaba.

Su caritativa personalidad fue elogiada por autores proclives a la megalomanía, que no hubieran hecho nada por vivir como él: Gorki, Mann, el propio Bunin. Austero, modesto, más interesado en los demás que en sí mismo, de un sentido común ajeno al arquetipo del Artista Moderno –ese ser vestido de negro, atribulado y en perenne estado de excepción–, Chéjov vivió con un sentido de la entrega que hoy parece más cerca de Médicos Sin Fronteras que del trabajo literario. Los extremos del rebelde asocial o el hipnotizador mediático no pueden asociarse con su temperamento. Cálido, llevadero, Chéjov suscita desde el competitivo presente la sospecha de que es demasiado bueno para escribir bien. «¿Por qué no fue pediatra?», podría preguntarse el colega convencido de que la mala leche produce historias.

A Gorki, la sencillez del maestro y su desapego ante la gloria le provocan cierta lástima. Por su parte, Bunin elogia su interés en los demás, sobre todo en lo que se refiere a él (en su deshilvanado libro sobre el autor de *La gaviota*, escrito poco antes de morir, no pierde oportunidad de citar del diario de Chéjov frases como «¡extraño tanto a Bunin!»). Más agudo, Mann reflexiona en lo difícil que resulta apreciar a un autor que no transmite una alta idea de sí mismo («su *modestia* es sobremanera simpática pero no contribuye a imponer respeto en el mundo»).

Durante años, el patricio autor de *Los Buddenbrook* se negó a leer a un autor de pequeñeces. Al comienzo de su «Ensayo sobre Chéjov» ofrece una explicación de este rechazo: «En mi caso seguramente influyeron la fascinación por la "magna obra", el "largo aliento", el monumento épico sostenido y acabado con poderosa paciencia, la admiración por los grandes realizadores como Balzac, Tolstói, Wagner, a los que soñaba emular de alguna manera. Y Chéjov era, como Maupassant, al que yo, por cierto, conocía mucho mejor, un escritor de la forma pequeña». Los espacios chejovianos son, en efecto, «formas pequeñas», delicadas figuraciones; sin embargo, es de esa decantada condensación de donde extraen su fuerza.

De la misma manera en que Mann desconfiaba de las rápidas y astutas soluciones del zorro, Chéjov descreía del monomaniaco y sólido avance del elefante. Más interesado en las preguntas que en las respuestas, se apartaba de los intelectuales que leían la historia como si ocurriera para citarlos: «Todos los grandes sabios son despóticos como generales y descorteses como generales. Están convencidos de su impunidad». Amigo de la reticencia y de la duda, no participó en partidos ni movimientos políticos, pero buscó sin descanso formas prácticas de combatir la injusticia. No se puede perder de vista que vivió en un país tiranizado por Alejandro III, donde el recurso de castigo más habitual era el azote y la policía operaba como un tenebroso clan secreto.

Nabokov, que desconfiaba de los hombres revestidos del ambiguo disfraz de la filantropía, describe con admiración las muchas causas a las que Chéjov dedicó su mermada energía. Entre otros proyectos, que incluyen el rescate de perros, la mejoría de los jardines y la lectura de manuscritos ajenos, impulsó el museo de artes plásticas de Taganrog, la primera estación biológica de Crimea, la primera clínica dermatológica de Moscú, el envío de libros a la isla de Sajalín, cuatro escuelas para niños campesinos, una estación de bomberos y la renovación de la Casa del Pueblo de Moscú. Todo esto sin dejar de socorrer pacientes. Contra la opinión de sus colegas, puso en riesgo su precaria salud al recorrer los camastros de los afectados por el cólera.

El activista no cedió a simplificaciones psicológicas ni se consideró especialmente virtuoso. En «El pabellón número 6» apunta: «No hay nada bueno sobre la Tierra que en su origen no contenga algo malo».

EL INSOMNIO HONORABLE

Chéjov no fue practicante religioso pero su literatura es inseparable del cristianismo. En la niñez, su lectura obsesiva, casi única, fue la Biblia. La devoción de su familia lo convirtió en testigo del rito ortodoxo, y atesoró escenas que le permitirían escribir de seminaristas, popes, archimandritas, cantores de acatistas, campesinos transidos por la fe, hombres que adoptan a un hijo para salvar su alma. El pecado, la culpa y la redención forman parte esencial de su sistema narrativo.

En «El estudiante» una anciana llora al oír el episodio del Huerto de los Olivos y descubre que todo dolor pasado puede ser presente. Lejos del proselitismo y la doctrina, Chéjov se sirve de la religión como relato para condensar dos tiempos distantes. Al contrario de Raskólnikov, convencido de que «si Dios no existe todo está permitido», hace de la ética un problema de elección individual. En «Caso extraído de la práctica» una acaudalada señorita padece insomnio y su médico se atreve a comentarle: «Usted está descontenta como propietaria de fábrica y rica heredera. No cree usted en su derecho y por eso no duerme. Naturalmente, eso es mejor que si estuviera usted feliz, durmiera profundamente y pensara que todo va de perlas. Sufre usted de un insomnio honorable». El sentimiento de culpa no mejora la realidad, pero dignifica como molestia.

La religiosidad sin iglesia de Chéjov se expresa de manera ejemplar en «La noche de Pascua». Un grupo de feligreses remonta un río en un transbordador para asistir a misa. El barquero acaba de perder a su mejor amigo y enfrenta las aguas de modo vacilante. El narrador lamenta ser conducido por un hombre hipersensible, que no inspira confianza. Poco a poco ese sufrimiento, desnudo e inexpresable, se impone al ritual que habrá de celebrarse. La travesía en manos del piloto incierto, entre jirones de niebla, revela con extraña precisión el misterio de la muerte y la dificultad de trascenderlo. También «El obispo» alude a esta inefable condición de la experiencia, lo que ocurre «más allá del entendimiento humano y sin embargo próximo a él».

Para Chéjov toda fe que inmoviliza resulta inútil. Creer en un orden trascendente no significa rendirse a la fatalidad. En el cuento «En deportación» contrasta dos posturas morales, la de un hombre educado a quien apodan el Juicioso y la de un tártaro que roza la barbarie. Como el paciente Job, el primero acepta la deportación a Siberia sin atenuantes. Horrorizado por esta renuncia a la lucha, el tártaro exclama que el verdadero mal consiste en no desear nada y entregarse a la pasividad. Aun en Siberia hay que anhelar la piel de la mujer amada y dar un paso hacia el escape. Para Chéjov, la ética de la acción semeja el trabajo de un jardinero que no admite descanso. En una carta a su hermano Nikolái, resumió sus reglas para una vida recta: «No armar escándalo por un martillo o una pieza de caucho extraviados [...]. Perdonar el ruido, la carne fría y seca, las ocurrencias y la presencia de extraños en el hogar. No sentir solo compasión por los mendigos y los gatos. El corazón se duele por lo que el ojo no ve». En su cuento de madurez «Casa con desván» insiste en una ética de lo diario, fundada en la consideración por los demás: «La buena educación no consiste en no derramar la salsa sobre el mantel, sino en no darse cuenta cuando lo hace otro».

Con el mismo asombro con que estudió la vida de José y sus hermanos, Thomas Mann habla de la conducta ejemplar de Chéjov, su ironía ante la fama, su entrañable deseo de ser un hombre antes que un monumento. El titán germano, que deseaba todo lo contrario, admira este inimitable caso radical y cita una frase que el ruso escribió a su hermano: «Alégrate de tu descontento, demuestra que eres más grande que los autosatisfechos». Las carencias son el estímulo del imperfecto. Por eso, porque no tienen dónde detenerse, sus pasos vacilantes llevan más lejos.

LA SUPREMACÍA DEL DÉBIL

Nabokov observó que el héroe chejoviano suele ser alguien bueno incapaz de hacer el bien. En *El tío Vania* la felicidad se proyecta hacia un futuro intangible: «Los que vivan cien o doscientos años después de nosotros, y que nos despreciarán por haber llevado una vida tan estúpida y anodina, quizá encuentren la manera de ser felices». En los remotos bosques de abedules, las isbas en medio de la tundra, las guarniciones sin gloria y los ríos al amanecer donde ocurren las historias de Chéjov, los personajes distinguen sin dificultad entre el bien y el mal pero no siempre logran actuar en consecuencia.

Y sin embargo, en forma casi inadvertida, algo se salva en ese mundo castigado. Con preciso antidarwinismo, el cuentista rescata a los inadaptados, los débiles, los peor dotados para la supervivencia. «Aniuta» narra la historia de una muchacha que pasa de un hombre a otro, sin poder retener a ninguno. Todos buscan un futuro más allá de ella. Ahora vive con un estudiante de medicina. El relato comienza cuando ella borda pacientemente con un hilo rojo el cuello de una camisa de hombre. Su actitud es devota, servicial. En pleno invierno, él le pide que se desnude y le dibuja las costillas para estudiar anatomía. Apenas tienen qué comer y están sumidos en la desesperación. Entonces, un pintor que vive en la misma pensión llega a solicitar que Aniuta pose para él. El estudiante accede por ella. Durante la ausencia de la muchacha, piensa en deshacerse de alguien tan insignificante. Ella regresa al poco rato, exhausta, con señas de haber hecho el amor con el vecino de habitación. Su novio le dice que debe marcharse. Resignada, la muchacha junta sus cosas. Antes de irse, coloca cuatro terrones de azúcar en la mesa. Es lo que sacó de la visita al pintor. El estudiante se arrepiente, le pide que se quede; ella vuelve a coser, sin decir palabra. En un espacio de extremas carencias, donde unos terrones de azúcar son el precio del amor, la ambición sin mesura no puede tener lugar. Sobrevivir es un heroísmo de la precariedad. La nevisca cae sobre un carruaje, los caballos están cansados y las ropas empapadas. Es de noche y una mano sostiene el último cerillo. Puede fallar, pero si es suficientemente frágil no va a fallar. Solo quienes dependen de las cosas nimias se ponen de parte de ellas.

La creatividad depende de renunciar a la fortaleza física. Un pasaje de «El monje negro»: «La inspiración, el entusiasmo, el éxtasis, todo lo que distingue a los profetas, a los poetas y a los mártires de una idea de la gente común, se opone al lado animal del hombre, es decir, a la salud física». Diez páginas más adelante, el narrador agrega: «Si Mahoma hubiera tomado bromuro de potasio para curar sus nervios, hubiera trabajado solo dos horas diarias y hubiera bebido leche, ese hombre notable habría dejado tan poca huella como su perro». Para el médico de Taganrog, toda opinión propia proviene de una deficiencia física. Este análisis psicológico entraña una estética: «Nunca había podido amar a una mujer sana, fuerte, de mejillas sonrosadas, pero le gustaba la pálida, débil y desdichada Tania». Y en «En el carro» añade: «No hay manera de entender —pensaba— por qué Dios concede belleza, afabilidad, tristes y dulces ojos a personas débiles, desdichadas e inútiles, y por qué son tan atractivas».

En el código Chéjov sobreviven los endebles, pero fracasan los sumisos. Un pasaje del cuento «Vecinos» expresa esta idea con claridad: «Esas personas desdichadas y sumisas son las más insoportables, las más molestas. Todos sus actos quedan impunes. Cuando una persona desdichada, en respuesta a un reproche merecido, levanta sus ojos profundos y culpables, esboza una dolorosa sonrisa y acerca humildemente la cabeza, parece como si la justicia misma no tuviera ánimos para levantar la mano en su contra».

Chéjov detesta la impunidad del sabelotodo tanto como la del sometido. La debilidad le interesa como forma de resistencia. Así escribió las historias del cochero que encuentra en su caballo a su mejor confidente, la campesina que busca en el bosque al cazador que la detesta pero es el único hombre con el que ha perdido un hijo, la inmerecida dicha de un oficial al que una muchacha besa por error en la oscuridad, la tormenta de nieve que favorece a una mujer desdichada trayéndole atractivos pretendientes. Cuatro terrones de azúcar, el rumor del aire en una botella vacía, un plato de cerezas, claves del universo.

En su biografía de Chéjov, V. S. Pritchett señala que muchos de sus relatos terminan con una recuperación del curso de la vida. «Aniuta» concluye con un grito que llega del pasillo en la modesta pensión: «¡Grigori, el samovar!». La trama ha concluido; fuera del relato, alguien quiere un té.

LA MANO EXTRAÑA

Una metáfora rectora de Chéjov fue el jardín, siempre necesitado de modestas atenciones. En «Vecinos» dejó esta estampa: «El viejo jardín de Vlásich, testigo de tantas historias tristes, dormía, envuelto por la penumbra, y al atravesarlo se sentía, por alguna razón desconocida, cierta melancolía». Las historias se preservan en el follaje; algún día el viento agitará las frondas para esparcir lo que ahí se dijo.

En «El monje negro», Chéjov se refirió a la amenaza más grave que se cierne sobre un jardín: «En nuestra labor el principal enemigo no es la liebre, ni el abejorro, ni la helada, sino la mano extraña».

¿Cómo han tratado las manos posteriores el jardín de Chéjov? El escritor no se hacía ilusiones respecto a su posteridad. Sostenía que siete años después de su muerte sería olvidado.

Hace más de un siglo, Chéjov le dijo al doctor que lo atendía: «Es inútil poner hielo sobre un corazón vacío». El diagnóstico, extraño en un médico, tenía un maniático sentido de la precisión literaria. Imposible escribir un cuento contemporáneo sin compartir ese sistema de precisión.

Al final de *El jardín de los cerezos*, cuando los actores ya han salido de la escena, se escucha el golpe de un hacha sobre un árbol. En la pieza teatral esto significa la destrucción del escenario. En el arte del cuento el mismo sonido adquiere el significado opuesto: es la vida que lo alimenta, el recordatorio de que algo decisivo debe quedar fuera. Toda historia narrada con pericia desemboca en un silencio estremecedor. Entonces el oído atento registra algo más. Un hacha da contra un árbol. Es la lección de Chéjov. El maestro poda su jardín.

V. Tres veces Hemingway

DE PARÍS A PAMPLONA
FIESTA

El 6 de julio de 1918, a dos semanas de cumplir diecinueve años, Ernest Hemingway repartía chocolates, cigarrillos y tarjetas postales a las tropas italianas cuando fue alcanzado por la metralla de un mortero. Dos combatientes murieron a su lado y él fue trasladado a un hospital donde viviría sus momentos más intensos de la Primera Guerra Mundial, junto a la enfermera Agnes von Kurowsky.

Durante tres semanas, Hemingway participó en la contienda como voluntario, a bordo de una ambulancia de la Cruz Roja. La herida le dejó una sensación ambivalente; se curtió en el fuego sin gran heroísmo de por medio: una víctima pasiva, no un protagonista del coraje. En la posguerra, las cicatrices de una generación se iban a abrir en la conciencia; aquellos cuerpos jóvenes y lastimados buscarían variadas compensaciones al horror que habían dejado atrás. Unos tratarían de borrar su paranoia en el estruendo de la era del jazz, otros se arrepentirían de no haber sido capaces de mayor valentía, otros más añorarían los sobresaltos y la adrenalina de los días de combate.

En lo que toca a Hemingway, la herida en la rodilla lo inquietó como una condecoración inmerecida. Desde muy joven luchó para construir su propio personaje. Son indescifrables las causas que lo llevaron a encumbrarse como el autor más fotografiado de todos los tiempos. Aunque detestaba la publicidad, concedía pocas entrevistas, rechazaba las ofertas de Hollywood y preconizaba la soledad del escritor (tema rector de su discurso de aceptación del Premio Nobel en 1954), trabajó con denuedo para forjarse una imagen arquetípica: el narrador antiintelectual que pescaba salmones y veía partidos de béisbol. Su biógrafo Michael Reynolds escribe al respecto: «Todo el mundo lo recuerda esquiando en las pistas de Suiza, pero nadie lo imagina leyendo los diecisiete volúmenes de Turguéniev que sabemos que pasaron por sus manos». Hemingway concibió una estrategia protectora que terminó por engullirlo. No quería hablar de literatura ni posar de hombre culto para no convertir su arte en un superficial tema de conversación. Al mismo tiempo, era incapaz de prescindir del contacto con los otros; su carisma y su sociabilidad lo situaban en el centro de las reuniones y los actos públicos. ¿Cómo estar ahí sin sacrificar la diversión?

En el disfraz a veces entrañable y a veces primitivo que escogió para sí mismo, se mezclaban varias causas: un respeto puritano a la creación literaria como hecho solitario y casi sagrado, la inseguridad intelectual por su condición autodidacta (en cualquier actividad, solo respetaba a los expertos y, curiosamente, jamás sintió que pudiera hablar de libros como de caballos, armas o toros de lidia), el repudio al esnobismo y la palabrería hueca. Para proteger su arte, construyó una imagen opuesta a la del «artista». Esta paradoja explica la fascinación mediática y el recelo de los críticos ante una figura destinada a convertirse en un mito del siglo XX y, en tal medida, a ser valorado como personaje antes que como creador. El icono del escritor juerguista, accesible a los temas comunes o épicos pero indispuesto a la reflexión intelectual, borraría del mapa al disciplinado artífice que también fue Ernest Hemingway.

Cuando era un patriarca de barba blanca y todo el mundo lo llamaba «Papa», el más célebre escritor de la historia se comparaba con los demás en términos deportivos y no vacilaba en proclamarse campeón de la prosa. La periodista Lillian Ross le hizo el dudoso favor de retratarlo en la revista *New Yorker* como un borracho empedernido que hablaba como indio piel roja y en su delirio egomaniaco pretendía haber noqueado a Flaubert y Maupassant. Fiel a su código de honor de no corregir las interpretaciones sobre su obra o sobre sí mismo, Hemingway aprobó este devastador retrato.

En 1921, Hemingway llegó a París con su esposa Hadley y en las tertulias del Barrio Latino improvisa explicaciones para la metralla alojada en su pierna. Había estado muy poco tiempo en la guerra y demasiado lejos del frente. El dudoso prestigio que le otorgó su herida incubó la trama de *Fiesta*, el libro que cambiaría su destino en 1926.

En sus primeros años parisinos, Hemingway trabajó como corresponsal del *Toronto Star*. Es mucho lo que le debe al periodismo en su formación y en su estilo sintético, apoyado en vívidas observaciones. Sin embargo, su superación del realismo en boga no se explica sin otras influencias literarias. Buena parte de sus lecturas parisinas se decidió en los anaqueles de la librería-biblioteca Shakespeare & Co. Ahí encontró a los clásicos rusos y a Conrad, Proust, Joyce y Eliot. En dilatadas reuniones, dos renovadores extremos del lenguaje ejercieron en él su magisterio, Gertrude Stein y Ezra Pound. Ellos lo impulsaron a llevar cuadernos de notas para adecuar el flujo de la conciencia a la percepción del entorno y encontrar datos objetivos que se correspondieran con lo que sentía. Como Chéjov, descubriría que la sensación de tristeza es mayor al describir un charco en la oscuridad que al decir que un personaje está triste.

En la estética de Hemingway todo depende de la historia, algo opuesto a las novelas sin acción de Stein o la poesía hermética de Pound. Sin embargo, gracias a ellos adquirió un insólito rigor lingüístico. Además, Stein le impuso un sofisticado y contradictorio código de austeridad y derroche: un joven león de las letras debía cortarse el pelo a sí mismo para no gastar en peluqueros, pero también debía derrochar en pintura. Poco antes de escribir *Fiesta*, Hemingway dedicó sus ahorros (quinientos francos) al primer pago de los tres mil quinientos que costaba *La granja*, de Joan Miró.

En sus cuadernos, el discípulo de Stein y Pound ideó rápidas formas de observar la realidad. En forma paralela, el periodismo le otorgó un amplio, extenuante y estricto campo de aplicación. Hemingway cubrió la guerra greco-turca, entrevistó a Mussolini y a Clemenceau, redactó notas de circunstancia sobre los nuevos sombreros o los romances de moda. Su peculiar manera de aproximarse a lo real confirmó la lección wildeana de que la ficción anticipa la verdad. En abril de 1923, Georges Parfrement, máximo jockey de la época, murió al caer de su caballo tal y como Hemingway había escrito en un cuento dos semanas antes.

Decidido a no aceptar ningún tipo de educación formal, el joven narrador buscó estímulos en la pesca, la pintura de Cézanne, las peleas de box, los artificios verbales de Joyce, los recuerdos del remoto y rural Oak Park, Illinois, donde nació en 1899. Esta insólita combinación de realidad dura y vanguardia lo llevó desde muy pronto a componer cuentos de alta originalidad. A los veintisiete años escribió dos clásicos del género, «Cincuenta grandes» y «Los asesinos». Ese mismo año de 1926 publicó la novela *Fiesta*, con el título en inglés de *The Sun Also Rises*.

Lo que hoy parece un triunfo avasallante tardó en ser percibido como tal. Durante años las revistas norteamericanas rechazaron los relatos de Hemingway. Después de tantos leones cazados, tantos tragos bebidos en el Floridita de La Habana y tantas fotos en el primer tendido de una plaza de toros, cuesta trabajo pensar en Hemingway como un autor arriesgado y minoritario. Eso fue en los años pobres de París. Condenado a publicar en las revistas marginales del exilio, era visto como un aventajado discípulo de Sherwood Anderson, un autor correcto en el que confiaba el generoso Pound y por el que apostaba el audaz crítico Edmund Wilson, pero que aún no demostraba su potencial.

En 1923, cuando su buzón se llenaba de cartas de rechazo, Hemingway tomó una licencia de un año en el *Toronto Star* para dedicarse a la ficción, decisión que parecía suicida. Pero aquel ilustre desconocido jamás dudó que tarde o temprano la literatura pagaría sus deudas. Aunque vivía con su esposa Hadley en un húmedo departamento, se comparaba con el campeón de box Jack Dempsey, que dormía en París en una suite de dos mil francos. Puede tratarse de un ideal extraño, pero Hemingway fue el primer escritor en luchar para ser tratado como un profesional de box y no encontró mejor piropo para Marlene Dietrich que decirle: «Eres lo mejor que ha subido al ring».

Para impedir que lo siguieran ubicando a la sombra de su maestro Sherwood Anderson, el siempre competitivo Hemingway escribió en 1925 *Torrentes de primavera*, una sátira de relativo ingenio contra un autor al que admiraba y al que debía una infinidad de favores. Hadley trató de convencerlo de que el libro era un error y una muestra de ingratitud, pero su amiga Pauline Pfeiffer le dijo lo contrario, y en esos meses Ernest escuchaba cada vez más a Pauline, que se convertiría en su segunda esposa.

Casi todas las amistades de Hemingway duraron unos cinco años. De acuerdo con su biógrafo Michael Reynolds, el carisma del novelista rivalizaba con su capacidad de herir a la gente próxima. En los años de formación, muchos de sus contactos fueron determinados por la necesidad de avanzar en su carrera. Con todo, este sentido utilitario de la amistad nunca estuvo desvinculado del afecto. Turbulentas, estimulantes, con rachas alternas de crueldad y pasión, las amistades de Hemingway fueron una variante emocional de sus safaris.

En los cafés del Barrio Latino y en sus escapadas a esquiar en Austria o ver corridas en Pamplona, el autor de culto al que le faltaban regalías y le sobraban mujeres frecuentó a una turba que le parecía tan atractiva como irritante. Era el momento de los norteamericanos en París. Hemingway detestaba la noción de «aficionado» y despreciaba a sus compatriotas deseosos de ser parisinos por un fin de semana. Cuando Hadley y él llegaron a la ciudad, unos seis mil norteamericanos vivían ahí. En 1924, apenas tres años después, la cifra alcanzaba los treinta mil y seguía creciendo. *Fiesta* ofrece un retrato indeleble de los norteamericanos que buscaban en París un remedio para sus crisis de posguerra.

En esa ronda donde abundan los heridos de bala, un conde presume de chic porque tiene «heridas de flecha». Vivero del esnobismo, refugio de los heterodoxos, zona de prueba para que los extranjeros demuestren si son geniales o simplemente insoportables, la capital francesa despliega una vitalidad desaforada que contrasta con el vacío interior y la depresión de sus visitantes, las mujeres y los hombres que Gertrude Stein describía en su salón como «la generación perdida» y que en *Fiesta* encontraron carta de ciudadanía.

Uno de los norteamericanos que bebió los mejores martinis de aquel tiempo era egresado de Princeton, tenía aspecto patricio, cobraba una fortuna por cada cuento y estaba llamado a convertirse en la más importante de las breves amistades de Ernest Hemingway. Francis Scott Fitzgerald, quien jamás haría nada sin elegancia ni melancolía, ayudó a Hemingway con devoción y transformó su compleja amistad en una de las muchas razones de su caída. El autor de *A este lado del paraíso* y *El gran Gatsby*, el delicado cronista de las *flappers* (la primera promoción de chicas que besaban en público), buscó las más atractivas formas de la autodestrucción y encontró en el bar del Hotel Ritz de París un infierno definitivo y confortable. Se emborrachó ahí demasiadas veces y sufrió la humillación de no ser reconocido por el barman después de una larga ausencia. Otra de sus formas de hacerse daño fue el interés que dedicó a Ernest Hemigway. Lo contactó con editores de revistas, le ayudó a corregir textos (eliminó las primeras páginas del cuento «Cincuenta grandes» y sugirió cortes decisivos en el tramo inicial de *Fiesta*), lo hospedó en su casa de campo e inició una auténtica cruzada para que su amigo fuera reconocido en Estados Unidos. Por sugerencia de Fitzgerald, Hemingway cambió de editorial, viajó a Nueva York, firmó contratos, se convirtió en un profesional con la asesoría del más exitoso autor de su generación. Pero la influencia más honda de Fitzgerald fue otra: Hemingway leyó *El gran Gatsby* dos meses antes de iniciar *Fiesta*, un impulso básico para narrar con sutileza el derrumbe de los norteamericanos en el agridulce exilio de París.

Después del minoritario entusiasmo suscitado por *Tres historias y diez poemas* (1923) y los relatos de *En nuestro tiempo* (1925), *Fiesta* significó un rito de paso. Hemingway rompió con la estética de Gertrude Stein, quien consideraba vulgar que en un texto sucediera otra cosa que el lenguaje, y dejó de ser apreciado por quienes lo preferían como oscuro autor experimental. Virginia Woolf escribió que la novela estaba llena «de cosas ordinarias, como botellas y periodistas». Por otra parte, numerosos conocidos se sintieron maltratados en ese mural del Barrio Latino. En una carta, Hemingway le comentó a Fitzgerald: «He corrido la voz de que estaré desarmado en la Brasserie Lipp's el sábado y el domingo por la tarde, de dos a cuatro, para que todos los que deseen dispararme lo hagan de una vez o dejen de hablar del asunto, por Dios santo».

Otros cambios acompañaron el surgimiento de la novela. Hemingway se enamoró de la sofisticada Pauline Pfeiffer, que escribía para *Vogue*. En esa temporada de pasión y remordimientos, dedicó *Fiesta* a Hadley, su primera esposa, y a John Hadley Nicanor, su hijo de dos años. En lo que toca a Fitzgerald, la amistad empezó a diluirse terminado el libro. Los escritores se encontraron cuando la estrella de Fitzgerald declinaba. Se diría que, siguiendo alguna de sus tramas, el autor de *El gran Gatsby* utilizó sus últimas energías no en salvarse a sí mismo, sino en transferir el resto de su talento a su colega. Al respecto, Scott Donaldson escribe en *Hemingway vs.*

Fitzgerald: «Entre junio de 1926 y mayo de 1927 [Fitzgerald] no publicó ningún cuento. Hubo varias razones para esta baja de productividad. Su manera de beber encabezaba la lista, pero al menos una parte de esta sequía se debió al total involucramiento de Scott en la carrera de Ernest. Fitzgerald invirtió mucha de la energía psíquica que de otro modo hubiera ido a dar a su propia obra en garantizar el éxito de su amigo. Fue un fan, un devoto».

La amistad terminó en tono amargo. Muchos años después, Hemingway no tuvo mejores palabras para saldar su deuda que decir: «Scott fue generoso sin ser afectuoso».

Hemingway temía que el título de *Fiesta*, con el que encabezó su manuscrito y los sucesivos borradores, no fuera entendido por quienes desconocían las corridas de toros y buscó en la Biblia un título alternativo. El resultado fue *The Sun Also Rises*.

Ocho años después de ser herido en el frente, concibió la imposible historia de amor entre Jake Barnes y Brett Ashley. Durante la guerra, el protagonista en primera persona ingresa a un hospital en Italia y es atendido por una enfermera de la que se enamora. Las similitudes con la historia de Hemingway terminan aquí. Jake se entera de que su pasión por Brett es correspondida al mismo tiempo que un coronel le informa con ridículo sentido del heroísmo que ha quedado impotente: «Ha dado usted algo más que su vida». Jake y Brett deciden separarse. La trama es lo que ocurre después. A nueve años de aquel amor genuino e irrealizable, Jake y Brett coinciden en el enloquecido París de los años veinte. Ella es una mujer divorciada, libre, ingeniosa, seductora, atribulada, divertida, promiscua. A los treinta años seduce por igual a un vetusto aristócrata que a un torero casi adolescente. De algún modo, sigue enamorada de Jake, el hombre que la acompaña en sus malas horas, pero con el que jamás podrá compartir su destino.

Condenado a ser testigo de los hechos, Jake lleva su oficio de periodista a las relaciones personales: los que actúan son siempre los otros, él solo puede contar la historia. Las noches de champaña de París y los escalofriantes encierros de Pamplona son descritos por una voz resignada y melancólica. Con humor amargo, Jake vive en forma vicaria, a través de la palabra. Pocas veces el vitalismo de Hemingway alternó en forma tan perfecta con la incapacidad de participar en la acción. El febril deseo de Brett es tan ineficaz como la pasividad de Jake, su sombra amorosa. En una cercanía que nunca incluye el cuerpo, el periodista asume la posesión narrativa de su amada. Como todo testigo, en ocasiones desvía el curso de los hechos, no siempre a donde él quisiera.

Jake sufre los amoríos de Brett pero nada le parecería peor que quedar fuera de su órbita. Un pasaje resume la situación con pericia: «Por aclamación popular se le concedió una oreja a Romero que a su vez se la regaló a Brett, quien la envolvió en un pañuelo, mío, por cierto». Jake participa en el romance entre el torero y su amada como el tercero incluido, el resignado e imprescindible padrino que les entrega un pañuelo.

Y, pese a todo, el narrador no asume el tono del chantaje sentimental. Jake vive hasta la última frase un amor mutilado pero extrañamente cumplido. El hombre que perdió en la guerra la juventud y el derecho a la sensualidad, encontró en la proximidad del testigo una forma dolorosa y perdurable de seguir amando. El tema parece extraído del mejor Fitzgerald y revela la complejidad de Hemingway, novelista siempre simplificado por su leyenda. El autor que rozó el arquetipo del macho primario y posó gustoso con sus presas –ya se tratara de mujeres hermosas o leones de África–, escribió la excepcional historia de un amor trunco en el gozoso París de los años veinte. Fitzgerald podría haber terminado su carrera con el trágico romanticismo de *Fiesta*. Fue así como Hemingway inició la suya, una trayectoria más variada y ascendente que la del amigo que tanto lo ayudó, que hizo del fracaso con estilo su divisa y tituló sus memorias con el consecuente título de *El derrumbe*.

Un clásico nunca deja de emitir su mensaje pero algunos de sus componentes cambian con el tiempo. En 1926 París no era la ciudad que hoy ofrecen las agencias de viajes. Hemingway pondera toda clase de bares y restaurantes; el recurso, novedoso antes de los oficios de la *Guía Michelin*, pierde misterio en tiempos del turismo en masa y hace pensar en el restaurante del que se habla en la novela, lleno de norteamericanos justo porque una guía informa que ahí no van norteamericanos.

También el toreo debe ser visto a la luz de la época. Hemingway describe las corridas con el pulso del corresponsal de guerra que transmite una realidad inaudita. Para el contemporáneo de habla hispana, su crónica resulta folclórica. Sin embargo, la inclusión de la fiesta brava representa algo más que un arrebato de exotismo; brinda un necesario contraste a la generación que perdió su destino entre las bombas y buscó en vano recuperarlo en las noches de París. «Honor y coraje eran palabras corrompidas por los años de la guerra», escribe Michael Reynolds. En este contexto, las corridas significan una oportunidad de redimir la valentía y superar la tragedia a través del rito. *Fiesta* inaugura el largo trato de Hemingway con una religiosidad sensorial, fundada en la naturaleza. El católico Jake entra a la iglesia y moja sus dedos en la pila bautismal; al salir, experimenta algo sencillo e indescifrable: «Ya en la escalinata, me alcanzaron los rayos del sol. Tenía el dedo índice y el pulgar todavía humedecidos y sentí cómo se me secaban al sol». El entorno lo envuelve con intensidad pánica; con una mínima señal –el sol abrasador que seca el agua bendita en los dedos del protagonista– Hemingway crea una atmósfera que anuncia el rito que ocurrirá bajo la luz dorada de Pamplona.

Dueño de un oído excepcional para registrar conversaciones, Hemingway reprodujo en la novela la estupenda mala leche con que Ezra Pound se refería a los emigrados en los cafés de París, e incluyó chismes de otros escritores. Ford Madox Ford solía contar que Henry James se volvió impotente al accidentarse en una bicicleta y Hemingway incorporó la anécdota en *Fiesta* (Jake desdramatiza su insuficiencia sexual dándole pedigrí literario). Los editores le dijeron que no podían ofender de ese modo la memoria de James, y Hemingway modificó la frase. En el capítulo XII, Jake dice que su impotencia «es como la bicicleta de Henry». La referencia pierde ironía si se ignora que se trata de Henry James y que el protagonista pretende darle alcurnia literaria a su drama.

Hemingway reinventó el arte del cuento con diálogos donde los silencios, las frases rotas y las cosas dichas a medias adquieren poderosa elocuencia. Esta destreza aparece en *Fiesta* con menos concentración pero con suficiente abundancia para que la novela sea, simultáneamente, un notable guión de cine. Una contundente oralidad articula la narración: «Es parte decisiva de la ética profesional que nunca te vean trabajando»; «Este vino es demasiado bueno para brindar con él. No deben mezclarse las emociones con un vino como este. Pierde sabor»; «Les voy a regalar animales disecados a todos mis amigos. Soy un escritor de la naturaleza»; «Cohn tenía la maravillosa capacidad de sacar lo peor de cada uno de nosotros».

Como las grandes improvisaciones de jazz, el idioma de Hemingway parecía depender del azar objetivo. Nada tan real ni tan libre como esas frases entrecortadas que componían el vibrante tapiz de la realidad. Los duros años de aprendizaje habían quedado atrás. En 1926 Ernest Hemingway capturó las voces de una generación que solo podía estar orgullosa de sus heridas.

LA REPÚBLICA PERDIDA
POR QUIÉN DOBLAN LAS CAMPANAS

Al acercarse a los cuarenta años Hemingway se había transformado en una peculiar figura pública, un experto en caza mayor, un consumidor récord de whisky, un aficionado a los deportes sanguinarios que solo escribía cuando una tarde de lluvia le impedía ir a los toros. Esta imagen algo caricaturesca era alimentada por el propio autor.

En 1937 su reputación dependía en buena medida del periodismo y las fotos de sus safaris. Desde 1929, cuando publicó *Adiós a las armas*, no había tenido un auténtico éxito de librerías, algo insoportable en su competitivo código de vida. Además, pasaba por una severa crisis sentimental; seguía casado con Pauline Pfeiffer, su segunda esposa, pero había iniciado una apasionada relación con Martha Gellhorn. En cierta forma, las mujeres (por lo general mayores que él) lo guiaban a sus temas literarios. La protectora y campechana Hadley fue la compañía ideal cuando escribió los cuentos de Nick Adams, situados en parajes silvestres; la sofisticada Pauline, que usaba el pelo al estilo garçon y escribía chispeantes artículos para *Vogue*, fue la acompañante perfecta para el París de la era del jazz que aparecería en *Fiesta*; por su parte, Martha representaba un insólito complemento del aventurero politizado: se parecía a Marlene Dietrich y trabajaba como corresponsal de guerra. Si Hemingway hubiera descrito a alguien como Martha en una novela, la crítica habría pensado en una idealización femenina del propio autor. Asombrosamente, eso y más fue Martha Gellhorn. Inteligente, alegre, informada, dueña de un sagaz estilo periodístico, compartió cada uno de los peculiares gustos de Hemingway. Cuando la revista

387

Life dedicó un reportaje a la publicación de *Por quién doblan las campanas*, lo singular no eran las fotos de cacería, sino un pie de foto que informaba que la bolsa de cuero que el autor llevaba al hombro había sido comprada en Finlandia por Martha Gellhorn mientras cubría la guerra fino-rusa. Ernest no estaba en condiciones de prescindir de una rubia que escribía estupenda prosa de combate mientras encontraba alforjas de cacería. En 1937 el gran tema de Martha era la guerra de España, y en buena medida a ella se debe que el escritor se involucrara tanto en la contienda.

Hemingway llegó a la guerra civil con el corazón dividido por sus amoríos, el afán casi desesperado de encontrar un tema literario y el temor de que sus facultades empezaran a mermar. Nada de esto se transparentaba en su apariencia. El novelista se presentó en el frente como si posara para la metralla de luces de Robert Capa, el joven fotógrafo húngaro que ganaría celebridad en la contienda y consideraría a Hemingway un segundo padre.

En su abrigo de campaña, el escritor llevaba cebollas a modo de golosinas y en sus ratos libres visitaba a los heridos con una sonrisa solidaria. Esta mezcla de aventurero duro y testigo conmovido consolidó su leyenda y acentuó algunas enemistades. Desde Estados Unidos, Sinclair Lewis le pidió que dejara de salvar a España y tratara de salvarse a sí mismo.

Abundan los testimonios que acreditan el valor y la entereza de Hemingway en el frente de guerra. En su autobiografía, *Ligeramente desenfocado*, Capa habla del aplomo con que el novelista cruzó el Ebro en un bote que alquiló por unos cigarrillos cuando todos los puentes habían sido volados.

Cada acto de Hemingway fue una mezcla de folclor y seriedad; de acuerdo con el historiador Hugh Thomas, «desempeñó un papel activo en la guerra, en el bando republicano, excediendo los deberes de un simple corresponsal: por ejemplo, instruyó a jóvenes españoles en el manejo del fusil. La primera visita de Hemingway a la 12.ª Brigada Internacional fue un acontecimiento: el general húngaro Lukács envió una invitación al pueblo vecino para que las muchachas asistieran al banquete».

Admirador de las habilidades prácticas (del método para desmontar un motor al dominio de un idioma), Hemingway solo podía escribir de aquello que conocía a fondo. A diferencia de quien imagina emociones que no ha experimentado y busca explorarse a sí mismo en la página, el autor de *Adiós a las armas* prefería la mirada del testigo de cargo, que narra la guerra con la mano torcida por las esquirlas de un mortero. En *Hemingway en España*, Edward F. Stanton ha relatado los obsesivos procedimientos del escritor para trasladar a su literatura el clima, la geografía, las intrigas y las escaramuzas de la guerra civil. Hemingway proclamó en tal forma su pasión por los datos que ha creado el subgénero de los críticos que recorren sus paisajes, calculan el número de bombas que aparecen en sus páginas y concluyen, como Stanton, que aunque la trama funcionaría igual si fuese imaginaria, se encuentra maniáticamente documentada.

Mucho antes de la guerra civil, España ya representaba para Hemingway una tierra de elección. Los encierros de Pamplona determinaron los ritos de supervivencia en *Fiesta*, algunos de sus mejores cuentos fueron escritos en pensiones madrileñas y su afición al toreo lo llevó al testimonio de *Muerte en la tarde*. En 1937 estaba mucho más al tanto de la política y la cultura de España que del mundo norteamericano. Animado por Martha Gellhorn, corrigió a toda prisa las pruebas de imprenta de *Tener y no tener* y se alistó como corresponsal para la agencia NANA, que le publicaría treinta y un despachos sobre la guerra civil.

El descarriado teatro de las batallas fue un estímulo central para Hemingway. En una carta a Fitzgerald, escribió: «La guerra es el mejor tema: ofrece el máximo de material en combinación con el máximo de acción. Todo se acelera allí y el escritor que ha participado unos días en combate obtiene una masa de experiencia que no conseguirá en toda una vida». Conviene tomar en cuenta que esta épica fanfarria iba dirigida a un romántico que solo atesoraba oportunidades perdidas. El autor de *Adiós a las armas* sin duda exageró los méritos literarios de las batallas para desafiar a Fitzgerald, que solo combatía contra sí mismo.

La guerra de España le brindó a Hemingway una desigual cosecha literaria: la obra de teatro *La quinta columna*, la narración para el documental *La tierra española*, dirigido por Joris Ivens, y la novela *Por quién doblan las campanas*.

De modo elocuente, Lionel Trilling escribió en 1939 a propósito de Hemingway: «La conciencia de haber construido una moda y haberse transformado en una leyenda debe representar una gratificación, pero también una carga pesada y deprimente». Antes de llegar a los cuarenta, Hemingway luchaba contra su propio mito. En febrero de ese año revisó sus notas sobre la guerra civil y comenzó *Por quién doblan las campanas*. Diecisiete meses después el libro le brindaría otro tipo de problema. Para los temperamentos competitivos el sabor de la victoria va acompañado de la ansiedad de que ese éxito pueda representar el fin de una racha. Con una sinceridad a veces conmovedora y a veces pueril, Hemingway se veía a sí mismo como un héroe de las canchas obligado a romper un nuevo récord. Hasta 1952, cuando publicó *El viejo y el mar*, viviría bajo la sombra de *Por quién doblan las campanas*, la novela que le dio lo mejor y lo peor que puede recibir alguien con mentalidad de atleta: un triunfo insuperable.

Por quién doblan las campanas narra tres días en mayo de 1937. En ese tiempo Hemingway estaba en Nueva York pero conocía bien el terreno. El protagonista, Robert Jordan, se basa en el profesor norteamericano Robert Merriman, que no sobrevivió a la guerra y a quien Ernest y su compañera conocieron en Valencia. Martha Gellhorn escribió que Merriman les habló del frente de Aragón ante un mapa extendido en el suelo «como si impartiera una clase de economía en su universidad de California». Otros rasgos del protagonista provienen del propio Hemingway: Jordan ha escrito un libro sobre España, busca en la guerra una forma menos inútil de la muerte y está obsesionado con el suicidio de su padre (desde 1928, Hemingway trataba de explicarse la decisión de su padre de morir sin luchar y, una y otra vez, llegaba a la neurótica conclusión de que su madre tenía la culpa).

Michael Reynolds se ha ocupado con agudeza del abundante material que el novelista descartó en *Por quién doblan las campanas*. Pocas veces dispuso de tanta información sobre un tema. Su reto decisivo consistía en ceñirse a unos cuantos días y lograr que un puñado de personajes resumiera los intrincados dilemas de la gesta.

Novela circular, *Por quién doblan las campanas* comienza y termina con Robert Jordan pecho a tierra, sintiendo en su cuerpo las agujas de pino del bosque español. En forma paralela, Hemingway reconstruye el amplio mural de la guerra civil.

La anécdota básica depende de una restringida tensión: Jordan debe volar un puente en la sierra de Guadarrama y en la víspera convive con un grupo de gitanos y guerrilleros. Si *Adiós a las armas* traza el movimiento panorámico de los ejércitos en la Primera Guerra Mundial, *Por quién doblan las campanas* se ocupa de los afanes individuales de los guerrilleros. «¿Le gusta a usted la palabra *partizan*?», pregunta un general a Jordan. «Suena a aire libre», responde el experto en dinamita. El guerrillero tiene algo de cazador furtivo; la naturaleza puede darle cobijo o vencerlo con peligros más próximos que la guerra. El héroe típico de Hemingway, que prueba su valor al margen de la sociedad, encarna a la perfección en el guerrillero que muestra el compromiso con su época desde la agreste lejanía del monte.

Robert Jordan cae en un grupo de irregulares metidos a combatientes, una cuadrilla de forajidos que parece pintada por Velázquez. Pablo, el líder, ha perdido el respeto de los suyos; fue valiente pero la guerra ha minado sus nervios y su afición a la bebida lo convierte en un borracho de alto riesgo. Su mujer, Pilar, examante de «tres de los toreros peor pagados del mundo», especialista en el insulto y la blasfemia, es la verdadera dirigente del ruinoso comando. A través de esta inolvidable mujer de pésimo carácter, el novelista trata de reproducir en inglés la rica capacidad de injuria que solo había encontrado entre los españoles.

Un sombrío presagio rodea la empresa de volar el puente. Jordan llega a sustituir a un dinamitero que cayó en combate; Pilar lee las líneas de su mano y se niega a decirle su fortuna. En la sierra de Guadarrama, el puente vincula dos tiempos: el pasado que cobró la vida de un hombre y el futuro que amenaza a su sucesor.

Por quién doblan las campanas está narrada por un fervoroso simpatizante de la causa republicana, pero evade la simpleza de la novela militante y brinda uno de los primeros documentos sobre las traiciones y la inoperancia que liquidaron a quienes defendían al gobierno legítimo de España. Edmund Wilson, que había acusado a Hemingway de ser esquemático en sus análisis históricos, celebró la complejidad de *Por quién doblan las campanas*. Rodeado del bosque, Jordan se transforma de un comunista puro y duro en un escéptico que atestigua dobleces y confusiones. En octubre de 1940, apenas publicada la novela, Wilson escribió con voz tonante: «El deportista de caza mayor, el *superman* marino, el estalinista del Hotel Florida, el hombre de posturas limitadas y febriles se ha evaporado como las fantasías del alcohol. Hemingway, el artista, ha regresado, algo que equivale a recuperar a un viejo amigo».

Las ideas de Jordan estallan antes que sus cargas de dinamita: «¿Hubo jamás un pueblo como este, cuyos dirigentes hubieran sido hasta tal punto sus propios enemigos?», se pregunta. En el prefacio a *La gran cruzada*, del escritor alemán Gustav Regler, quien también siguió apasionadamente la contienda, Hemingway escribió: «La guerra civil española fue la etapa más feliz de nuestras vidas. Éramos enteramente felices porque cuando la gente moría parecía que su muerte tenía importancia y justificación». *Por quién doblan las campanas* registra la época en que los ideales estaban intactos y el doloroso atardecer en que fueron acribillados.

La guerra de España confirmó a Hemingway en su postura antifascista, pero también le sirvió de revulsivo contra las certezas ideológicas: «Me gustan los comunistas como soldados pero no como sacerdotes», le dijo a Joseph North.

Por quién doblan las campanas indaga las muchas causas de una derrota. Los hombres de Pablo desean matar a su líder o, de preferencia, que alguien lo mate por ellos; casi siempre actúan movidos por la ignorancia o un primario afán vengativo; además, son víctimas de las reyertas de los políticos, la impericia de los generales, un ambiente de desorden y descalabro moral donde la intriga prospera mejor que la lealtad. El diagnóstico de Jordan es progresivamente amargo: «En aquella guerra, no había visto un solo genio militar».

De acuerdo con su primer gran biógrafo, Carlos Baker, Hemingway repudió «el carnaval de traición y podredumbre de ambos bandos». Una decisión esencial del novelista consistió en situar la escena más salvaje del libro en el bando republicano, al que él apoyaba. Con una mirada adiestrada en los encierros de toros en Pamplona y los hospitales de la Primera Guerra Mundial, Hemingway crea en el capítulo X una escena goyesca donde los enemigos de los *rojos* son asesinados con instrumentos de labranza. Stanton y Thomas consideran que el suceso se basa en una masacre ocurrida en Ronda. Al borde de un peñasco, los vecinos matan a gente que conocen de toda la vida, con una crueldad enfatizada por la falta de armas (unos mueren a palos, otros son despeñados). Pablo es quien ordena la matanza y no sobrevive a los efectos psicológicos de su crueldad. En esa plaza cayeron el donjuán del pueblo que siempre llevaba un peine en el bolsillo y el comerciante que vendía los bieldos improvisados como armas; cada cuerpo tenía una historia conocida. Al recrear la secuencia bárbara, Pilar define el horror de esta manera: lo peor de la guerra es «lo que nosotros hemos hecho. No lo que han hecho los otros». Ahí se cifra la ética de la novela; lo más dañino de esos actos es que son propios. Hemingway, que tantas veces cedió al primitivismo del héroe viril, logró en el capítulo X un devastador alegato contra la violencia, incluso la de quienes tienen razones para luchar.

Horrorizado ante las manipulaciones políticas, el novelista descubrió que «cuanto más cerca se está del frente, mejores son las personas». Lejos de los hoteles madrileños que fungen como pervertidos recintos del poder, está el sitio donde hay pocas opciones de sobrevivir pero donde aún es posible salvarse como hombre. Educados por el miedo, los combatientes entregan su mejor faceta y son capaces de una solidaridad última y definitiva. Pilar, que ha vivido con toreros, conoce el cortejo de la muerte y se siente autorizada a describir el aroma que despide: el más allá huele a tierra húmeda, flores marchitas y semen, como el Jardín Botánico donde copulan las prostitutas callejeras de Madrid. La vida y la descomposición se trenzan en una ronda animada por la misma energía.

En *España y los españoles*, Juan Goytisolo comenta que Hemingway destaca el fundamento místico del toreo sin asociar su «frenesí esencial» con el sexo. A diferencia de Bataille, el autor de *Muerte en la tarde* no relaciona la destrucción de la vida con una forma de la posesión. En *Fiesta*, los matadores cautivan a las mujeres por su valentía y su apostura, no por la sexualidad implícita en los lances.

No fue en la fiesta brava donde Hemingway encontró un pacto de sangre entre el sexo y la muerte sino en la guerra. Ahí, el amor es una intensidad amenazada. Los encuentros eróticos de Robert y María semejan un ritual pánico; al entregar sus cuerpos, sienten que la tierra tiembla; se integran a la convulsa naturaleza en anticipo de su destino final.

Por quién doblan las campanas se convirtió en el éxito rotundo que Hemingway anhelaba desde hacía una década. En un año vendió casi un millón de ejemplares y la crítica le dedicó elogios que aspiraban a agotar los superlativos: «El mejor libro que ha escrito Hemingway; el más completo, el más profundo, el más auténtico», exclamó el *New York Times*.

El 21 de diciembre de 1940, mientras la república de las letras comentaba este retorno triunfal, el antiguo amigo y mentor de Hemingway, Francis Scott Fitzgerald, murió de un infarto en Hollywood. En su mesa de noche tenía un ejemplar de *Por quién doblan las campanas*, dedicado por el autor «con afecto y estima».

A través de amigos comunes, Ernest y Scott se seguían la pista con un interés no desprovisto de morbo. El épico Hemingway competía para ganar y el melancólico Fitzgerald para perder. Ambos fueron fieles a su estrella, pero no dejaron de comparar sus trayectorias ni de mezclar la envidia con la creencia de que el otro había equivocado el camino. En lo que toca a *Por quién doblan las campanas*, los comentarios públicos de Fitzgerald fueron tan cuidadosos como los que dirigió al autor («te envidio en forma endiablada y lo digo sin ironía»); sin embargo, en su cuaderno de notas escribió que se trataba de «un libro absolutamente superficial, con toda la profundidad de *Rebecca*». En una llamada teléfonica al escritor Budd Schulberg, Fitzgerald dedicó cuarenta y cinco minutos a criticar el personaje de María.

Hemingway no asistió al funeral del colega que le consiguió su primer editor de importancia. La relación se había quebrado muchos años antes.

A pesar de la perdurable vitalidad de *Por quién doblan las campanas*, el lector contemporáneo puede compartir los reparos de Fitzgerald. Una de las piezas endebles de la novela es el personaje de María. Jordan se enamora de una chica ultrajada y primitiva, una especie de Carmen de la montaña a la que debe proteger. El protagonista padece otro tipo de simplificación: sus virtudes son tantas que se acumulan en su contra; el autor pierde la oportunidad de enriquecerlo con debilidades o defectos. Edward F. Stanton escribe con acierto que Jordan es el único personaje de la vasta nómina de Hemingway que sabe más que su autor. El dinamitero revela «su conocimiento impecable de la táctica militar, los explosivos, las armas, España, el español, el francés, los caballos, los vinos y otras bebidas [...], el amor, la puntería, la historia antigua, americana y española, la política y los toros». Esta perfección lastra los monólogos interiores en los que Jordan se instruye con obvia pedagogía: «Estoy cansado y quizá no tenga la cabeza despejada; pero mi misión es el puente y para llevar a cabo esta misión no debo correr riesgos inútiles». A pesar de su admiración por Joyce, Hemingway rara vez fue capaz de mostrar el desorden de la conciencia. Curiosamente, el desafío de interiorizar los mismos hechos representó un notable estímulo para otro novelista. Por esos años, Malcolm Lowry escribía la enésima versión de *Bajo el volcán*, obra maestra del monólogo interior y los abismos de la mente, cuya acción (o inacción) ocurre lejos de España pero donde la guerra civil aparece como el fragmentario espíritu de la época que rasga el inconsciente.

El color local otorga una misteriosa ilusión de realidad y suele mantener una inestable relación con el tiempo. Que Jordan fume cigarros rusos por ser republicano confiere verosimilitud al mundo de la novela; en cambio, la estampa arquetípica del torero Finito, el papel de Pilar como Celestina, el hecho de que un personaje goyesco lleve el apodo de El Sordo, los toques de gitanería y los mismos nombres de Pilar y María son alardes folclóricos para el lector de hoy, incluido el norteamericano.

La valoración de Hemingway depende de su obra pero también de la percepción que tenemos de la Historia. En 1940 *Por quién doblan las campanas* contribuyó a crear un clima en contra del fascismo. Amigos cercanos de Hemingway, como el poeta Archibald MacLeish, habían criticado *Adiós a las armas* por demeritar la voluntad de resistencia al concentrarse en los horrores de la guerra. En cambio, *Por quién doblan las campanas* tuvo un impacto movilizador en la lucha antifascista. Obviamente, la novela carece hoy de la fuerza testimonial con que actuó en las conciencias de 1940. Con todo, mantiene el brío narrativo. En la sierra de Guadarrama un puñado de resistentes ve pasar los cuervos y los aviones como presagios ominosos. Un pasaje cancelado de la novela decía: «Uno no es como acaba sino como es en el mejor momento de su vida». Para Jordan esta oportunidad llega en el desenlace del libro. Resulta difícil pensar en otra escena de Hemingway que refleje con tal fuerza el sentido moral de la destreza práctica: contra la adversidad, un hombre se juega su destino en hacer bien una cosa. Herido y maltrecho, Robert Jordan apunta con cuidado en el último párrafo del libro. Su paso por el mundo depende de un disparo que el narrador omite con maestría. La novela representa ese estallido.

EN LA CORRIENTE DEL GOLFO
EL VIEJO Y EL MAR

Una escena fundacional de la narrativa norteamericana: el capitán Ahab enfrenta a Moby Dick, la bestia blanca que le había devorado una pierna. La espumosa saga de Herman Melville es un momento superior de una literatura cautivada por la insensata lucha contra los elementos, donde la tormenta aplasta al indigno y bautiza al sobreviviente para permitirle contar la historia.

Durante muchos años Hemingway buscó una variante a la lucha de Ahab con la ballena. La pesca fue su más sostenida pasión (sería ligero hablar de «pasatiempo»: el autor de *Fiesta* practicaba actividades en las que se consideraba experto: solo en literatura pretendía ser un amateur). Fitzgerald no pudo librarse de sus críticas cuando se equivocó en un cuento al suponer que en cierto lago de Illinois había salmones.

Resulta significativo que en 1921, en su primer reportaje como corresponsal en Europa para el *Toronto Star*, Hemingway se ocupara de la pesca de atún en Vigo: «Cuando atrapas un atún después de una pelea de seis horas, cuando luchas hombre contra pez hasta que tus músculos sienten náusea por el terrible estiramiento, cuando por fin lo subes a bordo, azulverde y plateado en el perezoso océano, entonces puedes sentirte purificado y comparecer sin rubor ante los dioses antiguos». Treinta años después, el mismo impulso épico lo llevaría a escribir *El viejo y el mar*, su última escala de una larga travesía en pos de peces.

En 1936, escribió «En aguas azules», una crónica para la revista *Esquire* donde relataba sus peripecias pescando en uno de sus parajes favoritos: la corriente del golfo de México, donde tantas veces navegaría en su barca *El Pilar* y donde ubicaría la lucha contra los elementos de *El viejo y el mar*. Hemingway disponía de la mirada rápida del periodista, pero algunos de sus temas necesitaban lenta maduración. En lo que toca a la pesca, siempre tuvo a la mano el marco para situar ahí una historia y los conocimientos técnicos para contarla con veracidad. Lo que requirió de una lenta maduración fue el temple épico y por momentos religioso de una contienda que debía tener las características de un último combate.

Ya consagrado, Hemingway escribió artículos sobre los trabajos del mar con la certeza de un Zeus en funciones. En otra de sus crónicas para *Esquire*, publicada en 1934 con el título de «En la corriente: una carta cubana», afirma que ha capturado gran cantidad de marlines y que todos son hembras. Por el tamaño, deduce que se trata de ejemplares ya viejos y concluye que los únicos peces grandes que sobreviven en la corriente del Golfo son hembras. El tono es más el de un mitólogo que el de un periodista.

Los personajes literarios del autor de *El viejo y el mar* fueron más sabios y estuvieron más atribulados. En 1924, a los veinticinco años, Hemingway concibió un cuento impecable, «El gran río de los dos corazones», donde todo depende de la pesca. En esa trama, la sola enumeración de los enseres que se usarán en la orilla conforma una íntima visión del mundo.

Si su mentora Gertrude Stein escribió «una rosa es una rosa es una rosa», él procuró que un anzuelo nunca fuera solo un anzuelo. Y no es que buscara transformar las cosas simples en símbolos; su operación fue más sutil: los pescadores de Hemingway requieren de instrumentos que deben funcionar como tales, y al hacerlo construyen un lenguaje propio, de sorpresivas conjugaciones, los muchos modos de un anzuelo.

En el ensayo «Hemingway y nosotros» Italo Calvino se refiere a la destrezas prácticas que apuntalan las narraciones del autor: «El héroe de Hemingway quiere identificarse con las acciones que realiza, estar él mismo en la suma de sus gestos, en la adhesión a una técnica manual o de algún modo práctica, trata de no tener otro problema, otro compromiso que el de saber hacer algo bien». Entendemos un destino a través de un oficio desarrollado hasta sus últimas consecuencias. En «El gran río de los dos corazones», como en *El viejo y el mar*, la zona de dominio es la pesca; la gramática del mundo se resume en esos gestos, fuera de ellos no hay nada.

En 1951 Hemingway habitaba la Finca Vigía, la mansión con un extenso jardín selvático que rentaba en Cuba desde 1939. Aunque la pesca era buena y la vida agradable su carrera pasaba por un momento tenso; sus días más prolíficos habían quedado atrás. Su cuota de guerras, accidentes, matrimonios, borracheras, intensas amistades breves, pistas de esquí, gimnasios de box y cacerías parecía haberse agotado.

El mar Caribe representaba para él un santuario protector, pero lo recorría con los ojos entrecerrados de quien busca algo distinto. Como Santiago, protagonista de *El viejo y el mar*, deseaba capturar una última gran presa. Toda su vida estuvo determinada por un sentido a veces épico, a veces trágico, a veces infantil de la contienda. Hemingway compitió contra todos pero sobre todo contra sí mismo. Su pasión por los deportes deriva, en buena medida, de su tendencia a medir la intensidad de la vida en un reto verificable. Había conquistado mujeres, cazado antílopes, pescado las presas del mar hondo, pero necesitaba una última historia que lo convirtiera en su propio trofeo, un lance que relatara, precisamente, la dificultad de someter a un rival que excede en fuerza al protagonista. Cerca de la muerte, el depredador Hemingway buscaba un gesto de majestuosa vacuidad: describir el esfuerzo de quien sabe que va a perder y no se rinde. Para alguien que conocía la vida marina y había pasado sus mejores años leyendo mensajes en la superficie del agua, el tema debía resolverse en la corriente del Golfo, último gran paisaje de un escritor que definió su itinerario literario por las escalas vitales que lo hicieron posible.

Aunque suelen ser visitadas por huracanes, las aguas de la corriente del Golfo eran menos turbulentas que las emociones de un lastimado feligrés de la acción, a quien se le acababan las fuerzas pero no perdía la fe en el desafío físico.

Como Ring Lardner, Hemingway se apropió de numerosos recursos de la crónica deportiva: la narración fáctica de sucesos que determinan un marcador incontrovertible, el lenguaje especializado de quien está «en el secreto del asunto», las posibilidades épicas de un entorno perfectamente común. En *El viejo y el mar*, Santiago se compara con Joe Di Maggio, el gran bateador de los

Yanquis de Nueva York, que por aquel tiempo pasaba por un bache en su carrera. El béisbol («la pelota») es el deporte más popular en Cuba; Santiago sigue los resultados de las Grandes Ligas en los periódicos que Manolín, un muchacho que fue su mejor alumno en alta mar, le lleva con un día de retraso. Manolín pesca ahora con su padre, un hombre acomodaticio que no cree en los métodos artesanales de Santiago y entra al mar como a un almacén en oferta. El joven extraña las arriesgadas jornadas con el viejo pero no se atreve a desobedecer el mandato de su familia. La sección deportiva del periódico es el vínculo más estrecho entre ambos; de manera oblicua, hablar de béisbol es hablar de pesca.

Bickford Sylvester, de la Universidad de British Columbia, se ha tomado el trabajo de contrastar los resultados de béisbol de 1950 y 1951 con la trama de la novela. En 1950, luego de una mala temporada, Di Maggio se recuperó contra los Tigres de Detroit y bateó tres *home-runs* para que su equipo ganara su partido 85. Esta es la noticia que Santiago lee en el periódico y que, de acuerdo con Sylvester, corresponde a un ejemplar del lunes 11 de septiembre de 1950. Santiago lleva 84 expediciones infructuosas en el mar, y por eso le resulta tan importante pescar algo en el día 85. Es su momento Di Maggio. Según la célebre teoría del iceberg de Hemingway, un relato solo muestra una mínima parte de la historia y depende de una sólida realidad que se mantiene oculta. Esto alude a la forma en que se construye una trama y a cómo debe ser leída. Bajo la diáfana superficie de la prosa, hay una intrincada red de correspondencias.

En *El viejo y el mar* puso especial cuidado en retratar una pequeña comunidad de pescadores cubanos. Santiago representa una forma arcaica de pescar, donde el valor individual se mide en la resistencia de las presas. Leyes naturales –precisas, inflexibles, que parecen impuestas por el mismo océano– rigen las condiciones de este oficio e integran una sabiduría atávica que la modernidad confunde fácilmente con supersticiones.

Después de 84 días de fracaso Santiago decide transgredir el código que ha respetado su vida entera, y conduce su barca hasta un sitio remoto que garantiza buena pesca pero de donde es muy difícil regresar. El anciano deja atrás el confuso resplandor de los sargazos y se aventura en soledad a las aguas infestadas de tiburones. La desesperación y el orgullo lo impulsan a un lance contra todos los pronósticos.

Santiago no cree en la pesca inmerecida. Solo el dolor y el coraje y el inaudito tesón pueden llevarlo a esa presa que se le parece tanto. En el mar hondo, combate con su reflejo; resiste contra sí mismo en el cordel que tensan sus manos destrozadas. Pero el atrevimiento rompe el equilibrio que ha mantenido con esa ecología de la rivalidad. El pescador entra a una zona donde puede probar el verdadero alcance de su fuerza, pero donde eso resulta inútil. Atrapa un pez inmenso que no puede subir a bordo y debe remolcar a la costa entre los tiburones. Es el momento de resignarse y abandonar la lucha, pero el protagonista ya está lejos de las aguas de la calma; sin ninguna opción de éxito, combate hasta el final con los tiburones que transforman su trofeo en carnada. Este gesto dramático y altivo está nimbado de religiosidad; es una prueba de entereza gratuita, sin recompensa posible, una plegaria devastada y fervorosa, que no será oída.

Santiago es devoto de la Virgen de la Caridad del Cobre, patrona de Cuba, y tiene una imagen de ella en su choza (posible alusión a que su difunta esposa peregrinó al Santuario de la Caridad). La estatua de la Virgen fue encontrada en 1628 cuando flotaba en el mar, muy cerca de la costa de Cuba. El nombre de Santiago también vincula la religión con el mar. Cuando el apóstol Santiago murió en Tierra Santa, sus discípulos se hicieron con el cuerpo y lo trasladaron a Galicia en una embarcación. Siglos más tarde, el Señor de Pimentel pidió la protección del santo para huir de los árabes a nado y salió del mar cubierto de conchas, las vieiras que se convertirían en talismán de los peregrinos que hacen el Camino de Santiago.

La gesta del pescador tiene mucho de martirio y peregrinación, pero sus resultados son seculares. Desde el título de su primer libro de cuentos, *En nuestro tiempo*, tomado de un libro de oraciones, Hemingway sugiere un horizonte que trasciende a los personajes pero que no se puede alcanzar y ni siquiera discutir: «No pienses en el pecado [...]. Hay gente a la que se le paga por hacerlo», se dice a sí mismo Santiago. Enemigo de la introspección, Hemingway se abstiene de juzgar la conducta de sus personajes. En *El viejo y el mar* está a punto de romper este pacto y de transformar el mar de Santiago en una agitada iglesia. Las alusiones a la hagiografía cristiana son suficientes para crear un marco alegórico y para leer el relato como un fracaso de la moral ante la devastadora naturaleza: Santiago es un hombre de fe cuyas fatigas no tienen recompensa. Sin embargo, cada vez que el monólogo del pescador está a punto de volverse explicativo en exceso, Hemingway desordena la devoción de su protagonista y la complica con los vibrantes datos que arroja el mar. Cuando el pez salta entre la espuma y Santiago le arroja el arpón mortal, la descripción mantiene la dramática objetividad de la pesca –la destreza técnica como máxima aventura–, pero al mismo tiempo admite una idea popular de la ofrenda: «Se había vuelto plateado (originalmente era violáceo y plateado) y las franjas eran del mismo color violáceo pálido de su cola. Eran más anchas que la mano de un hombre con los dedos abiertos y los ojos del pez parecían neutros como los espejos de un periscopio o un santo en una procesión».

La frase más célebre de la novela es engañosa: «Un hombre puede ser destruido, pero no derrotado». Santiago arde en su propia energía; sin embargo, no busca, como el mártir, que su suplicio sea ejemplar. Solo él y Manolín, el muchacho que fue su escudero, conocen el alcance de su hazaña. Extenuado, sin otro saldo de su lance que un magnífico esqueleto atado al barco, Santiago regresa a casa. Ya sin el apuro de la travesía, se permite descansar y sueña con la poderosa estampa que vio cuando trabajó como marino en las costas de África: una playa recorrida por los leones.

La victoria de Santiago consiste en esa tenue ensoñación después de la derrota. Una crónica de 1924 revela el sostenido interés de Hemingway por los combates donde las nociones de triunfo y derrota cambian de signo. En una pelea de box en el Cirque de París, el veterano Ledoux, de treinta y un años, desafió a Mascard, campeón de peso pluma de Europa, y le arrebató el título por decisión unánime. Al respecto, escribió Hemingway a los veinticinco años: «Luchando en un ring resbaloso por su propia sangre, superado en el boxeo, degradado, golpeado sin misericordia pero nunca dominado, Édouard Mascard perdió su título ante Charles Ledoux. Después de veinte rounds las facciones de su rostro se habían disuelto en una masa hinchada y sanguinolenta, sus ojos estaban casi cerrados, y a cada tantos segundos se veía obligado a escupir sangre de la boca. También Ledoux estaba bañado en sangre, pero no era la suya». El pasaje lleva el sello del periodista que percutía en el teclado hasta que la máquina de escribir echara humo; de manera significativa, también refrenda la convicción de Hemingway de que la resistencia a ultranza otorga una dignidad que refuta la derrota. «Golpeado sin misericordia pero nunca dominado», Édouard Mascard pertenece a la estirpe de Santiago; pierde el título pero se engrandece en su calvario.

El combate del Cirque revela la atracción del cronista por un veterano que regresa a imponer su ley. «No hay segundos actos en la historia americana», escribió Fitzgerald ante una sociedad enamorada del éxito que exigía a sus ídolos no solo encumbrarse sino volver a hacerlo cuando ya parecía imposible. El más duro reto que impone la cultura popular norteamericana es el *comeback*, el regreso contra los pronósticos. Hemingway no podía ignorar la gesta del retorno desafiante: *El viejo y el mar* es un *comeback* colosal y vacío, una portentosa acción sin resultados.

La novela también significaba el regreso del autor después de años poco productivos. No es casual que el relato de Santiago y la tardía y algo inesperada muestra de resistencia de Hemingway conectaran de inmediato con un público ávido de «segundos actos». En 1952 la novela apareció íntegra en la revista *Life*, con un tiraje de cinco millones de ejemplares; esto no agotó la demanda: *El viejo y el mar* se mantuvo veintiséis semanas en la lista de *best sellers* del *New York Times*. Ese año recibió el Premio Pulitzer. En 1954, después de sufrir dos accidentes de aviación en Uganda que provocaron anticipados obituarios y sugirieron que sus días de retorno no serían muchos, el sobreviviente Ernest Hemingway obtuvo el Premio Nobel.

El viejo y el mar encandiló al gran público como una fábula ejemplar y despertó el interés de lectores como el historiador de arte Bernard Berenson, incapaz de vestirse o de contemplar algo sin absoluta sofisticación. De acuerdo con Berenson, el estilo marino de Hemingway resulta superior a la «inflada grandilocuencia» de Melville. El novelista de Oak Park, por lo general ajeno a la respuesta crítica, atesoró este comentario y lo mostraba con candorosa felicidad de boxeador: Santiago había vencido a Ahab.

Lección de objetividad, la prosa de Hemingway rara vez admite los devaneos de la conciencia. Hasta 1951, ningún personaje del autor había estado tanto tiempo solo como Santiago. Sin embargo, apenas hay introspección; más allá de ciertas declaraciones de hermandad con el pez o del recordatorio de que el padre de Joe Di Maggio fue pescador como San Pablo, son los datos los que otorgan trascendencia al relato. Santiago ve el entorno con pragmática inmediatez; el bien y el mal son para él formas de tensar cordeles.

El viejo y el mar es un apabullante seminario sobre el arte de pescar con precariedad. Numerosos eruditos han recorrido en lancha las aguas del Caribe, han contado los metros de cordel, las horas de lucha y las técnicas de acoso, confirmando la veracidad del relato, asunto de interés marginal y más bien estadístico; lo decisivo es la sensación de realidad que transmite Hemingway. Los días y las noches de Santiago dependen de la forma en que trabaja con unos cuantos enseres en un espacio mínimo. Inculto, exhausto, casi mudo, Santiago adquiere poderosa elocuencia en sus intrincadas maniobras con el sedal. En una carta de 1958, Italo Calvino le escribe a Carlo Cassola: «Contra Gide y la escritura del intelectualismo, escogí a Hemingway y la literatura de los hechos».

En *El viejo y el mar*, el autor lleva hasta sus últimas consecuencias el procedimiento de mostrar una conciencia a partir de su trato con las cosas. Construida al modo de una parábola sobre el coraje y el combate contra la invencible naturaleza, admite, sin embargo, diversas lecturas.

Un interesante tema de controversia es la edad de Manolín, el muchacho que aprendió a pescar con Santiago y le lleva comida y periódicos con los resultados del béisbol. En las adaptaciones cinematográficas, las versiones en cómic o dibujos animados y la mayoría de las lecturas críticas, se asume que se trata de un niño o un adolescente, lo cual enfatiza el tono ejemplar del relato: un cuento de hadas para adultos. De nueva cuenta, el béisbol sirvió a Bickford Sylvester como oráculo ante el enigma de Manolín. El muchacho compara su destino con el del beisbolista Dick Sisler, cuyo padre debutó en las Grandes Ligas a la edad de Manolín. Sylvester comenta que el olvidado George Sisler empezó su discreta trayectoria a los veintidós años. Tal es la edad de Manolín. Esto explica que pueda hacer un trabajo físico tan pesado como cargar los cordeles de pesca y que Santiago realmente requiera de su apoyo a bordo. Al mismo tiempo, enfatiza el rito de paso del personaje; socialmente, sigue siendo un joven manipulable, sujeto a un patriarcado que le impide crecer y lo obliga a asumir la pesca como una tarea indiferenciada donde el mar es una fábrica. Él ha aprendido otras cosas con el viejo y está en condiciones de demostrarlo, pero no se atreve a hacerlo. Su llanto es el de un adulto que comprende su cobardía y no el de un niño conmovido por el fracaso del anciano. Al revisar el guión cinematográfico de la novela, Hemingway se topó con este parlamento de Manolín: «El padre del gran Sisler jugó en las Grandes Ligas a los dieciséis años». Fiel a su código de no revelar su obra, el autor se limitó a escribir al margen: «El muchacho es impreciso en este dato».

En su célebre ensayo «Hemingway: instrumento moral», Edmund Wilson no tomó en cuenta *El viejo y el mar* (escribió la primera versión en 1939 y le hizo un añadido en 1941); con todo, su reflexión se puede extender a esta novela: «Con una sensibilidad casi inigualada, [Hemingway] ha sabido responder a cada presión del clima moral de la época, tal y como se experimenta en las raíces de las relaciones humanas [...]. A fin de cuentas, todo lo que ocurre en el mundo, tanto en el plano político como en el atlético, depende del valor y la fuerza». Poco más adelante, Wilson comenta que para el novelista de *Adiós a las armas* el valor y la fuerza «siempre se conciben en términos físicos». Las acciones deciden por los personajes. Esto explica la facilidad con que el autor conecta con muy diversos tipos de lectores; también, que muchas veces sea simplificado. La escasa introspección de sus héroes y su dependencia casi absoluta de la exterioridad permite que el lector veloz o distraído siga la trama sin buscar la intrincada red de significados bajo la superficie del relato, el mundo interior que se desprende de lo que sucede. En *El viejo y el mar* el veterano Hemingway trató de cerrar este abismo con una historia que recreara los hechos en estado puro y al mismo tiempo los sometiera a discusión. Enemigo de la novela de ideas, concibió un personaje para quien la mente es algo intensamente práctico, una extensión de su esquife a la deriva. Cuando Santiago está a punto de explicarse a sí mismo y de convertir su monólogo en autoanálisis o plegaria, un venturoso golpe del oleaje desvía el tren de sus ideas. La tentación del manierismo rozó el texto pero Hemingway preservó su misterio, al grado de que aún se discute la edad de un personaje o la pertinencia de ciertas asociaciones religiosas.

En el día 85 de su temporada sin pesca Santiago enfiló hacia aguas imprecisas. Pensaba en Joe Di Maggio y en lo que él sabía hacer con sus manos, aunque la izquierda nunca fuera muy buena. Llevaba suficientes metros de cordel, anzuelos, un arpón y otros rudimentos. Se olvidó de dos lujos necesarios: una botella de agua y un poco de sal. Con esos mínimos materiales Ernest Hemingway compuso su último relato de eminencia. Treinta años después de describir la pesca de atún en Galicia, volvió al mar donde lo aguardaba su peculiar Camino de Santiago.

VI. Eminentes exaltados

«MEZCAL», DIJO EL CÓNSUL
BAJO EL VOLCÁN DE MALCOLM LOWRY

> Ah, que nunca me hubiera trai-
> cionado el triunfo con besarme.

> MALCOLM LOWRY

En 1933, el año en que publicó *Ultramarina*, su primera novela, Malcolm Lowry entró a un restaurante de Londres donde almorzaba el escritor Arthur Calder-Marshall. Lowry apenas conocía
a su colega; su único vínculo era que compartían como editor a
Jonathan Cape. Sin embargo, se dirigió a la mesa de Calder-Marshall y se desplomó en una silla. Lowry llevaba equipaje, como si
se dirigiese a una estación de trenes y solo hubiera entrado al restaurante al ver a un conocido por la ventana. Con voz tan revuelta
como su pelo rubio, explicó lo que pasaba: «Tengo un conejo
muerto en la maleta».

Dos noches atrás, Lowry había bebido en casa de unos amigos, frente a la chimenea, mientras acariciaba al conejo que ellos
tenían como mascota. De pronto, sintió un peso muerto en su regazo. Sin darse cuenta, había estrangulado al animal con sus manos
de levantador de pesas. Agobiado por la culpa y la desesperación
salió de ahí y durante dos días recorrió Londres sin saber cómo
deshacerse de su víctima. Calder-Marshall pidió al mesero que se
llevara el conejo. Lowry se sorprendió de que la pesadilla terminara en forma tan fácil.

Meses antes había derribado un caballo de un puñetazo. Esta
prueba inútil de su fuerza lo llenó de remordimiento durante mucho tiempo. Lowry parecía estar en el mundo para destrozar lo
que tocaba. Sus ropas olían mal, sus uñas tenían tendencia a estar
sucias, sus parrandas comenzaban a confundir los días con las noches. Aún no cumplía veinticinco años y ya insinuaba su trágica

leyenda. Sabía tocar el ukelele y esto alegraba las reuniones, pero una furia interior lo calcinaba y lo volvía inolvidable de un modo muchas veces aberrante. El proceso de demolición había comenzado. Catorce años después, en 1947, los lectores conocerían ese incendio como *Bajo el volcán*.

No siempre Malcolm Lowry fue el desesperado que se sujetaba el pantalón con una corbata, pero siempre contó sus peripecias en la forma que más lo incriminara. Su biógrafo Douglas Day escribe al respecto: «Es muy posible que Lowry quisiera realmente construirse una infancia infeliz. Y, una vez más, lo que nosotros quisiéramos saber es *por qué* deseaba hacerlo. ¿Para añadir un toque de patetismo a su autobiografía, como dijo a sus esposas y amigos?».

Encandilado ante las posibilidades que la vida y el arte ofrecen para arruinarse, Lowry comentó en una carta a propósito de Melville: «Por alguna razón, su fracaso ejercía en mí una fascinación absoluta, y me parece que desde muy temprana edad estuve determinado a emularlo de cualquier modo posible». No hay duda de que cumplió su propósito de modo sobresaliente.

Lowry fue el cuarto hijo de un próspero comerciante de algodón; destacó en los deportes (a los quince años fue campeón escolar de golf en Gran Bretaña); su padre lo apoyó en su aventura como marino de ocasión (seis meses a bordo de un carguero), lo mandó a estudiar a Alemania y le otorgó una beca casi de por vida. Sin mayores méritos académicos, Lowry se graduó en Cambridge. Fue querido por dos esposas y encontró en el poeta y novelista Conrad Aiken a un maestro y tutor que supo sobreponerse a las locuras de su discípulo. Todo esto apunta a la construcción de un destino bastante sólido. Sin embargo, en contra del viento que soplaba en su favor, Lowry hizo del desastre una cuestión de método y no se privó de ninguna dolencia real ni imaginaria. Según su testimonio, estuvo a punto de perder la vista en la infancia por una enfermedad (su hermano Russell lo desmiente en *Malcolm Lowry Remembered*; de manera reveladora, la amenaza de la ceguera es uno de los pocos rasgos que Malcolm no atribuye a su álter ego Geoffrey Firmin, protagonista de *Bajo el volcán*).

Abundan los ejemplos de paranoia en su destino. Durante décadas, temió ser sifilítico sin disponer de otra evidencia que su alarmada visita a un museo médico. Auténticos, en cambio, fueron su alcoholismo, su incapacidad de trabajar, las terapias salvajes a las que se sometió (de la estricnina a los electrochoques, pasando por el encierro de veintiún días en una habitación sin ventanas, con un foco rojo permanentemente encendido), el incendio de su casa, el continuo extravío de manuscritos, sus problemas con la justicia mexicana, la expulsión de Canadá, donde pasó sus años más felices y fecundos, por «colonizaje ilegal», y la muerte por ingestión de barbitúricos en 1957, a los cuarenta y ocho años.

La falta de reconocimiento fue otro tipo de problema real. *Ultramarina* se publicó sin pena ni gloria y la tercera versión de *Bajo el volcán* fue rechazada por trece editores. La cuarta, que hoy podemos leer, se publicó luego de vencer la resistencia del editor Jonathan Cape, quien pensaba que el autor valía la pena pero su libro era confuso y prolijo. En forma típica, Lowry convirtió el triunfo tardío en otra caída, según revela en el poema «Después de la publicación de *Bajo el volcán*» y donde afirma (en versión de José Emilio Pacheco): «Es un desastre el éxito. Más hondo que tu casa entre llamas consumida [...]».

De acuerdo con Martin Amis, la innecesaria tendencia de Lowry a plagiar revela el alcance de su masoquismo. Tarde o temprano, el plagiario es descubierto: el verdadero móvil de su transgresión no es engañar sino humillarse al ser desenmascarado. En su continua victimización, Lowry incluso exageraba sus deudas literarias para sufrir más de lo que merecía. A propósito de *Ultramarina*, afirmó que había copiado a Conrad Aiken y al olvidado Nordahl Grieg. La mayoría de las veces se trataba de influencias asimiladas a su propio estilo.

La biografía de Lowry es una extensa patología. El narrador identificaba el talento con la enfermedad. De manera emblemática, el protagonista de *Ultramarina* repudia el mundo de inacción y dipsomanía que le resulta necesario para escribir y opta por la superioridad moral de quienes trabajan a la intemperie con sus manos. La adicción y el genio aparecen en su mente como formas gemelas de castigo. Lowry no pudo librarse de ninguna de ellas.

Aunque se divierte mucho, sonríe al modo de un zorro en medio de sus descalabros, encuentra ingeniosas formas de reconciliarse con las personas que ofende y escribe una obra poderosa, sus días son, como dijo Margerie, su segunda esposa, una manera de «incendiar el infierno».

Uno de los aspectos más perturbadores de esta trama es que la mayoría de sus trágicos episodios tuvieron un arreglo posible. Cuando el editor de Lowry perdió el manuscrito de *Ultramarina*, él se incriminó por no haber conservado una copia. Todo parecía perfecto para alimentar las culpas del masoquista, pero un amigo había guardado una versión anterior que permitía reconstruir el texto. Una y otra vez Lowry es salvado por el destino. Bebe en plan suicida, pero dispone de una excepcional constitución que le permite morir con el corazón y el hígado casi intactos. Se siente humillado por el tamaño de su pene, pero encuentra mujeres atractivas que desean compartir la vida con él (entonces se embriaga hasta la impotencia para asegurar su derrota sexual). Su primera esposa, Jan, se cansa del abandono y, como Yvonne en *Bajo el volcán*, establece relaciones con los hombres a los que la dirige su marido. Pero Margerie ama a Lowry incluso por sus defectos, y él no consigue perder a quien más necesita.

Lowry busca cerrar la puerta que la fatalidad insiste en abrirle. No es casual que la terrible historia de un hombre con estupenda estrella haya atraído a grandes biógrafos. En 1973, Douglas Day recreó esta trama con excepcional impulso narrativo y minucioso sentido de la investigación. Un problema del libro es que depende de una fuente básica de información, Margerie Bonner, entonces todavía viva. La segunda esposa de Lowry superó con valentía los obstáculos que el decoro podía imponer para contar una vida como la de su esposo. De cualquier forma, brinda una versión personal de los hechos, no siempre confirmada por los demás testigos. En el plano interpretativo, Day cede en exceso a la tendencia, entonces muy en boga, de psicoanalizar a su personaje como alguien con distorsiones edípicas, pero no lo reduce a un caso clínico: Lowry emerge con las ricas contradicciones de un vendaval humano. Veinte años más tarde, en 1993, Gordon Bowker encontró fuentes que completaban la tormenta. Sus abrumadoras evidencias integran *Pursued by Furies*, biografía menos atractiva desde el punto de vista literario, pero que deja una convincente impresión de saciedad. El expediente de Lowry ya tiene más datos de los necesarios para comprender su brillantez y su desplome.

En el prólogo a la edición póstuma de la novela *Oscuro como la tumba en la que yace mi amigo*, Douglas Day alude a una peculiaridad: «Por principio de cuentas, debemos considerar que Malcolm Lowry no fue en realidad un novelista, o solo lo fue por accidente». *Bajo el volcán* es un caso superior de la novela, pero su autor concebía la escritura como un inacabable poema narrativo. Con frecuencia, le preguntaba a su segunda esposa, que escribía novelas de misterio: «¿Qué estoy tratando de decir?». Resulta difícil saber lo que el libro sería sin las observaciones de Margerie Bonner. Ella sugirió la muerte de Yvonne, el cambio de nombres de varios personajes, la simplificación de escenas. Lowry escribió cuatro veces el libro de principio a fin. Quienes han revisado los manuscritos coinciden en que aclaraba o profundizaba por acumulación. De hecho, *Bajo el volcán* fue en su origen un cuento que narraba el episodio del capítulo VIII, el viaje en autobús en el que aparece un herido en la carretera que no puede ser ayudado porque así lo prohíben las leyes mexicanas (una de las muchas fantasías de Lowry). En esa anécdota está implícita la culpa del cónsul Geoffrey Firmin por no poder actuar; el testigo maniatado se identifica con la víctima para purgar sus pecados y los de la especie entera. De esta concentrada situación surgió un complejo edificio narrativo.

Solo una vez Lowry fue capaz de escribir una obra superior. *Bajo el volcán* es un libro absoluto, vivido y planeado hasta el último detalle. *Oscuro como la tumba* y *La mordida*, novelas mucho más convencionales, sirven como bitácoras de compañía para *Bajo el volcán*. Hacia el final de su vida, Lowry trató de articular sus escritos en un ciclo con el elocuente título de *El viaje que nunca termina*, versión moderna de la *Divina Comedia*, cuyo centro de gravedad sería *Bajo el volcán*.

No es de extrañar que alguien que aborda la escritura como una respiración orgánica se sirva de temas autobiográficos, forzosamente inacabados. El manuscrito sigue el curso de la vida. El destino, que tantas veces quiso arruinar los proyectos de desastre de Lowry, le otorgó una significativa oportunidad de estropear *Bajo el volcán*. Después de los rechazos a la tercera versión, probó suerte con Jonathan Cape y recibió un dictamen ambiguo. Dos lectores y el propio editor consideraban la obra demasiado densa, intelectual, casi incomprensible. Sin aclarar si se trataba de una condición obligatoria para publicar el libro, Cape propuso simplificarlo, prescindiendo de las arriesgadas zonas de oscuridad que hoy valoramos como un raro prodigio. Para entonces, Lowry había vuelto a Cuernavaca, escenario de la novela, y alquilaba la casa de uno de sus personajes, Jacques Laurelle. El cartero con aspecto de gnomo que aparece en la trama era el encargado de llevarle las misivas de su editor. Lowry habitaba el escenario de su obra y la sugerencia de Cape de reescribirla era una tentadora invitación a seguir viviendo ahí.

El informe editorial ofrecía una oportunidad de capitular y perjudicar su novela con simplificaciones o de rechazar los cambios, arrumbando el manuscrito en un cajón donde seguramente se perdería. Dos opciones estimulantes para un enamorado del fracaso. Ante esta disyuntiva, Lowry tomó su más atípica decisión intelectual: escribió treinta y una páginas en las que defendía el sentido unitario y la lógica de su novela. El documento convenció al editor y puede leerse en español, traducido por Sergio Pitol, en *El volcán, el mezcal, los comisarios...* En cierta forma, Lowry dio el salto que más temía: publicar era desprenderse del libro que significaba un todo, perder la terapia compensatoria de su infierno. Novelista «por accidente», como dice Day, no planeaba un libro tras otro. *Bajo el volcán* era là Obra, el Libro de los libros. Para tranquilizarse, pensaba en una serie en torno a ese planeta impar; secretamente, debía saber que el portento era irrepetible.

Con una prosa que recuerda a Geoffrey Firmin, «borracho hasta la sobriedad», Lowry defendió la estructura de su novela. Si alguna vez traicionó su tendencia a caer fue en esas páginas. *Bajo el volcán* existiría al margen de él. El 2 de enero de 1946 firmó la carta que decidió el resto de sus días. Malcolm Lowry estaba a la intemperie; se había sacado de encima la obra que lo justificaba, y no tendría dónde refugiarse.

EL LIBRO INFINITO

Bajo el volcán reclama una lectura inagotable. El primer capítulo se sitúa un año después de ocurridos los hechos: el 2 de noviembre de 1939, Día de Muertos, Jacques Laurelle rememora la

414

desaparición de su amigo y rival amoroso, Geoffrey Firmin. La novela es el inmenso flashback que reconstruye el viaje del cónsul al cadalso. Con un sentido calendárico de la composición, Lowry se empeñó en que su historia tuviera doce capítulos. El último narra la caída de Geoffrey Firmin, pero el final obliga a volver al punto de partida. Hundido en una cañada, el protagonista agoniza sin saber que su querida Yvonne ha muerto poco antes, arrollada por un caballo. En sus ropas, lleva unas cartas que había olvidado en una cantina y acaba de recuperar y releer con estupor. Son cartas en las que Yvonne admite que su amor tiene pocas posibilidades de prosperar en el mundo de los hechos, pero que los unirá por siempre. Para el lector, las confesiones de Yvonne provocan otra clase de estremecimiento; son ya un mensaje de ultratumba. La respuesta de Firmin, leída al principio del libro, adquiere así otro sentido. En el capítulo I, Laurelle quema la carta escrita por el cónsul. Terminar el libro significa regresar al comienzo. De manera significativa, el primer capítulo concluye así: «Por encima de la ciudad, en medio de la noche oscura y tempestuosa, la rueda luminosa giraba al revés». La historia se vuelve reversible, empieza hacia atrás, como el mito y la leyenda.

La trama de Firmin se asemeja a la programación de los cines de Cuernavaca de esa época, cavernas de la mitografía donde todas las películas eran reestrenos. En el capítulo I, un chubasco interrumpe la caminata de Laurelle. El amigo de Firmin se refugia en un cine donde se va la luz; ante la débil flama de su encendedor, descubre que la película programada es *Las manos de Orlac*, el mismo film que se anunciaba antes de la muerte del cónsul. Casa de los mensajes circulares, *Bajo el volcán* es una novela epistolar donde las respuestas anteceden a las preguntas y las profecías son retroactivas.

Aunque no se identificaba con la «superficial complejidad» de Joyce y Faulkner, Lowry escribió un sostenido poema de la mente. Todos los personajes son desprendimientos de una misma conciencia. En sus tiempos de Cambridge, el narrador aprendió la técnica del monólogo interior en las novelas de Aiken, pero procuró que los devaneos de sus personajes fueran tan comprensibles e intensos como las tiradas del capitán Ahab en *Moby Dick*. Aunque estamos ante una obra altamente intelectual, dotada de

415

alusiones místicas, mágicas, teosóficas, religiosas, políticas, literarias y mitológicas, Lowry quiso evitar que su cónsul fuera tomado demasiado en serio. Los devaneos intelectuales del protagonista tienen algo de un bufón que parodia al rey Lear. Su erudición parece una segunda dipsomanía. Lo mismo ocurre con su hermano menor, Hugh, hombre politizado y culto destinado a tareas menores. Su mayor roce con la gloria es que un día encontró a Einstein, el genio le pidió la hora y él señaló el reloj de un edificio en Cambridge. Eterno adolescente, Hugh solo sirve para tocar el ukelele.

Todos los libros de Lowry son *Künstlerromane*, novelas de artistas. Sus héroes enfrentan el enigma de la creación, pero lo decisivo (y esta es su mayor deuda con Grieg) es que actúan en escenarios muy poco culturales (el barco en *Ultramarina*, el hospital de Bellevue en *Piedra infernal*, la fiesta popular del Día de Muertos en *Bajo el volcán*, el viaje sin dinero en *Oscuro como la tumba*). Lowry contrasta la sofisticada formación de sus protagonistas con un entorno crudo, aunque determinado por claves intrincadas. Los tres epígrafes de *Bajo el volcán* se refieren a la grandeza del hombre, pero las palabras de Sófocles, Bunyan y Goethe son ecos que se pierden en el paisaje. Geoffrey Firmin no quiere, como pide Goethe, esforzarse en pos de su liberación. Lo suyo es el abismo asumido. Esta voluntaria inmersión en el infierno lo pone en contacto con el poderío de la naturaleza y fuerzas trascendentales ajenas a la cultura que lo ha formado. Su destrucción es también una búsqueda de sentido, un bárbaro aprendizaje.

La trama de la novela es simple y significativa: Geoffrey Firmin ha arruinado su vida; está fuera del servicio exterior que lo llevó a contrastados parajes del mundo; vive en Cuernavaca, una ciudad con más cantinas que iglesias, a la que se refiere por su nombre prehispánico, Quauhnáhuac; ama a Yvonne pero no sabe cómo retenerla. Después de una larga ausencia, ella regresa en un último esfuerzo de reconciliación. Se ha dejado cortejar por el francés Laurelle, vecino de Cuernavaca, y por Hugh, hermano menor de Geoffrey. Ninguno de estos dos hombres despiertan en ella una pasión; son variantes mitigadas de su interés por el cónsul.

Yvonne llega a Quauhnáhuac la mañana del Día de Muertos de 1938. Geoffrey ha amanecido en la calle, después de una fiesta, perfectamente ebrio. La novela es la historia de ese día. Los signos de la jornada son progresivamente ominosos. El cónsul retrasa el momento de beber mezcal, el más temible de sus plurales venenos, pero finalmente lo hace, cuando viajan a Parián. Yvonne comparte la bebida; el elixir será su última unión. Ambos morirán poco después, por separado, incapaces de hacer de su caída un acto común.

Ajeno al pintoresquismo que tanto repudiaba en Somerset Maugham, Lowry describe con pericia fiestas, recrea el aire polvoso, el olor a gallinas, las miradas turbias, la miseria de quienes beben y ríen y se hunden en la tristeza de un festejo sin mayor cometido que revelar su precariedad. Cada situación es un agorero anuncio del patíbulo. En una feria, el cónsul sube a unas jaulas que giran al modo de *La máquina infernal* de Jean Cocteau. Colgado de cabeza, ve cómo caen las cosas que lleva en los bolsillos. Unos niños las recuperan y se las devuelven. No tendrá la misma suerte en otros episodios.

Si la acción dura centenares de páginas es porque Lowry la imbrica con la vida interior de sus personajes. La técnica, que desconcertó a los convencionales informantes de la editorial Jonathan Cape, es uno de los recursos más logrados del autor. ¿Cómo explicar al cónsul sin la culpa que lo persigue? El protagonista fue condecorado en la Primera Guerra Mundial, pero corre el rumor de que permitió que los prisioneros cautivos en su buque fueran calcinados en las calderas. Por su parte, Hugh ha dejado todo a medias y corteja mujeres casadas por miedo a un compromiso. Yvonne tiene un pasado de discreta actriz de Hollywood; jamás consiguió un papel tan demandante como el de amar al cónsul. Por último, Jacques Laurelle vive retirado en la eterna primavera de Cuernavaca. Fue un exitoso productor de cine, pero ha renunciado a los esfuerzos y en cierta forma a las emociones; es un testigo, un refinado cazador de crepúsculos.

Lowry necesitaba un marco preciso para este cuarteto. Su novela de artistas debía transcurrir en un sitio que desafiara a los personajes con enigmas muy superiores a su cultura. Un escenario magnético, inefable.

El destino de Lowry –un inglés que solo podía vivir lejos de su tierra pero vinculado con otros ingleses– lo convirtió en un corresponsal obsesivo, pero sus borracheras y sus cambios de domicilio lo hacían perder cartas. Encontrar un sobre en el buzón fue para él un tarot personal. No es raro que sus personajes se confiesen en cartas extraviadas, recuperadas por azar o nunca enviadas. Este último caso es el de Dana Hilliot, protagonista de *Ultramarina*, que escribe a su amada palabras decisivas que no irán al correo. Entre otras cosas, dice: «Algún día encontraré una tierra corrompida hasta la ignominia, donde los niños desfallezcan por falta de leche, una tierra desdichada e inocente, y gritaré: "Me quedaré aquí hasta que este sea un buen lugar por obra mía"». No podía haber profecía más exacta del sufrimiento y la belleza que Malcolm Lowry encontraría en México.

Como D. H. Lawrence, Hart Crane, Graham Greene, Jack Kerouac, William Burroughs, John Reed, Evelyn Waugh, André Breton, Antonin Artaud, Aldous Huxley, Ambrose Bierce, Paul Morand, Italo Calvino, Joseph Brodsky y tantos otros, Malcolm Lowry llegó a México en pos de oráculos salvajes. Comenzó *Bajo el volcán* a los veintisiete años. Cuando la terminó, tenía treinta y cinco.

Seguramente, Lowry se las habría arreglado para sufrir igual en Suiza, pero no hay duda de que México contribuyó de manera específica al deslumbramiento y al desplome que buscaba. Después de la expropiación petrolera, la nacionalidad inglesa no era muy popular («estamos –moralmente, claro– en guerra con México», dice en *Bajo el volcán*). En la novela abundan las descripciones sobre el esplendor del paisaje mexicano, la grandeza del muralismo, la peculiar hospitalidad de la gente sencilla, pero el país no deja de ser amenazante. «México es paradisiaco e indudablemente infernal», le escribe a Jonathan Cape. A un amigo le confiesa: «México es el sitio más apartado de Dios en el que uno pueda encontrarse si se padece alguna forma de congoja; es una especie de Moloch que se alimenta de almas sufrientes».

Sus cartas de México integran un archivo del delirio de persecución. Lowry se sentía vigilado por los omnipresentes *spyders* (arañas espías o «escorpías»). A Juan Fernández Márquez, el amigo oaxaqueño que sirvió de inspiración para los personajes de Juan Cerillo en *Bajo el volcán* y Juan Fernando Martínez en *Oscuro como la tumba*, le dice que Oaxaca «es una ciudad llena de perros y de espías». De acuerdo con Douglas Day, sí era seguido por un detective, pero no de la policía mexicana, sino contratado por su padre.

Experto en acusaciones indemostrables, Lowry asegura que su edición de *La machine infernale* y sus lentes oscuros le han sido robados por un indio mixteco; en su afán de precisar agrega un dato casi inverosímil: el indio tenía barbas. Detenido con frecuencia por sus borracheras y su carencia de dinero y documentos, Lowry padeció un asedio que su mente refinó con minucioso masoquismo.

En una carta a Ronald Paulton, abogado de Los Ángeles, narra sus peripecias con los funcionarios mexicanos. Con rabelesiano sentido de la exageración, dice que entre Cuernavaca y México hay tal diferencia de altitud que el viajero llega sordo a la capital. La obligación de hacer trámites lo llevó a padecer varias veces esa sordera. Menos inventada es su afirmación de que todo se hubiera arreglado con la adecuada cuota de sobornos (en su novela inconclusa *La mordida* se ocupa de nuestra peculiar manera de solventar problemas burocráticos).

El inglés no fue un viajero bienvenido en México, como tampoco lo fue en otros sitios (uno de sus mejores amigos tenía siempre listo un juego de maletas para pretextar que estaba a punto de irse de viaje, en caso de que el incómodo intruso cayera por sorpresa).

En los tiempos en los que Lowry hacía trámites migratorios en México, el escritor Fernando Benítez trabajaba en la Secretaría de Gobernación. Muchos años después, los jóvenes que colaborábamos en el suplemento «Sábado», que Benítez dirigía en el periódico *Unomásuno*, solíamos preguntar al decano de la prensa cultural si no tenía remordimientos de haber contribuido a sacar del país a uno de los mayores novelistas del siglo. Con su voz grave, de obispo que catequiza en la nave de una iglesia virreinal, el autor de *Los indios de México* respondía invariablemente: «Era un borracho miserable».

Esta opinión parece haber sido común entre quienes conocieron al inglés cuando escribía *Bajo el volcán*. Muchas veces, se sintió rodeado de verdugos como los que ultiman a su protagonista.

Cuernavaca aparece en la novela como un Gólgota elegido. Amabilísimos y violentos, los mexicanos toleran la excentricidad de los extraños hasta que un quiebre de la fortuna les permite tratar a los desconocidos como se tratan a sí mismos y los naturalizan con un asesinato.

Los hermanos Firmin actúan con impulsiva temeridad. En el viaje a Parián, Hugh participa en un jaripeo y monta un toro con mayor destreza que los escuálidos lugareños. Geoffrey escoge otra clase de peligros: las consecuencias de su salvaje intoxicación.

Según informa Gordon Bowker, Lowry se propuso desde niño ser alcohólico, en buena medida porque el vicio representaba lo opuesto a su padre, un hombre puritano, devoto de la Iglesia metodista (este mismo repudio se extiende a la religión: Lowry se interesó prácticamente en todos los sistemas de creencias, del vudú haitiano a los mandalas de la India, pero jamás se acercó al protestantismo).

En la borrachera que duró más o menos treinta años, el novelista sufrió e hizo sufrir, pero también se la pasó de maravilla y cosechó amigos que no olvidarían sus golpes de ingenio.

Convencido de que el arte es un padecimiento, quiso ver en los túneles del alcoholismo una realidad oculta, inalcanzable por otros medios, y a veces atisbó en su calvario un cielo invertido, similar al barco de *Ultramarina*, donde los hombres que trabajan en el cuarto de máquinas, en lo más hondo de la nave, «de una manera extraña, están más cerca de Dios». También Geoffrey Firmin busca una meta en el descenso; expulsado del paraíso, cae en la selva oscura de Dante, junto a un perro, como el que acompañaba a los aztecas al inframundo.

«DELOWRYUM TREMENS»

A pesar de que Joyce y Eliot habían mezclado la prosa y la poesía con el flujo de la conciencia, los lectores del manuscrito de Lowry no supieron cómo acomodarlo en la tradición moderna. Llama la atención que equipararan *Bajo el volcán* a una novela entonces de moda: *The Lost Weekend*, de Charles Jackson. Ambos libros ofrecen una inmersión en el alcoholismo irremediable; sin

420

embargo, donde Jackson narra síntomas, Lowry descompone la realidad en una rara poesía y activa una compleja red de significados para hacer de cada pasaje un rito de iniciación: «Ni las mismas puertas del cielo que se abrieran de par en par para recibirme podrían llenarme de un gozo celestial tan complejo y desesperanzado como el que me produce la persiana de acero que se enrolla con estruendo, como el que me dan las puertas sin candado que giran en sus goznes para admitir a aquellos cuyas almas se estremecen con las bebidas que llevan con mano trémula hasta sus labios. Todos los misterios, todas las esperanzas, todos los desengaños, sí, todos los desastres existen aquí, detrás de estas puertas que se mecen».

Bajo el volcán establece conexiones de sentido mucho más profundas que *The Lost Weekend*. El disparador del libro, como apunté arriba, fue la anécdota del moribundo que yace junto a la carretera sin ser auxiliado. Lowry estaba convencido de que en México era un delito ayudar a los heridos. Como en tantas ocasiones, buscó la peor explicación para la realidad. No es que la ley prohibiera tocar a los heridos, sino que con frecuencia la indolente policía arrestaba a quien se hallaba más cerca. La imagen de un hombre que muere sin que nadie pueda socorrerlo obsesiona al cónsul, de por sí lastrado por la culpa, y le permite una curiosa identificación. Aspira a que su desplome no suceda en vano, e imagina que la prensa lo describe de este modo: «Firmin inocente, pero lleva sobre los hombros las culpas del mundo entero».

A lo largo de la novela, la caída se relaciona con el mito fáustico, la pérdida del edén, la *Odisea*, la babélica confusión de las lenguas, el infierno de la *Divina Comedia*, la pasión de Cristo. En forma emblemática, el barco a cargo de Firmin se llama *Samaritan* (los cargueros tripulados por su hermano Hugh llevan nombres no menos significativos: *Filoctetes* y *Edipo Tirano*).

Este sistema de alusiones otorga a *Bajo el volcán* numerosas resonancias culturales. Pero la novela es menos pretenciosa de lo que haría suponer el párrafo anterior. Lowry encuentra en los objetos cotidianos amenazas más potentes que las citas literarias de Geoffrey Firmin. Estamos en Cuernavaca, donde el más eficaz veneno para insectos se llama 666, como la bestia del Apocalipsis; un caballo con el cabalístico número siete en el anca aparece una y otra vez en un oscuro derby con el destino; las estampillas de correo muestran a unos desmedidos guerreros aztecas que lanzan flechas contra el sol; un mendigo confunde a Firmin con el más célebre de los forasteros: Jesucristo; los zopilotes planean en el cielo en espera de una carroña por venir; la rueda de la fortuna gira al revés, y el cónsul piensa en transportar un cadáver por exprés.

A propósito del sentido orgánico de los objetos, a Lowry le gustaba repetir una frase de Baudelaire: «La vida es un bosque de símbolos». En este entramado, la mayoría de los signos no dependen de un código erudito. Los buitres negros, las barrancas de Cuernavaca adonde va a dar el drenaje, la estratégica presencia de armadillos, perros y alacranes, el juego de las jaulas en la feria, indican que la realidad está peligrosamente de acuerdo con los más sutiles delirios del cónsul.

Los nombres de lugares y edificios refuerzan esta estrategia. El conocido Hotel Casino de la Selva, donde Siqueiros pintó un mural, le sirve a Lowry para aludir a la selva oscura de Dante. Del mismo modo, la calle de Tierra del Fuego parece referirse, más que a la Patagonia, a los infiernos de la novela.

Algunos datos requieren de mayor explicación. El capítulo X incluye pasajes de un folleto turístico sobre Tlaxcala. Para el lector inglés esto significa mucho menos que para el mexicano, tal y como Lowry explica en su carta a Jonathan Cape: los tlaxcaltecas traicionaron a los aztecas durante la Conquista; Tlaxcala anticipa a los traidores que asediarán a Firmin poco después.

En el tapiz de asociaciones también hay hallazgos involuntarios. Por ejemplo, Lowry se sorprendía de haber intuido el poder destructivo de la fisión nuclear: «Este capítulo [el X] fue terminado en definitiva aproximadamente un año antes de la explosión de la bomba atómica. Pero así como ahora ocurre que el hombre peligra por hallarse en la malvada posición del mago negro de antaño, y repentinamente descubre que todos los elementos del Universo están en su contra, se le podría dar crédito al viejo cónsul por señalar en un pasaje de salvaje delirio los nombres de esos elementos, uranio, plutonio, etcétera».

La achispada imaginería del cónsul es superada por una realidad donde cada objeto es profecía. Como en *La máquina infernal* de Cocteau, que Lowry vio en un teatro parisino en dos funciones

seguidas, todo parece dispuesto para «el aniquilamiento matemático de un hombre».

En el autobús rumbo a Parián, los extranjeros encuentran el típico caos de México. El vehículo está tan lleno que un hombre se
desplaza por afuera para cobrar el pasaje, aferrado a las ventanas,
con el motor en marcha. Entre la fauna que abarrota el autobús, un
hombre lleva pichones mensajeros bajo la camisa, como si custodia-
ra un mensaje vivo, a un tiempo incomprensible y común.

El valle de Morelos se abre como una cuenca de tentaciones y
peligros, un yunque donde los dioses hicieron su último esfuerzo.
Presidido por los volcanes, el sitio se enciende con el destello púr-
pura de las buganvilias, las piscinas de agua azul cobalto, los crepúsculos violáceos. Lowry no deja duda de la belleza, casi intolerable,
del entorno. Desde el primer párrafo, sus descripciones geográficas
son precisas, del todo opuestas al carrusel mental de sus personajes. Como Hölderlin, suspende el juicio ante el hechizo del mundo. Sin embargo, ese paraíso ha sido degradado; ahí las nociones
de cielo y purgatorio son intercambiables. Ante estos signos en ro-
tación, Firmin busca una síntesis a su medida, «el paraíso de su
desesperación».

Lowry dispone del ansia de veracidad que solo puede tener un
paranoico y describe con maniaca exactitud olores, frutas y animales. La rigurosa composición de lugar contrasta con los devaneos
mentales del protagonista. Pero la aventura existencial del cónsul
que ya no usa calcetines alude no solo al inframundo mexicano sino
a la época que lo rodea. En uno de los mejores ensayos sobre Lowry,
Stephen Spender señala que la neurosis del protagonista «se convierte en diagnóstico no solo de sí mismo, sino de una fase de la historia». El desencanto de la Segunda Guerra Mundial y la guerra civil
española brindan trasfondo a personajes escindidos de su tiempo,
escépticos antihéroes que han dejado de creer en la acción.

Metáfora del destino como derrota asumida, *Bajo el volcán*
acepta la pedagogía del sufrimiento sin renunciar al amor. En la
casa alquilada en Cuernavaca, un lema decora la pared: «No se
puede vivir sin amar». El sentimentalismo de la frase se vuelve trágico en la novela. También el amor de Firmin está alimentado por
la culpa. La película *Las manos de Orlac*, reestrenada en el aniver-
sario de la muerte del cónsul, trata de un pianista que cree que

sus manos cometieron un asesinato (de nada sirve lavarlas una y otra vez: su virtuosismo depende de esa fechoría). De manera sintomática, Wilderness, álter ego de Lowry en *Oscuro como la tumba*, al regresar a México sueña que ha asesinado a su esposa. Como Orlac y Wilderness, Firmin indaga un crimen que cree haber cometido. A diferencia de Edipo, que solo al final descubre su delito, el cónsul es otra clase de detective moral: se sabe culpable pero ignora su falta. Su sostenida incriminación, el suplicio de quien acepta purgar condenas imprecisas y aun equívocas, también comporta un irónico chantaje, pues sugiere que la patología de los otros consiste en creerse inocentes. Se puede discutir de manera infinita si el cónsul llega a merecer su castigo o si se trata de un martirio arbitrario. De acuerdo con Spender, «tiene que ser asesinado porque rechaza el amor» (el amor real y llevadero, se entiende, no la metafísica pasión que comparte con su amada). Lo decisivo, en todo caso, es que Lowry trabaja la culpa al modo de Kafka, para quien la condena siempre antecede al crimen.

LA MOVIOLA DEL VISIONARIO

Novela de extraordinaria visualidad, *Bajo el volcán* debe mucho al cine. No es casual que Yvonne haya sido actriz y Laurelle productor de cine, tampoco que la película *Las manos de Orlac* remita al cónsul. Más allá de estos datos, el libro asimila en su técnica significativos recursos cinematográficos. La historia se arma a través de secuencias que se resuelven con cortes repentinos que individualizan a los personajes al modo de un *close-up*. La muerte de Yvonne ofrece un ejemplo emblemático: Lowry sigue su recorrido por la maleza como si llevara una cámara al hombro hasta que ella cae, arrollada por el caballo. Sobreviene entonces otra larga secuencia, esta vez interior, un torbellino de imágenes que representan su agonía. El paso al siguiente capítulo sigue un procedimiento de montaje visual: el cónsul es captado de cerca en la cantina donde pide un mezcal. Obviamente, este juego de imágenes y secuencias antecede al cine y puede ser seguido en la estructura y la composición visual de la *Divina Comedia*. Pero es evidente que Lowry se propuso hacer explícito el diálogo de la novela con el cine, entre otras cosas para explorar la visualidad interior, fraguada en la mente, que solo pertenece a la literatura.

Poco antes de morir, Lowry y su esposa Margerie hicieron una adaptación cinematográfica de *Suave es la noche*, la novela de Fitzgerald. Douglas Day se pregunta si no fue uno de esos proyectos en los que el novelista se embarcaba para no hacer su verdadero trabajo. El resultado fueron seiscientas páginas que hubieran producido una película de seis horas. Sin duda, se trató de algo más que un divertimento o una manera de escapar a la escritura «real». En el guión, Lowry inserta comentarios sobre el movimiento de cámaras, la escenografía, la forma en que las palabras debían traducirse en imágenes.

Desde *Bajo el volcán*, el discurso visual era una de sus preocupaciones centrales. Spender ha señalado las deudas de Lowry con el cine: la yuxtaposición de escenas, el flashback y, sobre todo, la intensa visibilidad de las imágenes. Sin embargo, el entusiasmo de Spender soslaya un hecho incontrovertible: la novela es rigurosamente infilmable. Lowry se interesa en el cine también para mostrar sus límites, la visibilidad que solo es literaria. En sus momentos de mayor intensidad, *Bajo el volcán* no ofrece escenas sino visiones mentales imposibles de trasladar a la pantalla. No es el ojo lo que guía esa mirada sino el cerebro.

En la célebre discusión entre Jung y Joyce sobre la forma de reproducir los pensamientos, el psicoanalista comentó que el flujo de la conciencia está compuesto por imágenes y no puede reproducirse en palabras. Joyce defendió su territorio con una certeza artesanal: en la literatura todo está hecho de palabras. Sartre fue consciente de este dilema y en su guión sobre Freud trató de captar los encubridores trabajos del inconsciente a partir de imágenes que cambian al contarse por segunda vez. El resultado fue un paradójico *guión para leerse*, que, como la adaptación de *Suave es la noche*, hubiera durado seis horas de sugerente confusión en la pantalla.

Lowry escribe convencido de que las palabras *son* imágenes y hace de la conciencia una exaltada variante de las artes plásticas (que Raúl Ortiz y Ortiz preserva en su espléndida traducción). Bajo un cielo cruzado de relámpagos, Yvonne percibe la inminencia del peligro: «Hay, a veces, cuando estalla el trueno, otra persona que piensa por uno, alguien que pone al abrigo los muebles de nuestro pórtico mental, cierra y pone los postigos a las ventanas de la mente contra lo que parece menos aterrador como amenaza que como distorsión del recogimiento celestial, una estrepitosa locura de los cielos, una forma de catástrofe que los mortales tienen prohibido observar de muy cerca: pero en la mente queda siempre entornada una puerta –como se sabe que los hombres en las grandes tempestades dejan abiertas sus puertas verdaderas para que por ellas pase Jesús– para el ingreso y la recepción de lo inaudito, la temible aceptación de la centella que nunca cae sobre uno, para el relámpago que siempre cae en la próxima calle, para el desastre que tan raras veces golpea en la desastrosa hora probable, y por esa puerta mental Yvonne, que seguía equilibrándose en el tronco, percibió algo ominosamente aciago». ¿Hay descripción más gráfica de los procedimientos mentales? La puerta entreabierta de la conciencia deja pasar un viento sin principio ni fin, antiguo como el mito. Activada por el relámpago, «otra persona piensa por uno»; esa «persona» es el mundo, que se entiende a sí mismo.

A continuación, Yvonne enfrenta un caballo sin jinete, enloquecido por el relámpago, y cae entre un vértigo de sensaciones: «Eran las cestas de la feria las que remolineaban a su alrededor; no, eran los planetas, mientras que el sol, ardiente y brillante, giraba en el centro; aquí volvían Mercurio, Venus, la Tierra, Marte, Júpiter, Saturno, Urano, Neptuno, Plutón; pero no eran planetas, porque no era el volantín, sino la rueda de la fortuna, eran constelaciones en cuyo eje, cual gigantesco y frío ojo, ardía la Estrella Polar». De nuevo asistimos a la identidad entre naturaleza y mente.

En la carta que Lowry escribió a Cape para defender su novela con lucidez, pasión y desorden, se permite un respiro y con distraído cansancio inquiere: «¿Y qué decir del papel de la Naturaleza, que su lector ni siquiera señala?». El novelista, que ha rebatido uno a uno los argumentos del dictaminador de la editorial, guarda silencio después de esta pregunta. La evidencia es demasiado fuerte para ser comentada. Desde su título, *Bajo el volcán* está dominada por el paisaje. El Popocatépetl es una presencia no siempre visible que articula la trama al modo de los fantasmas de Shakespeare: «Por doquiera, como lo informara Prescott, aparecían testimonios de la presencia y antigüedad del Popocatépetl. ¡Y allí estaba de nuevo el condenado!». El arranque del libro es una nítida composición geográfica: «Dos cadenas montañosas atraviesan la República, aproximadamente de norte a sur, formando entre sí valles y planicies. Ante uno de esos valles, dominado por dos volcanes, se extiende a dos mil metros sobre el nivel del mar la ciudad de Quauhnáhuac». La historia de Geoffrey Firmin representa la fugaz tragedia del hombre en el perdurable esplendor del mundo.

Martin Amis ha escrito que «*Bajo el volcán* [...] es todo lo que Lowry nunca pudo ser». Un instrumento de precisión que constata la superioridad de la Naturaleza pero se arriesga a equipararse a ella, un organismo perfecto en el sentido en que una pera, un insecto o un volcán son perfectos. Mallarmé anunció que el mundo existía para convertirse en libro. Malcolm Lowry, destruido y tocado por el misterio, cumplió esa profecía.

ARCO DE SANGRE
LOS CUENTOS DE D. H. LAWRENCE

En el bestiario de los mitos, D. H. Lawrence escogió al fénix como figura tutelar. Aquejado por males respiratorios desde su juventud, vivió hasta los cuarenta y cuatro años con la urgencia de quien no desea perderse una sola sorpresa y la convicción de que su obra, incomprendida en su época, resurgiría como el ave que emerge de las cenizas y se alimenta con el fuego.

Antes que el prestigio literario, Lawrence conquistó la ambigua celebridad del promotor de escándalos. A partir de los treinta años, cuando su novela *El arco iris* fue proscrita por obscenidad, la mayoría de los críticos lo trató como a un impúdico adorador de Venus. De acuerdo con J. M. Coetzee, el propio Lawrence aceptó que su material era problemático y trató de purificar la interpretación de sus historias. En su defensa de *El amante de Lady Chatterley* no puso el acento en las virtudes estéticas de la obra sino en su condición moral. Escrita en 1928, la novela solo pudo venderse con normalidad en Inglaterra a partir de 1960. Fue la primera obra en beneficiarse con el decreto, promulgado en 1959, que estipulaba la imposibilidad de que una auténtica obra de arte fuera obscena. A partir de ese momento, la jurisprudencia británica aceptó la calidad literaria como razón suficiente para distribuir un libro. Acostumbrado a recibir condenas de inmoralidad, el novelista no defendió su arte sino la conducta natural, y por lo tanto ética, de sus personajes.

Cuesta trabajo imaginar cómo habría recibido la aceptación del gran público. Lawrence asumió el rechazo de las mayorías como una condición de su escritura. También ignoró a los numerosos críticos que se ensañaron con sus textos y rompió con los amigos que se atrevieron a interponer el más mínimo reparo ante sus exaltadas convicciones. No quiso ser ultrajado al modo de un apóstata; con resistente indiferencia hacia los otros, encarnó la corriente intelectual de un solo hombre. Esquivo e intolerante, rehuyó el apacible consuelo del ermitaño. No asoció la soledad con la plenitud sino con las inquietudes de la búsqueda, el exilio forzoso de un profeta en el tiempo equivocado.

La irregular y muchas veces extraordinaria producción del artista Lawrence fue también el instrumento del visionario Lorenzo, nombre de guerra que adoptó en Italia. Sus tramas obedecen a estrategias literarias, pero también a la necesidad de transmitir una peculiar concepción de la experiencia. Lector de Freud y Nietzsche, puso en escena el fabuloso poderío de los instintos, el vértigo del erotismo como una forma más profunda de conocimiento, cifrada en el alfabeto de la piel, y exploró los escenarios no contaminados por la sociedad industrial, donde aún es posible integrarse al orden natural de las cosas.

D. H. L. se vio a sí mismo como un vínculo entre las leyes arcaicas que definen a los hombres y un mundo dominado por la superficialidad de la técnica y el mercado. Resulta irónico que las iniciales del intercesor coincidan en nuestra época de mercadotecnia con un servicio de mensajería.

El profeta letrado llamó a la puerta de la modernidad con novedades que remitían al origen, al deseo que fluye sin que pueda ser nombrado, al entendimiento físico que antecede a la cultura. El enfermo que tosió sin tregua en bosques, costas y desiertos, escribió con la energía del chamán, la febril indagación del artista y la seguridad del predicador.

En Lawrence se mezclan el poeta y el proselitista. Incapaz de escribir una página inerte, que no respondiera al gusto por la lengua, trató de cambiar las creencias de sus lectores.

Todo autor pone en juego las convicciones que profesa más allá de la escritura. No es extraño encontrar novelistas católicos, marxistas, colonialistas o anticolonialistas. Sí lo es, como apunta W. H. Auden, encontrar a alguien como Lawrence, dispuesto a exponer creencias de su invención. Aunque mantiene vínculos con otros pensadores, sigue una senda única. Sus novelas suelen ser interrumpidas por reflexiones teosóficas y muchos de sus relatos aspiran a la condición de historias ejemplares. Sería excesivo asimilarlo a la categoría de «autor de tesis» porque se concentra más en la búsqueda que en el adiestramiento. No hay soluciones unívocas en el mundo de Lawrence. En este sentido, resulta sintomático que sus mejores novelas, *Mujeres enamoradas* y *El amante de Lady Chatterley*, tengan finales abiertos. En su último libro, el ensayo *Apocalipsis*, propone un culto cósmico a la vida y recomienda entregarse a la adoración del sol. Aunque preconiza la unión de la carne y el espíritu –el sexo que involucra al corazón–, no ofrece reglas ni preceptos. El artista no cayó en la tentación de crear prontuarios o manuales, pero con frecuencia dejó que sus tramas fueran interrumpidas por la voz de un editorialista con marcados tintes teosóficos.

En su caso resulta arriesgado hacer la pregunta de Sainte-Beuve: «¿Qué pensaría el autor de nosotros?». Seguramente, Lawrence se decepcionaría de nuestra falta de compromiso con sus ideas. El placer de leerlo ha promovido menos comunas de las que él habría deseado.

En *Aspectos de la novela*, E. M. Forster describe a su turbulento amigo como «el único novelista profético de la actualidad», un narrador insuperable cuando olvida los enredos de la psique y se concentra en los enigmas de un paisaje. Por su parte, W. H. Auden lo considera un deplorable analista de la conducta humana y el mejor poeta de la lengua inglesa cuando aborda las posibilidades simbólicas de los animales.

Leer a un visionario exige tolerancia ante sus anhelos pedagógicos. Pieza decisiva de la renovación literaria de principios del siglo XX, Lawrence ha encontrado respuestas desiguales entre sus colegas. El intransigente Vladimir Nabokov lo eliminó de su lista de lecturas; Gore Vidal lo admiró en su juventud, cuando requería de un evangelio transgresor, y lo repudió cuando buscaba autores menos programáticos; Aldous Huxley lo consideró el mejor novelista de su generación; Lawrence Durrell y Henry Miller lo exaltaron como modelo de vida y escritura («el hermano Lawrence»); Doris Lessing escribió sobre él: «tuvo los defectos de sus virtudes», aun al equivocarse dejó una huella luminosa; Octavio Paz lo leyó «con entusiasmo o, más exactamente, con esa pasión encarnizada que solo se tiene en la juventud».

Si en vida de Lawrence la crítica fue implacable con él, la academia moderna reparó con creces ese desencuentro: Frank Kermode le dedicó un libro ejemplar; Chris Baldick opina que se trata del «único héroe proletario de la literatura inglesa moderna»; Harold Bloom lo colocó en su canon a la altura de Henry James, Virginia Woolf y James Joyce, y George Steiner lo considera el último gran maestro «inglés inglés», antes de que el destino literario de la lengua dependiera de los irlandeses y los norteamericanos.

A propósito de su primera novela, *El pavo real blanco*, Forster dijo: «Es fácil de criticar e imposible de olvidar». La frase resume el indeleble efecto que provoca Lawrence.

EL HIJO DEL MINERO

David Herbert Lawrence nació en 1885, en la localidad minera de Eastwood. Sus primeros recuerdos fueron los de un padre rubicundo, irresponsable, casi siempre borracho e inconforme con su vida, y una madre sobreprotectora, relativamente culta, convencida de que merecía un destino superior. Lydia se había criado en Mánchester, ciudad mucho más mundana que Eastwood. Era fanática de la limpieza en un entorno donde todo se cubría de polvo de carbón. David no era su favorito, pero cuando el primogénito murió ella le procuró una ternura cercana a la desesperación. Alejada de su marido, concentró su interés en el más sensible y enfermizo de sus hijos. Los críticos afectos al psicoanálisis han visto en la pasión sustituta de Lydia una causa del peculiar interés sexual de Lawrence. Uno de sus biógrafos, Jeffrey Meyers, lo compara con Leonardo, otro genio asediado por el cariño, y cita la opinión de Freud sobre este último: «Como toda madre que no ha recibido gratificación, despojó a su pequeño hijo de parte de su virilidad forzando la maduración de su vida sexual».

Es posible que las rígidas convenciones de la época hayan influido más en Lawrence que los neuróticos mimos de su madre. En la novela *Hijos y amantes* la entrega sexual de la mujer es vista por su inexperto pretendiente como un sacrificio que lo llena de culpa. Lawrence basó la escena en su propia experiencia. Enemigo de la prostitución, el profeta del amor carnal se sometió a los típicos protocolos de una era pudibunda: varias chicas lo quisieron sin acostarse con él. La escena de *Hijos y amantes* captura a la perfección la paralizante responsabilidad que se cierne sobre el afortunado a quien al fin le dicen que sí. La belleza del cuerpo tiene para él la cegadora cualidad de lo inmerecido.

Lawrence quiso a su madre con una devoción que solo con el tiempo admitió fisuras. Durante años, recordó a su padre como un patán abusivo que golpeaba a una mujer muy superior a él; poco a poco, lo entendió como un hombre sanguíneo y benévolo, devastado por la vida que le había tocado en suerte.

A pesar de las precariedades de los mineros, el joven Lawrence se maravilló con la extraña fraternidad que prosperaba bajo tierra, el inframundo de donde extraían sucias riquezas, la proximidad física en el encierro de la mina, los cuerpos que se necesitaban mutuamente. Muchos años después viajaría a México en la época en que los ídolos de piedra eran excavados por los arqueólogos. Las noticias de una edad anterior determinarían la escritura de *La serpiente emplumada* del mismo modo en que la conciencia de una vida subterránea, oculta, determinaría su afán por contar historias donde las emociones afloran como resultado de insondables trabajos en las profundidades del alma.

La minería también significó para Lawrence el contacto con la miseria, la injusticia, la contaminación, las casas decoradas con baratijas, las ropas de pésimo gusto. Una y otra vez reflexionaría sobre las diferencias de clase y la alienación de un trabajo no elegido.

El escritor en ciernes se vio beneficiado por una de las primeras becas que se concedieron a los hijos de los mineros; recibió formación como maestro y tuvo un fulgurante ascenso en la república de las letras. Apuesto y desgarbado, pionero de la barba que sería emblemática de los intelectuales de la Rive Gauche y el Greenwich Village, cautivaba a mujeres deseosas de inspirar poemas, pero no de compartir su cama. Curiosamente, varias de ellas lo usarían como personaje de sus libros. Él hablaba para desvestirlas; ellas lo oían para narrarlo. La escritura puede ser la venganza o la dicha compensatoria de las musas.

En el otoño de 1909, a los veinticuatro años, Lawrence fue invitado a cenar por Ford Madox Ford, editor de *The English Review*. Esa noche se sometió a un severo desafío: distinguir el cuchillo de los espárragos del cuchillo del pescado. A pesar de sus formas rústicas, conquistó a Ford por la intensidad de sus ideas y la precocidad de su poesía. Lawrence colaboraría en treinta y cinco números de *The English Review* entre 1909 y 1923.

Durante un par de años raros, la vida de Lawrence pareció un episodio triunfal de *Grandes esperanzas* (el hijo del minero se codeaba con Pound y sorprendía en los salones donde se bebía el mejor oporto). Pero su destino no era el de un tunante afortunado ni estaba escrito por Charles Dickens.

Lawrence solía encandilar en los primeros contactos. Una vez que se llevaba bien con alguien, entendía la amistad como un pacto de sangre y se sentía autorizado a hablar con enorme franqueza. Su tendencia a dar consejos y a descubrir defectos en los otros podía convertirlo en un comisario de los afectos. Enemigo de las pequeñas dosis y las medias tintas, exigía una intensidad que acababa por calcinar las relaciones.

No hubo momento en que Lawrence pudiera ser acusado de guardar las apariencias. Su encanto era tan indiscutible como su falta de tacto. Bertrand Russell se sintió satisfactoriamente desafiado por el novelista hasta que recibió una carta en la que su amigo lo acusaba de adoptar el pacifismo por razones fariseas: el filósofo no se oponía a la guerra sino a la gente con la que era incapaz de relacionarse. Lawrence no supo entender la valentía de su corresponsal, perseguido judicialmente por sus ideas. Aun así, provocó que Russell hiciera un agudo examen de conciencia y durante unas horas pensara en suicidarse. Lo peor de las acusaciones de Lawrence es que, por fantasiosas que fueran, podían sonar convincentes.

El deseo de sacudir a la gente próxima lo llevó a asumir posturas que hubiera rechazado en terceros. Entre sus prejuicios no se contaba la homofobia, y escribió con empatía del amor homosexual en su novela *Canguro*, pero cuando E. M. Forster pasó un fin de semana con él, pensó que ese amigo solo curaría su melancólico temperamento acostándose con una mujer.

Su correspondencia sería editada por Huxley, único escritor con el que no terminaría peleado. Se necesitaba un carácter hipercomprensivo y adoptar el racionalismo como una variante del yoga para no ofenderse con el belicoso Lawrence. En las cartas reunidas por Huxley abundan los casos en los que el autor se toma confianzas que nadie le ha otorgado y explica a sus corresponsales cómo tratar a sus hijos, su esposa o su suegra. En la recatada Inglaterra de principios del siglo XX, donde el *small talk* ayudaba a sobrellevar los rigores de la hora del té, Lawrence irrumpió como alguien procedente de un submundo de hombres cubiertos de hollín que bebían cerveza y soltaban injurias torrenciales. Su compañía no siempre fue agradable pero muchas veces fue divertida. Ford Madox Ford aceptó su trato como un tónico en un club que desfallecía de decencia.

La pérdida de amistades también se debió a los retratos que hizo de sus conocidos. Pocos novelistas se han inspirado con mayor voracidad en los modelos que tienen a la mano. Lawrence aprovechaba las corbatas, los tics, los guisos, las mascotas, las más nimias anécdotas de sus amistades para echar a andar su imaginación. En consecuencia, muchas se ofendieron de que los actos más desaforados ocurrieran en un sitio idéntico a su casa.

Esta estrecha relación entre vida y obra ha dado lugar a ociosas investigaciones sobre las personas que «inspiraron» las historias de Lawrence. Se ha establecido, por ejemplo, quién sirvió de modelo para la protagonista de «La mujer que se fue a caballo». Sin embargo, el dato resulta baladí. Los antecedentes del personaje son casi innecesarios: el cuento importa a partir de que la mujer huye y entra en contacto con una etnia imaginada por el autor.

El juego de correspondencias y atribuciones que hoy divierte a los investigadores irritó a los amigos que se sintieron distorsionados y a los que no fueron reclutados como modelos.

Fascinante y difícil de soportar, Lawrence encontró a una compañera perdurable en Frieda von Richthofen, prima del Barón Rojo, el célebre aviador. Frieda tenía tres hijos, era mayor que él, poseía una robusta vitalidad y aceptó sin matices la genialidad del fénix. Dispuesta a seguirlo a donde fuera, abandonó a su familia, se consagró en alma a la causa del poeta y reservó ciertas aventuras para el cuerpo. Por su parte, Lawrence le fue fiel a Frieda. Su liberadora cruzada erótica no era la del seductor que colecciona rizos y escapa por las ventanas sino la del feligrés que encuentra en un cuerpo su altar.

Acaso para compensar los romances de Frieda, Lawrence especuló en posibilidades eróticas que no llegaría a cumplir. Una de sus fantasías involucró al crítico John Middleton Murry, esposo de Katherine Mansfield. Aunque siempre prefirió las opiniones literarias de la cuentista, durante un tiempo juzgó que se había enamorado de Murry y le propuso que sostuvieran una relación. Recibió el rechazo con tranquilidad, tal vez constatando que había puesto en juego una forma extrema del despecho, pues Frieda había sido amante de Murry. Con Mansfield mantuvo una relación intelectual más provechosa. Además los unía el hecho de padecer tuberculosis y repudiar los hospitales como una amenaza moral.

En su calidad de maestro, Lawrence disfrutó intensamente el contacto con los niños. Cuando Frieda se separó de sus hijos, él le propuso que tuvieran uno de inmediato. Poco después supo que era estéril. La vida sin hijos fue uno de los grandes padecimientos del narrador que poetizó la fecundación en *El amante de Lady Chatterley* y redimió a Jesús en «El gallo huido» al permitir que el hijo por antonomasia se convirtiera en padre.

Tal vez hubiera sido un pedagogo extravagante con sus hijos, como el protagonista de «La princesa», que enseña a su hija a buscar el «demonio verde» en el interior de las personas y la condena así a la soltería. O tal vez los hubiera tratado con el entusiasmo que mostró ante sus ocasionales visitantes infantiles. Hábil para cualquier tarea práctica, Lawrence cocinaba, cortaba leña, reparaba cosas mientras Frieda fumaba en la cama. Le gustaba incorporar a los niños a estas tareas y hablar con ellos de plantas, viajes y animales.

En 1915, veinte años después del proceso a Oscar Wilde, Lawrence enfrentó la prohibición de la novela *El arco iris*. En la atmósfera paranoica que se apoderó de Londres durante la Primera Guerra Mundial, las transgresiones morales fueron vistas no solo como un atentado contra las buenas costumbres sino contra la patria. Además, el autor vivía con una alemana y frecuentaba a un pacifista acusado de alta traición, Bertrand Russell.

Jeffrey Meyers ha descrito el opresivo clima que impidió la circulación de *El arco iris*: «Los ingleses estaban convencidos de que luchaban por grandes principios morales y que sus adversarios (tanto los alemanes como los pacifistas) eran inmorales. Ante los ojos de [un crítico patriotero como] James Douglas, *El arco iris* probaba la inmoralidad de quienes se oponían a la guerra».

La reputación de Lawrence se vio dañada por el affaire de *El arco iris*. Hasta el término de la guerra solo publicó un cuento. En 1916 escribió *Mujeres enamoradas* y pudo editarla cuatro años después en Nueva York. Durante mucho tiempo pensó que sus únicos lectores serían norteamericanos.

Frieda venía de una familia rica pero perdió el acceso a sus recursos por la forma en que huyó con Lawrence. Condenada a la pobreza, la pareja vivió en países donde la vida era más barata (Italia, Ceilán, Australia, México) y el aire más benévolo con los pulmones de Lawrence.

Para el autor de *Apocalipsis*, las mudanzas eran un estímulo para pensar de otra manera (uno de sus lemas fue: «Si tienes dudas, muévete»). Aunque recorrió Sicilia y las partes turísticas de México, buscaba escenarios que le exigieran ponerse a prueba. Se decepcionó de los mares del Sur mitologizados por Melville, Gauguin y Stevenson, pero no sintió que hubiera viajado en vano: «Me encanta ensayar nuevas cosas y descubrir cómo las detesto».

En Taos, Nuevo México, el coleccionista de horizontes encontró el que más le convenía a su ánimo. La amplitud del cielo y la intensidad de la luz lo convencieron de que había llegado a *su* lugar. Fue ahí donde tuvo la única casa de su propiedad, obtenida a cambio de un manuscrito.

Después de un arranque sorprendente (de *Hijos y amantes* en 1913 a *Mujeres enamoradas* en 1920), Lawrence cayó en un periodo desigual como novelista, afectado por su tendencia a la prédica. Esta segunda etapa va más o menos de *La vara de Aarón* (1922) a *La serpiente emplumada* (1926). En cambio, como cuentista mantuvo un pulso firme. Imposible saber lo que habría escrito en caso de vivir más tiempo. La concentrada intensidad de sus últimos tres años (1927-1930) resulta asombrosa: reúne sus pinturas, compone algunos de sus mejores poemas y los artículos que darían lugar a libros de viaje concebidos como teorías de la cultura (*Mañanas en México*, *Los etruscos*), regresa al paisaje inglés con una novela de la que ya parecía incapaz, *El amante de Lady Chatterley*, escribe el ensayo *Apocalipsis*, y culmina su último relato, «El gallo huido», también conocido como «El hombre que murió».

A diferencia de libertinos como Casanova o Laclos, Lawrence preconizó una libertad sexual basada en el afecto y la comunión con el otro. Sus personajes no disfrutan la estrategia del cortejo ni el recambio de parejas como los corresponsales de *Las relaciones peligrosas*, sino la sinceridad de las pasiones. Transformados por el encuentro, se significan por el otro. Si don Juan cifra su éxito en la extensión de su catálogo amoroso, los personajes de Lawrence se someten a un arrebato que los despoja de toda convención y acceden a una forma superior de conocimiento a través del sacramento físico. Nada más ajeno a él que las orgías y las alternancias físicas. Su idea de la satisfacción tiene otro signo: no se trata de variar contactos sino de intensificar las escalas del deseo hasta alcanzar un absoluto; de ahí la importancia casi mística que otorga al coito anal en *El amante de Lady Chatterley*.

Su época se escandalizó más de lo que puede hacerlo la nuestra, expuesta a los excesos visuales en televisión y al atletismo que el cine porno monta en su predilecto sofá de piel amarilla. El eufónico uso de la palabra *fuck* –que en una expansión pánica del deseo aplicó a las flores bajo la lluvia–, así como sus descripciones del orgasmo simultáneo o la satisfacción que la mujer puede obtener una vez que el hombre eyacula, le dieron el confuso prestigio del pornógrafo y relegaron algunos de sus libros al catálogo de las editoriales pirata.

Virginia Woolf dictaminó que Lawrence escribía «escenas de alcoba para regocijo de las cocineras». Varias décadas después, la feminista Kate Miller, sorprendida por el éxito de Lawrence ante las lectoras, opinó que se trataba de un falso liberador. Como su admirado Whitman, el novelista celebra la fuerza masculina y llega a concebir una religión falocéntrica en *La serpiente emplumada*. Kate Miller encuentra ahí una voluntad de dominio y discriminación. En especial, repudia «El gallo huido», que en su opinión narra «la transformación de la sexualidad en asesinato». Desde otra militancia (la del antifeminismo), Norman Mailer se opuso a estas interpretaciones. Con ánimo más sosegado, podemos decir que Lawrence explora numerosas variantes del hecho amoroso. Algunas de sus protagonistas femeninas son víctimas, pero otras encuentran intrépidas formas de satisfacer su deseo, del amor lésbico en *Mujeres enamoradas* a un erotismo cósmico en el cuento «Sol», pasando por la ruptura de prejuicios sociales de Constanza Chatterley.

Obviamente, la sexualidad del autor ha sido estudiada por los biógrafos de *boudoir*. Sin embargo, hay pocas novedades en ese frente. Lawrence se dejó llevar por agitadas emociones pero solo buscó la complicidad física de la única mujer que amó en su vida. Su salud precaria se prestaba poco para las desmesuras, pero no fue esto lo que lo detuvo. La promiscuidad le molestaba a tal grado que apaleaba a su perro por la indiscriminada energía con que saciaba sus instintos. Su época se alarmó con su minuciosa y gráfica franqueza, y con el hecho de que en sus tramas el cuerpo decidiera antes que la mente o aun en contra de ella. El amor según Lawrence no es una idea que encarna, sino la carne que deviene idea. Esto implica desandar el camino de la cultura. Las convenciones y la norma no valen nada ante la lumbre de los ojos. El pacto de la sangre reclama valentía, entre otras cosas porque no lleva a la diversión (en los dos sentidos de la palabra); se trata de una senda única, total. El deseo profundo no dispersa su objetivo.

En la última década de su vida, Lawrence pasó menos de cinco meses en Inglaterra. Vilipendiado por la crítica, acusado de espionaje, repudiado como pornógrafo y pacifista, con amigos en perpetuo estado de ofensa, sin el menor apoyo en el teatro (no pudo ver en escena ninguna de sus ocho obras), prefirió respirar mejores atmósferas para su ánimo y sus pulmones.

Muchas de sus convicciones fueron producto de arrebatos. Con desigual fortuna se dejó afectar por los sucesos que veía. Una solitaria visita a una corrida de toros produjo la descripción fascinante que incluye en *La serpiente emplumada*. En cambio, su esporádico contacto con el cine lo llevó a la precipitada conclusión de que se trataba de un entretenimiento banal donde la técnica siempre se imponía al arte. Al respecto, dejó un poema cuyo título es ya un acto de repudio: «Cuando fui al cine».

En su búsqueda de eternidades dejó ensayos como *Fantasía del inconsciente*, donde se extravía en el paradójico intento de sistematizar los impulsos pero logra imágenes de explosivo poderío.

Desconcertante para la república de las letras, poco a poco adquirió el ambiguo rango de una leyenda a la que se le atribuían excesos y poderes esotéricos. En 1929 sus pinturas se exhibieron en Londres y fueron vistas por trece mil visitantes antes de que la muestra se cerrara por «obscena». El heraldo que anunció la salva-

438

ción por el tacto estaba destinado a convertirse en mito. Cuando *El amante de Lady Chatterley* se publicó por vez primera en una versión no expurgada, en 1960, vendió 3.225.000 ejemplares en ocho meses.

Lawrence murió el 2 de marzo de 1930 en Vence, al sur de Francia. Con excepción de una elogiosa necrológica de su examigo E. M. Forster, los obituarios fueron negativos. Inglaterra parecía haberse librado del rebelde emergido de las minas.

CUENTOS COMO INCENDIOS

Si en la poesía suele desconcertar por sus incontroladas variaciones formales y en la novela abusa de la propedéutica, en el cuento Lawrence contiene su torrencial impulso profético sin renunciar a una intensa subjetividad (la vida secreta de los personajes) ni al papel simbólico de la naturaleza.

Los paisajes de Lawrence son espacios interiores, formas morales. En «El ciego», un árbol aparece como la extensión de una idea: «Lo único que ella alcanzó a percibir en la última luz del crepúsculo fue un gigantesco abeto que agitaba sus ramas: más que ver parecía pensar el árbol». En este cuento la mujer del ciego interioriza el mundo del mismo modo en que él exterioriza la tiniebla en la que vive.

En *El amante de Lady Chatterley*, Lawrence encontró en la figura de un guardabosques el pretexto ideal para vincular la sensualidad con el cuidado del paisaje. Enfermo de muerte, el autor se reconcilió con la vegetación inglesa y la lluvia que acompañaba el baile de Constanza Chatterley. La sexualidad brota como un manantial, una ceremonia del origen en busca de la descendencia. El marido de Constanza Chatterley es un inválido de guerra, pero ella (y se diría que Inglaterra entera) no puede detener el impulso de la vida y encuentra la pasión en la cabaña habitada por alguien «indigno» de su clase. Clifford Chatterley acepta la transgresión erótica en aras de tener un hijo, pero no la transgresión social.

Los animales tienen en Lawrence una fuerza simbólica equivalente a la del paisaje. En la novela breve *El zorro*, un hombre irrumpe en la vida de dos campesinas como el animal salvaje que merodea en las inmediaciones. Muerto el depredador, las mujeres pueden recuperar el pacto de soledad en el que viven. Al final de «El ciego», el protagonista es visto por su mujer (a quien le repele el contacto físico) como un molusco cuya concha se ha roto. En «El segundo mejor» dos chicas atrapan un topo que ha diezmado los plantíos; en forma oscura, el contacto con este diminuto enemigo decide que una de ellas acepte el cortejo de un muchacho que hasta entonces no le interesaba.

De Chéjov a Carver, el cuento basa su fuerza en la economía de recursos, el control de lo no dicho. Lawrence contribuye al género insinuando la fuerza articuladora de las pasiones sin caer en el tono discursivo. Un marido descubre el inesperado regalo que recibe su mujer y eso le recuerda la mirada de extravío que ella mostró en un baile. Una muchacha mira a un hombre beber agua y se estremece ante el líquido que le chorrea por el cuello. Imágenes que afectan a los personajes más allá de las explicaciones.

El Lawrence cuentista contiene su tendencia de mitógrafo: no escribe parábolas sino historias que admiten lecturas múltiples. La sensualidad domina a los personajes más allá de sus intenciones manifiestas. En esto se asemeja a Schnitzler, pero busca motivaciones más lejanas para su ronda de encuentros y desencuentros. Si el autor austriaco apela al inconsciente, las causas de Lawrence provienen de la fragua del mundo y los mitos del origen. Sin embargo, por desmedidos que sean los impulsos de sus personajes, el narrador opera por sugerencia: siempre es más lo que no se aclara; cada escena depende de emociones imprecisas.

En la época en que Henry James renunció al narrador que conoce la mente de todos sus personajes, Lawrence, más convencional, conservó la alternancia de puntos de vista del autor omnisciente. Esto les resta efectividad a algunos de sus relatos; la atracción o el conflicto dejan de intrigar si se conoce demasiado pronto lo que piensa la otra parte.

En sus mejores pasajes, Lawrence despoja a su gente de la psicología y hace que se conozca por el tacto. En «El ciego», el protagonista le pide a un visitante que le toque la cara, desfigurada por la guerra: «Ahora nos conocemos uno al otro», comenta. En «Olor a crisantemos», un minero muere en un accidente y es llevado a la casa donde viven su esposa y su madre. Las mujeres disputan por

lavar el cuerpo, territorio de la caricia y la discrepancia, de los celos más allá de la muerte.

Tocar ilustra y compromete. El cuento «Tú me acariciaste»
expresa, desde su título, la fuerza de la piel. Una mujer entra a la
alcoba de su padre y acaricia por accidente a un hombre que duerme ahí. Él siente que este desliz los une: «me tocaste», le dice a ella
por toda explicación, quien toca es esclavo de su acción.

En *Poeta con paisaje*, Guillermo Sheridan señala la decisiva influencia del autor de *El amante de Lady Chatterley* en Octavio Paz.
«Lawrence», escribe Paz, «quiere que el espíritu se bañe en la intimidad carnal de cada quien. Su fin es la comunión; por eso no
pretende crear una moral, sino una religión.» Al respecto habría
que agregar que se trata de una religión sin iglesia ni noción del
más allá, una liberadora intensificación de la experiencia. Aunque
fantaseó con crear una comuna y viajar a bordo de un barco en
compañía de espíritus afines, el credo de Lawrence no podía prosperar en el reducido ámbito de la secta, por más que su carisma le
otorgara ciertas condiciones de líder.

La religiosidad de Lawrence apunta a un misterio intransferible, el instante único y secreto de dos cuerpos: «Mi gran religión
es la creencia de que la sangre y la carne son más sabios que el intelecto». Mucho hay de accidente en la transgresora flama del erotismo. Lawrence escribía ficciones, no textos sagrados; sin embargo,
dependía de un impulso casi fanático. La religiosidad que con justicia
advierte Paz apunta a la energía misma de la vida. Lector minucioso
de *La rama dorada*, de Frazer, Lawrence concibió diversas mitologías. En «La mujer que huyó a caballo», una norteamericana entra
en contacto con la presunta religión originaria de los mexicanos y
toma parte en un sacrificio para renovar la rueda del cosmos, sin
entender en qué está participando. El relato «Sol» ofrece el reverso
de esta situación: una mujer se fortalece al entregarse a la quemante-
te luz solar.

De acuerdo con Lawrence, el erotismo remite a una edad anterior, sepultada por la farsa teatral de la civilización. Europa es un
continente devastado por la guerra, la técnica, la usura, el culto a
las apariencias y al buen gusto. En el relato «Cosas» una pareja de
coleccionistas termina perteneciendo a sus objetos. Ahí comenta
el autor: «Europa era encantadora, pero estaba muerta. Vivir en

Europa significaba vivir en el pasado [...]. Esa era la verdad sobre los europeos: sobrevivientes que no tenían nada por delante». Y al comienzo de *El amante de Lady Chatterley* apunta: «Ha sucedido el cataclismo y estamos entre ruinas». Para tener derecho a un presente intenso en ese castigado territorio hay que volver al tiempo anterior al tiempo, el instante eterno de la comunión erótica.

Lawrence recorrió Sicilia, Ceilán, Australia, México y el sur de Estados Unidos en busca de culturas atávicas. Aprendió italiano y español, concibió el resurgimiento de la religión prehispánica en *La serpiente emplumada*, estudió las más diversas cosmogonías. No buscaba reproducir antiguos ritos de paso sino llevar esa energía a la modernidad. A este propósito responde «El gallo huido». Lawrence retoma la historia de Jesús: el profeta ha resucitado pero no se encuentra del todo vivo porque carece de deseo. A este inquietante mesías no le basta haber muerto en el nombre del padre porque es sobre todo hijo de la madre. Al escribir el relato, el autor quizá tuvo en mente lo que le ocurrió en una iglesia de Sicilia. Ante un Cristo sangrante le preguntó a una mujer por qué esa efigie era tan cruenta y ella le respondió: «porque hizo sufrir a su madre». El pecado de Cristo es su abandono de la vida: no ofrece el amor, sino el cadáver del amor. En «El gallo huido» la resurrección es solo el pretexto de la historia; su verdadero tema es la redención sensual. A punto de morir, el cuentista escribe: «La fatalidad de la muerte era una sombra comparada con el rugiente destino de la vida».

El inconforme perpetuo peregrinó en pos de una incierta tierra prometida. La desafiante honestidad de su búsqueda no admitió contemporáneos. Quien trafica con lumbre debe ser visto a la distancia. No pocas veces sus personajes buscaron consuelo en un territorio distante.

El peregrino Lawrence también escribió sobre los riesgos de una búsqueda que podía terminar en la inmolación ceremonial en aras de una religión desconocida o en una mudanza perpetua. «El hombre que amaba las islas» comienza como un inocente cuento de hadas y lleva al desasosiego de un cazador de territorios perfectos. La frase de John Donne, «ningún hombre es una isla», encuentra en esta parábola cabal refutación. El protagonista busca vivir en un sitio cada vez más reducido y solitario, equivalente insular de su encogido estado de ánimo.

Lawrence asumió el impulso de viajar como una terapia para su inquieto temperamento; sin embargo, no dejó de advertir el punto crítico en que el desplazamiento deja de ser un remedio y se convierte en sobredosis.

Enfermo y débil, se acercó como pocos al casi temible torrente de la vida. Fue confuso y ridículo, como es confusa y ridícula la intimidad ajena. Tuvo fe en la fuerza hechicera del tacto y buscó los momentos que hacen innecesarias las palabras. Su fracaso fue su triunfo: usó el lenguaje para llegar a lo indecible.

Uno de sus más fecundos lectores, Octavio Paz, describió en verso la utopía donde la sangre escribe sus designios:

> arco de sangre, puente de latidos,
> llévame al otro lado de esta noche,
> adonde yo soy tú somos nosotros,
> al reino de pronombres enlazados.

Hacia esa inaudita comunidad caminó descalzo D. H. Lawrence.

LOS DUENDES SON LÓGICOS
EL CREPÚSCULO CELTA Y *LA ROSA SECRETA* DE W. B. YEATS

a Javier Marías

En 1940, un año después de la muerte de W. B. Yeats, T. S. Eliot impartió una conferencia en el Teatro Abbey, sitio decisivo en la trayectoria de su colega irlandés. No era fácil para el autor de *La tierra baldía* abordar a un poeta que había sido injusto con él. Cuatro años antes, Yeats compiló una extravagante antología para la Universidad de Oxford en la que incluyó a Eliot «más como un autor satírico que como un poeta». Eliot supo pasar por alto el dudoso favor de ser elegido de ese modo. En su conferencia, rindió tributo a la portentosa variedad de Yeats y al claro sentido de la evolución que otorga unidad a su obra. Se cuidó, eso sí, de apreciarlo más como un representante de otro frente de batalla que como una influencia para él y su generación.

La muerte de Yeats en el invierno de 1939 significó el fin de una era. El poeta recibió en vida un reconocimiento impar; ha sido tan leído y discutido en la cultura inglesa que sus biógrafos apenas dedican unos párrafos a señalar que además obtuvo el Premio Nobel. Periodista de temple polémico, empresario teatral, senador y contertulio de ministros, Yeats no vaciló en convertirse en personaje público para adelantar sus múltiples causas en un país que juzgaba suficientemente atrasado para ser transformado desde la cultura.

La vida privada de Yeats establece un contraste radical con el prohombre que sugieren sus actividades de poeta laureado. Sujeto ideal para los biógrafos, hizo de la relación amorosa algo tan intrincado, enigmático y versátil como su poesía. Por otra parte, su interés en todas las sombras del ocultismo pobló su destino de claves herméticas. Los masones, los astrólogos, los rosacruces y los orientalistas no acabarán de descifrar sus enigmas.

La obra de Yeats, atravesada de lúcidos diagnósticos sobre la muerte, la vejez, la sexualidad, la guerra y el amor, proviene de fuentes difusas, inestables. Las líneas de la mano o el silencioso decurso de los astros fueron el origen remoto de páginas que producen la extraña impresión de lo deliberado.

Yeats requería de informes extralógicos para escribir con fulminante sensatez, al modo de un piloto que atraviesa con pericia un cielo metafísico. Su vida semeja una arbitrariedad corregida a través de la poesía. En el poema elegiaco que le dedicó en 1939, W. H. Auden se burla con afecto de las boberías del poeta y su gusto por las mujeres ricas, cómplices de su místico erotismo. Pero «los poemas no se enteran de la muerte del poeta»; el talento literario se sobrepone a los caprichos vitales que lo hicieron posible.

Casi cuarenta años más tarde, en 1978, Seamus Heaney volvió a resaltar la oposición o, mejor dicho, la tensa y soterrada correspondencia entre la vida y la obra de W. B. Yeats. Al igual que Eliot, Heaney se entrega a la aventura de suponerle un orden a Yeats, una estética de conjunto, y se pregunta en qué medida la singularidad de su compatriota es admisible como modelo. El poeta de *La torre* se perfila a través de opuestos: mago y empresario, idealista y calculador, rebelde y aristócrata, anacoreta y dandy. Un personaje desmedido, deliberadamente único, que combina las ocupaciones mundanas con el disciplinado cultivo de sus visiones interiores. Lo que articula estos contrastes es el ejercicio de la poesía. «Mientras más pensamos en Yeats», comenta Heaney, «más se acorta la distancia, forzada por la etimología, entre el misterio y la maestría.» Los muchos hombres que fue Yeats representan el pasmoso tránsito del misterio a la maestría. En su oscura arboleda, el poeta no repudia la razón: «Los duendes son lógicos», escribe en *El crepúsculo celta*.

Eliot, Auden y Heaney insisten en la oculta armonía del poeta. Tal aseveración resultaría innecesaria ante una vida más sosegada o una obra de menor variedad y virtuosismo. El hechizo de Yeats deriva, en buena medida, de llegar al rigor poético movido por estímulos trascendentes. Lejos del chamán que se sirve de la métrica como una ciencia numerológica, Yeats es raro al modo de los duendes celtas; lo sobrenatural no es la meta sino el punto de partida para trazar su precisa cartografía.

William Butler Yeats nació en Dublín en 1865 y pasó su infancia en la provincia de Sligo, escenario primordial de *El crepúsculo celta*. Hijo de un filósofo y pintor al que apreció más por sus óleos que por su trato, creció a la sombra de Susan, su madre, que amaba a Irlanda en la misma medida en que odiaba todo lo inglés. En su biografía de Yeats, Thomas Brown apunta que el leal hijo de Susan solo dejó tres referencias a Inglaterra en su poesía, a pesar de que pasó casi tanto tiempo en Londres como en Dublín.

El poeta militó en las filas del independentismo irlandés con su característico sello personal. Para él, el futuro de Irlanda dependía de la recuperación del pasado, la espiritualización de un territorio no contaminado por el progreso. Las sagas celtas le permitieron entender las esencias que perduran como embrujos colectivos y vincular su causa política con una estética.

En París y Londres, Yeats frecuentó sociedades teosóficas, practicó la magia negra, perteneció a cenáculos de obligadas capas negras. Algunos de sus ensayos combinan la aproximación esotérica con el proselitismo nacionalista. Sin embargo, en territorios alejados de la hechicería, Yeats se comportó como lo que también era: un articulista ansioso de tener razón, un partidario de las rebeldías elegantes, un temeroso crítico del populacho. Consciente de los efectos de la apariencia, aprendió en Wilde la utilidad de la máscara para hablar con libertad y se forjó un personaje capaz de adaptarse a sus plurales circunstancias. Avergonzado de su pobreza, un Yeats casi adolescente tiñe sus talones de tinta para ocultar que sus calcetines están rotos. Así entra en los salones donde descubre las jerarquías del oporto, las comodidades del mecenazgo, las virtudes de recitar en actitud de vidente herido por la inspiración (en *El mundo de ayer*, Stefan Zweig retrata al bardo que parece recibir dictado de la musa).

La curiosidad de Yeats no conoce el reposo. Lee los periódicos con persecutorio olfato de polemista; admira en París una puesta de *Axël*, de Villiers de l'Isle-Adam, y hace suyo el aristocrático desprecio por lo común (el epígrafe de *La rosa secreta*, tomado de Villiers, dice: «En cuanto a vivir, nuestros sirvientes lo harán por nosotros»);

se interesa en Balzac; sigue las óperas de Debussy y discute acerca de la tramoya y los decorados; asiste a las obras de Alfred Jarry y las repudia; experimenta con el hachís y la mescalina; lee a Nietzsche con el fervor que antes le produjeron Swedenborg y Blake; busca correspondencias entre el teatro noh de Japón y el renacimiento del drama irlandés; se ocupa de grandes pintores y sectas ínfimas; estudia hinduismo; discute a Hegel y a Vico; apoya a Joyce; rescata cuentos del folclor celta.

Su escritura es tan variada como sus intereses. El repertorio de su métrica y su capacidad de asumir diversas voces bastarían para acreditar su versatilidad. En cuanto a los géneros, el polígrafo ir-landés escribe teatro, libelos, memorias, cuentos, novelas, artículos, ensayos, panfletos, prólogos, miles de cartas introspectivas y reglamentos internos para sociedades secretas.

En sus años de madurez, Yeats perdió el aspecto heroico de quien se sacrifica en el altar de la sensibilidad. Un hombre distanciado, un tanto altivo tras sus anteojos sin aros. El poeta se compara con un jinete de controlada valentía que «arroja un ojo frío / sobre la vida, sobre la muerte». Para entonces, ha trabajado en forma ingente en pro del Teatro Literario Irlandés, se ha curtido en mil batallas periodísticas, ha aprendido en el Senado que los ideales libertarios se convierten, en el mejor de los casos, en útiles leyes grises, y no quiere perder el tiempo. A los argumentos de sus adversarios contesta con una sentencia de gurú: «¡Ah, pero eso fue antes de que cantara el pavo real!». No ha roto con el arriesgado explorador de los misterios; simplemente, lo administra en su interior.

En algo no cambia Yeats: el viaje que va de las rarezas del mundo al rigor de la poesía requiere de compañía femenina. Las relaciones amorosas le sirven de borrador y tribunal de sus creaciones. Convencido de que la mujer tiene un acceso privilegiado a lo trascendente, buscó amantes que fueran, si no adivinas, por lo menos muy nerviosas. De Richard Ellmann a Thomas Brown, los biógrafos procuran guardar la ecuanimidad ante una vida erótica que, aunque no estuvo exenta de percances, puede leerse como una maravillosa parábola del placer cumplido. Yeats fue amado por mujeres hermosas, inteligentes, intuitivas, protectoras, que le guardaron lealtad a lo largo de las décadas y —récord máximo— fueron estupendas amigas entre sí.

La figura primigenia fue, por supuesto, su madre, celosa guardiana del esplendor celta. Por otra parte, la frecuentación de madame Helena Blavatsky en los años ochenta fomentó su interés en el «plano astral». La pitonisa rusa fundó en 1875 la Sociedad Teosófica a la que perteneció Yeats. Ahí, el poeta se familiarizó con el budismo, el mesmerismo, la frenología y la idea de la reencarnación, muy atractiva para alguien dispuesto a llevar vidas numerosas. A pesar de su predicada espiritualidad, madame Blavatsky mostraba su mayor vocación al comer huevos fritos en mantequilla. Esta dieta no era la única contradicción con un ideario nutrido de neoplatonismo. Yeats descubrió la charlatanería de la teósofa, pero mantuvo intacto su entusiasmo por el revés de las cosas. En 1892, un año antes de publicar *El crepúsculo celta*, escribió a su amigo John O'Leary: «La vida mística es el centro de todo lo que hago y todo lo que pienso y todo lo que escribo».

En 1902, en la edición revisada de *El crepúsculo celta*, afirma que las mujeres llegan con mayor facilidad a lo desconocido, sabiduría que para los pueblos antiguos era la única sabiduría.

Dos romances difíciles acompañan al poeta en sus años de formación. *El crepúsculo celta* (1893) se publica mientras sostiene un «matrimonio místico» con Maud Gonne, y *La rosa secreta* (1897), después de su separación de Olivia Shakespear. Ninguna de las dos mujeres parecía dispuesta a vivir con él en forma definitiva. Gonne se embarazó de otro hombre durante el affaire y Shakespear sobrellevaba un matrimonio aburrido pero no necesariamente prescindible. En ambos casos Yeats buscó alianzas que reforzaran su conocimiento de lo oculto. El hecho de que se tratara de romances clandestinos fue un valor añadido para alguien que concebía la pareja como la variante íntima de las sociedades clandestinas. Años después llegaría a proponerle matrimonio a la hija de Maud, con anuencia de la madre. A pesar de estas complicidades, a fines del siglo XIX Yeats dice que ha fracasado en lograr que el amor asuma la intensidad de una ceremonia y lo lleve a otro nivel de conocimiento que la desesperación. Este estado de ánimo se filtra a *La rosa secreta*: los héroes románticos encaran un destino adverso; los milagros ocurren a cada rato pero no en favor de quienes reciben la llamada del amor. Los favoritos de Venus pasan por una prueba que debe resistirse con entereza y temeridad y amarga poesía.

Después de romper con Olivia Shakespear, lady Augusta Gregory aparece como la impositiva salvadora del poeta. Enlutada desde la muerte de su marido, Gregory adopta a un Yeats tan exhausto que carece de energías para vestirse en las mañanas. Lady Augusta ordena a un criado que le lleve sopas reconstituyentes, y él acepta las severas leyes de un romance que tiene mucho de maternidad sustituta.

En otros autores sería una frívola intromisión detenerse en sus amoríos. Esto es imposible con Yeats, que hizo de su trato con las mujeres una peculiar epistemología, su principal vía de acceso a lo desconocido. Bajo el influjo de su madre, Maud Gonne, Olivia Shakespear y lady Gregory, buscó en las leyendas irlandesas la matriz del misterio. Los vientos que barren la costa y los bosques donde hablan los *sidhe*, emisarios de las hadas, aluden a un esplendor perdido pero recuperable. En *La rosa secreta* apunta: «Dijo que el mundo fue perfecto y amable, y que el mundo perfecto y amable aún seguía existiendo, pero enterrado como un montón de rosas bajo muchas paladas de tierra». Narrar significa extraer la flor oculta.

Casi septuagenario, y después de años de matrimonio con Georgie Hyde-Lees, Yeats se somete a una operación para recuperar el vigor sexual y se entusiasma con los variados enredos que aún puede otorgarle el destino. Su poesía también sube de temperatura: «de joven obedecí a una musa vieja y de viejo a una musa joven», opina el hombre que se dejó afectar por la melancolía finisecular a los treinta años y celebra la alquimia del sexo a los setenta.

Hasta sus últimos días, Yeats conserva su peculiar constelación femenina, aunque no siempre corresponde al afecto con generosidad. En sus tiempos de senador, la incansable activista política Maud Gonne cae en prisión y él se limita a cerciorarse de que le den frazadas. «La pasión, en apariencia, se había enfriado», comenta con flema el biógrafo Thomas Brown.

El crepúsculo celta y *La rosa secreta* fueron escritos en los años en que Yeats decidió su estética, su moral de vida, sus convicciones religiosas y políticas. Desde el punto de vista formal, *El crepúsculo celta* es más un conjunto de episodios que un libro de relatos. El narrador transita con fluidez de una anécdota a otra, aplaza la solución de una historia y la retoma un par de capítulos después o la condensa hasta convertir un párrafo en una ficción súbita: «Al cabo de siete años fue devuelta a casa, pero faltándole los dedos de los pies. Los había perdido de tanto bailar». Las tramas dispersas sugieren una conversación al calor de una fogata: el relato colectivo depende de que los cabos estén sueltos.

Las crueles maravillas de *El crepúsculo celta* informan de las posibilidades mágicas de los animales, la activa vida de los muertos, el papel comunicativo de las criaturas intermedias (hadas, duendes, musas) cuyo domicilio permanente está en los sueños y que el visionario puede hallar a voluntad. El escenario imprescindible de las historias es el bosque, espeso y silencioso, que oculta sus enigmas a los indignos.

En la agonía del siglo XIX, Yeats persigue el *afterglow*, el brillo crepuscular de una cultura, el sol cuando ya no hay sol. Esta tentativa continúa en *La rosa secreta* con mayor énfasis en las formas cerradas del relato ejemplar. Los protagonistas reciben lecciones de alto sufrimiento y pagan cara su osadía. El primer texto y el último tratan de juglares sacrificados. Los personajes anhelan el sello que los distinga y el mundo castiga su temeridad. Un rey sabio debe abdicar porque su pueblo no tolera las plumas que le crecen en la cabeza y señalan su diferencia. Hanrahan el Rojo, que reaparece como álter ego de Yeats en varios poemas, atiende al llamado de una mujer hasta toparse con unos dioses que juegan a la baraja. Durante un año, queda preso en esa partida y pierde la cita con la amada. Sus fatigas han sido en vano. Al final del libro muere, un espíritu femenino se apodera de su voz y lo trasciende. En otro relato, escribe Yeats: «No hay hombre que pueda vivir con su luz, pues, como el granizo, la lluvia o el relámpago, su trayectoria es mortífera para las cosas mortales». Y sin embargo los lances castigados del poeta valen la pena: «El rubí es un símbolo de amor a Dios [...] porque es rojo, como el fuego, y el fuego todo lo consume, y donde nada hay, allí está Dios». La inmolación conduce a lo sagrado. *La rosa secreta* exalta los caminos difíciles que transforman la poesía en fecundo martirio.

Literatura de claroscuros, la de Yeats opta por los velos, los matices, los brillos inseguros. También en los poemas de *El viento entre los juncos*, escritos en esos años, busca elocuentes zonas de indefinición: «la espuma como cera derretida en la arena oscura».

450

A fines del XIX, cuando recrea el folclor celta, Yeats ya es dueño de complejos recursos literarios y juega sus cartas más fuertes en la poesía y, en segundo término, en el teatro. Los compendios celtas no son peldaños para la torre que se edificará con otros materiales. *El crepúsculo celta* y *La rosa secreta* saldan deudas más sencillas y acaso más profundas: preservan la primera patria, la voz de la madre, la infancia. En 2003, ambos libros fueron reunidos en un volumen por la editorial Reino de Redonda en las exactas versiones de Javier Marías y Alejandro García Reyes.

El crepúsculo celta y *La rosa secreta* son obras preparatorias, no en un sentido técnico, sino moral. Yeats pone un pie en un pasado fecundo sin saber adónde irá. Su destino aún puede ser el del mago, el místico, el profeta gramático. Elige la poesía y sabe que solo encontrará una ruta original si se extravía con provecho. El bosque se abre ante él como el París de Walter Benjamin: un sitio para perderse a propósito.

En Yeats, la inseguridad representa un principio creativo. Toda percepción de los otros es incierta: «Uno de los grandes problemas de la vida es que no podemos tener ninguna emoción pura. Siempre hay en nuestro enemigo algo que nos gusta y en nuestro amor algo que nos desagrada. Es este enredo químico lo que nos hace viejos y nos arruga la frente y hace más profundos los surcos de nuestros ojos», comenta en *El crepúsculo celta*. No se escribe porque se sepa lo que se va a decir sino para averiguarlo.

Visto desde el presente, el Yeats de las historias parece un adelantado de los años sesenta y la Era de Acuario. Su interés por la intuición, los actos de psicomagia, las leyendas ejemplares, los paraísos artificiales de la droga, la astrología, la vida comunitaria, el compromiso político, la relación entre mística y sexualidad, la imaginería feérica, las posibilidades cotidianas de lo sagrado, la recitación como ceremonia, las formas no literarias de la expresión poética lo acercan –como personaje, no como poeta– a figuras del corte de Allen Ginsberg. Y, sin embargo, estuvo tan ligado a su época que Eliot lo considera uno de los pocos poetas que retratan su tiempo de cuerpo entero.

Múltiple y esquivo, Yeats convierte lo inefable en un prodigio compartido. En uno de sus más célebres poemas, «El zancudo», compara a Miguel Ángel con un mosco que posa sus largas patas en la superficie del agua. El pintor frota los muros de la Sixtina mientras «su mente se mueve en el silencio» como un insecto se mueve sobre el agua y toca la corriente, el tiempo que fluye por debajo, sin someterse a ella. La imagen describe la frágil fortaleza que William Butler Yeats encontró en las sagas celtas, ese viento cargado de magias y sensatas razones, capaz de transformar el misterio en maestría. Los duendes, en efecto, son lógicos.

«¿TAMBIÉN TIENE SUS LEYES EL INFIERNO?»
MEFISTO DE KLAUS MANN

en memoria de R. H. Moreno-Durán

Un momento emblemático de Alemania: en 1932 se cumplen cien años de la muerte de Goethe y los nazis se preparan para tomar el poder. Thomas Mann es el autor central de un país que se debate entre ser fiel a sus mejores tradiciones o aceptar la ideología del delirio disfrazada de triunfo de la voluntad germánica. Tres años antes, en 1929, Mann había recibido el Premio Nobel de Literatura. Nada más lógico que fuera escogido para hablar en Weimar del hijo predilecto de la ciudad, Johann Wolfgang von Goethe.

Cuando enfrentaba al público, el rostro patricio de Mann parecía estar por encima de sus circunstancias. Sin embargo, registraba con apremio todo lo que sucedía en derredor. En sus diarios describe el placer que le causaban los auditorios llenos, el silencio con que la gente seguía su melódico fraseo, el estallido final de los aplausos. El conferencista apenas modificaba su semblante ante las ovaciones, pero medía cuánto duraban con los latidos de su corazón, el oculto instrumento de precisión que llevaba bajo su chaleco. En Weimar, Mann tuvo un público a la altura de sus expectativas. No obstante, poco después recibió un extraño paquete: los nazis le enviaban un ejemplar calcinado de su novela *Los Buddenbrook*.

Un año más tarde Hitler ganaba las elecciones. «Del fuego vamos hacia el fuego», dice Mefistófeles en el drama de Goethe. Uno de los rasgos más inquietantes en esta encarnación de los trabajos del diablo es que la maldad va acompañada de irregateable simpatía. El sabio Fausto disfruta la calidad de su oponente. Una

453

vez seducido, busca un mote cariñoso para su compañero de ruta: le dice Mefisto.

En 1932 Klaus Mann, el mayor de los hijos de Thomas, tenía veintiséis años y acababa de publicar su novela autobiográfica *Hijo de este tiempo*. Cuatro años después escribiría la historia del actor Hendrik Höfgen, antiguo comunista y promotor del teatro revolucionario que acepta los favores del nazismo y se convierte en uno de sus principales estandartes. El título denuncia al nuevo seductor de Alemania: *Mefisto*.

La novela de Klaus Mann explora la vida interior de un oportunista que solo puede ser genuino en la suplantación. Obra maestra de la condición teatral, recrea las estrategias de un simulador y el impacto que tienen en un espacio muy proclive al histrionismo: la política.

Si el *Fausto* de Goethe tiene su prólogo en el cielo, *Mefisto* lo tiene en un infierno disfrazado de paraíso. El año es 1936 y se celebra una fiesta donde coinciden el ministro del Aire (Göring) y el ministro de Propaganda (Goebbels), los hombres más poderosos después del *Führer*. El huésped estelar es Höfgen, actor que ha triunfado como Mefistófeles, «el inspector de obras» de Lucifer, la refinada inteligencia que crea al destruir. Los ejércitos preparan su artillería mientras los espíritus sensibles beben rodeados de bellezas arias. Höfgen recita a Goethe.

Un largo flashback explica la terrible ascensión del comediante. De manera apropiada, el libro lleva el subtítulo de «Novela de una carrera». Klaus Mann registra el proceso de pactos y claudicaciones que encumbran a un artista en el Tercer Reich. El momento decisivo ocurre en la temporada teatral 1932-1933. Höfgen interpreta a «Mefistófeles, "fantástico hijo del caos"», como un «payaso trágico, el pierrot diabólico».

Mefisto recrea una atmósfera donde lo demoniaco cambia de signo: «El diablo conoce a los hombres, está iniciado en sus más profundos secretos y el dolor que por ellos siente paraliza sus miembros y petrifica su gesto, convirtiéndolo en una máscara del desconsuelo». Pícaro y compasivo, lúcido en extremo, irresistible, Mefistófeles representa un arriesgado impulso de transformación. Es la antorcha que ilumina al calcinar. En la versión de Goethe, se describe a sí mismo como «una parte de esa fuerza que siempre quiere el mal y siempre logra el bien». ¿Es posible rechazar su ambiguo cortejo? El Tercer Reich cree hallar ahí una clave de superación. Höfgen recita mientras los heraldos del progreso nazi afilan sus cuchillos largos.

Precisa crónica de una época, *Mefisto* conduce a las entretelas que permitieron el triunfo del nacionalsocialismo. En la galería de personajes que rodean al actor Höfgen, medran los que nunca supieron nada o nunca quisieron saber nada y los que se entregan a la dinámica de los sucesos sin reparar en otra cosa que las oportunidades personales (el diabolismo del éxito). Dos escritores encarnan formas inútiles de la conciencia crítica. El dramaturgo Marder y el poeta Pelz detestan la vulgaridad del nazismo y su estrechez de miras; sin embargo, su arrogancia acaba por reforzar el entorno del que creen sustraerse. Marder es un izquierdista cínico que come espléndidas langostas en restaurantes de lujo y Pelz está hechizado por la catástrofe, la aniquilación le parece el mejor medio de llegar a la «capa secreta» de la realidad. Dandies de la negatividad, estos autores fomentan una demolición difusa, contra todo y contra todos, sin comprender que serán arrastrados en sus escombros.

El protagonista es más racional; ha militado en la izquierda y cree en la solidaridad, pero no depende de sí mismo: todo actor se debe al público. Esta ecuación alcanza en *Mefisto* un punto extremo. Hendrik Höfgen solo puede expresarse al ser otro bajo las ardientes luces del proscenio. Su mismo nombre es una falsificación. Se llama Heinz y detesta que se lo recuerden. También odia que por error lo llamen «Henrik». ¿Pensaría que esto lo acercaba al nombre de pila del Fausto de Goethe: Heinrich? La caprichosa «d» escogida para Hendrik es el maquillaje de un actor: «Más que una denominación personal [significaba] una tarea, un deber».

La carrera de Höfgen depende de las mujeres. Sublime en los escenarios y frágil en soledad, el actor seduce para ascender. Cada vez que padece un rapto histérico, se refugia en el dominante regazo de su madre, donde llora sin consuelo posible. ¿Encuentra sinceridad en el amor? Su pasión más genuina tiene mucho de teatral. Le fascina ser agredido por Juliette, prostituta mulata que se disfraza de princesa africana (su aspecto físico es artificioso: hija de alemán, tiene un pelo lacio y rubio, difícil de asociar con sus facciones, y lleva afeitadas las cejas, que ha sustituido por enfáticos trazos de carbón; armada de un látigo, somete en la intimidad al hombre capaz de someter a auditorios enteros). El arte del comediante es descrito en términos que lo aproximan al oficio de su amante negra: «la degeneración como exquisitez para gente rica».

Al principio de la novela, Höfgen aparece con monóculo, enfundado en un esmoquin, como los elegantes de frente despejada que le gustaba pintar a Max Beckmann. Sin embargo, su esmoquin está lleno de manchas. El actor no resiste el juicio en proximidad; solo puede simular a la distancia. Con la avidez con que busca la íntima humillación de Juliette, Höfgen anhela la aceptación pública y el dinero que le permita estrafalarios gastos de tintorería. Se casa por conveniencia con Barbara Bruckner, hija de un burgués liberal. Ella lo atrae poco porque carece de fisuras, la tentación de abismo que cautiva al actor: «¿Tienes tú también pequeños recuerdos abominables?», pregunta él, antes de contarle que en la adolescencia sentía que el diablo lo visitaba. Barbara no tiene nada parecido que decirle. Höfgen se irrita. Su incriminante sinceridad carece de valor de cambio. Fingir es su única divisa. Solo Juliette le permite ser un masoquista dramático, que grita con la franqueza de la máscara.

Enterado de que su esposa tiene un porcentaje de sangre judía, Höfgen considera oportuno enviarla al exilio. El trepador corteja entonces a la amante del ministro de Aviación y se somete a su imponente tutela. Termina casado en segundas nupcias con Nicoletta, mujer que lo amaba desde hacía mucho tiempo y ahora puede brindarle la tranquilidad de un trato ajeno a las emociones.

Las mujeres son comparsas para Högfen, protagonista que deambula en pos de sí mismo. Sin embargo, con excesiva frecuencia, se repudia ante el espejo. Narciso teatral, no ama su rostro sino su máscara, la entidad que adquiere en el cielo provisional del escenario. «El infierno son los otros», escribe Sartre en su obra de teatro *A puerta cerrada*. «El lugar sin límites», como la tradición fáustica llama al averno, está poblado por lo anónimo, la multitud, los otros. Höfgen corteja el lugar sin límites de la opinión ajena, y lo hace a cualquier precio: depone sus convicciones izquierdistas, repudia a los suyos, acepta las enjoyadas manos y los uniformes que detesta, a cambio de ser un hombre de teatro, un simulador en el país donde todo es simulación y no hay mayor héroe nacional que Lucifer.

AVATARES DE UNA FAMILIA

Klaus Mann nació en 1906. Cuarenta y dos años después, puso fin a su vida en Cannes. Las notas de los suicidas desafían la noción de verosimilitud: confirman un hecho incontestable pero ofrecen motivos que siempre son leídos de otro modo. ¿En verdad fue por eso? De acuerdo con Camus, la decisión de morir por propia mano es el mayor enigma filosófico; por lo tanto, no es casual que las causas manifiestas de la decisión sean vistas como el encubrimiento de algo inexpresable. Klaus dejó escrito que se quitaba la vida «a causa de la situación espiritual dominante». Había pasado por la guerra para llegar a un armisticio en el que no parecía haber sitio para él. Ciertamente, el entorno le resultaba adverso. ¿Pensó antes en esa desesperada salida? El gesto final otorga una engañosa lógica retrospectiva a una vida que no siempre tomó en cuenta ese desenlace y que pudo haberlo evitado. El suicidio del primogénito de Thomas Mann no confirmaba una tendencia a la depresión y la melancolía. Tal vez el rasgo más trágico en su biografía sea que estuvo dominada por una vitalidad que no encontró acomodo. Desinhibido, seductor, sociable, comprometido con los demás, se volcó en los peligros y los placeres que su padre solo conoció de manera abstracta, en la distanciada ironía con que valoraba el mundo.

Imposible hablar de Klaus Mann sin aludir a su padre, tan presente que muchas de las acciones del hijo parecen heredadas. No es necesario llamar al psicoanalista para interpretar actos donde el inconsciente aparece a flor de piel: Klaus se enamora de un joven de belleza angélica y lo llama Phaidros, el nombre que Aschenbach usa para Tadzio en *Muerte en Venecia*. Klaus Mann experimenta lo que el padre conjetura. Esta relación referencial entrañaba un problema sin solución.

Los seis hijos de Thomas Mann escribieron libros, pero ninguno escapó a la sombra del padre. Desde joven, Thomas estaba acostumbrado a la escritura como actividad familiar. Su madre, la brasileña Julia da Silva, llevaba diarios, y su hermano Heinrich sería uno de los novelistas alemanes más conocidos del siglo. El 14 de febrero de 1949, año del suicidio de Klaus, Thomas escribe en su diario que ya son nueve los miembros de la familia que se dedican a la literatura. Esto le parece «muy cómico y fascinante». Habría que agregar que los nueve implicados supieron siempre cuál de ellos ocupaba el centro.

Klaus Mann busca la atención del padre a través de su obra, pero sobre todo busca atraerlo con sus vivencias, las cosas que experimenta *para él*. Rara vez logra el efecto deseado. En una ocasión se quejó de que si hubiera entrado al despacho de su padre a decirle que acababa de tener relaciones sexuales con una cacatúa, el patriarca se habría limitado a decirle con tranquila curiosidad: «¿Ah, sí?, ¿y cómo fue?». Klaus no podía ser una preocupación. Sin caer en los caprichos del hijo problema o del rebelde a ultranza, buscó diferenciarse en una forma que suscitara admiración. Combinó su vocación intelectual con las aventuras del cuerpo, la política, el teatro, los viajes, la guerra. Aunque lamentaba el excesivo aplomo con que su padre recibía sus trofeos, no dejó de procurárselos.

Cuando Thomas Mann recibió el Premio Nobel, Klaus tenía veintitrés años. El hijo inició su vida editorial a la vera de un clásico. Además, la época se obstinó en dificultar su carrera. Sus años de formación coincidieron con el predominio del nazismo, y a partir de los veintisiete años vivió en el exilio. Muchos de sus amigos se suicidaron. Nada más lógico que un texto autobiográfico de un autor que muchas veces escribió en primera persona llevara el título de *Der Wendepunkt* ('El punto de desviación'): su itinerario fue un cambio de ruta. En este libro el padre es descrito como «el soñador disciplinado». Fanático del orden, el patriarca llevó una rutinaria vida burguesa, capaz de garantizar que todos sus arrebatos fueran estrictamente imaginarios. Esta entrega no estuvo libre de sacrificios. El más importante de ellos, ejemplificado en los dilemas de su personaje Tonio Kröger, fue la renuncia al mundo. La gran paradoja de los sucesos es que resultan refractarios para quienes los protagonizan. Comprender el tráfago mundano exige distancia. Para Thomas Mann, el lugar de la escritura es un mirador aparte, a salvo de los placeres y los compromisos que otorga la experiencia.

En las mansiones que habitó en Hamburgo, Múnich, California o Zúrich, el héroe del distanciamiento se encerró a escribir de enfermedades venéreas, visitaciones del diablo, incestos, magia negra, pulsiones homosexuales, descalabros éticos, abusos de poder, refinadas perversiones artísticas. El soñador disciplinado produjo irresistibles monstruos.

De 1944 a 1948 llevó un diario de las fatigas para escribir una tardía obra maestra, *Doktor Faustus*. En el primer tramo escribe: «Nos salió al encuentro nuestro hijo mayor, en uniforme de soldado americano, dispuesto a ir *overseas*, es decir, hacia los campos de batalla europeos». Klaus no es mencionado por su nombre; la coquetería de estilo de la frase recae en la palabra «*overseas*». El lector asume que en otros pasajes se hablará del hijo que se juega la vida en el frente. Nada más ajeno a las preocupaciones del autor, abismado en relatar sus cenas con Adorno o Schoenberg y el efecto que causa la lectura de sus manuscritos.

Klaus Mann comentó que se había enrolado en la milicia por un desesperado afán de pertenencia. Algo parecido puede decirse de su militancia política, que contravenía su vocación literaria. Su trayectoria le parecía «la historia de un escritor cuyos intereses primordiales se encuentran en la esfera de lo religioso, lo estético y lo erótico, pero que, por el peso de sus circunstancias, se ve arrastrado a posturas de responsabilidad e incluso de lucha política».

Si Kafka, Valéry y Dostoievski juzgan que la mujer ideal es la copista de sus textos (la posesión por la escritura), Klaus sabe que jamás logrará atar a su padre a uno de sus libros. Pero también sabe que solo puede ser hijo por escrito. De manera hábil, opta en su narrativa por un tono autorreferente, a medio camino entre el memorialista y el reportero: el retratista de un destino y una época. Conquista una voz propia pero esto no parece ser suficiente. Estará siempre, como escribe Michel Tournier, ante «la imposibilidad de ser hijo»: «Klaus Mann no tenía el genio de su padre; su obra, tan variada, prolífica y brillante, está más cerca de la crónica que de la creación. Es de imaginar que su vida resplandeciente, desgarrada, anhelosa, fue una respuesta a la vida tan ordenada de su padre. Thomas nunca fue joven. Klaus Mann, en cambio, no podía envejecer. El suicidio, a los cuarenta y dos años, de ese eterno adolescente compensa de un modo extraño la tremenda y eficaz madurez de su padre».

Uno de los más reveladores documentos sobre Klaus Mann proviene de su sobrino Frido, filósofo de la religión y psicoanalista, que de pequeño inspiró a Thomas Mann el personaje de Eco en *Doktor Faustus*, «el niño que se aleja» y muere en forma prematura. De acuerdo con Frido, el interés de Klaus por la política fue un intento de lograr un asidero en tiempos de desplome: «A partir de febrero de 1933 y hasta el fin de su vida prácticamente no hay cartas que no discutan la política». Esta obsesión incluso abarca la correspondencia con su madre.

Thomas Mann tomó una postura definitiva contra el nazismo en febrero de 1936. Su rechazo fue contundente y decisivo, pero tardío respecto a otros autores. Klaus se le había adelantado. Militante de izquierda, en 1934 participó en el Congreso Internacional de Escritores en Moscú. Aunque criticó la cerrazón del estalinismo y su falta de espiritualidad, justificó la persecución a los trotskistas en aras de combatir el fascismo. En 1935 envió desde el exilio una carta a Emmy Sonnemann, gloria municipal del teatro, casada con Göring: «¿Qué dirá usted, actriz Sonnemann, cuando también se la juzgue responsable?».

Una y otra vez, Klaus se ve arrastrado a causas políticas. En el ensayo «Ironía y política», que cierra el libro *Consideraciones de un apolítico*, publicado por primera vez en 1922, Thomas Mann concibe dos variantes de comportamiento intelectual: el irónico y el radical. El irónico es conservador, lúcido, erótico; juzga la realidad sin someterse a sus reglas; habla desde una distancia, la representación crítica de los hechos. El radical, por el contrario, se entrega a la acción, es el hombre del poder y la ocasión propicia, destruye para conseguir sus fines, no puede sustraerse a la negación y por lo tanto al nihilismo. Estos arquetipos encarnan dos extremos —el espíritu y la vida— y su reconciliación nunca es definitiva: «No hay entre ellos unión, sino la breve y embriagadora ilusión de la unión y el entendimiento, una eterna tensión sin solución». Para Thomas Mann, el arte requiere de la ironía que sirve de intermediación entre el espíritu y la vida. La mente solo puede preservar y discutir lo real con la lucidez del testigo, nunca del protagonista: «El intelectual que adquiere la convicción de obrar se halla de inmediato frente al asesinato político [...]. La consigna de que "¡el intelectual obre!", tal y como se pronuncia en nombre del espíritu puro, es una consigna sumamente cuestionable. La experiencia muestra que el intelectual que arrastra su pasión hacia el terreno de la realidad cae dentro de un elemento falso, en el que se comporta mal». Para rematar el argumento cita a Goethe: «Solo quien contempla es consciente». Ni Thomas Mann ni Goethe (que ejerció la política) buscan aislarse en una torre de marfil. La estrategia de la distancia no implica darle la espalda a lo real, sino pensar con un criterio propio, diferenciado. La paradoja de la conciencia crítica es que opera mejor sobre la realidad si no está inmersa en ella.

Siguiendo la dramaturgia de una familia donde las costumbres dependían de los escritos, Klaus asumió el modo radical y Thomas el modo irónico. Aunque se sentía más cómodo en la reflexión y la creación, el hijo no pudo ni quiso procurarse un refugio similar al de su padre.

LA CENSURA DEL LIBRO

«A decir verdad, prefiero viajar de incógnito», dice el Mefistófeles de Goethe. Mordaz, intelectual, por momentos compasivo, no deriva su fuerza de tener cuernos y cola sino de parecerse a cualquiera.

Durante décadas, también el *Mefisto* de Klaus Mann viajó de incógnito. Si el protagonista sacrifica su alma a cambio de ser artista en suelo alemán, el autor del libro preservó su integridad al alto precio de ser ignorado en su país.

Una de las razones que precipitaron su suicidio fue la imposibilidad de publicar en Alemania. El 12 de mayo de 1949, nueve días antes de morir, escribió una carta iracunda al editor que le había rechazado el texto para no ofender al célebre actor Gustav Gründgens, de gran influencia en círculos políticos y en quien Klaus Mann se había basado de manera parcial para construir el personaje de Hendrik Höfgen.

Publicada en 1936 en la emigración, *Mefisto* apareció en suelo alemán en 1956, en la editorial Aufbau de la República Democrática Alemana. Tuvo que pasar mucho tiempo para que también apareciera en Alemania occidental. Gründgens nunca ejerció una

461

acción legal directa contra la obra, pero hizo saber que no le gustaba verse retratado en ella.

Si *Mefisto* fuera una novela en clave sobre la vida de Gründgens, sin duda habría motivos para ofenderlo. A diferencia del personaje, el actor se salva por su biografía: fue admirado por los nazis, pero preservó la calidad del teatro alemán y ayudó a numerosas personas. Sin embargo, la relación que había tenido con Klaus en la juventud reforzaba la hipótesis de que la novela era una venganza literaria.

Cuando Gründgens murió en 1963 pareció abrirse la posibilidad de conocer la novela que aludía a él entre claroscuros. Su hijo adoptivo, Peter Gorski, advirtió esta situación y supo que solo podría lograr con abogados lo que su padrastro había logrado con las seductoras presiones en las que era experto.

El proceso contra la novela se abrió en 1964 y se cerró en 1968, con un fallo en favor del hijo adoptivo de Gründgens, que duraría hasta 1980. En 1965 el editor Berthold Spangenberg, épico defensor de la obra, aún pudo hacer una impresión del libro y ordenó una tirada de diez mil ejemplares, pues sabía que podía ser retirado de la circulación.

Una subtrama de recelos y pasiones marcó la discusión del libro. A los diecinueve años, Klaus se había instalado como crítico teatral en Berlín y poco después fundó un grupo de dramaturgia con su hermana Erika, Pamela Wedekind y Gustav Gründgens. Dos parejas sentimentales surgieron de esta aventura: Erika y Pamela y Klaus y Gustav. Los hermanos Erika y Klaus sostenían una relación especular: eran tan parecidos que los llamaban «los gemelos Mann». En 1930 representaron *Hermanos*, adaptación de *Les enfants terribles* de Jean Cocteau, que trata del incesto. Para mayor complejidad, Gustav se casó en «matrimonio blanco» con Erika.

Klaus escribió *Mefisto* cuando Gustav ya se había separado de Erika y se encumbraba como favorito del Tercer Reich. Sin embargo, la novela es mucho más que un ajuste de cuentas con un compañero y amante de juventud. No fue motivada por un impulso personal sino por sugerencia de un colega: Hermann Kesten. El 15 de noviembre de 1935, Kesten escribió a su amigo Klaus para sugerirle un tema: las manipulaciones del Tercer Reich plasmadas en un oportunista de la escena. Una novela sobre la gestualidad del poder y el teatro como fuerza decisiva de opinión en Alemania (en *Mefisto*, los estrenos de éxito se discuten en la primera plana de los periódicos).

¿Hasta qué punto se basó Klaus Mann en su examigo para la trama que escribió de manera febril en las siguientes semanas? Por las filmaciones que se conservan de Gründgens en el papel de *Mefisto*, es obvio que calcó su virtuosismo escénico y el tono pícaro, de diabólica simpatía, que otorgó al personaje. También su aspecto es idéntico: la cabeza afeitada y maquillada de blanco, las cejas pintadas, la capa desplegada con dramática escuela. Al igual que Gründgens, Höfgen repudia sus ideales de juventud para triunfar durante el nazismo, mantiene un nivel de excelencia artística y de vez en cuando ayuda a alguien caído en desgracia. Las similitudes terminan aquí. La vida íntima del protagonista y su psicología profunda no pueden asociarse con Gründgens. Al modo de Goethe, que se inspiró en el actor Garrik para la representación de *Hamlet* en *Wilhelm Meister*, Klaus Mann toma los rasgos exteriores de un actor célebre.

Sin embargo, el duelo entre el actor y el novelista continuó más allá de la muerte. ¿Podemos entender que Gustav Gründgens despertara más simpatías en el jurado que Klaus Mann? En la posguerra, la reputación del actor no se vio disminuida por los favores que recibió de los nazis. Una y otra vez se encomió la forma en que mantuvo viva la flama del clasicismo alemán y su arriesgada ayuda a numerosas personas en desgracia. No solo fue perdonado sino admirado.

Mefisto no era la historia de Gründgens; sin embargo, algunos lectores parecían muy dispuestos a sobreinterpretar la novela. Una trama lateral, determinada por prejuicios que no podían decir su nombre, se insinuó en la contienda *post mortem*: Gründgens representaba el suelo alemán, Mann representaba la fuga. La sentencia del tribunal de Hamburgo fue claramente discriminatoria: «A la opinión pública alemana no le interesa recibir una imagen falsa de la situación del teatro después de 1933, según el punto de vista de un emigrado». La última palabra lo dice todo: mientras Gustav Gründgens custodiaba a Goethe bajo las bombas, Klaus Mann preconizaba la libertad lejos de su patria y publicaba libros en inglés. Se había convertido en un extranjero, un emigrado. De manera tardía, la sentencia premiaba el integrismo alemán de 1933.

En 1980 la novela pudo circular al fin en la República Federal de Alemania. El proceso editorial más célebre de la posguerra había terminado.

EL OTRO FAUSTO

De Christopher Marlowe a John Banville, el pacto fáustico ha encandilado a las voces más variadas. La familia Mann vivió inmersa en el tema. Klaus le dedicó su principal obra y Thomas pasó por un largo proceso de aproximación hacia Fausto y Mefistófeles. El 15 de marzo de 1943, once años después de aquella conferencia en Weimar, el patriarca apuntó en su diario: «Revisión de viejos papeles para el *Dr. Faust*». Aunque el material del que disponía aún era difuso, llevaba años tratando de concebir una novela sobre las energías de creación y destrucción del arte. El espejo astillado de una realidad convulsa.

Este programa se anunciaba desde *Consideraciones de un apolítico*: «El arte, la poesía, ya no son la vida lisa y llana, sino por el contrario *crítica* de la vida». En el siglo XX, la música dejó de ser una celebración que hace que el mundo abrigue «nuevos deseos de sí mismo», para buscar el fragmento de lo que se sabe insatisfecho: la disonancia. *Doktor Faustus* es la partitura literaria, el coro polifónico, donde el idioma sobrevive en tiempos de aniquilación, a costa de arriesgados sacrificios.

En la figura del compositor Adrian Leverkühn, nueva versión de Fausto, Thomas Mann recupera uno de sus temas preferidos: el artista ante el desafío de la Historia. El sofisticado creador de la dodecafonía (que el autor toma de Schoenberg) no puede sustraerse a las infernales tentaciones de su época: «En lugar de cuidarse con inteligencia de lo que ocurre en el mundo, para que las cosas vayan mejor, y se consiga un orden tal que la obra hermosa encuentre nueva justificación vital y franco acomodo, el hombre corre fuera de sí y vomita en plena embriaguez infernal: así entrega su alma y acaba en el desolladero». ¿Es posible recuperar después de Auschwitz el sueño medieval que el sabio Fausto tuvo en Wittenberg y dio lugar a su leyenda? *Doktor Faustus* activa los polos extremos de la condición alemana: el racionalismo y la tentación fanática, el romanticismo y la magia, la sabiduría y la destrucción, Fausto y Mefistófeles. Enfermo de sífilis, Leverkühn pasa de la lucidez al delirio y paga en su cuerpo las aventuras de su sensibilidad. «Una vida de artista no es una vida digna», había escrito el joven Thomas Mann. Leverkühn lo dice de este modo: «Para ser capaces de vivir una vida culta deberíamos ser mucho más bárbaros de lo que somos. La técnica y el confort permiten *hablar* de una cultura sin tenerla».

La monumental sacudida del nazismo desploma el castillo de naipes de la cultura. La música pide nuevas soluciones, pasar de la homogeneidad sinfónica a un novedoso sistema de notación polifónica. La novela sigue este principio formal.

¿Qué cariz adquiere el pacto fáustico en la trama? R. H. Moreno-Durán lo resume en forma impecable en su libro *Fausto, el infierno tan leído*: Leverkühn sella «el pacto del hombre con sus fuerzas más íntimas, con sus tendencias más fértiles, con sus más arriesgados instintos, porque Mefistófeles no es el Diablo, ni siquiera la Gloria a la que aspiran todos los que suscriben el pacto, sino la Acción. Y la Acción es instinto». Entregado al vértigo de la Historia, el artista arde en su propia luz.

Es mucho lo que el autor ha cambiado desde que preconizaba el distanciamiento irónico de 1922. Sin embargo, aunque ahora revela los oscuros prodigios que se consiguen por medio de la acción, también muestra el precio que hay que pagar por ellos. Los beneficios del diablo potencian tanto la genialidad como el martirio.

La torrencial novela mezcla los más diversos sustratos de la cultura. El cuaderno de ruta del autor, *Los orígenes del Doktor Faustus*, registra las enciclopédicas lecturas que le sirvieron de apoyo. Mann se sumerge en la antropología, los mitos, la religión, la metafísica y la historiografía musical para explorar los límites de la cultura y sondear su reverso, el punto donde el raciocinio se transforma en sinrazón.

De acuerdo con su complejidad, *Doktor Faustus* fue recibida en 1947 como un clásico instantáneo y polémico. ¿Qué impacto tuvo en Klaus? Doce años después de haber sido escrita, *Mefisto* aún era desconocida en suelo alemán. Su padre, en cambio, suscitaba toda clase de discusiones con el mismo tema. Pocos meses después, Klaus se puso un traje de gala para suicidarse con la elegancia con la que actuó siempre.

Para entonces, Erika, hermana favorita de Klaus, fungía como secretaria, devota lectora y prologuista del padre. El rostro se le había llenado de lágrimas cuando leyó el pasaje sobre la muerte de Eco. El manuscrito causó tal conmoción en la familia que Thomas propuso ocultárselo a la madre de Frido, inspirador del «niño que se aleja». Klaus luchaba para demostrar que *Mefisto* no tenía que ver con el fantasma de Gründgens mientras el padre sacrificaba a su nieto sin problemas en el altar del arte.

Frido Mann caracterizó a su tío Klaus como alguien marcado por crisis de autoestima, que no supo calibrar su auténtica valía. Como Hendrik Höfgen, no logró verse con claridad en el espejo; anheló siempre ser otro. Estampa magistral de un hombre de teatro, *Mefisto* fue escrita por un novelista en busca de su propio personaje.

«¿También tiene sus leyes el infierno?», pregunta el Fausto de Goethe. El nazismo procuró convertir esta interrogante en programa. Klaus, el radical, repudió el horror con el suicidio; Thomas, el irónico, logró una distanciada forma de supervivencia: «La música es la ambigüedad erigida en sistema», le hizo decir a Adrian Leverkühn. Contra la ley sin fisuras del nazismo, alzó la estratagema moral de los matices.

El ejemplar calcinado de *Los Buddenbrook* que Thomas Mann recibió en 1932 era un emblema del tiempo que venía, hecho de lumbre y de cenizas. Cuatro años después, su hijo Klaus escribió la novela que estaría sujeta a las conspiraciones del silencio y el ocultamiento, y acabaría por imponerse: *Mefisto* o el libro que no pudo ser secreto.

Retrato del artista devorado por la política, la obra capital de Klaus Mann perdura al margen de las circunstancias del Tercer Reich. Su tema es tan antiguo o tan nuevo como el *Fausto*: la inteligencia que paga sus dones con el alma.

VII. Onetti

LA FISONOMÍA DEL DESORDEN
DE *EL POZO* A *LOS ADIOSES*

En 1950 Juan Carlos Onetti publica *La vida breve* y crea una doble leyenda: la de la ciudad de Santa María, escenario de casi todas sus obras posteriores, y la del escritor que es creado por su propia literatura. Santa María emerge en la novela no como una idea del autor, sino del personaje Brausen, quien carece de declaradas ambiciones estéticas pero requiere con desesperación de un espacio alterno, una zona de fuga. Santa María es su escape posible: la barca que remonta un río de aguas tranquilas, la seductora asfixia de las tardes, el cambio de reglas, el destino vaciado que implica estar ahí. En *El astillero* (1961), Brausen tendrá su estatua, un monumento ecuestre con una lacónica justificación en el pedestal: «Fundador». En el cuento «La muerte y la niña», el caballo de Brausen adquirirá un curioso aire vacuno y la gente jurará en su nombre, casi siempre en vano.

En su estética de la obsolescencia, Onetti solo se detiene en objetos trabajados por el tiempo y la herrumbre. Sus personajes toman copas astilladas, donde labios ajenos dejaron una huella. Curiosamente, en este universo donde todo ha sido usado y continúa desgastándose, los personajes carecen de un pasado preciso. Algunos de ellos tienen breves nostalgias, heridas memoriosas; sin embargo, no están constituidos por el recuerdo. En «La muerte y la niña», el médico Díaz Grey, actor recurrente en el reparto de Santa María, rememora en blanco: «treinta o cuarenta años de pasado inexplicable, ignorado para siempre». Nada más ajeno a Onetti que la exploración proustiana; lo que sus personajes respiran los hunde en el presente. Marilyn R. Frankenthaler asocia este trato de la memoria con la idea sartreana de que el hombre no puede definirse por su pasado, pues nunca es lo que *era*. Si acaso, lo que se vivió antes gravita como una ausencia. La experiencia alecciona y ensucia; en cierta forma, por eso se cubre de un velo de pudor. Las adolescentes que aparecen con obsesiva constancia en la obra onettiana cautivan porque se sustraen al tiempo y su aniquilación; suspendidas, virtuales, al borde de los sucesos, poseen una deslumbrante irrealidad: «Eso inapresable, ese cuarto o quinto sexo que llamamos una muchacha» («La novia robada»). Una peculiar ética se desprende de esta concepción de la cronología como impureza y acabamiento. Conscientes de que no pueden escapar del corrosivo paso de los días, los personajes, al menos los más grandes, optan por el sosegado heroísmo de seguir adelante, ajenos a la resignación y a la dicha.

En un paisaje que *es* el pasado, el rostro visible de la devastación, los personajes se atreven a ser puro presente; apenas mencionan lo que fueron; buscan su novedad en la página, y aunque casi siempre fracasan, sus gestos son el asomo de algo fresco en un entorno envilecido por los acumulados gestos ajenos. La tensa poética de Onetti surge en el gastado universo donde, de pronto, una mano endeble modifica las cosas, impone la ley provisional del afecto, acaricia en nombre de lo que puede ser futuro.

No es casual que sus personajes fumen mucho (Gary Haldeman convirtió su curiosidad en estadística y dio con estas elevadas cuotas de tabaquismo: en *Tierra de nadie* se fuma cuarenta y cinco veces, en *Para esta noche* treinta y seis y en *La vida breve* treinta y nueve). La respiración literaria corresponde a las pausas, el suave ahogo, las densas volutas de humo del hombre que fuma. Sin embargo, la buscada soledad de los héroes de Onetti tiene que ver menos con la reflexión que con el sentimiento. Las emociones de su discurso avanzan con sosiego, las rutas sinuosas del humo que sube al techo.

EL VICIO, LA PASIÓN Y LA DESGRACIA

El trayecto que va de *El pozo* (1939) a *Los adioses* (1954) representa la conformación del estilo onettiano. En su primera novela breve, *El pozo*, adelanta uno de sus mayores logros, la búsqueda de la historia a medida que se escribe, y en *Los adioses* culmina con mano maestra el recurso, narrando la sospecha de una historia: la trama hecha de suposiciones oculta la trama verdadera, atisbada y nunca contada.

Onetti depende de la forma en que narran sus personajes. El autor manifiesto de *La vida breve* es Brausen. Recibe el encargo de escribir un guión de cine y trabaja impulsado por la culpa (años atrás, le quitó la mujer al productor) y el deseo de ser otro. Imagina un mundo paralelo, sin intenciones literarias. La invención es para él una urgencia. Se entrega con tal fuerza a la tarea que se convierte en el demiurgo del libro, todos nacen del Dios Brausen. Para confirmar su soberanía, durante un par de páginas introduce a un sujeto secundario: «Se llamaba Onetti, no sonreía, usaba anteojos, dejaba adivinar que solo podía ser simpático a mujeres fantasiosas o amigos íntimos [...]. Me saludaba con monosílabos a los que infundía una imprecisa vibración de cariño, una burla impersonal». Reticente, afantasmado, Onetti sobrelleva con callada ironía su aparición en la trama. Es convocado, pero solo para mostrar lo bien que puede borrarse, dejar que sean otros, los personajes, quienes vean la luz turbia de los cuartos cerrados.

Para mi generación Onetti fue el perfecto héroe de la renuncia. Su imagen célebre es la de alguien ajeno a toda actividad mundana, siempre acostado, muchas veces sin camisa, los gruesos anteojos dirigidos a un libro o al interlocutor al que miraba como si ya se hubiera ido, el vaso de whisky en el buró, orbitado por el humo del tabaco: un tumbado que se entrega a la épica de soñar. Si su primer gran texto, *El pozo*, discute las posibilidades de la literatura como sueño dirigido, sus últimos años transcurrieron como una confirmación física de esa posibilidad. ¿Qué interés en los equívocos de la vida diaria podía tener alguien que había creado personajes capaces de sustituirlo y darle ese pequeño papel de confianza, el de extra que bebe un café a las once, fuma sin ansiedad, se resigna a ser escrito de ese modo? En un artículo del semanario *Marcha*, donde fungía de jefe de redacción y escribía bajo el improbable seudónimo de Periquito el Aguador, publicó unas frases que representan su carta de creencia: «El escritor escribirá porque sí, porque no tendrá más remedio que hacerlo, porque es su vicio, su pasión y su desgracia».

La personalidad literaria de Onetti implica una entrega radical a la escritura. No hay un afuera. El mundo *es* el libro.

Este presupuesto (el autor disuelto en su obra) resulta esencial para calibrar los riesgos de una aventura que rehuyó los tranquilizadores remedios de la convención. A pesar de sus claros precursores temáticos (Dostoievski, Conrad, Kafka) y estilísticos (Céline, Arlt y, sobre todo, Faulkner), Onetti lanzó ya en 1939 una temprana y definitiva apuesta: había que leerlo como nada se había leído antes.

Una nota aparecida en *Marcha* lo declaró de interés para los agradecidos miembros de su tertulia. Un autor de culto. En Buenos Aires, donde vivió quince años, tardó en obtener este minoritario prestigio, a pesar de publicar en las principales editoriales de la época.

Onetti nunca rehuyó las ambigüedades. La mistificación lo acompaña desde su apellido, corrupción italianizante del británico O'Netty. Dado su gusto por las confusiones, la portada de la primera edición de *El pozo* llevó un apropiado Picasso apócrifo, que algunos atribuyen al novelista. Cultivador de sombras y semiverdades, Onetti fue muchas veces incomprendido. Quince años después de publicada, *La vida breve* seguía sin agotarse. Es famosa la tortura de la esperanza a la que lo sometieron los concursos literarios: demasiadas veces quedó en segundo lugar. Cuando la prensa lo «redescubrió» en los años sesenta, al amparo del impulso mediático del boom, sorprendió que numerosos recursos de moda estuvieran presentes en él desde 1939. En las altas y bajas que tuvo la aceptación de su escritura, no redujo sus exigencias al lector ni buscó la descafeinada solución de las concesiones para el gran público. Siguió adelante, obstinado, audaz, casi trágico. Emir Rodríguez Monegal se refirió de este modo a la extraña recepción de su obra impar: «El fracaso de Onetti, aquí está la paradoja, no es el de la calidad sino el de la oportunidad». En 1970, en el prólogo a una nueva edición de *El astillero*, José Donoso lamentaba que treinta años antes Onetti hubiera perdido un certamen ante la fuerza telúrica de Ciro Alegría. No mencionó que apenas tres años atrás, en 1967, había vuelto a perder ante otro peruano, Mario Vargas Llosa. El jurado del Rómulo Gallegos prefirió *La casa verde* a *Juntacadáveres*. Con resignado humor, Onetti atribuyó el hecho a que ambas novelas trataban de burdeles, pero el de Vargas Llosa tenía orquesta.

La manifiesta novedad de Onetti lo alejó (y en cierta forma lo protegió) del consenso y las vulgaridades del éxito; los lectores llegaron a él como si abordaran la barca despaciosa que conduce a Santa María. Poco a poco, preparó a varias generaciones para los efectos de una prosa donde las omisiones operan con fuerza, los secretos aguardan su hora y se confía en la capacidad del lector para entender, y sobre todo sentir, el significado no siempre evidente de la trama.

Onetti murió en 1994, a los ochenta y cinco años, en calidad de clásico. Pero también su posteridad parece escrita por Brausen. La aceptación incluía, como todas la empresas de Santa María, la posibilidad del olvido, la negación de las hazañas, la leyenda negra, el rumor de que eso no ocurrió ni pudo ser visto. Algunos libros de Onetti han vuelto a ser inconseguibles; su nombre se aleja como ocurría en los años cincuenta; su impronta –insoslayable hace dos décadas– se percibe poco en la nueva literatura latinoamericana, que atempera sus desafíos para cortejar a un mercado que de cualquier forma la ignora.

Regresar al Onetti de 1939 a 1954 significa indagar cómo fue posible esa obra insólita. Su desafío de conjunto es la narración como problema, la forma en que surge y las consecuencias que conlleva su lectura. Con Macedonio Fernández y Borges, Onetti inaugura en América Latina una literatura autorreflexiva, que se construye a medida que es leída.

Escritas después de que el narrador encontrara su voz y antes de la emergencia esencial de Santa María, *Tierra de nadie* y *Para esta noche* son novelas de calado menos hondo. De cualquier forma, representan un ejercicio liberador. *Tierra de nadie* ofrece un discurso coral, un territorio de vidas paralelas cuyo anonimato configura un sujeto único, la metrópoli que las desvive y determina. Notable ejercicio paranoico, *Para esta noche* pone en escena un clima represivo, espectral, donde la salvación proviene del enemigo y es, amargamente, idéntica al castigo.

Desde el título, *El pozo* alude a un vacío existencial y guarda curiosas afinidades con *La náusea*, que Sartre publicó ese mismo año de 1939 y Onetti solo leyó después de concluir su novela. El protagonista, Eladio Linacero, se sirve de la primera persona para transmitir su desasosiego y contar los sueños que le sirven de escapatoria (unos se alimentan de una fabulación aventurera, a lo B. Traven o Jack London; otros, de un episodio de adolescencia que no ha superado). Como tantas veces en Onetti, la creación colinda con la aniquilación. A los quince años, Linacero vejó a una muchacha de dieciocho; no la violó pero estuvo cerca de hacerlo. La llevó con engaños a una cabaña, la acarició con violencia, luego se desinteresó en ella. La muchacha murió al poco tiempo; Linacero está obsesionado por esta circunstancia, como si la tragedia hubiera derivado de la torpe vileza con que él trató a la chica meses atrás. En sus ensoñaciones, ella vuelve por voluntad propia, y se tiende en un lecho de hojas secas, húmeda y desnuda. Esta fantasía del perdón, decisiva para el protagonista, resulta intransferible. Linacero la cuenta dos veces, a oídos muy distintos, el de una prostituta y el de un poeta. La anécdota no les suscita el menor interés. Una utopía encapsulada, incompatible. Onetti construye su *nouvelle* con un material que no llega a ser narrativo. «Esto, *lo que siento*, es la verdadera aventura», afirma el protagonista, y cuenta una trama fragmentada, que se alimenta de vergüenza, sordidez, deseos no saciados. El erotismo se ha convertido para él en un variable fracaso: busca el imposible perdón póstumo de la muchacha que mancilló, busca acostarse gratis con una prostituta que le parece demasiado hermosa para el comercio carnal, busca el matrimonio para recuperar a la ya ilocalizable muchacha que su mujer fue en el pasado. Pierde en cada lance; su única compensación es sensual: «muerdo suavemente la noche». Uno de los pasajes más citados de la novela se refiere a la superioridad de las emociones sobre los acontecimientos: «Los hechos son siempre vacíos, son recipientes que tomarán la forma del sentimiento que los llene». Lo decisivo no es lo que sucede sino lo que se siente cuando eso sucede. Como Roquentin, el héroe de Sartre, Linacero lucha en soledad para trascender el sinsentido de su existencia a través de la imaginación. Pero a diferencia del protagonista de *La náusea*, que encuentra salvación en la música, Linacero no es un artista y en cierta forma desprecia el arte. Incapaz de ajustarse al entorno, se escinde de los demás en sus recuerdos: «Después de la comida los muchachos bajaron al jardín. (Me da gracia ver que escribí bajaron y no bajamos.) Ya entonces nada tenía que ver con ninguno».

En forma admirable, Onetti construye su relato con la inservible materia que el protagonista descarta. Linacero confiesa sus limitaciones de narrador: «No sé si cabaña y choza son sinónimos; no tengo diccionario y mucho menos a quién preguntar». Como su admirado Arlt, Onetti trabaja con impurezas, recursos deliberadamente rotos.

En *El pozo* aparecen dos figuras que atravesarán la obra entera de Onetti: la adolescente intacta y la prostituta que soporta a diario que veinte hombres mal afeitados froten la mejilla sobre su hombro izquierdo hasta casi hacerle sangre. En las mujeres de Onetti la experiencia es una conjetura o un exceso, algo de lo que se carece y puede lastimar o algo que se ha sobrevivido y ya poco importa.

Apenas una década antes de *El pozo*, las novelas emblemáticas de América Latina eran *Don Segundo Sombra, Doña Bárbara, La vorágine*. El atrevimiento narrativo de Onetti sorprende aún más al contrastarlo con el costumbrismo y el realismo en curso. Si la mayoría de los autores escribían entonces con el ilustrado afán de esclarecer una materia que conocían a fondo, él se adentra en el camino de sombra de quien escribe *porque* no conoce. El texto es su medio de exploración.

El proyecto de Onetti incluye la minuciosa elaboración de un espacio imaginario (Santa María), pero también un taller de creación, crítica, reelaboración y lectura de las historias. El libro no es un espejo de la realidad sino la invención de una realidad que puede ignorar las gestas históricas: «Detrás de nosotros no hay nada. Un gaucho, dos gauchos, treinta y tres gauchos».

El mundo de Onetti, como advirtió Vargas Llosa, «importa por sí mismo y no por el material informativo que contiene». En *El pozo* no parte de un caos preexistente al que busca otorgar orden y sentido. A diferencia de los narradores latinoamericanos que lo preceden, no aspira a crear un artificio civilizatorio en la jungla de los signos ni a someter a la razón un territorio convulso; postula la posibilidad de una ruta alterna, donde el conocimiento nunca es un dato previo a la escritura y donde la novela reflexiona sobre sí misma al ser escrita. No es casual que sus personajes carezcan de pasado; la historia emerge, se cancela o corrige ante los ojos del lector. Con Kafka, Faulkner, Nabokov, Rulfo y Borges, Onetti comparte la paradoja esencial de construir una realidad que solo puede suceder en un libro y así logra un símbolo de la realidad que rodea al libro.

En 1939 inicia un itinerario en el que, con mayor o menor cercanía, se inscribirán algunos nombres decisivos de la narrativa latinoamericana de fines del siglo XX: Piglia, Saer, Pitol, Elizondo, Balza, Bolaño, Aira, Vallejo. Ese año Onetti escribió en *Marcha*: «La literatura es un oficio: es necesario aprenderlo, pero más aún, es necesario crearlo». La frase condensa su ideario: aprender es inventar.

EL TOLERANTE HASTÍO DE CONTINUAR

Antes de *El pozo* Onetti había publicado tres cuentos y quemado dos novelas y media. En 1934 concluyó *Tiempo de abrazar*, que fue finalista en un concurso, y de la que se conservan trece capítulos. Se trata de su único texto esperanzado. A propósito de esta incursión en una literatura que postulaba cierto optimismo, afirmó años después: «Hubo un mensaje que lanzara mi juventud a la vida; estaba hecho con palabras de desafío y de esperanza. Se lo debe haber tragado el agua como a las botellas que tiran los náufragos». *Tiempo de abrazar* es un título extraño para el autor de «La cara de la desgracia», «El infierno tan temido», *Tan triste como ella*, *Para una tumba sin nombre* o *Juntacadáveres*. Si Onetti anuncia que una voluntad será cumplida, eso no significa una buena noticia: «Un sueño realizado» trata de la puesta en escena de un anhelo que resulta ser la muerte.

En una época que a la distancia parece contradictoria y casi alarmante, Onetti depuso su estética del desamparo y buscó el reconfortante trato con los otros. Después del cancelado intento de *Tiempo de abrazar*, su registro psicológico ganó en hondura y dependió de un mismo clima emocional: la luz de las habitaciones sería mala, la cerveza estaría tibia.

En tercera o en primera persona, a propósito de hombres o mujeres, vírgenes o prostitutas, villanos consistentes o idealistas sin remedio, la prosa onettiana sostiene su registro de pesadumbre. Si el héroe de Conrad se embarca en proyectos sin futuro y encuentra peculiar estímulo en su vencida lucha contra los elementos, el sujeto onettiano admite ser vencido por la normalidad y sin embargo

476

persiste, ajeno a la épica. Un pasaje de *El astillero* resume esta conducta: «Sospechó, de golpe, lo que todos llegan a comprender, más tarde o más temprano: que era el único hombre vivo en un mundo ocupado por fantasmas, que la comunicación era imposible y ni siquiera deseable, que tanto daba la lástima como el odio, que un tolerante hastío, una participación dividida entre el respeto y la sensualidad eran lo único que podía ser exigido y convenía dar». La vitalidad no es otra cosa que un pausado hartazgo.

La psicología de los héroes onettianos se expresa menos en la conciencia que en sus cosas destartaladas, sus profesiones vencidas, su ropa absurda. Como Edward Hopper, el narrador encierra la tristeza en cuatro paredes y perfecciona la significación de una media raída, un cenicero que nadie limpia, una alfombra donde las manchas fueron hechas por otras personas (una suciedad sin historia, más molesta que el descuido propio).

Entre *El pozo* y la siguiente escala decisiva, *La vida breve*, median once años. Para llegar ahí fue necesario que Onetti se sumiera en el laberinto urbano de *Tierra de nadie*, publicada en 1941, dos años después que *El pozo*. Para un narrador que suele depender de la incomprensión, nada podía ser tan formativo como un tejido de voces múltiples, sueltas, simultáneas, que no siempre se escuchan entre sí y el autor convierte en discurso unitario. A semejanza de *Contrapunto*, de Aldous Huxley, la realidad interesa en la medida en que se somete a discusión; los personajes hablan de historia o filosofía pero también de bagatelas personales; su recurso más importante es la interrupción; el narrador practica cortes cinematográficos y yuxtapone escenas. Una novela de voces, no de gente, en la que Onetti demuestra, como Henry Green, el profundo impacto cultural del teléfono. Aunque los interlocutores estén frente a frente parecen lanzarse mensajes remotos que son desoídos o malinterpretados, o llegan con una estática impura. Los cables del teléfono son la psicología implícita de quienes hablan para mostrar que están lejos.

Larsen hace su primera aparición en *Tierra de nadie*, pero esto carecería de importancia si no se tratara del hombre que fracasará con eminencia en *El astillero* y *Juntacadáveres*. La trama tampoco tiene gran peso. Los tumultuosos acontecimientos de la metrópoli se evaporan con velocidad y son relevados por otros. Un personaje confiesa: «A veces una mano se me va a tu mejilla para despertarte, para que parpadees veloz y asombrada lágrimas y niebla de la noche y me oigas contarte que han pasado tantas cosas en mí, en la vida, y que sin embargo no ha pasado nada». Poco después otro personaje pregunta: «¿Qué pasa?». El narrador responde: «Cualquier cosa que pasara no tenía importancia». Los sucesos negativos, cuya significación se cancela al ocurrir, conforman una asfixia existencial, el paisaje del hombre que ha perdido la fe en su destino y no admite los paliativos de la religión o la política.

En su libro sobre Faulkner, Édouard Glissant pondera la técnica de la «revelación diferida». El narrador anuncia que en ese territorio nunca pasa nada; luego informa que, por una vez, pasó algo confuso y dramático. Curiosamente, tarda en contarlo. El horror se anticipa y se pospone. La trama representa un dilatado regreso al punto de partida, la iluminación del hecho confuso y dramático. Varios relatos de Onetti siguen este procedimiento. «La novia robada» dice en su tercer párrafo: «Nada sucedió en Santa María aquel otoño [...] hasta que llegó la hora feliz de la mentira y el amarillo se insinuó en los bordes de los encajes venecianos». En cambio, cuando el narrador de *Tierra de nadie* comenta que no pasa nada no pretende potenciar un suceso futuro con la calma aparente, sino revelar el vacío del hombre contemporáneo: «Se me deshizo la historia entre los dedos. Era para vos, no quise contarla a nadie. Ahora que la estoy diciendo, ya no me interesa». La anomia del ciudadano, su condición fragmentada, siempre en tránsito, cancela el espacio y el tiempo que requieren las historias. En la última frase un personaje contempla «el río sucio, quieto, endurecido». Poco después esa agua comenzaría a moverse, a definir un curso hacia Santa María, donde las historias serían posibles.

Tierra de nadie anuncia la adjetivación en la que Onetti será maestro: «Había una desconocida audacia en la combinación de los colores». «Audacia» equivale a descuido; la palabra llega con precisión delatora, insidiosa, perfecta.

Emir Rodríguez Monegal señaló en su día: «*Tierra de nadie* ha hecho por Buenos Aires lo que *Manhattan Transfer* por Nueva York». La comparación es certera en lo que toca a la recuperación de las muchas voces citadinas; sin embargo, a diferencia de Dos Passos, Onetti se interesa poco por el espacio urbano y los personajes que lo representan. No busca un retrato físico o sociológico sino moral. La ciudad se infiere de lo que la novela discute; es un ritmo, el tablero que impone las reglas del juego y provoca la única historia de Onetti donde los personajes tienen prisa. Como símbolo, representa más la Gran Metrópoli que la especificidad de Buenos Aires, que no se ha dejado afectar mucho por la historia: «En ciudades viejas [...] los sucesos permanecen en las cosas, en la gente, en los muebles, impregnan todo, lo modifican». Buenos Aires es una ciudad esquiva, cambiante, no asentada: «En los telegramas de guerra se habla de ciudades abiertas [...]. Siempre he relacionado esa frase con Buenos Aires. Una ciudad abierta, todo lo barre el viento, nada se guarda. No hay pasado». Una ciudad puesta en blanco.

La pulsión narrativa de *Tierra de nadie* apunta a separarse del referente espacial. En su siguiente novela, *Para esta noche* (1943), Onetti crea un sistema de desprendimiento (locaciones difuminadas, fantasmagóricas), preparación fundamental para el surgimiento de Santa María en *La vida breve*.

Tierra de nadie formó al autor mientras desdibujaba a sus criaturas. «El procedimiento estilístico tan acentuado se interpone entre la obra y el lector; fuerza a este, lo descoloca frente a la sustancia dramática (y aun trágica) y lo obliga a atender lo que, al fin y al cabo, es solo la *manera*», escribió Rodríguez Monegal. Se puede argumentar que esa *manera* implica algo más que un afán de modernidad. Si bien domina en exceso la novela, también transmite la desolación del hombre condenado a ser todos y ninguno en la gran ciudad. Leo Pollmann advirtió un significativo viraje en el tratamiento del sujeto ante un paisaje que lo excede y una técnica que lo domina. En 1934, Eduardo Mallea tematiza esta fragmentación en *Nocturno europeo*: «aquellas islas eran el mundo». Una metáfora de la sociedad pulverizada. *Tierra de nadie* no busca un símil sino una puesta en escena. A diferencia de Mallea, Onetti no explica el sentido de su creación; su forma es su moral.

SABIDURÍA DE LA NOCHE

El primer título de *Para esta noche* (1943) fue *El perro tendrá su hora*, frase con la que Hamlet se refiere a la aplazada venganza ante su tío, usurpador del trono paterno. El tema de fondo es la tensión fratricida. En una ciudad ocupada militarmente, los miembros del Partido tratan de salvarse, pero también se someten a una lucha intestina. Ossorio, improbable héroe de la novela, es, de modo sucesivo, comisario político, delator y víctima.

De todas las historias de Onetti, esta es la única donde los personajes padecen una amenaza externa. *Para esta noche* reacciona ante el clima opresivo que el fascismo desató en Europa y anticipa otras formas autoritarias, la corrosiva invasión del espacio privado que Cortázar describiría en «Casa tomada». No se sabe con exactitud lo que las víctimas defienden ni lo que los verdugos persiguen. Vivir ahí significa estar bajo sospecha: «No puede haber nadie sin documentos. Pronto van a tener que usar documentos hasta los perros». La acción sigue el curso del laberinto: «Toda esta noche de puertas y escaleras». Un territorio espectral, difuso, de obligada nocturnidad, donde la vigilancia deriva su fuerza de ser imprecisa: «Alguien estaba sentado en un rincón sombrío, inmóvil, mirándolo mientras él pasaba por el mostrador curvado». Sobran ojos y faltan cuerpos.

Como *Tierra de nadie*, *Para esta noche* ofrece varios relatos que se intersectan, pero privilegia uno. Los diversos planos de la acción se concentran progresivamente en el destino de Ossorio, quien establece un complejo duelo con Barcala. El protagonista se introduce en la oficina de su adversario y es encañonado por un fusil; Barcala puede matarlo, pero lo que escucha lo hace cambiar de opinión. Ossorio aún tiene reservas de ingenio, simpatías de simulador, nervios templados para salir de ahí y delatar a Barcala, sin odio ni emociones precisas, con la neutralidad de quien pone en acción un mecanismo («consciente de la locura que estaba haciendo y de no estar loco»), un gesto más del sistema donde el mal pertenece a la banalidad. Ossorio llama por teléfono desde un café para que la gente del Ministerio se haga cargo de Barcala. Una frase le llega del lugar: «leche de virgen». Esta imposible sustancia prefigura la aparición de Victoria.

El protagonista da por segura la muerte de su enemigo. Poco después recibe el encargo de cuidar a su hija, Victoria, a quien comienza a amar con el fervor de quien repara algo y la dolorosa certeza de que en esa ternura se cumple la venganza de su enemigo.

Después de oír las experiencias de dos anarquistas españoles que habían escapado de la guerra civil, Onetti se propuso reproducir esa situación en una tierra «geográficamente ambigua», donde lo único preciso fuera el sentido de persecución, la desconfianza como principio de realidad. El horror alcanza mayor gravedad cuando sabemos que los personajes son ingenuos que *mejoran* su entorno: «El hombre no es más que un rudimento hinchado por el optimismo».

Onetti protestó contra el sesgo nabokoviano que algunos lectores hallaron en *Para esta noche*: «La anécdota de la novela, un hombre perseguido que lleva como lastre a una adolescente, ha servido para que muchos críticos me acusen de "lolitismo", a pesar de que *Lolita* aún no estaba escrita». La relación de Ossorio con la niña de trece años difiere de la que Humbert Humbert establece con Dolores Haze. Ossorio actúa animado por un deseo de reparación; aniquiló al padre de Victoria (o permitió que otros lo hicieran), y desea proteger lo único noble que queda de Barcala, la provisional inocencia de la niña. Escapa con ella, y así se hunde, es su «lastre». Ossorio se condena ante el rostro de Victoria; ahí se reprueba, a diferencia de Humbert, que ama a Lolita con la delicada mezcla de cariño y crueldad de quien aspira a seducir a su rehén.

Vale la pena recuperar la pedagogía de los sentidos a la que se somete Ossorio al ver a Victoria dormida: «Miraba la cara de la niña, movía los ojos sobre las luces del pelo en la almohada, medía la distancia entre los ojos, la socavada separación de la nariz y la boca, la inmóvil impensada expresión de orgullo, pureza y cálido desdén de la cara de la niña, la amortiguada luz del ensueño y la insobornable justicia que descendía por las mejillas desde la raya de sombra de las pestañas. "Algún día tendrá un hombre, mentiras, hijos, cansancio. Esa boca"». Ossorio entiende lo que resiste en esa cara, su «insobornable justicia», y decide salvarla sabiendo que eso es ya imposible. En su última fuga, la niña es alcanzada por la metralla; Ossorio besa el cuerpo inerte por primera vez, lo lleva en vilo y se convierte en blanco propicio; es abatido sobre un charco al que un reflector da un tono amarillo. La frase de *El pozo* vuelve a ser cierta: los hechos son menos lo que sucede que aquello que se siente cuando suceden.

La accidental relación de esta novela con Nabokov no se limita al tema de la adolescente. *Para esta noche* guarda curiosa afinidad con *Barra siniestra*, escrita por Nabokov de 1945 a 1946, y que describe en forma espectral una tiranía indeterminada. El tono de cáustica ironía de Nabokov no puede ser más disímbolo del de Onetti, pero *Barra siniestra* comparte con *Para esta noche* el clima ominoso, la anulación de la noción de «sujeto» y la inspiración hamletiana. Nabokov articula los tres temas en un párrafo: «¡Imaginen la moral de un ejército en el que un soldado que no debe temerle al trueno ni al silencio afirma estar enfermo del corazón! De manera consciente o inconsciente, el autor de *Hamlet* creó la tragedia de las masas y así fundó la soberanía de la sociedad sobre el individuo». En la misma época y de modo diverso, Onetti y Nabokov exploran la indiferenciada economía del poder que tritura al individuo. La ronda de persecuciones solo deja un consuelo; de pronto, una ráfaga sensorial, esquiva, trae un recuerdo o la simulación de un recuerdo: en otra parte, lejos, el mundo puede ser sentido de otro modo.

SANTA MARÍA

Las primeras palabras de *La vida breve* vienen del otro lado de un muro: «Mundo loco», dice una mujer. Juan María Brausen escucha esto desde su habitación. La frase anticipa la trama de la novela y las condiciones que habrán de regirla. Brausen busca algo que lo exceda y le permita tolerar lo que sucede en su cuarto. Su mujer, Gertrudis, se acaba de someter a una operación: le han extirpado un seno. La historia surge como compensación de esa pérdida. Brausen imagina para superar lo que le falta a Gertrudis y espía el departamento de al lado. Su vecina, la Queca, recibe numerosos visitantes, todo es modificable en sus habitaciones. Brausen cede al placer de suponerse distinto ante ella (se llamará Arce, tendrá un destino paralelo). Este impulso coincide con el encargo de un guión de cine. Stein, a quien Brausen desprecia y compadece por haberlo vencido años antes en la disputa por Gertrudis, es el imprevisible productor. El protagonista acepta el encargo, menos por vocación o interés económico que por la culpa ante Stein y la premiosa necesidad de inventarse un mundo. En el segundo capítulo, vislumbra «una ciudad pequeña colocada entre un río y una colonia de labradores suizos, Santa María». Luego supone: «Yo había sido feliz allí, años atrás, durante veinticuatro horas y sin motivo».

Escenario de la dicha inmotivada, Santa María atrae *porque sí*, con la satisfacción no utilitaria del arte, el «optimismo por descuido» que se menciona en otro pasaje. El giro maestro de la novela consiste en trasladar la acción a Santa María y dotar de independencia a la trama. Lo que sucede en Buenos Aires se difumina y las escenas de Santa María ganan relieve, verosimilitud, detallada invención. En este juego de espejos entre lo real y lo fantástico, Brausen imagina a Elena Sala para convencerse de llegar a la Queca, que vive al lado de él.

Ciudad de desplazados, extranjeros, fugitivos, Santa María es la zona de refugio que ameritaban los habitantes de *Tierra de nadie* y *Para esta noche*. Hacia el final, Brausen llega a la ciudad: «Todos eran míos, nacidos de mí, y les tuve lástima y amor». Pero ninguna figuración es definitiva. Poco después, Brausen pierde el mando de la trama y es narrado por Díaz Grey; se incorpora, como el propio Onetti, al domino de la ficción.

Una vez creada, Santa María adquiere entidad propia. En libros futuros, la figura de Brausen se replegará rumbo al mito, será Dios, una presencia invisible y borrosa, a la que se le reza con idénticas dosis de fervor y apostasía: «Padre Brausen que estás en la nada», dirá alguien en «La muerte y la niña».

La invención de Santa María responde a una estrategia de supervivencia: el protagonista necesita ser otro. Si en Calvino o Cortázar la imaginación suele plantearse como un juego (de consecuencias a veces terribles), en Onetti es un pacto de salvación.

Brausen escucha a la Queca en el cuarto de al lado. Una línea de precarios ladrillos divide la realidad de la imaginación. Nadie ha sabido captar como Onetti la elocuencia, a un tiempo indiscreta y tenue, de las paredes delgadas. «Con usura no hay casa de buena piedra», escribió Pound. Los primeros inquilinos de los muros fabricados en serie escucharon la tos de los vecinos sin saber que eso sería un sistema excepcional en otro oído, atento a las palabras difusas, sueltas, capaces de configurar una red próxima y ajena, la materia prima de Brausen, que entra en la habitación de la Queca cuando ella ha salido, y la recupera con plenitud en ausencia, por las huellas que ha dejado en los objetos.

Si a través de su enumeración heteróclita Borges describe el universo en fuga en «El Aleph», Onetti busca el efecto opuesto; su enumeración opera hacia dentro, una naturaleza muerta donde las cosas definen a su usuario en forma casi carnal: «En el centro de la mesa dos limones secos chupaban la luz, con manchas blancas y circulares que se iban extendiendo suavemente bajo mis ojos. La botella de Chianti se inclinaba apoyada contra un objeto invisible y en el resto del vino de una copa unas líneas violáceas, aceitosas, se prolongaban en espiral. La otra copa estaba vacía y empañada, reteniendo el aliento de quien había bebido de ella, de quien, de un solo trago, había dejado en el fondo una mancha del tamaño de una moneda. A mi derecha, al pie del marco de plata vacío, con el vidrio atravesado por roturas, vi un billete de un peso y el brillo de monedas doradas y plateadas [...]. Y estaban, finalmente, el par de guantes de mujer forrados de piel, descansando en la carpeta como manos abiertas a medias, como si las manos que habían abrigado se hubieran fundido grado a grado dentro de ellos, abandonando sus formas, una precaria temperatura, el olor a fósforo del sudor que el tiempo gastaría hasta transformarlo en nostalgia». *La vida breve* anticipa recursos de la *nouveau roman* y la escuela de la mirada; sin embargo, Onetti no practica la hiperobjetividad de Butor o Robbe-Grillet; sus objetos transmiten una quebrada vida íntima: los limones chupados y los guantes vacíos son restos donde el destino tuvo su oportunidad.

Se suele reprochar a Onetti la lentitud de las descripciones, el acercamiento con lupa a utensilios menores; sin embargo, es ahí donde juega sus cartas fuertes. Aunque era un lector voraz de novelas policiacas y se interesaba en el desarrollo, muchas veces sorprendente, de sus propias tramas, hizo del lenguaje y la observación en proximidad su apuesta más alta. Su voz narra entre las cosas y entre los personajes. Brausen quiere ser Arce, pero no llega a una cabal suplantación. Su mirada es el hueco entre ambos: «yo, el puente entre Brausen y Arce»; ese interregno define la cambiante perspectiva de la novela: «Libre de ansiedad, renunciando a toda búsqueda, abandonado a mí mismo y al azar, iba preservando de un indefinido envilecimiento al Brausen de toda la vida, lo dejaba concluir para salvarlo, me disolvía para permitir el nacimiento de Arce». Poco después comprende la dificultad de ser otro.

En la cuerda de Dostoievski y Arlt, Onetti hace que Brausen conciba un asesinato purificador: matará a la Queca bajo el nombre de Arce. Pero alguien se le adelanta. Brausen-Arce lo ve como una suerte de doble; el otro ha hecho lo que él «debía» hacer, y decide protegerlo. Esta acción paralela confirma que el desdoblamiento es posible pero no voluntario. Una fuerza incontrolada copia a los hombres, les concede el don de ser sombras transitorias y los devuelve a su repudiada identidad. Brausen llega tarde al asesinato, fracasa en su afán de ser Arce; sin embargo, en Santa María, un hombre que lee el periódico se le acerca y le dice: «Usted es el otro [...]. Entonces usted es Brausen». Trampa de la fabulación: ser distinto es, asombrosamente, ser él.

De manera emblemática, la historia termina el primer día de carnaval. Los personajes se someten a la sinceridad de la invención. El título de la novela, que proviene de una canción, representa para Onetti una ronda de cambiantes identidades: «Yo quería hablar de varias vidas breves, decir que varias personas podían llevar varias vidas breves», le dijo a Luis Harss en *Los nuestros*. La «acumulada experiencia» traza una «fisonomía del desorden». El «mundo loco» que se convoca en la primera frase se resiste a un dibujo nítido, definitivo.

La sexualidad, presente en cualquier historia de Onetti, se convierte en *La vida breve* en una forma de la piedad y el sacrificio. La trama deriva de la amputación del pecho de Gertrudis. Josefina Ludmer desmontó con precisión el mecanismo: «Algo falta en su lugar y debe ser sustituido; la pérdida pone en juego un sistema de transformaciones; si un departamento vacío se ocupa el día en que se vacía un pecho, lo que cuenta es el establecimiento de la primera relación metafórica y económica del texto; ese departamento es capaz de reemplazar (de equivaler) a ese pecho amputado». Brausen acaricia el cuerpo lastimado de Gertrudis, en espera de que su tacto encuentre otro alfabeto: «Había llegado el momento de mi mano derecha, la hora de la farsa de apretar en el aire, exactamente, una forma y una resistencia que no estaban y que no habían sido olvidadas aún por mis dedos».

Con excepción de las intactas adolescentes, los cuerpos descritos por Onetti pueden ser amados por su desgaste. Hay algo más que una voluntad de feísmo en la descripción de las mujeres deseadas a contrapelo de sus fisuras: una aceptación casi piadosa del deseo, una carnalidad que admite lastimaduras. Las imperfectas mujeres de Onetti atraen con la acrecentada realidad de lo que les sobra o les falta sin acabar de perjudicarlas. En *La vida breve* la única mujer perfecta, Elena Sala, es ficticia. La piedad recorre su círculo: Gertrudis compadece a Brausen, que debe complacerla. Solo en la ficción hay escape de la impureza de la culpa y el deseo. Paciente absoluta, Elena entrega su cuerpo como una dádiva, su muerte es un acto de amor al médico Díaz Grey.

De acuerdo con Hugo Verani, la estrategia de Onetti «es un modo de declarar su libertad y afirmar la existencia real de su mundo imaginado, de postular el destino independiente de su propio esfuerzo creador». A medida que gana realidad, la invención se apodera del sujeto creador: Brausen adquiere «algo definitivamente antibrausen»; la autenticidad del entorno desconoce a su fabulador. Metáfora de la escritura, el novelista solo triunfa como otro, inventado por su ficción.

La vida breve puso a Santa María en el mapa; de modo más sugerente, reveló las condiciones –los trucos literarios– en que eso fue posible. A partir de entonces, los personajes dispondrían de ese territorio sin acatar las convenciones del tiempo.

Como Faulkner en la saga de los Snopes, Onetti organiza las visitas a Santa María según le conviene a su invención. Larsen tiene un papel mínimo en *Tierra de nadie*, se perfila un poco más en *La vida breve* y muere en *El astillero*. Sin embargo, un episodio central de su vida, el burdel que define su apodo, aparece en una novela posterior: *Juntacadáveres*, de 1964.

A partir de *La vida breve*, Onetti pudo decir, como Brausen: «Ahora la ciudad es mía, junto con el río y la balsa que atraca en la siesta».

EL RESTO COMPLETO

Configurada Santa María, Onetti se alejó de ella en su siguiente libro. *Los adioses* (1954) se ubica en un pueblo en la sierra donde van a convalecer enfermos de las vías respiratorias. La historia es narrada en primera persona por el almacenero, hombre que dispone de informaciones por atender el negocio que congrega a los lugareños. Aunque es un tipo ignorante y prejuicioso, se sirve de un lenguaje cuya autenticidad no depende del verismo lingüístico, sino de un logrado artificio, similar a la disparatada lucidez de un bufón de Shakespeare o el elocuente balbuceo de un débil mental de Faulkner.

Como ha observado Josefina Ludmer, la primera frase tiene ya una carga simbólica: «Quisiera no haber visto del hombre, la primera vez que entró al almacén, nada más que las manos». El testigo desearía mutilar el cuerpo, despedirse de él y su historia, quedarse con las manos, que sirven para decir adiós. El inicio representa la imposibilidad de alejarse de los sucesos. Las manos narran: «lentas, intimidadas y torpes, moviéndose sin fe, largas y todavía sin tostar, disculpándose por su actuación desinteresada». El almacenero juega a adivinar el destino de los enfermos; juzga que el recién llegado, con las manos que no han recibido el sol, pertenece a la categoría de los que no tienen retorno.

Ninguno de los protagonistas tiene nombre propio en esta historia. Sí lo tiene el médico que los diagnostica y nunca aparece, Gunz. Al modo de Kurtz en *El corazón de las tinieblas*, decide destinos sin hacerse visible.

El almacenero sospecha del recién llegado, un hombre alto, todavía joven, vencido por una causa imprecisa, no por la enfermedad. Poco a poco se sabe que fue un célebre basquetbolista, un atleta sin otro argumento que su cuerpo, acusado de fallar durante un partido decisivo. Su enfermedad parece una comprobación moral de su caída; el deportista que solo tuvo sentido al encestar bajo las luces de la arena se entrega a una demolición merecida.

Entre sus muchas funciones, el almacén sirve de agencia de correos. Esto le da información privilegiada al almacenero. Sabe que el hombre tiene dos corresponsales regulares. Se trata de dos mujeres, que lo visitarán en el hotel donde él mata sus tardes sin rumbo. La primera lleva anteojos oscuros, tiene un hijo pequeño, lo trata con la cordial tranquilidad de una esposa. La segunda, rubia, delgada, nerviosa, mucho más joven, vuelve inquietante la relación con la primera mujer. Una intrusa. El pueblo la mira con desconfianza. Una frase de «El infierno tan temido» podría servir de advertencia a los testigos: «adivine, equivóquese». Pero el narrador está seguro de tener razón; no solo es refractario a la duda, sino a la noción de subjetividad: ve en nombre de los otros («los demás que yo representaba»), un fiscal que se asigna un consenso.

Obra maestra de la ambigüedad y la maledicencia, *Los adioses* depende de falsas atribuciones. La trama es narrada por el prejuicio antes de suceder en el mundo de los hechos: «pude ver la cara del hombre, enflaquecida, triste, *inmoral*». El almacenero desconfía de la muchacha y repudia la decisión del hombre, que finalmente se queda con ella. La mujer de lentes oscuros se va de mala manera, confirmando las suposiciones del narrador.

Si Brausen trata de salvarse imaginando una vida alterna, el almacenero está convencido de su realidad, le interesa «el juego cuyas reglas establecen que los efectos son infinitamente más importantes que las causas y que estas pueden ser sustituidas, perfeccionadas, olvidadas»; escoge las motivaciones de los hechos, cree que el hombre no se va a curar porque no le importa curarse (su enfermedad es su psicología).

La revelación de la trama llega por correo, pero no se explicita del todo. El relato, siempre filtrado por el almacenero, no revela la verdad pero la sugiere. El testigo lee una carta donde la mujer de lentes oscuros acepta la solución tomada por el hombre: a fin de cuentas la otra es su hija. La disputa amorosa cobra un giro que, pese a todo, no desvanece el misterio. La joven ha decidido gastar su dinero en la atención final del hombre. Es su hija pero podría ser su hijastra; la naturaleza de su relación con el basquetbolista no se detalla. Lo decisivo es que se ha contado una falsa historia; la otra, la verdadera, es tan definitiva y enigmática como la muerte que acaba con el protagonista. Narrar significa indagar sin solución una luz que se apaga y de la que algo perdura: los adioses.

El almacenero afirma con la vanidad de un dios silvestre: «Me sentía lleno de poder, como si el hombre y la muchacha, y también la mujer grande y el niño, hubieran nacido de mi voluntad para vivir lo que yo había determinado. Estuve sonriendo mientras volvía a pensar esto, mientras aceptaba perdonar la avidez final del campeón de básquetbol. El aire olía a frío, y a seco, a ninguna planta». La frase final enfatiza la mezquindad del testigo, capaz de ofrecer perdón aun después de comprobar que se ha equivocado.

Contrafigura de Brausen, el almacenero asume la sospecha como una forma de la realidad; ignora que la imaginación es posible.

Lección de lo que se comunica al no decir, *Los adioses* depende de una cuidada red de alusiones. Para describir el atribulado temple de una mujer, Onetti dice todo sin precisar nada: «había tres o cuatro adjetivos para definirla y [...] eran contradictorios».

La verdadera carta del relato no llegó al almacén y ni siquiera fue escrita; es lo que el autor comunica más allá de las palabras, lo que borra, lo que se capta al margen del almacenero, la justicia que debió llegar al texto. Onetti entrega el resto de una historia. Su arriesgado complemento está en el lector.

En Santa María, una placa teñida de verdín describe el sencillo y poderoso legado de Brausen: «Fundador». Pocos autores merecen la extraña palabra que designa lo que apenas comienza. Onetti fue el primero. El tamaño de su herencia es todavía futuro.

NOTICIA BIBLIOGRÁFICA

Debo esta obra a la invitación que me hizo Matías Rivas, director de publicaciones de la Universidad Diego Portales, de Santiago de Chile, para preparar una selección de mis ensayos literarios que se encontraban dispersos en diferentes periódicos y revistas o que habían prologado obras de otros autores.

Con la llegada del correo electrónico, el género epistolar cayó en desuso, pero durante largos meses tuve el privilegio de practicar con Andrés Braithwaite –a cuyo cuidado estuvo la factura de la edición publicada en Chile en 2007– el arcaísmo de escribir *emails* con consistencia de cartas. Su pasión por el detalle me llevó a revisar ideas que daba por sentadas y a tratar de aclarar su exposición. En abril de 2008 volví a hacer correcciones al releer los ensayos para esta edición en Anagrama.

De eso se trata estaba a medio camino cuando hablé con Braithwaite sobre la procedencia del título y me instó a escribir un texto sobre *Hamlet*, tema que había rehuido con escrúpulo después de leer espléndidos ensayos al respecto. Braithwaite argumentó con pericia hasta que su iniciativa pareció una ocurrencia mía: más que un ensayo acerca de un tema canónico, escribiría la crónica hacia esa pieza inagotable.

«El *Quijote*, una lectura fronteriza» surgió de una invitación del poeta Álex Susana para participar en un ciclo de conferencias en La Pedrera, en Barcelona. El ensayo fue publicado en Chile por el escritor Arturo Fontaine, en el número 100 de la revista *Estudios Públicos*, dedicado por entero al *Quijote*.

«Las mil fugas de Casanova» apareció en enero de 1999, en el primer número de la revista *Letras Libres*, dirigida por Enrique Krauze. El poeta Aurelio Asiain, jefe de redacción de la revista, sabía de mi interés por las *Memorias* del seductor veneciano y me contagió su entusiasmo para escribir el texto.

En 1992, Wolfgang Promies, director de la Sociedad Lichtenberg, me pidió que escribiera sobre la relación del ilustrado alemán con América. El resultado fue «Lichtenberg en las islas del Nuevo Mundo». El texto apareció en la revista *Biblioteca de México*, dirigida por Jaime García Terrés.

«Las ataduras de la libertad: Goethe y *Las afinidades electivas*» surgió por invitación del germanista mexicano José María Pérez Gay a una mesa redonda de duración wagneriana sobre los vínculos de Goethe con la filosofía, la ciencia, la música y la novela. De manera asombrosa, el público resistió las casi cinco horas de *Sturm und Drang*. El ensayo fue publicado en *Letras Libres*.

En 2005, el filósofo español Manuel Cruz invitó a tres escritores a que se ocuparan de clásicos de la filosofía y a tres filósofos a que abordaran las novelas de su preferencia. Los resultados de este cruce de caminos se presentaron en el Palacio de la Virreina de Barcelona. Mi elección fue el *Emilio*, de Rousseau.

«El diario como forma narrativa» debe su título al coloquio del mismo nombre organizado por la Fundación Luis Goytisolo en 2001, bajo la coordinación del crítico Ignacio Echevarría. El ensayo que aquí incluyo es una versión algo modificada de mi ponencia en el encuentro.

La aparición del diario de Bioy Casares dedicado a Borges se prestaba de manera inmejorable para continuar la discusión de la escritura íntima. Rodrigo Fresán fue un colega solidario y conspiró para que el periódico *Página/12* me pidiera un artículo sobre el tema, que posteriormente se expandió en un ensayo publicado por *Letras Libres*.

La versión original de «Itinerarios extraterritoriales» fue una ponencia que presenté en 2001, en la Universidad de Múnich, por invitación de la hispanista Vittoria Borsó. El texto apareció en la revista *Iberoamericana*.

Leí «La víctima salvada: *El entenado* de Juan José Saer» como conferencia inaugural en las jornadas de literatura latinoamericana convocadas por la Universidad de Valladolid, en el otoño de 2006. Posteriormente, el texto fue publicado por la revista mexicana *Cuadernos Salmón*.

En 2004, con motivo del centenario de la muerte de Chéjov, Laura Emilia Pacheco me pidió un ensayo para el suplemento «Confabulario» del periódico *El Universal*. El hospitalario Mihály Dés reprodujo «La habitación iluminada» en la ya desaparecida revista *Lateral*, de Barcelona.

Constantino Bértolo, director editorial de Debate, se propuso crear una biblioteca Hemingway y me invitó a fungir de prologuista en la aventura. Solo se publicaron tres de los libros previstos, pero el estímulo de Bértolo sirvió para volver a un autor que había dejado de frecuentar y al que veía como un arquetipo más bien folclórico. La relectura implicó un notable redescubrimiento.

Debo a Ignacio Echevarría el impulso para escribir los ensayos sobre Malcolm Lowry y Juan Carlos Onetti, que prologaron la novela *Bajo el volcán* y el primer tomo de las obras completas de Onetti, respectivamente, en las ediciones de Galaxia Gutenberg/ Círculo de Lectores. Ambos textos se beneficiaron de los rigurosos comentarios de Echevarría.

«Arco de sangre» fue provocado por Jacobo Stuart. Editor con fino gusto por las escrituras más arriesgadas en Siruela y ahora en Atalanta, Stuart podría ser un visionario personaje de Lawrence, único habitante de una isla.

María Casas, de Random House Mondadori, me pidió que escribiera sobre *Mefisto*, de Klaus Mann. Como la mayoría de los lectores, leí primero a su padre. En 1986, durante una estancia de estudios en el Instituto Goethe de Múnich, vi la película donde Gustav Gründgens interpreta el papel de Mefistófeles en el *Fausto* de Goethe. Klaus Mann había basado su novela en ese actor. La mesmérica actuación de Gründgens me llevó a la novela de Klaus Mann y pensé en escribir al respecto. Como en tantas ocasiones, esta inquietud se pospuso hasta que, veinte años después, María Casas la volvió urgente.

En 2001 me instalé con mi familia en Barcelona. No tenía visa de residencia y había llegado con una categoría migratoria confusa: «Otros fines». Durante tres meses debía regularizar mi situación. Fue un tiempo difícil, sin muchas opciones de trabajo. La incertidumbre era el tema central de la cena y el desayuno. Javier Marías me habló por teléfono para interesarse por mi situación y la de mi familia. Fue la primera persona que me ofreció trabajo en mis inciertos días de inmigrante. Me pidió un prólogo para los cuentos de W. B. Yeats y a los dos días me envió el pago por adelantado, con una nota donde pedía que no tomara eso como una presión sino como un apoyo. Cuando uno improvisa un nuevo tipo de vida, todo signo es decisivo. Llegué a Barcelona porque ahí nació mi padre y porque ahí juega el equipo blaugrana. Pero la primera señal de que podría quedarme ahí vino de un eminente madridista.

El ensayo presupone la compañía. No puedo mencionar todas mis deudas intelectuales, pero algunas son insoslayables. En forma de conversación, mis lecturas han sido puestas a prueba y mejoradas por Alejandro Rossi, Sergio Pitol, Enrique Vila-Matas, Margarita Heredia Zubieta y Ricardo Cayuela Gally.

J. V.

Bachmann, Ingeborg, 178
Bahr, Hermann, 107
Bajtín, Mijaíl, 72
Baker, Carlos, 392-393
Bakunin, Mijaíl Alexándrovich, 72-73
Baldick, Chris, 431
Balza, José, 224, 476
Balzac, Honoré de, 348, 368, 447
Bangs, Lester, 169
Banks, Joseph, 259-260
Banville, John, 464
Barcelona, 55
Barilli, Renato, 148
Barón Rojo (Manfred von Richthofen), 434
Barthes, Roland, 154
Bartra, Roger, 93, 208, 234-236, 264, 337, 338
Bataille, Georges, 252-253, 393
Baudelaire, Charles, 95, 97, 422
Bauer, Felice, 114, 115
Bauhaus, 90, 106
Baviera, Alemania, 96
Bayeu, Francisco, 75
Beardsall, Lydia, 431
Beatles, The, 183
Beaumarchais, Pierre-Augustin Caron de, 252
Beckett, Samuel, 69, 166-167, 167
Beckmann, Max, 55, 57, 456
Beerbohm, Max, 42
Beethoven, Ludwig van, 314
Belleforest, François de, 203
Benavente, Jacinto, 59, 63
Benítez, Fernando, 419
Benjamin, Walter, 19, 98, 100, 101, 105, 205, 207, 236, 283, 284, 310, 319, 321, 451
Berceo, Gonzalo de, 204
Berenson, Bernard, 57, 402
Bergmann, Tobern, 283
Berio, Luciano, 154

Berlín, 90, 91-92, 108, 120-122
Berlin, Isaiah, 313
Bernhard, Thomas, 171-188
Bettelheim, Bruno, 298
Bianco, José, 98, 327, 348
Bierce, Ambrose, 80, 418
Bioy Casares, Adolfo, 125, 193, 217, 322-334, 491
Bitterli, Urs, 264
Blake, William, 447
Blanchot, Maurice, 191
Blanco Aguinaga, Carlos, 16, 21-22
Blavatsky, Helena, 448
Bloom, Harold, 198-204, 210, 213-216, 218, 224, 280, 325, 431
Blumenbach, Johann Friedrich, 264
Blumenberg, Hans, 160, 272, 276
Böhme, Jakob, 265
Bolaño, Roberto, 233, 234, 340, 476
Böll, Heinrich, 149
Bonner, Margerie, 412, 413
Borges, Jorge Luis, 16, 33, 35, 37, 39, 42, 45, 46, 57, 63, 75, 97, 99, 105, 142, 144-145, 148, 157, 193, 216-219, 223-224, 227, 229, 316, 322-328, 330-334, 338, 473, 475-476, 484
Bosco, Hyeronimus Bosch, el, 57, 110, 346
Boswell, James, 42, 328-330
Bowker, Gordon, 412, 420
Bowles, Paul, 167
Boyd, Brian, 130
Brahms, Johannes, 118
Brando, Marlon, 243
Brecht, Bertolt, 98, 342
Brentano, Bettina, 274
Breslau, Polonia, 108
Breton, André, 418
Broch, Hermann, 53, 69, 105, 108, 111, 118, 173, 276, 309
Brodsky, Joseph, 56, 418

499

508

ÍNDICE

DE ESO SE TRATA: ENSAYOS LITERARIOS